我在风花雪月里笑你

上

- 第2册 -

超级大坦克科比 著

长江出版社

图书在版编目（CIP）数据

我在风花雪月里等你.上 / 超级大坦克科比著.
武汉：长江出版社, 2024.6. -- ISBN 978-7-5492
-9522-7

Ⅰ.I247.5

中国国家版本馆 CIP 数据核字第 2024ZD5256 号

我在风花雪月里等你.上　　超级大坦克科比　著
WOZAIFENGHUAXUEYUELIDENGNI

出　　版	长江出版社
	（武汉解放大道 1863 号）
选题策划	欣欣向爱
市场发行	长江出版社发行部
网　　址	http://www.cjpress.cn
责任编辑	罗紫晨
特约编辑	小松塔
封面设计	小　羊
印　　刷	长沙鸿发印务实业有限公司
版　　次	2024 年 6 月第 1 版
印　　次	2024 年 7 月第 1 次印刷
开　　本	710mm×1000mm　1/16
印　　张	43.75
字　　数	881 千字
书　　号	ISBN 978-7-5492-9522-7
定　　价	78.00 元（全两册）

版权所有，翻版必究。如有质量问题，请联系本社退换。
电话：027-82926557（总编室）　027-82926806（市场营销部）

目录

第十一章
没有冬天的城市 /001

第十二章
只要你来我就等你 /041

第十三章
错爱 /073

第十四章
无不散的筵席 /111

第十五章
回上海 /147

第十六章
这个下雨的夜晚 /182

第十七章
破局 /219

第十八章
小城故事 /256

第十九章
素未谋面的朋友 /293

第二十章
永远不开始的爱情 /326

番外
高山杜鹃 /355

在远方就该活得开心些，要不从大老远出发做什么呢？

第十一章
没有冬天的城市

经过将近五个小时的路程，我终于在下午两点的时候回到了客栈，众人都在，而我也在第一时间将车钥匙还给了白露，因为已经知道消息，所以众人都没有追着向我要结果，反倒是问起了我身上的伤。

虽然皮肉上的疼痛还在，但在我心里这件事情已经过去了，所以还是选择了搪塞，只说是自己不小心摔伤的，然后又转而向桃子问道："客栈这两天生意怎么样？"

桃子回道："生意还是非常好，基本上每天都能做到百分之百的入住率。我们大家商量了一下，准备将价格提高百分之三十，这样我们一天就能做一万块钱左右的生意，如果还能坚持两个月的话，我们就能赚六十万，再加上装修上的补偿款，大家也能勉强做到保本吧。"

"这算是最好的结果了。但我估计坚持不了两个月这么长的时间，最多也就一个半月。"

"做生意哪有稳赚的呢，亏就亏点儿吧。"

我又向其他人看了看，他们也没有表现得很义愤填膺，看样子，两天多的时间也已经让他们接受了这个事实。

一阵沉默之后，铁男又开口说道："找房东聊聊吧，我觉得他不一定会接受拆迁，他这边能多拖一天我们就能多营业一天。"

白露摇了摇头，然后回道："不管房东同不同意拆迁，一旦正式文件下来我们这里就肯定要结束营业，到底什么时候拆是房东和拆迁办的事情，跟我们没有太大关系。"

铁男有点儿郁闷地点上了一支烟，然后抱怨道："这叶芷平常看上去文雅得不行，没想到办起事情来会这么狠！咱们这群人在她面前和蚂蚁有什么区别？"

"这就是资本。"

"我是想好了，不管客栈以后在不在，我都留在大理，我就不信这儿还容不下我们这帮人了。"稍稍停了停，他又向马指导问道："老马，你是怎么想的，表个态？"

"找个酒吧继续唱，要是有合适的铺子，就自己接手做一个。"

铁男点了点头，说道："好样的，米高，你呢？以后有什么打算？"

"也留在大理。"表态之后，我又说道，"关于涨房价这事儿，我想了想，不太同意这么做。"

众人先是惊讶，然后是白露向我问道："你的理由呢？这可是我们最后的赚钱机会了。"

"如果大家还想为这个客栈保留一点儿火种的话，就不要在这个时候涨房价。因为客栈的生意一直很好，所以你们没太注意，其实网络上也有很多人在关注我们这个客栈……"

马指导想起什么似的附和道："对，那时候客栈还没有接到恢复营业的通知，米高找了不少摄影工作室来我们这边拍照，我也参与拍了几组，然后被思思拿到跟旅游有关的社区做宣传了，效果还不错。之后，我们还做了自己的微博和公众号，关注的人还挺多的。"

我点了点头，也说道："你们把手机拿出来，看看我们客栈的微博有多少粉丝了。"

众人纷纷将手机拿了出来，然后惊叹道："已经有八千多个粉丝了！"

"嗯，都是实打实的粉丝，没有一点儿水分。公众号上的粉丝比微博上还要多一点儿，已经突破一万了，我不赞成涨价是因为我想维护我们这个客栈的口碑，过年涨价大家还能理解，但是平常涨价就是黑心的表现。客栈现在虽然要倒了，但是'我在风花雪月里等你'的精神是可以一直延续下去的，我们未必就没有机会再做一间同样的客栈，我们现在已经有了网红客栈的雏形，也有了一定的粉丝基础，即使客栈不在了，我们也可以写一些公关文章，维持住这个热度，然后就是等机会……"

桃子问道："你没打算放弃？"

"穷则思变，就看你们怎么想了，是要重新开始进入别的行业，还是保留一份希望？"

众人交流了一下之后，由白露作为代表回道："都这样了，也不差再亏个十几万，倒不如给大家保留一丝希望。我们支持你，从现在开始到客栈停业，我们还是维持原价！"

我心有感触，一连说了两声"谢谢"，众人笑了笑，气氛也随之轻松了一些。

我又对白露说道："待会儿你去火车站接一下思思吧，她应该告诉你们她回来了吧？"

众人你看看我我看看你，然后一起摇头说了声"没有"，但脸上都有喜悦的表情，其实他们心里也挺想念杨思思的。

这却让我有点儿尴尬，因为杨思思专程跑到昆明找我，却没有通知他们任何人，说起来就挺暧昧的。

我一阵沉默之后，终于说道："她昨天到昆明了，说是要坐火车来……"

铁男很是疑惑地问道："她是受什么刺激了？之前死活都不肯回来！"

"等她回来了，你们自己和她聊嘛。我先去睡一会儿，这连着赶路实在是太困了！"

"等等，她都到昆明了，怎么没和你一起回来？"

我看了不爱说话、心思却最细腻的马指导半晌才回道："可能她喜欢坐火车，不喜欢坐汽车吧。"

"你还能回答得更敷衍一点儿吗？"

回到自己住的农家小院，我便躺在床上睡了过去，醒来的时候天色已经昏暗，我在床上坐了半天，以为自己还在泸溪，想想又像是在昆明，片刻后才反应过来这里是大理。

白天睡得太多便会头疼，我喝了一大杯凉开水，等缓解了一点儿之后才离开了小院。

路过洱海的时候我又产生了要跳下去游一圈的冲动。我真的这么干了，我脱了外衣之后便一头扎了进去，虽然此时已经是寒冬，但也只有刚下去的一刹那有刺骨的寒意，没过多久，我便适应了水的温度。

我浮出水面，猛吸了一口气之后又潜了下去。事实证明，水压会让人产生幻觉，准确地说，不是幻觉，而是一个个在脑海里拼凑出来的画面，时而真实，时而虚假。

我仿佛又看到了自己到上海的第一天。

那天，我背着厚重的行囊，迎着闪动的霓虹灯走在拥挤的街头，我遇到了很多与自己擦肩而过的人，我们没有交流，他们之间也没有交流，而那些从车灯里射出的光就像是一道道虚拟的墙，将这个世界隔离成了一块又一块，但大家还是能互相看见，又彼此冷漠，我就在想：这是一种多么悲壮的孤独啊！

可到底是一种什么样的力量，让我们走在同一条路上却从来不是一条路上的人？直到今天我也没能完全弄明白！我只知道我对上海这座城市是有恐惧的，就像潜在深水里浮不出来！

我终于浮出了水面，而一阵冷风也恰好从水面吹过，这让我变得异常地清醒，然后便听见手机在岸边的礁石上一遍又一遍地响着，我上了岸，将外套披在身上，然后接听了戴强给我打过来的这个电话。

他在电话里对我说道："哥，我已经到上海了，刚下飞机。"

"嗯，你先找个地方住下来。"

"上海太大了，我不知道要住在哪儿才方便到嫂子的酒店去面试。"

我这才想起来，我还没和叶芷要他们酒店的具体地址，让我不解的是，我有这样的失误属于正常，为什么做事滴水不漏的叶芷却也没有主动告诉我呢？

我对戴强说道："你等一会儿，我这就问问她，然后把地址发给你，你就在他们酒店附近找一个宾馆住下来。"

"嗯，你快点儿啊。"

挂掉了电话，我便给叶芷发了一条微信，她在片刻之后给我推送了一个名片，说是让戴强直接和名片上的人联系，其他的一句也没有多说。

我又将这个名片转发给了戴强，没过多久，戴强便告诉我，他已经联系上酒店的人事部经理了，现在正坐着地铁往酒店那边去。

我鼓励了他一下，然后又抬头往远处看了看，异常地冷清，上海绝对不是这样的景象。

我想：此刻的戴强，所在走的未必是我当初走的那一条路，但他的身上已然背负着一种传承的重量，我希望他在那座大到没有边际的城市里，不会像当初的我那样孤独又迷茫。我更希望他会比我发展得好，然后真的在那里拥有一片属于自己的小天地，而这才叫真正的传承！我的逃离是背弃！

恍惚中，我好像看到了杨思思，听她和桃子的交谈，似乎她们要去附近的小卖店买一包盐，我还不能以正常的心态去面对她，所以又一头扎进了洱海里，然后向远处游去，却不想杨思思被这个动静给惊动了，她跟桃子一起来了这边，只看见她辨认了一下，便对桃子说道："是米高的衣服，拿走，拿走！"

桃子又向她问道："他人呢？"

"他就喜欢在这一片游泳！你别管他了，把他的衣服都拿走。"

"不好吧！"

杨思思却根本没有好与不好的分辨，只见她抱起我的衣服便向相反的方向跑去。

看着杨思思跑远我顿时就急了，我想上岸，可实在是上不去，因为岸上太冷了，我却没穿外衣，而且这附近虽然冷清，但时不时也有人路过，我要是就这么上岸肯定会被人当成神经病的。

我游回到之前那块放衣服的礁石旁，缩在水里，然后对还在原地的桃子说道："你就这么眼睁睁地看着她跑了？"

"不然呢？"

"她幼稚，你不幼稚吧，能不能回去给我拿一套衣服？"

"我不去，白露他们还等着我买盐做饭呢。"

"别啊！"

桃子幸灾乐祸地对我笑了笑，然后也转身离开了，我顿时傻了眼，就这么盯着她的背影看了半天。

大约过了五分钟，杨思思去而复返，但是手上却没有我的衣物，她蹲在礁石旁边，带着得逞后的坏笑对我说道："能问问你现在是什么心情吗？"

"你下来，咱俩同归于尽！"

"我不下去，我在看乌龟呢。"

"谁是乌龟？！"

"你啊，一动不动是乌龟。要不然你上来走两步，哈哈。"

"我就没见过像你这么爱捣乱的！"

"没见过好呀，没见过才能印象深刻，省得你以后把我给忘了。"

"你再不把衣服给我拿回来，就没以后了！我腿抽筋儿了，真会死人的！"

杨思思装作很慌张的样子，对我说道："呀！腿抽筋儿了啊？那你赶紧上来。"

我带着极其痛苦的表情回道："我真没开玩笑！"

我说着便在水里扑腾了几下，然后憋住气，沉了下去。我对自己很有信心，如果状态够好的话我可以在水底憋气两到三分钟，而这么长的时间足够吓住杨思思了。

果然，我默数了三十秒之后杨思思便沉不住气了，我听见了她惊慌失措的声音："米高，米高，你别玩了，我把衣服还给你还不行嘛，你快上来啊！"

三十秒离我的极限还很远，我躲在水下，没有一丝想动的意思，我觉得杨思思这样的姑娘，在适当的时候就该给她一点儿教训，要不然以后她只会将玩笑越开越大！

我又听见了她带着哭腔的声音："你肯定在和我玩，是不是？你快上来呀！"

我要不是怕破功，早就在水下笑出声来了，我决定再折磨她一会儿，然后让她记住这个深刻的教训。

我这么想的时候，其实就已经低估了她对我的关心程度，下一刻，我便听到"扑通"的入水声。

我先是头皮一麻，瞬间又反应了过来，便急忙向她跳水的地方游了过去，而她已经开始在水面上扑腾了，完全就是一副不会游泳的样子。

我快速地靠近了她，她本能地抱住了我的脖子将我也给按进了水里，她自己则狠狠呛了一口水。

我顾不上许多，在水里猛地一个翻身转到她的背后，然后一边踩水一边用手臂夹住她的腰让她浮出了水面，等她能自由呼吸的时候又大声在她耳边说道："别乱动，保持住平稳，要不然咱俩都上不去！"

杨思思似乎很相信我，她真的在这种极其危险的境地中克服了内心的恐惧，她没有再挣扎，而我也趁势将她拖拽到了水边。我托住她，将她先送上了岸，自己则一半没入水中，趴在礁石上剧烈地喘息着，我不知道这个玩笑到底是我开大了还是杨思思开大了！

等体力稍稍恢复之后我才从水里爬了上来，瞬间又被吹来的冷风冻得很清醒，然后才意识到自己的形象有问题，杨思思这个没心没肺的女人却"扑哧"一声笑了出来。

"好玩吗？"

"不好玩，要不是你吓我，我也不会跳下去的。"

"你是不是很喜欢这种心惊肉跳的感觉？"

杨思思这才有了一点儿犯了错的觉悟，她避开了我凶狠的目光，但还是很嘴硬地回道："有点儿，这是人生的佐料，加进去人才能活得有滋味。"

"你牛，要不要把你放进油锅里炸一炸，做成孜然味的，这样更有滋味。"

"你能不能别这么逗？"杨思思说着又笑了起来，我终于火了，怒道："你少和我嬉皮笑脸的，你给我记着，别说我是装死，就算真淹死在水里你也不准下去。"

杨思思看着我，不说话，而这时，铁男和马指导竟然手持相机跑了过来，我估摸着这俩家伙听到桃子的描述之后就想来拍下我的丑态供日后消遣用，却没有想到杨思思也浑身湿漉漉的。两人愣了一下之后，问道："这是什么情况？"

杨思思先是看了看我，然后满是委屈地回道："这人吓我，我在岸上喊了半天他都躲在水里不出来，我一急，也跟着跳下去了！"

"你会游泳吗？你就跳！"

"我会狗刨式，可是一紧张就忘记是怎么刨的了。"

铁男哭笑不得，然后又看着我说道："你看你俩动不动就生死与共的，要不结婚得了！"

杨思思深埋着头，谁也不看，其他人则面色尴尬地看着铁男，这哥们儿一直都有口无遮拦的臭毛病。我猛地朝他的方向走了两步，他吓得往后一退，我就顺势拉住了他的袖口，然后从他身上将那件夹克给扒了下来披在杨思思身上，又从马指导身上扒了一件外套披在了自己身上。

客栈的院子里，我和杨思思披着毛毯坐在火堆旁，其他人则在烧烤炉边为了今天的晚餐而忙碌着。在我的记忆中，我们已经很久没有弄过这样的篝火晚宴了。

说是晚宴一点儿也不夸张，因为他们买了一整只羊，又从酒吧里拿了好几箱啤酒，这更让大理显得是一个充满酒肉的地方，可我却觉得这是在苦中作乐。

我是真希望，一个多月后大家还能有这样的好心态。

杨思思每打一个喷嚏我就深吸一口烟，如此反复几次之后她一巴掌拍在了我的后背上，见我被烟呛住了，她又闷声笑着，一副就是不想让我好过的样子。

我不跟她计较，往旁边挪了挪，她也跟着挪了挪，等我露出不耐烦的表情，她又挪了回去。

这时，几个人终于将一整只烤好的羊分割完毕，然后放在盘子里端了过来，与此同时，啤酒也被分到了每个人的手上，大家没什么闲话，就这么吃吃喝喝了起来。

不知道为什么，片刻之后，几个人又说起了我身上的伤，并非常有兴趣地说出了好几个我因为什么而受伤的版本，唯独没有人相信这是摔出来的，尤其是在见到我后背也有这么多的伤之后。

铁男放下啤酒瓶，点上一支烟，吸了一口之后对众人说道："首先声明，我不是一个戏精，但是我大脑里真的有这么个画面，记录了米高挨揍的前因后果。"

杨思思向他问道："什么画面？"

铁男抬头闭眼，慢悠悠地将口中的烟吐出去之后，开启了讲故事的模式："一个伸手不见五指的夜晚，身在异地的米高躺在快捷宾馆的双人床上，甚感孤独，他一边点上烟，一边想起了自己的过去……"稍稍一停，他又用了一个特别重的语气说道，"这时……"

杨思思被他吓了一跳，骂道："你胡扯什么呢！"

"你懂什么，这叫情景渲染。"酝酿了一下情绪之后，他又接着上文说道，"这时门被敲响了，只见米高一个鲤鱼打挺，就从床上跳了下去，后来……"

众人都将目光放在了铁男的身上，他卖够了关子之后一拍自己的大腿，大笑道："后来就遇到仙人跳了！哈哈！"

我一脚踢翻了他的啤酒瓶，说道："你不觉得自己讲得很虎头蛇尾吗？"

马指导接过话，笑道："我觉得铁男讲得不错，整个故事的逻辑很清晰，如果这是一篇作文的话，我给九十分！"

众人似乎很享受这种我被调侃了的感觉，竟然给这两个家伙鼓起了掌。尤其是杨思思，她附和着说道："我相信米高能干出这样的事情。"

桃子和白露一边大笑，一边点头。

我切切实实地在他们身上感觉到了一种过年吃饺子的喜庆，于是再也坐不住了，我按灭掉手上的烟对众人说道："你们这些人可别寒了英雄的心，事情压根儿就不是你们想的这么下流。"

"你什么都不说，还想让我们用高尚的眼光去看你？你做梦呢！"

"我说还不成嘛。"我说着，又给自己点上了一支烟，然后将自己被打的真实经过都说给了众人听。

听完之后，铁男率先感慨道："太可歌可泣了！叶芷知道你因为这事儿挨揍了吗？"

我摇了摇头。

铁男又转而对杨思思说道："你不是有叶芷的联系方式吗？电话给我，咱不能让米高白白吃了这么大的亏，就算不要她承人情也得跟她要点医药费、营养费什么的。"

杨思思护住她自己的电话，回道："我不给。"

"你愿意看着咱们的英雄受了这么大委屈，还没回报吗？"

"我愿意。"

杨思思回答铁男的同时将手中的电话护得更死了，铁男试图从她手上抢，她就像个无赖似的躺在地上然后顺势给了铁男一脚。铁男郁闷得不行，说道："母鸡护崽子也没你这么拼，你是不是电话里藏着什么见不得人的秘密啊？"

桃子将铁男拉到了一边，说道："她不是电话里有秘密，是心里有，你就别为难她了。"

铁男琢磨了一下，神神秘秘地笑道："我明白了。"

桃子的目光从杨思思身上扫过，然后点头回道："米高这事儿吧咱们私下定性为见义勇为就行了，要不要让叶芷承这个人情咱们得尊重米高自己的想法。至于那医药费、营养费什么的，咱都懒得提，从咱们风花雪月里走出去的人，就是这么大气！"

白露冲桃子竖了竖大拇指，赞道："姐们儿这话说得体面！"

铁男讪讪地笑了笑，感慨道："反正挨揍的又不是你们，你们就装大气吧。"

白露回道："要是你挨揍了，我们也这么说。"

对于白露偷换概念的行为铁男很是无言以对，大概觉得没面子，他又弯腰对正准备起身的杨思思做了一个面目狰狞的狮子吼，吓得杨思思又躺了回去。

杨思思也不是善茬，从地上捡起一只啤酒瓶就向铁男砸了过去，要不是铁男躲得快，那力度非得把他给砸晕了！

这顿饭一直吃到了晚上十一点，该喝醉的人都喝醉了，最后还算清醒的只剩下我和白露，在我将残局收拾掉的同时她也煮了一壶解酒茶，挨个儿给他们喝醉的人送了过去。

各自忙完之后我俩在小酒吧里坐了下来，她点上了一支女士烟，并不是一副急着要走的样子。

我向她问道："你这么晚回去，孩子没事儿吗？"

"今天是周末，孩子送到他爷爷奶奶家了。"

我也点上一支烟，笑了笑，回道："你要是不忙的话，那就坐着聊会儿。"

白露回应了我一个笑容，问道："聊你，聊我，还是聊客栈？"

"客栈也就这样了，还能聊什么呢？"

"那就聊你吧。"

"我也没什么可聊的。"

"如果加上思思，是不是就有的聊了？"

我与她对视了一眼，笑道："你这人就是爱开玩笑。"

白露却正色回道："思思喜欢你，我们看得出来，你的难处我们也能理解，这事儿是挺不好处理的。"

我依旧笑道:"没有结果的事情也没什么好聊的。倒是你和马指导,就准备一直这么拖着吗?"

白露有些惊讶地看着我,她还不知道铁男已经将她和马指导之间的那段往事说给我听了。

我吸了一口烟,又说道:"马指导当年为了什么坐牢,我已经听说了,你俩才是真正的不容易。"

白露面露迷茫的表情,然后又强颜笑了笑,道:"我很想和郭阳离婚,可是离了之后除了会让家里人担心难过和丢面子,还会有什么改变呢?"

"你对马指导有情,马指导对你有意,为什么不能在一起?"

"要是能在一起也不会等到现在。他心里有芥蒂,我也觉得自己配不上他。"

"这事儿你们有好好沟通过吗?"

"不知道要怎么开口。"

"要不……我帮你试探一下马指导,看看他心里到底是怎么想的?"

白露将口中的烟吐掉,然后笑着问道:"米高,劝别人离婚真的好吗?"

"那要看劝谁了,劝你,我心里一点儿负罪感都没有,因为郭阳这人太不是个东西了!"

"是我看走眼了。"

看着白露低头轻语的样子我心里也是一阵难过,因为我知道,当一个女人说出自己在婚姻上看走眼了的时候她的内心会有多么痛苦。婚姻这东西对女人们来说有时候就是一切。

此时的白露等于亲口否定了自己的一切,这需要的已经不仅仅是勇气了。

我又劝道:"离婚的事情我建议你最好不要拖着了,我觉得这是一个特别大的隐患,因为郭阳不具备一个正常人该有的道德观,而且这种名存实亡的婚姻最受伤害的是你。再反过来看他呢,在你怀孕的时候出轨不说,直到现在还依然利用你家的人脉资源方便自己做生意,你父母觉得你们离婚伤害了他们的面子,我反倒认为你这么姑息下去才是在伤害你的父母。我们都看得出来,你们离婚是早晚的事情,你现在不主动,等你真陷入被动的时候一切就晚了!"

"我有这样的危机感。"

"嗯,既然你心里明白,我就不多劝你了。"

跟白露聊完已经是深夜的十二点,我躺在床上后便给戴强发了一条信息,我问道:"找到住的地方没?"

"找到了,是酒店附近的一个旅社。"

"嗯,怎么还不睡?"

"在准备明天用的面试资料。哥，我对自己不太有信心。"

"你去上海之前，不是挺有信心的嘛。"

"我没有想到嫂子的酒店会有这么大的规模，如果中国的酒店体系里也有六星级，我觉得这个酒店至少可以达到准六星级的标准。而且人事部的经理也和我说了，康乐部经理助理这个职位已经有很多人参与了应聘，我没有什么太明显的优势。"

"这个人事部的经理是个实诚人。"

"你就没什么其他要说的？"

"没有，上海就是这么残酷，这只是给你上的第一课。"

"就算面试被淘汰了，我也不会离开上海的。"

"这样的想法你要是能坚持个两三年我就服你。"

"你这是激将法吗？"

"不是，是心里话。"

"为什么？"

我弹掉烟灰，回道："因为你会慢慢发现，除了一份工作之外你还需要有一套房子。在上海这个地方，一旦你对房子这个东西产生了欲望，你不会活得开心的。"

"我可以租房子住。"

"等你有了女朋友，你就不会这么想了，哥是过来人。"

"哥，你信不信，你说得越多我越有奋斗的动力？"

"我不信。"

"我们不是一类人，你看着吧，我会在上海站稳脚跟的。"

我还真不了解，戴强口中的不是一类人是指哪一方面，至少从家庭背景来说我们没什么区别，而他现在所表现出来的自信，我刚到上海的时候也有。

我并不想太打击他，在片刻之后终于回道："有信心是好事儿，如果明天的面试能过，你会更有信心的。"

"加油，加油！"

我和戴强的聊天到这儿就终结了，不过就心态来说，我觉得他保持得还算是不错，因为从刚刚的谈话中我并没有感觉到他对叶芷有什么依赖，甚至已经做好了被淘汰的心理准备，从这点来说，他是把我的告诫给听进去了。

就在我准备睡觉的时候，我又收到了一条叶芷发过来的信息，她问我戴强有没有找到住的地方。

我回道："他已经在你们酒店附近找了一个旅社住下来了。"

"嗯。"

"多嘴问一句，那个经理助理的岗位是不是很难应聘上？"

"我不太参与基层的员工管理工作，说不清。"

就在我想着怎么回复的时候，叶芷又给我发来了一条信息："你这表弟有什么很突出的优点吗？"

我不太敢肯定她为什么会这么问，但还是实事求是地回道："吃苦耐劳算吗？"

"服务行业需要吃苦耐劳的精神。"

"这算不算是你对他的一种认可？"

叶芷没有正面回答，她回道："让他加油吧，你帮我转告他，如果他能通过面试，我请他吃饭。"

"不是以领导的身份吧？"

"什么身份重要吗？"

"你要是以领导的身份，他会放不开的。而且，我也不觉得他应该有这样的待遇。"

"那你说，该以什么身份呢？"

面对叶芷该以什么身份请戴强吃饭的提问，我犹豫了一会儿才回道："你别太认真嘛，我这么和你说，其实是希望你和他见面后，他称呼你嫂子的时候你不要太介意。"

"我既然愿意主动请他吃饭，就不会介意这个称呼。"

我忽然明白了过来，叶芷虽然看上去冷淡，可心思却比谁都要细腻，她之所以要主动请戴强吃饭说到底是在顾及我的处境，因为在我家人心目中她就是我的女朋友。现在我弟弟去上海求职了，她作为我的女朋友怎么可以不尽地主之谊，请我的弟弟吃个饭呢？

其实，抛开恩怨不谈，她作为朋友还是很合格的。

我终于真心诚意地给她发了个"谢谢。"而她也习惯性地在话题终结之后选择了不回复。

大概是晚上喝了不少酒的缘故，在放下手机后的不久我就进入了睡梦中，不知道是在深夜还是在早上，我做了一个跟最近境遇有关的梦，可是在梦中的我却选择了与现实完全相反的处理方式。

梦的第一幕，客栈面临拆迁。

我在梦中和叶芷是真实的情侣关系，我带着极其大的愤怒去找了她，我先是质问她然后又强迫她取消这个会伤害到我们客栈的项目。

她当然是选择了拒绝，而这种巨大的利益冲突也让我们无法再保持情侣关系，我们选择了分手。

分手后，她回了上海，音信全无，而我依旧留在大理过着悲惨的生活。

梦境开始变得混乱，并毫无逻辑。

一个素未谋面的男人找到了我，他要我将叶芷还给他。然后杨思思又告诉他，我从来没有和叶芷在一起过，她才是我的女朋友，我们已经准备结婚了。

011

男人不仅不相信还很生气，他跟我动了手，而叶芷却始终没有再在梦境里出现过，而我得胜后身边也没有了杨思思。

后来，阳光便将我刺醒了！

我在床上坐了好一会儿，然后便笑了出来，而这个梦境也确实是挺可笑的，因为所有出现在这个梦境里的人相互之间都没有太大的关联，但却上演了撕心裂肺的一幕。

我仔细想了想，如果这个男人是真实存在的，大概就是当初给叶芷留了字条，要求她等待的那个人。

梦归梦，现实归现实。如果有一天叶芷真的能和他相遇，并将这一段失联了很久的感情延续下去，我会给予真诚的祝福，因为我知道，他才是叶芷心中一直忘不掉的男人。

大理的生活就是这样，如果不是有必须在早上开始的工作，大部分人都会睡到中午才起床。所以这个早上我也偷了个懒，我醒了之后又睡了一个回笼觉，直到快要吃中饭的时候才起了床。

大概十点的时候，戴强给我发了一条信息，大概是说他已经参加过康乐部经理助理这个岗位的面试了。

我给他回了信息："你自己感觉怎么样？"

"有几个问题回答得不是太好，不过工作软件使用方面的考核完成得都还不错。"

"那我估计你有点儿悬。"

"为什么啊？"

"会不会用工作软件是基本要求，能不能回答好问题才是真正的加分项。"

"那我真的被淘汰掉了吗？"

我没有直接回答，又向他问道："你见到康乐部的经理了吗？"

"没有。"

"正常步骤，如果人事部这边对你满意会把你推荐给康乐部经理的，然后听取他的面试意见，最终再决定会不会录用，你既然没有经历这个步骤，应该是没什么希望了。"

片刻后，戴强才回了信息："哥，我突然觉得特别绝望！"

"先做最坏的打算，如果你被刷下来了，下一步准备怎么办？"

"继续找工作。我不想回去了，我喜欢上海这座城市的氛围。"

"既然这么喜欢就别把'绝望'这两个字挂在嘴边，它会消磨你这个人的意志的。"

"哈哈，我觉得没什么。因为还有一个词，叫绝处逢生。"

戴强的表达让我下意识地给自己点上了一支烟，准备再说点儿什么的时候叶芷忽然在微信上给我发来了一个语音请求，我在感到诧异的同时也接通了这个语音，然后主动对她说道："我还真想不到是什么事情能让你主动给我发语音请求。"

"你弟弟的工作问题。"

我的神经马上绷紧，然后问道："人事部那边给你回话了？"

"嗯。"

"怎么说？"

"他被录用了。"

"我……我没听错吧？"

"你没有听错，他被录用了。"

我满是疑惑地说道："这不可能啊，我刚刚还在微信上和他聊了几句，他说自己表现得很一般，有几个问题也回答得不是很理想，不会真是你给他走的后门吧？"

"我不会干涉酒店的人事安排，是他自己通过了考核。不过你有这样的疑惑也很正常，因为你只知其一未知其二。"

"其二是什么？"

"今天和他一起参加面试的一共有六个人，面试正式开始之前，其实就已经对他们有过考核了。听人事部那边的人说，当时康乐部的经理端了一碗泡面从他们身边走过，然后故意弄撒了泡面。其他人多多少少都有嫌弃和回避的表现，只有你弟弟帮助他将泡面清扫掉了，做助理这行，服务意识是非常重要的，所以康乐部经理很欣赏他身上表现出来的这个品质。"

我感叹道："你们大企业的面试套路可真是多，我服了！"

"常规面试是试不出一个人的品格的，我很喜欢这种方式的面试。"

戴强的表现很给我争气，我的心情也跟着好了起来，继而笑着对叶芷说道："那你是不是该兑现自己的承诺，请他吃个饭了？"

"你把我的邀请转达给他吧，今天晚上我正好有空。"

结束了通话后我便将叶芷的微信名片给戴强推送了过去，并告诉他叶芷晚上要请他吃饭，至于被录用的消息，我并没有告诉他，因为我不想给他一种这份工作来得太容易的错觉。相反，他应该特别珍惜这份工作，因为对于他学的这个专业来说，这家酒店已经是一个非常好的平台，也有很好的提升空间。

有朝一日，如果他能做到部门经理的位置也就算是在上海站稳脚跟了，至少要比当时的我强了不止一个档次。

大约过了两分钟，戴强给我回了信息，他说："要是吃饭的时候嫂子问起我面试的事情，我要怎么说啊？"

"实话实说。"

"她会不会失望？毕竟我表现得那么不理想！"

"你不实话实说她才会失望。你记着我的话，跟那些比你高出许多个层级的人

013

相处时,真诚才是最能打动他们的,因为这是他们身上最欠缺的。"

"你是在告诉我,嫂子是个不真诚的人吗?"

看着这条信息我莫名想笑,因为就装情侣欺骗老米这件事儿来说我和叶芷都算不上什么真诚的人。

我又回道:"日久见人心,对你来说是这样,对叶芷来说也是这样。"

"我怎么觉得你这是话里有话!"

"我得去一趟客栈,没空和你闲扯了,有事儿你再联系我。"

我就这么结束了和戴强的对话,然后又坐在床上恍惚了一会儿,我觉得人与人之间的缘分也是挺奇妙的,我没有想到,有这么一天,戴强竟然会去叶芷的酒店工作,而这种日趋紧密的联系又会不会给我们的生活带来什么改变?

我没有答案,只能暂且观望着。

到了客栈,桃子一个人兼顾着酒吧和客栈却不见杨思思的影子,我向她问道:"怎么就你一个人在客栈,杨思思呢?"

"一大早就出去了,也不知道在忙什么。要不,你给她打个电话吧,问她回不回来吃中饭。"

"我问问。"我说着便拿起手机拨打了杨思思的号码,在她接通后,我向她问道:"在哪儿呢?"

"到处逛着。"

"回不回来吃饭?"

"你们吃吧,我今天不回去了。"

"什么意思,晚上也不回来了?"

"有这个可能。"

"你在外面玩,我不反对,但是别夜不归宿,行吗?"

"你是在关心我还是在教训我呢?"

"教训你。"

"你又不是我爸妈,凭什么教训我?"

"我是你老板。"

"你腻不腻啊,天天说自己是我老板。我告诉你吧,这次回来,我压根儿就没想过再从客栈领工资,也没有把自己当成是客栈的员工,所以老板这个说法你还是别和我提了,我已经把你给炒鱿鱼了。"

"你这是真从家里坑了点钱,说话都变硬气了啊!"

"是,我不用再对你低声下气的了。"

"你什么时候对我低声下气的了?"

"从你在我面前自称老板的那天开始。"

"你这瞎扯的本事还真是见长啊！"

"行了，没工夫和你说废话，我挂了。"

"晚上记得回来。"

杨思思压根儿就不理我，她很果断地挂掉了电话，我则郁闷了好一会儿，才又向桃子问道："马指导呢，怎么也不在客栈？"

"白露有个姐们儿今天结婚，马指导去做演唱嘉宾了。"

"难怪客栈这么冷清，铁男呢？"

"他啊，他去下关拿货了，咱们酒吧这两天生意不错，好几种洋酒都没货了！"

"你给他打个电话，问他什么时候回来。"

"你找他有事儿？"

"没什么事儿，就是想找个人喝两杯，今天挺闲的。"

桃子点头，然后给铁男打了电话，却得知铁男被酒行的老板留在下关吃中饭了，所以今天中午也不在。

我倍感无聊，自己一个人拿了一瓶啤酒在酒吧靠窗户的位置坐了下来，等了差不多半个小时桃子才将饭菜端了过来，然后也拿来一瓶啤酒陪我喝了起来。

虽然无聊，但我觉得这才是在大理应该要过的生活，我们可以因为无聊而去接触很多新鲜的事物，这和被生活压迫着去学习是两种截然不同的感觉。

阳光有些刺眼，但我还是盯着那艘在洱海上漂泊的行船看了一会儿，然后才拿起啤酒罐示意桃子碰个杯。

桃子与我碰了一个之后又将窗户打开了一些，一阵微凉的风便迎面吹来，吹动了白色窗纱的同时也给人带来一阵神清气爽的感觉。

桃子闭了闭眼，享受过这阵难得的轻松之后又满是感慨地对我说道："有时候觉得就这么无所事事地在大理待一辈子也挺好的，我特别喜欢闲下来的时候，就坐在现在这个位置喝一点儿酒，看几本书，完全不用担心时间是怎么从自己身上溜走的，甚至有时候想起过去，都觉得是另一个自己经历的，跟现在的我一点儿关系也没有。"

我点了点头，也带着一些感慨回道："如果能在大理找到一种正确的生活方式，每天都可以活得这么轻松！"

"这应该就是蕾蕾所追求的……"稍稍停了停，桃子又笑道，"呵呵，谁不希望过这样的生活呢？苍山下，洱海旁，开一家客栈，养一条狗，看一本书，喝一杯咖啡，与一个爱的人相守一辈子！"

"你已经实现了。"

"是啊，至少曾经实现过，人不能太贪心。"

桃子说着又环视着这个客栈，她的脸上露出一丝不舍的表情。此刻我们心里都知道，我们终究是要和这个客栈说再见的，可遗憾的是我们却深深喜欢上了这个客栈带给我们的生活方式。

我也追随着桃子的目光看去,发现马指导在院子里种下的花竟然有一大半还开着,而现在已经是寒冬季节,又看了看自己身上穿着的薄外套,才想起,大理是个没有冬天的城市。

吃完饭,桃子收拾了一下之后,我便抱来了自己的笔记本,并将最近拍摄的一些图片整理了出来,然后发了一篇长微博,记录了客栈从开业到现在的点点滴滴。

一些粉丝表示,看完这条图文并茂的微博之后更想来我们客栈看看了,并且很热心地转发了这条微博。半天的时间,微博因为大家的转发而增加了二十多个粉丝,虽然不是很多,但我却感觉到了满足。因为每一个在微博关注我们客栈的人,内心都与我们有着一样的情结。能和志同道合的人聊自己的追求和兴趣才是人生真正的享受。

黄昏的时候,我又陪几个刚刚在客栈住下的客人聊了一会儿天,我免费送了他们一壶茶,他们特别感谢我的热情,而我也在他们的感谢中产生了一种实现自我价值的满足感。相比于此,我更喜欢听他们从远方带来的故事。

不知不觉中夜色便降临了,客人们都去了繁华的古城,酒吧又冷清了下来。

看着海对岸亮起的各色灯光,我的心里便开始担心起了杨思思。

大理白天美得像是一幅画卷,可晚上却没有那么平静了。各式各样的人会想尽一切办法在酒吧里找消遣,找快活,这里面更不排除有心怀不轨的人,杨思思要是和他们混在了一起,肯定没什么好下场。

我终于按捺不住,对桃子说道:"你给思思打个电话,看看她怎么还没回来。"

"你自己打呗,你又不是没她的电话号码。"

"我和她说不了两句话她就不耐烦了,没法沟通啊!"

"你得拿出一副你关心她的样子出来,她不会不耐烦的。"

"我还不够关心她?"

"你得表现出来。"

"要怎么表现才算是表现出来?"

"乖啊,你自己琢磨,302的客人还等着我给他调杯鸡尾酒送过去呢。"

桃子说完便不再理会我,而我有点儿郁闷,要是打这个电话吧,感觉是在自找没趣,要是不打吧,还真有点儿担心她。

纠结中,我给自己点上了一支烟。快要吸完的时候手机一阵振动,我快速拿起,却发现是戴强给我发来的信息:"哥,我已经和嫂子见面了!不得不说,你实在是太有眼光了!嫂子本人比视频里的还要有气质。"

"紧张吗?"

"特别紧张!"

"特别紧张就对了,你自求多福吧。"

"什么意思?"

"她是个很不喜欢聊天的女人,你会从开始尴尬到结尾。"

"她也尴尬吧?"

"她?她不会的,她有一种把谁都能当成是空气的能力。"

"那我就先把自己当成是空气。"

"你这招以毒攻毒不错!"

"哈哈,对了,哥,我有个问题想问你。"

"问嘛。"

"你和嫂子一个在上海一个在大理,你们没有想办法解决这个问题吗?这也离得太远了!"

我又点上了一支烟,心中权衡着要不要借这个机会把这个事情给解释清楚了,虽然叶芷没有表现得很排斥,但是这么让戴强误会着终究是会给叶芷带来负担的,而且我的心理上也觉得非常别扭。

我终于回道:"你既然这么问了我就实话和你说了,我当时为了应付我爸才找叶芷装了我的女朋友。你嘴给我严实一点儿,别在我爸妈面前说露馅儿了,知道吗?"

"哥,别开这么大的玩笑,好吗?我有点儿接受不了。"

"都市剧里不都是这么演的嘛,你有什么接受不了的?"

"落差太大!"

"少废话,以后别嫂子嫂子的乱喊。"

戴强一连发了好几个落泪的表情,问道:"那我喊她什么?"

"叶总。"

"唉,怪不得托你给我在上海找份工作你会这么为难呢,原来她不是我的真嫂子啊!"

这条信息之后我没有再回复戴强,我的注意力又放在了直到此时还没有归来的杨思思身上,这个点儿正是酒吧开始躁动的时候,可能我再晚打一会儿电话,她就会遇到危险。

我真是这么想的,因为上次和马指导、铁男一起去吃烤串的时候,我见过一些这样的事。

我看了看时间,此时已经是晚上的八点半,可杨思思却一点儿要回来的动静也没有。因为桃子已经明确表示不会帮我打电话询问情况,所以我又走到院子里对正在和客人聊天的铁男说道:"跟你说个事儿。"

"忙着呢。"

"不耽误你多少时间,借一步说话。"

017

铁男跟客人交代了一下，然后随我走到了门口，他叼上一支烟，对我说道："有话赶紧说，客人等着我回去聊天呢。"

"我觉得客人不是很有兴趣和你聊。"

"你这话什么意思？"

"你给杨思思打个电话，问她什么时候回来。"

铁男甩了甩手上的烟，怒道："这有逻辑上的联系？"

"必然有联系。其实，我就是想提醒你在搞好客户公关的同时也要对员工的安全问题负责，这两碗水你要是端不平你就不是一个合格的老板。"

"神经病，她一这么大的姑娘去哪儿玩我能管得着？再说了，你不是天天在她面前自称老板嘛，你干吗不给她打？"

"她把我给炒鱿鱼了，就中午那会儿的事。"

铁男吸了一口烟，一副恍然大悟的样子，然后笑道："我明白了，你给她打过电话，她没给你好脸色。"

"可不是嘛！"

"这事儿我可不管，我怕她把我这个老板也给炒鱿鱼了。"

"兄弟，能不能不说风凉话？"

"能，但这事儿谁想管谁管。"铁男说完便转身要走，我拉住了他，他打掉我的手，又说道，"哪儿凉快哪儿待去，别碍着我跟客人聊天。"

"你最好以后别有事儿求我。"

"您尽管放一百二十个心，这样的事儿我肯定不会求你的，因为我压根儿就没你那么怂！"

说完他回到客人那一桌，又开始天南地北地聊了起来。

我算是看出来了，他和桃子就是一个德行，要不然也不会成为两口子！

我很是没趣地回到酒吧，然后给自己点上了一支烟，心中不免为杨思思感到悲哀，因为她把这个客栈的谁都当亲人，可最后关心她的却只有我这么一个。

我劝自己大气一点儿，劝了大概十来遍，终于从桌子上拿起了手机，然后又一次拨通了杨思思的电话。

她在片刻后接通，随之而来的还有一阵极其劲爆的酒吧音乐，我没什么可猜的了，她就是在酒吧里面鬼混。

她很是不耐烦地问道："你老给我打电话干吗？真够烦的！"

"在哪个酒吧呢？我也去喝两杯。"

"这儿不欢迎中年人。"

我捏着嗓子回道："姐姐，我不是中年人！"

"你恶不恶心哪？！"

"不恶心，姐姐。"

"我就没见过你这么无耻的人。"

"能开阔你的眼界，是我的荣幸。"

"去死吧。"

在我厚着脸皮的时候，我的心态会出奇地好，所以就算被她骂了，也是不急不躁地回道："你要还在酒吧鬼混，咱俩指不定谁先死呢！"

"懒得理你。"

杨思思说完又挂掉了电话，我却真有了火气。

这样的危机感，终于让我坐不住了，我骑上铁男的摩托车，往古城的方向驶去。

我将摩托车停在人民路的外面，然后步行进了酒吧街，我有信心找到杨思思，因为这条路上只有四五家酒吧，所以目标范围并不大。

我就这么从人民路的上段走到了中段，然后在一家名为"坏猴子"的酒吧门口停下了脚步，这家酒吧也是人民路上为数不多有一整个乐队在做表演的酒吧，他们专门演唱一些国外的重金属音乐，所以也吸引了很多外国人在这里消费。

我感觉杨思思应该在这里，因为刚刚和她通电话的时候电话那头传来的也是类似这种重金属音乐，而且我还隐隐约约听见有人在说什么"猴子、猴子"。

果然，杨思思就坐在靠窗户口的第二排位置，她身边也真的围了不少小青年，杨思思与他们相谈甚欢，所以时不时有笑声从他们那桌传来。

我知道杨思思不会给我好脸色，所以我也没有贸然进去，而是坐在对面的小吃摊子上要了一份烤米线，然后努力制造出一副偶然相遇的假象。

我时不时会向杨思思那里看上一眼，那些小青年倒还算规矩，并没有对她有动手动脚的行为，倒是杨思思将手搭在其中一个人的肩上，一直有说有笑。不过，这样的画面并没有让我沉不住气，因为对于他们这个年纪的年轻人来说喝高兴了有这样的举动也很正常。

烤米线上来之前，我又向杨思思那边看了一眼，没想到她也在同一时间看了过来，我们的目光好巧不巧地碰在了一起。

我夹着烟对她笑了笑，她很嫌弃地看了我一眼，然后又将注意力放回到了那个一直与她聊天，且长得有点儿帅的小青年身上。

我并没有太在意，我的目的只是让她别夜不归宿，她爱这么玩是她的自由，所以我也放缓了看向她那一边的频率。

下一刻，我从口袋里拿出了手机，然后一边吃着米线，一边看起了今天发生的热点新闻。

这时，戴强又给我发来一条信息，他说："哥，嫂子没你说的那么冷漠吧，虽然是有点儿不太爱交流，但我和她说话的时候，她都听得挺认真的。"

"你和她聊什么了？"

"你初中那阵子的事情。"

"你说没说我已经把自己和她装情侣这事儿跟你说穿了？"

"我没和她提。"

"为什么不提？"

"就算是假嫂子，但我还是会有亲切的感觉，和她聊一些家里的事儿也不觉得有什么别扭的，但如果对面坐的是叶总我就没那么自在了，心理上会觉得有压力。"

"你这是自欺欺人！"

"我不这么认为，凡事皆有可能，说不定哪天她就成了我的真嫂子呢！"

"雷劈中你十回，她也没有一点儿做你真嫂子的可能性。"

这条信息发出去之后，我就被自己的行为给逗乐了，我实在是没必要和戴强这个愣头青较劲儿，他不知道叶芷的实际情况难道我还不知道吗？

她的生命中有一个让她苦等了这么多年的男人，对于一个正值青春年华的女人来说这么长的等待需要多大的爱意才能坚持得下来。

从这点来说，她应该是个很完美的女人了，因为她没有被社会的污垢腐蚀，她爱得很独立也很骄傲。反过来看我，早就不相信爱情啦，我要的只是一种凑合的爱，凡事凑合就好。

试问，这样两种截然不同的爱情观，到底需要怎样的奇遇才能让我们真正走到一起？

或者，我压根儿就不该去想这些，这会让我产生一些自卑感，这种自卑感与物质上的差距倒没什么太大的关系，我只是觉得，爱情这个东西在我的精神层面已经变得很低微了，一句凑合就已经能够概括它的一切。

这么分神了一会儿之后，我又向"坏猴子"酒吧看去，却发现杨思思已经不在刚刚的那个位置上，而那几个围着她的小青年也一起消失了。

我心中顿时有了一种不太好的预感，就算我信得过杨思思也信不过那帮小青年，他们可坏着呢，专骗杨思思这种没心没肺的姑娘。

这时，我也顾不上点的东西还有一大半没吃赶忙结账，然后又问了"坏猴子"酒吧的服务员，他告诉我，杨思思跟那个聊得最投机的小青年去了叶榆路的方向，其他人则去了洋人街。

也就是说，此刻的杨思思正和那个有点儿帅的小青年单独在一起，而坏就坏在这个单独上，这种套路我见得太多了，叶榆路又是个客栈扎堆的地方，要真是奔那儿去了，她能落着好吗？！

离开了"坏猴子"酒吧之后我又追到了叶榆路，可这里的小巷子特别多，一旦杨思思和那个小青年钻进了某条小巷子里，我是绝对没有可能找到的，而且就这么一条不算长的路上聚集了几百家客栈，我更不可能挨个儿去问一遍。

我在一家已经关了门的店铺门口坐了下来，然后再次拨打了杨思思的电话，她却已经将电话关机，这让我觉得自己对事态的判断更准确了一分。

说实话，她这个样子确实让我产生了一阵无能为力的感觉，我没有办法去太多地干涉她的私生活，我感觉自己已经尽力了，因为她做的这一切看上去都是自愿的，而我却师出无名。

我摸出一支烟点上，然后又从口袋里拿出了手机，上面还有一条戴强发过来的未读信息，他异常兴奋，因为他已经从叶芷那里得知自己被酒店录取了，而且和他事先预估的一样，酒店给他安排了住宿的地方，虽然不是单人单间，但也是在上海很繁华的地段，这是很多刚到上海打拼的人根本不会享受到的待遇。

我不太能共鸣他的喜悦，因为我知道他的未来会面临什么，等他有一天为了一套房子而感到烦恼的时候再回头看今天的喜悦，会发现很幼稚、很可笑，而上海对于我们这些外乡人来说也从来不是一座简单的城市，这里没有绝对的喜悦，却有足够的迷茫和悲伤。

我只能鼓励他，加油，加油，再加油！

一支烟吸了一半的时候，路对面的街头歌手终于唱完了那首在当地很火的《去大理》，他拿出一只已经很旧的杯子喝了一口水，然后翻了翻歌词本，熟悉的旋律便从他的琴弦间传了出来。

没错，是那首《再见二十世纪》，这是一首很冷门的歌，所以也是我第一次在大理这个地方听人唱起。

我入神地听着，然后想起了一些当天的心情，我的烟已经烫了手，却没有觉得有多痛，在听到高潮时我的情绪有点儿失控，我的眼泪偷偷摸摸地掉了下来。

虽然我已经不会很频繁地想起汪蕾，但只要想起一次都是痛彻心扉的。此刻我特别想抓紧她的手，可能看见的却只有她在我脑海里浮现出的笑容。她是一个没有家的女人，可是她希望自己会成为某个男人的妻子，并为那个人生孩子，这样她就又有家了。

我已经记不得原话，但意思就是这样。

就在我沉浸在这种悲伤的情绪中难以自拔时，我的后背猛地被人拍了一下，我抬起头，看见杨思思正手捧一杯会冒烟的饮料居高临下地看着我。

我赶忙擦掉了眼泪，心里想着，这杯饮料的烟冒得那么大，她应该没看到我脸上的泪痕。在我心中，这些事以及这些心情是不应该被杨思思察觉到的，她完全就是另一个世界的人，不会理解另一个世界的苦痛。

"哟，你这是在哭吗？"

"你眼瞎。"

"干吗这么大火气啊？哭又不是什么丢人的事情，我一天得哭好几回呢！"

"我没哭，这儿风大。"

杨思思似乎对这事儿特别有兴趣，她在我身边坐了下来，然后在我脸上一阵指指点点，说道："哭这个事情我最有经验了，你这样子绝对不是被风吹的。"

"我看见你就想哭，行了吧？"

"我有这么让你心疼吗？"

我看了她一眼，然后硬生生转移了话题，问道："你不是和一小帅哥走了吗，怎么又回来了？"

"干什么也没有看你哭有意思……"稍稍停了停，她用手推了推我的肩膀，又问道，"喂，你为什么要哭啊？"

"去找你的小帅哥吧。"

杨思思根本不理会，她又似笑非笑地说道："要不你再哭一会儿呗，我还没看够呢！"

"你别过分啊，我的忍耐是有限度的。"

"我就是过分了，你能把我怎么样啊？"

我趁她不注意对着她手上的饮料来了一下，顿时饮料洒了一地，这还不够，我又龇牙咧嘴地看着她，企图让她看到我很过分的一面。

杨思思说哭就哭，就在我以为她会报复我的时候她却拽着我的衣服说道："你把我弄哭了，就是为了有个人陪你一起哭吧？你成功了，来，一起哭吧。"

"你别闹了，先说说你的事儿，你刚刚跟那小青年到底干吗去了？"

"我有必要告诉你吗？"

"我是在担心你，那些没事儿就往酒吧里钻的小青年都不是什么好东西。"

"我就是喜欢和他们在一起玩。"

"女孩子要自爱。"

"我就是喜欢自暴自弃。"

我看着她，她也针锋相对地与我对视着，我终于摇了摇头回道："希望你以后别后悔现在和我说的这些话。是，我到古城来就是为了找你，因为担心你会和一些不三不四的人混在一起，但如果你自己都很无所谓你就当我没来过吧。"

"谁会有你不三不四！"

我起身，在临走之前又对她说道："不管你今天晚上回不回我都给你把门留着，如果心里还想回去的话就早点回去。"

走的时候我回头看了一眼，杨思思并没有跟上来，而我也没有再回头，因为我觉得，如果真心想堕落是没有人能拦住的，我可以做的只能是将利弊和自己的关心转告给她，如果她还是不愿意分辨好坏那我就实在是没辙了！

回到客栈，一天没在的马指导也回来了，他正坐在酒吧里吃着煮好的方便面，我在他的对面坐了下来，然后向他问道："白露呢？"

"她回下关了。"

我点上一支烟，吸了一会儿之后又以闲聊的语气对他说道："你和白露的事儿你心里到底是怎么想的？"

马指导看了我一眼，然后装着傻回道："都是些陈年旧事，我能有什么想法。"

"难道和陈年旧事沾上边的事就不能提了？"

"不是不能提，是提了也没什么意义，那干吗还浪费时间说一些废话。"

"人白露可是在等着你呢。说真的，你这糊涂装的是真没什么水准！"

"我不用她等，她过好自己的日子就行了。"

"就她现在这个样子，能叫过得好吗？"

"我也不是她的救世主。"

"咱是兄弟，你有什么顾虑可以和我说。"

"我们的事儿别人管不了，你就别问了。"

马指导似乎很不喜欢别人和他聊这个话题，所以他只吃了一半面便离开了酒吧，大概是回了我们住的那个农家小院。我也挺累的，但是却回不去，因为我是个说话算话的人，我既然向杨思思承诺过会给她留着门儿，那就一定会在这儿等到她回来。

其实，我骨子里还是愿意相信杨思思是个正经的姑娘，因为她对生活的要求就很阳光，所以她应该不会把自己放在生活的阴暗面，然后去作践自己和自己的名声。

躺在酒吧的沙发上，我模模糊糊地睡了过去，这一睡便到了早上，我醒来的第一件事情便是想到了杨思思，也不知道她昨天晚上到底有没有回来，我感觉她没有回来的可能性很大，如果她回来了她不可能不叫醒我。

可如果她没有回来，那她又是怎么过夜的？

我被她弄得很矛盾，一方面我相信她对自己是有严格要求的，另一方面我又觉得现在的年轻人普遍不靠谱，他们很容易被激情支配着去做一些不对的事情，而她的夜不归宿已经是一种不太好的预兆。

手机一阵振动，我拿起看了看，却是叶芷发来的信息，她说："米高，我们在龙龛的项目已经通过了全部的审查，近期就会启动，希望你有心理准备。另外，要和你说一声抱歉，我的内心并不想侵犯你们的利益，但我必须这么做，望理解。"

我心情复杂到不想说话。

片刻之后，客栈的门终于被推开，杨思思真的直到这个时候才回来。

我从酒吧里走了出来，然后挡在了杨思思的面前，我对她说道："你知道我在酒吧里等了你一夜吗？昨天晚上为什么不回来？"

杨思思一脸无所谓地对我说道："我又没让你等我。"

"是，重点不在我等你，我就问你你昨天晚上为什么不回来？"

"这你也管不着吧。"她一边说一边推开了我，又说道，"让开，我要回去睡觉了。"

"你要睡觉我不拦着你，我最后问你一句，你这次回大理到底是为了什么？"

"玩儿。"

我很生气，却又感到无话可说，我终于选择了让开。她又无所谓地看了我一眼，之后便进了客栈。

我觉得她变坏了！

我已经没了睡觉的心思，我在公共卫生间洗漱了一下之后便又在厨房里煮上了粥，片刻之后便迎来了一波退房的高峰期，我代替桃子替他们办了退房手续，然后又迎接了几拨新来的客人。

十点钟的时候我终于闲了下来，我吃着早饭的过程中才有时间回了叶芷那条具有通知性质的信息，我对她说道："说实话，刚知道是你们集团在龙龛投资了这个项目的时候我确实很恼火，可人的格局不应该只局限于埋怨和自哀自叹上，客栈倒下了反而应该成为我们的动力，让我们去做出更好、更大的事业。所以，真心恭喜你们的项目通过了全部的审查，也希望你们的项目能成为龙龛的新地标。"

"谢谢你能这么想。"

我将手机放在了一旁，又下意识地往美到让人心碎的洱海看了看，此刻我多希望这间客栈能在洱海边上永恒矗立，然后成为我们这些外乡人一辈子的港湾，可事与愿违，我们失去了它，也失去了在大理立足的根本，我甚至不太敢去想以后的自己还能在这片土地上干点儿什么。

我确实是挺迷茫的！

片刻之后，白露来到了客栈，她没来得及喝口水便对我说道："米高，官方的文件已经下达了，我们客栈所在的这片区域，不管是带有经营性质的建筑还是民房都会被拆，下个星期拆迁办的人就会带着补偿方案来做拆迁动员的工作。"

"这也太快了！"

"可能上面意识到拆迁动员工作不会太顺利，所以就尽量多腾出了时间，但这也压缩了我们的经营时间，这不是一个好消息！"

"我们还能经营多久？"

"理论上，从拆迁动员工作开始我们就该被强制停业了。"

我点上了一支烟，心中有点儿烦闷。而这时，客栈外面也聚集了很多村民，他们正在激烈地讨论着，估计也已经得知了这片区域即将面临拆迁改造的消息。

这一场风暴来得极其突然，同时也改变了很多人的命运。

客栈里的人，陆陆续续都起了床，而这个酒吧也成了我们的临时会议室，可是再好的会议也改变不了既定的结果，我们很气愤也很无能为力，所以我们只讨论了一些关于客栈善后的事情,并清算了一下最后会亏损多少钱。

肯定是要亏损的,因为此时的形势比我们之前预估的还要差很多,我们竟然只剩下一个多星期的时间可以营业,时间上的限制已经注定了我们达不到之前计划的营业额。

我向白露问道:"咱这边的情况,你和赵菁沟通过了吗?"

"嗯。"

"她怎么说?"

"她挺能理解的,毕竟客栈被拆属于不可抗力,她没有提过分的要求,也没有给我们施加压力。"

"赵菁和我们讲情谊,我们就更得体谅她。她现在应该是我们这群人里面最急着用钱的,我建议先从营业额里拿出二十万给她应急,我们这些不急着用钱的人就等后面的装修补偿款,你们看怎么样?"

众人交流了一下,然后给了我一个很一致的答复,大家都觉得,发生这样的事情之后我们更应该像患难与共的一家人,所以钱就应该先给最需要的人,如果我们自己因为钱财分割不均匀而闹了矛盾,才是真正对不起大家聚到一起的缘分。

是,我们这群人就是太感性了。所以我也在想,如果我们团队里有一个像叶芷这样的角色存在是不是会显得成熟一些,继而保持足够的侵略性?

我想,我是该做一次深刻的反思了!

白露和我们一起吃了个中饭之后便又离开了客栈,而马指导是我们这群人中最有危机意识的,他最近已经很有针对性地在外面接了不少演出的活儿,所以在白露走后的不久他也背着吉他离开了客栈。

至于杨思思,我觉得她已经不算是客栈里的人了,因为从早上回来到现在,她还在床上躺着,没睡醒。不过也无所谓,反正我们身上的危机感她也分担不了。

酒吧里只剩下我、桃子、铁男三人。

桃子有点儿忧愁地对我们说道:"客栈停业后,你们准备做点儿什么?"

铁男回道:"要不,接手个小点儿的客栈继续做?"

"小客栈没什么盈利能力,可养不活咱这么多人!"

"大客栈我们也接不起啊。"

我点了点头,感觉客栈这个行业暂时是做不了了。

沉默了一会儿之后,我才开口对桃子和铁男说道:"白露自己有酒吧,有工作。马指导有唱歌的才艺,离了客栈都没什么太大的压力,可我们仨就悬了。"

桃子想了想,说道:"我也去酒吧找一个调酒的工作做吧。"

"暂时过渡一下,完全没问题。"说完,我又对铁男说道:"那就剩咱俩没着没落的了!"

铁男有点儿郁闷地点上了一支烟，半晌才说道："不到落魄的时候我还真不知道自己这么无能！"

桃子拍了拍他的肩，一边微笑一边安慰道："没事儿，这不还有我嘛，咱先把这段日子熬过去，以后再开间客栈，你还是我们这些人里面最有价值的一个。"

"你要养我？"

桃子笑了笑，回道："我们之间不存在谁养谁，这叫相互扶持。"

铁男有些动容，他握紧了桃子的手，半晌才说道："咱俩能在一起我真感觉这辈子值了！"

"你俩秀恩爱的时候，能考虑一下我的感受吗？"

桃子和铁男看了看我，然后一起回了一句"不能"。

我虽然笑了笑，可心中多少感到失落。曾几何时，我也是有女朋友的。

点上一支烟后，我向窗外看了看，发现门外正停着一辆哈雷摩托，骑在摩托车上的人就是昨天晚上和杨思思一起喝酒的那个小青年。不用想也知道他是来找杨思思的。

铁男也发现了他，然后向我问道："那小子是谁啊？在客栈门口停了半天了。"

我回道："昨天晚上和思思一起在酒吧玩的人，我去会会他。"

我一边说一边走出了客栈，当我与这个小青年面对面站着的时候，我向他问道："你是不是来找杨思思的？"

他看了我一眼，回道："嗯，她让我在客栈门口等她。"

"昨天晚上她一夜没回来，是不是跟你在一起？"

小青年立刻变得警惕了起来，他挺不客气地说道："你是谁啊？问这么多！"

"我是她哥哥。"

"你唬谁呢，我就没听说过她有你这个哥哥。"

我脸色一沉，回道："小子，既然咱今天面对面在这儿站着了，我也跟你把话说明白。你最好不要对她有多余的想法，要不然……"

"要不然怎样？"

"我就让你见识一下，她这个哥哥有多厉害！"就在我要和这个小青年起冲突的时候，杨思思拎着一只手提包来到了我们身边，她推开了我，对那个小青年说道："别理他，他脑子有问题。"

小青年深表认同地点了点头，然后说道："他刚刚占你便宜，你听见没？"

"他怎么占我便宜了？"

"他说他是你哥哥。"

杨思思脸都气绿了，她一边拿起皮包砸我一边骂道："谁给你勇气做我哥哥了？"

直到铁男和桃子也从客栈里跑出来杨思思才停了手，而我已经被她给砸蒙了，杨思思却还不肯放过我，她又以告状的口吻对桃子和铁男说道："你们见过这么浑蛋的人吗，竟然在我朋友面前自称是我哥，他是不是脑子挨门板夹过了？！"

铁男不愧是兄弟，他站在我身边对杨思思说道："你也没吃亏，你不是也在欺负他吗？"

"我那是被他给气的。"

桃子又过来打圆场："思思，你可不能这么说，米高做这些、说这些还不是因为担心你嘛，他这人也就是嘴上坏一点儿，你又不是不知道。"

杨思思看了我一眼，回道："我不用他担心。"说完，她又对那个小青年说道："小北，我们走。"

小青年发动了摩托车，然后给杨思思递了一顶头盔，杨思思从他手上接过后便上了他的摩托车，转眼他们便消失在了我们的视线中。

我挺没面子的，只好硬着头皮对桃子和铁男笑道："这杨思思真是挺厉害的！"

"你也不是个善茬，真亏你说得出口，怎么就成人家哥哥了。"

"没个身份压着怕管不住她。"

铁男一脸无语地看着我，半晌才回道："我真感觉你俩挺般配的，一个能闹，一个能折腾，这要是凑在一起过一辈子得多有意思啊！而且我们这些外人还有戏看。"

"小心收你们门票。"

各自散了之后我从客栈里拿出了一张吊床，然后在洱海边找了一个舒服的地方将吊床绑在了两棵树之间，我躺上去的时候正好有阳光照在我的身上，而这阵很温柔的暖意让我一点儿也感觉不到冬天的寒意。

我点上一支烟的同时也从口袋里拿出了手机，然后开始以无聊的心情刷新着朋友圈的动态。

杨思思又发了一条朋友圈，此刻她正和那个叫小北的小青年在洱海边的农场弄烧烤，而昨天和他们在一起喝酒的几个小青年也都没缺席，杨思思跟他们拍了很多合影，一副玩得很开心的样子。

我在这条动态下面评论道："客栈没几天就要停止营业了，如果你还想留在大理的话提前找一个住的地方吧。"

"你骗谁呢，不是说还有一个多月才停止营业的嘛。"

白露也看到了这条动态，她附和着我回道："思思，米高他没和你开玩笑，我今天已经收到通知，拆迁工作会在一个星期后开始。"

杨思思回了两个难过的表情。

白露又问道："照片上那个小伙子是你的男朋友吗？挺帅气的！"

白露这么问了之后我倒是挺想看看杨思思会怎么说，她如果真的和这个叫小北

027

的小青年确定了情侣关系，我就实在是没有多管闲事的必要了。

很遗憾，杨思思却选择了忽略，她没有回答白露这个问题。

阳光带给我的温暖渐渐让我产生了困意，我就这么迷迷糊糊地睡了过去，而这也应该是我最后的惬意了，因为等客栈被拆之后，我不可能再以这种闲适的心情去享受这份慵懒的下午时光。

我是被手机铃声给吵醒的。

我眯眼，然后迎着刺眼的阳光看了看，这个电话是戴强打过来的，我接通后他便向我问道："哥，你在干吗呢？"

"睡觉，被你的电话给吵醒的。"

戴强笑了笑，又感叹道："你在大理的日子可真是舒服啊！"

"你要不要也来大理玩几天？"

"我刚入职，哪来的时间哟，不过还真有人去了大理！"

我带着一丝好奇问道："谁啊？"

"我们叶总啊。"

我愣了一下，才反应过来他口中所说的叶总其实就是叶芷，我从吊床上坐了起来，才开口问道："你怎么知道她来大理了？"

"集团的内部网上有公示，说她这几天会去大理参加一个项目的启动仪式。"

"这事儿你就没有必要打电话给我了吧。"

"就算她不是我嫂子，但你们终归是朋友吧？你难道就没有去接机的打算？"

"她如果需要我去接她，会给我发信息的。"

"你真觉得她是一个很善于表达自己内心想法的女人吗？"

"不是，戴强，你磨磨叽叽地和我说这么一大堆到底想表达什么？"

"就是想提醒你追女人要用心呗。"

"谁告诉你我要追她了？"

"你难道对嫂子就真的没有一点儿想法？"意识到自己说错话了，他又赶忙改口，"是叶总，叶总！"

"你好好工作，别替你哥瞎操心。"

不知道戴强是从哪儿来的耐心，他又向我问道："哥，你觉得要是姨父姨妈知道你和叶总是在假装情侣欺骗他们会不会很生气啊？"

我真的被这句话给唤起了危机感，于是想了想，才回道："生气就太便宜我了，他们会扒了我的皮。"

"那你还不加把劲儿，把假嫂子给变成真嫂子，这样不就什么事儿都没有了吗！"

我不由自主地叹了一口气，却不知道该回点儿什么。

从我的内心来说，我很不喜欢把生活幻想得很美好，可戴强和我说的这些却又美好得不像话。

　　戴强又说道："哥，集团的项目已经谈成了，嫂子以后去大理的机会只会越来越少，你可真的要抓住机会啊！"

　　就在我想说点儿什么的时候，戴强又压低声音对我说道："哥，不和你说了，我们经理过来了。"

　　戴强瞬间便挂掉了电话，我却听着"嘟嘟"的挂断音半天没有回过神来。

　　我终于放下了手机，又躺回到吊床上。我没有习惯性地点上一支烟，只是将头枕在自己的手臂上，然后对着湛蓝的天空想了一些事情。

　　是，我承认每天看着桃子和铁男秀恩爱让我产生了想谈恋爱的冲动，但是我也很清醒，我知道什么样的女人是我该追求的，也知道什么样的女人是我不能去招惹的。

　　现阶段的我，只想要一份能长远且稳定的感情。

　　黄昏渐渐来临，阳光又像金子一样洒在了洱海清澈的水面上，海鸥和多彩的云朵也像一个个有趣的元素点缀着我眼里的黄昏，一切看上去比水墨画还要美上几分，而我这才有心情点上了一支烟，然后毫无顾忌地挥霍着人生中最美的时光。

　　片刻之后，手机又是一阵振动，我却已经入神。所以，等我将手机再次从口袋里拿出来的时候天色已经昏沉。可这条信息又给了我一丝曙光，因为是叶芷主动给我发过来的。

　　"如果有时间的话，希望你能来机场，我有一份礼物想送给你。（大理机场，三个小时后。）"

　　叶芷这条信息是在半个小时之前发过来的。也就是说，现在的她可能已经在飞机上了，而两个半小时之后她就会到达大理的飞机场，这种感觉很奇妙，会让我觉得她遥不可及的同时也近在咫尺。

　　我将吊床从两棵树之间解开，然后背对着从湖面吹来的晚风走回了客栈。

　　因为时间还很充裕，我将自己已经两天没洗的头发洗了洗，然后又用发胶做了一个满意的发型，这才给做租车服务的小宋打了个电话，让他给自己送来了一辆两座的跑车。

　　在小宋将车交给我的时候，我们也就客栈要被拆掉的事情聊了几句。

　　我对他说道："今天官方文件已经下来了，我们客栈包括客栈附近的所有建筑物都会被拆掉，虽然这是不可抗力的原因，但还是感觉挺对不起你的。"

　　小宋对我笑了笑，回道："没事儿，做生意都是有风险的。实在不行，我还可以把刚买的这辆奔驰车给转手卖了，也不会亏多少。"

　　"别卖了，那辆奔驰车的车况不错，后面还会陆续开放一批海景客栈，到时候，市场对豪华车的需求肯定会比现在大很多，如果你这边做好了充足的准备，有实力的海景客栈肯定都愿意跟你合作，你这点车贷也很好还。"

"嗯，这段时间跟在你们客栈后面赚了一点儿钱，也能撑个一年半载的。对了，哥，以后你还准备做客栈吗？"

"大的海景客栈做不起，小的客栈又养不活我们这么多人，所以暂时应该不会考虑做客栈了。"

小宋一声叹息，回道："真是人算不如天算，这么一间赚钱的客栈说没就没了！"

我拍了拍他的肩，笑道："人活在这个世界上有得就肯定有失，重要的是你有没有从头再来的勇气，因为机会丢了还会再回来，但勇气这东西一旦没了就是真的没了。"

"哥，你这句话我挺受用的。"

我笑了笑，回道："好好加油，说不定我们以后还会有合作的机会。"

"嗯，到那时候奔驰宝马恐怕都满足不了你们客栈的需求了吧，我得专门准备一辆宾利给你们客栈接送客人！"

"哈哈，说得我恨不能现在就做一家全大理最牛的海景客栈，你这小子挺会煽动人心的啊！"

小宋也随我笑着，然后他又从车里拿出了那份当初和我们客栈签订的合同，他当着我的面撕毁之后又对我说道："哥，咱们合作的时间虽然不长，但你真的挺照顾我的，我也帮不上你什么忙，但不给你添堵还是可以做到的，所以我放弃追究你们的违约赔偿责任。"

其实，客栈是因为不可抗力而导致的停业，如果真要较真的话我们也未必需要对小宋进行赔偿，但他主动放弃绝对是一份用心交换得来的人情，我当然深受感动。

这也让我更加相信，人与人之间的真诚相待也是一种超越商业范畴并凌驾于人性之上的价值。

我决定今天晚上抽出一点儿时间将这样的体会写在微博上发布出来，我们的客栈虽然要完了，但因为这个客栈建立的人情却以另外一种方式而永垂不朽。

用了一个小时的时间，我终于开着那辆从小宋那里借来的车来到了机场，而此时正好是叶芷下飞机的时间。不过我事先并没有发信息告诉她我会来接她。

我点上一支烟，立在寒风中耐心地等待着。

大概过了十分钟，她终于随着一拨人流从出站口走了出来，因为我站在车辆比较密集的地方，所以我可以很轻易地看到她，她却不太容易找到我。

她拎着一只白色的手提包，站在广场上四处看了看，可能是因为没有看到我的身影，她的脸上有了一丝失望的表情，然后又从手提包里拿出了手机，她似乎想给我发信息，但最终还是选择了放下手机。

戴强说得没错，她确实是一个不善于表达内心情感的女人，但她和正常人一样也是会失望的，因为这是我亲眼所见。

我又深吸了一口烟,将烟蒂按灭在烟灰缸里后便大步向叶芷走了过去。

她又转身看了看,我便躲在了她的背后想恶作剧一下,却不想手还没伸出去她便又转了回来,然后看着半蹲在她身前的我,我讪讪地对她笑了笑,她向我伸出了手。我下意识地往后仰了仰身子,她微微一笑,对我说道:"你头上有一片树叶。"

我抬头一看,发现自己和她的身旁就有一棵梧桐树,上面挂着许多已经枯黄却还没有落下的树叶,一阵风吹过,枯叶又纷纷扬扬往下落着,这次落在了我的肩膀上,也落在了她白色的围巾上。

她先帮我拿掉了头上和肩膀上的树叶,然后又拿掉了自己围巾上的那一片,三片泛黄的树叶被她捏在手里,充满了诗意。

在她想要扔掉的时候我说了一句"等等",然后便用手机将这一幕记录了下来。

我将拍好的照片递给她看,然后又对她说道:"怎么样,是不是很有艺术感?"

"构图还不错,你学过摄影吗?"

"跟马指导请教过,也就是懂点皮毛。对了,为什么从来没有见你发过朋友圈动态呢?就像这样的照片,如果在朋友圈分享出来不是很有画面感吗?"

"我自己的生活为什么要给别人看?"

"我觉得你是在孤立自己。再说了,朋友圈动态也不一定就是为了给朋友看的,它是一种记录生活的方式,做个假设啊,等你到八十岁的时候,再回头看今天这张照片是不是也会被自己当年的年轻貌美打动呢?说真的,我们这代人挺幸运的,因为我们可以用更丰富的方式记录自己年轻时候的样子,然后就可以跟自己的孙子们吹牛,看,爷爷奶奶年轻的时候是不是很帅,很漂亮。"

叶芷想了想,有点儿认真地回道:"我从来没把自己的生活想这么远。"

"缺少预见性也会让你损失很多乐趣。"

"我只是觉得在生活上想得太多会很累!"

"不累啊,不信你试试看,就把我刚刚给你拍的那张照片发到自己的朋友圈里。"

我一边说一边将这张照片用微信发给了叶芷。

她看着照片,笑了笑对我说道:"你是第二个逼我发朋友圈的人。"

"第一个是谁?"

"思思。"

我这才想起,我跳进洱海救人那一次杨思思确实是逼着叶芷发了一条歌颂我的朋友圈动态。想想那时候的杨思思真是单纯到让人感动!

回过神,我又对叶芷说道:"你要是将这张照片也发动态了,那我就真的是霸占你的朋友圈了。"

"什么意思?"

"你发出来就知道了。"

叶芷看了看我，然后将这张照片选了出来，就在她准备发出去时我又喊停，说道："只发照片太干巴巴的了，你再加点儿文字，文字的意义是补充说明。"

叶芷立即领会，于是又添加了"我和大理的冬天"这七个文字，顿时就变得有意境了很多。

叶芷就这么站在机场昏黄的路灯下将这条朋友圈动态发了出去，然后又向我问道："你刚刚说你霸占了我的朋友圈是什么意思？"

"你的朋友圈动态一共不就那么几条嘛，你看看几条是和我有关的。"

她浏览了一下，然后一副恍然大悟的样子。

的确就是这样，因为刚刚发出去的那条动态里的照片是我给她拍的，而之前被杨思思逼着发出去的那条我则是照片中的男主角，那她的朋友圈可不就是被我给霸占了嘛。

我笑着对她说道："如果不想朋友圈被我给霸占了以后记得多发几条动态。"

叶芷稍稍愣了一下，然后对我点了点头，我却觉得人的本性难改，所以她多半是在敷衍我，而我也有义务让她找到发朋友圈的乐趣。于是，我让她坐在了路灯下的椅子上，然后又对她说道："看看有没有人评论这条动态。"

叶芷将手机往我这边放了放，然后与我一起查看着。大概几秒钟后便有人在这条动态下面发表了评论，而评论的内容出奇一致，他们都在夸赞叶芷倾国倾城，当然，也有那么一小部分人在为叶芷在朋友圈发出自己的照片而感到震惊。

我向叶芷问道："你看这些评论是不是挺有意思的？"

叶芷点了点头，然后指着一个人的头像对我说道："这个人在我们集团是做技术工作的，平时总是一副寡言少语的样子，没想到回复朋友圈的时候还是挺幽默的！"

"对啊，朋友圈是个大染缸，大家都愿意在这个大染缸里表现出自己的另一面。我就这么说吧，多发朋友圈会有助于你更加立体地去了解一个人，其实还是有好处的。"

说话间叶芷的这条动态下面又多了一条评论，而这条评论却是杨思思发表的，她问叶芷："这不是大理的机场吗，是谁帮你拍的照片？"

叶芷先是尴尬，然后又向我问道："你说了这么多发朋友圈动态的好处，那这算什么？"

我也有点儿尴尬，以至于沉默了一会儿之后才回道："这应该算是麻烦吧。"

"那我要不要回？"

"不用，你作为这个朋友圈的主人有权利忽略掉一些不怀好意的回复。"

"要是思思问起来我就说是你教我这么做的。"

"没看出来，你还会搞甩锅这么卑鄙的事情啊！"

叶芷耸了耸肩，回道："这个锅必须甩给你，因为是你怂恿我发朋友圈的，你得做一个敢作敢当的男人！"

发朋友圈动态这个话题讨论结束之后我便开车带叶芷离开了机场，应她的要求，我将她带到了古城，而她今天晚上订的就是在古城内的酒店。

将她的行李放置在酒店之后，我们便在古城里找了一家做铁板烧的小店吃起了晚饭。吃铁板烧是我的主意，因为在没有话可说的时候可以自己动手翻翻菜什么的，这样就不会有太尴尬的感觉。

服务员陆陆续续将菜送了过来，我没指望叶芷会动手，便自己将菜放到铁板上，然后一边刷油一边翻炒。

弄好一个菜之后，我将其夹到叶芷的碗里，然后才向她问道："你说要送我个礼物，到底是什么？"

"我想先卖个关子。"

"那肯定是一份大礼。"

叶芷摇了摇头，然后便将注意力放在了正在冒着油烟气的锅炉上，我也随她陷入了沉默中。而这时，吃铁板烧的好处便被体现了出来，我又往锅上加了一点儿菜，然后动手翻炒着，并没有因为无话可聊而感到尴尬。

这时，手机响了起来，这次却是老米打来的电话，这让我有点儿意外，我向叶芷示意了一下，便走到一个角落接通了这个电话。

我向老米问道："有事儿吗，爸？"

"没什么事儿，就是告诉你给你弄了几斤腊肉寄过去了，知道你今年又不回家过年，想你在大理也能吃到点儿有年味的东西。"

我不至于和老米说"谢谢"，便"嗯"了一声，可心里的感动却是实实在在的。

老米又照例向我问道："客栈最近的生意怎么样？"

"一直都不错，您就甭担心了，这客栈亏不了！"

"我也不是担心你这个客栈，就是想提醒你要是客栈的生意稳定下来了，你也该考虑考虑自己的终身大事了，这眼瞅着过完年又长了一岁，你自己就一点儿都不心急吗？"

"这不正在相处着呢！"

"你这人做事情就是没有危机感，要不然人陆佳怎么就不跟你好了？适当的时候也主动和人家姑娘提提自己的计划，让人家知道你心里有她。"

"爸，我挺怕你这么和我说教的！"

"那你倒是让我们放心啊！能不能给我们一个准信儿，准备什么时候结婚？"

"所有矛盾都解决了，不用你们提我自己就把婚结了。"

"你这是和我打太极呢？"

"没有啊，我真是本着实事求是的原则和您谈这件事情的。"

033

"那你倒是说说有什么计划？"

我就这么被问住了，如果客栈能好好经营，我当然可以信心十足地和老米说起自己的计划，可现在我要怎么说才好呢？

在我不开口的时候老米又对我说道："既然打算留在大理发展事业，有没有想过在大理买一套像样的房子？"

"呃……想肯定是想过，但现在我手上没什么闲钱。而且，大理这边的房价也真不便宜！"

老米又苦口婆心地对我说道："钱不够就凑凑。米高你记住，不管你人在哪儿有个房子才算是有个家，没有房子，就算你这生意做得再大那也是流浪。"

"嗯，这事儿我有体会！"

"想买房子的时候提前跟我们说，我们把银行里的定期取出来，能帮上多少是多少。"

我心情复杂，一时不知道该说点儿什么。

老米又问道："小叶呢，是回上海了，还是在大理？"

"今天刚来的大理，这会儿正一起吃饭呢。"

"就冲她帮戴强这件事情的态度这也是个好姑娘，没嫌弃咱们家没钱没势。所以，你得好好把握住。"

我震惊了！之前老米对我和叶芷在一起这件事情一直是抱着看衰的眼光，可没想到戴强去上海找工作的事件倒成了一个催化剂，让他的态度发生了这么大的改变。

这真是我的烦恼，因为他们的期待越大，我就越不敢对他们说出真相。

半晌，我终于开口对老米说道："戴强在上海能找到工作完全是凭自己本事，你们可别把她的作用想得太大。"

"你看你这话说的，人家是那家酒店的老总，要是真看不起我们这儿，不愿意收戴强这个负担，面试得再好又有什么用？你这孩子，怎么就不知道领情呢？！"

我更加郁闷了，而老米又教训了我两句之后，才挂掉了电话。

收起电话，我也没有急着回去，我给自己点上一支烟，然后坐在路边的长椅上消化着老米刚刚和我说的这些话，我总结出了两个关键词，一个是"买房子"一个是"要珍惜"。

我彻底茫然了，因为这两个关键词在我身上压根儿就没有可实现的条件。

茫然中我抬起头四处看了看，却突然发现杨思思就在对街的一家咖啡店里坐着，她应该没有发现我，因为我此刻所在位置的人流量非常大，而我的身边又有一块碑石遮体，我也要抬起头才能看到她。

让我感到意外的是她只有自己一个人，正无聊地趴在桌子上把玩着手机。

这两天，杨思思对我一直不太友好，虽然偶遇了，但我也没打算去找她，所以我将电话收起来之后便又回到了和叶芷吃铁板烧的那个小店里。

等我坐下时，才发现叶芷已经往我的盘子里放了不少烤好的东西，我是让她久等了。

我带着一丝歉意对她说道："我爸就是这个样子，现在只要一和我打电话就要唠唠叨叨说很多事情。"

叶芷笑了笑，没说话。

我往她的杯子里加了一点儿热水，然后又向她问道："这次要在大理待多久？"

"两天。"

我看了看她，带着一点儿好奇心，问道："多嘴问一句，你能在现在这种东奔西走的生活中找到乐趣吗？"

"为什么突然这么问？"

"人和人从陌生到熟悉就是这么一点点问出来的。"

叶芷与我对视着，片刻之后才回道："任何一种状态持续太久都不会有乐趣的。"

"那你有特别向往的生活吗？"

这个问题对叶芷来说似乎很为难，我又以引导的方式对她说道："就比如有些人会特别向往在大理的生活。说具体点儿，就是在苍山下，洱海旁和相爱的人过一辈子。"

叶芷笑了笑，回道："这是文艺青年的生活。"

"你不算文艺青年吗？"

"不算，我觉得文艺青年都很会塑造自己的生活。"

我与叶芷对视着，才发现不知不觉中她已经用一种说话的技巧避开了我问她的问题，她还是没有告诉我她向往的是一种什么样的生活。

我耸肩，然后对她笑了笑："我说得不对吗？"

"你说得很对，我认识的文艺青年都很会塑造生活，可是你还没有回答我你到底向往什么样的生活。我觉得，人只要活着就一定会有向往，这是人活着的基本动力。"

"有是有，但是不想告诉你。"

"没把我当朋友？"

"如果你把我当朋友的话，那你就先说说你向往什么样的生活。"

这一刻我觉得自己和叶芷就像两个斤斤计较的孩子，我们为了一颗糖而动着小心思，可是"向往"这个很美好的词汇为什么从我们口中说出会这么难呢？

想了想，我便明白了，我们都已经是成年人，谈理想、谈向往，已然是个很奢侈的行为，因为我们已经为此努力过，所以知道自己的能力和心中的理想有着多么难以逾越的距离。

其实，我们也并不是害怕去谈理想和向往，我们只是害怕看见一个无能的自己。

带着这样的理解，我终于开口对叶芷说道："一个一辈子都不可能实现的东西说出来也挺没劲儿的。"

"那你为什么还问我？！"

"因为我现在很无聊，哈哈。"我脸上笑得开心，可是心里却不那么是滋味，而叶芷依旧不动声色，她端起杯子喝了一口热水，然后便将注意力放在了灯红酒绿的大街上。

片刻的沉默之后，我便看到了从咖啡店里走出来的杨思思，她背着一只单肩包，渐渐被淹没在人群中，我本该觉得她是潇洒的，可是她的背影看上去却有那么一丝落寞，她的身影在路灯下拉得很长，她的脚步则散乱无章。

吃完饭，我和叶芷在古城内逛了一会儿，然后又开车去了洱海边，因为我们都不是太喜欢喧闹的人，而洱海的宁静对于我们来说才是享受。

我将车停在了海途客栈内的停车场，而此时的海途客栈已经不似我刚来大理时那么冷清，它和我们客栈一样，也进入了第一批恢复营业的客栈名单中。

不过两家客栈之后的境遇却不一样，我们将面临拆迁，它却可以安安稳稳生存下去。

不断传来的海浪声中我点上了一支烟，然后向叶芷问道："现在可以把你的礼物拿出来了吧？"

"严格来说也不是礼物，算是一点儿补偿吧。"稍稍停了停，她又说道，"我来大理之前已经和拆迁办打过招呼了，在谈判阶段你们可以继续经营，希望可以给你们争取到一点儿时间。"

我心中一喜，因为对于此刻的我们来说时间就是金钱，如果我们可以多营业一个月就会在经济上宽松很多，我又向叶芷问道："谈判工作需要做多久？"

"一个月左右。"

"够了，一个月已经可以确保我们将损失降到最小了。可是，这样的说情不是违背了你一贯的商业逻辑吗？"

叶芷沉默了很久才回道："仅此一次。"

我能看得出来，这样的讲人情让她的内心很挣扎。一阵极长的沉默之后，她又向我问道："以后有什么打算？"

"肯定会留在大理，但是要做什么还没想好。"

"我看得出来，你很迷茫。"

我用两只手指指了指自己的眼睛，然后笑道："可能和我的眼界有关系。赚钱这件事情对我来说还是挺难的。真的，有时候想想都不知道自己是从哪个地方摔倒的，也就更不知道该从什么地方爬起来了。"

"我反而觉得你是舍不得拆掉心里的那堵墙。"

"怎么说？"

"因为你骨子里已经把自己限定成一个平庸的人，世界又怎么会用开放的姿态欢迎你。对于你来说大理就是一堵墙，你觉得墙里面的世界温暖，于是就放弃了全世界的阳光，可即便是大理，冬天的时候苍山上也是会下雪的！"

我的内心像是被什么东西给击打了一下，我深深吸了一口烟，便陷入了沉思中。许久之后，我才对她说道："你说的这些我也有想过，但我还是不想离开大理，更不想回上海。"

"我想知道你为什么会这么固执？"

"这关乎我对一个人的承诺，其实我们都一样，你因为一个等的承诺再也没有向谁敞开过心扉，而我也因为一个承诺将自己封闭在大理。不过我要比你幸运很多，因为我在这里遇到了马指导、铁男、白露这些能当成家人一样去相处的朋友，你却一直这么孤独着。赚钱对我来说是一件很难的事情，而发自内心的快乐对你来说更难！"

叶芷强颜笑了笑，回道："这么说，我们都是被承诺耽误的可怜人。"

"我还好，因为我的生命中有太多得不到的东西，所以我已经习惯了这种遗憾，但你，恐怕不行！"

叶芷没有再说话，而我也没有觉得自己在这场辩论中有赢的感觉，因为我从来没有将她当成是自己的敌人，她是缘分安排给我的朋友。

理论上，如果不是在高速路上帮过她一次，我们也许永远都不会相遇。

与叶芷分别后我回到了客栈，我将叶芷带来的消息也转告给了其他人，大家都有松了一口气的感觉，因为这事儿至此算是有了一点儿余地。

在酒吧里坐了片刻，杨思思也回来了，她走到我面前，冷言冷语地对我说道："出来，和你聊点儿事儿。"

"你是不是又憋着什么恶毒的话要对我说？"

"你出不出来？"

"有话不能当着大家的面说吗？"

"不能，你给我出来。"

杨思思这个脾气真是无敌了，我犯不着和她较劲儿，便出去了。我俩站在客栈的门口，我对她说道："说吧，有什么事情要和我聊？"

"你今天是不是去机场接叶芷了？"

我装模作样地回道："没有啊。"

"你不用和我撒谎，叶芷发的朋友圈动态已经说明一切了，她那么一个不喜欢发这玩意儿的人谁能怂恿得动她啊！"

"你真看得起我。"

037

"不是我看得起你，是她看得起你。"

我用手抹了抹脸没有说话，杨思思却也突然陷入了沉默中，然后我又在她身上看到了一种隐忍之后快要爆发的气势，这怪吓人的。

她终于向我问道："你知道这两天我为什么老出去吗？"

"跟那个叫小北的小伙子处男女朋友了，看你们关系挺密切的。"

"你是不是以为今天我在你身上找不到希望，明天就能出去跟别的男人鬼混？"

"我不敢这么以为，但你夜不归宿也是事实吧。"

"反正在你的思想里我就是这样的人对吗？"

"年轻人容易犯错。"

杨思思怒极反笑，回道："说你是浑蛋你还真是一个浑蛋！"

我也有了火气，于是也加重了语气回道："那你倒是解释啊，你什么都不说又想要我往好的方向去想，你真以为我能未卜先知呢！"

杨思思有点儿败下阵来的意思，而我今天的口才也是出奇地好，让叶芷无话可说之后又让一向话多的杨思思也陷入了沉默中，但我知道她会反扑的，因为她从来都是一个不肯在言语上吃亏的人。

杨思思终于哽咽着对我说道："米高，我现在说的话你每一个字都要好好听，也要记住，真正在乎你的就是那个每天口口声声骂你是浑蛋但也无时无刻不在想着你的女人。"

我沉默。

她又说道："是，我是脾气坏，会做一些幼稚的事情，但这些都是因为你让我太绝望了，我不知道该怎么发泄。所以你是不是真的以为，我每天看上去笑嘻嘻的心里就一点儿痛苦都没有？"

"是，我一直都觉得你是一个内心不容易感到痛苦的人。"

"说简单一点儿，就是我没心没肺对吗？"

"差不多是这个意思。"

"那我问你，如果我真的像你说的那样感觉不到痛苦，我为什么会恨我爸妈没有给我一个温暖的童年？"

我就这么被她给问住了。

"米高，这个世界上根本就没有感觉不到痛苦的人，他们只是善于伪装自己而已。而你就是那种智商偏低，最容易被这种伪装蒙蔽的人……"稍稍停了停，她又自我否定，说道："不，你不是智商低，你只是从来没有在乎过我，所以根本不会考虑我的感受。但是这公平吗？我为什么要对你这么好！"

我的心中有点儿不是滋味，我在一阵沉默之后向她问道："你能告诉我，你对我的好到底都体现在哪儿吗？"

"小北是我很多年的朋友了，我这两天跟他在一起是为了让他帮我在山水间找一套房子，我是在给你找后路，你知道吗？"

山水间？我猛然想起这是大理非常高端的一个别墅区，房子的均价已经快要突破三万，而这个价格已然达到一线城市的房价水平，可是我不知道这个别墅区跟我的后路有什么关系。

杨思思又说道："你这个人之所以不成功是因为你的眼界不够开阔，你住进别墅区就有机会接触到社会精英，那种氛围会对你有帮助的。因为别墅区里的人有自己的社交圈子，他们之间还建立了微信群，会定期举办一些活动，如果你住进去的话就能加入他们的微信群，成为他们圈子里的一员，如果你够聪明的话，总能在他们身上找到商机的吧？"

"这……这些你都听谁说的？"

"小北，小北他爸在山水间买了好几套房子，他也是那个别墅区的业主，不过他家的房子都还没有装修，要不然我就直接跟他租了。"

"那你为什么夜不归宿？"

"为了气你！"

"你这不是较劲儿吗！"

"我就是爱和你较劲儿。"稍稍停了停，她又说道，"山水间的房子已经租好了，三室两厅，要不要搬过去你自己决定，反正桃子姐和铁男都已经决定一起过去住了。"

"我……"

"你自己想想吧，我明天就会搬过去。"

客栈现在还处于营业的状态，我当然不可能现在搬过去，而这个事情我也确实需要好好想一想，这倒不是我矫情，反而是因为我不怎么有脸面对杨思思，我似乎辜负了她对我的一片好意。

回到酒吧，我向正在调酒的桃子问道："你是不是知道思思在山水间租房子的事情？"

桃子点了点头，回道："她也是下午的时候才在微信上和我说了这个事儿，怎么了？"

"没什么，就是听她说你和铁男也准备搬过去住。"

"是啊，反正客栈关了之后，我们也要重新找一个住的地儿，那为什么不找一个最舒服的呢？我看了她录的视频，那个房子站在阳台上就能看到苍山和洱海，环境真是没的说！"

"哦。"

"你要不要一起住过去？咱还能分摊一下房租。"

"客栈还要开一个多月呢，现在考虑这个事情有点儿太早了吧？"

"早吗？房子都已经租下了。"

我没说话，找了一个没人的位置坐了下来，当我将烟点起来的时候，心里又想起了叶芷和杨思思，她们今天都和我说起了关于眼界这件事情，叶芷给了我一些建议，杨思思却直接给我找了一个可以开阔眼界的平台。

对比之下我更该感谢杨思思，虽然还不确定住进那样的别墅区到底能不能在本质上提高自己，但这起码是一份心里有我的好意。再看看我，我只想着将她赶回上海，却从来没有在乎过她内心是一种什么样的感受。

也许，她真的是一个可以让我忏悔的女人！

这么坐了一会儿之后，我又接到了戴强打来的电话，电话接通后他便笑着向我问道："哥，你是不是去机场接嫂子了啊？"

"你看到她发的那条朋友圈了？"

"嗯，照片肯定是你帮她拍的，我就说你俩之间有戏吧。一个女人如果不是对你有好感怎么可能会配合你演这么一出戏，真当不要名声了？"

"你要是我，你现在会怎么做？"

"趁她还在大理，赶紧买一束花然后对着她表白。"

我笑了笑，问道："你是觉得自己很了解她还是觉得很了解我？"

"你这么问，就是觉得我在多管闲事呗？！"

"你自己能感觉到就好。"

"那你到底想怎么样吗？"

"我想你把心思多往工作上放一放，上海是个什么地方你自己心里一点儿数都没有吗？"

本来是我在教训戴强，可是他却笑着对我说道："我这不也是闲下来才给你打电话的嘛，你现在要是和嫂子妥妥当当在一起我肯定不管，关键是你现在非常消极，要是真的错过了可就没后悔药吃了。而且姨父和姨妈那边你总要给他们一个交代的吧？难不成真要告诉他们你和嫂子压根儿就没有在一起过，你一直是在逗他们玩呢！"

"孽障，不要给我制造恐怖气氛！"

"哈哈，那你自己就加把劲儿呗，我又不是不知道你脸皮有多厚，表白这样的事情对你来说，一点儿也不为难吧。"

戴强的话让我有点儿恍惚。我真的不是羞于做表白这样的事情，只是觉得自己一直站在一个很矮的地方，要是不踩住一点儿什么东西就会有一种不踏实的感觉。我更担心叶芷总是这么"弯着腰"和我说话久而久之会感到疲惫，而戴强最多也就是一个围观群众，跟在后面吆喝几声还行，但真要让他设身处地去理解我，他是绝对做不到的。

第十二章
只要你来我就等你

结束了和戴强的通话后我从酒柜里拿了两瓶风花雪月啤酒,又回到之前的座位上喝了起来。片刻之后,桃子给我送来了一碟卤好的花生,然后在我的对面坐了下来。

我将其中一瓶啤酒拿给她示意她陪我喝点,她却摇了摇头对我说道:"生理期呢,不想喝。"

"那你喝点儿白开水,反正得陪我坐会儿。"

桃子看了看我,笑问道:"是不是又遇到什么解决不了的难题了?"

"也不是难题,就是有点儿困惑。"

桃子托住下巴,等着我继续说下去。

"虽然我和陆佳的事情已经翻篇儿了,但我还是没能弄明白她的性格和追求到底能不能代表大部分女人?"

"她挺现实的,现在大部分女人也都挺现实的,所以她能代表大部分女人。"

我点了点头。

"你的困惑就是这个?"

"不是,我最大的困惑是搞不清楚这个阶段的自己,我好像做什么事情都有点儿放不开手脚。"

"包括对待感情是吗?"

"你说到点上了。其实我挺羡慕你和铁男的。"

桃子先是表情复杂地笑了笑,然后问道:"你羡慕我们什么?"

我想了片刻,才回道:"你要我往具体了说我还真说不出来,可能就是羡慕你们在一起的那种感觉吧。你不要求他买房,他也知道用什么方式去爱你,在我们这些外人看来你们之间算是真正做到了互相尊重。"

刚刚的笑容在桃子的脸上凝固,片刻之后她才说道:"米高,你错了,我也很想铁男能在大理买一套大房子,最好是别墅,院子里种了树,有喷泉和假山,院子

041

外面停十辆车也不觉得拥挤。可是这现实吗?"

"肯定不现实,这不是铁男有能力办到的事情。"

"不,这和他的能力没有关系,问题在于我。是我觉得自己没有资格和他要求太多东西,所以我不能向他索取,甚至需要付出更多。但这也是有前提的,前提是我爱他我才会心甘情愿地去付出。"

"我不是很明白。"

桃子很是耐心地对我说道:"我的意思是,像陆佳那样的女人对你有要求也是正常的。其实女人真的是一种很善于权衡的动物,男人如果想要维持住跟女人的感情就一定不能让她们的心态失衡,但说到底,快乐也是平衡女人心态的一种方式,如果有一天你不能让她感到快乐了,她也未必会继续爱着你。"

"这个世界上真的有这种女人吗?"

"有啊,你身边不就有一个。"

我先是在大脑里搜索了一下,然后杨思思的样子便在我的脑海里惊现出来,我有点儿语塞,桃子则看着我笑了笑,她似乎在有意提点我。

果然,她又对我说道:"咱客栈里的人都看得出来思思挺喜欢你的,你也不用和我们装疯卖傻。"

我沉默了片刻之后,向她问道:"你觉得杨思思的快乐就产生于每天和我的打打闹闹中?她喜欢我也是基于这种快乐?"

桃子摊了摊手,说道:"有时候爱情就是这么简单。"

我笑了笑:"是,这种爱情是挺简单的,如果有一天,我们之间这种快乐不存在了,我们也可以很简单地选择分手。"

桃子愣住了,半晌,她才点头说道:"我能理解你的想法,你现在要的是一份更成熟的爱情。"

"对嘛。"

在酒吧将两瓶啤酒喝完之后我便回到了自己住的地方,我知道这不是一个能轻易睡着的夜晚,于是我选了一首名为《挚爱》的轻音乐循环播放着。

不知道从什么时候开始我喜欢上了这种没有歌词的音乐,它似乎能给我带来更多的空间让我去想起一些事情,而它呈现出来的意境也会让我将心静下来去回忆某个人。

我不会有孤独的感觉,但是会寂寞,而这就是音乐给我带来的领悟,它让我能彻底感知到寂寞和孤独之间到底有着多么遥远的距离。

寂寞中,我不禁问自己:我的生命中也曾经出现过一些女人,到底谁才是我的挚爱呢?

有了这样的疑问之后,我又从柜子里拿来了几瓶啤酒,而寂寞就是下酒菜,当它们以一种亲密的姿态在我体内相遇后，我应该会得到答案。但几瓶啤酒喝完之后我却变得越发消沉，也没有得到什么可靠的答案，因为想起陆佳我会心痛，想起汪蕾我又满是遗憾。唯独不变的还是寂寞，它就像挂在天窗外的星星，从夜晚陪伴我至清晨，它在让我感到凄凉的同时也点燃了我心里的欲望。于是半醉半醒中，我又感受到了欲望无法满足的痛苦，我就这么渐渐陷入了更想喝酒的恶性循环中。

在我喝完第五瓶啤酒的时候窗外忽然传来了一阵撕心裂肺的哭声，我没有好奇，也不会惊恐，因为在洱海边住久了这对我来说已经是一种常态。

或许洱海边真的是太安静了，所以就会有一些被爱情遗弃的人来这里宣泄，来这里祭奠，他们企图将那份失去的爱情埋在洱海边，可是他们不会想到夜晚的洱海会如此凄美，凄美到他们更想去抓住那个已经遗失的人，所以他们的痛苦只会在洱海边被成倍地放大，于是也就有了这撕心裂肺的一幕幕。

我走到窗户边拉开了窗帘，只见一个跟我差不多大的小伙正跪在地上用双手紧紧地捂着自己的心口，他的眼泪混合着鼻涕口水从脸上淌了下来，半天都没有起来的力气。

我很想去扶他一把，但心里知道不该这么做，因为这是他一生中最狼狈的一个画面，他不会想让别人看见，也不会有第二次哭得这么心死，在这之后，他要么快速成长起来，要么会更加堕落！

过去很久，我终于想起给自己点上一支烟，然后又在弥漫的烟雾中将他的背影用手机拍摄了下来。

我已经很久没有发过朋友圈动态了，而此时此刻，我发了一条，在我的这条动态里，小伙子的周围几乎都是黑白的，只有一抹月光落在他身边的海面上传出一丝亮色，就像那个他永远都爱而不得的女人。

替他感到凄惨的心境中，我给这张照片起名为《挚爱》。

掐灭掉手上的烟我又躺回到床上，明明是看着手机可注意力总是收拢不回来，我就像掉进了一个巨大的黑洞，在这个黑洞里爱情被实质化，时而像一朵鲜花时而又像一把镰刀。

大概在朋友眼中，我并不是一个多愁善感的人，所以发出这么一条充满感性的动态后大家都感到很好奇，不一会儿我便收到了十几条留言，可是我却一条也不想回复。

因为我发这条动态并不是想向别人传达一些什么内容，我只是想记住这么一个夜晚看见的这一幕，所以我暂时关闭了朋友圈。

一分钟之后，我收到了杨思思发来的信息，她问我："为什么关闭了朋友圈？"

五分钟之后，与杨思思完全不是一类人的叶芷竟然也给我发来了一条差不多意思的信息："那条朋友圈动态你是删了吗？为什么看不到了？"

窗外已经渐渐听不到那个男人的哭声，我又站在窗户边看了看，他就站在洱海边，我忽然在他的背影里看到了绝望，不禁担心他会跳下去，便穿上衣服走出了小院，而直到此时我还没有回复杨思思和叶芷发来的信息。

我走到他的身边问道："哥们儿干吗呢？"

他只是转头看了我一眼，没有说话，但是他的痛苦已经全部写在了脸上。

我递给他一支烟，又说道："我是在附近开客栈的，没什么恶意，就是想过来看看能不能帮上你什么忙。"

他没有从我手上接过烟，但终于开口说道："我没事儿。"

"没事儿的话就赶紧找一个住的地方休息，这也挺晚的了！"

"睡不着，整晚整晚地睡不着。"

我将那支没送出去的烟又往他面前递了递，然后说道："我也失眠睡不着，咱俩聊会儿。"

他这才从我手上接过了烟，我将打火机也一起递给了他。

晃动的火苗在他的手指间发出了微弱的光线，而我在他之前先找了一块礁石坐下，等他将打火机还过来的时候我也点上了一支烟，我没有急着和他说话，因为不断有冷风吹过的洱海边，他就像是我的一面镜子，透过他我看到了一个痛苦不堪的自己。

一支烟快要吸完的时候，我开口向他问道："哥们儿，你是哪儿的人？"

"南京人。"

"是不是感情不太顺利？"

他闭上眼睛，许久之后才回道："特别痛苦，形容不出来的痛苦！"

我仰起头将口中的烟重重吐出，然后回道："我经历过，但是我已经熬过来了。"

"你用了多久？"

"先聊聊你经历了什么。"

他低头看了看手中已经要燃完的烟却一点儿也没有要按灭的意思，片刻的沉默中烟已经烫到了他的手指，他表情痛苦地忍受着，但我却知道最疼的还是他的心，他只是以为肉体上的痛苦可以麻木自己的心，可是这么干只会痛上加痛。

不断拍打过来的波浪声中他终于开口对我说道："我们已经在一起八年了，你知道八年是多久吗？"

"你和她全部的青春。"

"是。"

我又递给他一支烟，然后等待他继续说下去。

"她背叛了我，可我恨的却是我自己。她爸生病住院的时候，我全部的积蓄也只有五万块钱，我都拿去给她爸看病了，可是这点钱连付一星期的医疗费都不够，我开始和亲戚朋友们借钱,能借的我都借了,终于又凑了十万块钱。可是等我将这些钱送到医院的时候,一个开着奔驰车的男人也给她送来了二十万,我知道那个男人一直在追求她……呵呵,当她从那个男人手中接过那些钱的时候我就知道我完了,我也真的完了,她爸出院后不久她就跟那个男人办了婚礼,结婚前一天她将那五万块钱也还给了我,她说:希望我们谁都不再亏欠谁了。"

我心里极其沉重,以至于过了许久,才对他说道:"你是条汉子!"

他掉泪。

我又拍了拍他的肩,对他说道:"她是爱你的,她只是不想再拖累你了,所以……唉!人活着有的时候就是这么无奈!"

"可是我忘不了她,一想起她的婚纱不是为我披上的我的心就在滴血!"

"是挺痛苦的,可从另一个角度来看,这也是你们之间最好的结果了。"

"我情愿她亲手杀死我,也不想这么痛苦地活着!"

"我劝你不要这么想,她一定希望你能过得比她好。"

"不会好了,一辈子都不会好了。我以前还不相信,可是现在信了,无能和平庸真的可以杀死一个人,我已经找不到一点儿活下去的动力。"

我咬着香烟对他说道:"那你就狠狠恨她,恨也能让人活着!"

他转头看着我,他被我的言论震惊了。我又说道:"你现在就给她发个信息,说你恨她,然后让她比你还要痛苦。"

他又痛哭:"就算她比我痛苦又能怎样?她还是回不来了!"

"那你现在的痛苦又有什么意义?还不如想点儿实际的,比如怎么让自己变得强大一点儿。说到底这才是你痛苦产生的根源,你应该比我更明白是你的弱小逼她做出了那样的选择。"

他冲我吼道:"难道我强大了她就会回到我身边了吗?"

"她不会,所以她已经是过去时了。也许你试着咬牙再往前面走几步,就会发现还有更好的风景,你真的不应该把这里当成是自己的坟墓。"

说到这里,我往前面指了指,然后又对他说道:"你看洱海,现在是黑茫茫一片,像是一头能把人给吃掉的怪兽,但你不能因此就质疑它的一切,因为明天太阳升起来的时候你一定会看到不一样的景象,如果你不去刻意想那些痛苦,你就能看见美景,但前提是你肯再坚持一会儿!"

他深深吸着烟。

"兄弟,像我们这样的人,就连死也是有成本的,因为咱们的父母都不是什么大富大贵的人,他们还指着咱给他们养老呢,你要是真死在这儿了他们只会比你现在更痛苦,你这简直比亲手杀了他们还要残忍!"

他看着我,渐渐低下了头。

我在这阵沉默中深深吸了一口烟,然后眺望着远处,那里真的很黑,可如果我没有记错的话,太阳就是在那个位置升起来的。

他终于主动开口对我说道:"你还没有回答我你是用了多久熬出来的。"

我笑了笑,然后又皱眉,片刻之后才回道:"当时我可能比你更痛苦,你经历的只是生离,可我却同时承受了生离和死别。但我没想过死,相反,我的心里还多了一丝饥饿感,因为我要替死别的那个人活着,也要告诉那个生离的人我会比她活得更好。哥们儿你记住,人一辈子一定会遇到一两件让自己感到无能为力的事情,趴下了你是懦夫,站起来你就会像我一样神武!"

说到这里,我大笑,又说道:"哈哈,你看我现在不就过得挺好的嘛!我从上海辞职以后来了大理,然后跟一帮哥们儿开了你身后的那间客栈。咱这客栈多了不说,一年赚个一两百万还是很轻松的,所以我以过来人的眼光看你现在的痛苦,就觉得挺好笑的!你应该学着去创造生活,而不是把自己的生死看得这么轻。因为总有一天,会有另外一个女人重新走进你的世界,你得拿出阳光去迎接她,所以你心里这阵暴雨也该停下来了!"

他先是一脸呆滞,然后吸了吸鼻子,对我说道:"你没有和我说这些话之前我就像已经死了一次,听你说了这些,又觉得自己能呼吸了,可这阵死劲儿一时半会儿的也根本过不去。"

"没事儿,你可以花点时间琢磨琢磨,也许很快你就会想明白这个世界上未必就没有比爱情更重要的感情存在。"

他点了点头。

我又拍了拍他的肩,说道:"你看好咯,你现在对着的方向就是明天太阳升起来的地方,你要是怕失眠就坐在这儿等等,哥们儿是真困了,先回去睡觉了。"

"谢谢。"

我对他笑了笑,然后拍掉了身上的尘土向住的地方走去。可是,不经意间,我看见了自己在月光下的影子,是那么卑微,那么虚伪。

是的,我并没有活得比在上海时更好,而我这家一年能赚一两百万的客栈马上也要被拆掉了。

我只是在假装不悲伤,然后安慰另一个正在悲伤的人,其实悲伤或是不悲伤都是不用假装的,就像这灯火通明的城市,一定会藏着无数孤寂的人心。

回到住的地方,我给自己倒了一杯白开水,我的桌子旁边就有一面镜子,喝水的时候我在里面看见了一个时而清醒、时而恍惚的自己。

我之所以有清醒的感觉是因为我刚刚很清醒地劝说了那个在洱海边的哥们儿,而恍惚的感觉也不是假的,我在想:那些劝说别人的言论为什么用在自己身上就行不通呢?

其实，相对于那个男人而言我好像更需要奋斗，而那些儿女情长，现阶段的我才真是消受不起。

这么恍惚了一会儿，我又想起还有杨思思和叶芷的两条信息没有回复。

我先给杨思思回了一条："刚刚那张照片评论的人太多了，我发出来不是为了给别人评论的，所以就关掉了朋友圈。"

叶芷那边，我也回复了一样的信息。

杨思思先给我发来了信息："照片上的人就是刚刚站在洱海边的那个人吧，我看见你去找他聊天了。"

"嗯。"

"他怎么了？"

"被女朋友背叛了。"

"那不是和你一样，怪不得你俩能聊那么久呢！"

"我俩可不一样，他女朋友是迫于无奈，我女朋友是心甘情愿放弃的。"

"这么说，你比他还惨？！"

"理论上是我更惨，但我是一个不愿意把自己想得太惨的人，因为对于我们来说，活着本身就是一场修行。"

"你的境界可真是高哪！"

"这叫善于自我麻痹，你也可以学着点儿。"

"我不用学，我没那么多痛苦的事情。"

我点上一支烟，然后找了个最舒服的姿势半躺在沙发上，我不打算再回杨思思的信息了，因为她表达的我一定懂，我想说明的她却未必知道。她还是太年轻，所以她能感觉到的痛苦与我正在承受的苦痛完全就处在两条永不相交的平行线上，但不可否认的是，她带给我的快乐却是实实在在的，所以我更愿意与她分享的是快乐而不是痛苦！

一支烟快要吸完的时候叶芷也给我回复了信息，她向我问道："这不是一张艺术照，照片上的人是你真正遇见的人对不对？"

"是，我刚刚还和他聊了一会儿。他的痛苦对于我们这类人来说真的是太现实了！"

"他怎么了？"

"他女朋友的父亲得了很严重的病，他是条汉子，把自己能拿出来的钱都拿出来了，可这还是远远不够，他又开始找亲戚朋友们借，最后凑了十万块钱，但是他女朋友没有接受这笔钱，她接受了之前一直在追求她、也非常富有的另外一个男人，这个男人给她送来了二十万。后来她父亲出院了，她就跟这个男人结了婚，而这个哥们儿心碎得一塌糊涂，独自来了大理。"

叶芷在片刻之后回了信息："对于这个男人来说是挺痛苦的。"

"那你能理解这个女人的做法吗？"

"理解，但是她失去了一个一辈子对她最好的男人，这不是钱可以衡量的。我觉得这样的难关可以两个人一起克服。"

"你之所以这么说是因为你不太了解金钱上的匮乏对普通人的杀伤力有多大，他们都已经尽力了，所以我刚刚劝那个男人不要有遗憾的感觉。"

叶芷依然很坚定地回道："如果我是那个女人我一定会选择坚持的。"

我突然很想和叶芷较劲儿，于是又回道："那你有没有想过这样的坚持到底会换来什么呢？我很肯定，这个男人后来借到的十万块钱还是不够看病，而这十万块钱应该已经是他能够借到的极限了。是，他们都可以选择坚持，但女方父亲能够坚持吗？其实，你应该知道作为弱势群体能有这样的选择已经是一件很幸运的事情了，因为对于大部分不幸的女人来说她们的生命中根本就没有这么一个经济条件好的追求者，她们遇到类似的事情并没有选择的余地，她们只能这么绝望地看着亲人因为没钱医治而从自己的世界里消失。所以，这不管对那个男人或是那个女人而言，都已经是一个不错的结果了！"

很久很久之后，叶芷才回道："理性一点儿想确实是这样的，但我还是希望这样的悲剧不要太多地出现在这个世界里。"

"我也是这么希望的，但类似的悲剧一定还会发生。"

叶芷没有再回复我的信息，而我也确实是很困了，没一会儿便在沙发上睡了过去。

次日一早，我被阳光刺醒。大概是因为昨天夜里吹了很久的冷风，我有些着凉，嗓子有一种很干涩的痛，我给自己倒了一杯白开水，一边喝一边站在窗户口往洱海的方向看，但那个男人已经不在了。

我为此感到遗憾，因为我不知道他有没有守在洱海边看到日出，更不知道他回去以后会不会发愤图强，从我的内心来说，我是真真切切地想帮到这个痛苦又迷茫的男人。

煮了一碗面吃掉之后我去了客栈，还没坐下来桃子便叫住了我，她对我说道："刚刚有个男人留了一封信，他说不出名字但我估计是你，因为他在纸上画的那个人的样子和你真挺像的。"

我已经明白，留这封信的人大概就是昨天晚上那个哥们儿，因为我曾告诉他这间客栈就是我开的。他应该是顿悟了，所以才会给我留下这封信。

我从桃子的手上接过信看了看，信背面的那个手绘头像确实和我有八九成像，这哥们儿应该是学过画画。

我在一个能晒太阳的位置坐下，做了个深呼吸之后才打开了这封信。

"兄弟，很想和你再见一面，但心里多少还是有点儿硌硬，所以肯定会和你说很多怨恨这个世界的话,你不会愿意听我说这些的,因为从昨天的谈话来看,你是一个很乐观,也很开朗的人,所以这对你来说是一种污染。但是,我已经很感谢你了,因为你真的让我想明白了很多的事情。我算是一个经历过大起大落的男人吧……我爸曾经被捕入狱,这是我人生中第一次明白痛苦的真意,当我面对周围那些嘲笑和非议时我想过放弃,但是我妈没有放弃我,她把我带到了南京开始了新的生活,我渐渐走出了阴影也适应了平凡人的生活。我一度以为这种平凡是上天补偿给我的礼物,因为我再也不用去听那些流言蜚语,可以安静地活着了。但是,经历了这次的事情之后我才明白这不是礼物,这是一个更大的惩罚,我因此失去了这辈子最爱的一个女人。你说,这个世界上真的有命运一说吗?我是相信命运的,但从离开大理的这一刻起我决定反抗命运,我不是为了得到什么,我只是更珍惜身边还没有失去的人,就像你说的,如果我真的死在洱海,我妈一定会比现在的我还要痛苦!作为一个儿子,我真的不可以这么自私,因为她已经失去了丈夫,所以更不能失去我这个儿子!我想,这封信应该会传到你手上的,除了感谢你我也想告诉你我看到洱海的日出了,特别有朝气也特别有力量。几年后我一定会再来一次大理,不是为了重走一遍旧路,只是想看看你这个兄弟,也让你看到一个重新做人的我。我真的很喜欢你们客栈的名字,所以很希望我就是那个被等待的人,我也一定会回来的!最后,祝你和客栈都越来越好!"

读完后,我许久也放不下这封信,我想到了一个可能性,他会不会就是叶芷在等着的那个男人,因为信中一些话和叶芷告诉我的信息是很吻合的。可这个世界上真的有这么神奇的巧合吗?而且他说自己和那个女人已经在一起八年,这似乎和叶芷所说的时间并不吻合,因为叶芷和被她等着的那个男人失去联系的时间也未必有八年。

这是一个巨大的谜,但我还是有必要告诉叶芷,因为她对真相更加了解,所以她在这件事情上会比我有更准确的判断。

我将这封信叠好放进了自己的口袋里,然后向正在调酒的桃子问道:"那个哥们儿走多久了?"

"快一个小时了,怎么了?"

"没什么。"稍稍停了停,我又问道,"那他有没有和你说要去哪儿?"

桃子回忆了一下,对我说道:"他倒还真问了我从这边到机场要怎么坐车,应该是去机场了吧。"

我感觉到了时间的紧迫,下一刻便从沙发上拿起外套向客栈外面走去,桃子又在我身后喊道:"你去哪儿啊?我煮了你的早饭,吃完再走。"

"来不及了,回来再和你说。"

话说完的时候,我已经走到了客栈的外面,然后开着那辆从小宋手里借来的车以最快的速度往机场的方向驶去。路上我给叶芷发了一条语音信息："这件事儿说出来你可能不相信，但真的被我给遇上了。昨天晚上我们讨论过的那个男人很可能就是你要等的人，他今天早上走的时候给我留了一封信，他在信里说的一些事情跟你之前说的非常吻合，至于到底是不是，还得你亲自过来辨认。我听桃子说他在一个小时前去了机场，我现在正在往机场赶，希望在他上飞机之前能追上他，如果你看到这条信息，请赶紧用最快的速度到机场来。"

语音信息发出去之后叶芷并没有立即给我答复。其实，我很想弄清楚她知道这件事情后的心情，我觉得她的痛苦应该要大于喜悦，因为在她苦等的这些年中这个男人早已经背弃了当初等的承诺而爱上了另外一个女人，而这种背弃会让叶芷所有的坚持都变得像是一个笑话，以她那骄傲的性格真的能承受吗？

想起这些我倒真希望这一切只是我的误会。

因为车速很快，我只用了四十分钟便到达了机场，我掺杂在拥挤的人群中四处搜寻着那个哥们儿的身影，可遗憾的是我连相似的身影都没有看见，也许他已经上了飞机。

我不死心，又去安检的地方询问，我努力形容着那个哥们儿的容貌，可是却被工作人员警告不要妨碍他们正常工作。

我真的很想替叶芷弄清楚真相，所以我心里非常焦急，因为还有另外一种可能——这哥们儿只是过了安检，此刻还在候机大厅并没有上飞机。

站在航站楼的门口我给自己点上了一支烟，而这个时候叶芷终于给我发来了语音请求，我立即接通，向她问道："你现在在哪儿呢？"

"我正在往机场赶，你刚刚对我说的都是真的吗？"

"千真万确，我这里有他留下来的信，如果你还记得他的笔迹应该更好确认。"

叶芷的语气终于有了波动，她又向我问道："他现在还在机场吗？"

"我不确定，我过不了安检，可能他只是过了安检还在等飞机。"

"你现在买一张飞机票，有票你就能过安检了。"

我愣了一下，感叹道："我怎么没有想到这个办法！先不说了，我这就订一张最近航班的机票，你保持信息畅通，如果找到他我立刻给你发信息。"

我订了一张十点钟从大理飞北京的机票，取到登机牌后我便立刻过安检进了候机大厅。我开始用极限的速度搜寻着，但依然没有发现那个哥们儿。

他应该是在我一个小时之前到达机场的，理论上我追到他的可能性并不大，而我也已经真的尽力了，可我的内心依旧充满了遗憾，因为我真的很想帮叶芷将这件事情确定下来，如果她一直活在这种没等待的结果中，根本没有办法敞开心扉去接受新的人和新的生活。

我又一无所获地在候机厅坐了十分钟，叶芷这才赶到了机场。

我们在售票大厅碰了面，我对充满复杂情绪的她说道："候机大厅我也去看过了，但是没有见到他的人，他比我早来机场一个小时，可能我在路上的时候他就已经上飞机了。"

"他的信呢？"

我从口袋里将信拿出来然后递到了她的手上，在她看信的过程中我一直在观察着她的神情，她看上去有些紧张，而我也跟着紧张了起来。

片刻之后，她将信交还到了我的手上，在她还没开口说话的时候我便很急切地向她问道："是他的字迹吗？"

叶芷看着我，然后摇了摇头，回道："不，这不是他的字迹，虽然里面有一些巧合的因素，但一定不会是他。"

"很确定吗？"

"很确定。"

我忽然就感觉松了一口气，然后又笑着对叶芷说道："我也觉得是我误会了，你这么一个无可挑剔的女人值得任何人去等，如果那个哥们儿真的是你要等的他，他怎么会放下对你的承诺爱了别的女人八年，这在逻辑上显然是说不通的。"

叶芷的神色有点儿黯然，她在许久之后才对我说道："等了这么多年其实我对自己已经没什么信心了，如果他真的还爱着我为什么不出现在我的世界里呢？我找他也许很难，但他如果存心想找我并不是什么特别难的事情。我已经回国四年了，一直住在上海，并且进了自己家的集团工作，难道他连集团的地址都找不到吗？我想他可能早就忘了那个承诺，甚至已经娶妻生子……"

叶芷没有再说下去，同时也微微转身不让我看到她的表情，可就算她藏得再好我也好像能够看到她那颗千疮百孔的心，我终于对她说道："这是我的错，我不该让你看到这样的希望——"

她打断了我："不，这不是希望，这是噩梦！你有没有想过，如果他真是我要等的人，可他在离开上海之后却用很短的时间爱上了别的女人，并且还爱得这么刻骨铭心，我心里会是什么感受？我会觉得自己是个特别愚蠢的女人，因为我把爱情想得过于美好，可等到的却是这么彻底的背弃！"

我沉默了很久才抬起头看着她，说道："你如果这么说的话我倒真希望这是一场噩梦。因为只有你自己明白这是一场噩梦，你才会有从噩梦里醒来的欲望，你该尝试接受新的生活和新的人了，别再让一个等的承诺锁住了你人生中最美好的时光！"

叶芷有些失神地看着安检的地方，她没有再给我回应，而我也不知道还能和她说些什么，她似乎在这样一场误会中受到了很大的冲击！

足足过了五分钟，我终于对她说道："我希望你不要急着回上海，更不要急着重新进入工作状态,你可以在大理多待几天,然后找一家安静的海景客栈住下,你该好好想想自己的私人问题了。"

叶芷表情复杂地看着我,很久之后对我说道:"我听你的,我在大理再待一个星期,我可以住在你们客栈吗?"

对于叶芷要住在我们客栈的要求我当然不可能拒绝,我对她说道:"我现在就给桃子打个电话,让她把客栈最好的海景套房留给你。"

"谢谢。"

我将那个男人留给我的信又塞回了口袋里,然后向叶芷问道:"你这边的事情都办完了吗?要是办完了的话现在就跟我走吧。"

"我得去古城的酒店取一下自己的行李。"

我想了想,回道:"也没怎么绕路,我送你过去吧。"

叶芷点了点头,随后便在我之前走出了机场,我却在原地站了一小会儿,尽管叶芷已经完全否认,但我还是觉得这件事情被自己办得很有戏剧性。就算给我留下信的这个男人与叶芷要等的那个男人并不是一个人,这么多事也足够巧合了。

我重重地呼出一口气,然后又小跑着去追叶芷,可是不知道为什么,明明她的步伐很轻盈,可她的背影却给人一种很沉重的感觉,也许她真的该释放自己了,她不应该陷在"等"这个魔咒里,在最好的年纪却没有绽放出最美的花朵。

停车场内,叶芷在我上车之前,对我说道:"刚刚的钱我给你转过去。"

"不用了,这是我弄出来的误会,损失还是让我来承担吧。"

叶芷没有多说,她让我打开微信,然后便从我手上将手机拿了过去,她给我转了三千块钱并替我点了接受,这才将手机还给了我。

我开着车将她带到古城,她取了自己的行李后我又将她带到了龙龛,似乎是一种命运的交替,在叶芷下车的同时杨思思也拎着行李从客栈里走了出来。我这才想起来,她已经在那个叫山水间的别墅区里租了一套房子,她是说过今天要搬过去住的。

我们三人就这么碰在了一起,我莫名感到尴尬。

最先开口的还是杨思思,她没有看着叶芷只是向我问道:"你这是干吗去了?"

我避重就轻回道:"叶芷准备在我们客栈住一个星期,我帮她去古城的酒店取行李去了。"

杨思思很是感慨地说道:"你这人是不是搞不明白什么叫作恩怨分明啊?"

"人和人之间有了冲突是可以互相解释的。她和我解释了之后,我选择理解她,就算他们集团不来龙龛开发这个项目,也会有其他集团来,她不应该负主要责任。"

"烂好人!"

杨思思又走到叶芷面前,然后对她说道:"就算这个客栈的所有人都选择原谅你,我也不会的!也许你会觉得我不够身份,因为对于这个客栈来说我既不是股东也不是老板。可正因为我是站在一个旁观者的角度,所以才更能感觉到他们这些人被你们压迫得有多惨。"

论口才叶芷当然不如杨思思,所以面对这样的指责她选择了沉默。

杨思思又指着我,说道:"其他人我就不说了,只说米高。你知道,他这样的人选择离开上海需要多大的勇气吗?你又知不知道,大理对他来说意味着什么?如果你知道还毁了他的一切,那你就是可恶至极!"

叶芷终于开了口:"你能告诉我,大理对他来说到底意味着什么吗?"

"如果你是个真正在乎他的人,不需要我说你也能体会到的,你之所以这么问,是因为他在你眼中根本就什么都不是!"

杨思思的情绪已经被她自己给点燃了,所以她说完之后便用一种充满恨意的目光看着叶芷。我算是一个比较了解她脾气的人了,意识到她在下一刻可能会说出更具有攻击性的话,便赶忙从她手中接过行李箱,说道:"你不是要去山水间吗?我送你过去,正好也顺道看看那个别墅区的环境。"

杨思思一把打掉了我去接行李箱的手,她眼中含着泪:"你就是全世界第一号傻瓜,你在泸溪被那帮碰瓷的人打成那个样子你都不告诉她,就是怕她会对你有负罪感,可是你凭什么要白白挨一顿打啊?还被打那么狠!而她呢?她回到上海后还是继续做她的叶总,继续压死你这只帮过她的蚂蚱,这个世界上还有比她更狠毒的女人吗?也就只有你这个傻瓜才会选择原谅她!"

杨思思扔掉了手上的行李箱,然后用一种很野蛮的方式将我拖到了叶芷面前,她先是扯掉了我的外套,接着又撕开了我里面的衬衫,于是那些还没有好透的伤痕便全部在叶芷的面前暴露了出来。

这时,杨思思才又哽咽着对叶芷说道:"如果你质疑我刚刚说的那些话,那你就好好看看他身上的这些伤痕。那天你刚走没多久那个人的同伙就找过来了,是,他是挺会打架的,可也架不住有这么多人,他身上这些伤就是这么来的。你自己换位思考,他当时心里会是一种什么样的感受?我说你往他伤口上撒盐一点儿也不过分吧?"

叶芷用一种很复杂的目光看着我,我则避开了她的眼神,然后又将自己被杨思思给扯开的上衣理了理。

"米高,我走后真的发生这些事情了吗?"

杨思思都将话说到这个程度了,我也已经没有了隐瞒的可能性,所以点了点头,回道:"是……"稍稍停了停,我又笑道,"你不用往心里去,我小时候和人打架也经常弄一身伤,这事儿对我来说真的没什么。"

杨思思气得发抖,她对我吼道:"你能不能不要什么事情都说得这么轻描淡写,要是那帮人里真有个不长眼睛的把你打出问题了,这到底该算谁的?"

她的质问让我的情绪也有了波动，我给自己点上了一支烟试图让自己平息一点儿，而后才对杨思思说道："没你想的那么严重，你别说了。"

"我就要说，你喜欢叶芷是你自己的事情，你凭什么替大家原谅她？！"

客栈里的其他人听见这样的争吵也从里面走了出来，事态就这么越发不可控制起来，对于我来说杨思思真的是一颗定时炸弹，在我还没有确定对叶芷的感觉到底是不是喜欢的时候，她竟然用一种怒骂的方式替我说了出来，这让我不知道要将自己的这张脸往哪儿放。

我终于向叶芷看了一眼，她也在同一时间看向了我，短暂的目光交错后我首先转移了自己的视线，然后对杨思思说道："话不要说得太过了，我们客栈是打开门做生意的，既然人家已经订了我们客栈的房间那就是我们的客人，最起码的尊重应该给到。"

这时出来打圆场的是一向少言寡语的马指导，他对杨思思说道："过去的事情就让它过去吧，让米高先送你去山水间，你们之间的私事儿最好还是私下说。"

说完，他又走到叶芷身边对叶芷说道："还是那句话，你们之间的私事儿私下说最好，房间我们已经给你安排好了，如果你还愿意住在这儿我这就带你过去。"

我原以为经杨思思这么一闹叶芷已经没有了住在这里的心情，却不想她对马指导点了点头，然后便将自己的行李递给了马指导。

叶芷在进入客栈之前又回头看了我一眼，我在她的眼神中看到了愧疚，而这种愧疚是我不愿意见到的，所以我才坚持将自己被打的事情隐瞒住。可只要有杨思思在的地方就没有什么是不可能发生的，她还是不善于控制自己的情绪，当着叶芷的面将这件事情说了出来。

我刚刚点上的那支烟已经快要吸完，杨思思还停在原地抽泣着。

这一刻，我真的很想走进她的心里瞧一瞧，然后弄清楚她的伤心到底是什么原因造成的。

我承认我是一个不太善于揣摩女人心思的男人，我只是觉得跟女人相处时需要保持必要的真诚，对叶芷如此，对杨思思也是如此。如果在泸溪遇见的碰瓷事件发生在杨思思身上，我一样会维护她，而被打之后我同样也会对她选择隐瞒。所以，她如果以这件事情作为依据来判断我是不是喜欢叶芷其实是很不讲道理的。

我终于掐灭掉手中的烟，开口对杨思思说道："走吧，我送你去山水间，有什么话到那边再说。"

杨思思不理会我，我便强行从她手上抢过了行李，塞进车里后又将她也拽上了车。

半个小时后，我开车载着杨思思来到了山水间，难怪杨思思会选择住在这里，因为这个别墅区就在大理大学的对面，而她对樱花情有独钟，恰好大理大学就是赏樱花的一个好去处。

等车子开进山水间之后，我又发现自己错了，这个在大理很显高端的小区里面种植的樱花其实并不比大理大学少，并且景观也做得很棒，乍一进去好像进入了一个花和水的世界，小区里到处是石头铺出来的小溪，小溪两边则种植着各种品类的花和树木，多看几眼便会让人产生一种回归自然的惬意感。

这么过了一会儿，我又转头看了看坐在副驾驶位置的杨思思，她似乎还没有从刚刚的情绪中走出来，依旧是一副充满怨恨的表情。

我笑着对她说道："要说眼光，还是你眼光最好。从小到大我就没见过景观做得这么好的小区！"

"那是你没见过世面，你到三亚那边看看，比这景观做得好的小区多了去了。"

"反正我这也是长见识了！"

杨思思没有理我。我又厚着脸皮对她说道："这里的房租应该不便宜吧？"

"我没想过让你们给房租。"

"可桃子和铁男还惦记着跟你分摊房租呢。"

杨思思瞪了我一眼，回道："你能不能别没话找话说？你要是无聊可以四处看看，这么硬逼着自己说话不累吗？"

"我没觉得自己是在没话找话说啊，房租在你看来可能不算事儿，但别人可承不了这么大的人情。你说，谁能心安理得免费住着一个月好几千块钱租的房子啊！"

杨思思依旧不理我。

我恰好在一套房子的外门上看到了招租广告：三室两厅三卫，一个月一万二的租金，我顿时为自己的无知感到惭愧，要不是看到这条招租广告我还真以为杨思思租的房子顶多五千块钱一个月呢！

到了地儿，我替杨思思将行李搬到了房子里。说实话，杨思思这个人的行事作风真挺奢侈的，先不说这套房子的装修，只说这房子可以360度看到洱海，便已经给人一种不便宜的感觉。更不可思议的是房子的后面还有一个全塑胶铺装的篮球场，篮球场的旁边则是一个巨大的无边泳池，而这些都是免费对业主开放的。

我搬了一张椅子在平台上坐下，然后又将在屋内收拾的杨思思给喊了出来，我一边看着房子一边向她问道："这套房子你租了多久？"

"一年。"

"你在这边待不到一年了吧？"

"待多久你都管不着。"

"我只是觉得你租这样一套房子真的是挺浪费的！而且还租了一年！"

"这就是你穷的原因，因为你根本就不会用投资的眼光来看这套房子。"

我笑着回道："那你教教我，我实在是看不到这套房子的商业价值体现在哪里。"

"我为什么要教你？我之前就和你说过了，如果你想来我给你留一个房间，这里好还是不好你可以自己去切身体会。你要是不想来就不要问那么多，因为没有意义。"

我看了看她，然后用一种不太能理解的语气对她说道："你为什么老是戗我，我们之间难道就不能说点好听的话了吗？"

"我就是这样一个人，你对我好的时候你要我怎么温柔都可以，你对我不好的时候我心里只想把你给千刀万剐了。"

我从椅子上站了起来，然后一边点烟一边对她说道："我觉得你对我有误会。"

"我可不敢误会你，因为你做的那些事情都在那儿放着呢。我就想不明白了，如果你这么喜欢叶芷的话你就去追她啊，这么藏着掖着算什么男人！"

"你是不是觉得，我在泸溪为她挨了一顿打就是喜欢她的表现？"

"是，要是不喜欢谁会愿意这么付出？"

我摊开双手又放下，然后带着一丝无奈的情绪向她回道："你信不信，如果同样的事情发生在你身上，我也会这么做的。我做这件事并不是因为她是叶芷，而是出自我从小形成的是非观，你想想，上次你被那个流氓吐口水的时候我是不是一口气就冲过去了，那后果可比挨打严重多了，我面临的可是牢狱之灾，我不一样也没有想那么多。"

杨思思看着我的眼神终于有了变化，她在一阵沉默之后才对我说道："你真的不是因为喜欢叶芷才这么做的吗？"

"我都已经解释得很清楚了，你要是还不相信我就真没办法说服你了。"

"你这个人……"杨思思欲言又止。

"我这人怎么了？"

"算了，不说了，说出来硌硬！"

我看着她，然后大笑着回道："我这个人缺点已经够多了，你要再给我挖个缺点出来我会感觉自己特别一无是处，所以还是不说的好。"

杨思思上上下下将我打量了一遍，终于回道："一个人不会无缘无故喜欢另一个人的，可我就属于瞎了眼的那种。"

我看着她，却不敢说话，因为心有愧疚。

片刻之后，杨思思又对我说道："最后问你一遍，到底要不要来这边住？"

我犹豫了一下，回道："住，但是现在肯定来不了。"

"只要你来，我就等你。"

突然听到"等"这个字，我已经平复的心情顿时又起了变化。虽然我的朋友不算多，但已经看到很多人毁在了这个"等"字上，所以我已经不太喜欢这个字，更不喜欢让别人等我。

这种心情其实是很矛盾的。

我看着杨思思的眼神渐渐变得温柔。许久之后，我终于对她说道："不用你等，我自己会来的，因为我的好奇心已经被你给勾起来了，所以我很想弄清楚这套房子的价值到底在哪里，但是房租的事儿咱们得好好聊聊，你这套房子的房租实在是太吓人了！"

"几千块钱有什么好吓人的？"

"我刚刚看见招租广告了，租这样一套房子的房租，最少也得一万块钱一个月起，摊到一间房子上，差不多就是四千块钱，不管对于我还是对于铁男和桃子，都已经超预算了。"

"我说了，没想过让你们给房租。"

"我们不是那种爱占便宜的人。"

"这简单，你可以出卖自己的劳动力来抵房租，以后咱俩就风水轮流转，我做你的老板。"

"我这劳动力要怎么出卖给你？"

"等你来了就知道了。"

跟杨思思聊完之后我并没有急着回龙龛，我和她一起将这个新租的房子打扫了一遍，打扫的过程中她将我带到了其中一个房间，然后对我说道："以后这个房间就是你的了。"

我下意识地扫视了一遍，然后问道："你摸着良心说这个房间是不是三个房间里面最差的一间？"

"只有邪恶的人才会用一颗邪恶的心去扭曲别人的好意，你要是觉得这个房间很差的话剩下的两间随便你挑。"

"我去瞅一眼。"我说着便放下了手中的拖把，然后在杨思思鄙视的眼神中去了第二个房间，这个房间虽然也不小，但是采光却明显不如刚刚杨思思分配给我的那一间。

我又去了第三个房间，这个房间就更没什么优点了，不仅空间很小而且窗户开得也不够大，所以里面只放了一张床和一个衣柜，就连挂在墙上的电视也明显比其他两个房间要小很多。

站在我身后的杨思思似笑非笑地对我说道："你这人总是觉得全世界都在迫害你，要不你就住这一间吧，这一间小，肯定会比其他两间更有安全感。"

我没理会，而是带着猜测向她问道："桃子和铁男是两个人，这间他们肯定住不了，所以这个小房间你原本是打算给你自己住的？"

"你肯定想不到我是这么一个高风亮节的人。"

我摇了摇头，撇嘴回道："你这也不是高风亮节，你选这个小房间是因为你比谁都缺少安全感，而且我还知道，等你住进来以后会买很多小玩意儿把这个房间填满，

057

这样你就更有安全感了。"

杨思思双手环抱着自己，说道："你不用装出一副很了解我的样子。"

"你不光没有安全感而且还喜欢嘴硬。"

"我在你眼里难道就没有什么优点吗？"

"缺少安全感和嘴硬换个角度来看其实也是优点，这会让你看上去比其他姑娘要可爱一点儿，最起码不是一个喜欢抱怨的人。"我一边说，一边用拖把将这个小房间的地也给拖了拖。

杨思思靠墙站着沉默了一会儿之后才转移了话题向我问道："到吃饭的点儿了，你想吃什么？我叫外卖。"

"西红柿鸡蛋面吧。"

"你这性格就是吃面吃出来的吧？"

"你是不是挤对我挤兑出瘾来了？"

"没错，我要不日常挤兑你一下吃饭都感觉没有味儿。"

"估计上辈子我肯定对你做了不少缺德事儿，要不然你这辈子不能这么恨我！"

"要有下辈子，我还恨你。"

我摸了摸自己的左脸，满是感慨地回道："你身上这股臭贫劲儿挺不像上海姑娘的，上海姑娘多矜持啊！"

"那谁像上海姑娘？叶芷还是你的前女友？"

我直愣愣地看着她，半晌说不出话来。其实，我不该和她说这些的，因为凡事都有特例，大家都以为北京姑娘特能侃，特豪气，但某些北京姑娘也会很文静，那身为上海姑娘的杨思思为什么就不能作为特例豪爽一点儿呢？

我和杨思思坐在超大阳台的遮阳伞下吃着她刚刚点的外卖，大概是因为这里的视野出奇地好，能看到的都是大理最美的自然景观，所以我那最近一直紧绷着的情绪也因此放松了不少，我很快吃掉了那碗面条，然后便给自己点上了一支烟。

我更加惬意了起来，甚至希望就这样躺下去，不为理想，不为爱情，只为自己活得开心。这倒不是消极的表现，因为这个想法也仅仅停留在此时的这个瞬间，人嘛，总会有松懈的时候。

我又看了看杨思思，她和大部分姑娘一样喜欢一边吃饭一边玩手机，看样子也没把此时的美景看在眼里。

发现我在看她，她便放下手机对我说道："你饭也吃完了，不回去安慰叶芷在这儿乱看什么呢？"

我思维很跳跃地回了一句："我突然感觉这个世界不是特别好！"

"你们这种人最讨厌了，整天都觉得全世界都对不起自己，可从来不去想想自己又为这个世界贡献过什么。"

"我没觉得这个世界对不起我，我只是感觉它不是很好。你想啊，如果这个世界真的这么完美，个个与人为善，那大家为什么还会如此渴望有一个家呢？反正在哪里都会看到慈善的面孔。家对于我们来说就是一座避风港，你在外面被人欺负了，家里会有个安慰你的人，你在外面受冻挨饿了，家里也会有碗热粥。正是因为有了家，你才敢于在这个世界里为自己奋斗出一亩三分地——"

杨思思打断了我，说道："你的意思是，如果这个世界足够好，我们就可以不要家了？"

"你这就很有悟性了。"

"你这想法可真够魔性的！"

"其实我说这些就是想表达我自己该有个家了。"

杨思思看了看我，回道："看来你被这个世界欺负得够呛！"

我眯着眼睛深吸了一口烟，也不知道自己为什么突然要和杨思思说这些不着边际的话，但是我对家的渴望真的一直没有变过，从和陆佳在一起时我就已经想有个只属于我们两个人的小家庭。

杨思思见我不说话，又向我问道："那你希望有一个什么样的家？"

"不用很具体，能让我有充实感就行……"稍稍停了停，我又对她说道，"你知道充实感对于我们人来说有多重要吗？"

"不懂耶。"

"它是人的一种本能，就和追求温饱一样。"

一阵沉默之后，我才又向杨思思问道："你呢，你是怎么理解家这个东西的？"

杨思思几乎没怎么思索便回道："跟自己喜欢的人在一起，哪儿对于我来说都可以是家。"

我观察着她，她不像是在开玩笑，而就这一瞬间，我发现自己有点儿被她的纯粹和简单打动了，因为我在她身上看到了自己最缺乏的东西。

同时，我也看到了一个矛盾的自己。

我心里渴望这个新租的房子会带给自己家的感觉，可又担心这种感觉还是会败给现实而不能持久。

在杨思思那里吃完中饭之后我又回到了龙龛，我没有主动去打扰叶芷，而是在酒吧里坐了片刻。当我可以平静地去看窗外的洱海时，我便意识到初来大理时的新鲜感正在我的心中渐渐消退。

这对我来说并不是什么好事情，因为我会和在上海时一样去考虑一些比较现实的问题了。

说实话，现在的我并没有什么太好的办法去经营生活，也没有一个明确的目标，非逼着自己去做些什么。

无所事事中我打开了笔记本然后开始写起了微博，我对这两天发生的事情还是挺有感触的，尤其是那个在昨夜偶遇的男人更是让我的情绪产生了很大的波动。

我在想：失去了在一起八年的女友，他到底需要怎样的际遇才能重新振作起来？于是我将自己的所见所想用文字的形式表达了出来。

虽然微博上的粉丝并不算多，但大家都很关注这种有争议的事件，所以也纷纷发表了自己的看法。他们中的大多数人都表示理解那个女人的做法，她这么做虽然伤了那个男人的心，但也给了他一条新的出路，不失为一个理智的选择。他们觉得：如果为了所谓的爱情拖垮两个人的生活才是真正的不明智。

这样的论调让我感到挺悲哀的，但想想他们说的也是事实，所以微博发出去之后我一直都很沉默。

一罐啤酒喝掉之后我又向窗外看了看，却发现马指导正站在洱海边，他灭掉了手上的烟紧跟着又点上了一支，看上去惆怅得不行。

我将电脑合上，随后便走出客栈站在了他的身边，我递给他一罐啤酒问道："有心事儿？"

马指导接过啤酒，看了我一眼之后回道："嗯。"

"说说看。"

"白露和郭阳协议离婚了，白露什么都没有要，包括孩子的抚养权。"

我愣了一下，才问道："怎么说离就离了？"

"这事儿不新鲜，只要白露同意净身出户她和郭阳的婚很好离。"

我沉默了一会儿才对马指导说道："我特别想知道你现在是怎么想的。"

马指导深深吸了一口烟，回道："我不知道。"

"你要这么说，哥们儿可真就看不起你了。"

"我心里有刺。"

"有刺你就拔了，"稍稍停了停，我又说道，"你姐夫出了那样的事情，白露她也不好受，这几年，她只要赚点钱就拿去替你姐夫还债，她作为一个女人，能做到这样已经很不容易，也算很有担当了。"

马指导摇头回道："我真的没办法面对我姐，白露对她家人也交代不了。"

"我觉得你不是一个在意这些的人。"

"可她会在意。"

"那你就带她离开大理。中国这么大，难不成还没你俩的一口饭吃吗？"

这句话说出去之后，我便震惊到了自己，我身在这个无比现实的世界里却不现实地怂恿着自己的挚友带一个女人私奔。

马指导吸了吸鼻子，许久之后对我说道："你是要我们私奔？"

"有难度吗？"

马指导摇了摇头，回道："没难度，不管去哪儿我们都有能力混口饭吃。可是我一直以为大理是我人生中的最后一站，这种想法一旦形成了就很难在我脑子里扭转过来。"

"我觉得不难。我就问你，大理和白露到底谁在你心里更重要？"

马指导满脸愕然地看着我，想必他从来都没有在心里对二者进行过对比，许久之后他才笑了笑对我说道："谢了，哥们儿，我知道该怎么做了。"

我拍了拍他的肩，然后与他一起沉默着。我没有抽烟也没有喝酒，可是看着眼前这波光粼粼的洱海我渐渐就有了一种孤独感，因为马指导和白露一走，我在大理的朋友就更少了，而那些大家一起在客栈里吃烧烤、喝啤酒、聊人生的夜晚更像是破碎掉的梦幻，一去不回。

我低下头，又迎着冷风给自己点了一支香烟，吸到快一半的时候才笑着对马指导说道："快去找白露，把你的决定告诉她。这个时候，她最需要的是你坚定地站在她身边。"

"嗯。"

我又从钱包里拿出了一张银行卡，然后递到马指导的手上，说道："这张卡是和客栈的收银系统绑在一起的，你从里面拿出二十万给赵菁，剩下的你都拿去吧。"

"这钱我不能要。你们在大理要花钱的地方也不少。"

"没事儿，咱们之间就一个原则，谁最急着用钱这钱就先紧着谁用。"我说完便将银行卡硬塞到了他的手上，然后又对他说道，"我以前也劝过白露，让她把婚离了。没想到她真是挺有魄力的，虽然是净身出户，但也不用留在郭阳那只苍蝇身边恶心自己了，这真是好事儿，所以你俩也不要有什么思想包袱，早点儿离开大理早点儿开始新的生活。"

马指导重重拍了拍我的肩，片刻后，他才背着吉他转身离去。

在他骑着摩托车彻底消失在我的视线中后，我才咽了咽口水，然后又下意识地回头看了看那即将要被拆掉的客栈。我变得感性了起来，因为我又想起了那些和他在一起装修酒吧的画面，现在他走了，客栈也快没了，我又该怎么去控制自己才不会有人去楼空的悲戚感？

站在冷风中，我似乎对大理这座城市又有了更深刻的认识。这里从来都不是任何人的天堂！因为，有多少人怀着梦想来到这里，就有多少人带着比梦想更现实的悲伤离去。

我又一次脱掉了外衣，然后以最坚决的姿态跳进了冰冷的洱海里。这一次我没有选择潜水，我更想化身成为一条没有任何束缚的鱼游到洱海的对面去看一看。

等我快要游回到岸边的时候发现叶芷就坐在我刚刚放衣服的那块礁石上，正看着那艘从远方驶来的游轮。

我游到她的身边，一手扶住礁石一手抹掉自己脸上的水。她看了看我，然后向我问道："这么冷的天你不怕着凉吗？"

"没事儿，别说大理气候这么好，就是上海也有人冬泳的，习惯了就好。"

"是吗？"

我开着玩笑向她问道："你要下来游一圈吗？等你适应了水温就会有倍儿爽的感觉！"

"这是不是你发泄情绪的一种方式？"

"呃……算是吧。"

叶芷点了点头，然后回道："我穿着这身没法下去。"

"你意思是你要有泳衣就下来了？你可不要和我说大话。"

"我会下来，前提是有泳衣。"

当叶芷这么说的时候，我心情莫名就好了一些，我笑着对她说道："你说话可得算数，桃子那儿就有现成的泳衣，我看你俩身材差不多，你去找她借一件。"

"别人穿过的泳衣我穿不来。"

"你放心，双十一搞促销的时候她一口气买了十几套，肯定有没穿过的。"

我说完，便扯着嗓子，对着客栈里的桃子喊道："桃子，出来和你说个事儿！桃子，你听见没？我有事儿和你说！"

我的吆喝声越来越大，桃子终于从客栈里跑了出来，然后带着惊恐向漂在湖面上的我问道："是不是谁又把你衣服给拿走了？"

我大笑道："不是，杨思思都走了，谁还能干出这么无聊的事情。"

"那你这么心急火燎地喊什么呢？"

我往叶芷身上看了一眼，然后回道："整个大理除了我，敢在这数九寒冬跳进洱海里的人你还能找到第二个吗？"

"正常人可没你这么皮厚，我看见这水就瘆得牙齿直打战！"

"那是你们不中用。"我说完稍稍停了停，又指着叶芷对桃子说道，"叶芷刚刚说了她就是敢跳下来的其中一个，现在就差一套泳衣。我记得你双十一的时候不是买了十几套泳衣嘛，你现在就带她去挑一套你没穿过的。"

桃子半信半疑地看了我一眼，回道："你可别开玩笑，人家会不会游泳你都还没弄清楚呢。"

"你不信我，也得相信她嘛。你觉得她像是一个会开玩笑的人吗？"说完，我便用手拍打出一阵水花，在溅到桃子和叶芷身上的同时也吓得她们连连后退，我更加得意了起来，于是又弄出了一阵更大的水花。

桃子一边躲一边骂我，我却开心到不行，身上也冒出来一阵不知道从哪儿来的力气，然后又憋住气潜到了水里，而对于一个男人来说有时候快乐就是这么简单。

等我再次浮出水面的时候，桃子正一边用纸巾擦掉脸上的水渍一边用嫌弃的目光看着我。将自己弄干净了，她又递给了叶芷一张纸巾，示意她也擦擦。

叶芷却摇了摇头，对她说道："如果你那边有没穿过的泳衣，麻烦借我一套，我想下去试试。"

桃子好心劝道："大理的冬天说不冷其实也挺冷的，你最好还是别听米高瞎起哄，他是习惯了，你可没经验，下去了弄不好会有危险的。"

"没事儿，我有分寸。"

我又附和着叶芷对桃子说道："真正的勇者都是敢于迎接挑战的，别把每个人都想得和你们一样怂。"

"看你个死样子，反正我该劝的也都劝了，你们自己注意安全。"

叶芷点了点头，随后桃子便将她带回了客栈，而我也从水里爬了出来，然后从衣服口袋里摸出一支烟点上，一边吸着一边等待在换泳装的叶芷。

我心里有点儿窃喜，因为来大理这么久，这是真正意义上第一次有人敢陪我玩这个极限运动，说是极限并不过分，因为现在是冬天，勇气必须填满身上的每一个细胞才敢跳进这冰冷的湖水里。

只是我没想到，这个跟我一样勇敢的人不是马指导也不是铁男，而是叶芷，但我对她有信心，因为她的性格里有很强势的一面。

大约过了十分钟,叶芷终于披着一件黑色的羽绒服从客栈里走了出来。没一会儿，她便站在了我放衣服的那块礁石上,然后迎着不断吹来的冷风脱掉了身上的羽绒服。

我掐灭了手中的烟，在她之前跳进了洱海里，然后向她伸出了双手，其实我也怕她的水性不是很好，所以才想护着她点儿。

叶芷却没有握住我的手，她用一个极其标准的入水姿势也跳进了洱海里。

我还没回过神，她已经游到了五六米之外，我尴尬地笑了笑。看样子，她的水性并不比我差，所以她的自信从来都不是盲目的。

我在快要追上她的时候又潜入了水里。这次，我并没有往深处潜，但那种虚幻的感觉又在我的脑海里浮现出来。我们好像化身成为两条长了翅膀的鱼，洱海已经不是我们的束缚，而蔚蓝的大海才是我们真正的归处，我们看遍了沿途的万千风景，从南极到北极，当我们回归专属于我们的那片海域时四季也轮换了一遍，而迎接我们的恰好就是百花争妍的春天，我们没有交流，可心灵已经相通。

就像此时此刻，我能感觉到她在这看不到尽头的湖水里有冰冷的感觉，可内心的火热却取代了一切，最后消融了她内心的一切痛苦，而这才应该是真实的她。

所以，在这寒冷的冬天里我让她来这洱海里释放自己并没有做错。

各自游了几百米，我们才回到岸边，我们一起抹掉脸上的水，看着对方笑了笑。

体力稍稍恢复了一些之后我带着感慨对她说道："没想到，你的水性这么好！"

063

"我一直都有游泳的习惯，但在这样的露天湖里冬泳却是第一次。"

"是不是有焕然一新的感觉？"

叶芷闭上眼睛，轻轻呼出一口气之后，回道："心里舒服了很多，这算是焕然一新吗？"

"算，肯定算。你记住现在这种感觉，最起码能让你心里舒服好几天。"

叶芷看着我，然后又向我问道："你心里到底有什么样的痛苦，需要用这么极端的方式来发泄？"

我有点儿呆滞地看着岸边的衣服，片刻之后才对她说道："严格来说也算不上是痛苦，就是对自己很不满意，然后产生了挫败感。"

"对不起，虽然我主观上从来没有侵犯你们利益的意思，但客观上确实是我们集团的项目导致了你们客栈没有办法继续营业——"

我打断她，笑道："我的挫败感和这个客栈能不能开下去其实并没有太大联系，真正让我对自己失望的是这些年来的所有经历，我觉得在我这个年纪也该做成一件人生大事了，可是回头看一看我甚至还不如在大学里的那个自己。那时候，至少我还有梦想，现在连'梦想'这个词都不愿意去想了，因为想得越多就越觉得自己没用。"

"梦想之所以被称为梦想不就是因为它遥不可及吗？"

"那你还有梦想吗？还是说你的那些梦想都已经实现了。"

叶芷摇了摇头，回道："相比于你，我可能离自己的梦想更远。你相信吗？上大学的时候我特别希望自己能够成为一名小学老师，我很喜欢和那些天真无邪的孩子在一起。"

片刻之后，她又看了看我，但已经转移了话题，她向我问道："你身上的伤还疼吗？"

"没事儿。"

叶芷用怀疑的目光看着我。我又特别无所谓地回道："你别这么看着我，我真没事儿！"

"为什么当时不告诉我？"

"揍都被揍过了，还有什么好说的。"

"我不能让你白白吃亏，我会和当地派出所要个说法的。"

"算了，那帮人特别鸡贼，而且我也不愿意再回那个地方配合调查了，真没这闲工夫。"

"可是我特别害怕自己心里有对不起你的感觉，我不知道该怎么形容，但真的很不好受！"

我笑了笑，回道："这事儿好办，你陪我再游一圈儿，把我哄高兴了咱们就算两清。"

说着这话的时候，刚刚离开的马指导又去而复返，白露就走在他的身边，因为距离我看不清他们两个人的表情，但我却知道他们一定是来和我们道别的。

　　我重重地叹了一口气，仿佛看见一棵已经枯黄的树上又掉下了两片树叶，而客栈就是这棵树，我们这些人虽然还在上面挂着，但总有一天也是会落下的。

　　我希望有一阵风，能把我吹到一个舒服的地方，不要像马指导和白露那样四处流浪。

　　收起了这些伤感的情绪，我又对叶芷说道："上去吧，咱们一起去送送马指导和白露。"

　　"他们怎么了？"

　　"白露离婚了，她打算跟马指导一起离开。"稍稍停了停，我又说道，"听上去，白露这么做是有点儿不负责任，但我作为知情人还是挺能理解她的。"

　　"听你这么说，好像是一段很悲剧的经历。"

　　"是……"

　　叶芷没有说话。

　　我先于叶芷之前爬上了岸，然后再次向她伸出了手，这次她没有拒绝，我用力将她从水里拉了上来，我们各自穿上衣服，便回了客栈。

　　客栈里，桃子和铁男都在，他们看上去很沉默，应该是已经知道了白露和马指导要走的决定。

　　我和叶芷回房间换了衣服之后也来到了他们身边，马指导给我递了一支烟，然后又对我说道："米高，还有个事情想请你帮个忙。"

　　"你说。"

　　"白露在古城还有一间酒吧，我们没时间在这里等着转手了，所以想让你帮忙转掉。"

　　"你们准备多少钱转？"

　　马指导看了看白露，白露显然还没有缓过神来，她愣了一会儿才回道："三十万，包含一年房租。低点儿也没关系，但别低于二十万。"

　　"这事儿好办，你们留个账户，等把酒吧转让掉了我就将钱转给你们。"

　　白露却摇了摇头，回道："这钱你们大家留着吧。客栈被拆掉以后一时半会儿也拿不到装修补偿款，你们把钱都给了我们和赵菁，自己也需要留一点儿做个生意什么的……"

　　"你们到了外地，人生地不熟的哪儿都要用钱，多带点没坏处。"

　　白露依旧拒绝："我和小马暂时也没有做生意的打算，你们给的这些钱已经够花了，以后真正要花钱的是你们，所以酒吧转让的钱你们一定要拿着。"

　　这时，一直没有说话的叶芷忽然开口向白露问道："你们酒吧在什么位置？"

065

白露有点儿诧异地看了她一眼，但还是回道："红龙井后面一条街，位置有点儿偏，但是有自己固定的客源。"

"能盈利吗？"

"赚得不多，每年能赚个十来万吧。"

叶芷点点头，稍稍沉默之后她说道："这家酒吧转让给我吧，我愿意以三十万的价格接手。"

白露露出一脸意外的表情，然后又看了看我，自己却没有拿定主意。而我也不傻，心里当然知道叶芷这么做的目的，她只是想换种方式来补偿我们，因为她压根儿就不是一个能看得上这种小酒吧的人。

我用手抹了抹自己的脸，一阵沉吟之后才回道："我知道你对客栈，对我们都有歉意，但是真的不需要用这种方式来弥补，因为这有点儿像施舍。"

叶芷极其少见地打断了我，她说道："在你说这些的时候我先问你一个问题。如果我不接手这个酒吧，会不会有别人接手？"

我支吾了一下，回道："酒吧的位置不错，也能赚点钱，应该会有人愿意接手的。"

叶芷的脸色有点儿不太好，她低沉着声音对我说道："那你说我施舍的依据是什么？我知道你这个人有自尊心，但是过分地带着这份自尊心去揣摩别人，就是狭隘的表现。这点，你真的要改改！"

我挺较真地回道："这样一个小酒吧真能入你的眼吗？"

我的话只说了一半，一直闲在旁边没说话的铁男突然就不乐意了，他先是一把将我推开，然后又带着谄媚的笑容对叶芷说道："你千万别生气。这事儿我替白露做主了，就按三十万的价格转让给你。不过这钱什么时候能到位？"

"签完合同随时都可以。"

铁男很是满意地点了点头，然后又向白露问道："你身上带合同了吗？要不现在就签了呗。"

"这么匆忙哪有时间准备合同。如果叶芷真有心要接这个酒吧，合同的细节就和米高谈吧，到时候合同弄出来了寄给我签上字就行了。"

白露说完之后看了看叶芷，叶芷表示没问题，白露又将目光投向了我，可我心里却感觉有一点儿别扭。

这时铁男又凑到我耳边以嘲讽的语气小声说道："你这样的人活该没有女朋友。人为什么要接这个酒吧，不就是为了以后有借口勤来大理吗？我就问你，这事儿还要人家怎么说，你才能解了这风情？"

我有点儿愕然，众人又在这个时候将目光全部投在了我身上，好似我就是那个身在棋局里最不明白的人，但是我的内心却并没有因此而动摇，我坚信叶芷不是这么想的。如果她真想找借口来大理，何必要接这个小酒吧这么麻烦，她在大理投建了这么大一个项目，难道真就找不到要来大理的理由？

还没等我出口反驳，众人便将叶芷接手酒吧的这件事情给确定了下来。而下一刻，马指导也回自己房间收拾起了行李，我心里又开始不那么是滋味。

我痛苦地咽了咽口水，看着还在酒吧里坐着的白露说不出话来。

我的大脑里渐渐蹦出一个念头：他们走了，大理的冬天也该更冷了！

离别前的愁绪一直在这个小小的酒吧里弥漫着，所以在马指导回房间收拾行李的时候大家都没怎么说话。没过一会儿，黄昏也在这种愁绪中慢吞吞地来了，我看见金黄色的阳光落在白色的窗帘上，心里忽然就更加伤感了起来。

我点上了一支烟，吸到一半的时候，才向白露问道："想好去哪个城市了吗？"

"沿着滇藏线开，感觉哪儿舒服就在哪儿停下来。"

我强颜笑了笑，说道："这个想法真是够潇洒的啊！"

白露眼中含泪，她的目光从我们脸上扫过，然后哽咽着回道："你们在大理也要活得潇洒一点儿，别反而让我们这两个走了的人替你们担心。"

桃子将手放在白露腿上，轻声说道："我们没事儿，等把这段日子熬过去就都好了。"

白露点了点头，她的目光又转移到了铁男身上，沉默了一会儿之后才说道："对桃子好一点儿，我这个姐们儿不容易，你怎么着都不能辜负了她，知道吗？"

铁男向桃子看了一眼，特铿锵有力地回道："不能够，她就是我的一切，有她才有我。"

白露笑了笑，然后陷入了短暂的沉默中。没过多久，马指导便拎着行李从自己的屋子里走了出来。

铁男从他手中接过箱子，感叹道："你在大理待了这么多年，最后走的时候就一把吉他一个箱子？"

"嗯。"

"我是该说你惨呢还是说你抠呢？就没给自己置办一点儿像样的东西！"

马指导低头看了看那只行李箱，却笑着说道："我觉得挺好的，东西越少走得也越轻松，是不是？"

铁男先是撇嘴，然后又拍了拍马指导的肩，心里大概已经难受得不行。片刻，他才对马指导说道："出去以后凡事多照顾白露一点儿，对自己也好点儿。"

"嗯。"

铁男摸了摸自己的鼻子，没什么征兆他就哭了出来，他用力拍了拍自己的心口，哽咽着说道："等哥们儿哪天在大理过出人样了就把你俩给接回来，咱们在洱海边买一套大别墅，别人只有羡慕的份儿，谁都没有咱这帮人活得自在。"

马指导强颜笑道："你就别和哥们儿吹牛了。做点小生意你可能还行，能赚一套别墅的大生意你真做不来！"

"能不能给哥们儿留点面子？"

铁男一边说一边用拳头往马指导身上捶，马指导躲了两拳之后就不躲了，他重重地抱住了铁男，然后两个大男人在众目睽睽之下哭出了声来。或许别人不能理解，但是我却懂他们之间的感情，这两个人一起穷困潦倒，一起绝望，他们谁离开了谁都像是左手离开了右手，真的很疼很不适应！而在他们的哭声中桃子和白露也抹起了眼泪，显然都不能承受这种离别前的伤感。

我和铁男将马指导的行李都装进了白露的那辆车里，就在我想祝他们一路顺风的时候，马指导又当着众人的面对我说道："米高，哥们儿在走之前要你一句话，等我和白露回来的那一天，你能不能让这些人都在，一个都不能少？！"

我愣了一下，然后又笑了笑对他说道："没问题！你们大胆走，我们在这儿等你们。"

马指导用力点头，然后便在白露之前坐进了车里。

白露在上车之前似乎又想起了什么，她将我单独叫到了一边，对我说道："本来想打个电话告诉思思的，可是她比你们更感性，要是让她来送，她心里肯定更难受，所以等我们走了，你帮我们和她说一声吧。"

"嗯，我知道。"

"其实，我心里有挺多话想和你们说的，但感情这东西别人都说不来，关键看你们自己相处的过程和态度。就我来说，还是特别为思思这个姑娘感动的。你想啊，现在能选择奋不顾身的人真的不多了，但思思就是这样一个姑娘，遇上了是你天大的福气。"

我轻轻叹息，却不知道该说点儿什么。

"你到底在怕什么？"

"比我条件好太多的姑娘我都怕，我不太能准确地说出这种感觉，心里也有很多这方面和那方面的担忧。"

"真让你找一个各方面都普通的姑娘恐怕你也不乐意吧？"

"这事儿难说！"

白露摇头笑了笑，就在她想要对我再说点儿什么的时候一辆白色的别克昂科威从远处疾驰而来，然后在白露的那辆沃尔沃旁停了下来，白露的脸色顿时就变得难看了起来。

我意识到不对劲儿，关切地向白露问道："怎么了？"

"那是我堂妹的车，我爸我妈就在车里面。"

我又往停车的地方看了看，果然从里面走出来三个人，年轻的那个女人应该就是白露的堂妹，她的手上还抱着一个三四岁大的孩子，白露见到那个孩子的时候眼里又有了泪水。

我知道,这个孩子应该就是她和郭阳生的孩子。

我和白露一起来到了他们面前,白露的堂妹将孩子递到白露手上,然后很气愤地对白露说道:"姐,你和叔叔婶子划清界限我都可以理解,可是你连糖豆儿也不要,是不是就太狠心了?"

白露一边哭一边抱住了那个孩子,她的眼神中充满了不舍,她的嘴角一直在颤抖。

终于,她放下了孩子。对她的父母说道:"爸、妈,对不起,我和郭阳已经不是一条路上的人,我们真的过不下去了,你们心里如果还有我这个女儿就给我一条活路吧!"

清脆的耳光声响起,白露她爸指着白露气急败坏地说道:"你这是不给我和你妈活路走!你这么把婚离了,孩子也不要了,现在还跟一个不知道从哪儿来的男人待在一起,想过别人都怎么在我们背后指指点点的吗?"

白露用手护着被打的地方,然后特别无助地看着她爸,这一刻我觉得她真的很可怜,如果她的父亲是个愿意听她解释的人,她也就不会独自承受着这么多的委屈。

白露的母亲还有些心疼白露,她含着眼泪对白露说道:"听妈话,就算是为了糖豆这孩子你也得和郭阳复婚。家家有本难念的经,这日子不就是熬出来的吗?等糖豆这孩子大了,心里明白了,也会感谢你这个当妈的今天给了他一个完整的家庭,你难不成是真不知道,单亲家庭出来的孩子有多不招人疼吗?"

白露痛哭,然后撕心裂肺地回道:"妈,能等的我都已经等了,可这次我真的等不到糖豆儿长大了,求你和我爸给我一条活路吧!"

"你跟着这个男人走真的能落着好吗?我和你爸也是在心疼你,你怎么就不理解我们呢?!"

这时马指导从车里走了出来,不善言辞的他虽然没有说话,却很坚定地站在了白露身边。白露握紧了马指导的手,她忍住了自己的眼泪,然后一字一句地说道:"妈,也许我今天犯的是一个天大的错误,但是我义无反顾,因为人生需要转身!一味地等这个等那个,到最后只会把我自己熬死……"

说到这里,她看着自己的孩子,又哽咽着说道:"是,我是对不起糖豆儿,但凡有一点儿可能我都不想缺席他的童年,可我现在真的做不到了。"

"你这是糊涂啊!"

"如果能糊涂地过一辈子,也挺好的。爸妈,我今天必须走,你们就当没生过我这个女儿吧。"白露说着,便将马指导推进了车子里,自己则坐在了主驾驶的位置,她将车子发动了起来。

孩子突然意识到了什么,于是拼了命地哭起来,白露却咬牙,没有再看一眼,这时,她那极其不好说话的爸又挡在了她的车前,试图阻止她。白露将车子退后,绕过了她爸，可是那辆昂科威却挡住了她前行的路，她只是犹豫了一瞬间便选择了加重油门，然后硬生生从昂科威和花坛的缝隙间挤了过去，在车子与车子刺耳的摩擦声中，我们这些旁观者的心魄也被震动了。

白露的车子渐渐消失在了所有人的视线中，但孩子却没有安静下来，他还在哭喊着要妈妈。我不想评判谁对谁错，但心中却严肃地问了问自己，所谓"等"和"转身离开"到底哪个更难呢？

白露和马指导走后，除了小孩的哭声现场没有一个人再发出一丝声音，相比于白露父母的痛心疾首我们这些人则要理智很多，至少我的心里是有思考的。

这么持续了十分钟，白露的家人才带着孩子离开了龙龛，事情看上去像是平息了下来，但我们几个人都没有急着回客栈，我们一直看着白露和马指导离去的那个方位迟迟回不过神儿来。

最先开口说话的人是桃子，她像是自言自语又好像是在对我们说："刚刚那个孩子真把人心都哭碎了，我不相信白露是个狠心的女人，能把她逼到这一步真不敢去想她的婚姻有多不幸福！"

铁男点上了一支烟，愤愤地回道："郭阳就是一个畜生，他不光毁了白露的一辈子，连这孩子的一辈子也给毁了！"

我又补了一句："马指导也被他害得够呛，所以我更希望马指导能把心里这根刺儿给拔了，好好和白露在一起。怎么说，他们都不是能辜负对方的人。"

铁男先是点头，然后又说道："一想起这家伙我就来气，恨不得去教训他一顿。明明坏事儿都是他做的，可最后背着骂名的却是白露和老马，这世界就不能这么不公平！"

我还没开口，桃子便接过话指责道："铁男，我告诉你，你千万别动这个念头，这郭阳可不是个善茬，你和米高又是那种冲动起来就顾前不顾后的性格，要是真起了冲突指不定要把事情闹多大呢，而且这是在人家的地盘上，你们就是有三头六臂，也占不到什么便宜！"

铁男回道："你看你这话说的，人还不能有点儿正义感了？"

"上次米高在曹金波身上吃的亏还不够当教训吗？你就不能有点儿审时度势的觉悟？"

铁男猛吸了一口烟，没有再和桃子顶嘴，而我也真能明白他此时此刻的感受，因为我和他一样，正在心里爆发着小人物的无奈。如果能有那么一个天赐的良机，我是真想狠狠教训一下曹金波和郭阳这俩家伙。

又站了片刻，铁男和桃子回了客栈，而我和叶芷还在外面站着。我相信，就算她是一个十足的旁观者，这件事情对她的触动也不会比我小，因为就在半个小时前白露已经用一种近乎残忍的实际行动诠释了什么是"等"，什么是"转身离开"。

我点上一支烟，然后看着她，问道："亲身经历了刚刚的那些事心里是不是有很多感触？"

不想，叶芷却摇了摇头对我说道："我心里只有一个疑问，到底是什么样的力量让白露做出了这个决定？她放弃的不仅仅是一段婚姻，还有她自己的孩子。"

"你如果了解她前夫的为人和做过的事情你不会这么问我的。"

叶芷稍稍沉默，然后又说道："我是不是可以这么理解，一个人改变他（她）固有的状态或者坚持了很多年的想法，一定是因为受到了外在作用力的刺激？如果没有马指导这个人，白露可能还会忍受着这段婚姻以及她前夫这个人？"

我下意识地摸了摸自己的脸颊，之所以做了这个习惯性的动作，是因为我不能完全地弄懂她想和我表达些什么。和杨思思的直来直去不一样，她的表达方式很多时候是趋于理性以及含蓄的。

不过这也正常，她一个常年在商场上拼杀的女人，说话做事一定都会有所保留，如果一眼就被别人看透反倒是她的大忌。

沉默了一会儿之后，我终于回道："我觉得这和马指导的出现没有太大关系，她的改变应该是来源于内心的绝望。"

叶芷不说话。

我却忽然明白了她刚刚问出那个问题的目的：现在的她内心一定很挣扎，她应该已经动了念头要放弃那个等的承诺，可是又欠缺一个强有力的理由。

我吸了一口烟，等内心有了一些勇气之后才又开口向她问道："你之所以没有完全放下内心的执念是因为还没有等到那个能让你再次心动的男人，是吗？"

"我可以不回答吗？"

她的拒绝让我有点儿尴尬，等我想和她再说些什么的时候她却已经转身离开。她没有回客栈，而是沿着环海路向洱海边有海鸥的那个码头走去。

我先是摇头，然后又看着她的背影笑了笑，原来强如叶芷内心也会挣扎，也会有看不透的时候。

反过来看，某些方面倒真是杨思思比我们都要看得明白，也更洒脱。她的世界里压根儿就没有那么多的权衡，更没有那么多的相互试探，她像是一块璞玉，只要遇到一个好的雕刻师，便可以让她爱到惊天动地。

可惜我这双被岁月打磨过的手已经拿不起那么昂贵的刻刀了！

我已经连续三个傍晚都会在洱海边坐一坐了，不为别的，就是想把自己放在孤独的感觉里揉一揉、捏一捏。

我真的很孤独，尤其是在马指导和白露走了以后。

这三天里，我总是会想起一些客栈刚刚开业时的画面：那时候，我真的特别庆幸自己身边有这样一个团队。在这个团队里，铁男善于交际，桃子有一手调酒的绝活儿，马指导能唱歌，还能在装潢上修修补补，白露更是有很多社会资源，再加上我有工作经验。怎么看这都是一个能发光的团队，可不知道为什么，好像只是打个盹儿的工夫就变成了现在这副凄凉的样子。

我在反思，也更失意。

我不禁又想到了那个被我劝过的哥们儿。也不知道他回到自己的城市之后有没有像他自己所说的那样去奋斗？

我突然又有点儿厌烦自己，因为相比于那个哥们儿我更该去奋斗，可最近的我却在个人感情问题上想了太多。

我是带着使命来到大理的，但我却将内心的寂寞和孤独看得更重，这简直就是浑蛋！

我闭上眼睛，重重呼出一口气，便将手放进了洱海里。冰冷的感觉中，我好像又看到了汪蕾那亲切的笑容。她的笑容好似在修补着已经破碎不堪的我，我渐渐变得完整，然后内心又迸发出一阵激情澎湃的奋斗感。

不为别的，只为了自己的一个承诺。我讨厌等，但还是想守在苍山下、洱海旁，等待那些已经离开却注定要回到这片土地上的人。

我希望他们回来的那一天，不会再有残缺的灵魂，只有美丽的风花雪月。

我在这阵要奋斗的欲望中沉浸了很久，等我回过神来时叶芷和杨思思已经各给我发了一条微信信息。

叶芷要我带她去白露那间要转的酒吧看看，如果没有问题她今天晚上便可以和我们签合同，并将转让费一起给我们。

杨思思则要我去菜市场买点菜，然后去她那儿做饭吃。

这两件事情都难不倒我。

我打算先喊着叶芷去杨思思那里吃饭，然后再带着杨思思去即将属于叶芷的酒吧里看看。

我发誓我这个决定一点儿也没有给杨思思和叶芷添堵的意思。我始终觉得，我们三个人是一起从上海来到大理并成为朋友的，这已然是一种很特别的缘分，现在她们之间有了矛盾我必然要不遗余力地去调解。

何况，杨思思真的误解了叶芷，如果叶芷真的内心冷酷她就不会接下白露的酒吧，然后给我们一次重新奋斗的机会。

第十三章
错爱

我先联系了叶芷，让她来洱海边找我，然后又回复了杨思思，主要就是问她想吃什么菜，我好去买，却绝口不提自己要把叶芷一起带过去的事情。

信息发出去之后我就有了一种在冒险的感觉，因为杨思思如果还不愿意待见叶芷就肯定会迁怒于我，然后将我臭骂一顿，而我却没有一点儿把握能够控制住场面。

当然，也存在另外一种情况，杨思思给了我面子，选择和叶芷冰释前嫌，大家就可以坐在一起吃吃饭、喝喝酒什么的，也正是这种皆大欢喜的诱惑才让我有了做这件事情的胆量。

大约过了十分钟，叶芷找到了我，我笑着对她说道："咱们去看酒吧之前先去思思那儿吃个饭吧，她刚刚给我发了信息，要我买菜去她那儿做饭。"

叶芷不太相信地看了我一眼，然后又向我问道："你确定自己很了解女人？"

"你这么问，我挺蒙的。其实，我喊你去她那儿吃饭就是想调解一下你们之间的矛盾，你也不想一直被她这么误会着吧。"

叶芷不动声色，然后回道："我和思思是有矛盾，但不是你能调和的。如果我们有解除矛盾的想法那也只能是我们两个女人私下沟通，你如果掺和进来只会让矛盾越来越激化。"

我感叹道："没你想的那么复杂吧！"

"也没有你想的那么简单……"稍稍停了停，叶芷又说道，"你去她那边吃饭吧，我自己先去古城走走，等你吃过饭了我们再约地方见面。"

"你真不去？"

叶芷点了点头。

尽管我的心里有想法，但因为知道她是一个勉强不了的女人，所以还是带着遗憾选择了放弃，我对她说道："那行吧，我们回头再约。正好我也有点儿生意上的事情想请教你，待会儿我们好好聊聊。"

叶芷应了一声，然后便没有再停留，她叫了一辆出租车在我之前离开了客栈。

傍晚，风景最凄美的时候，我骑着摩托车去了绿玉路上那个什么都有的菜市场，我不光买了鸡蛋和蔬菜还买了半斤火腿和一个果篮，想好好慰问一下最近心情不太好的杨思思。

来到杨思思住的那个洋房，还没等我敲门她便替我开了门，这着实吓了我一跳，我打量着穿了一身睡衣的她，然后感叹道："你是不是在我身上装了追踪器？我这儿还没弄出动静呢，你自己就蹦跶出来了。"

杨思思坏笑着对我说道："对啊，你的一举一动都在我的监视之中。"

"你就吹吧。"我笑了笑，然后将果篮递给了她，她却一脸不乐意地看着我，说道，"你这是来看病人呢，买个果篮是什么意思？"

"多吃水果健康，我这不也是怕你闲出病来才提醒你要防患于未然嘛。"

"说谁闲着呢！"

我进屋，扫视了一遍，屋子里并没有我想象中那么脏，看样子她也是打扫了卫生的，于是我笑着回道："你不是为了迎接我才特意把屋子打扫了一遍吧？"

"你能不能别自作多情，我一直都是一个很喜欢干净卫生的女人。"

我将菜拎到了厨房之后便撸起袖子开始做起了饭，而杨思思就站在我的身边，帮我洗了几样蔬菜之后她很是气愤地对我说道："白露和马指导也太不把我当朋友了，怎么能说走就走，连招呼都不打一声。"

我解释道："其实白露是想给你打个电话的，但怕你跟着难过就让我转告你了。"

"难过也要送送他们啊，只能从别人嘴里听说他们走了才是真难过呢。"

"没看出来你有难过的样子。"

"要不我现在哭个给你看看？"

"算了。我是来吃饭的，不是来看你表演绝活儿的。"

杨思思踢了我一脚，情绪却突然低落了下去，然后又向我问道："知道他们去哪儿了吗？"

"他们说，要沿着滇藏线开，哪儿舒服就在哪儿停下来。"

"他们还会回来吗？"

我看了杨思思一眼，自己心里也有点儿伤感，所以沉默了一下，才回道："肯定会回来，但没说什么时候。"

"我留学回来的时候他们能回来不？"

"你这不是孩子话嘛，我要能回答你这个问题不就也能回答你上一个问题了嘛。"

"我就是有点儿想他们，白露姐做的饭那么好吃，马指导弹吉他的时候也很帅，只要看着他俩我就开心。"

"客栈里有他俩的照片，改天我给你拿几张过来，你放在房间里供着。"

杨思思又踢了我一脚，怒道："我这儿正难过着呢，你能不能别破坏我的情绪？"

我放下了手中的菜刀，然后又放轻了声音对她说道："其实马指导走的时候还真和我提了那么一嘴。他说他和白露会回来，他还要我把客栈里的人都留住，留在大理等他们。"

"我算是客栈里的人吗？"

"呃……这他倒没说，但我估计他没把你给算进去，因为你肯定要去外面留学的嘛。"

我以为杨思思还会再给我一脚，但这次她却不说话了，但也没有表现出不开心，她只是看上去有点儿茫然，以至于停了一分钟才又帮我洗了一棵青菜。

因为和叶芷还有约，所以我在杨思思那儿吃完饭便离开了，我的心里确实是挺急切的，我想在客栈停业之前能够再找到一点儿有头绪的事情做，我觉得叶芷在这方面应该能给我提出一点儿意见。

八点钟的时候，我在红龙井的酒吧街跟叶芷碰上了面，然后又带她去了白露那间已经停止营业的酒吧。

我掏出钥匙，打开了门上那把挂式的锁，我先进去打开了一部分的灯，这才将叶芷也请了进去。

叶芷四处看了看，我向她问道："怎么样，这家酒吧你还满意吗？"

叶芷没有急于回答，她反过来向我问道："这酒吧为什么叫'女人花'？"

"白露之前做的都是她闺密们的生意，所以来这个酒吧消遣的女人要远远多于男人，大概是因为这个才叫女人花的吧。"

叶芷点了点头，然后找了个位置坐了下来，我又实话对她说道："这家酒吧主要还是靠白露的那帮朋友撑着，如果你接手的话未必会有以前那么好的生意，你可以再好好考虑一下要不要接手。"

"为什么你会觉得，白露走了，她的那些朋友就不会再来消费了呢？"

"人情生意不都是这样吗？"

叶芷笑了笑，回道："你错了，这不是人情生意，你也没有真正弄懂这家酒吧为什么叫女人花。"

"你赐教一下呗，我洗耳恭听。"

"你自己领悟，如果实在想不明白你再问我。我始终认为，自己领悟出来的一些商业技巧会比别人传授的要来得更有意义。"

我在叶芷对面坐了下来，然后皱眉思索着，片刻之后我对叶芷说道："女人花其实是一个很精准的定位，它是酒吧的主题和卖点，而整条酒吧街也只有这间酒吧是针对女性的，所以这个酒吧的客户会很有黏性，因为她们暂时还找不到一个可以取代这个酒吧的地方。"

"对，你之所以觉得白露之前做的是人情生意是因为你忽略了酒吧里很多不显眼的小细节，但这些小细节都是紧扣女人这个主题展现出来的，并且很用心……"稍稍停了停，叶芷又对我说道，"你先看看书架上的那些杂志。"

我听叶芷的话去看了看，果然这些杂志都是和女性时尚有关的，主要介绍服装和化妆品这些女人感兴趣的东西。

叶芷又对我说道："酒吧的装修也是用了很讨女性喜欢的暖色系。另外，在酒柜旁边还有一个置换区，可以让一些女性客户互相交换闲置下来的物品。这些可都是紧扣女人花这个主题的布置，所以我判断这个酒吧绝对不是仅仅做人情生意这么简单，它是真有内容的。"

我很是佩服地点了点头，她确实是一个很厉害的女人，因为她只是扫视了一眼便看出了这个酒吧的精髓，而这是现阶段的我无论如何也做不到的。

看了一圈之后我回到叶芷的对面坐了下来，然后对她说道："这么看来这个酒吧没有让你失望，你打算接手了？"

叶芷很爽快地回道："没有问题，你可以把合同给我了。"

我从包里取出之前拟好的合同，然后递给了叶芷，她看了一遍之后，便在合同上签上了自己的名字，还给我的时候她又说道："你现在给我一个账户，明天我就可以把钱转到你的账户里。"

"咱们还是按照流程走吧，等白露那边也签上字后你再给我也不迟。"

"我相信你们。"

既然叶芷已经这么说我也没有矫情，我给了她一个账户，她记下之后我又向她问道："这个酒吧，你以后准备怎么经营？"

"可能会派一个人过来替我打理，也有可能要关一段时间。"

"我真希望你接这个酒吧不是因为心里的那些歉疚，而是真对这个小生意有了兴趣。"

叶芷轻描淡写地回道："我觉得你没有必要在这件事情上过度揣摩我的想法。"

"我就是想拿着这些钱的时候能够踏实一点儿。"

"那我很明确地告诉你，你可以很踏实地拿着。因为这家酒吧对我来说是有作用的，但是现在还没有办法体现出来。"

我不说话，叶芷在沉默了一会儿之后又转移了话题对我说道："你不是有事情要向我请教吗？趁着现在有时间，可以聊聊。"

我习惯性地揉了揉自己的太阳穴，然后对她说道："客栈被拆掉之后我肯定还得找点儿其他事情去做，但我现在一点儿头绪都没有，所以想问问你先从哪儿下手会比较好。"

叶芷几乎没有思考便对我说道："如果你暂时还没有想好做什么不妨先利用这

段空白的时间去建立自己在这边的人脉,当你有了足够的人脉,你会发现自己的视野也会随之越来越宽阔,至于后面要做什么也就不是什么难题了。"

"这人脉到底要怎么建立?"

"学会分析自己身边的人。"

"能说得更具体点吗?"

叶芷很耐心地对我说道:"我觉得你可以和孙继伟多接触,他是一个能帮助到你的人,你们之间很容易就可以建立朋友关系,因为他对你有感激之心。"

我撇嘴,又摇了摇头:"说实话,我不太喜欢他这个人的功利心,他对人对事的目的性都挺强的。"

叶芷笑了笑,回道:"如果你觉得这是你的原则,不能改变的话,你可以回上海,找一份工作,然后老老实实做一个上班族。因为圈子里大多都是这样的人,他们是不可能为你改变的,那结果只能是你被这个圈子淘汰。"

"你肯定是在和我开玩笑,我都走到这一步了怎么可能再回上海。"

"那你就学着适应这个圈子,多想想与这些人相处时的技巧。"

我看着她,然后有些疑惑,我对她说道:"我一直都觉得你是一个很清高的人,你在面对这个圈子的时候是不是也会放下自己内心的一些东西然后做出妥协呢?"

"我很幸运,我的父辈已经给我打下了很好的基础,所以我没有向别人妥协的必要,更多的是别人在向我妥协。"

我看了看她,说道:"是,我觉得你骨子里有很强势的一面!"

叶芷没有回应我的感叹,她又说道:"创业对很多人来说都是一部血泪史,如果你真的想做出一点儿属于自己的事业还是先学着改变自己的性格吧。我认为只有先在内心做好充足的准备的时候,创业才不会有放不开手脚的感觉。"

"你真的说到点子上了,我之前一直都有放不开手脚的感觉,我特别难受,但是又不知道问题出在哪儿!"

"现在知道了吗?"

我点头,回道:"我觉得是我的内心不够开放。"

叶芷笑了笑,没有再说话,而我虽然有豁然开朗的感觉但还是陷入了两难的挣扎中,因为有些内心的东西,即便你知道它是不对的,但真要改变起来还是非常困难!

在酒吧坐了一会儿,我和叶芷又在古城逛了起来,路过一个外国人开的奶茶店时我停下脚步对她说道:"一直听朋友圈里的大理人说这家奶茶店的奶茶很好喝,你要不要试一试?"

"你请客的话我很愿意试一下。"

"就这么点喝奶茶的钱我还能和你小气嘛。"

我一边说一边用英语和老板要了两杯他们这个店的招牌奶茶,等待的过程中我发现了一个很奇怪的现象，明明我们所在的这条街很繁华，但只隔了一道巷子的另一条商业街却黑灯瞎火，一个人也没有。

带着这样的疑惑，我向奶茶店的帮工小哥问道："小哥，那条巷子里面是一条商业街吗？"

"是啊，牌子上不都写着呢，九隆居商业步行街。"

我抬头看了看，果然有一个石刻的大型招牌，于是我更加疑惑了，又问道："这条商业街怎么一个人都没有？是不是刚建的，还没有对外招商？"

"很早之前就建了……"说到这里，那小哥又压低了声音对我说道，"这条商业街有点儿邪，听说是风水不好，一般人镇不住里面的邪气。我告诉你，之前好多大品牌都进去开过店，但是没有一家能挣着钱的，后来就都倒闭了。你自己看啊，我们这条街口就人挤人的，它跟我们只隔了一条巷子，就是没有人愿意进去，你说这不是邪门是什么？"

我当然不愿意相信这么玄乎的话，本着科学的商业精神，我在笑了笑之后又向他问道："是不是里面的环境不行啊？"

小哥略带鄙视地看了我一眼之后，回道："你是第一次来古城吧？熟悉古城的人谁不知道九隆居的环境要在古城说第二那就没人敢说第一。白天的时候你可以自己进去看看，里面有花园，有小桥流水，大理绝对找不到第二个这么舒服的地儿了。"

我又向里面看了一眼，然后摸着自己的下巴感叹道："哟，那可真是邪了门了！"

"可不是嘛，你该不是想到里面做生意吧？"

"就是好奇，对了小哥，现在里面的房租怎么样？"

"便宜，比咱们这条街便宜多了！我们这儿一百平方米的铺子，一年没有个五六十万的租金根本租不下来，那里面只要五六万就能租下来……"说到这里，小哥不屑地笑了笑，又说道，"就算五六万能租下来，又能顶个什么事儿？连本儿都顾不住，除非房东愿意倒贴钱，要不然连傻子都不乐意进去做生意！"

卖奶茶的小哥将关于九隆居商业街最重要的房租信息告诉我之后也顺手将我刚刚要的招牌奶茶递了过来，我从他手上接过之后又递到叶芷手上。

叶芷捧着奶茶向我问道："你对这条商业街有兴趣？"

"敢陪我进去看看吗？"

叶芷斜着身子往里面看了看，说道："我怕黑。"

我也随她往里面看了一眼，感叹道："这条商业街是挺奇怪的，明明跟咱们现在所在的这条街只隔了一条五十米的巷子，但我们这边人来人往，它就一点儿人气都没有，我是挺想进去看看的。你要怕的话就在这儿等我一会儿。"

叶芷想了想，回道："算了，我还是和你一起进去吧，两个人还能有点儿照应。"

"哈哈，一条商业街，你怎么说得和上刀山下火海似的！"

"对怕黑的人来说这就是上刀山下火海。"

"那你还是别去了吧。"

"这么黑的地方看着你一个人进去我不放心。"

我又笑了笑，回道："那就一起冒险呗，不过你这人也挺奇怪的，那么冷的洱海你不怕，反而怕一条没装路灯的商业街。"

"是人都有软肋，我一个人住酒店的时候一定是要开着灯睡的。"

她这么说让我想起了一个细节——当时我住在铁男的风人院青旅，她就住在隔壁的海途客栈，我总是看到她的房间会有灯光亮着，以为她有熬夜的习惯，此刻才知道她原来是不敢关灯睡觉。

我开着玩笑，说道："难不成你还有两个人住酒店的时候？"

却不想叶芷并没有将此当成一个玩笑，她很一本正经地对我说道："有时候出差我会和助理住在一起。"

穿过那条只有五十米长的巷子，我和叶芷来到了"九隆居"商业步行街。

在外面看的时候并不明显，但走进去之后，我发现里面其实还是有亮光的，因为还有一些商户固守着这里，但这种微弱的光并没有营造出一丝生气，反而让这个偌大的商业街显得更加诡异。

往里面走了一点点，我和叶芷都打开了手机后面的灯光，叶芷是真的怕，之前我们并肩时还会保持一点儿距离，但此时她却一直紧挨着我。

我观察了一下之后对她说道："我觉得这边店铺的布局就挺奇怪的，好像一楼是商铺，二楼被商家自己用来住了。如果这是一条步行商业街的话，我是挺不能理解这个设计的。"

"嗯，这设计会在无形之中降低这里的商业氛围。"

我和叶芷继续往前走，然后便遇到了一个岔路口，叶芷有点儿紧张地向我问道："往哪边走？"

"往右吧，待会儿咱再从左边绕回来。"

叶芷没有提出反对意见，她紧紧跟上了我的步子。

我原以为走到这条商业街的深处不会再有光亮，却不想又从一个店铺里传来一丝亮光，叶芷被搞得很紧张，她掐住了我的胳膊，说道："咱们换左边走吧，我都不敢想象那个店里现在坐着的是不是人！"

"是挺瘆得慌的，那就换左边走吧。"

我说着转身离开，叶芷也紧跟着我转身，我俩就这么很窝囊地退了回去。不过话说回来，好好一条商业步行街能把人吓成这样，也真可以算是一个奇闻了。

当然，我是为了照顾叶芷，一切和迷信有关的东西都是吓不住我的。

走到左边的路上叶芷却走得更谨慎了，可这精神越是高度集中便越容易被吓到。

所以，当一阵狗的"哼唧"声传来时，她直接吓得停在原地，走不动路了。

我故意颤抖着声音安慰道："别怕，不是什么牛鬼蛇神，就是一条被关在笼子里的狗！"

"这黑灯瞎火的怎么会有狗？"

"你以为谁睡觉的时候都和你一样不关灯啊。你怕不代表狗也怕！"稍稍停了停，我又冷笑着对她说道，"你说，要是我现在撒腿就跑你心里会是什么感受啊？"

叶芷死死地拽着我，回道："米高，别开这种玩笑，我真的怕。"

"有没有一种被我给坑了的感觉？"

"有，我就不该跟你进来的。"

"没后悔药吃了，你看那狗又在吼你了，还露着八颗雪白的大门牙。呃……狗到底是几颗门牙来着的？我撒谎都撒不好了！"

"能不能不吓我？"

我憋着笑意回道："其实我也不是故意要吓你，是我真的感受不到这里有多恐怖。不是和你吹，我小时候走山路的时候路过的可都是货真价实的坟地，那才是真的恐怖。"

"你别再制造恐怖气氛了，你应该好好看看这里的商业布局，我觉得这才是你该好奇的，而不是吓我。"

"我控制不住自己，因为见过太多你冷静强势的一面，猛地看见你现在这个样子我就特别有新鲜感。所以，你一定要原谅我，因为换作别人也会这么干的，哈哈！"

叶芷不说话，却松开了抓住我胳膊的手，也不知道是在和我生气还是打算挑战一下自己的勇气。

我又说道："如果你不想像现在这样进退两难那你待会儿买点儿吃的东西贿赂我，我就带你走出去。"

"你真的过分了。"

叶芷强势的一面又开始显现，虽然我不太看得清楚她现在的表情，却看得见她迈着的脚步走过了那个狗笼，又走过了一棵延伸得很开的大树。等她渐渐走远，我才意识到自己的玩笑开过火了，而我之所以这么开玩笑是因为叶芷日常中的冷静给了我很大的误导，我以为她不会生气，更不会和我这种一无聊就喜欢惹点事儿的人计较，可这次她却认真了！

我有点儿蒙，因为我压根儿就不知道该怎么哄这样的女人。

片刻之后我硬着头皮追上了她，索性破罐子破摔，又压低了声音说道："我怎么感觉咱俩压根儿就没走出去，还在刚刚那个地方绕啊！"

叶芷停下了脚步，她转身看着我，我赶忙将手机对准她，总算是看清了她的表情，她的面色很苍白，看样子是真被吓到了！

其实，我不该怀疑她的恐惧，因为她绝对不是一个会利用这种环境来伪装自己的女人，就像她说的那样，只要是人就一定会有弱点，比如有些人恐高，我也不能体会到那种恐惧。

我将手机的光对准了自己，然后对着叶芷做了一个剪刀的手势，笑道："有没有觉得我很萌？"

"你真的是一个很无聊的人！"

"你要是想报复我的话我不会反抗的，因为我刚刚确实没有换位思考，把自己的快乐建立在你的痛苦之上了。"我说完，又对叶芷做了一个剪刀手，还嘟嘴。

叶芷又好气又好笑，半晌才对我说道："跟你这样的无赖真的是生不起气来！"

"那是因为我知错就改，还是好学生。"

叶芷果然不和我生气了，她停了停之后对我说道："我最佩服的就是你胡说八道的能力！"

"我要是不胡说八道，咱俩在一起随时都有可能会冷场。"

叶芷沉默了片刻，她语气中明显带着失落向我问道："我这人是不是很不好相处？"

"要听实话吗？"

"嗯。"

"我不知道你这个性格是天生的还是后天养成的，反正和你相处时你都会给我一种很拒绝的感觉。我琢磨过你的说话方式，你甚至连语气助词都很少用，这会让你的性格看上去很冷，事实上也真的很冷，也就是我这种脸皮厚的还能和你说几句话，一般人也不是不愿意和你交流，是真的不敢，但他们面对你时所产生的这种胆怯和自卑，真的会让你感到开心吗？"

"我从来没有这么想过，我只是习惯了这么去表达。不，很多时候我并没有很强烈的表达欲望，也不太愿意和没有关系的人相处。"

"这就是冷漠嘛！"

叶芷欲言又止，最后还是说道："但和你相处的时候，我说话之前会考虑你的感受。"

我抬头对她笑了笑，回道："你这是拿我当朋友了！我挺高兴的，真的！"

"我觉得你的内心是一个没有恶意的人，所以不管你嘴上和我说什么我都会劝自己别生气。"

"是吗？"

叶芷没有应我，片刻之后，她才转移了话题对我说道："你是不是觉得自己能在这里做点什么事情，所以才一定要进来看看？"

"有这样的念头，但更多的是好奇。为什么相邻的两条商业街一个火到不行一个冷清到恐怖，我觉得，如果在里面弄一个恐怖主题的游戏馆应该会很赚钱！"

"这些店铺的格局都很小而且不容易打通，我觉得不具备做游戏馆的空间条件。不过你这个思路倒是挺不错的，可以说是因地制宜。"

我笑了笑，回道："我这也是在瞎琢磨，现在是晚上，看得不太清，我明天白天再过来一次，看看这里面的环境到底怎么样。"

"嗯，我们先出去吧，这里真的待得很不舒服。"

我没有再为难叶芷，点了点头后便让她拉住我的手臂，然后跟她一起走出了这条被叫作九隆居的商业步行街。

我很惊奇地发现，这条商业街的另一头就紧靠着人民路，也是古城里非常繁华的一条路，这就更蹊跷了，为什么商业街的两个入口都紧挨着繁华的路段可它自己却火不起来呢？

难不成真的有风水这么一说？

我是挺不信这个邪的，我反而觉得现在里面跌到谷底的房租对我来说很有诱惑力，这是一个抄底的好机会。但这一时半会儿我还没有想到到底什么样的项目适合这一条很奇异的商业街。

大概是因为被吓得够呛，所以我刚刚买给叶芷的那杯奶茶她直到现在都没有喝完，我对她说道："奶茶凉了吧？要不我再请你到人民路上喝几杯？"

"不用了，想回去休息。"

"再玩玩嘛，反正你明天也没有事情做，等你回上海真忙起来肯定会后悔在大理的时候没玩尽兴。"

"我今天得早睡，因为明天就得回上海处理一点儿事情，后天还要飞印尼，那边有个新的旅游项目需要我亲自过去洽谈。"

我心里有点儿失落，却强颜笑了笑，感叹道："说好放下所有的事情在大理玩一个星期的，这才玩了几天！"

"没有办法，我也想给自己放很长时间的假，可有些事情你一旦做起来就身不由己了。"

"我这么大一人这点道理还能不懂嘛！我就是觉得你现在的状态太压迫自己了，你除了工作之外也应该有自己的私人生活。"

叶芷笑了笑，回道："压迫吗？我觉得还好，你之所以这么想，是因为你在大理的生活过得太慢了，我还是觉得人忙起来更好，最起码不会把时间浪费在胡思乱想上。"

"咱们在这一点上的分歧还真是挺大的，我就认为胡思乱想也是生活的一部分，很多好的创意也是在胡思乱想中产生的。反正我是觉得，人一旦失去了想象力也就等于失去了推动这个世界发展的能力。"

"各有各的生活，如果每个人的想法和认知都是一样的这个世界也不会精彩。"

我笑了笑："也是，但是我们可以互相影响，这个过程也会很有趣的。"

叶芷没有说话，而这阵沉默也一直持续到我们离开古城，但即便有这样的沉默我还是觉得她比以前要开放了一些，至少现在的她愿意和我说一些心里话，我也因此看到了一个不一样的她，会难过，会害怕，会失望。

我将叶芷送回了客栈，然后又跟铁男还有桃子聊了一会儿，他们告诉我，我们现在住的那个农家小院的房东晚上的时候来找过他们，说是要我们搬出去，因为这个农家小院也在拆迁的范围内，上面已经下达了正式的搬迁通知。

这也让我更加确定客栈之所以现在还没有收到类似的通知是叶芷在背后起了作用，这是她在毁灭了我们之后又送给我们的一个人情，所以看到她的争取之后，我心里已经谈不上恨她了。

恍惚中，铁男对我说道："思思租的那个房子我们还没去看过呢，到底怎么样啊？"

"一个月一万多的房租你觉得能差到哪儿去。"

"哟，那平摊下来一个房间一个月房租得有四千多块钱！"

"她说不用给房租，你把自己的劳动力出卖给她就行了。"

桃子笑了笑，然后接过话对我说道："这话肯定是思思对你说的，她跟我们没那么计较。"

大概是和桃子太熟的缘故，所以被拆穿了我也没有觉得尴尬，我说道："这事儿你自己心里明白就行，你说出来了我还怎么糊弄铁男玩儿。"

"得了吧,哥们儿也不是什么好糊弄的人……"稍稍停了停，铁男又扔给我一支烟，说道，"农家小院住不了了，客栈也要做生意腾不出房，要不咱明天就搬到思思那边住吧？"

"你们先搬过去吧，我留下来照应着客栈。"

"客栈里有你住的地儿吗？"

"有啊，思思以前住的那个杂物间我住着就挺好的。"

"哟，我都忘记还有这么个地儿呢！那成，你留在客栈，我们白天过来帮忙，反正山水间离这边也没多远。"

我应了一声，随后将铁男刚刚递给我的那支烟点燃，当烟味传进我的嘴里时，我内心也有了那么一点儿人去楼空后的惆怅感。我又不禁想到了客栈曾经热闹的样子,而最痛苦的莫过于亲眼看着这些人一个个远去我却守在这里等，不知道要等多久。我低着头苦苦一笑，直到将整支烟抽完也没有再说话。

这个夜晚我没有让自己闲着，我将所有的行李又都搬回到了客栈的杂物间，然后在里面住了下来，我最喜欢的就是这个房间里面那扇靠床的小窗户，我可以借助它看到洱海，这会让我一边释放内心的欲望一边冷却自己，所以我在此刻还能保持着一颗平常心去想未来的生活和事业。

点上一支烟，我又往洱海的方向看去，除了海面上有月光在闪动，一切看上去都很平静，我甚至已经想不起来，就在几天前有个哥们儿在这里哭得撕心裂肺的样子。

我之所以有这样的忘性，大概是因为过去对于人而言真的不是那么重要。

我又觉得只是这样的忘性还远远不够，因为我真的忘不掉自己在上海时遭受的挫折和伤害，即便我已经来大理这么久了！

想起上海这座城市，我不禁跟着想起了那个占用陆佳号码的女人，我们真的已经很久很久都没有联系了，我们似乎都在蹉跎的岁月中忘了对方的存在。

这也正常，毕竟是两个不曾在现实生活中有过交集的人，所以话题对于我们来说只会越聊越少，而那些想聊天的热情也就随之越来越淡了。

我不会为此感到遗憾，因为任何一种形式的关系都会有终结的那一天，毕竟我们最后都是要死的。可我不知道，自己的内心有这样的想法到底是因为成熟了还是因为变得冷漠了！或者，她对我来说，压根儿就不是一个重要的人。

次日一早，我便在自己设定的闹铃声中醒来，我之所以起这么早是因为我想送送叶芷，她订的是早上九点飞上海的机票，所以八点之前就得赶到机场。

在我起床后的不久叶芷便已经收拾得妥当从自己的房间里走了出来，我从她手上接过了行李箱，说道："时间还来得及，先吃个早饭再去机场吧。"

"到机场吃也一样。"

"机场的东西又贵又难吃，这附近就有一家米线做得特别好吃的小店，趁着店还没有被拆我带你去尝尝。"

叶芷没有再拒绝，我便将她带到了那家连招牌都没有的米线店，这家米线店虽然看上去很简陋，但是却有一个能够看到洱海的小平台，而平台上的每一张桌子上都放了一盆多肉，看上去清新又自然。

这家店的老板是一个中年男人，有着一手做米线的绝活儿。没过多久他便将两碗米线送到了我和叶芷的面前，他笑着对我们说道："今天是我们这个小店营业的最后一天，你们又是第一拨客人，就送你们俩卤蛋表一下心意吧。"

叶芷说了一声"谢谢"。

我的心情却有点儿复杂，我在想，假如老板知道导致这边被全面拆迁的人现在就坐在他面前，并成为他今天的第一个客人，心里会是什么感受，毕竟这看上去挺戏剧的！

这时，一向话不多的叶芷竟然主动开口向这个老板问道："这个房子是你的吗？"

"嗯，家里传下来的。"

"你们拿到了什么补偿？"

"市区分了两套房子，还有六十万的安置补偿费。"

"这个补偿你满意吗？"

老板看了看自己的小店，他感触颇深地回道："要说我们满意的还真不是这补偿，这家米线店我们已经开了快十年，我们家几个孩子都劝我们别干了，可我们心里就是放不下，我们这代人什么苦都吃过，反而更怕闲下来，现在好了，想不放都不行。昨天，我跟我老伴商量好了，等这个店被拆掉了，我们就去昆明小儿子那边，以后只专心带孙子，想想，这不也是一种福气嘛！"

我回道："是，是，这挺好的！"

"那你说，我们这是赚了还是赔了呢？"

我和叶芷对视了一眼，竟然都不知道该怎么回答。

太阳渐渐从东边升起，洱海被云层里面的一抹光照亮，美得像是画卷里的产物，而米线店老板就坐在洱海边上，背对着我们吸水烟，我只是看着他的背影，却好似感觉到他在抹眼泪。

我觉得，不管怎么美化拆迁这件事情也是无情的，而物质所能补偿的也终究只是生活里的一面，却不能补偿失去心灵家园的痛苦。

八点钟之前我就将叶芷送到了机场，在她去取登机牌的时候我也再次感觉到了那种浓厚的离别氛围。我知道，她连项目的启动仪式都参加过了，以后来大理的频率只会越来越低。

我看着她手中的登机牌，笑了笑向她问道："白露那个酒吧你真打算暂时放着不做吗？"

"要是我说暂时没有做的想法，你会不会又觉得我接手这个酒吧是因为心里对你们有愧疚？"

"有点儿，虽然说你不太在乎这点儿小钱，但这么闲着也是糟蹋啊！"

"要不你帮我做？"

我一愣，又立即回道："算了吧，我胸怀大志，也看不上这么一丁点儿大的酒吧。"

叶芷耸了耸肩，说道："那就先闲着吧。"稍稍停了停，叶芷又拿出自己的手机，找到一张照片之后向我问道，"这几个是不是上次在泸溪殴打你的人？"

我仔细看了看，还真是，不禁很是疑惑地向她问道："你怎么会有他们的照片？"

"派出所已经抓住人了。"

"你做了什么？"

叶芷避而不答，她只是回道："我不会让你白白吃这个亏的。"

我看着她，心中五味杂陈。

她与我对视，然后又笑着对我说道："我该过安检了，希望你在这边一切都能顺利。"

"嗯，你也一路顺利。"

叶芷先是沉默，然后又看着我出乎意料地说道："呃……有时间我再来找你玩儿……"说到这里，她淡淡一笑，又向我问道："'呃'算不算是一个语气助词？"

我愣了一下，猛然想起自己曾在昨天晚上批评过她说话不喜欢用语气助词这件事情，没想到她还真往心里去了，并试着在我面前做出改变。

我赶忙回道："算，这肯定算。你要是能一直保持下去，就会让你这个人显得非常接地气。"

"我尽力。"

"尽力后面加个咯，会不会更生动一点儿？"

叶芷先是撇嘴，然后对我笑了笑，而一声"再见"之后她便没有再停留，她独自走向了VIP通道，很快消失在了我的视线中。

我停在原地站了很久，就这么一边失落一边消解着身边又少了一个人的缺憾。

十分钟后我才回到了自己车上，然后习惯性地拿起手机看了看。我几乎不敢相信自己的眼睛，因为叶芷又在微信朋友圈里发了一条动态：她发了一张自己戴着墨镜的自拍照，照片里还有一架小型客机，所以应该是在候机厅里拍的。除了照片还有一句话，她说：再见大理，再见冬天。

我不自觉地笑了笑，她是真的试图改变了。我当然也不能落后于她，我是真该在大理不明显的冬天里做出一番属于春天的事业了！

当我准备启动车子的时候我又接到了一条短信提示，我的银行卡里收到了一笔三十万元的转账，这当然是叶芷转过来的，我顿时便有了一种安全感，因为这笔钱为我在大理这个地方保留住了一线生机。

我关闭掉短信页面，又在随后拨打了孙继伟的电话，我接受了叶芷的建议，想主动去接触一些社会的精英人士。对我而言，不管他们是不是对我的生活有帮助，但至少能证明我已经有了想走出去的念头。

我想，这就是最好的朋友关系了，我们可以互相影响，互相改变，然后去继续追求更好的状态。

孙继伟在片刻后接听了我的电话，当我告诉他想请他吃个晚饭的时候他很惊讶，然后又很高兴地答应了下来，叶芷果真说得没错，孙继伟因为对我心存感激所以内心深处很愿意交我这个朋友。而我也意识到，如果自己真的想在大理的商圈有一番斩获，他就是我必须争取的朋友！

离开机场之后我没有回客栈，而是去了昨天晚上没能看真切的那个九隆居商业步行街，与晚上不同的是，白天的这里终于有了零零散散的游客，但在我仔细观察了一番之后，又发现这些游客大多是跟团被导游带进来的，而真正的散客也没有几个。

不过，少了夜晚的阴森，商业街优越的环境便也显现了出来，它就像是独立在古城中的一个小世外桃源。

我觉得，里面的商户似乎不像是来做生意的，更像是为了悠闲的生活才选择了这里，所以他们有人在商业街里养鸟，有人养狗，也有人养猫，这里简直是活脱脱一个小型动物园。

我真的不愿意相信眼前所看到的这一切，但事实上这里就是动物比人多，所以整条商业街早就失去了应该有的商业氛围，更像是一个生活区。

我又在里面逛了一圈，发现商业街的布局也不是没有可取的地方。我很喜欢那种商户与商户之间可以组成一个小四合院的设计，但却又比四合院的环境要更好。在这里，大家共用一个开放式的院子，院子里面有景观小溪，有花草，有遮阳伞，只看一眼便觉得很悠闲。

可坏就坏在这种悠闲和慵懒的感觉上，因为这不是做生意需要的氛围。

我已经不需要去考察这里的人流量，因为只靠导游们带来的人几乎可以忽略不计，而散客们路过时最多只是往里面看一眼便不愿意进来了，毕竟来游玩的人都会有凑热闹的属性，所以这么冷清的地方他们当然不会喜欢。

片刻之后，我在一家还在营业中的咖啡店门口停下了脚步，不出所料，里面除了老板之外便没有其他人，而老板也没有一点儿打开门做生意的觉悟，明明已经是中午，可他却在一张躺椅上睡着，脸上还盖了一本杂志，也不知道是刚刚看过还是仅仅为了遮挡阳光。

我在感到好笑的同时，也对他说道："嘿，老板，我喝点儿东西。"

他没应我。

我又拍了拍他的肩，喊道："老板，来客人了，醒醒成吗？"

他这才拿掉了盖在脸上的杂志，然后眯着眼睛看了我一眼，说道："不好意思啊，我这儿都三天没开张了，压根儿就没想到有客人，所以就趁着阳光好打个盹儿。"

我笑了笑，回道："没事儿，你先给我弄点喝的，咱俩聊几句。"

"成嘞，我在这儿都快闲坏了，正愁没人说话呢。对了，您要喝点儿什么，我给您弄去。"

"只要是咖啡就行，我提提神。"

"那就美式吧，我最拿手的。"

"行。"在他弄咖啡的时候，我又向他问道，"你是北京人吧？"

"您蒙对了，我还真是北京人。"

我笑了笑，回道："你口音在这儿摆着呢，这事儿不用蒙。怎么称呼您啊？"

"叫我瓶哥就成，酒瓶的瓶。"

"你这外号有意思了！"

"嗨，我这人平常没事儿就喜欢收集酒瓶玩儿，朋友就送了我这么一外号。"

我看了看，还真是被震惊到了，他那不大的咖啡店里到处都是各式各样的空酒瓶，很多酒瓶更是我见都没见过的样式，我不禁点头感叹道："您这外号可真贴切，您这人也挺有意思的，竟然有这么一个爱好！"

"哈哈，不找点儿东西倒腾着玩儿，非得把我闷死在这儿不可！对了，哥们儿，您怎么称呼啊？"

"米高。"

"您这名儿实在……米糕，饿的时候吃两口肯定倍儿爽！"

他一边说一边将刚刚弄出来的咖啡端到了我的面前，而我又环视了一遍周围的环境，更加觉得这哥们儿有定力，咖啡店开在这里亏本不说，对人来说也是一种十足的煎熬，因为店铺四周到处都是关上的门，根本就没什么可以说话的同类。

我端起瓶哥调的美式咖啡喝了一口，就是正常咖啡店的水平，并没有什么特别出彩的地方，实际上我心里也没有对此抱很大期待，如果瓶哥在咖啡这门手艺上真有不错的造诣也不至于把咖啡店开到这条商业街上，他完全有底气选择更好的店址，毕竟大理这个地方的人普遍很闲又喜欢喝咖啡，所以一般好的咖啡店在这里是不会被埋没的。

我放下了杯子，暂时不愿意再喝第二口，瓶哥却满怀期待地向我问道："咖啡的口味怎么样？"

我应付着回道："还行，我觉得在咱聊完天的时候我能把一整杯都喝下去。"

也不知道瓶哥是不是在和我开玩笑，他竟然松了一口气对我说道："我觉得你这个评价还是挺高的，你是不知道，这一天天的没生意我这手早就生得不行了，我现在就怕突然来个客人说我这儿的咖啡不好喝！"

我顺势安慰道："我觉得你没必要担心这个，来你这儿消费的肯定不会冲着口味，反正我觉得，相比于咖啡这儿的环境更容易给人满足感。"

"您这是骂人不带脏字儿呢？"

"你可千万别误会，我的意思是咖啡好环境也好，但这就更奇怪了，既然你这咖啡店软硬件都不差，为什么就是没生意呢？"

瓶哥转了转手指上的大戒指，然后抱怨道："这事儿不赖我，也赖不上我这间咖啡店，主要是因为这条商业街没人气。您要是不信就站在街口看看，树上果子掉下来砸中你十回都不见得有人会往这条街里面瞅一眼！"

我笑了笑，问道："你这咖啡店在这儿开多久了？"

"两年，到下个月整整两年！"

"嚯，你这是够顽强的啊！"

瓶哥先是理了理额头上已经很稀疏的头发，然后才对我说道："我这人性子慢，熬得住。不怕您笑话，我三天前做的那笔生意，要是较真儿说都不能算是生意。那天中午,一捡垃圾的老太太捡到这条街了,我看她挺不容易的就给她泡了一壶茶,没想收她钱就是想和她唠几句。没想到老太太觉悟挺高,茶喝完了非要给我留几个不知道从哪儿捡来的空瓶子当买茶钱,我寻思着都快一个星期没开张了,想博个好彩头,就把这几个瓶子收了下来,可这能算是买卖吗?"

"还真算,以前没有货币的时候可不就是这种物物交换吗!"

"成嘞,这话我爱听。"

我笑了笑,又端起那杯很一般的美式咖啡喝了一口,这才对他说道:"瓶哥,我多嘴问一句,你这一天天的没生意到底是什么样的信念让你坚持到现在的?"

"这事儿嘛,就说来话长了。"

"你说,我反正也是闲人一个,最爱听人唠嗑了。"

瓶哥看了我一眼,我顺势给他递了一支烟。烟是个好东西,瓶哥刚点上,还没吸一口脸上已经是一副酝酿情绪的表情,片刻之后他眯着眼睛对我说道:"我为什么能熬两年?那是因为这套房子的产权就是我的。"

我感叹道:"难怪呢,你不用交房租,熬多久都没有压力啊!"

"可不是嘛,楼上那层我找装修公司改装了一下,现在就是我住的地儿,所以做不做生意也无所谓,就当在大理买了一套住宅自己住就是了。你看,这儿环境不也挺宜居的嘛!"

我笑了笑,却不知道该说他眼光好还是不好。

瓶哥的话匣子已经打开,他一点儿也不在意我的沉默又向我问道:"看你这样子,是不是想在这条街上打什么主意哪?"

我如实回道:"我现在手上确实有点儿闲钱,想看看这里有没有机会,毕竟这也是一条商业街,房租还不高——"

我话还没说完,瓶哥便打断了我,说道:"哥们儿,看在咱聊得还成的分上我得劝你一句,你有这钱赶紧拿回去孝敬父母,可千万别在这个地方打水漂咯。这地儿是真邪门,之前那什么糖卡咖啡、大象酒馆都来开过分店,要说这俩店在大理可都是腕儿,但分店一开到这条街上就立马不灵了,最后撑了不到半年都灰溜溜地退了出去。我说,人那俩店的老板要钱有钱,要人有人,他们都做不好的生意你又有什么资本来这边瞎闹腾?"

我很耐心地回道:"瓶哥,咱不看之前的例子,你就静下心好好分析一下,为什么这么一条位置和环境都不差商业街它就是做不成生意呢?"

"你好好琢磨琢磨这条街的名字,九隆的谐音是不是九龙?自古以来,凡是沾上帝王气的东西就不是一般人能镇住的,所以说到底还是这儿的地儿邪!"

"能不能科学地解释一下?"

"做生意看风水不看科学!反正我话已经说到这儿了,你要是不怕死尽管来试试,我还真巴不得有个人过来跟我做伴儿呢！"

瓶哥的话倒是没怎么让我动摇，我依然很想摸清楚这条街的底，于是又笑着向瓶哥问道："我最后问一下啊，像你这种上下两层的店铺现在一年的租金是多少？"

"这就不好说了。反正现在是白菜价，看你怎么和房东谈了。"

我想了想，又问道："如果你这套要对外出租的话，是个什么心理价位呢？"

"四万块钱一年。"稍稍停了停，瓶哥又补充着说道，"要是遇上有眼缘的人三万块钱也行。"

我点头，心里很满意这次摸底的成果，我判断现在整条商业街上的租金正处在一个很混乱的阶段，既然没有明确的标准就更容易浑水摸鱼，但具体要用什么来摸，我还得好好琢磨琢磨。

离开了九隆居，我又在古城里找了一家饭馆，然后点了一盘卤肉饭作为自己的午餐，等饭的过程中我给叶芷发了一条信息问她有没有下飞机。

大约过了十分钟，叶芷回了我的信息："刚下飞机，正在取行李。"

"嗯，赶紧找个地方吃饭吧，我就不打扰你了。"

"你这么说是不是有点儿见外了？"

"也不是见外吧，我只是下意识地觉得你一到上海就会立马进入工作状态中，哪有时间和我这个闲人聊天儿。"

"其实可以聊一会儿。"

这虽然是一句很简单的话，但是对叶芷来说已经是一种很了不起的改变，若是放在从前，她很可能在话题结束后就不再回复我的信息，但此刻她却主动要求聊一会儿。

我笑了笑，回道："那你猜猜我现在在干吗。"

"如果我没有猜错的话你不是在九隆居，就是刚从九隆居出来。"

我扯着谎回道："你猜错了，我在客栈。"

"我真的猜错了？"

"哈哈，逗你玩呢。我是刚从九隆居出来，这会儿正在古城里吃饭，但你是怎么猜出来的？你又不是我肚子里的蛔虫。"

"我觉得这个阶段的你内心非常渴望成功，所以有任何一点儿机会你都不会放弃。不过你真觉得那条商业街有做生意的价值吗？"

当叶芷这么问的时候我的内心不自觉就变得严肃了起来，我回道："我觉得有，但这是一件需要动脑筋的事情，我得先好好观察观察，然后再做决定。对了，我今天晚上约了孙继伟吃饭，他人脉广，应该能帮我打听到这条街火不起来的真正原因。反正我是不相信什么地邪的说法。"

"你能这么做已经是很大的进步了。"

我感慨道："做生意就是一场战争，之前吃了那么大的亏，我可不想再打一场没有准备的仗！"

这次叶芷过了很久都没有回信息，就在我以为她又因为忙碌不会回的时候她却突然又回了一条："帮你买几套衣服吧，有时候好的衣装对社交也是很有帮助的，你现在穿衣服就太随便了。"

我受宠若惊，更没有想到她会注意到我平时穿了什么，我很想大方接受，可是我们的关系并没有到那个份儿上，更何况她买的衣服都不会便宜。

心里有了矛盾之后，手机也好像变得烫手了起来，我在琢磨着到底要怎么说才能既不伤害叶芷的热情也能顾及自己的面子。却不想这个时候叶芷又发来了一条信息："把你的尺码告诉我，我今天晚上有时间，正好可以去商场转转。"

想了想，我终于回道："别了吧，你对我这么好我不知道该怎么回报你。"

"何必拘这些小节呢？我只是觉得女人可能会更懂男人需要什么样的衣服。"

"这好办，我买的时候给你发图片让你参谋参谋。"

"不用这么麻烦，那我就大概估几个尺码给你买。"

叶芷这不废话的性格真是让人无从拒绝，她要是每个尺码都买一套才真是浪费，所以我只能将自己的真实尺码报给了她，而在这之后她便没有再回信息，也不知道是去忙了还是觉得没有必要回，可我的情绪却因此有了微妙的变化，我第一次很正式地问自己是不是叶芷真的对我有了感觉，所以她甚至放下了自己一贯的冷漠愿意为我做这些很小却很暖心的改变？

点上一支烟，只吸了一口我心里便有了更复杂的想法。如果我真的能和叶芷这样的女人成为男女朋友，生活一定会变得充满期待，因为她真的是一个很完美的女人。

再想想，我们虽然认识的时间并不长，可也真的已经在一起经历了很多事情。我曾帮过她也恨过她，而她在事业上伤害过我也在努力地弥补我，渐渐地，我们似乎就在这种若即若离的关系中对彼此形成了依赖，可是这种依赖感真的很坚实吗？

我很难说透，特别难！

想当初，我和陆佳只是相识一个星期便确定了男女朋友关系，但那时候的我并不是现在的我，那时的我几乎不会在爱情这件事情上有任何顾虑，也不愿意去想未来会面临的困难，我要的只是今朝有酒今朝醉的快感。

可事实证明，我错了，我在三年后失去了深爱过的陆佳。

今天，我如果义无反顾地牵住了叶芷的手，会不会将过去的悲剧又重复上演一遍，而我是否还有能力再承受一遍类似的痛苦？只是这么想着的时候，我已经开始慌张。

下午的时候我回到了客栈，然后根据自己的记忆将九隆居商业步行街以及周边两条街的布局图画了出来，整个下午我什么事儿都没做，尽顾着研究这条街火不起来的原因了。

我点上一支烟，将商业街里还在营业的几家店都标注了出来，结果发现它们都是做餐饮的，这说明这条商业街的店铺形式很单一，一定程度上也会减少游客来消费的兴趣。

入神时铁男在我的对面坐了下来，他瞄了一眼我正在捣鼓的东西之后问道："看你在这儿坐一下午了，弄什么呢？"

我放下了手中的笔，对他说道："这两天我在古城里发现了一条挺有意思的商业街，首先它的位置不错，就在古城中心，里面的环境也不错，但就是冷清得不行，你说是不是很奇怪？"

"你是说九隆居吧？"

铁男到底在大理待了很多年，所以我只是这么一提他便知道我说的是哪儿。

我点头，又向他问道："你知道那儿是什么情况吗？"

"就一个字，邪。"

"难道没有科学一点儿的说法？"

"一条商业街，你难不成还指望我给你做一档走近科学的栏目出来呢！在大理待久了的人都知道那条街就是邪门，谁去里面开店谁倒霉！"

"听说里面的房租现在很便宜。"

铁男很不屑地笑道："再便宜也不顶事儿，谁开店都是为了赚钱，就现在这个行情要还有傻子敢把店开到那里面，我保证他能亏得连老婆本都保不住。"

"没这么悲观吧？我觉得凡事儿都是先有因才有果，如果我能把这条商业街火不起来的真正原因给找出来，没准儿能趁着房租抄底的机会在里面赚一笔呢。"

"你可拉倒吧，这几年又不是没有不信邪的人把铺子给开到九隆居的，你去打听打听最后有谁从里面全身而退？难道这些人里面就没有一个比你米高有资本、有眼光的？"

我依然试图说服铁男，所以又很耐心地对他说道："我不是不信邪，我只是觉得这些人没有用科学的眼光去考察和研究这条街，他们进去开店，大概就像你说的这样只是因为不信邪——"

铁男却很没耐心地打断了我，他回道："米高，哥们儿劝你不要有这么危险的想法，我看得出来你是在打那条街的歪主意，但那是人能去的地儿吗？还是说你现在手上有个几百万几千万的，进去亏一笔也无所谓？"

我这才放弃了就这件事情继续与铁男沟通下去的念头，我笑了笑，说道："我现在只是好奇，要说打主意，我还真没想到要进去做点什么生意……"稍稍一停，我又转移了话题，说道："对了，叶芷今天早上将接手酒吧的转让费打到我卡里了，你现在就给我个卡号，我给你和桃子各转十万块钱过去。"

"成吧，有了这笔钱咱们手头上暂时就宽松多了。叶芷这个人还成，没对我们赶尽杀绝！"

我笑了笑，然后将桃子也叫了过来，我准备当着他们面将这十万块钱转过去，可桃子却说她的这份一起转给铁男就行，她觉得他们之间不应该将钱分得太清楚。

我尊重了桃子的意见，也知道她内心深处的真实想法，因为铁男没有工作能力，她却可以找一份调酒的工作维持生活，所以这些钱放在铁男那里才会让铁男不至于太焦虑，也会给铁男一些男人该有的面子。

桃子她是太爱铁男了，所以才会什么都为他着想。

……

晚上，我和已经许久不见的孙继伟在古城一家做潮汕菜的饭馆门口碰了面，他还是一副精力旺盛、乐于交际的样子，老远看见我便向我招了手，并称呼我为兄弟。

我笑着迎了过去，然后对他说道："老哥，你这红光满面的是不是最近又遇上什么好事情了？"

"我这是看见你就高兴，今天老哥请客，咱好好吃一顿。"

孙继伟一边说一边将我往饭馆里带，坐下后，又让服务员拿来了一份菜单，很热情地让我先点，我没太客气，自己先点了起来，但今天这顿饭我肯定不会让他请客的，因为这是做人的基本礼节，毕竟是我约的他。

我点完之后又将菜单递给了孙继伟，他一边点一边向我问道："兄弟，你那客栈现在还在营业吗？"

"嗯，估计要营业到明年一月份。"

"哟，听说你们龙龛那片儿的拆迁工作已经开始了，按道理那边所有的商户不是在这个月底就要全部结束营业了吗？"

我不禁感到唏嘘，稍稍沉默之后才说道："不幸中的万幸吧，我和这个项目开发方的老总有点儿交情，她和上面打了招呼，所以我们这边能营业到拆迁工作结束之前。"

"你这么一说我倒想起来了，听说这个项目的开发方就是上海的一个集团，那你这个事情还真是巧了，要是其他集团拿下龙龛这边的项目你们可真就没这么幸运了！"

"是啊，算是给我们续了一口气。不过客栈这两天的生意也不如以前那么火爆了，因为这边搞拆迁，白天动静大，又尘土飞扬的，有些客人来了以后觉得受不了，又都换到古城里去住了。"

"这也正常。"稍稍停了停，孙继伟又向我问道，"这客栈开到最后能保住本吗？"

"看房东那边能补偿我们多少装修款吧，如果超过五十万，基本就能保住本了。"

"这事儿你不要太乐观，我觉得也就是象征性补偿一下，现在大理的房地产市场这么火热，房东肯定是优先要房子，所以在装修补偿上他不会太计较的，毕竟装修款不是他出的,而且你们也并没有在租房合同上体现出来,如果涉及拆迁该怎么补偿这就成了你们最吃亏的地方,因为没有赔偿依据。房东只要把他收到的装修赔偿款给你们,就算是对你们完成赔偿了。"

我轻声一叹,回道:"这事儿我有心理准备,如果有不一样的赔偿方案摆在房东面前他肯定是优先要房子,不会管什么装修补偿的。"

"对嘛,这就是人性使然!"

孙继伟给我倒了一杯酒,然后陪我喝了一杯,又向我问道:"客栈生意是做不成了,以后有什么打算?"

我尽量不让自己表现出负面情绪,所以只是笑着回道:"看看有没有其他什么生意能做的,反正我暂时还没有离开大理的想法。"

"嗯,不管做什么生意都慎重点儿好。"

我点头喝了一杯闷酒,而就在这个时候我又收到了叶芷发来的微信,她告诉我她已经帮我选了几套衣服,正在往我们客栈寄,她要我在这几天内注意查收。

我心情挺复杂的,但更多的是一种被关心后所产生的温暖感觉,我甚至没有办法想象叶芷这么一个偏冷漠的女人为一个男人挑选服装时会是什么样子。也许她真的花费了很多心思,也或者她只是随便一逛,然后用最简单的方法挑了最贵的衣服。

我克制住内心的种种情绪,然后选了一种最客气的方式对她说了一声"谢谢",叶芷一如既往地不说废话,所以她没有再回复我,这也让我得以用一颗还能平静的心继续着和孙继伟还没有吃完的饭局。

我将手机放在一边,便转移了话题对孙继伟说道:"老哥,有个事情想向你打听打听。"

"说嘛。"

"你知道古城这边有条叫九隆居的商业街吗?"

孙继伟笑了笑,回道:"我们做环保工作的,别说一条商业街,就是古城里大点的铺子能达到什么环保标准,也得做到心中有数哪。"

"那我就是问对人了,我觉得这条商业街挺奇怪的,明明在古城两条最热闹的路之间,却冷清得不行。我可不相信什么地邪的说法,我觉得里面肯定有不为人知的原因,估计还是和这条街的布局有关。"

孙继伟没有急着回答,而是和别人一样向我问道:"你是准备到里面捣鼓生意做?"

我点头,然后很主观地回道:"确实有这样的想法,主要还是因为这边的房租便宜,做起来不会有很大压力。现在但凡古城里热闹一点儿的地方店铺转让费就得几十万,以我现在的能力和经济条件去接手那些店铺肯定是不切实际的。"

孙继伟点了点头,随即对我说道:"我先打电话问问这条商业街当时是哪个企

094

业开发的，我觉得这事儿还是得从源头上搞清楚才最有说服力。"

我应了一声，孙继伟便拨打了电话。

大概聊了十分钟，他才挂断电话，然后对我说道："我问清楚了，这条街是大理本地一个地产企业搞的，当时在开发的过程中遇到了不少困难，有的至今都没有解决。咱先吃饭，待会儿到现场聊聊，要不然说不清楚。"

半个小时后，我和孙继伟来到了九隆居的街口，他在我之前向里面看了看，然后又指着那条很窄的巷子对我说道："按照之前的项目规划来看，这条巷子其实是不该存在的，因为这里面至少要留一条双向十米的路，并且街口也要做一些景观，但现在这些规划都废掉了。"

"是，我也觉得这条小巷子有问题，它的存在让整条商业街都变得不够显眼，除非有心往里面看一眼，要不然根本就发现不了有这条商业街的存在。可是，老哥，到底是什么原因导致了原先的规划实施不了的呢？"

"你没发现这条巷子里也有几个店铺嘛，听说这些店铺的产权都是一个老板的，当时开发商代表找他谈了很多次，开的条件也不差，可人家就是不同意拆迁，开发商倒是想了些办法，但也无计可施，所以来回折腾了几次之后开发商就放弃了。我觉得，整个九隆居热不起来这条巷子就是第一个原因。"

我又仔细看了看看，然后点头回道："这条巷子堵在这儿确实影响挺大的，但我觉得这还不是主要原因，毕竟商业街靠着人民路的那个入口还是挺醒目的，那边应该可以起到一个引流的作用。"

孙继伟笑道："你说得没错，主要原因还是和大理当时的市场行情有关，前几年的时候大理迎来了本地旅游史上最大一次井喷式的爆发，蜂拥而至的游客带来了无限的商机，同时也让古城里一些铺面的租金水涨船高，很多外地人进入大理投资，九隆居商业街就正好赶在那个时候被开发出来的。听我朋友说，当时还有人一口气在这条街上买了二十间铺面。而问题就出在这儿，开发商因为房子被抢购一空所以也就没有把心思放在宣传上，你知道的，这宣传工作一旦不到位就会影响后面的招商工作，再加上这些铺面的业主都是外地人，常年不在这里，投资人过来看个铺面签个合同什么的都非常不方便，所以久而久之也就影响了大家的投资热情。"

孙继伟的这番话总算是让我了解了这条街热不起来的根本原因，我消化了一下这些内容然后又向孙继伟问道："这条商业街刚开业的时候是不是租金也不便宜？"

"那肯定的啊，毕竟这边位置不差，环境又好。听说刚开业那会儿比较靠路口的几个铺面每平方米的租金都快赶上人民路和洋人街上的铺子了，不过还是吸引了好几个大品牌在里面开了店。后来，这几个大品牌开的店铺都倒闭了，又开始流传一些比较玄乎的说法，说是风水不好，地邪，更把这边搞得是雪上加霜。你知道的嘛，现在大部分人做生意还是信风水这么一说的。"

095

我一边点头一边从口袋里摸出了一支烟点上，同时，心里也为这条商业的前景感到不乐观，因为它的问题实在是太多了，并且每一个都不太好解决，就比如说宣传这一块，当时连开发商都没有重视，而我一个搞店铺投资的又哪儿来的实力去把整条街的知名度给炒起来？

烟快要吸完的时候我终于开口对孙继伟说道："老哥，这次真的很感谢你，要不是你给我带过来这些消息，可能要不了多久我就真盲目在这条街上搞投资了！"

"嗯，我也不是很看好这条街，怎么说它都错过了最好的发展时机。"

我无奈地笑了笑，回道："挺可惜的，这么好的一条街！"

孙继伟随我笑了笑，之后便没有再说话。

没过多久我便接到了铁男打来的电话，他说自己和桃子准备去山水间那边住，要我早点回去照应着客栈。

我再次向孙继伟表示了感谢，约好改天再聚后便打车离开了九隆居。

回到客栈的时候铁男和桃子已经走了，我独自站在院子里，看着那在很多个夜晚给我们带来快乐的烧烤架莫名就孤独了起来，这种孤独感给了我很多刺激，让我特别想找个靠洱海的地方将客栈重新做起来，我也希望那些已经远去的朋友有朝一日还能回到大理，大家彻底放下从世俗里带来的思想负担，一起在苍山下、洱海边过着悠哉且没有痛苦的生活。

这种欲望又渐渐变成动力，于是我更加想利用手上有限的资源去赚一笔快钱，我觉得自己有这样的能力和韧性，而我的内心深处也没有完全放弃九隆居这个地方。

我相信，既然那边已经迎来了租金抄底的最佳时机，那就肯定有相应的商机在等着我，而我需要做的是耐心寻找。

从酒柜里拿出两瓶啤酒，我独自一人坐在酒吧里喝着，一瓶啤酒喝下去之后我接到了老米打来的电话。

我发现一个很奇怪的现象，似乎从戴强去上海工作之后，老米给我打电话的频率也变得高了起来，我不知道这里面有没有必然的联系，但我知道老米这个电话多半是要和我说叶芷的事情。

事实上我的猜测没有错，老米可能在家苦思冥想过，所以他又找了一个理由，想让我在过完年后将叶芷带回老家去玩一玩，他的理由挺牵强的，说是二姨一定要亲自见叶芷一面，以感谢她帮戴强解决了在上海的工作问题。

我觉得老米不应该这么套路我，因为他强制下一个命令也比将二姨拿出来做借口要来得有效果，因为对于我和叶芷来说这样的理由都太好拒绝了。

结束了和老米的通话，我莫名地想和叶芷聊一会儿，不是为了说什么过年回家的事情，只是单纯地想聊一会儿。

就在我准备编辑信息的时候我忽然收到了另一条信息，而给我发信息的人正是占用了陆佳号码的那个女人，我着实够吃惊的，因为我们已经太久太久没有联系过了。

打开信息，我更加吃惊，她是这么说的："喂，我想去大理过年，听说过年的时候那边房子挺不好找的，你能不能帮我提前找一个？"

我没有急着给她回信息，而是抓住手机把玩了几下，然后在一瞬间想明白一件事情，如果我答应帮她在大理这边找一个能让她过年的房子，那是不是意味着我们之间互相神秘了这么久，终于迎来了要见面的这一天？

有了这样的想法之后，我内心那已经淡去的好奇感便又腾云驾雾似的回来了，何况对于我来说帮她在大理找一套房子也并不是什么难事儿，所以我很爽快地回道："你要在这边住多久？我帮你看看什么房子比较划算。"

"一个星期至半个月之间，到底住多久还得看心情。"

"这么短的时间租民房不太实际，只能住客栈了。不过我得提醒你一下，过年期间这边客栈的价格至少都是淡季的三倍，如果你时间很多的话不建议过年的时候来大理旅游。"

"出来玩开心最重要，没想过花钱的事情。"

"好吧，你这就是传说中的有钱任性吗？"

"我可没钱，但这不代表我就很在乎钱。我觉得，钱这东西如果你不拿来花，拼命攒在手上就失去了它应该有的意义。"

"要是每个人都是你这样的消费观我们这些做生意的可就有福了。说吧，想找个什么价位的客栈，我帮你留意着。"

"我就不说价钱了，只要是安静一点儿、卫生条件好一点儿的地方都行。"

我点上了一支烟，大脑里突然就蹦出一个念头，并且越来越膨胀，只是一个瞬间我便将她的要求与九隆居那个地方联系了起来，随后又产生了一个更疯狂的想法。

为什么去九隆居，就一定要开店铺呢？这样的思维很僵化，如果我现在在这条商业街以抄底的价格租下二十套房子，且只租一个月，然后再以短租的形式租给那些过年来大理玩的游客，这是不是一次抓住商机赚快钱的思路？

我认为可行，因为这条商业街的环境很好，而且外来游客们的目的很明确，他们要的只是一个舒服的住处，所以根本不会在意这条商业街之前经历过什么，越是安静没人气越是能够满足他们的需求。

我听说，去年过年的时候，蜂拥而至的游客远远超过了大理所有酒店和客栈的接待能力，所以也出现了很不可思议的一幕：游客们为了能够有地方休息，甚至在客栈的公共区域租沙发睡，即便如此也要三百块钱一个晚上。而那些开着车来的游客，更是把车子当成了住的地方，以至于通往古城的214国道上到处都是滥停的车辆，造成交通瘫痪的同时也反映出过年时期的大理旅游市场到底有多火爆。

如果我能赶在过年前在九隆居租下足够数量的商铺并进行改造，使其具备居住功能，那肯定会大赚一笔。

　　这个想法就这么一点点在我大脑里成形，我也越来越兴奋，如果不是晚上那边没有人，我恨不能现在就过去看看那些房子，然后计算出需要多少的改造成本。

　　当我想起自己还没有回复那个女人的信息时，才抑制住内心的兴奋感，然后拿起手机回了信息："你放心吧，我一定帮你找一套舒服的房子，而且还得好好请你吃一顿饭。"

　　"你是这么客气的人吗？"

　　"我不是客气，是为了感谢你！感谢你给我提供了一条赚钱的思路，我觉得你是我的福将！"

　　"我还有这个能力呀？！"

　　"这不是能力，我觉得说是瞎猫碰上死耗子会更贴切。"

　　"你才是死耗子呢！"

　　"那你就是瞎猫，哈哈。"

　　我内心高兴，所以不仅给她发的文字里有"哈哈"，现实中的自己也真的笑了出来，但我却不知道电话另一头的她又是什么样的表情或者动作，而这就是这种聊天方式有趣的地方，因为我们彼此陌生，所以才会有这么多的想象空间。

　　结束了和这个女人的对话之后我坐了一会儿，又想起自己刚刚是想和叶芷发信息来着，而给她发信息的欲望是来自老米在之前给我打的一个电话，他找了一个很低级的理由要我在年后将叶芷带回老家去做客。

　　我当然不会和叶芷说这些，除非我们真的是男女朋友关系。

　　我坐在客栈的小酒吧里将啤酒喝完才终于给叶芷发了一条信息："睡了吗？"

　　叶芷在五分钟之后给我回了信息："这就准备睡了，明天要早起赶飞机，你有事吗？"

　　"也没什么特别的事情，就是自己一个人在客栈有点儿无聊，所以想找个人聊聊天。你要是明天早起的话，就赶紧睡吧。"

　　"陪你聊会儿，如果待会儿没回信息就是我睡着了。"

　　我没有急着回信息，而是带着手机和烟在洱海边坐了下来，我想让自己静下来，我知道这样的日子不多了，因为客栈已经到了被拆的边缘，离开了这里我也就失去了可以随时随地在洱海边沉思的机会。

　　这个夜晚洱海边的风很冷，空气也没有往常那么清新，似乎总有一种灰尘的味道，回头看了看，才发现远处的农田里还有一台正在作业的挖掘机。

　　我厌烦机器带来的金属感，但却没有办法讨厌洱海边的这个夜晚，相反还很珍惜，因为我总是会将自己藏在海浪声和夜色中去想明白很多事情，这些都是洱海和夜晚给我的启示。

我重重地吐出口中的烟，然后将眼前的景象用手机拍了下来，却发现一切实物在屏幕里都变成了一个个散乱无章的噪点，就像这世界，也许你看到的是它完全真实的一面，可当你真要去接触的时候它又会全部变成你弄不懂也不能理解的假象，继而让你怀疑一切也怀疑人生。

或者这个世界也并没有这么复杂，只是被我们想复杂了，对于我们漫长的一生来说真正重要的可能只有出生和死亡。

带着这样的感悟，我终于给叶芷发了信息："你有没有想过，自己会有老去甚至死亡的那一天，而我们活着又到底是为了什么呢？"

"想过，我害怕死亡更害怕老去！"

"我特别希望某一个空间还有另外一个我，他比我活得潇洒，也比我活得简单。我也希望，这个空间里在我之外还有另外一个你。"

"你觉得另外一个我是什么样子的？"

"特别没能耐，还特别丑！"

叶芷发了一个无语的表情。

我又给她发了一条信息："但是比这个空间里的你要更快乐，因为平凡的人也会有很多平凡的快乐，就比如我，点上一支烟，在洱海边坐一会儿，也觉得这是人生的一种升华，我可以很主观地将自己的欲望和物质分离开来，然后去追求精神上的享受，你能明白我的意思吗？"

"我明白你在嘲笑我是个没有精神享受的人。"

"我只是想在你身上找到一种平衡的感觉，我不愿意在你面前做一个很贫瘠的人，我也想证明其实我是个很有思想的人。"

"你适合做个哲学家，我觉得你的思维和正常人不太一样，你好像能看到很多生活以外的东西。"

我眯着眼睛狠狠吸了一口烟，然后才发信息回道："可这也不是我的幸运，这些年我该承受的痛苦一点儿也不比别人少。说到底，这也不是什么思想境界高，只是一个不得志的男人用来自我麻痹的一种小手段，这也是达不到理想生活后的退而求其次。"

这一次叶芷过了很久才回了信息："总会好起来的，我相信你是一个有能力的男人，至少你比一般人要活得有韧性。"

"说谢谢挺见外的，但还是要谢谢你的鼓励，因为对我来说很受用！"

等了很久叶芷也没有回复信息，应该是她说的那样聊着聊着就睡着了。也许她真的不太能理解我的痛苦和挣扎，就像我不能理解她花了这么久的时间去履行一个等的承诺一样。

我觉得我们之间还是有沟壑的，毕竟成长的环境不一样也就很难有所谓的感同身受。

风把四周的空气吹得更冷了，更把我内心的孤独感给吹了出来，我好像也变成了一个等待的人，就守在洱海边感受着这个很真切的世界，内心却又不知道到底在等着什么。

将自己沉没在隐隐约约的夜色中，我又忽然想起了陆佳和汪蕾，她们一个跟我生离，一个跟我死别，那么，另外一个平行世界的她们又过着怎样的生活呢？

我想得头疼，也越发孤独。

如果此刻，有一个女人愿意从背后抱着我，即便温暖不了全部，我也愿意用自己的全部去爱她，因为她最懂我。

事实证明，一切只是我在感到孤独后自我营造出来的假想，没有人会从背后抱住我，陪伴我的只有肆虐的海风，还有海对岸被山体隔离开的一片片灯光，远看就像萤火虫，可是却直击我的内心，因为我不知道这些微弱的灯火都是在为谁亮着的？而在这一片片灯火下又有多少漂泊的人正在啃噬着自己那颗孤零零的心？

大理啊！渐渐繁荣的背后，也有无数个得不到安慰的灵魂正在飞速地枯萎。

我不禁问自己，这个世界上真的有那么一个完美的地方吗？

也许真的没有，大理也不是完美的，有时候它甚至比上海更让人感到孤独。是的，是真的孤独，尤其是那些曾经一起做过梦的朋友一个个离去，这种孤独感就更加难以克制了！

这么站了一会儿，我忽然听到一阵机车的声音传来，由远到近，渐渐清晰。

我转过头看去，来的是一辆哈雷摩托，车上的人戴着头盔，但即便如此我也隐约猜到来人是谁，因为这种摩托在现实中是极其少见的。

果然，等他摘掉头盔之后我发现来的人就是那个曾经和杨思思玩在一起，名叫小北的小青年。

他先是给自己点上了一支烟，然后才走到了我的面前，向我问道："听说你要搬到山水间和杨思思一起住？"

我回道："是有这事儿，但是你这话说得不好听，我们是合租，另外两个朋友也搬过去了。"

他冷冷地瞥了我一眼："其他人搬过去我管不着，但是你不许过去住。"

我这才有了来者不善的感觉，可还是笑了笑，对他说道："凭什么？"

"就凭我叫曹小北。"他说着便将只吸了两口的烟给甩在了地上，然后狠狠地瞪着我。

我与他对视了一眼，也沉下脸回道："你甭瞪着我，首先，我是一个守法公民，我有权利行使我自己的居住权。再者，就你这副样子我能被你给唬住？"

曹小北将手指到我脸上，怒道："谁唬你，你敢搬进去试试。"

我顺势掰住他的手指，他一个吃痛便弯下了身子，我越发用力，他的手指处便传来了关节摩擦出的"咯咯"声，我冷声对他说道："会好好说话吗？"

没想到这小子还挺硬，他龇着牙对我说道："我就把话放这儿了，你要是敢搬过去我跟你没完。"

"咱俩谁跟谁没完还不一定呢！"

我说着又加了一把力，直接把他的手指掰成了接近九十度，曹小北死活没喊一声疼，但整个人已经瘫在了我的脚下。我不可能真把他手指给掰断，感觉教训给够了便松开了他。

不想这人脾气臭得很，人还没完全从地上站起来手就已经伸向了那顶挂在摩托车后视镜上的头盔，只见他身子一直便将头盔往我的头上砸了过来，完全就是一副要和我拼命的架势。

我身子往后一仰，躲过了这一击的同时自己的拳头也朝他挥了过去，他也就是横，打架的技巧却并不高明，所以被我给狠狠打了个正着，于是他一下子就岔了气，蹲在地上起不来了。

他剧烈地喘息着，我却不慌不忙地点上了一支烟，然后对他说道："愣头青我也见过不少，真没见过你这么愣的，你要好好和我聊天儿咱说不定还能聊出点儿什么，但你要是这个样子我还真就不惯着你了。"

曹小北仇视着我，然后往地上吐了一口口水。

我又说道："你骂也骂过了，打也打过了，能不能好好和我聊聊为什么不让我搬到杨思思那儿住？"

"你少得了便宜还卖乖，被打的是我！"

"那就麻烦你有点儿被打的觉悟，好好和我聊天儿。"

曹小北依旧怒视着我，等缓过劲儿之后才站起来对我说道："你信不信，我要不是怕思思反感我，现在就能把你这客栈都给砸了。"

我耷拉着肩膀，然后吸了一口烟，回道："不砸是小狗，我正愁没人赔我这客栈装修钱呢。"

曹小北咬牙切齿地看着我。

我慢慢地将嘴里的烟吐出来后又对他说道："你是喜欢杨思思吧？觉得我在她那儿杵着对你是个威胁，所以就和我来了这么一出。"

曹小北先是愣了一下，然后又扯着嗓子回道："是又怎样？"

"你没戏，我也没戏。你难道不知道她在这边待不了多久就要出国留学了吗？"

这句话说出来之后我下意识地摸了摸自己的鼻子，心里也终于理解了老黄的担忧是多么有必要，就杨思思这样的姑娘，如果他不想办法将其捆在小豹身边，那所得到的就是现在这样的后果。

是，没错，这个叫小北的小青年也爱上了他心里的未来儿媳妇，就我的经验来看，他此刻表现出来的认真绝对不是随便交往交往那么简单。

一阵沉默之后，曹小北终于开了口，他回道："就算她出国留学又怎么样，我等她还不行嘛，她又没说要在国外定居。"

我的心情又因为这个突然听到的"等"字而复杂了起来，虽然我也在等着什么，但是却很厌烦这个字从别人口中说出来，于是我一边用手指弹着曹小北的摩托车后座，一边向他问道："她对你有意思吗？"

"只要你离她远点儿，什么都好说。"

"你看你，什么都还没搞明白就敢来找我聊天儿！"

"我不需要搞明白，我要的是让你明白，山水间的房子是我帮思思找的，房东就是我叔叔，你要是不听劝我就让我叔叔把房子收回去，反正他们也没有签合同。"

"你要早这么说，我不就知道你是有备而来的嘛，这事儿咱们还有的聊，真的！"

曹小北特别反感地看了我一眼，而就在这个时候，又有一辆出租车由远及近驶来，很快便在我们身边停了下来。

透过车窗，我发现坐在里面的人除了司机就是杨思思。

我不用想也知道她是为了谁为了什么而来的。

而人生有时候就是这么奇妙，在我心中有了孤独感的时候她就来了，不管是以什么方式，为了什么，她终究是来了。

于我而言，她就像是春天里的细雨，而我是一棵快要枯了的树木，只要沾上她一点儿便会长出一根新芽。

杨思思付完车费之后便打开车门站在了我和曹小北之间，她先是面色不悦，然后又向曹小北问道："你来找他到底是什么意思？"

曹小北倒不似小豹那般在杨思思面前唯唯诺诺的，他很是不卑不亢地回道："我就是觉得你和一个男的住在一起不合适。"

"我们还有其他朋友住在一起，又不是只有他一个人，怎么就不合适了？"

"你那两个朋友总会有遇上什么事情不在大理的时候吧，你们孤男寡女的，住在一起能好吗？"

看得出来杨思思很生气，但也被曹小北给说得无言以对。

我不禁多看了她一眼，此刻的她穿了一件红色的短款羽绒服，下身则是一条略显宽松的白色呢绒裤，既很显时尚又让她看上去青春无敌。我敢肯定，当她有了一定的阅历并逐渐成熟之后，她在气质上和容貌上都不会输给叶芷。

片刻的沉默之后杨思思终于开了口："我爸妈都没这么管过我，我不用你替我想这么多。"

曹小北自觉和杨思思没法沟通,又转而对我说道:"我刚刚说的话你最好都记着了,我过两天再来找你聊。"

我笑道:"我这人挺喜欢聊天的,只要我有空,随时欢迎。"

曹小北似笑非笑地看了我一眼,然后便戴上了头盔,他在启动了摩托车之后又对杨思思说道:"我先走了,明天你要是有时间的话我带你去环海路上兜风。"

这次杨思思给了曹小北面子,她回道:"明天再说。"

机车的声音渐渐远去,整个龙龛又陷入了异样的宁静中,杨思思看了我一会儿之后问道:"小北刚刚和你说什么了?"

"就是不同意咱们住一起呗。"

"你别说得这么难听,不是还有桃子姐和铁男嘛。租这个房子之前我就有想过了,我不可能单独和你住在一起的。"

我只是吸烟,没有说话。

杨思思很少有地面露尴尬之色,可能她的内心也知道大家这么没名没分地住在一起不合适,可又鬼使神差地跟我提了这件事情,然后被曹小北这么一闹,便更显得不合适了!

片刻之后,她终于又对我说道:"你去不去住都随便你,反正桃子姐他们都已经住过去了,我也不会很无聊的。"

我一声轻叹,然后很认真地向她问道:"你准备在大理待多久?"

"感觉累了就走,反正,我和你不一样,也不是非待在这儿不可。"

"嗯。"

"你这么问我是什么意思?"

我心里有很多想法,可是出于某些原因我不能说出口,我怕她会和我发脾气,最后只是很套路地回道:"没什么意思,就是想关心你一下。"稍稍停了停,我又向她问道,"你和这个曹小北是怎么认识的?"

"我另外一个朋友跟他是同一个机车俱乐部的,一起吃过饭之后就互相认识了。"

"你知道他是什么来头吗?"

"不知道,我和他还没有熟到什么都可以说的份儿上。"

我吸了一口烟,在迷幻的夜色中轻轻吐出后才又低声说道:"你是觉得还没和他熟到那个份上,可是他却对你挺有意思的。"

"我管不了别人怎么想,同样,别人也干涉不了我想什么。"

"我怎么觉得你这是话里有话呢?"

"我没你那么复杂,我说话一向都很简单的。"说完,杨思思向海对岸看了看,她看上去有很多心事,根本就不像她自诩的那么简单。

而我就这么默默地站在她身边,一支烟抽完之后又点了一支,实际上我已经感觉自己的嗓子有点儿痛了,可是除了抽烟我也不知道还能在这个微妙的时刻干点什么。

终于,杨思思又开口向我问道:"小北是不是威胁你什么了?"

"这点你就不用担心了,他不是那种没有分寸的人,他知道什么能做什么不能做,不过前提是他心里对你还有幻想。"

"我没想过让他爱上我。"

我笑了笑,道:"你觉得爱情这东西的产生是你想或不想就能决定的吗?"

"那就是我太天生丽质了,他喜欢我也很正常!"

我抬起手,然后又放下:"算了,我也不知道还能说点儿什么。"

"那就聊聊你和叶芷呗,你们这两天应该有很多联系吧?"

"没你想的那么多。"

"可是我真的觉得她对你挺好的,听铁男说,她可是把白露姐之前的酒吧给接了下来,谁不知道她这么做是为了什么!还有,我之前那么认真地把我表哥介绍给她,可表哥却告诉我,他这两天联系她,她一次都没有回复过,她也没有那么忙吧?她其实就是在间接地拒绝我表哥。"

"这是她私人的事情,我不知道。"

"那你到底是不是喜欢她,这你总知道吧?"

我夹在手上的烟差点儿就把自己给烫了,重新在手指间夹稳以后,我才看着杨思思,反问道:"如果你是个男人,你会喜欢她吗?"

"喜欢,为什么不喜欢?所以你也是间接承认自己喜欢她咯?"

杨思思说着的时候眼睛里便泛着泪光,我知道她是喜欢我的,但这却是一种错爱,我深知不能这么耽误她,便狠下心回道:"是挺喜欢的,我喜欢成熟端庄一点儿的女人,我前女友也是这样的。"

"哦……"杨思思应了一声,却又笑了出来,她低声说道,"谢谢你,让我明白了这个世界上有些事情,真的不是你付出了和努力了就能做成的,人和人之间,最重要的还是看感觉,就像我不喜欢小豹和小北一样,我又怎么能去感觉到他们心中那些得不到的痛苦呢。"

"是。"

我应了一声,然后便无法与杨思思对视,于是转身面对着洱海,大概就是之前站的那个位置。忽然,身后传来了一阵温热,杨思思从后面抱住了我,哽咽着说道:"我不成熟,也不端庄,可我就是喜欢和你在一起的感觉。没关系,你可以不接受我,也可以用一切借口敷衍我,反正我总会慢慢好起来的,因为很多成熟的人都告诉过我,时间最后会治愈一切的。可能有一天,我成熟稳重了,也就不像现在这么喜欢你了!"

比冷风更刺痛人的是杨思思的这些话,她总让我轻易回想到青春时期的自己和生活。

我的心就这么化了，只剩下最后一点儿清醒的意识告诉自己，这些感觉只有青春无敌的杨思思才能给。

可是我不能喜欢她，就像一去不回的青春一样，我已经过了靠感觉而活的年纪。我相信，如果我还在大学，我和杨思思一定会成为一对被别人羡慕的情侣，但人的需求真的是分阶段的，而这个阶段的我并不喜欢靠感觉和浪漫支撑起来的爱情，我更喜欢成熟和稳重的女人这句话也并不是在撒谎。

大理一旦进入冬季就很少再下雨，可此刻的天空却飘起了小雨，它们一点点地落在我的脸上让我清醒了过来。

我的手摸出一支香烟，搓来搓去却没有点上，我又想起了在杨思思来之前我心里的某些感觉。

我对自己说过，如果当时有一个女人从背后抱住了我我便会狠狠地去爱她，因为她是这个世界上最懂我内心需要什么的女人。

可是杨思思却来迟了一些。

想来，这大概就是命运和我玩的一个小花招，它撩动了我的内心，却又给得不够痛快，所以我当然不会因此做好流血牺牲的准备。

下一刻，我推开了杨思思，然后对她笑了笑，说道："有火吗？我想抽根烟。"

杨思思有点儿不太懂地看着我，然后擦掉眼泪对我说道："你刚刚不是抽了烟嘛，自己有火为什么跟我要？"

"那我不抽了。"

"你有什么话就直说，别和我绕弯子。"

我看着客栈，鼻子忽然就传来一阵酸涩的感觉，我有点儿想哭。因为，来大理之后，我没得到什么，却在一点点失去，而这些失去的不但包括我的朋友、我的事业，还有对我中意的丫头。

说真的，我恨自己这么无能，可偏偏想守护的人和东西又那么多。

我终于笑着开口对杨思思说道："你回去吧，再晚点这边就不好叫车了。"

"我直接回上海好不好？"

我有点儿惊讶地看着杨思思，一时半会儿的说不出话来。

杨思思又追着问道："好不好？"

"你不用征求我的意见，你要是想回去谁还能拦得住你。"

杨思思却笑了出来，她回道："我还想再天真一段时间，然后记住最好的自己是什么样子，等我真的想走的时候我也就不是现在的杨思思了，因为经历了一些事情之后人总是要成长起来的嘛……"稍稍停了停，她又说道，"不过，我不会变成叶芷那样的女人，因为有些骨子里的东西是变不掉的，而杨思思也永远不会把叶芷

105

当成是自己要追逐的对象,因为她并不比我优秀。如果你们都以赚钱的能力来衡量一个人是不是够优秀,那你就当我没说过这话,我承认自己这点永远也比不上她。"

我一阵沉默之后,说道:"是,其实在某些人眼中,你就是最优秀的,因为大家喜欢的类型不可能是完全一样的。"

杨思思似笑非笑地看着我,然后问道:"所以你就是喜欢会赚钱的女人咯?"

我又是一阵沉默:"你知道的,自从来了大理后我就一直在想办法赚钱。"

"你解释这么多是怕我看不起你吗?"

我看了杨思思一眼,很认真地回道:"你可以误解我,但是有些关乎原则的事情你不能误解。"

"放心吧,我不会误解你的。在我心中,你是个可有能耐的男人了,就是运气差了点儿,但只要是人,总会时来运转的,你多坚持坚持就好了。"

"你这话说得我心里暖洋洋的。"

杨思思这才笑了笑,回道:"我只是想在走之前给你留个好心情,省得以后我真不在大理了,你想到的都是我让你不开心的一面。"

我回应了她一个笑容,没有说话,随后又将自己的夹克脱下来盖在了她的头上,这会儿雨下得不小,我怕她会着凉。

没一会儿杨思思叫的车便到了,可是她上车的时候却不愿意将夹克还给我,她说这衣服不光暖和穿在她身上也挺帅的,所以她要带走留作纪念,没准以后在国外,天冷了就用上了。

我心里挺不是滋味的,我知道她并不是真的贪图这件夹克,她只是想借此告诉我她已经动了要离开大理的心思,并且随时都会走。

但愿她在这之后能够成熟稳重起来,至于爱不爱我,会不会忘了我都不那么重要,只要她能真正幸福就好!

我相信,就连相互深爱过的陆佳都能放下我,去爱上别人,何况一个什么都不懂、什么都没有经历过的杨思思呢?

终究有一天,她会发现这世界上比我好的男人多了去了,而以她的条件来说,只怕会在未来看花了眼。

次日我早早起了床,将刚来的一拨客人安置好之后便骑车去了九隆居,我还是想找瓶哥聊一聊,因为他在这条商业街里已经待了有些年头,所以这里面的房型是不是适合改成临时的客栈他肯定比我要清楚,而搞明白这点也是我这个赚快钱计划能不能成功实行的第一步。

我到的时候瓶哥才刚刚打开了咖啡店的门,他就坐在外面的桌子旁,一边抽着烟一边打着哈欠。

我将在路上买的早饭放在他面前,然后说道:"给你买了豆浆和煎饼馃子,估计你还没吃早饭，趁热吃吧。"

瓶哥拿起装早餐的方便袋看了看，又感叹道："没想到你小子还挺热心肠，我都有些日子没吃过早饭了。"

"不吃早饭可不行。"

"我这不起得晚嘛，有时候图个方便就早饭中饭连在一起吃了。"

我笑了笑，回道"自己的身体还是珍惜点儿好，你先吃，吃完我跟你打听点事儿。"

"得嘞，你有什么想问的就问，不耽误我吃东西。"

我先四下看了看，然后才问道："这条商业街上的铺面是不是格局都和你这儿差不多？"

"我没弄明白你说的格局是什么意思。"

"就是一楼做铺面，二楼可以住人。"

"哦，你说这个啊！这条街里面有一半都是我这样的铺面。"

稍稍停了停，瓶哥又指着对面一间空置的铺子说道，"看见没，只要一楼铺面不超过三十平方米的，二楼都可以用来住人。估计开发商当时就是想设计成商住两用，所以这种户型的铺面，二楼的房间里都预留了卫生间和厨房的下水管道，稍微一装修就能住人。"

瓶哥的话让我心中一喜，因为这更加验证了我的想法是可行的，我笑着向他问道："瓶哥，我待会儿能到你住的二楼去看看吗？"

对于我要去他楼上看看的要求瓶哥显得很警惕，他对我说道："你小子是不是过来踩点儿的？我告诉你，我一孤家寡人可没什么东西能让你惦记上的！"

我加重了语气，笑道："不是，你看你想到哪儿去了，我就是现在有个赚钱的主意，所以想实地调查一下看看有没有可行性！"

瓶哥来了兴趣，一边往我这边凑一边问道："你说说，是什么赚钱的主意？"

"先带我上去看看，回头咱慢慢聊。"

瓶哥应了一声，便加快速度吃掉了我给他买的早餐，然后领着我上了他这间铺面的二楼。瓶哥是个挺邋遢的老男人，所以他住的房间又脏又乱，但这并不影响我的判断，就从二楼的房间来看，这种结构是很适合做成临时客栈的，因为不光有独立的卫生间，还有一个小厨房，客人来了可以自己用电磁炉做一些比较简易的饭菜，非常便捷。

回到一楼，我便对瓶哥说道："你知道去年过年的时候大理的旅游市场有多火爆吧？"

"我去年过年回北京了，不过回来后听朋友提过这么一嘴，说是客栈都被挤爆了！"

我点头，说道："对，如果我现在在九隆居这边租二十套能商住两用的铺面改

107

成临时客栈，会不会在过年的时候大赚一笔？"

瓶哥先是愣了一下，然后感叹道："哟，在这个地方做一个临时客栈？！哥们儿，你这想法有点儿不走寻常路的意思啊"

"对，我只租一个月，专门做过年前后这一个月的生意。"

"这绝对算是一条门路，可我觉得还是有难度。"

"要是一点儿困难都没有我才是真正心虚呢。反正，我是觉得这么好的商机不可能没有其他人发现，既然大家都没有这么做肯定是因为有难度。"

"也不一定，你这想法还是挺偏门的，一般人真想不到用商业街的商铺去做客栈生意！这事儿要是能成，你小子绝对是个鬼才！不过，你有没有想过这条商业街上的房东常年不在大理，你要赶在过年前租下二十套房子难度还是挺大的。首先，要找到他们的联系方式就已经够你喝一壶的了，何况，你只是租一个月，能在这儿买得起房的人一般也看不上这点儿小钱，你要是租个几年人说不定还愿意专门过来和你签个合同，是不是？"

"是，这个问题我有想过，但我觉得也不是不能解决。之前和朋友聊天的时候，听他说起过有北京人过来，一口气买下了二十套的人，如果我直接从这样的大户手上租，不也就没有这么多麻烦了。"

瓶哥点头回道："你消息倒是挺灵通的嘛，如果一次性租二十套，就算只有一个月，算下来租金也不少了，还是值得房东过来跑一趟的。"

"嗯，对了，你也是北京人，你认识那个一口气买了二十套铺面的北京哥们儿吗？"

瓶哥撇了撇嘴，回道："认识倒是认识，但我觉得你租不了他的铺面，因为他这铺面买了之后一直搁在这儿没有装修过，你要是抱着赚快钱的想法肯定不能租毛坯房的。你想啊，这装修多费时间哪，而且你只租一个月，也不值当。我建议你还是找其他已经简单装修过的铺面吧。"

"嗯，毛坯的话就算了，我也拿不出那么多装修的钱，这里还有其他已经搞好铺面装修的大户吗？"

"你等我想想啊……"

瓶哥想的时候我给他递了一支烟，他眯着眼睛吸了好几口之后又对我说道："我记得是有，就在街中心的地方，有十七八间铺面是统一的装修风格，我估计是一个老板买的。走，我这就带你去看看。"

跟着瓶哥来到九隆居的街中心，果然看见街两边共计有十六套铺面是统一的装修风格，可惜门都是锁着的，不能上去看看，要不然就能立即有一个清晰的判断。其实，我对铺面的装修要求并不高，只要里面有干净的卫生间并做了简单的墙面处理和地面铺装就够了，至于其他细节上的装饰，我自己也当然会投一笔资金去做。

想着这些的时候瓶哥又向我问道："这样的房子，你准备在过年的时候卖多少钱一天？"

"一千五百块钱起。"

"这价格有点儿黑了吧？"

我笑了笑，回道："黑吗？这可是上下两层带客厅的小套房，你是真不知道去年过年时候的行情，有些客栈公共区域的沙发都卖出了三百块钱一个晚上的价格。海东几个高端海景客栈的一线海景房，更是卖出了一晚一万两千九百块钱的天价，按照九隆居的整体环境和房间质量，一千五百块钱的价格已经很有良心了！"

"真有这么夸张？"

"真有！"

瓶哥拿出自己的手机，然后在里面找到了计算器，他一边算着一边嘀咕着："一天一间房一千五百块，二十间房就是三万，如果过年这段时间的旺季能持续三十天，那就是九万块钱的收入！你小子行啊，一个月就能做九万块钱的生意，我可是一年都做不到这么多！"

我一边笑一边打断了瓶哥："你好好看看，是不是漏掉了一个零。"

瓶哥看了我一眼，然后又数了一遍，顿时就震惊了，他拉住我压低声音说道："一个月九十万的营业额啊，你小子还敢说你不黑！"

我摇头："其实是你想得太乐观了，真的做不到九十万的营业额，我预计过年这段时间的旺季最多能够持续十五天，所以满房的时间只能算十五天，剩下的十五天大概只能做到五成的入住率。"

"那是多少营业额？"

"六十万是肯定能做到的。"

瓶哥算了算，又问道："如果一切顺利的话你能赚多少钱？"

我很是耐心地回道："房租我们往高了算，一套五千块钱一个月，房租成本就是十万。请三个保洁阿姨，人均一个月两千块钱的工资，人工成本六千，水电费算四千。另外，装修上多少还要投资一点儿，床和床上用品这些东西也要买，但我估计不会超过二十万，所以算下来可以净赚二十九万！"

瓶哥更加不可思议地看着我，半天才说道："你这一个月就赚了三个白领一年的工资，怎么看都是黑！"

"你看你这理解，怎么就老有问题呢！这是黑吗？这是用独特的眼光去挖掘这条商业街的潜在价值，一般人看不到也做不来。再说了，前期我也是要拿出三十多万真金白银来搞投资的，如果大理今年的旅游市场没有去年那么火爆了，我也是要承担赔钱风险的，是不是？"

"这倒是，毕竟这市场说变就变。"

"所以你就别老说我黑了，我这可也是不折不扣的风险投资哪！"

瓶哥点了点头，半晌回道："那成吧，我这边还有四套闲置的商铺，简单装修，就五千块钱一个月的价格租给你，如果你有本事把咱眼前的这十六套也给租了，那你可真就凑足二十套了！"

我彻底傻了眼，原来人真的不可貌相，眼前这个看上去又老又没追求的瓶哥竟然也在九隆居这个地方买了四套商铺，不，算上他用来开咖啡店的那一套，一共就是五套！这得花多少钱！

这阵儿傻劲儿过去之后，我不禁好奇了起来，这个可以一口气买下十六套铺面并全部装修好的人又到底是何方神圣？

第十四章
无不散的筵席

转眼就已经是中午时分，瓶哥叫了两碗素面，并让我留在他那里吃饭，我也借这个时间和他聊起了他那四套商铺的事情，我笑着对他说道："瓶哥，我说的五千块钱一套铺面，那可是往高了说的，你凭良心说，就现在这个行情你这几个铺面到底值不值五千块钱一个月的房租？"

瓶哥也笑着回道："房租这事儿你是随口一说，我也是随口一说。咱这么着吧，你先去和别人谈，别人什么价格租给你我都比他便宜五百块钱，这够意思了吧？"

"绝对够意思！对了，你能不能帮忙打听一下买下这十六套铺面的老板到底是谁，要不然我这边也只是空有想法，没办法落实下来。"

"行，我帮你打听着，但是你也不要把希望全部寄托在我身上。"

"我会的。"

离开了九隆居后，我便给孙继伟打了电话，希望他能借用一些人际关系帮我找到那个买了十六套商铺的老板，他很是爽快地答应了下来，说是他这边一有消息就会给我打电话。

我很迫切地需要他给我这个电话，因为这关系着我的计划到底能不能成功地实施，而整个九隆居商业街也就只有这个老板手上有装修好且数量足够多的商铺，如果他那边行不通的话，我这个计划也就算是泡汤了。

回到客栈，桃子和铁男都不在，自从他们搬到山水间后精力似乎也都不怎么放在这个客栈上了，我倒是能理解他们，因为客栈迟早要拆，趁着现在有时间当然要忙着给自己找另外一条出路。

听桃子说，她这两天也没有闲着，一直在古城周边找着调酒师的工作。至于铁男，我还真不知道他在忙些什么，我倒真希望找个机会和他好好聊一聊，看他有没有兴趣跟我一起到九隆居去捞一笔，我把他当兄弟，那这种赚钱的机会当然不会把他给忘了。

我很希望他的经济条件能尽快得到改善,这样他和桃子就能安安稳稳地走下去了。是的,在我心中桃子的幸福尤为重要,因为她不仅是汪蕾生前最好的朋友,她身上也有汪蕾的影子,我总是会因为她类似的经历想起汪蕾,所以那些没能回报给汪蕾的好,我都希望可以在她身上得到实现。

整个下午,我都独自在客栈的小酒吧里坐着,相比于之前,客栈的生意整体要冷清了很多,因为受到拆迁的影响,这边的环境已经大不如前,所以很多客人情愿选择住在古城也不愿意选择这个有海景可以看的地方。

仿佛只是过了一瞬间黄昏就来了,客栈外面的施工队也在半个小时前撤出了施工现场,一切都显得异常地宁静,我习惯性地在这个时候拿着啤酒和烟去了洱海边。

当风从下关那边狠狠吹来时我甚至已经忘记了昨天夜里和杨思思在这儿发生的一些事情,我只是感觉自己的头发被风吹得很乱,但内心却很平静。

一只海鸟忽然从水面掠过,波纹便一圈圈散开,就像一把钥匙在我的心里打开了一扇门,我才因此想起了杨思思在昨天晚上和我说的那些话,我有些苦楚。波纹继续扩大,我又莫名想起了叶芷,想起她以无穷的勇气跳进洱海里与我一起畅游了一圈,我有些欣喜。

天色越暗风便吹得越大,我渐渐有了坐不住的感觉,可是又不想轻易离开这里,因为我怕少了眼前这波澜壮阔的洱海,自己一个人的时候又会胡思乱想。却没有发现,即便是对着洱海自己想的事情也没有少一分一毫。

呼啸的风声中我的手机又响了起来,我拿起来看了看,是孙继伟打来的,他的办事效率可真不是盖的,想必他已经打听到了那十六套商铺的业主是谁。

无法言喻的孤独感中我却笑着向他问道:"孙哥,是不是有消息了?"

孙继伟停顿了一下,没有正面回答我的问题,却反过来向我问道:"老弟,你相信不是冤家不聚头这句话吗?"

"怎么了?"

"我请朋友查过了,你要租的那十六套商铺确实是一个老板买下来的。这个人,你和我都认识。"

"谁啊?"

"曹金波!"

想起曹金波的阴险我半晌说不出话来,内心也随之有了绝望感,因为我是绝对不愿意和这个人打交道的。这时,孙继伟又以关切的语气向我问道:"老弟,你怎么不说话了?"

又过了片刻,我才回道:"我就是觉得这个事情挺离谱的,怎么这些铺面的房主偏偏就是他呢?"

"一开始我也不相信有这样的巧合,后来又专门找另外一个朋友打听了一下。"

听说九隆居当时的开发商就是早年和曹金波一起奋斗的兄弟，他从曹金波手上借了一千二百万，后来就用这十六套商铺顶了这笔债务。其实想想也不是什么巧合，毕竟大理就这么大，当时九隆居这个项目又被外界很多人看好，曹金波肯定是不会放过这个机会的……"说到这里孙继伟笑了笑，然后又说道，"不过这次他是真失算了，谁也没想到九隆居后面的行情会这么差。估计这也是他坏事做得太多的报应吧！"

我的心情是说不出地复杂，许久之后才低声说道："不管怎么说，这事儿都要谢谢你帮我打听，有时间我请你吃饭。"

"都是自家兄弟，你可千万不要和我这么客气。对了，你后面打算怎么办，毕竟是个赚钱的机会，真不想找曹金波谈一谈吗？"

"我挺反感这个人的！"

一阵短暂的沉默之后，孙继伟对我说道："想听听我的意见吗？"

"你是不是要劝我大丈夫能屈能伸，不要和钱过不去？"

孙继伟笑了笑，回道："兄弟，你是个聪明人，道理你也都懂，所以这事儿你自己先好好掂量掂量，我这边有曹金波的联系方式，如果你觉得这事儿能聊，我就做个中间人把他约出来和你谈谈。"

"嗯，我尽快给你答复。"

我仰起头，将罐子里剩余的啤酒全部喝完，烟也抽完了，身上便没有了能消遣的东西，只能看着被夜色染黑的洱海和浮在水面上的水鸟，从这边游到那边。

此刻，明明我的注意力并不集中，可是我又在片刻后苦笑了出来，为什么那些铺面偏偏会是曹金波的呢，这真是在考验我的意志吗？

我觉得自己算是一个有心理洁癖的人，所以这事儿做了恶心，不做又白白浪费了一个赚钱的机会。这些年，我已经被钱这个东西折磨得够惨了，如果还一直维持这个惨状，对于心灵来说也是极大的折磨。

风渐渐吹得更大了，周围的枯叶就这么一边盘旋一边与地面摩擦着往更远的地方飞去。

我不禁问自己：如果它们也有生命的话，也会讨厌此刻的颠沛流离吗？

我看不透这些叶子，但是我作为一个有生命的人真的很讨厌这种没着没落的感觉，我想有个自己的家，上海也好大理也罢，有个家就好。不能每次老米千里迢迢来找我最后都只能让他住进招待所，我也希望有个女朋友，在老米住进我们的屋子后，可以跟我一起给他煮一口热粥喝，而这种感觉才叫家。

这么想着的时候，我就特别想赚点钱来完成这个愿望。

我从礁石上站了起来，又坐下，然后捡起地上还剩了半支的烟头放进嘴里点燃，当烟雾开始弥散，我心里便突然希望能有个可以在此时此刻和自己说话的人。

可当我真的从口袋里拿出手机的时候却又不知道该和谁联系了，毕竟自己想聊的都是一些抱怨的话，而大家都挺忙挺辛苦的，谁会愿意没事儿沾上我身上的负能量呢？

于是我忍住了这阵想聊天的冲动，自己一个人对着洱海琢磨起了这件事情到底能不能做，应不应该做？

就这么过了半个小时，终于有人主动给我发来了一条信息，还是那个占用了陆佳号码的女人，她这反射弧可是够长的，客栈已经喜悲两重天地发生了很多事情，她却到今天才问起。

她说："不对啊，我记得你上次和我说过你们这个客栈有人愿意高价接手，你应该已经拿到钱了吧？你不是说不想待在大理了嘛，怎么看你上次说的话，好像还在大理待着呢？"

这倒是有人和我说话了，可却是来添堵的，我苦笑着回道："一分钱也没有拿到，有个新上的大项目正好和我们客栈的位置重叠了，所以客栈要被拆掉，原本想接手的人也就退了。"

"感觉你是个挺倒霉的人！"

"什么叫感觉是？事实就是煮熟的鸭子都能飞了！"

"哈哈，你这肯定是因为上辈子坏事儿做多了吧。"

"上辈子坏事儿做多了上辈子还啊，干吗要搭上我这辈子，我是真挺郁闷的。不过，我郁闷的点也不是没能把客栈转掉，因为后来我们几个股东已经改变主意，不打算转让客栈了，我们想好好经营来着，可现在却走的走、散的散，最后只剩下我一个人守着这个要拆的客栈。"

"你快寂寞死了吧？"

"安慰我两句成吗？别老是说风凉话。"

"我不会安慰人，我最喜欢落井下石。"

"得嘞，那咱们就冤冤相报吧。"

这次，她在片刻后才回了信息，但已经转移了话题，她向我问道："对了，你说帮我找房子，有谱了吗？"

"到过年还有一个多月呢，你这么着急干吗？"

"我一个闺密也要和我一起去大理，我就是通知你我现在要两间房了。"

我也不至于和一个陌生人说自己在租房子这件事情上遇到的烦恼，所以只是回道："放心吧，两间也能帮你搞定。"

"我就不和你说谢谢了。"

我开着玩笑，回道："我觉得咱们真没熟到那个份上，还是说吧。"

这个女人没有再回复我的信息，但我却并没有因为她的不礼貌而生气，相反，我还有点儿好奇，这么古怪的女人竟然也有闺密，想必也是一个古怪的女人吧？！

我越来越想消磨掉时间，这时候我竟然收到了一条叶芷主动发来的信息，她说："昨天晚上聊着聊着就睡着了，真是不好意思。"

她愿意在过了一天之后专门就这件事情和我解释证明她很在意我们之间的关系，我心里当然也感到高兴，所以即便只有冰冷的文字但还是下意识地笑着回道："没事儿，你已经到印尼了吧？"

"到了，正在吃晚饭，你吃了吗？"

有个人关心，我才想起自己竟然还没有吃晚饭，可为了不在叶芷面前显得太孤独，我还是很逞强地回道："吃了，还跟朋友在外面喝了点儿。你吃的什么？"

"酒店里面的自助餐。"

"好吃吗？"

"海鲜挺多的。"

"你这是不是有点儿答非所问？"

"那我是不是该给你拍一张照片？"

"照片比什么解释都有说服力，你拍吧。"

叶芷真的给我发了一张照片，照片里是她正在吃的东西。她真的是个蛮精致的女人，即便是自助餐她也只是拿了很少量的东西，酒店却高级得不得了，要是我的话，花这么多钱吃一顿自助餐，肯定得吃够本儿才行。

深吸了一口烟，寂寞中的我突然有了一个想法，于是转移了吃饭这个话题，给她发了一条语音消息："你待会儿吃完饭咱视频聊一会儿呗，我想看看印尼那边的海，说出来不怕你笑话，我到现在还没出过国呢，更别提国外的海了！"

叶芷没有拒绝我，她要我等她一会儿。

我很客气地说不急，让她慢慢吃。

等待她的过程中，我在美团上点了一份海鲜炒饭，吃了会儿饭，叶芷终于给我发来了视频邀请，我的心跳有些加快，所以在做了一个深呼吸之后才接通了视频。

视频接通后，叶芷那熟悉又陌生的容颜便出现在了我的眼里，此刻的她就在海边，而她看到的海才是真的海，我所面对的洱海只是一个淡水湖泊，气势上肯定弱了一些，但是沿着海面吹来的风却不比叶芷那边的风小，所以镜头里的我们头发都被风吹得很乱。

叶芷理了理自己被风吹乱的头发，然后在镜头里和我打了个招呼，我则对她笑了笑。

叶芷切换了镜头，我看到的便不再是她的样子，而是汹涌而来的海水和远处的灯塔，她充当着导游对我说道："这是印尼的巴厘岛，我现在所处的位置叫金巴兰海滩，也是整个巴厘岛上最让人感到温馨的一个海滩，原来这里还是一个小渔村，岛上居住着非常淳朴的村民；后来，有人在这里投资建设了非常漂亮的饭店，一下子就吸引了大批游客。不过这些商业行为并没有使小渔村丢掉原来的风貌,村民们反而用他们的热情和朴实让整个海滩更具有亲和力,你看……"

叶芷一边说,一边调整着镜头的角度,于是我便看到了正在抱着吉他唱歌的流浪歌手和吃着海鲜烧烤的游客们,他们看上去都很悠闲,而比他们更悠闲的是那些拿着零食坐在沙滩边谈情说爱的情侣,对比洱海现在的冷清,我根本不相信这个世界的另一个角落还有这么热闹的地方。

我终于笑着向叶芷回道:"怪不得你说这个世界上有很多比大理更美的地方呢,我现在算是看到了。"

"你有机会也可以出来走走。"

我从烟盒里抽出一支香烟点上,然后便切换到了手机背面的那个镜头,让叶芷看到了此刻很安静的洱海。我向叶芷回道:"暂时还没有出去走走的打算。不过,我是真相信了在大理之外还有更美更舒服的地方。"

在我有点儿否定大理的时候,一向并不太认可大理的叶芷却说道:"有时候感觉大理也挺好的,尤其是在夜晚的时候,有一种其他地方给不了的安静。我特别喜欢一个人坐在洱海边享受安静时的那份感觉。"

"是吗?安静有时候也是孤独的另一种表现。"

叶芷又将镜头切换到可以看见她模样的那一面,我这才注意到此刻的她只穿了一件很单薄的白色衬衣,这让她看上去有一种很知性的美,一直没有停歇的海风再次吹动了她的头发,那淡蓝色的耳钉便现了出来,这让她更显知性了。

就在我想针对心中当时的感觉说点儿什么的时候,刚刚那个给我送快餐的外卖小哥又去而复返,他带着歉意对我说道:"不好意思啊,刚刚打包的时候有份紫菜蛋汤给你落下了……"

我一边说没事儿,一边从外卖小哥的手中接过,可是叶芷的表情却有点儿不对了,她向我问道:"你不是说你和朋友吃过晚饭还喝了酒嘛,这外卖是怎么回事?"

我尴尬又窘迫,半晌才咧着嘴笑道:"这是夜宵。"

"你那边才七点半,就开始吃夜宵了?"

我不顾叶芷的怀疑厚着脸皮回道:"你要不要吃点?海鲜炒饭配紫菜蛋汤。"

叶芷却低沉着声音说道:"吃饭这么小的事情为什么要和我撒谎呢?"

我放下手中的紫菜蛋汤,轻声对叶芷说道:"人都不太愿意把自己孤独的一面拿出来给别人看。也不算是撒谎吧,就是有点儿好面子。你不也是嘛,有时候明明很孤独却什么都不说,所以你才和我一样,在大理的时候有事儿没事儿都会在洱海边坐一会儿。"

叶芷沉默了很久,然后又笑了笑,回道:"你对我撒谎你还有理了?"

我也笑了笑。

叶芷又问道:"客栈里的其他人呢?都没和你一起吗?"

我低沉着声音回道:"自从马指导和白露走后客栈就开始冷清了。这几天铁男和桃子又搬到了山水间那边,客栈现在就剩下我一个人在守着。如果我刚来大理的时候就只有自己一个人,可能也不会太在意这种离别,但现在已经习惯了大家在一起时的热闹和肝胆相照,然后又眼睁睁地看着他们一个个离开,这种感觉真的特别难受!"

我说着这些话的时候目光又放在了一片茫茫的洱海上,只感觉自己像是一条掉了队的鱼,尽管已经拼了命追赶,最后也没有发现那些原先的同伴到底去了哪里。

这一次叶芷似乎感觉到了我的心情,她用很温柔的声音对我说道:"如果你试着转移自己的注意力,会不会好一点儿?毕竟这个世界上能做的事情那么多。"

"是,能做的事情是有很多,但有意思的却很少。"

就在我和叶芷说着这些话的时候她就被一个外国人给搭讪了,对方好像是想请她去海边的酒吧喝一杯,叶芷冷漠地选择了拒绝,对方却不依不饶,又买了一大束鲜花要送给她。

我心里恨不能将那个外国人扯开……可一瞬间,又羡慕他敢这么厚脸皮,因为和叶芷认识这么久了,我却从来没有勇气这样做。

我也知道,有时候一份爱情的产生就是这么简单,但心里又始终有一个打不开的结,让我放不开手脚。

叶芷处理这样的事情似乎很有经验,她一边对那个老外说着流利的英语一边往后退着,那外国人见她态度坚决,这才选择了放弃,可惜我英语不太好,要不然我便知道叶芷是用什么理由拒绝他的了。

这个风波结束之后,叶芷的心情似乎也受了影响,她简单和我说了几句之后便结束了跟我的视频聊天,而直到她的样子在我的手机屏幕上消失我这才想起还有事情没和她聊。

她是一个有着丰富商场经验的女人,所以我想问问她,在巨大的利益诱惑面前人是不是该选择委曲求全,而她在成功的背后是不是也曾经有过类似的妥协?

没能得到她的指教我真有点儿遗憾,但心里却已经不想再打扰她了。

我终于从礁石上站了起来,看着眼前这不是海的洱海,突然也很想去那些被真正大海包围着的美丽小岛上看看。这样的想法产生之后,我人生的格局也好像随之变得大了起来。

就像真正的大海一样,我应该有更宽大的胸怀。只要我自己做的是一份正经生意,就不应该畏惧和任何人打交道。更何况,能从曹金波这种人身上赚到钱也是一种能力,我又怎么能因为内心的狭隘而放弃一次自我蜕变的机会呢?

我真的该变强大了,这样才有底气去追求喜欢的一切,否则现在的我更像是一个笑柄，一面被嘲笑一面也给不了别人安全感，这点我已经在陆佳身上体会过。

是的，嘲笑我的是她的家人，给不了她安全感的也确实是我。

想着这些的时候我终于又将摆放在礁石上的手机拿了起来，然后拨通了孙继伟的号码。

等待他接通的过程中我的内心很平静，也很明白自己想要的到底是一个什么样的结果，我想好了，如果这笔生意能做成，我就用赚的钱先在大理租一套像样的房子，下次老米再来看我的时候我一定不让他住招待所和宾馆了，我要告诉他，总有一天这里一定会有我的家和我的女朋友，我们将一起等在这里，欢迎他和我母亲的到来。

是的，这就是我作为一个男人在此时此刻的感悟，而当你心里真的有了一个家的时候你便不会再去想那些傲慢和偏见，你有的只是艰苦奋斗和吃苦耐劳的精神，因为这个世界上真的有一些事情和人是值得你去拼命的！

激昂的潮水声中我的情绪也渐渐亢奋了起来，这是我生平第一次愿意放下心中的固执去为了金钱上的所得而努力。我觉得，这非但不是一种迷失，反而是觉醒。

大约过了二十来秒，孙继伟接通了我的电话，他似乎正在参加什么饭局，所以伴随着各种杂音向我问道："兄弟，怎么了？"

"孙哥，找个能说话的地方，我想和你聊一会儿。"

孙继伟应了一声，我便听到了他开门的声音，然后那边就安静了下来，他这才带着很浓的醉意对我说道："我已经站在饭店楼顶的平台上了，难得安静一下，有什么你就说吧，兄弟。"电话那头又传来了他点烟的声音。

我没有急着和他聊关于曹金波那些商铺的事情，只是放轻了语气对他说道："知道你应酬多，但这酒还是少喝点儿吧，看你这样子，今天晚上又喝了不少吧？"

孙继伟的笑声透着无奈，他回道："人在江湖，身不由己啊。"

"话是这么说，但这身体是自己的，还是爱护点儿的好，要不然真到了享福的时候却落了一身病，不就真得不偿失了嘛！"

孙继伟略微沉默了一下之后，还是笑着对我说道："不说这些，说你的正事儿吧。"

我也迎着冷风点上了一支烟，然后才说道："哥，我想找曹金波聊聊，这事儿我想通了。"

"怎么就突然想通了？"

我低声回道："穷日子过怕了不想让父母太担心，还是多赚点钱心里才踏实。"

孙继伟很是感同身受地回道："你这话我信，因为哥也是从这个阶段走过来的。你说，咱们作为男人真的是挺累的！你要到了年纪还没有做出点儿成绩来，外面人看不起你不说，身边的人也嫌你没用。我是觉得，这个世界上哪，还是落井下石的人多，真心为你好的没几个，你要是想活得有尊严，首先得学会看别人脸色，真的，看别人脸色一点儿也不丢人，有时候看人脸色也是对自己的一种磨炼，懂吗？"

我不言语，不是不喜欢听他这么说，只是心里有点儿感悟需要即刻消化。

孙继伟却误解了我的沉默，又说道："兄弟，哥今天喝得有点儿大，我说的话你也别太往心里去。"

"没往心里去，真的，我就是琢磨了一下，觉得你说得挺对的。"

"喜欢琢磨是好事儿！"稍稍停了停，他又对我说道，"对了，你约曹金波这事儿明天我就帮你办。据我估计，他肯定不会在乎这点房租上的小钱，所以你和他聊的时候最好能有其他打动他的点，要不然这事儿办成的概率不大，毕竟你们之前就有过节，这点你得做到心中有数。"

"嗯，我明白……"我的话只说了一半，孙继伟的酒劲儿似乎就上来了，我听见了他呕吐的声音，半响，他才又含糊着对我说道："兄弟，先不说了，里面又在催我，咱们明天电话联系。"

我赶忙回道："你别喝了，你说个地儿，我送你回家。"

"没事儿，兄弟。明天电话保持畅通，等我联系你。"

我还没来得及应答孙继伟已经挂断了电话，而我在短暂的茫然之后似乎能看到他明明已经是强弩之末可还在死撑的样子。我忽然便不想再对他心存偏见，因为我看到了他的不容易。我甚至有点儿惭愧，因为在我的交际圈中他是最喜欢称呼我为兄弟的人，但我从来都没有真正把他当成是自己的兄弟，甚至看不起他的那一套人生哲学，而他却一直对我的事情很热心。

这样的矛盾中，我不禁问自己，我这种性格真的可以和孙继伟这样的人成为兄弟吗？

也许，我现在不会得到答案，但强大的时间是可以验证一切的。

次日，因为心里有事我一早便醒了过来，然后将手机带到小酒吧里充上了电，无时无刻不等着孙继伟的来电，可是心里却没有找到太好的理由去说服曹金波将那十六间商铺租给自己一个月。

我知道曹金波的经济实力，他确实不是一个能看得上这点儿租金的人，尤其是我们之间还有过节，假如我找不到一个能让他心动的理由，这件事情办成的可能性真的不大。

窗外阳光明媚，清风徐徐，本该因此有个好心情的我却有点儿烦躁了起来。

这时，昨天一整天都没能碰上面的桃子和铁男终于来到了客栈，桃子还是一如既往地贴心，她给我买了我最喜欢吃的红豆薏米粥还有俩水煮土鸡蛋。

从她手上接过这份早餐的同时我也笑着向她问道："在山水间那边住得怎么样？"

"挺舒服的呀，特别是顶楼的那个大阳台，晒衣服太方便了！"

"那么好的海景阳台你拿来晒衣服是不是有点儿太奢侈了？"

桃子笑了笑，然后又转移了话题对我说道："对了，有个正事儿要和你说一下，本来我已经在酒吧街找到一份调酒的工作，但是叶芷昨天晚上主动加了我的微信，要我去做女人花酒吧的经理兼调酒师。你和她关系挺不错的，所以这事儿我想征求你的意见。"

"没有工资，但她说了，去除酒吧所有成本之外的盈利收入都给我。"

"这可以啊，等于她白白花了三十万投资你，你一点儿风险都不担！"

"要是做亏本了怎么办？"

"总要有点儿压力的嘛，我是觉得这个事情可以做，等于一个现成的酒吧交到你手上，装修和货源什么的你都不用操心！"

桃子显得有些纠结，但我也能理解，毕竟她没有做生意的经验，更没有管理酒吧的经验，所以她在这件事情上没有主见也挺正常的。

却不想，铁男接过了话说道："我觉得还是算了吧。这个酒吧在白露做的时候一年也就赚个十来万，算下来和你去做调酒师的工资差不多，但是在别人酒吧工作多轻松哪，你自己去管一个酒吧就全是事儿，而且白露之前有一半是做的朋友生意，现在她都走了，她那些朋友基本也就不来酒吧了，弄不好真要赔本的！"

桃子还真是听铁男的，她想了想之后便对我说道："算了，我还是找家酒吧安心上班吧。"

我无奈地笑了笑，没有劝她，但心里却知道，关于"女人花"这间酒吧其实还有另外一种可能性，如果叶芷真重视起来，随便往这间酒吧上扔一点儿资源也会比白露经营时要好上许多倍，只是叶芷这个女人向来不喜欢对别人许诺太多，所以桃子才没有意识到这点，而我也不可能替叶芷乱许诺，那叶芷的这份好意就只能作罢了。

我转而对铁男说道："桃子去酒吧上班的事情就算是定下来了，你呢，以后准备干点什么？"

铁男毫无头绪地回道："不知道。"想了想，他又说道，"可能会找个小点儿的客栈接着做吧，我也就做这个事情还算是有点儿经验，但身上钱又不够。"

"慢慢来。"

铁男点上一支烟，沉默了一会儿之后，也向我问道："你最近在忙什么呢？"

我如实回道："我手上是有一个赚钱的机会，但是还没有确定下来，回头我再找个机会和你说。"

铁男看了我一眼，问道："还在打着九隆居的主意呢？"

"算是吧，但这事儿没你想的那么不靠谱，我只要把目前遇到的困难给解决了，赚钱的事儿就成功了一半。"

我之所以没有把自己的计划完全对铁男说，是因为曹金波那边还存在着比较大的变数。我的性格就是，觉得有了把握才愿意拿出来分享，否则一旦中途夭折说出来也没什么意义。

就在铁男还想好奇着问几句的时候，我那正在充电的手机终于响了起来，这个电话正是孙继伟打来的。

我下意识地做了一个深呼吸，然后才拔掉充电电源接通了孙继伟打来的电话，我让自己尽量以平静的语调向他问道："老哥，是不是那边有信儿了？"

"嗯，我刚刚和他通了电话，把你的想法和他说了说，不过他人正在泰国度假，这事儿一时半会儿的还说不了。"

"他没有明确拒绝吧？"

"这倒没有。对了，他给了我一个联系方式，说是他儿子的号码，你要不先找他儿子聊一聊？"稍稍停了停，孙继伟又说道，"我倒觉得这事儿你找他儿子聊会更有利，毕竟他不是曹金波，十六套商铺一个月的租金有个七八万块钱，他拿去做零花钱也不算少了，反正这些房子闲着也是闲着。"

"这事儿他儿子要是真能替他做主我倒省事儿了，但这最后的合同还得和曹金波本人签吧？"

"按理说是应该和他签。"

"那行，我先去会会他的儿子，你把联系方式给我吧。"

结束了和孙继伟通话后的片刻他便将那个号码发给了我，我一边给自己点上烟，一边拨打了那个电话，但让我意外的是，电话拨通后只响了两声便被那头的人给挂断了，我又拨打了一次，直接提示无法接通。

我估计曹金波的儿子也是个喜欢声色犬马的人，这会儿多半还没有睡醒，肯定不愿意接一个陌生号码的来电。

我又很礼貌地给他发了一条信息："你好，你的号码是我朋友从你爸那边要过来的，听说你爸在九隆居有十六套闲置的商铺，我想全部租下来，但你爸这段时间在国外度假，所以你要是方便的话我就先和你聊一下，估计你爸也是这个意思，要不然不会把你的联系方式给我朋友的。"

这条信息发出去之后我便陷入了漫长的等待中，而我的直觉也告诉我，曹金波的儿子很大可能是个不靠谱的人，他能不能注意到这条信息都不太好说，但是我也没有其他更好的办法，只能这么被动地等下去。

吃过早饭之后，我便将客栈交给了桃子和铁男，自己则再一次去了九隆居，瓶哥今天起得早，我到的时候他的咖啡店已经开始营业，但一如既往地没有人。

他泡好了一壶茶，给我倒上一杯之后便向我问道："那十六套商铺，你打听出来是谁的了吗？"

"还真打听出来了。"

"大理本地人还是外地过来投资的？"

121

"本地人。"稍稍停了停,我又很是感慨地说道,"大理这个地方真是挺小的,这个人我不仅认识,而且很久前就和他有了过节！"

"哟,这事儿真是新鲜了。说说看,你们是怎么有过节的？"

我先是苦笑,然后回道:"这事儿得从政府保护洱海,关掉海景客栈说起。当时我和几个朋友的手上正好有点儿闲钱,就一起合伙接手了龙龛那边一个已经被关停的海景客栈,我们运气挺好的,第一批恢复营业的海景客栈名单里就有我们客栈。说实话,客栈恢复营业后真的挺赚钱的,但这也成了祸根……"

瓶哥是个聪明人,明白过来的他接着我的话说道:"你这就是典型的树大招风吧,所以后来客栈就被坏人给惦记上了？"

"嗯,我挺冲动的,还打伤了人,然后对方就开始借题发挥,不肯接受调解。他开出的条件是除非低价将客栈转让给他,要不然就得让我坐牢。"

"哟,这事儿大了！"

我一声叹息,然后又说道:"可不是嘛,当时真的把我搞得特别绝望,幸好有一个朋友拉了我一把才把这事儿给摆平了,但梁子肯定是结下来了！"

"这还用说嘛,这人就是典型的欺行霸市。"稍稍一停,瓶哥又不太理解地向我问道,"这事儿你既然都已经摆平了,那干吗不好好在龙龛做你那个赚钱的海景客栈,非得到九隆居硬插一脚？"

我笑着回道:"你还真是蜗居在九隆居,不闻窗外事啊,你难道不知道龙龛那边引进了一个酒店加水上乐园的综合型大项目吗？"

"这事儿我还真不知道！"

我一边吸烟一边说道:"我们客栈的位置正好和这个项目的选址重合了,所以熬不到过年肯定要被拆掉。你说,断了这条赚钱的路子之后我肯定得找点其他事情做,不能饿死在大理,对吧？"

瓶哥点着头回道:"你这也算是百折不挠了。可惜老天不给你饭吃,要不然有个好好的海景客栈开着真是不错,现在海景客栈的行情多好哪！"

我抬头迎着刺眼的阳光往九隆居之外的世界看了看,但嘴上却什么都没有和瓶哥说。在我心中,命运就是一只有力的手,真要改变你的时候你是没有能力去招架的,虽然我也知道如果海景客栈能一直开下去,自己会得到多少的好处。

瓶哥似乎感觉到了我的失落,他又给我倒了一杯热茶,示意我先暖暖心。而后又对我说道:"哥哥我多嘴问一句,当时讹你们客栈的这个人是谁啊？"

我稍稍沉默后,回道:"曹金波,这十六间商铺也是九隆居的开发商欠他钱,然后抵押给他的。"

瓶哥一脸恍然大悟的表情,然后感慨道:"这人我听说过,他可不是一般的厉害！之前有个哥们儿在人民路上开了一个特赚钱的酒吧,后来也被他联合房东给霸占过来了，我劝你还是别和这样的人打交道，那可真是一头吃人的狼哪！"

我笑道："哥，我这次还真的想好好和这头狼打个交道。"

"做生意不是为了较劲儿！本来你和他就有过节，你说他能让你落着好吗？"

我依旧笑了笑，回道："先不说这个。我这次来主要还是想和你聊聊你那四套商铺的事儿，我是真想抓住这次机会。你要是不嫌少的话，就一套商铺的租金按一个月四千块钱算，成吗？如果后面我租的铺面租金高于这个价格，差价我都给你补上。"

瓶哥想了想，说道："成吧，反正这些铺子闲在这儿也生不出钱，倒不如给有想法的人，说不定还真能干出点儿动静来呢！"

想法上达成一致后，瓶哥便去他屋里拿出了那四套商铺的产权证，然后又和我拟了一份短租的合同，而我也在微信上很有效率地给他转了两万块钱，多出来的四千块钱是押金。

合同签好后，瓶哥便将他那四套商铺的钥匙都给了我，并陪我进去看了看。总体上来说我还是满意的，因为上面能住人的那一层已经有了独立的卫生间，我只需要将墙面重新处理一下，并给每个屋子配上热水器就行了，至于床和床上用品，我可以等海景客栈停止营业后从那边搬过来。但如果将曹金波那十六套商铺也租下来，投资就真大了，毕竟海景客栈也只有十间房，就算床和床上用品全部搬过来也是不够的。

所以，我还得提前筹一笔钱。

就在我琢磨着要从哪儿弄来这笔钱的时候，曹金波的儿子终于给我回复了信息，但是说话却一点儿也不客气，他说他不方便，让我别因为这种破事儿找他。

看着这条明显很不耐烦的信息，我心里却一点儿想放弃的打算都没有，我又立即抓住利害关系，回道："我觉得这事儿咱们真的可以见面聊聊，这房租说多不多，说少也有个七八万！我想，你爸既然让我和你联系，可能是有心把这个房租给你当零花钱用，你要是这么干脆地拒绝了是不是也挺可惜的？"

这次，他回得很快："你觉得我是差这七八万的人吗？"

"你肯定不差！但钱不嫌少嘛。"

"你要这么说话，我可就要和你交朋友了，我最近正在追一个女人，你说我拿了钱去给她买东西，能行吗？"

"肯定可以啊！"

"你过来吧，咱们见面聊聊，感觉你挺懂女人的。"

"没问题，你给个地址我这就过去。"

"海东的铁匠机车俱乐部，导航上有，你跟着导航过来就行了。"

得到这个地址之后我便立即离开了九隆居，然后在古城外面叫了一辆出租车，让师傅一秒也不耽搁地载着我向海东那边驶去。

因为是中午的下班高峰期，所以路上非常堵，尽管我心里也知道并不差这么一时半会儿，可还是会莫名感到焦虑，而这件事情就像是一块重石悬在我的心头，只要不解决我的心就踏实不下来。

过了一个路口，车子又被堵在了下一个有红绿灯的路口，我就这么一边安抚着自己的情绪一边在导航上查看着剩余的行程。而就在这个时候，我又收到了一条戴强发来的信息。

"哥，姨父这两天给你打电话了吧？"

"嗯。"

"他有没有和你说过年回家的事儿？"

"说了。"

"那你今年过年能回家吗？"

我一边盯着红绿灯，一边心不在焉地回着："过年没空回去，年后会抽时间回去一趟。"

"会带着我们叶总一起回去吗？"

看到和叶芷有关的问题我的注意力立即被唤回，可还是拿着手机把玩了一会儿才回复道："咱们兄弟之间是不是除了这个话题就没什么可聊的了？"

"你看你这话说的，我爸妈是真想当面感谢叶总对我的提携。你要理解他们的心情，真不是我非要和你聊这个话题。"

"我很不给面子地问你一句，你是不是觉得只有我和叶芷真好上了，你才能从中捞到好处，所以就把这注意力一直放在我们身上撒不开了？"

"哥……你这么问，就不怕天打雷劈吗？"

"我提醒你最好别动歪心思，更不要指望自己的人生和工作有什么捷径可走。"

"是不是冤枉我能让你产生快感啊？"

"以后没事儿别乱给我发信息，我忙着呢。"

"我最看不起的就是那种不敢正视自己感情的人，你是什么时候变得这么厌的？"

我觉得这是一条没有必要再回复的信息，便又将注意力放在了车窗外的路况上，可是在车子迟迟不动的这段时间中我的内心还是起了微妙的变化。

原本我一点儿也不愿意对叶芷产生非分之想，但是在戴强一次次提起后我的内心似乎也有了一种自我暗示，以至于某一些瞬间，我甚至真的以为自己有叶芷这么个女朋友，而凭良心说，她有时候也确实对我挺关心的。

车子费了好大劲儿才开出了市区，而到海东之后路况总算是好了些，但即便如此也又花了将近一刻钟才到达了导航上的目的地。

以前我一直是隔着洱海眺望海东这边，当自己真的站在这片土地上时才发现这里远比隔海而望要来得繁华，因为整个海东不仅有成熟的商圈，更是聚集了很多个高档的别墅群，而曹金波儿子的机车俱乐部就开在其中的一个别墅区里。

说起来，这真是够奢侈的，一个到处是机油味的机车俱乐部竟然也弄成了海景的，这让我们这些漂在大理，却迟迟买不起房的人要怎么活？

进了这个名叫海东方的别墅区后我一阵摸索，终于找到了"铁匠机车俱乐部"，与其他别墅不一样的是，这套别墅改掉了原来欧式风格的白门，弄成了一个铁皮门，门上挂着很多废弃的摩托车牌照和发动机壳子，谈不上有美感，但却很有个性。一看房主就是个爱玩摩托车的主儿。

我敲了敲铁门，没有人回应，我又敲了几次，里面才传来了一阵慵懒的声音，然后替我开了门。

当我与他四目相对的时候，我顿时就呆住了，他也一样。

"你不会就是那个来找我租房子的人吧？"

我一样瞪着眼睛看着面前的曹小北，然后感慨道："原来你是曹金波的儿子，难怪嚣张得不行啊，我现在还真信你敢把我那客栈给砸了！"

曹小北从口袋里摸出一支香烟点上，又眯着眼睛说道："那边的铺面要是你租的话，这事儿就没什么好谈的了，我不租。"

我也摸出一支烟点上，然后不慌不忙地回道："你要是因为咱俩私下的过节就不做这笔买卖是不是也太没男人的胸怀了，我觉得这是一码归一码的事儿。"

"你大爷的！我看你不顺眼，就是不想租给你。"

我笑道："外面人都知道曹金波厉害，可没想到他儿子却是个草包，咱这个买卖可以不做，但是你开口就骂我大爷是不是也太厌了！"

曹小北目露凶光地看着我，我迎着他的目光低沉着声音问道："怎么着啊，是不是上次还没有被揍够？"

"说这么多废话，反正我家在九隆居的商铺你想都别想！"

"得，你要是不愿意的话我就等你爸回来和你爸谈，你们父子俩总得有一个明白人，要不然也弄不下这么大的产业来。"

我说完便准备离开，其实在我知道曹小北就是曹金波儿子的那一瞬间已经看明白租商铺这事儿基本是没什么戏了。

却不想，在我转身后曹小北又叫住了我，他说道："你先别走，我改变主意了，这事儿咱们还有的谈，但是你得帮我做一件事情。"

我停下脚步，转身看着他，心里却已经隐约猜到他要我帮他做的事情是什么。

曹小北叼着烟走到我面前，我则以极其大的耐心看着他，等他亲口说出是什么样的事情需要我帮忙，他吸了一口烟之后有点儿颓废地对我说道："思思说她想走了，如果你能帮我把她留在大理，九隆居那边的商铺你可以免费拿去用，随时都行，我说话算话。"

我也吸着烟，然后看了曹小北一眼。我觉得他身上和杨思思是有共同点的，就比如在对待感情这件事情上他们都很善于用一些小伎俩来达到自己的目的，而这种小伎俩的背后其实也是一种奋不顾身的体现，他们会因此去装傻、去要挟、去交易……我无法评说这到底是好还是坏，但我的内心却羡慕他们可以用这种狂热和奔放的心态去处理和爱情有关的一切！

我将口中的烟吐出，然后低声回道："想留住一个人不应该借别人的嘴。另外，感情上的事情一旦有了交易的成分你不觉得就变味了吗？"

"变味又怎样？"

"如果变了味，事情也会跟着变得复杂起来。而且，我没觉得自己有把握将她留下来，因为我不是一个自大的人。"

曹小北一阵沉默，再次开口说话时又变得极其不友好，他骂道："这事儿你要是不能办就赶紧滚吧。"

他的喜怒无常将我的心情弄得非常糟糕，于是说话的语气也开始重了起来："是不是没人教过你有话要好好说？你要是再敢对我说出一个带有侮辱性质的字，我就把你给打趴下。"

曹小北瞪着我，如果眼神能杀死人的话他就是那个想将我干掉的恶汉，而我则将拳头捏得咯吱作响，心里也想将这个恶少打一顿。

就在我们用这种不太成熟的方式对峙着的时候，一辆出租车通过了别墅区的大门，不快不慢地向这边驶了过来，最后在我们身边停了下来。

下一刻，杨思思便付掉车费从车里走了出来，她先是一脸不可思议地看着我和曹小北，又向我问道："你怎么来这儿了？"

这事儿实在是有点儿说来话长，就在我组织语言要和杨思思解释清楚的时候，曹小北却抢在我前面回道："他是来求我办事儿的，但是我没给他面子，因为我很不喜欢他这副神气的样子。"

"你是被他给揍怕了吧？"

曹小北一脸挂不住的表情，杨思思却不管，又转而向我问道："你真是来找他办事儿的？"

我一摊手，回道："没办成，你又是来干吗的？"

"他帮我改了一辆摩托车，我是来拿摩托车的……"稍稍一停，杨思思又满是疑惑地问道，"不对啊，你能有什么事情找他办？八竿子都打不到一起去的两个人！"

"这事儿完全就是巧合，我最近在九隆居那边看中了一批商铺，想拿来做点生意，就找到商铺的业主，可业主正好在泰国度假，他让我和他儿子先谈，然后我就找过来了，没想到是他，而且更巧合的是，这些商铺的业主也就是他爸……我们不光认识，还打过交道。"

杨思思一脸不相信地回道："你不是在和我胡编乱造吧，他爸是谁？"

"曹金波……曹小北，天底下姓曹的那么多，没想到他俩竟然是父子！"

杨思思脸色大变，她走到曹小北的面前质问道："你爸真是曹金波？"

曹小北显得很没底气，以至于有点儿不大利索地向杨思思回道："我爸……我爸是曹金波，怎么了？"

杨思思一脸气愤，然后怒道："你爸是曹金波，你就是我的仇人！摩托车钥匙给我，然后从我面前消失！不对，是我从你面前消失。"

曹小北顿时就急了，他下意识地拉住了杨思思，说道："你能把话说清楚吗？昨天你还请我吃了烧烤，今天我就成了你仇人，这车是不是有点儿翻得太狠了？！"

"你埋怨我之前，最好先问问你那好爸爸都干了些什么龌龊事儿！曹小北，我真是看走眼了，怎么就没发现你那大鼻子跟大耳朵和曹金波一模一样呢！"

在杨思思将话说得特别难听的时候，曹小北竟然没有选择维护曹金波，这让我有点儿意外，而杨思思则直接进了他的机车俱乐部里面，然后从屋子里推出了一辆刚刚改装好的摩托车，一副恨不能要插翅离开这里的样子。曹小北则有点儿发蒙，完全不知道曹金波和杨思思的愤怒有什么必然的联系。

我也有点儿发蒙，我将曹金波和曹小北的关系告诉杨思思并不是要她给曹小北扣上一个仇人的帽子，然后进行打击报复，我只是觉得这种巧合很有戏剧性，才会忍不住提了一嘴。

我和杨思思不一样，她看人对事的标准很单纯也很简单，而我则会用成年人的思维去思考利害关系，所以不管是对待曹金波还是曹小北，我都会以一颗做生意的心去重新审视他们。

这么僵持了一会儿，杨思思又当着曹小北的面将摩托车的钥匙交到了我的手上，让我骑着这辆刚刚改装好的摩托车将她带离了这里，却根本不管已经委屈到不行的曹小北。

因为换了交通工具，回去的路要比来时好走得多，所以只用了半个小时我便将杨思思送到了山水间，在我将车钥匙还给她的时候，她依然没能从愤怒的状态中走出来，她对我说道："你信不信，我要是有你这么虎背熊腰的，刚刚肯定把曹小北给揍成一个猪头！"

"你生气我能理解，但你这劲儿是不是有点儿过了？"

"一点儿也没过，保不准他就是曹金波的升级版，说不定他还有哥哥叫曹小东，一个弟弟叫曹小南，然后蛇鼠一窝，坏事儿都让他们家给做绝了！"

"你赶紧打住，都快被你给瞎扯得没边了。"

杨思思看了我一眼，情绪忽然又低落了下来，然后她低声对我说道："我觉得你更瞎扯，那天走了之后我就没想过再和你见面，可竟然又在曹小北那儿见了面。你说我上辈子是不是一个犯了天条的仙女，为了惩罚我，老天就派了你天天阴魂不散地缠着我！"

我挤对着回道："不食人间烟火的那才叫仙女，像你这种只会贫嘴的充其量就是一个躲在深山老林里兴风作浪的妖魔。"

"谁说我只会贫嘴，我还会魅惑……"杨思思一边说一边对我抿了抿嘴唇，一副性感的样子。

我是彻底折服了，因为她有一种很奇怪的能力，似乎不管多悲伤的情绪她都能用一种嬉笑的方式表现出来，但这会给人一种错觉，好像什么情感她都不会真正往心里去。

杨思思这种用嬉笑掩饰悲观的特质让我有些为她感到心疼，可是嘴上又说不出什么讨好或者能安慰她的话，于是便转移了话题，看着她的那辆摩托车说道："这车看上去挺拉风的啊，什么时候买的？"

"从一朋友那儿捡的二手货。"稍稍停了停，她又说道，"我都是一个快要离开大理的人了，才不会花冤枉钱买辆新的呢。"

"挺好，挺好，二手的也挺好的！"

杨思思有点儿气不打一处来，然后对着我抱怨道："你能不能别没话找话说？我最不喜欢看你这副敷衍着说话的样子了！"

"谁敷衍你了？我是真对这摩托感兴趣，刚刚不一直是我在骑它嘛，确实很不错。"

"那我卖给你吧。"

"多少钱？"

"一万二，不接受还价。"

"你不能因为我有兴趣就漫天要价吧？这个价钱，我都能买一辆新的了。"

杨思思一脸不屑地看着我，然后回道："土包子，你知道这是什么车吗？我现在给你一万二，你都买不来一辆二手的。"

"真不知道，你让我长长见识呗。"

"看清楚了，这是川崎小忍者，整个大理能驾驭住的女人不超过五个，我就是其中一个。"

我看了看杨思思又看了看这辆被称为川崎小忍者的摩托车，确实没有相当长的腿是驾驭不住的，但是我没有因此夸她，我只是点了点头以示自己相信她，然后便间歇性陷入了沉默中。

杨思思也沉默了一会儿，又想起什么似的开口向我问道："你刚刚在曹小北那儿说看中了九隆居的一批商铺是什么意思？"

"客栈马上要被拆了，想找点其他事情做。"

"你也真够衰的,看上谁的铺子不好,偏偏就看上曹金波这个家伙的了!"

"人家家大业大,不光在九隆居有房子,酒吧街上也有十几套铺面,要是想在大理做好生意迟早得和他打交道,所以我没觉得自己有多衰,而且你见过做生意有一帆风顺的吗?"

"你就自我安慰吧。"

我笑了笑,心里却有一丝丝惆怅,因为一个赚钱的机会似乎已经因为这样的戏剧性而进入了一条没路可走的死胡同,而现在唯一的办法就是等曹金波回来我去找他亲自谈。

恍惚中,杨思思试探着对我说道:"要不,我去找曹小北谈谈?"

"得了吧,你刚刚已经在人面前把自己塑造成他不共戴天的仇人,现在又跑回去求人家,你是真不打算要面子了?"

杨思思不理会,却找了一个歪理说道:"我刚刚是被仇恨冲昏头脑了,现在一想,要是能利用仇人身上的资源给自己赚一笔也算是报了一点儿小仇。"

"为什么你思考问题的角度永远都这么奇葩?我要是能像你这么想,之前也就不用纠结了!"

"所以你是同意我这么做了?"

"我没同意,也不准你掺和这事儿。"

"你是怕我搞不定曹小北吗?"

"我是怕曹小北搞不定你,以后惹一屁股债。"

"我要是以身相许,能偿还吗?"

杨思思说完之后,便以一种要洞察一切的目光看着我,而我当然知道她这么说是什么意思,她只是在用开玩笑的方式和我赌气,我太了解她了,她不可能真因为欠了谁的而选择以身相许,小豹就是最好的例子。她自己也说过,小豹恐怕是这个世界上对她最好的男人了,但她也仅仅只是感动,却从来没有想过要做小豹的女人。

脑子里有了这样的判断,我才开口对她说道:"别开玩笑了,这事儿我自己解决。实在不行,我可以选择不做这个生意,而不是让你掺和进去把一件原本简单的事情给弄复杂了。"

却不想,杨思思已经在我之前不再纠结这个事情,而是向我问道:"你觉得曹小北是个什么样的人?"

"你是说单纯的好人还是坏人?"

"嗯?"

我摸出一支烟点上,深吸了一口之后才回道:"如果他是个坏人,也只是表面上的坏,不像他爸坏在骨子里,坏得那么有心机。如果他是个好人,我跟他接触得少,还没看到他有好的一面,其实,你应该比我更了解他。"

"他是个又好又坏的男人，所以我一直都没有真正讨厌他……"稍稍停了一会儿，杨思思又低声说道，"因为我看见过他好的一面，我都不敢相信他就是曹金波的儿子，他其实比一般人都要单纯，有什么说什么，从来不会藏着掖着。"

我笑道："这点不是和你很像嘛，总是想让自己坏得很明显，其实骨子里却是一个单纯的人。"

"不，我不单纯，我一点儿也不单纯，我有时候会比你们这些看上去复杂的人要想得更多。"

"也许吧。"

实际上，我和杨思思并没有太多实质性的沟通，但是从她那里离开之后，我的心情却莫名陷入了一个复杂的旋涡中，我总觉得这个世界那些看上去已经脸谱化的人都远比我们看到的要更忧伤，就像杨思思，夜深人静的时候或许也会因为想起自己的人生而感到无助，她并不像看上去那么没心没肺，在她内心深处可能会比现在的我有更强烈的"求生欲望"，这种求生欲望是在追求改变的过程中产生的，虽然没有那么难以承受，但也足够让人感到痛苦！

回到客栈，我便又因为只有自己一个人而进入了烟和酒循环的模式中，这么一坐，黄昏便在我的恍惚之中到来了，我下意识地眺望窗外，如果不看那些正在作业的挖掘机和吊车，洱海还是一副美到让人心碎的模样。

我又觉得大理未必就没有叶芷此时所在的巴厘岛美，只是它的美更需要用心去感受，而巴厘岛的美仅仅就是视觉上的美。

轻轻地关上客栈厚重的门，我又来到了洱海边。相比于那些充满金属感的拆卸机器，轻盈的是那些驻足停留在洱海边拍照的游客，不像我，已经将这里的一草一木都熟记于心，第一次来这里的他们对一切都充满了好奇。

短短一个小时，我已经帮三对情侣和一对女同学拍了合照，等这一拨游客渐渐散去，黄昏也远离了这片土地，取而代之的是无边的夜色还有挂在天空之上的星光。

这样的情境总会让人的内心涌起一阵思念之情，未必是思念某个人，还有故乡，然后心中便有了在异地打拼的孤独感，我忽然很想约一个人出来喝点儿，可是最好的酒伴马指导已经远走，铁男因为有桃子管着也喝不尽兴，而除他们之外我在大理好像就没有什么特别好的朋友了。

又在潮水声中枯坐了半个小时，我这才从口袋里拿出了手机，然后以无聊的心情刷新着微信朋友圈。

朋友圈还是那么缤纷多彩，有正在花天酒地的，也有比我更无聊的，一个人跑去看了电影，而最安静的一条动态要属叶芷在十分钟之前发的。

我没看错，她又发了朋友圈动态。照片是她在巴厘岛拍的，与我刚刚看到的美景一样，她拍的也是黄昏，并充满了视觉上的孤独，因为只有一片叶子掉落在海水边。

就在我想针对叶芷这条朋友圈动态说点儿什么的时候发现杨思思也几乎在同一个时间发了一条带照片的朋友圈动态，照片中，她正在古城一个以机车为主题的酒吧里，而她那辆川崎小忍者就停在酒吧的落地窗外，她和这辆小忍者以不同的角度出现在这张照片里是摄影师创造力的体现，我不禁有点儿好奇到底是谁帮她拍了这张看上去很酷的照片？

我又看了看叶芷的照片，更是感觉到了她们两个人之间完全不相同的性格，叶芷是自我封闭的，而杨思思则竭尽所能地展现自己，所以她不仅穿了很酷的机车服，还找了一个懂摄影的朋友帮忙拍摄。要说，当然是杨思思的世界有趣，但叶芷的内心更神秘，于男人而言，这都是很难抗拒的诱惑，何况她们还都有着一副美丽的外表，所以也就不难理解，为什么自我认识她们以后，总是会看到她们的身边围绕着各式各样的追求者。

尽管男女之间有性别上的差异，对生活所需承担的责任也不尽相同，但我的内心还是羡慕她们的，可要真的去说到底羡慕她们身上的哪一点，我也说不出来。

最后，我莫名就放弃了想在她们这两条动态下面评论点儿什么的欲望。

自己枯坐了一会儿，我给孙继伟打了电话，想约他出来跟自己喝几杯。

古城一个又偏又静的小酒馆里，我和孙继伟要了一打啤酒，边喝边聊，他笑着向我问道："是不是和曹金波的儿子谈得不怎么顺利？"

"是啊，他就是一块茅坑里的石头，又臭又硬。"

"那他不愿意把商铺租给你的理由是什么？"

"看我不顺眼。"

"你人缘儿没那么差吧？这刚打了个照面，就被人看不顺眼了？"

我颇为无奈地回道："也不是我人缘差，就是之前和他有过节，那时候我还不知道他是曹金波的儿子。你说这事儿是不是很有戏剧性，我这刚来大理不到半年，就跟这父子俩都杠上了！"

孙继伟先是点头，然后又问道："那你后面准备怎么打算？"

"我肯定不会放弃的，要是曹小北那边实在是行不通我就和曹金波谈。我记得你说过，他收下这十六套商铺也等于花了一千二百万，我就不信，他愿意把这一千二百万闲在这里发挥不出价值。"

"心里肯定不愿意，不过他产业多，赚钱的生意也多，就靠你这点租金恐怕很难打动他。"

我换了个坐姿，然后又说道："那咱们做个假设，如果九隆居这条商业街以后被某个人或者某个团队给炒作火了，所有商铺的价值都翻了一倍，甚至两倍，你说他会不会动心？"

孙继伟琢磨了一下，随即感慨道："兄弟，你这个野心有点儿大哪！"

我否定道:"我不行,也没有这个能力把整条商业街给炒热,但是如果我能把这件事情给做成了,会给其他投资人很大的启示,说明九隆居这个地方也不是不能赚钱的。如果大家都愿意把钱砸进来,减少这边店铺的空置率,首先从商家层面来说就有了热度。假如这些重新开业的商铺又各有特色,让消费者们在进来后产生了消费的欲望,那自然而然就让整条商业街进入了一个良性循环中,最后真正受益的还是像曹金波这种有十几套铺面的大户!"

"嗯,你如果能开好这个头肯定会给其他投资人很大信心。可是你怎么证明自己一定能开好这个头呢?我觉得这点很重要,也最有说服力。"

"这事儿得靠做,真的做了以后才能证明。反正我是觉得,这事儿对曹金波没什么坏处,虽然说这租金是有点儿少,但起码对我对他来说都是一个机会。"

"这人虚虚实实,就怕他不这么想!"

我笑了笑,回道:"跟这样的人打交道也是一种锻炼,想明白之后,我反而不觉得这是什么坏事儿。"

孙继伟也笑了笑,然后向我举了杯子,又陪我喝掉了一瓶啤酒,就在我想再打开一瓶的时候,他手机上又来了电话,说是有个酒局非要他去参加不可,虽然还没有和我喝尽兴,可是他也驳不了对方的面子,之后便离开了这个小酒馆。剩下的酒还有不少,我就这么一边孤独一边以肆意的心情将其全部喝完了。

龙龛那边的拆迁进度比我想象中快多了,在这之后又过了大半个月,拆迁办的一个工作人员便找到了我与我商量拆迁的事宜,客栈的生死至此尘埃落定,而因为叶芷给我们多争取了这快一个月时间,使客栈多赚了十来万块钱,这已经是一个很大的人情,要说这十万块钱,已经抵得上我在上海时一年的工资加奖金收入了。

而在这过去的大半个月里,我一无所获,我尝试和曹小北联系过一次,但是他没接我电话,发信息更是一概不回,我只能将最后的希望寄托在了即将从国外度假回来的曹金波身上,时间越发紧迫了起来,因为此时距离过年只剩下二十六天的时间。如果我能将这十六套商铺接下来,接下来就面临着要简单改造铺面和添置床品以及对外宣传的任务。

这又是一个下午,我将自己的行李全部从客栈搬了出来,其他的东西能卖的我都卖了,不能卖的就暂时存在了我从瓶哥手上租来的商铺里,总之,一切都结束了。

我们就这么眼睁睁地看着挖掘机和推土机从村口驶来,却没有一丝阻挡的能力。

铁男给我递来了一支烟,帮我点上后又对我说道:"走吧,都已经是过去了。别眼睁睁地看着,难受!"

我只是摇了摇头,却没有说话。

铁男想先走,但还是停下了脚步,然后与我并肩站着,而挖掘机和推土机则离我们越来越近,机器的轰鸣声让我的心一阵阵抽搐,我这才真正想起了汪蕾,想起了她在生命的最后几天里给我的嘱咐。

　　我不知道这算不算是我食言了，但心里是真的难受，我忘不了客栈得到可以恢复营业通知的那天晚上大家的喜悦是多么真实，也忘不了我们几个人坐在客栈的院子里，烤着羊排闲聊着时的温馨，更忘不掉自己坐在小酒吧里，那一个个消遣着无聊和寂寞的午后。

　　此刻我很失落，也很恍惚，我感觉自己的手上好像握了一把沙，每一颗沙粒都是一段美好的记忆，却一点点从指缝间流失，我又想到了已经远去的马指导和白露，如果他们看到眼前的这一幕，一定也会很伤感。

　　我就这么满含痛苦，将所有能想的一切都想了一遍，而后挖掘机便将院子的一面墙给推倒了。

　　不知道什么时候杨思思也站在了我的身边，不喜欢隐藏自己的她成了在场唯一一个哭着的人，受到她的感染，桃子也跟着掉了眼泪。

　　直到这个时候，我才真正有了想离开的欲望。杨思思却将我留了下来，并将我带到了洱海边，也就是我经常跳下去游泳的那个地方，而铁男已经在我们之前带着桃子跟随搬家公司的车离开了。

　　这么在风中站了一会儿，杨思思才转身看着我，然后又笑了笑。我对她说道："刚刚还哭，现在又笑，你到底有几副面孔哪？"

　　杨思思回头往已经所剩无几的客栈看了看，才回道："我哭是因为舍不得放下自己在大理经历的一切，我笑是因为我终于可以解脱了。"

　　我黯然地看了她一眼，问道："是吗？"

　　"当然是，我来大理不就是为了陪客栈走完最后这一段时间吗？"

　　"我以为你会过了年才走，你好像也这么说过。"

　　"我说的是看我心情，我现在已经没有心情再留在这里了。"

　　我又很现实地问道："那你在山水间租的房子怎么办？"

　　"桃子姐和铁男不是已经搬进去住了嘛，你还要怎么办？我听铁男说，你情愿搬到九隆居的商铺里住也没打算住到山水间，可是你之前却答应过我说会过去。"

　　"这不是临时有变嘛，我已经在九隆居租了四套商铺，就证明我必须做这个生意，那我人肯定要守在那边的。"

　　"那你就守在那里好了。"

　　我没说话，心里却又产生了一阵想吸烟的冲动。

　　这时，杨思思从自己的钥匙包里卸下了一把钥匙，然后递到我的面前说道："这是那辆小忍者的钥匙，我走了以后你拿去骑吧。"

　　"为什么要给我骑？"

　　"我要出国留学了，反正以后也用不上，留给谁骑不都是骑。"

133

她将车钥匙强行塞到了我的手上，我却觉得重得不行，因为我还是一如既往地不喜欢这种离别之前的痛感。我沉默了很久才又对她说道："我买你这车吧，就按照你之前说的价格，一万两千块钱。"

　　在我提出以一万两千块钱价格购买杨思思这辆摩托车的时候，她先是不屑地看了看我，然后又说道："在我不想卖的时候，你就是给我一千两百万我也不想卖。"

　　"之前是你提出要以这个价格卖给我的。"

　　"这都已经过去半个多月了，我改变主意了不行吗？"稍稍停了停，她又说道，"你是不是特别怕占我便宜啊？"

　　"嗯，是挺不想占这个便宜的。"

　　"别担心，这不是便宜……这辆摩托车算是我寄存在你这儿的，等我留学回来后你再还给我。"

　　"你这一走就是好几年的，我可不敢保证等你回来的时候我还能原物还给你。"

　　"原来你知道，我一走就是好几年啊！"

　　我愣了一下，才回道："嗯，出国留学可不就是好几年嘛，还有一些喜欢上国外环境的人，直接就不回国了。"

　　杨思思很少见地不接我话，却看着我身上的衣服，然后转移了话题问道："这身衣服不是你自己买的吧？"

　　我反问："你哪儿看出来不是我自己买的了？"

　　"这一套衣服加上你脚上穿的鞋子最少也得两万，你会舍得花这个钱？"

　　我震惊了，其实在我收到叶芷寄来的这些衣物时并没有特意去查价格，我只是感觉不便宜，却没有想到会贵得这么离谱，顿时就浑身难受了起来，觉得自己不该收这么贵重的礼物。

　　杨思思又说道："是叶芷给你买的吧？除了她，你身边也没有什么有钱的朋友了。"

　　我算是默认，然后回道："我没想到会这么贵！"

　　"你也不用太开心，以她的消费能力，这也就是一套普通的衣服和鞋子，你知道她戴的手表都是好几万，还有几十万的吗？"

　　"不是，你哪儿看出来我开心了？"

　　"你要是不开心，能美滋滋地把这些衣服穿在身上？"

　　我无言以对。

　　杨思思却替我理了理衣服，轻声说道："她真的对你挺好的，我放弃了，你去追她吧。你要是能把她追到手，而那时我还没有出国的话，我请你们吃饭给你们庆祝。"

　　我的内心有些回避，便说道："说这话有意思吗？"

　　"你要是对她没有一点儿感觉，你可以当我没有说过。"稍稍停了停，杨思思又说道,"我现在有点儿想明白了,其实,我也不一定是真的喜欢你。上学那会儿,学心理学的时候我们老师说了,人都有从众心理,所以看叶芷对你有好感我就开始和她较劲儿,觉得自己不应该输给她,能看到的也只有你的优点,可是却忘了,你根本配不上我,所以你还是去祸害叶芷吧。"

杨思思的话是越说越难听,可是在我不愿意往心里去的时候她自己却哭了起来,她看上去特别痛苦,让我有些怀疑她说这些话的真实性。

杨思思又对我说道:"我是明天下午回上海的飞机,没什么别的要求了,就希望你能用这辆小忍者把我送到机场,然后替我保管好,等我留学回来以后我再来找你要。"

"嗯,我帮你保管好,要是到时候你不愿意来大理我就帮你用物流托运到上海。"

"真有那么一天我也不会谢谢你的。"

"不用谢。"

杨思思一阵沉默,又低声感慨道:"到那个时候你也结婚生子了吧?都已经三十多岁了!"

"替我把未来想这么远你不觉得累吗?"

"不累,一点儿也不累。"杨思思说完这句之后,又叮嘱我不要忘记明天下午送她去机场的事情,而后便也离开了这里。就在她离去的那一刹那,我第一次感觉波光粼粼的洱海竟然是特别凄美!就像是一种关系走到了尽头,只留下了美好的记忆,化作光,倒映在海面上。

杨思思走后不久,我将已经成为废墟的客栈拍成照片发在了朋友圈里,我没有刻意去表达自己失落又苦闷的心情,只是很不舍地说了一声"再见"。二十分钟后,我终于带着不多的行李离开了这里,然后去了九隆居。

如果说我在九隆居这个地方目前有什么收获,那就是瓶哥这个朋友了,他不仅去街外面帮我拎了部分行李,傍晚的时候又亲自动手做了几个家常菜,并陪我喝了好几瓶二锅头。

瓶哥说他挺高兴的,因为在九隆居这个地方闷了这么久,他终于等来了我这个能说上话的朋友。可是在我想和他聊聊为什么放弃北京来到大理生活时他却明显有所保留,不愿意将真实原因告诉我,这让他越发神秘!

反正我是觉得,一个能在九隆居买得起五套商铺的人,已经人到中年却没有一个家,这背后一定有不为人知的故事。

我不禁又想到了马指导,当时他也是这么带着神秘光环和我成为兄弟的。如今也不知道已经揭开伤疤直面生活的他到底过得怎么样,而大理的生活也许就是这样,一个朋友走了又会结交新的朋友,周而复始。唯一不变的恐怕就是那已经融入骨头里的孤独感,这和朋友多少并无关系,有时候仅仅是因为看到了某个景,或者在傍晚的时候点上一支烟，莫名就觉得孤独了，但这种孤独也是分地方的，在大理的孤独更多的是迷茫，而在上海时的孤独却充满了压迫和紧张感，这两种不尽相同的孤独如果一定要选一种，我情愿迷茫着……因为迷茫代表了未知，而未知才是奇迹发生的必要条件。

酒喝到一半，离开之后很少联系的马指导终于给我打了个电话，这绝对不是心有灵犀，恰好我想起了他他就来了电话，我觉得这是必然的，因为客栈在今天被拆掉了，他一定想和我说几句。

我吸了一口烟，然后按下了接听键，马指导的声音很是低沉，他对我说道："我看到你发的朋友圈动态了。"

"嗯，客栈被拆了，下午的事儿。"

马指导沉默，沉默是悲痛的表现。

好不容易通一次话，我不想是这种气氛，便笑着向他问道："你最近怎么样？"

"说不上好，也不能说不好，好坏各一半吧。"

"怎么了？"

"感觉白露这么跟着我挺受委屈的。"

"她是心甘情愿的，应该不会觉得委屈，"想了想，我又说道，"你们还是先找一个地方安定下来吧，老这么漂着不是事儿。"

"还没找到舒服的地方。"

我以开玩笑的口吻问道："是不是在大理待久了，在哪儿都觉得不舒服？"

"大理挺好的，不想工作了，找个酒吧唱歌也能养活自己；郁闷了，在洱海边抽支烟人也能通畅起来。新的地方就是新的开始，你知道的，我不是一个喜欢交朋友的人，这种性格会拖白露的后腿吧。"

"她不会这么想的，实在不行，等这事儿过去了你们还可以回大理的嘛。"

马指导又是一阵沉默，之后便转移了话题向我问道："铁男和桃子最近怎么样？"

"他俩啊……他俩挺好的，桃子最近在酒吧找了一份调酒的工作，铁男虽然暂时没事儿做，但手上还有点儿闲钱，日子也能过下去。"

"那就好，铁男这哥们儿有时候喜欢意气用事，你多在他身边提醒着点儿，我觉得什么该做什么不该做你比他有分寸多了，必要的时候就拉他一把。"

"放心吧，我肯定盼着他好。"

"嗯，你也保重，凡事往好的想，千万别用思想把自己给困住了。"

"你这话说得有点儿深了，什么叫用思想把自己给困住了？"

马指导笑了笑，却没有给我一个具体的解释，然后便在沉默中挂掉了电话。我倒也没有过多去揣摩他为什么会这么和我说，只是有点儿替他的状态感到担心，他不该担心自己拖累了白露，我倒是觉得两人在一起应该是平等的，然后去共同患难，共同享受。

这个初来九隆居的夜晚我和瓶哥喝得比较尽兴,等我从他那儿离开的时候已经是七八分醉,而我也需要这样的醉意,否则等待我的又将是一个睡不着的夜晚。

回到住的地方,我不想开灯,就这么迎着冷清的夜色躺在了平台的椅子上,我没有习惯性地给自己点上一支烟,只是以一种平静的心态去感受着这个极度安静的夜晚。

对于我来说这样的安静也是一种魔咒,这让我没有足够的信心让这条商业街恢复它应该有的活力,我只是觉得这里作为一个栖息之所还是不错的,因为在你想安静的时候绝对不会有多余的声音打扰你。

在我渐渐感到疲惫的时候,放在手边的电话一阵振动,我没有理会,依旧迷迷糊糊地看着屋子外面一棵说不上来是什么品种的树发着呆。

没一会儿我又听到了雨声,虽然没什么光线,但也好像看到了被雨水击落的枯叶在空中盘旋着,落在了隔壁屋子的走廊上,我有点儿清醒了,这才在风吹落叶的"沙沙"声中,想起刚刚似乎有人给我发过信息。

我拿起手机眯着眼睛看了看,这条微信消息是叶芷发来的,她说:"下午的时候拆迁办那边告了我消息说是你们的客栈已经被拆掉了,你现在还好吗?"

她在两分钟之后又发来了一条:"我知道这么问于事无补,可我还是有点儿担心你的状态,希望你不要受太大的影响。"

"我没事儿,现在已经搬到新的地方住了,还和邻居喝了几杯,这会儿很平静。"

"那就是我多虑了,我知道你不是一个很脆弱的人。"

"是的,我不会那么轻易被打垮的,你呢,最近在忙什么?"

"从印尼回来后一直都待在上海,主要还是忙工作。"

"注意休息,不要熬夜。"

这条信息发出去之后我心里忽然很想为叶芷做点什么,要不然心里老觉得亏欠着她,毕竟通过杨思思的口我知道了她给我买的那些衣服是非常昂贵的。

我在网上浏览了半天想给她买一些能提高睡眠质量的保健品,我选了几款,最后付款的时候又选择了放弃,因为我不确定她是不是一个相信保健品的人,更不确定这些保健品是否真的有功效。如果买给她,她没用,我会很尴尬;如果她用了,没达成效果,还影响了身体,我的罪过更大。

我这才摸出一支烟点上,心里觉得自己现在和叶芷保持着的关系有点儿奇怪,我们之间的友谊并没有随着她离开大理而变淡,但也没有更进一步。实际上,我们已经很多天没有联系了,但我心里又相信,某一天的某一刻她会联系我。

叶芷终于回复了我的信息,她说自己会注意身体,也让我早点休息。

我和她说了晚安,然后我们便结束了这短暂又简单的对话,可是我的内心仍没有放弃要为她做点什么的想法,我想送她一个包,也许这是对的,但我又没那么多的闲钱。

我很懊恼!虽然我也知道感情未必需要用物质来做平衡,但是我作为一个男人,还是会在物质生活筑起的这面镜子中看到自己那不尽如人意的一面。

我忽然想做一个傻子,永远只有五岁半的智商,这样就不会用成人的思维将某些事情想得太过于复杂。

在雨水声中,我离开躺椅,回到了床上,半睡半醒中手机又是一阵振动,我以为是叶芷又想起了什么要和我说,可却是曹小北打来的电话。

我带着疑惑接通,他没有一句废话,直接开口向我问道:"思思是不是明天要回上海了?"

我愣了一下,回道:"是。"

"几点的飞机?"

"我有告诉你的必要嘛,你可以去问她本人。"

"要是她愿意告诉我我干吗还要低声下气地问你。"

"没看出你哪儿低声下气了,你也没必要对我低声下气,这是你和杨思思之间的事情。"

"要不是你告诉她我爸是曹金波她怎么会不理我,我打听清楚了,我爸确实跟你们有过节,但他是他我是我,这个事情凭什么迁怒到我身上?"

"大少爷,这事儿我能理解也能想明白,但是现在迁怒你的又不是我,你跟我说这些有什么用?"

"行,知道她明天走就行。马上就过十二点了,我现在就去机场等她,大理的机场就这么点大,我就不信她能从我眼皮子底下飞出去。"

我终于忍不住,回道:"你是不是有点儿虎!现在信息这么发达,你难道在网上查不到大理飞上海的航班是几点?"

曹小北先是愣了一下,然后便突然挂掉了电话,搞得我是又郁闷又措手不及!

之后想了想,也能理解曹小北,他是真的喜欢杨思思,所以关心则乱,才没想到网上可以查到航班信息这码事儿。

次日中午十一点的时候我接到了杨思思打来的电话,她说她已经把行李收拾好了,让我骑着摩托车到古城的一个客栈接她,目的地是机场。

我简单吃了一碗面后便去了古城,我在一家名叫壹号院的客栈门口与杨思思碰了面,她只有一个随身携带的包,并没有其他的行李,一点儿也不像要走的样子,可这次她是真的要走了,且不会回来。

我向她问道:"怎么没住在山水间?"

"曹小北知道我住在那地儿,不想看见他。"

"那你的行李箱呢？我记得你上次来不是带了一个特别大的红色箱子吗？"

"我用快递寄回去了。"

"也成，行李多了摩托车也没地儿装。"

我一边说一边将头盔递给了杨思思，在她戴上之前，我终于忍不住对她说道："有个事儿我想和你说一下……"

"最好别是坏事儿，也别跟我提曹小北。"

"我想说的还真是曹小北。"

"你闭嘴！"

"他是曹金波的儿子没错，但是……"我的话还没说完，杨思思便将头盔摔在了地上，然后怒道："你是怎么回事儿，我怎么去处理跟一个人的关系还用你教嘛，你要是再多说一个字我就自己打车去机场。"

"你脾气怎么这么大？！"

杨思思的脾气真是大到没边儿，我这么问着的时候，她已经伸出手去拦路过的出租车，我不至于在她要走的时候还和她闹出这样的不愉快，便拉住她的胳膊以妥协的语气说道："你别闹了，这事儿我烂在肚子里不提了还不行吗？"

"再提你就是狗。"

"行，再提我就是狗。"

杨思思这才作罢，但这次她并没有表现出得胜后的喜悦，反而显得更低落了，我没能弄明白她到底是为了什么而感到低落。

我弯腰捡起了被她扔在地上的头盔，然后又还到了她的手上，她的手很冷，阳光却很刺眼。

去往机场的这一路不仅有盘踞的苍山和洱海为伴，还有随风飘浮在天空上的彩云，一朵朵就像孩子手上的棉花糖，甜得让人发腻。

摩托车的速度不快也不慢，杨思思却在后面紧紧抱住了我，一路上她没有和我说一句话。

半个小时后，我们终于到达了曹小北口中那个就那么点大的机场，我没有将摩托车骑进去，而是在外面停了下来，我一边点上烟一边对杨思思说道："我就不进去了，你自己走进去吧。"

杨思思从我嘴里将烟抽了出来，然后扔在了地上，用一种愤怒的目光看着我。

"你又没什么行李，赶紧进去领登机牌吧。"

"你就差这一点儿路吗？"

我心里不喜欢这种离别前的伤感气氛，可嘴上却轻描淡写地回道："摩托车进去也要收停车费的，外面又不让乱停，不值得花这冤枉钱。"

"我帮你缴停车费。"

"干吗非要我进去？"

"好人做到底，送佛送到西。"

"又不是以后不见面了，不用这么较真儿。"

"如果不见了呢？"

我往她留给我的摩托车看了看，说道："昨天还说回来和我要摩托车，今天怎么就又说不见了？"

"人就是这么反反复复，喜怒无常。"

"所以我把这辆摩托车当成战利品就行了，也没必要等你回来，反正说不定哪天你就又变了。"

"是，谁等谁就是一个伪命题，人又不是一块石头，怎么可能老是蹲在原地等。"

"那这摩托车我就笑纳了。"

"无耻！"

我咧嘴笑，然后又从皮夹克的口袋里掏出了一支烟，这次还没送到嘴里，就又被杨思思给扔了。

我还是没有和她生气，只是平静地看着她，我之所以不想陪她进去是因为我知道曹小北可能就在里面。

这么僵持了一会儿之后杨思思终于开口对我说道："你没事儿少抽点儿烟，我走了，你不想送我也懒得逼你。"

"去吧。"

杨思思看了我一眼，我却在心里琢磨着，等看不见她后一定得好好抽一根烟，我的烟瘾是犯了，尤其是此时此刻。如果我是个足够感性的人，一定会好好地与杨思思拥抱着告别，可我偏偏也会在某个特定的环境里理性到可怕。

就在杨思思快要进机场的大门时，一个人忽然从机场里飞奔而出，他停在了杨思思面前，顾不上好好喘口气便说道："能不走吗？我在这儿等你一个上午了！"

杨思思却转身看着我，冷冷地说道："怪不得不愿意和我进去呢，曹小北就是你招来的吧？"

曹小北一副口干舌燥的样子，但还是替我解释道："跟他没关系，我查到了你的航班信息，所以一直在这儿等你。"

"我想走是我的事，你想等是你的事，这两者没有必然联系，你让开，我要进去取登机牌了。"

曹小北挡在了杨思思面前，情绪已经激动到不行，而我趁着杨思思转移了注意力总算是给自己点上了一支烟，我的心里是有一些想法，但却不想掺和在他们之间。

杨思思推不动曹小北，便又踢了他一脚。

"思思，你别走了行不行？只要你留在大理，你玩什么我都陪你。"

"我没你那么不务正业，我要出国留学了，以后我还要回上海继承我爸妈的公司，没空跟你游戏人间。"

"这些事儿都好说嘛，你要去哪个国家留学，我陪你去。"

"得了吧，就你这英语四级都过不了的水平别做梦了。"

"我学，我可以学，只要你给我点儿希望。"

"没希望，咱俩是一辈子的仇人，我这辈子都没被人吐过口水，这么恶心的事情是不是你爸指使人干的？"

"要是你能撒气，你也冲我吐口水，怎么吐都行。"

杨思思满脸鄙视地看着曹小北，然后回道："让我冲你吐口水也太便宜你了。"

"那你说怎么办？父债子还，这事儿我认了。"

"你别和我废话了，我要赶飞机。"

曹小北从口袋里拿出手机，又对杨思思说道："我也买了这个航班的机票，你要是不愿意留下来我就跟你去上海。"

杨思思怒极反笑："看不出来你还有'撒手锏'哪，但是对我不管用，我要是不想见你，你就是在我家对面买一套房子我也当你是空气。"

"好啊，你先带我到你家认个门，我真在你家对面买套房子，我不把你当空气就行了。"

"你让开！"

曹小北一边拦住杨思思，一边举起了手，我头皮发麻，赶忙从摩托车上跳了下来，想阻止他做出伤害杨思思的事情。

却不想，曹小北一巴掌扇向了自己。

我被曹小北这无比幼稚的行为给震撼了，杨思思连站都站不稳了，半响才颤着声音对曹小北说道："你是个傻子吗？我没有恨你的意思，我就是拿你爸这事儿做借口，我们两个人是不可能的，我不喜欢你这种类型的男人，因为你和我太像了，我更不喜欢我自己！"

曹小北笑着对杨思思说道："我们哪儿像了？今天你要走，我能追到机场留你，如果有一天走的人是我，你会做同样的事情吗？你不会。那你又凭什么说我像你？"

一向伶牙俐齿的杨思思这一次却是无言以对。

许久之后她才开口说道："你不要再和我说这些了，我想走，这个世界上只有一个人能留住我，但不是你。"

"是谁？"

杨思思眼神涣散了一会儿，然后低声回道："我自己，能留住我的只有我自己。"说完之后，她又转而对我说道："米高，你赶紧带他走吧。"

"嗯。"

我应了一声，便走到了曹小北的身边，杨思思先是看了看曹小北，然后又看了我一眼，便再也没有停留，她以最决然的姿态向机场内的航站楼走去，曹小北像死了一样，却还是看着她的背影。

他又想挣扎着去追，但这次我拦住了他，然后在他耳边说道："先这样吧，再闹下去你们这辈子真没机会见面了！"

曹小北低头哽咽，在杨思思的背影彻底消失在我们的视线中时曹小北那一直在眼眶里打转的眼泪终于落了下来，他呆呆地坐在地上。看着他这样子，我心里也不那么是滋味。

杨思思骂他是傻子，他也表现得很像是个傻子，可是爱情这个东西为什么连傻子都不放过呢？

此刻，我能理解曹小北，因为在陆佳离开的那一天我也表现得像一个傻子，可是内心的痛苦却比清醒的时候要更深。

我终于将曹小北从地上拽了起来。

尽管今天的天气很晴朗，可是我却觉得一切都不好，因为我又在今天送走了一个生命中很重要的人。她曾经为我做过很多事情，可是直到她走的这一刻我也没能领她的情，去那个叫山水间的别墅区哪怕住上一天。

曹小北向我问道："你和思思是怎么认识的？"

"要听真话还是假话？"

"废话，当然是听真话。"

"她是我前领导的准儿媳妇，我们是在来大理的路上认识的。"

曹小北满是敌意地问道："你前领导是谁？"

"一个给我发过工资的人。"

"你是在逗我玩吗？"

"那我该怎么和你解释？我就算把他的户口本拿来给你看，对你来说他还是个陌生人。"

曹小北愣了一下，又冲我嚷道："我就是想问问，思思凭什么就是他准儿媳妇了？"

"父母之命够了吗？他们两家是世交。"

"都什么年代了，还父母之命，我不相信思思是那种愿意听父母之命的女人。"

"你不信是你的事儿，你也可以去改变这个结果，但是你别冲我吼，我只是把我知道的告诉了你。"

曹小北的嘴角抽搐了一下，便没有再说话。

尽管已经远离了飞机场所在的郊区，但我还是抬头向湛蓝的天空看了看，我知道此刻的杨思思已经在大理飞往上海的航班上，也知道这次之后她是真的不会再回大理这个地方了,而我就像一个嗜睡的人一直没有想醒过来,以至于她就像是踩着我的梦离开的,我回避了她,她却将脚印留在了我的心里。

没一会儿,曹小北又在我的背后低声说道:"我觉得思思是谁的未婚妻、谁的准儿媳妇都是不是事儿,只有你像只苍蝇,一想起来就让我觉得不舒服。"

我夹着烟回头看他,心里又产生了一阵想打他的冲动。

他又说道:"我知道思思喜欢你,可是我弄不明白她到底喜欢你哪点。"

"你往前面来一步,我告诉你。"

曹小北往前走了一步,我一把捏住他手腕最脆弱的地方,然后瞪着眼睛说道:"因为我没你那么多的话。你给我听好了,你喜欢思思你就大胆去追,但是别在我这儿找存在感,我没逼过你,也没有逼着她不让你们好。"

曹小北龇牙咧嘴,但也一声不吭,完全就是一块臭石头。

我松开了他,他怒视着我,忽然又对着我笑,搞得我是一阵恶寒!

他这才活动了一下自己的手腕对我说道:"我突然想明白了,思思离开大理是好事儿,因为你也没机会和她接触了。咱俩现在算是站在同一条起跑线上,鹿死谁手还不一定呢。"

我心中泛起一阵无力感,也懒得和他解释。下一刻便戴上头盔,离开了这个地方。

这么一折腾,回到九隆居的时候已经是黄昏,没什么事情可做的我便和瓶哥一边喝茶一边闲聊。说起来,我挺郁闷的,因为直到此时,那十六套商铺我还没有一点儿租下来的眉目,可过年的气氛却越来越浓。

听其他客栈的老板说,现在已经有人在咨询过年期间的房价,可以预见今年过年期间的行情不会比去年差的。

跟瓶哥两人抽了半包烟,喝了一壶茶,我终于等到了孙继伟的电话,我接通之后,他对我说道:"兄弟,你租商铺这事儿我一直在帮你盯着,刚刚曹金波那边来了消息,他人现在已经在大理了,说是明天中午有时间,我安排你们见个面,你们当面聊聊看。"

"行啊,真是麻烦你了!"

"都是自己兄弟,别说这些见外的话。对了,我明天就把他约到古城来,你提前找一家饭店,曹金波这人喜欢搞排场,饭店的规格不能差。"

"行,我待会儿就去壹号院订一桌,烟酒都用最好的。"

"嗯,那就明天等我电话吧。"

"好嘞,我就不谢谢你了,改天约个时间咱哥俩也单独喝一个。"

结束了和孙继伟的通话,我便有了时间上的紧迫感,我立即掐灭掉手上只吸了一半的烟准备这就去古城转转,看看有没有什么比较好的烟以备明天饭桌上用。

相比于之前的淡季,此时的古城要热闹了很多,我淹没在往来的人群中,逛了半个古城,然后在人民路上的一家烟酒店里买了一条最贵的云烟和两瓶市面上比较高档的白酒，一共花掉了三千五百块钱。

回九隆居的路上，我接到了铁男的电话，他说自己已经在古城了，让我说个地儿他直接过来找我。我寻思着还没吃饭，便就近找了一家饭馆等着他。

只过了五分钟，铁男便找了过来，他人还没坐下便就很是兴奋地对我说道："米高，又有一家海景客栈要低价转让，有没有兴趣玩一票？"

铁男说完后才在我的对面坐了下来，然后给我递了一支烟，我从他手上接过，问道："是哪儿的海景客栈？"

铁男一边替我将烟点上一边回道："客栈在马久邑那边，老板之前是借钱开的客栈，现在不能营业，他又急着回本，就打算低价转让了。"

猛然听到"马久邑"这个地方我心中一阵感慨，然后又想到了那段刚来大理的日子，那时候我就住在马久邑，叶芷也在马久邑，我会因为感到孤独而在环海路上走一走，很多时候都会遇到坐在洱海边发呆的叶芷。

我们心中的某些情怀或许就是从那个时候开始悄悄滋生的。想起来，我已经很久没有去过马久邑，叶芷也回了上海，连大理都很少来，可是回忆起来的时候我心中的某些感觉还在。

"跟你说话呢，能不能给点儿反应？！"

我这才回过神来，看着铁男，半晌问道："客栈有多少间房？"

"没有咱们之前的房间多，但也有六间房，走的是高端精品路线，而且六间房里有四间是能看到海的，淡季的话，每个房间平均下来也得卖到六百块钱一间，旺季房价翻倍，过年翻三倍。"

我点了点头，又问道："什么价格转？"

"六十万的转让费，包含一年的房租。"

我有点儿吃惊，感叹道："六间房，六十万，这就是你说的低价转让？平均下来每间房的转让价格比咱们之间在龙龛的那个客栈还要贵！"

铁男似乎很想说服我，所以非常耐心地对我说道："六十万的价格表面看上去是不便宜，但你也别忘了，马久邑的整体环境要比龙龛更好，游客量也更大，而且这也是他单方面开的价格，他现在是急转，我觉得咱们要是诚心想要的话，优惠肯定是少不了的。"想了想，他又说道，"我有信心在五十万左右拿下来，如果是五十万的话就很有性价比了。"

我不言语，因为我的心中并不倾向于在现在这个敏感的时刻去碰海景客栈。

铁男往我面前凑了凑，满是期待地对我说道："怎么样，你是不是也挺心动的？"

"铁男，你听我说，从我的内心来说，我是不想在这时候去碰海景客栈的，因为直到现在也没有一个明确的政策，这对我们来说就是风险，我们之前已经吃过亏了。"

"做生意都是有风险的，五十万的价格真的不高了，我最近一直在留意，要转让的海景客栈不少，这个是最便宜最有性价比的，而且保护洱海的政策已经施行了这么长时间，现在也开放了第一批海景客栈恢复营业，这些都说明政策在越变越松。只要我们接手了，再打点一下，肯定能恢复营业的，你也看到了，现在海景客栈的行情这么好，一旦恢复营业就是在百分之百赚钱。"

　　"别被表面现象迷惑，我反而认为现在是大理旅游行业局面最复杂的时候，我真的不想再去赌海景客栈了。"

　　铁男很是不能理解地对我说道："你是被吓破胆儿了吗？这么好的机会摆在咱们面前，只要咱俩身上的钱凑一凑，最多再问朋友借点儿就能把这个客栈接下来，而且咱们也有做客栈的经验，这事儿真没你想的那么可怕！"

　　我一阵沉默之后，说道："我的钱现在拿不出来，我想在九隆居这边赚点快钱，今天你不找我，我也想改天找个机会和你聊聊。因为我这边得投资个二十多万，还得找个人合伙。"

　　铁男想也不想便回道："九隆居这种地方我没兴趣投资，我来就是找你谈客栈的。"

　　"铁男，做生意有一半是靠聊出来的，你要是这种态度咱俩就真的没的聊了。"

　　铁男点上一支烟，我能看得出来他是在努力平息自己的情绪，一支烟吸完之后他果然转变了之前蛮横的态度，低声对我说道："哥们儿这也是没有办法，你说我作为一个男人，不能什么都指望桃子吧。我是真想和她结婚来着，所以我得在大理买一套房子，给她一个像样的家。我知道这事儿有点儿冒险，可有句话说得好，富贵险中求，如果连这点儿冒险精神都没有咱们凭什么在大理这个地方立足？"

　　我没有急着回他的话，而是叫了服务员要了两瓶风花雪月啤酒，我将啤酒瓶全部打开，然后给他递了一瓶，又笑着说道："心情不好的话我陪你喝点儿。"

　　铁男从我手中接过酒瓶，一口气便喝掉了半瓶，然后又用期待的眼神看着我，希望我能将之前分到的钱拿出来，跟他一起将这个海景客栈接下来。

　　可是他不知道，我更希望他能跟我一起在九隆居这个地方赚一笔快钱。

　　我也喝掉了半瓶啤酒，这才对铁男说道："投资海景客栈这事儿我表个态，如果确实是一个赚钱的机会，我肯定想参与。但现在真的不行，我已经在九隆居这边租了四套商铺，钱也投进去不少，后面还要再租十六套商铺。不管你怎么看衰九隆居这个地方，但我真的觉得这是个赚钱的机会，你要是信任我的话，这钱咱俩一起赚。如果我们能捞到一笔启动资金，再宽裕地去做海景客栈的生意，不是更好吗？何必现在冒险，把钱全部投进去不说，还得问别人借！"

　　铁男却根本听不进去，他摊开手，带着痛苦的表情对我说道："米高，这么有性价比的客栈真的不常见，如果我们不接手，要不了几天肯定就被别人给抢走了，这可是一线海景客栈哪，只要六十万的转让费，你到哪儿去找这种客栈。就古城那些客栈现在都已经是四五十万的转让费了！"

"那你有没有想过，如果这个客栈真的这么有性价比，老板为什么要转？想办法熬到恢复营业不就什么事儿都好办了。"

铁男的情绪又激动了起来，语气也变得极其不耐烦："你是不是脑子转不过弯儿？我刚刚来的时候就和你说过了，老板是借钱开的这个客栈，借的钱不用还吗？他现在急着还钱，不赶紧把这个客栈给低价转掉难不成还有别的招儿？"

"咱们现在也拿不出这么多钱，要是想接手还得找亲戚朋友们借，如果后面客栈迟迟不能开业，那我们不等于走上了这个客栈老板的老路？"

"我不想和你扯，你就是诚心不想做这个生意是吧？"

"我不是不想做，是不能做。人要学会吃一堑长一智，在政策没有完全明朗之前我是绝对不会碰海景客栈的。"

铁男打了自己一个嘴巴子，然后气急败坏地回道："行，行，就当我嘴欠和你说了这个事儿。咱们道不同不相为谋，你在九隆居做的这个事儿也别找我，我铁男没你这样的朋友，因为你也没把我当朋友。"

我很受不了这样的误解，尤其是自己在乎的人，可我还是拼命控制着自己不和铁男说狠话。因为马指导的话我听进去了，我愿意担待着铁男的这个臭脾气，我更珍惜这份来之不易的兄弟情。

第十五章
回上海

铁男饭也没有吃一口，就这么负气离开了饭店，而我心中的委屈在他走后一点点积累，突然就猛地爆发了出来，我操起只喝了半瓶的啤酒，狠狠甩向了窗外的一个石头堆。

剧烈的爆破声中饭店里所有人的目光都投在了我的身上，倍感痛苦的我却双手掩面，然后又拿起另一瓶没有摔出去的啤酒一口气喝完。

冷静下来后，我又开始思考到底是什么将我和铁男的状态搞得如此紧张？这种紧张不是针对我们之间的关系，而是对待生活的态度，好像我们在这个阶段不做出点儿什么来就会焦虑，就会暴戾。所以我们都坚持认为自己想做的事情是对的，一旦得不到对方认可就会出口伤人，全然不顾之前的情谊。

难道真的是大理这座看上去平和的五线小城市让我们失去了掌控理性的能力吗？

在这里，我们并没有真正地获得自由，我们依旧为了生活，为了证明自己，一直活在自我压抑的生活中。

如果真的是这样，大理也不过是另一座"小上海"而已，逃到这里的我们依然逃不掉宿命。可是，苍山下的樱花树和洱海旁的摩托车又拼命展现着自由的形态，似乎要告诉每一个想亲近这里的人这是一片与众不同的土地。

我彻底迷茫了，然后在酒精里寻找答案，可除了醉生梦死，这个夜晚我什么也没有得到。

次日一早，我便骑着杨思思留下的那辆小忍者去了马久邑，我找到了铁男说的那家要转让的客栈。平心而论，这家客栈的位置确实不错，能看海的几个房间也是一线海景房，但问题就是出在这里，因为它离需要被保护的洱海实在是太近了，所以也就成了管控的重灾区，说不定什么时候就会因为新政策血本无归。

我站在环海路上给孙继伟打了个电话，希望就这件事情能从他身上得到一些内

147

幕消息，尽管铁男昨天的话说得很难听，但我还是不想他做这件风险很大的事情，因为他已经没有再赔一次的资本。

孙继伟在片刻后接听了我的电话，我直切主题，对他说道："老哥，跟你打听一个事情，是关于马久邑这边的……我有个哥们儿看中了这边的一家海景客栈，位置挺好的，但是我觉得有风险，所以想问问，关于这边上面是什么态度？我是说，这边会不会还像龙龛一样计划引进一些大项目，又来一次大拆迁？"

"大项目的话，应该不会引进了。这边要是也引进大项目的话，就存在过度开发的嫌疑。"

"那就好。"

我这口气还没完全松下来，孙继伟又说道："但是政策上的风险一直存在，我建议你这个朋友还是谨慎一点儿，听说最近相关单位一直在讨论到底距离洱海多少米的建筑物算是违章建筑，有人倾向于一百米以内的，也有人倾向于二百米以内的，现在就等结果了。"

"这是什么意思？"

"举个例子，如果你的客栈距离洱海不足一百米，或者二百米，那就会被定性为违章建筑。后果嘛，肯定是毫不犹豫地拆了。"

"还有这样的政策！"

"是啊，很多人以为保护洱海就是一句口号，以后这政策只会越来越松，但不是这样的，现在很多在敏感区域的建筑物都停止动工了，甚至有些大型的住宅区也因为当初建得离洱海太近导致里面的住户到现在都办不了房产证。所以，我还是建议你那朋友别碰马久邑那边的海景客栈。"

"行，我明白了，我会把你的建议转告给他的。"

"嗯，这事儿一定要慎重。对了，你和曹金波见面谈商铺的事情准备得怎么样了？"

"饭店什么的我都订好了。"

"那就成，今天中午我要是有时间的话也去古城一趟，你一个人应付曹金波我有点儿不放心。"

"你能来就更好了。"

"你的事儿就是我的事儿，我一定在自己的能力范围内帮你办好了。"

"老哥，你这么说，真的是挺暖心的！"

孙继伟笑了笑，又叮嘱了我几句之后便结束了通话。

我站在洱海边吸了一支烟，然后准备给铁男打个电话，想将刚刚从孙继伟那边打听来的消息告诉他，但是他一直都没有接听，也不知道是正在睡觉还是单纯不想接我电话。

我打算去山水间走一趟，而就在这个时候桃子却给我打来一个电话，她问我在哪儿，说是现在就要过来找我，我将自己的位置用微信发给了她，等了差不多二十分钟她便打车过来了。

掐灭掉手上的烟，我向她问道："你是为了铁男要接手客栈的事儿来的吧？"

"嗯，我知道你们昨天晚上弄得挺不愉快的，我……我也不知道该怎么说，只是觉得大家在大理这个地方更应该像一家人，如果为了金钱上的事情起冲突挺伤感情。米高，我知道这事儿不怨你，是铁男太任性了！"

"我没往心里去，你现在能联系上他吗？我刚刚给他打了好几个电话，他一个都没有接。"

"你给他打电话的时候我就在他身边，要不然也不会急着过来找你，你是不是有什么事儿要找他？"

我满是严肃地答道："我的话他现在肯定不会听，所以想让你劝劝他。马久邑这边的海景客栈千万不要碰，我刚刚向孙继伟打听了，他说上面现在正在研究政策，说是要将距离洱海边太近的建筑定性为违规建筑，这个政策肯定是要实施的，现在只是还不确定到底是一百米范围内的建筑算违规还是二百米内的建筑算违规。"

桃子面色一变，又赶忙问道："这个消息可靠吗？"

"孙继伟那边的消息一向都挺准的，毕竟制定这些政策肯定要征求他们环保局的意见。"

桃子已经由不淡定转变为紧张，我关切地问道："怎么了？"

"铁男……铁男他已经和这个客栈的老板签了合同了，而且还给了一半的钱！"

我有点儿上火，说话的语气也开始变重："他怎么这么沉不住气？昨天才和我说了这事儿，什么状况都还没了解，今天就去签了合同，这不是缺心眼儿嘛！"

桃子在焦虑中沉默，半晌才对我说道："昨天晚上，那个客栈老板又给他打了电话，说是他诚心想要的话就四十八万转给他。你也知道海景客栈的行情，这个转让费已经是非常有吸引力了，而且还包含了一年的房租，他禁不住别人诱惑，今天一早就跟老板约在古城见面，把转让合同签了下来，我们刚刚就是去银行取钱的。"说着，桃子又扭头看了看那间即将被他们接手的海景客栈，又自我安慰，"看这个距离，应该不止二百米了吧。如果拆不到的话，铁男的选择也不一定就是错的。"

桃子已经是个非常不容易的女人，我不忍在这个时候说一些增加她危机感的话，何况木已成舟，便笑着说道："我目测也应该超出二百米了，如果拆不到这间客栈那真是一件天大的好事儿，要是前面这些障碍物都被拆掉了，这间客栈连一楼都变成了海景房，前景绝对是非常好的，比咱们之前做的那间客栈要更好！"

对于我这些安慰的话，桃子表现得很理性，她只是回道："但愿吧……我也劝过铁男不要这么冲动着去接海景客栈，可是我更想试着去理解他。这些年，他也挺消极、挺不容易的，现在他想奋斗，我作为他身边唯一的亲人，如果连我都不支持他，

149

他心里得多难过。而且他想奋斗在很大程度上也是为了我！"

"嗯。"

桃子抬头看着我，然后带着歉意对我说道："我这么说也不是为了替铁男辩解什么，就是希望你不要和他置气。现在留在大理的只剩下我们三个人了，如果连我们之间都有了矛盾，那人情这东西也就太冷了！"

我低下头，然后又抬头看看被阳光浸染的洱海，脑海里想到的是刚来大理时的热闹，那时候有马指导、白露、叶芷、杨思思。就在昨天，连杨思思也离开了大理，好像只是做了一场梦，当初的那些人就一个个远走了，而留下的人也没有过得很好，我和铁男都在为了钱而挣扎着，既然我们的目的是一样的只是选择了不一样的路走，那我为什么要责怪他？相比于桃子，我更应该理解他。

一点儿很淡的伤感中，我给自己点上了一支烟，然后对着桃子笑了笑，示意自己根本没有将这些放在心上。

片刻之后，我又向桃子问道："你说铁男只给了一半的钱，那剩下的怎么办？"

桃子想了想，回道："我看看能不能跟以前的姐妹们借一点……"

看着桃子那满是疲惫的脸，我心中很不是滋味，半响才对她说道："我这边也想点儿办法，这不是一笔小数字！"

"听说你在九隆居租的商铺也要花不少钱，我们无论如何也不能给你增加负担。放心吧，我自己有办法的。"稍稍停了停，桃子又满是伤感地说道，"如果不是这些年被家里给拖累了，这些钱我们根本就不用操心的。"

在来大理之前我和桃子就已经是很好的朋友，所以她的情况我比谁都了解，心中也不免为她的遭遇感到不公平，我拍了拍她的肩，带着鼓励的笑容对她说道："慢慢都会好起来的，相信我，相信你身边每一个在乎你的人。"

"嗯，会好的，一定会好的。"

桃子也是笑着对我说，可是说完之后她便背身对着我，而我在她的背影里看到的是对现在的生活的紧张和不安。我也一样，无从判断铁男这次的选择到底是对还是错。

时间很快就到了中午，我先于曹金波和孙继伟到了昨天已经订好位置的古城壹号院，在这之前孙继伟给我打过电话，说是曹金波会在十二点左右到，而他自己在处理完手上的工作之后也会立即赶过来。

这应该算是我第一次正式与曹金波会面，心里虽然谈不上有多紧张，但因为吃不透这个人的性格所以我也不是很有把握。我想好了，如果今天和曹金波没能谈成我手上的钱就给铁男一部分，我不想桃子好不容易重新开始，又在这样的事情上遭罪。

等了十分钟，表弟戴强给我打来了电话，刚接通他便按捺不住内心的兴奋对我说道："哥，我要跟我们经理去法国考察学习了，这是不是我很受高层重视的表现？"

"你不是他助理嘛，他出国考察学习不带你带谁？"

"我们经理有两个助理，这次选的是我，这还不能说明问题吗？"

我严肃地回道："戴强，以后你工作上有什么起色和机会你自己一个人知道就行了，真的不用分享给我。我活了快三十年，别说国外，连香港都没去过，你这一下就到法国去了考虑过我心里是什么感受吗？对了，法国是不是有个香榭大道？"

"我就喜欢看你这副没见过世面的样子，全名是香榭丽舍大道。我已经做好攻略了，这次一定要好好领略一下巴黎的风光。"

戴强的话让我的脑子里浮现出这么一个场景，一个曾经卖着卤味的街边少年正以最兴奋的姿态注视着香榭大道上的一砖一瓦、一只白鸽、一个人的一颦一笑……我并没有觉得这很滑稽，因为这是马上就要变成现实的画面。可是，这个世界变化也太快了！还是说人一定要选对自己的方向，才能像此时的戴强一样在这么短的时间内就可以意气风发地和我说这些？

我终于说道："好不容易去一次法国别白去，给我从香榭大道上弄几片树叶回来。"

戴强很是不解地问道："你要树叶干嘛？"

"我用来布置客栈搞浪漫。"

"你就别开玩笑了！"

"没开玩笑，你多捡一点儿回来，我有用。"

"真别开玩笑了。我给你打电话其实也不全部是为了说我要去法国考察学习这件事情。这两天酒店里好多人都在传，说嫂子住院了，这事儿你知道吗？"

我怔了一下，回道："不知道啊，她没有和我说这事儿，你这消息可靠吗？"

"住院又不是传绯闻，这事儿应该不会假吧。"

"她怎么了？"

"这就没人清楚了，你赶紧和她联系看看吧。你刚刚可默认她是我嫂子了，我喊嫂子的时候你没吱声你知道不？"

我故作不在意："你少胡说八道，我没工夫和你闲扯，约了别人吃饭，挂了。"

"我话还没说完呢——"

我没让戴强将话说完便果断地挂掉了电话，可是当四周再次安静下来，我的心情却复杂了起来。因为住院不是一件小事情，但叶芷却没有告诉我，也不知道是因为不想让我替她操心还是没太把我当朋友，或者，我们相隔实在是太远了，她对不对我说都改变不了什么？

这么分神了一会儿，包间的门终于被敲响，而后服务员便领着许久不见的曹金波和另一个大概是他员工的男人走了进来。

我放下心中的成见主动站了起来，然后迎着曹金波走去，在我们面对面的时候他却比我更主动，他一面笑着一面向我伸出了手。

跟这个人打交道需要有一颗强大的内心，所以我一直不认为这是一件坏事，如果我一定要在大理这个地方做出点儿事业来，曹金波就是我必须要跨过去的一座山。

带着这样的想法我也握住了曹金波的手，一番客套之后，我将他请到了上座，自己则在对面坐了下来。

我拿出昨天晚上特意去买的烟，然后给曹金波递了一支，曹金波接过后便向我问道："最近客栈生意怎么样？"

我笑道："曹总，你如果不是和我开玩笑的话我是真被你给问住了。"

曹金波一脸不解的表情。

我又说道："龙龛那边引进了一个大项目，我们客栈正好就在这个大项目的选址上。所以客栈已经在前几天被拆掉了。曹总，要说在大理消息比你灵通的没几个，你也是一个生意人，这样的事情不应该不知道吧。"

曹金波笑着回道："这个事情我还真不知道。"

我比曹金波笑得还要灿烂："客栈拆掉是好事，要不然守着这个客栈不知道还要得罪多少人呢。曹总，说真的，我这个人特别喜欢交朋友，尤其是那种比我年龄大，浑身都是经验的长辈，我们这些小辈要是能遇上这样一个能真心相处的大哥，那好处一辈子恐怕都说不完！"

曹金波一边把玩着手串一边回道："年轻人如果都愿意把姿态放低一点儿，我们这些上了年纪的老人还是愿意和你们互相学习、互相促进的，毕竟以后还是你们年轻人的天下嘛，我们这些老家伙拼不了几年也就该退了。"

我笑了笑没有接话，心里却暗骂他。他真是一个做了坏事儿，还要抹黑别人的老狐狸，我当然听得出来他话里的意思，大概就是警告我，做小辈的不要太狂，太高调。

没过一会儿孙继伟也到了，他也有一个同行的人。

所有人都落座后我先是替曹金波倒满了酒，然后给自己也倒满，放低酒杯敬了他一个之后，才说道："曹总，这杯酒我先干为敬了！"

我说完，便仰起头将杯子里的酒全部喝完。

曹金波示意我坐下，又对我说道："听说你有事情找我谈？说吧，有什么说什么，我欣赏简单直接的年轻人。"

我看了曹金波一眼，说道："我看中了曹总你在九隆居的那十六套商铺，想拿来做点儿生意，租期一个月，虽然这事儿有投机取巧的成分在，但绝对是合法的生意。如果曹总你愿意的话，希望你能把这十六套商铺租给我。"

曹金波笑了笑，问道："我的回报呢？你可别和我提租金，我往明白了说，这点租金我只用和你吃这顿饭的时间就能赚回来。别说我不给年轻人机会，做生意讲究一个平等,你得让我觉得这事儿我的付出和收益是公平的,我才愿意和你接着谈。"

我回应给曹金波一个笑容,答道:"我知道,曹总你今天能来完全是冲着孙哥的面子,但是我不让你白来,我知道在九隆居的这十六套商铺你也投资了不少钱,按照现在商业房产的行情你这些产业的产值早就该翻倍了,可是因为九隆居这个地方整体不景气,这些商铺应该有的价值一直没有被体现出来,甚至有贬值的迹象。曹总,咱们实话实说,如果你现在按原价出售这些商铺,你觉得会有人愿意接手吗?"

"难。"

"要是让你低于原价出售你恐怕也会不甘心吧,毕竟这年头投资到房产上的钱出现缩水的现象的也不多见。"

"想让我低价出售是不可能的,我曹金波已经很多年没有做过赔钱的生意了。"

我笑着回道:"如果有这样的共识那我们就好沟通多了。曹总,你现在希望这批商铺能升值,我呢,想利用这批商铺赚一笔快钱,我不是一个有钱人,这样的投资对我来说也算是赌上全部身家了。所以,要有相当大的把握我才会去做,这是我没有和你空口说白话的依据。这段时间我一直在认真研究九隆居没有火起来的原因,其实就地理位置来说它真的不差,之所以火不起来是因为有钱投资的人对这个地方失去了信心,再加上前期宣传不到位,最后造成了现在这种冷清的局面。九隆居现在就像是一潭死水,它要想找回活力就得出现敢于往里面扔石头的人,我没有抬高自己的意思,但这出头鸟我真的敢做。如果这事儿我做成了,能不能搅活这一潭死水我不敢保证,但最起码可以证明曹总的这些铺子是可以赚到钱的,九隆居也不是大家嘴里说的那么邪,这就是价值的体现,也会给其他投资人信心,一旦把大家聚拢起来,真正受益的还是曹总你这样的大户……"

稍稍停了停,我又说道:"如果来吃这顿饭也算是代价的话,你就付出了这么一点儿代价,换来的却是一个机会,我不相信曹总你会拒绝。"

这些话说完之后我并没有盲目地产生太多信心,因为这是生意不是演说,如果是演说的话我可以给自己打八十分,但真枪实弹的生意能三言两语就说服对方的例子并不多见。更何况我和曹金波之间还有过节,他反感我的不识相,我厌恶他的阴险,这也都是事实。

曹金波将我给他倒的酒喝完,我以为他会给我答案,他却转而对孙继伟笑道:"这个年轻人说话不卑不亢,有条有理,我倒是真要刮目相看了。"

孙继伟笑道:"我这个兄弟是不错。别的不说,就冲他敢只身一人来大理做生意,也是一条好汉嘛!"稍稍停了停,孙继伟又替我向曹金波问道,"曹老板,我兄弟这事儿你看怎么说?"

"孙科长你见多识广,这个事情我想听听你的意见。"

在曹金波这么答复之后,我下意识地看向了孙继伟,我怕他会感到为难,因为曹金波这么问他就是想卖一个人情给他，以图日后从他那儿得到回报，说到底这曹金波还是一个人精，所以想着法儿地要将自己的利益做到最大化。

就在我有这样的担心时，孙继伟已经说道："我觉得曹老板应该给年轻人一个机会，大家都是从这个年纪走过来的嘛，能体会到他们创业的艰辛。"

曹金波以开玩笑的口吻回道："现在的年轻人可没我们那一辈人重情义，就怕他们不懂知恩图报的道理啊。"

"知恩图报都是虚的，互惠互利才是真的。这件事情要是做好了，曹老板你可比我这小兄弟要受益多了！"

曹金波大笑，这才转而对我说道："既然孙科长都这么说了，这个面子我一定要给，这点房租我是真看不上，这十六套铺面你直接拿去做，但是我有一个要求，我要你盈利的五成，如果你同意的话，明天我就派人把钥匙送给你。"

曹金波的这个提议我是求之不得，因为房租对我来说是大头，在铁男不可能一起投资的前提下，我一个人的经济实力是做不成这件事情的，但是曹金波只要分成不要房租就好办多了。最起码可以提高我的办事效率，让我不用为了凑齐这笔房租钱而四处奔走，于是我立马点了头。

这件事情确定下来之后，曹金波便没有再将注意力放在我身上，直到这顿饭结束，才跟我说了一两句话，鼓励我将这件事情做好。

送走了曹金波，孙继伟也没有久留，他回了他们单位，我则独自晃荡在古城里，心里琢磨着自己身上的钱该怎么花。我大概估算了一下，在不借钱的前提下我身上这笔钱刚好够用。

没有了压迫感，我的内心也渐渐安定了下来，然后便想到了正在住院的叶芷，我肯定有必要给她发条信息问清楚情况，我觉得这是作为朋友该有的关心。

在街边找了个能坐的地方，我便从口袋里拿出手机给叶芷发了一条信息："听说你住院了，不要紧吧？"

片刻后叶芷给我回了信息，但却并没有好奇这个消息我是从谁那儿听来的，只是回道："嗯，没什么事情，不用担心。"

"都住院了还说没什么事情呢，到底怎么了？"

"出了一点儿交通意外，手臂受伤了。"

交通意外这事儿可大可小，但叶芷却说得模糊，这更让我的担心增加了一分，于是又问道："怎么就出交通意外了，是你开的车还是别人开的？"

"司机开的，这段时间他一直跟着我高强度工作，出事那天是疲劳驾驶。"

"不知道该怎么说你了，非要这么拼吗？非得出了这样的事情才能让自己闲下来？这是得不偿失！"

叶芷没有再回复我的信息，而在等了很久之后，我才明白为什么叶芷不愿意告诉我她住院的事情，因为她知道我会这么责备她，而一向高高在上的她是不喜欢被别人这么责备的。

我不禁想着：也许她需要的是实际行动，而不是嘴上的责备或是关心？

有了这样的想法之后，我那平静了许久的心也开始动了起来。难道这一次我真的要回上海一次吗？可是，自从离开了那里我就没有再想回去过，更何况，我该以什么身份面对叶芷呢？

如果仅仅是朋友，我的关心似乎已经过了头，何况我真的很不想再回上海这座城市！

当想法在大脑里变得纷乱，我也开始烦躁了起来，我下意识地从口袋里摸出一支烟，一边将其点燃一边敲打着脑袋。

说实话，这个时候我是想为叶芷做点什么的，而这种欲望不是因为虚伪，而是内心真的有这么一份担心存在，尤其是在她没有回复我信息之后，我更意识到自己说错了话。我不应该在情急之下责备她，而是应该给予适当的理解，因为叶芷努力工作不仅仅是为她自己。也许她也很想休息，但是她不能这么做，所以才会硬着头皮去做了这么多，所以才会发生这样的意外。

这种莫名想呵护她的感觉让我有点儿恍惚，我是不是真的喜欢上她了？而且是关乎爱情的那种喜欢？

我没敢再往深处去想，我只是告诉自己尊重自己最内心深处的感觉，如果到晚上，还有想去上海看看她的冲动，那就回去。

我觉得，如果最终我选择了回上海，那这种冲动的能量无疑是巨大的，因为它让我克服了对过去的恐惧。可以想象，如果我回到上海，肯定会因为某个熟悉的场景而想起那些已经远走的人和被自己辜负了的青春。

是的，青春在我这里是沉重的，爱情也不够美好。在上海，我能想起的只是自己一次次畏惧失败和未来的痛感，所以我才这么坚持着不肯回去，更不愿意去被动地碰触那些和自己已经没有了关系的过往。

在古城里逛了这么一圈，夜晚便降临了。但夜晚对大理来说，不是一天的结束而是一个开始，很多喜欢过夜生活的人都在这个时候出了门，他们挑选着自己喜欢的酒吧，然后开始放纵自己身体里的每一个细胞。

不知不觉我便逛到了酒吧街，我想去找桃子，也看看她新找的工作到底是什么样的环境。

我并不知道她在哪个酒吧工作，但酒吧街也不算长，仔细点儿肯定是能找到她的。

我就这么走到了酒吧街的中段，然后在一家酒吧的门口看到了一个貌似桃子的身影，再走近一些我发现真的是她，但是我没有立刻喊她，而是站在一个人比较多的地方看着她此刻的一举一动。

155

我看见她将一条项链和一只皮包递到了一个女人手上，然后那个女人拿出手机扫了她手机上的二维码。完成了交易那个女人便离开了，桃子看上去却有点儿落寞。

事情已经很明显了，桃子是在卖自己的东西。

我快步向桃子走去，在她面前停下后便用严肃的语气向她问道："你在干吗呢？"

桃子的慌张感转瞬即逝，然后又笑着对我说道："我在旁边这家酒吧上班啊，你怎么来了？"

"我问的不是这个，我刚刚看见你把包和首饰递给那个女人了，你这是要干吗呢？"

"这些闲置的东西反正都用不上，就便宜处理掉了。"

"你这是何必呢？我又不是没看见，那个包是个大牌子，平时你都舍不得拿出来用。"

桃子还是笑着说道："以前还需要这些东西来提高自己的身价，现在本本分分地工作，这些东西留在身边也没有什么意义。"

我看着她那张强颜欢笑的脸，终于叹息一声："要是铁男以后敢辜负你，我绝对不会让他好过的！"

我说这句话的时候是带着决心的，因为在桃子卖包卖首饰的背后，我看到的是一个女人无怨无悔的付出。

夜色更深了，街上的人却越来越多，我和桃子就这么淹没在人群中相视无语，但是我能体会到她内心此刻的落寞，不到不得已，一个女人是不会卖掉自己视如珍宝的包和首饰的。

又是一拨人从我们身边走过后，桃子才终于开口对我说道："铁男现在有多困难你也知道，我作为他身边最亲近的人，我不帮他分担谁帮他分担？"

"他就是太着急了。"

"他着急不也是为了我们以后的生活吗？这件事情不管最后怎么样我都不会怪他。"

我有点儿语塞，但内心却为桃子的无怨无悔而感动，她和汪蕾真的很像，一旦认真起来都是那么不管不顾。

我不想再说责备的话，只是放轻了语气向她问道："现在还差多少钱？"

桃子轻描淡写地回道："也没差多少钱了。"

我在心里又算了算，如果九隆居的生意将成本降到最低，还能多出多少钱来？算出结果之后我便对桃子说道："我先给你两万，不知道能帮多大的忙，但是你一定得收下。"

"不用了。你在九隆居做生意我没能帮上忙就已经很内疚了，怎么还能要你的钱！"

我没和桃子多说，直接用微信给她转了两万块钱，然后又抢过她的手机强迫她收了下来，为了不让她有内疚的心情，我又对她笑了笑示意她宽心，但桃子依然很不放心地向我问道："你那儿不也差钱的嘛，你现在给了我这么多，缺口不是更大了吗？"

"我在九隆居租的铺子房东没有和我要房租，他想参与进来分走一部分利润，我的压力也就没那么大了。要不然我还真没多余的闲钱给你。"

"嗯，你做这个事情有把握吗？可千万别做赔了！"

为了不让桃子担心，我故意夸大着说道："起码九成的把握吧。"

"那就好，我相信这次你能成功。你和铁男不一样，你会思考着去做事情，他呢，就是凭着一腔热血。"

我笑了笑："我之前和马指导聊过，其实对比之前铁男变化还是挺大的。你是不知道，他刚来大理的时候完全就是一副混吃等死的状态，现在不管是不是冲动，但最起码他有了为未来打拼的意识，这对铁男这样的男人来说绝对是一种了不起的成长！如果这次真的被他给赌对了，你们在大理的生活也就算是有奔头了！呵呵，我觉得你是一个能改变他的女人，他也改变了你。真的，这种为了美好生活而互相改变的感觉真的是挺好的！"

说到最后我有点儿语无伦次，因为我又想到了经历的那些孤独。我不知道自己和陆佳在一起的三年到底算什么。此刻我的内心充满了凄凉。

我忽然便打消了想回上海看看叶芷的念头，不是不够关心她，实在是因为被某些情和景触动了，回上海简直是自找罪受。当务之急，我该好好在大理做出一番事业。

我摸出一支烟点上，以为心情会因为放下了这个念头而通畅起来，却不想烦躁的感觉又增加了一分。

这时，桃子毫无征兆地向我问道："我想问问，那个能改变你的女人现在在哪里呢？"

我怔了一下，然后一边笑一边回道："我这么一个完美的人还需要改变吗？你就别和我开玩笑了。"

"我要说冷暖自知是不是挺土的？但我想表达的就是这个意思……"稍稍停了停，桃子又意味深长地对我说道，"米高，你现在的心态不对，你真的不能再这么下去了，除非你嫌错过的女人还不够多！"

"我不知道你说这些是什么意思。"

这次桃子很不客气地回道："你错过了汪蕾就算了，现在又错过了思思，你心里真的一点儿也不觉得可惜吗？还是说，只有陆佳那种女人才是你念念不忘的？真心对你付出的女人你反而不知道珍惜？如果真是这样，你现在所承受的一切都是你

157

在自作自受！"

"不是你想的这样……我正是因为和陆佳经历了这三年所以才更加厌恶这种没有结果的爱情。以前我总觉得爱情最重要的是过程，但是到了这个年纪，我才算是真正明白，结果也许更重要。因为同样的痛苦，你是没有能力再去承受第二次的。"

"如果你连过程都不敢要，那谈结果不是很多余吗？"

我重重吐出口中的烟，不想再与桃子做争论。

在我的沉默中，桃子又接到了一个电话，听她与对方的对话，估计也是来找她买东西的。果然，桃子结束通话后便刻意避开了我，她去了那个女人和她约定的地方。

几乎是一转眼，人来人往的大街上，我又一个认识的人都没有了，孤独的感觉就这么乘虚而入，弄得我以为整个大理、整座古城都没有比我更消沉的人了。

我没有离开古城，只是找了一条非常安静的巷子要了一打风花雪月啤酒，消遣着这个看上去平静，却将我心情搞得很是复杂的夜晚。

两瓶啤酒喝下去，我又点上了一支烟，我以为这样就能转移掉自己的注意力，可还是想起了上海这座城市，以及那里与我有关的所有是是非非。

不得不说，这个世界的缘分真是非常巧妙。在我没有结识杨思思和叶芷之前上海有汪蕾和陆佳，她们以不同的方式离开之后，杨思思和叶芷又以不同的方式回到了上海。

似乎不管过去、现在还是未来，上海都有我放不下的牵挂，未必是某个人，而是那些在一起经历的事情。

我用力吸了一口烟，又强迫自己不去想和上海有关的一切，我将自己的全部注意力都放在了对面酒吧正在唱歌的那个女歌手身上，她也挺孤独的，因为整个酒吧除了一个服务员和一个调酒师，就只剩下她和坐在窗户口吸烟的酒吧老板了。

她没有真正意义上的听众，但她还是很敬业地在那个很昏暗的舞台上坐着，手里的吉他乍一看像是玩具而不是乐器。

一首歌唱完，她又献上了另一首，在唱之前她在自言自语："这是一首对我意义非常重大的歌曲，来自于郑钧的《私奔》，我不知道有多少人像我一样是跟另一个人私奔到大理的，也不知道又有多少人和我一样，即使他已经走了还是选择独自留在大理。我留在大理不是为了等谁，而是因为心中的那股劲儿还在。如果这辈子还有能让我中意的男人出现，我依然愿意用私奔的方式去和他寻找生命中的幸福，这就是我心中的劲儿，爱他就要和他在一起，不管多难！"说完这些，她便开始唱了起来。

女人唱这首歌的感觉肯定不如男人来得那么刚烈，但也有一种魅惑的温柔，我不禁听得入迷。

三分钟的时间除了够吸一支烟还够唱一首歌，也够我的心情从平静到跌宕。说

158

真的，在那个女歌手唱完《私奔》之后我很想过去和她喝一杯或者聊几句，但是她已经开始了下一首歌的演唱。

我这才意识到，被大家拿来消遣的东西却是她的工作，而她也一定过得不好，否则不会沦落到在这样一个冷清的酒吧驻唱。只是不知道，回想起当初来大理的轰轰烈烈，再想起如今的境遇，她是不是真的一点儿不后悔？

至少，我能站在一个旁观者的角度去理解她的痛苦，毕竟当初她是和一个男人一起私奔到大理的，现在却只剩下了她自己在这样一条巷子里孤独地唱歌，孤独地自说自话。

唱完《私奔》之后她又唱了大概四五首歌，然后结束了今天晚上的演唱，在她整理自己的乐器和乐谱时我进了她的酒吧，虽然因为陌生而有点儿尴尬，但我还是对她说道："你好，刚刚你唱歌的时候我就在对面的酒吧坐着。我觉得你唱的歌不能用单纯的好或不好来评价，更像是在唱自己的心情，所以很想和你聊聊，如果你不忙的话我请你喝一杯？"

她愣了一下，回道："你这算是搭讪吗？"

我笑了笑："不算，你唱《私奔》之前说的那些话我都记在心里了。如果你愿意分享的话，我想听听你的经历。"

"作家？来大理找写作素材的？"

我赶忙解释："不是，我就是一个普通的人，做着普通的工作。"

"哦，我之前有遇到过一个作家，酒吧里什么人都会遇到的。"

我笑了笑，她倒是一个挺放得开的女人，没有对我这个陌生人太过于警惕或许是因为我表现得足够真诚。

我们找了一张桌子坐了下来，她主动从我的烟盒里抽出了一支烟然后给自己点上，吸了一口之后向我问道："一个人跑到酒吧喝闷酒，你心里应该藏了不少事情吧？"

"你唱歌之前我一直觉得自己是个很理性的人，听你唱歌之后我有点儿怀疑自己，可能这不是理性，是怂！"

"哈哈，我没觉得自己有这样的能力去改变一个人的想法。"

"你真的做到了，所以我才特别想和你聊聊。"

"嗯。"

短暂的沉默之后，我问道："怎么称呼你？"

"叫我妮可就好了。"

"那妮可……可以谈谈你自己吗？"

妮可看了看我，然后又深深吸了一支烟，我意识到她未必是个喜欢说心里话的人，但今天不一样。

159

她终于笑了笑，说道："两年前的今天我和他来了大理，去年过年的时候他离开了大理。我也不知道刚刚为什么要唱那首歌，可能是因为不甘心吧，我不相信一个陪自己私奔到大理的人最后还是说走就走，但这就是事实！"

"冒昧问一句，你们为什么要私奔呢？"

妮可面露回忆之色，片刻之后仍是笑着对我说道："我和他都来自江苏一个小县城，在来大理之前我们已经有婚约了。在别人看来我们也算是门当户对吧，他爸是个画家，我爸是法院的院长。"

说到这里，笑容在妮可的脸上凝固，之后她才又对我说道："四年前他爸得了胰腺癌，为了给他爸看病他先是花掉了全部的积蓄，然后又卖掉了家里的房子，但这是不治之症，所以在我们准备结婚的前一年他爸还是去世了。我家人比较现实，觉得他连房子都没有，婚后只能靠租房不说还欠了这么多外债，我肯定会过不好，于是就想毁掉之前的婚约……"

稍稍停了停，她又说道："呵呵，婚约是什么？婚约是这个世界上最神圣的承诺，在我心里他就是该和我过一辈子的人！从那之后，我白天上班，晚上去县城的酒吧驻唱，用了一年的时间终于和他一起还掉了全部的欠债，原本以为我们可以结婚了，可现实的阻力却越来越大，我爸妈开始逼着我和其他男人相亲，并且用养育之情威胁我做出选择。我真的特别压抑，特别厌恶这样的选择，我只能选择离开生活了十几年的县城，跟他逃到了大理。和大多数没来过这里的人一样，我把这里当成是自己人生中的最后一块净土，可没有想到，我没有在生养自己的县城失去他，却在这里失去了他。"

妮可这样的经历，让我的心情非常沉重。

她先是喝完一罐啤酒，然后带着充满自嘲的笑容向我问道："是不是很讽刺？"

"我要是说实话你会更难过的。"

"还能怎么难过？最难过的日子已经熬过去了。"

我点上一支烟，想让心情不那么沉重，吸到快一半的时候我才对她说道："你已经把自己能给的一切都给他了，他为什么要离开你？"

"我也在反思啊。可是，我真不知道他是为了什么！他只留了一条分手的短信人就不见了。"

妮可一边笑一边哭，最后手都不知道该往哪里放。

如果爱情是颗子弹，妮可已经牺牲了。

她终于擦掉眼泪，对我说道："聊了这么久，还不知道你叫什么名字。"

"米高。"

"米糕？人吃饱了是不是就不该有痛苦了？"

"呵呵，如果人只是为了温饱活着我觉得也挺幸福的。所以，我爸才给我起了

160

这么一个名字，可能是想我活得简单一点儿吧。"

妮可笑了笑，然后便转头对着冷清的街道失神，片刻之后才向我问道："米糕，你是一个男人，你能不能站在男人的立场告诉我，我这么爱他，他为什么还要离开我？"

"可能是不爱了，也可能是另有新欢——"

妮可打断了我："他不是这么肤浅的人。"

"我还没有说完，我觉得最大的可能是他不想再拖累你了，离开有时候也是一种成全吧。"

妮可看着我，我又给自己点上了一支烟，说道："在感情上，我也有一段不太愉快的经历。来大理之前我在上海工作，有一个相处了三年多的女朋友，半年前，她要出国留学，代价是我们分手，我同意了，不是不爱她，至少当时还是爱着的。只是因为她有更好的选择，我不想再拖累她。三年，三年的时间实在是太漫长了，我让她每天都活在失望中已经够对不起她了！"

"你可以奋斗啊，为什么要自以为是？"

"我在上海待了四年……如果奋斗就能够成功，我也该成功了……"稍稍停了停，我又说道，"我不是给自己找借口。全上海，乃至整个社会，正在奋斗的人有那么多，可真正成功的又有几个呢？"

"就算你说的是对的，可是这和爱情又有什么关系？"

"我不知道……但现在的风气就是这个样子，人们已经习惯将物质需求和爱情需求捆绑在一起了。所以结婚之前很多男女会因为彩礼的多少而闹得不可开交，却不愿意静下心来去想想，当初在一起到底是为了爱情还是为了今天的彩礼？我不是抨击彩礼这个习俗，也不是帮男人说话，一个男人如果有十万，那给八万的彩礼是天经地义的，这个时候女人要十五万就是不讲理；相反，男人有十万，却只愿意给一万，或者不想给，那就是这个男人的不对！"

稍稍停了停，我又说道："如果你没有改变这一切的能力，就应该明白凡事量力而行，包括爱情！"

在我将心中的感悟说出来后我的心情也莫名低沉了下去。因为我深知，自己已经不能意气风发地去追求一份理想中的爱情。

这时，沉默了很久的妮可终于开口对我说道："我不喜欢你这种心态，男人的天性就应该是洒脱的，你们这种自以为是的成全我觉得是对女人最大的伤害和辜负。"

"不是每个女人都会像你这么想，你这样的女人很难得，正因为你难得，你之前的男朋友才更不想耽误你，他也应该挺痛苦的！"

"可笑，我这辈子从来没有听过比这个更可笑的话！这算什么成全？如果这也算成全的话，那我现在的痛苦和绝望又是从哪儿来的？"

161

"你之所以痛苦是因为你不够了解他,他也不够了解你,你们都在为对方牺牲,可是得到的却是一个最不好的结果。我觉得现在的他未必会比你过得好。"

妮可摇头,然后端起杯子将里面的啤酒喝完,许久之后才低声说道:"不管是不是你说的这样,我不会等他了。和我在一起的应该是一个品德高尚的男人,而不是故作高尚的男人。"

我不知道该说点儿什么,但内心却产生了很多想法,我觉得妮可说的这些话也像是在针对我。可是,陆佳不是她,陆佳很需要这样的成全,否则她不会因为出国留学而主动跟我提出分手,对于陆佳,我从来都没有觉得自己做错了什么。

这时,妮可又对我说道:"我们不要再在爱情观上做争论了。我看得出来你现在困惑的不是和你前女友的关系。"

"是,都是过去的事情,既不能回头也不能重来,我心里已经选择放下了。"

这句话说完我换了个坐姿,然后向妮可问道:"你和你前男友在一起的时候真的没有因为一无所有而感到过痛苦吗?就比如在大理这样的地方,你们没有房,没有车,甚至连买衣服这么小的事情也要计划一下才能把钱节省下来,生孩子这样的大事情更是想都不敢想。久而久之,你的心态就一点儿变化都没有吗?"

"如果我们没有能力要孩子,可以不要孩子,因为我们不是为了孩子活着的。买不起衣服,可以穿得简单一点儿,我觉得只要两个人是奔着白头到老去的,这些都不算是事儿。"

"你真的是一个很特别的女人!"

我说完之后,便又给自己点上了一支烟。弥散的烟雾中我想起了叶芷,我不禁问自己,是不是我真的把她想得太复杂了?也许,远在三千公里之外的她也和妮可一样,将爱情看得很纯真?

这次妮可没有接我的话,她又陷入了失神的状态中。

我在一支烟快要吸完的时候,才再次开口对她说道:"我有一个问题想请教你。"

"你说。"

我先让自己平复了一下,然后说道:"我有一个女性朋友,她特别优秀,各方面都特别优秀,呃……这不是重点,我现在遇到的难题是,她正在住院,我不知道自己该不该特地赶回上海去看看她?如果只是普通朋友的话,这种关心好像有点儿过了头,可是不回去的话我心里又好像被什么东西给卡住了,怎么都舒服不起来!"

"这个事情很好解决,如果你觉得特意回去看她显得有点儿过了,那你就骗自己,说自己是顺路回去看她的。"稍稍停了停,妮可又说道,"喜欢一个人为什么非要藏着掖着呢?就因为她太优秀了?"

我愣了一下,回道:"年纪有点儿大了嘛,感情上的事情总会多想一点儿。"

"我很想知道,你年轻的时候对待感情的时候是什么样的?"

我摸了摸自己的后脑勺，然后大脑里便出现了某些画面，我带着轻松的笑容对妮可说道："如果我年轻个五岁，肯定连夜坐飞机赶到上海，然后带着香榭丽舍大道的树叶去跟她浪漫表白。我太了解女人了，只要一生病，就容易脆弱，人脆弱的时候需要依靠是天性。有时候爱情就是一种满足感，而这种满足感就是在得到依靠中产生的。"

"呵呵，如果得到了这样的依靠她也没有给你爱情，你怎么办？"

"死缠烂打呗，我脸皮多厚一人哪。而且这种情况在我身上基本上是不可能出现的。我觉得只要抱住她，给她一个热情的拥吻，再铁的心也得在我的热度下熔化！"

我就这么越说越过分，而妮可的脸上也露出了鄙视的表情，大概是因为我之前一直表现得很保守，所以当我露出这狂热的一面之后她才如此不屑一顾，可这些真是我年轻时候能干出来的事情。

我向妮可问道："你是不是不信哪？"

"一个字都不愿意相信。"

我不说话，只是从口袋里又摸出一支烟点上，在大脑里想象着自己刚刚说的那些画面。

这时妮可给我递来了一杯啤酒，煞有介事地对我说道："米糕，这是一杯有魔力的酒，你喝了就能年轻五岁，信不信？"

"别开玩笑，要是真能年轻五岁我就去买彩票，这几年，每期的彩票中奖号码我都在手机里记着呢。"

"你能有点儿追求吗？"

妮可一边说一边将手中那杯喝下去能年轻五岁的酒递给了我，她非要我喝掉，我却觉得这样的消遣实在是太无聊，但自己一向拗不过女人，最终还是仰头喝下了这杯"神酒"。

我不可能年轻五岁的，只是妮可想借此去解除我的心魔。是的，通过交谈我知道了她欣赏什么样的男人，所以也想将我改造得洒脱一点儿。

我也想洒脱一点儿，于是开着玩笑，对等待着结果的妮可说道："真的年轻了五岁，忍不住想找个姑娘表白。"

"去吧，就找你喜欢的那个姑娘。"

"假装是顺道去看她的？"

"这么做真的挺怂的，但如果你心里实在有过不去的坎儿那也只能这样了。"

我笑了笑，然后喊来服务员要了一些瓜子这样的小吃，妮可也没有要离去的意思，但一个伤感的人安慰另一个伤感的人真的能安慰好吗？还是说，我们要的并不是安慰，仅仅是一个可以说话的人？

妮可又对我说道："喜欢就去吧。感情的事情难不成你想让女人先开口？如果

163

她真介意你们之间的差距,她会拒绝的,如果她不介意你自己却想了那么多,就真的显得可笑了。"

"算了,不想那么多,先去看看她。"说到这里我笑了笑,又说道,"我嘴上说了一百个不去看她的理由,其实心里还是想去的。"

妮可看了我一眼,没有再多说什么,而我则拿出手机订了一张明天中午从大理飞上海的机票。

因为有心思,我也没太在意时间的流逝,等我再次拿出手机看时间时已经是深夜的十一点零二分,而坐在对面的妮可在这段互相沉默的时间里又喝掉了两瓶啤酒,她看上去已经有了醉意。

可这个时候,她却又带着非醉不可的决心对我说道:"啤酒喝着没意思,换……换洋酒喝吧。"

"算了吧,待会儿喝多了连一个送你回去的人都没有。"

"你……你不算人吗?"

"算,可是我怎么感觉你是在骂我呢!"

妮可歪头看着我,然后费力地眨了眨眼睛,很是恼火地对我说道:"在感情里故作高尚的男人都不算是人,以这个为标准,你说你是不是人?"

"我是不是人的事情咱们以后慢慢聊,但你是真的不能喝了。"

"你是嫌洋酒贵,不肯请我吧。没事儿,你不用这么小气,我请你。"

妮可说完便对着服务员招了招手,等服务员站在我们身边时,我却制止了她点单,然后从钱包里拿出三百块钱递给了服务员,请他帮我将之前的消费给埋了单。

妮可喝酒不成,又给自己点了一支烟。她看上去就像是一具没有灵魂的肉体,只有烟雾从她的鼻腔里进进出出。

我也点上了一支烟。只吸了一口,街道的那头便传来了一阵由远及近的喧闹声响,没一会儿我便看到了被一帮人簇拥着的曹小北。他也发现了我,他推开众人,然后趴在酒吧的窗户上打量着我和妮可。

他先是撇嘴笑了笑,接着又对我说道:"米高,女人缘不错嘛,这是你新交的女朋友?"

我也笑了笑,回道:"管好你自己,少喝点儿酒。"

曹小北点上一支烟,依旧很不礼貌地看着妮可,他说道:"你风流点儿不是什么坏事,最起码能证明思思的眼光有问题,你就不配她对你那么上心,她回上海是对的。"

曹小北的话我压根儿就没往心里去,却不想被妮可误会了,她对我说道:"原来你暗恋的那个上海女人叫思思啊!"说完,她又转而对曹小北说道:"小弟弟,你可别乱说话,我和米糕到现在为止连普通朋友都算不上,我们只是坐在这边互相倒了一会儿苦水。米糕刚刚和我说了,他喜欢的女人在上海,压根儿就没有我什么事儿。"

曹小北的脸色说变就变,他怒视着我咬牙说道:"你够虚伪的啊!嘴上一套背地里又是一套,你还敢说对思思没动歪脑筋吗?"

妮可是真的喝多了,我还没开口解释她便看着我和曹小北感叹道:"真是巧了,原来你俩是情敌!那这算不算是冤家路窄啊,哈哈!"

曹小北脸都气绿了。

我感觉要出事儿,曹小北这人有多冲动我是再清楚不过了,以前他总是嘴上喊着要找几十号人来揍我,我都没当回事儿,现在他身边真的站了十几号人我怎能不心虚。

果然,曹小北的这帮狐朋狗友都不是善茬儿,其中已经有人从酒吧门口捡起了空酒瓶,对着我一顿叫嚣。

妮可这才意识到不对劲儿,酒也醒了几分,她赶忙对曹小北说道:"别动手,都别动手!从来没听说过感情上的事情是靠打架来分胜负的,你俩要是真对人家女孩上心,就该去上海看看,人现在可是在医院躺着呢!"

曹小北先是喝止了他那帮对着我叫嚣的狐朋狗友,然后又向我问道:"她说在医院躺着是什么意思?是不是思思出什么事儿了?"

我这才得以喘息,我回道:"她说的压根儿就不是杨思思,是我的另外一个朋友,她也在上海。"

"你忽悠谁呢。"

"你要不信现在就打电话找杨思思求证,看看她是不是在医院,这事情不就搞明白了嘛。"

曹小北看了我一眼,然后从口袋里拿出手机拨通了一个号码,可下一刻,他的眉头就皱了起来,他对着我怒道:"思思的手机号码已经被注销了!"稍稍停了停,他又一副明白过来的表情对我说道,"米高,你少在这儿和我演戏,我就从来没见过你这么阴险的人,你等着,我现在就订飞上海的机票,思思要是真有什么事情,你也别想好过。"

我无比头大地回道:"这都哪儿跟哪儿啊!"

曹小北说订机票就订机票,就在我以为他会跟我选同一个航班的时候他却对身边的人说道:"大宇,你现在就送我去昆明,大理机场要明天才有飞上海的机票,我等不及了!"

"好嘞,这事儿赶早不赶晚,可不能让这老小子给捷足先登了。"

我还没回过神儿,这一帮人便一哄而散。

我苦笑,不知道这算不算是歪打正着?可能在曹小北的内心里,一直都计划着要去上海找杨思思，但苦于没有理由。现在好了，他终于可以名正言顺地去了。

我坐了下来，拿起最后的半瓶酒想一饮而尽，就在这个时候，妮可忽然从钱包里抽出了三百块钱扔在了我的面前，我一脸茫然地看着她。

她特不屑地说道："你这样的人就不配请我喝酒，你不光阴险还懦弱，喜欢一个人有什么不敢承认的，至于编那么多谎言吗？那个叫思思的女孩要是真选了你也算是瞎了眼了！你跟刚刚那个小青年比起来简直就是一个天上一个地下！"

妮可说完之后便像躲瘟疫似的躲开了我，我则哭笑不得。这事儿我是真解释不清楚了。

不过我仔细想了想，觉得也没什么急着去解释的必要，如果曹小北真的能在上海找到杨思思，一切误会自然会弄明白的。

过了片刻，我从桌子上捡起妮可刚刚扔下来的三百块钱，将其送到了吧台，我知道她在这里唱歌，便托服务员小哥将其还给她。其实，就我的内心来说，我还是挺感谢她的，因为她的鄙视让我看清了自己的内心，也让我愿意用端正的态度去审视自己和叶芷之间的关系。

其实，男人和女人之间还是简单一点儿的好！

次日，我睡到八点起床，九点的时候曹金波派人将那十六套商铺的钥匙送了过来，这让我的时间一下子就变得紧迫了起来，因为此时距离过年只剩下二十来天，我却还有很多事情没有做。

我想好了，我只在上海过一夜，明天下午就赶回来。

就我的内心来说，并没有因为回上海而有太多感情上的想入非非，我只是单纯地想去看看叶芷。虽然我也知道这是因为我内心深处对她的喜欢，但也不想去强求。而感情上的事情就随缘好了。

我真正要去争取的，是自己这风雨飘摇的事业，这一点我必须比任何时候都要清醒。

十一点的时候，我来到了机场，十二点半我登上了飞机，在飞机起飞之前我很自觉地关闭了手机，可是内心却有点儿好奇，在我之前去往上海的曹小北此时到底有没有和杨思思见上面？如果见上面了，他们又是否解开了昨天晚上的误会？

不过这样的好奇也只是困扰了我一小会儿，等飞机真正起飞的时候，我能想到的便成了这几年在上海经历的一切。

我希望今天的上海有一个好天气。我不喜欢上海的雨，因为我和陆佳还有汪蕾人生中的最后一面都是在雨天，如果上天有意平衡着人间，那也该还给我一个艳阳天了！

飞机经过三个小时的飞行终于到达了上海，当我拎着简单的行李走出飞机舱的时候，我发现一切并没有像我期待的那样发展，上海的天气不仅阴郁而且非常之冷，这不禁让我怀疑自己是不是真的曾经在上海待过,习惯了大理的四季如春,我真的已经无法去接受这里的湿冷,只感觉自己的腿像是泡在冰水里,一阵阵麻木。

我从包里拿出了一条围巾系上,然后跟随着人流走出了机场。

机场外面跟从前没什么两样,很多候客的出租车司机会主动迎上来问你要去哪里,可当我被这么问的时候又突然迷茫了,我还不知道叶芷住在哪个医院,根本无从提起自己要去哪里。

我找了一个稍微能避风的地方坐下,然后从包里拿出了手机,一番斟酌之后我还是选择了用最简单的文字给叶芷发了信息:"我人现在在上海,你住哪个医院?我去看看你。"

叶芷没有回复。

我半靠在灰色的墙壁上,然后用衣服挡住风给自己点上了一支烟,我觉得这支烟吸完的时候叶芷应该会回复我的信息,但我不知道她会不会将我当成是一个不速之客,继而感到厌烦。

一支烟吸完,我又续上了一支,心里渐渐开始感到不乐观,因为叶芷并没有如想象中那样很快给我回复。

我不愿意这么一直被动地等着,终于上了机场大巴,一路晃晃荡荡地去了市区。

上海真的太大了!找一个人无疑是海底捞针,我索性在以前租房的那条路上下了车,我不是故意找痛苦,只是觉得自己该来看看。

没过一会儿,天色便完全暗了下去,可直到此时叶芷依然没有回复信息。

我胡思乱想的同时内心也不禁有了一点儿凄凉的感觉,这种凄凉和叶芷有没有理我并无关系,只是因为自己走在熟悉的街道上,能感受到的却只剩下物是人非的气息。

又走了一站路,我下意识地停下了脚步。我的对面有一家藏在霓虹灯里的鞋店,只是看了一眼,直直射过来的灯光便让我恍惚了起来,我好似又看到了一年前的某个场景:那天是陆佳的生日,我用半个月的工资给她买了一双她心仪了很久的鞋子,她先是责备我,然后又不顾众人的目光狠狠地抱住了我,她轻声在我耳边说:这辈子一定要在一起……

我已经记不得自己当时有没有一辈子都在一起的信心,我只记得她的笑脸和霓虹灯一起照亮了那个寒冷的夜晚,而我的心也是暖的。

时至此刻,我依然相信,至少那天的陆佳没有想过要离开上海,离开我。可人终究不是一块石头,人是会变的,要不然也没有这一刻独自走在街头的我,也没有丢下一切去大理的我。

回想在大理的这半年,我谈不上有什么收获,只是感觉自己的心态相对成熟了很多,没有刻意去恨,也没有刻意去遗忘,只是越来越平静地接受了一些事实。

直到再次回到上海，有些感觉才汹涌而来。

我快步走开，那天和汪蕾喝酒的酒吧又出现在我的左手边，酒吧不大，里面却有一支乐队在表演，我像是一个刻舟求剑的人，没在意他们此刻唱了什么，满脑子都是那个深夜，那首老歌的旋律。

如果时间能够倒流就好了……我一定带汪蕾去大理，无关什么身份，只是想她好好活在这个世界上。

想起她的样子和对我说过的一些话。我的眼眶里又传来温热的感觉，然后眼泪便掉了下来，我的心就像是被生生撕碎了一般的痛，我一只手撑在玻璃窗上，一只手死死地抓住了自己的心口。

而直到此时，我才知道自己为什么会如此恐惧回上海，因为下场就是现在这样。我体会到的已经不仅仅是孤独，而是痛彻心扉。

我终于走到了一个没有任何回忆的水果店，买了一点儿苹果之类的水果，我已经做好了随时去见叶芷的准备，可是上天却似乎和我开了一个玩笑，叶芷还是没有回复信息。

我不禁自嘲地笑了笑，我们的关系到底好到什么程度了呢？如果真的有一些不寻常的气氛在我们两人之间，为什么直到现在我都没有她的手机号码？

否则我没必要用微信这么没有效率的工具和她联系。

我终于用微信给她发了语音邀请，可是三十秒后依然是冰冷的文字提醒着我对方的手机可能不在身边。

拎着买来的水果我又乘车去了外滩，这里的繁华依旧，我内心的孤独和空虚也依旧，而不离不弃的依然只有口袋里的烟，烟只剩下两支，被人要去了一支，我自己点了一支。

我渐渐感到可笑，不知道自己千里迢迢赶回到上海到底是为了什么。昨天晚上，最乐观的时候我甚至以为这对叶芷来说会是一个小小的惊喜，所以没有提前说。

现在我已经不这么想了，我的内心尽是不被重视的焦虑，我越来越被这种焦虑的感觉支配，继而内心有了火气，将刚刚买的水果全部扔进了手边的垃圾箱里，然后订了明天上午从上海飞昆明的机票。

我甚至不好意思给戴强打一个电话，约他出来吃饭，我只是买了一碗泡面，跟小卖店借了一点儿开水，泡好之后就这么蹲在路边吃了起来。

手机终于振动，我以为一定是叶芷回复的信息，却是离开之后就一直没有联系过的杨思思发来的，她满是火药味地问道："你是不是有问题？干吗把曹小北惹来见我？"

"这是个误会。"

"误会你个头，他言之凿凿地说了昨天晚上在古城的酒吧碰见你，你告诉他我住院了。请问，我到底得了什么病？相思病吗？"

"话都是他说出来的，你跟他要解释就对了。"

"他已经解释得够清楚了。我就奇了怪了，你是不是在大理闲出病来了，什么都敢胡说！"

我咬了咬牙，终于解释道："这事儿真是个误会，我昨天跟一朋友在酒吧喝酒，正好聊起来有个上海的朋友住院了，曹小北听风就是雨，以为我在上海就你一个朋友，所以就连夜赶过来看你，这事儿真不赖我！"

"呵呵，你上海的哪个朋友住院了，我认识吗？"

"认识，是叶芷。"

"你特心疼吧！要不然怎么能和朋友聊起来。"

"你看你这话说的！"

这次，等杨思思再回复信息已经是半个小时之后："你现在在哪儿呢？"

"外滩。"

片刻后杨思思发来了信息："我差点儿没反应过来，想了半天是不是洱海附近有个什么地方叫外滩，突然才明白了过来，是上海的外滩。米高，你可真行啊，之前要了你的命你都不肯再回上海，没想到这次这么简单就回来了，我该替你感到高兴还是可悲呢？"

我有点儿头疼，原本这就是一件不该有波折的事情，可偏偏昨天晚上我在古城遇见了曹小北，闹出了这样的误会，我当然可以选择向杨思思撒谎说自己在大理。可是我不能这么做，即使杨思思会因此觉得厚此薄彼，何尝不是一个正确的结果？

我立在风中，握住承载着很多情绪的手机，远眺着江的对岸。我在这阴冷的天气中幻想着整座城市下起了鹅毛大雪，每个走在街上的人都竖起了衣领，抵御着寒冷的同时也是在保护着自己。

渐渐地，所有灯光都变成了一封贴着邮票的信，城市是邮差，将其投递到每一个路人的心里，可是却没有人愿意打开，所有人依旧孤独又自我地顺着不知道尽头在哪里的街道向另一条街道走去。

我呼出一口气，眼前一片白，这才意识到自己该找个住的地方了。

在找到住的地方之前我想先回了杨思思给我的信息，虽然她的信息里有刺，但我还是很克制地回道："你还是替我感到可悲吧，我是不应该回上海的。"

"叶芷肯定没有见你，要不然你这个点儿在外滩晃什么？"

"坐了一天飞机累了，打算找个地方睡觉，你也早点儿休息。"

"真是可怜啊，在上海工作了这么多年，再回上海连个投靠的人都没有，还要自己找住的地方！"

"你要是再讽刺我我现在就跳黄浦江，你信不信？"

169

"你跳啊，不跳就不是人。"

"算了，没人给我收尸。"

"怂包、可怜虫、倒霉鬼！"

看着这条信息我仿佛在迷幻的灯光中看到了杨思思骂我的样子，我不自觉笑了笑，然后又有了一阵特别想抽烟的冲动，可是手上已经没有了烟盒，只有一只孤零零的打火机，藏在我的口袋里。

是的，少了烟打火机也就变得没了价值，可以随时随地甩掉。

这时杨思思又给我发来了一条微信："吃过饭了没？"

我终于开始撒谎："吃了，望江阁的法式大餐！"

"你有那消费能力？别吹了行吗！"

"饭能填饱肚子就行。"

"死要面子活受罪。"

我没有再回杨思思的信息，而是在手机里找出了美团，然后寻找着一个能跟自己身价相匹配的旅馆，我的要求不高，没有空调都可以，但床上一定要有电热毯，因为一个人睡真的扛不住上海的湿冷。

订好房间，我又在附近找了一个便利店，买了一包曾经在上海最喜欢抽的"红双喜"，它是我的速效救心丸，可以和电热毯一起拯救这个对我来说很失望也很寒冷的夜晚。

"傻子，米高。"

我以为自己听错了。

"喂，叫你呢，没人比你更像傻子了。"

我这才回头看去，杨思思就站在我的身后，她戴着针织帽，穿着厚厚的羽绒服，看上去很温暖。

此时此刻，站在路灯下的她已经让我说不出话来，但我清醒地知道，除去火车站的那一次，这是我们第一次很正式地在上海这座城市见面。可惜的是我的生活依然没有什么起色，而她已经大变样，不仅开着名车还穿着一身名牌。

我觉得，上海是水她就是鱼，只要一回到这里，她想要什么就有什么。

杨思思将我带到了她的车旁边，那是一辆艳红色的法拉利，我对着她感叹道："哟，又换车了嘛！"

杨思思一边从包里拿出车钥匙一边回道："是不是忍不住想拍个马屁？"

"没有，这车虽然不错，但也挺高调的。"

"这是上海又不是大理，豪车跟螺丝钉似的到处扎着，一辆法拉利有什么高调的。"

我摸了摸法拉利的后视镜，回道："就算是螺丝钉，也是扎在一个我摸不着的地方，这么好的车我能再摸一下吗？"

杨思思逮着我一顿捶,又骂道:"没有比你更恶心的人了!"

我一边笑一边躲着她,然后在彼此凌乱的脚步中就莫名恍惚了。似乎在我和她的世界里就没有大理和上海之分,我们在哪里都是这么打打闹闹。如果有可能,我希望这样的打闹可以发生在我们的每一次相见中,虽然她比谁都爱哭,但是我真不想再让她哭了。

二十分钟后杨思思将我带到了人均消费两千六百元的望江阁餐厅,她选了一个能看见江的位置,又点了一桌法式大餐。

我挺被动的,但是拗不过她。我更没有想到,自己现在竟然就坐在刚刚还被我拿来吹牛的望江阁里。

我终于看着桌子上的西餐,对正在玩手机的杨思思说道:"我有点儿心虚,看着这一桌子东西我牙都快咬碎了!"

杨思思没理我。

我又说道:"我觉得这个点儿,你请我去吃碗兰州拉面我也挺开心的。"

杨思思透过餐厅的窗户向黄浦江看去,片刻之后才对我说道:"虽然你不是为了我来上海的,但是你好不容易回来一次我还是想请你吃点儿好的,因为我知道你自己平时一直都挺抠的。人一辈子就这么一点儿时间,对自己好点儿有什么不好?"

"其实,我挺怕你这么一本正经和我讲话的。"

"那该怎么讲?"

我端起茶杯喝了一口水,心情莫名有一些复杂,以至于不知道该用什么言语去将此刻的自己表达出来,但我是幸运的,因为有生之年有机会遇到杨思思这个女人。

之所以不愿意像之前那样叫她丫头片子,是因为她看上去确实比之前要成熟了一些,虽然说话还是大大咧咧的,但是某一个瞬间我还是能感觉到她相比于以前更愿意去思考了。

就这么过了一会儿,杨思思又转移了话题对我说道:"米高,你之前在上海待了四年,我从小就在上海长大,我们一起在上海待了这么久,为什么一次都没有遇见过呢?"

"也许遇见过,但是都没有太在意。"

"四年前我上高三,你呢?"

"我刚大学毕业。"

"你前女友是叫陆佳吧?"

我看着她,她微微眯着眼睛对我说道:"你和陆佳的事情桃子早就告诉过我了。"

"她多嘴。"

"我觉得你这人挺傻的。"

"肯定没你聪明。"

"那当然，你先是和一个女人死磕，然后又和一座城市死磕，等真的感觉到磕不过的时候自己也都快三十岁了。三十岁是个多敏感的年纪哪，该成家的成家该立业的立业，你呢，敢去看看自己身边还有什么吗？"

我先是沉默，然后又转移了话题对杨思思说道："别老说我，你呢？准备什么时候出国？"

杨思思看了看手表，回道："小豹现在已经在回上海的飞机上了，他是回来接我去国外过年的。"

"在外面过年不孤单吗？再说，国外也没有过年的气氛啊！"

"不孤单，一点儿也不孤单。我和小豹先去，我爸妈和黄叔叔他们会在过年前一个星期过去。"

"哦，那还行，只要能和家人在一起在哪儿过年都一样。"

"你不问问我爸妈为什么去那边吗？"

"想去看看你留学的环境？"

杨思思摇头回道："不对，他们是想在那边给我买一套房子。反正他们一时半会儿也不指望我去接手他们的公司，就想让我在国外多待几年。"

"你爸妈也挺奇怪的，按照正常人的思维，都是希望将子女留在自己身边，他们全反了！"

"呵呵，说你傻你还真傻，他们为什么要在那边买房子，不就是为了方便去看我吗？其实也是变相地将我留在他们身边，反正现在交通这么便捷，总比把我放在国内，不听他们话，瞎跑要好吧。"

我一阵沉默之后问道："对了，你和曹小北见面了吗？"

"你还敢和我提这个？我没掐死你就算是我在克制了！"

我面带疑惑之色看着杨思思，我的心里多少也是好奇的，我不知道在自己前面来上海的曹小北现在到底是个什么样的处境，我没有希望他比我更惨，甚至希望杨思思可以善待他，因为他看似冲动的背后其实也有一颗为了爱情无怨无悔的心。

一阵时间不算长的沉默之后，我开口对杨思思说道："我都说了，曹小北来上海完全是一场误会，就算他昨天没有在古城遇到我，早晚也是要来上海的。"

"就赖你。"稍稍停了停，杨思思又说道，"你来上海不是为了看叶芷的吗？为什么现在和我在一起吃饭聊天？"

"给我留点儿面子行吗？"

"面子都是自己挣来的，不是别人给的。"

"看你说话这一股子江湖味儿！"

"我是从大理出来的江湖妹子，有点儿江湖味儿怎么了？"

我笑了笑，继而涌起一阵想抽烟的冲动，却不知道这么高档的餐厅让不让抽烟，回忆了一下电视剧里的某些场景，似乎从来没见过有人在高档西餐厅抽烟，便又压制住了这阵想抽烟的欲望。

我倒不是在意别人怎么看我，我只是在意别人怎么看杨思思身边的这个男人，对于我来说，如此高档的餐厅或是路边摊并没有什么差别。

在我不说话的时候杨思思又从桌上拿起了手机，然后递到我面前给我看。

手机里是一张照片，照片上的人就是曹小北，但是已经喝得不省人事。杨思思这才对我说道："我没那么狠心，我让朋友去招待他了，谁知道他酒量这么不行，现在已经被我朋友送到酒店去了。"

"安顿下来就好。"

杨思思恨恨地对我说道："我现在真的特别想掐死你，我以为离开大理就没自己什么事儿了，可你为什么还能给我惹这么多麻烦？说真的，我也不想再看见你一脸倒霉样地坐在我对面。"

"你逃到国外试试，说不定逃到国外就没这些事儿了。"

"我是要去国外了，但不是逃，用你的话说，我是去过自己应该过的生活。"

"我其实挺羡慕你的，你可以用自己的方式去选择生活，但大多数人都做不到这点——"

杨思思打断了我："是，你就是做不到的其中一个。有能耐，你就在我出国的这段时间里混出点样子给我看看。"

"这不是一直在努力着呢嘛。"

"真够努力的！不知道的还以为你的事业在上海呢？没事儿别到处乱跑。"稍稍停了停，杨思思又向我问道，"你在九隆居的生意进展得怎么样了？"

"挺好的，曹小北他爸已经同意把那十六套商铺给我用了，而且没要租金，就要求分一半的利润。我觉得这个要求挺好的，最起码给我降低了一半的风险……"

我带着很强烈的倾诉欲望就这么喋喋不休地说着，杨思思却好像不太愿意听，最后她打击我道："敢和曹金波这个大老虎打交道，你真的是穷疯了！"

"呵呵，富贵险中求嘛。"

"你悠着点儿，小心老婆本都赔没了。"

我向窗外的黄浦江看了一眼，那里比来往的船只还要灵动的是彩色的灯光，说真的，抛开心里的成见来说，论夜景真没几个城市能比得上上海的外滩，可这美轮美奂的背后又藏着多少颗孤独迷茫的心呢？

我笑了笑，终于对杨思思说道："不会的，已经倒霉了这么久也该转运了。"

说完，我双手放在颈后，又以一个非常舒适的姿势靠在椅子上，心里忽然就平静了下来，我一直看着落地窗外流转的灯光，也用力享受着金钱带来的美好。

我在上海待了四年，今天才算是真正知道物质富足的人在上海过的是什么样的

173

生活，对于他们来说，大理也真可以算是穷乡僻壤了，而那种所谓追求自由自在的想法何尝不也是一种被打败后的逃避。

可即便如此，大理对我来说依然是一个美好的梦，尽管有些时候摔得比在上海时还要狠，但不破不立的勇气却从来没有因此而消失过。

我的内心有一种力量，这个力量很单纯，它是汪蕾用生命给我的启示。

"你什么时候回大理？"

我看着杨思思，愣了一会儿才回道："明天，我订了明天上午飞昆明的机票。"

"哦，我就不送你了，早上起不来。"

"没事儿，坐机场大巴也方便。"

"千里迢迢从大理赶回到上海却没做成想做的事儿，遗憾吗？"

"不遗憾，这不又见了你一面嘛。上次在飞机场，我就以为这是我们人生中最后一次见面了，现在看来还不是。"

杨思思托着下巴，想了一会儿之后对我说道："你说，我们俩真正的最后一次见面会是什么时候呢？"

"可能就今天吧，也可能是很久以后。"

杨思思看上去有点儿难过。

我又赶忙说道："反正人和人之间总会面临最后一面，就算是朝夕相处的夫妻之间也不能幸免。所以这也不是什么伤感的话题，人总要死的嘛！"

"我要去机场接小豹了，不跟你说了。"

我差点儿没反应过来，杨思思已经从钱包里拿出了一张银行卡，准备结账。

我瞬间明白过来，然后用最快的速度从杨思思手上抢过了银行卡，继而将自己的卡递给了服务员，示意用我这张卡结账。

杨思思带着很强烈的不满对我说道："你干吗啊，是我带你来这儿的，你还和我抢着结账！"

我很感激地看着她笑了笑，然后才回道："在大理的时候有些事情我做得挺不对的，我真的庆幸还有机会请你吃个饭，就当是赔礼道歉，也当饯行吧，希望你在国外一切都顺利！"

杨思思又哭了，她哽咽着对我说道："你干吗那么喜欢打肿脸充胖子？今天结了这顿饭钱，后面又要玩命地虐待自己，舍不得吃舍不得喝了吧？你能不能对自己好点儿，我又不缺这点钱！"

也许，这是这个世界上唯一会因为舍不得我花钱而哭泣的女人，可是我能为她做的也仅仅只有这些了。甚至说，就算我结了这顿饭钱，也不是完全为了她，我还想让自己好受一点儿，想起自己在大理的时候总把她当前台小妹，继而恶言恶语，我的心里也会感到后悔，如果还来得及……我制止了自己继续想下去，因为两个人

174

的世界里是没有如果的。

我终于笑了笑，然后对她说道："这儿离机场还有好一段路呢，赶紧去机场接小豹吧。"

"你呢？"

"我再坐一会儿，我以前都不知道，还有这么一个角度可以看见一个完全不一样的上海。"

说完之后我便没有再去看杨思思，所以我也不知道她是以怎样的样子离开这个餐厅的。

在她走后的片刻，我莫名想起了她在大理留给我的那辆被叫作小忍者的摩托车。她说，等她回国后会跟我要回去，仔细想想，这应该也是一种"等"吧，等她要回本该属于她的东西。

可是我却有一种等不起的感觉，因为那个时候我已经是个三十出头的中年人了。而相比于见最后一面，这才是更让人感到伤感的事情。

岁月真是不饶人，感情也一样。

如果还来得及，我也想送她一双鞋，希望她走好未来的每一步。

离开"望江阁"餐厅的时候已经是深夜的十二点半，我独自在街边晃荡着。此时此刻我已经不指望会收到叶芷的回复，只想用这有限的时间再近距离感受一下上海这座曾经让我痛不欲生的城市。

严格来说，现在的我和这座城市已经没有了利益纠葛，所以也就不会用太敌对的眼光去看它。我试着用一种柔软的心情去接受这里的一草一木和每一盏路灯，于是整座城市也跟着柔软了。

走得累了，我便在路边的花池上坐了下来，我习惯性地点上一支烟，然后一边搓手取暖一边看着远处那些镶在建筑群旁的吊塔，如果这座城市也是一个人的话，它似乎从来都没有停止过自己的步伐。我知道，假如五年后我再回到这里，这里一定会被建设成为另外一番景象，而那时的我呢？

我当然希望爱情和事业都已经双丰收。

坐了一会儿，我想起了占用陆佳号码的那个女人，然后又想起了我们因为话不投机约好要到外滩吵架的事情，现在我就在外滩附近，但却不知道也在上海的她正在做些什么。

这半年的时间对她来说应该也挺难忘的。她先是遭遇了男朋友劈腿，然后又意外怀孕，虽然最终她没有选择要那个孩子，但也肯定会经历一段极其难熬的心路历程。

时间是一剂好药，如今已经平静下来的她对生活也该有了新的理解。仔细想想，我们尽管彼此陌生，但命运的轨迹还是挺像的。

我从口袋里拿出手机，给她发了一条信息："你信不信，我这会儿就在外滩。"

"信你个鬼。"

"哈哈，别害怕，没想约你出来，之前的事在咱俩这儿已经翻篇了。"

"你真回上海了？"

"是啊，换个心情看上海也好像没有以前那么让人感到压抑了，这种感觉挺不错的。"

"你是想告诉我你以后还会回上海生活吗？"

"不会回了，我是一匹好马，不会回头。"

"那你这次回来是为了什么？"

"一个朋友住院了，过来看看，可是没联系上。"

"你真是够衰的啊！再说了，都联系不上的人算什么朋友？"

"说起来挺讽刺的……算了，这不是重点。跟你说正事儿，你过年和你朋友在大理住的房子我已经帮你们准备好了，你来之前提前三天通知我，我好安排接机。"

"嗯，房子的环境怎么样？"

"楼上楼下一个小套间，保证你们满意。"

"价格呢？"

"原本是一千五一晚上的价格，给你们的话就一千二吧。"

"还好，没有我想象中贵。"

"友情价嘛，当然不会贵了。"

"咱俩算朋友吗？"

"这分怎么看了，如果非要见过面才算是朋友，那我们肯定不算。"

"你想见面吗？就现在。"

我的内心没来由地动了一下，但片刻之后还是回道："算了，大理见吧。"

"你别后悔。"

"我不后悔，除非你变卦，不来大理了。"

这条信息发出去之后对方又很神经质地选择了不回复，但我也没有计较。对于我来说，对她也仅仅是好奇，要说什么感情那可谈不上。

我不禁又想到了杨思思，想起这次之后很难再见面心里才是真的有点儿难受！

不知不觉中，我到了自己在美团上订的那间小旅馆，登记了个人信息之后我便住了进去。人们都说一分价钱一分货，用在这个旅馆上也很贴切。

房间里真的没有空调，只有一台老式电视机，连热水也只限量供应十分钟，因为热水器很小。

我不得不打消了洗个热水澡的念头，简单洗漱之后便躺在了床上，还好有电热毯，总算是给我提供了一个相对舒适的睡觉环境，可对比刚刚吃饭的望江阁我的心里还是有落差的，甚至让我分不清，望江阁的我和这个小旅馆的我到底哪个才是真实的。

熬了一个小时,我才迷迷糊糊地睡了过去,我做了一个梦,我梦见了叶芷。

梦中的她回复了我的信息,我带着水果去医院看望了她,她深受感动,我也大胆地承认了自己喜欢她的事实,我们在病房里拥抱了,她成了我的女朋友。

这个梦像是一部大片,因为时间跨度非常之长。在叶芷成了我的女朋友之后,她又陪我回了小山城正式见了我的家人。我的家人对她都很满意,没过多久,我们就开始谈婚论嫁……一切都很顺利,很快就到了结婚那天,我带着亲朋好友去迎亲。问题终于来了,我竟然不知道她住在哪里,我们开着车像是在探险,一会儿遇见湖泊一会儿路过高山,最后又开始在城市里摸不着方向。

我惊醒之后好一会儿才缓过神,然后又自嘲地笑了笑。因为就算是梦,也是要以现实为基础的,我在现实中根本不知道叶芷住在上海的什么地方,就更别提她的家庭情况了。

要说我们两个人,不管是不是在一起都还有一段太长的路要走,所以这个梦怎么看都是可笑的。

七点不到我就起了床,我站在非常小的窗户口前洗漱。大概是因为还没睡够,洗完脸之后我的精神还是很恍惚,某一个瞬间竟然忘了自己正在哪里。

直到看见窗外有雾,我才确定了不是在大理,因为大理几乎是不会起雾的。

知道自己是在上海我的心情不免有些复杂,然后又拿起手机看了看,可得到的依然是失望,直到此刻叶芷还是没有回复我的信息。

我不知道她是怎么了,更不知道自己为什么要回上海,但我已经不是以前那个容易愤怒的青年,我只是无奈地摇了摇头,然后从卫生间返回到屋内收拾起了自己的行李。

我订的是上午十点半的航班,趁着还有一些时间,我退房之后便在附近找了一家早餐店,要了一碗粥和一张油饼,然后心不在焉地吃了起来。

某一个瞬间我还以为自己是那个在上海挣扎着的上班族,因为无数个上班的早晨我都是这么吃早饭的。

太阳升起,这个城市也渐渐开始忙碌,于是我又看到了无数个穿着各种各样的鞋走在大街上的人。

我是该在临走之前送点儿什么给杨思思的,也许还来得及,我可以去买一双鞋。

说做就做,我叼着只吃了一半的油饼背着行李包,开始穿梭在沿途的街道上寻找着一个上些档次的鞋店。

我的运气不错,恰巧在街对面有一家 Air Jordan 专卖店,店刚开门,服务员正在擦拭窗户,我对她说道:"你好,我想买一双鞋子送给一个女性朋友,你能推荐一款吗?"

服务员看了我一眼,然后很礼貌地说道:"先生,如果是送给女性朋友的话,

177

我建议您还是不要买鞋了。"

"为什么？"

"因为鞋是穿在脚上的，你送她鞋，寓意送走了她，或者走着走着就散了，反正这是一个忌讳，一般情侣之间都不会送的。"

我在鞋架上随便拿起一双鞋看了看，然后笑感叹道："还有这样的说法呢？"

"嗯，你可以买一个包送给她，这个寓意就很好了。"

"我不这么认为。你想啊，鞋子都是成双成对的，两只鞋子谁也离不开谁，并且能够在一起走很长的路，这些路有些在山脚下，有些在大海边，这种意境不是很好吗？"

稍稍停了停，我又说道："其实我们也不是情侣，她要不了多久就得去国外留学了，就算是你说的那样，送双鞋也挺贴切的，还是买鞋吧。"

"你确定吗？"

"我确定。我不是个迷信的人，我就是希望她能走好以后的每一步，其他的都不重要。"

"那行，我这就给您推荐一款比较适合女生穿的。"

我点头，而就在服务员拿出一双鞋给我看的时候我的手机一阵振动，我向服务员表示抱歉之后便将手机从口袋里拿了出来。

生活实在是太喜欢跟人开玩笑，就在我已经完全不抱希望的时候叶芷竟然给我回复了信息！

我将那双粉红色的鞋还回了导购员的手上，然后看起了叶芷在一分钟前发来的微信，她说："真是对不起，医生说我的精神状态很不好，所以我的手机被助理强行收走了，她不让我和外界联系，要我好好休息。刚刚醒了，才和她拿来了手机，我真没有想到你会来上海，你该提前和我联系的。"

我的心情有点儿复杂，如果我没有记错的话，这应该是我自认识叶芷以来她所给我发的信息里文字最多的一条了，她不是一个喜欢解释的人，所以我能感觉到她说这番话时的诚意和内疚。

渐渐地我也没那么委屈了，等平静下来后便给她回了信息："没事儿，我来上海也是临时决定的，所以没有提前和你联系，你身体好点儿了吗？"

"好好睡了一觉，精神状态好多了，你现在在哪儿呢？"

"准备去机场，订了十点半回昆明的航班。"

叶芷没有及时回复，而我也趁这个空隙又和导购员聊起了鞋子的事情，我对她说道："这双鞋挺好看的，多少钱？"

"1288。"

"有折扣吗？"

178

"对不起先生，这款鞋目前是没有折扣的。"

我有点儿心疼，但还是咬了咬牙回道："我要了。"

"您需要多大的尺码呢？"

我有点儿犯难，因为真不知道杨思思穿什么尺码，想了想之后对导购说道："我还不知道她穿什么尺码的鞋，这样吧，我先把钱付了，然后让她自己到店里来取鞋，到时候你问问她，需要什么尺码就给她什么尺码好了。"

"您最好现在问，因为这个鞋的尺码不是太全，37码昨天就已经断货了。"

"没事儿，看缘分吧。如果没有她能穿的尺码，留着做个纪念也不错。"

导购员笑了笑，回道："行吧，如果您坚持这样的话我现在就帮您开票，您付完款之后请把这位小姐的名字留给我，到时候让她凭身份证或者电话号码来取就可以了。"

我将银行卡递给导购之后便将杨思思的名字和电话号码重重写在了店内的记事本上。

走出了专卖店，我又忍不住回头看了一眼，我有点儿伤感，但也轻松了一些，因为我终于赶在离开上海之前给杨思思留下了一个送别礼物，我对她是有期许的，希望几年后的她可以变得成熟一些，有责任感一些，这样才能踏踏实实地走好人生中剩余的漫漫长路。当然，她的活泼、她的善良和她的创造力也都不能丢掉，这样才是一个真正有质感的女人。

除去这些，我更希望她是快乐的，还希望她能穿着这双我送给她的鞋，就像带着我的目光一样行走，让我也看看世界各地的风光。

这几年，我大概是走不出去了，只能守在大理，全心全意做出点儿事业来，因为这是我身上丢不掉的责任。

离开专卖店后的我坐上了去往机场的大巴，一路的晃晃荡荡中叶芷终于又回了信息："能等一天再走吗？我想请你吃个饭。"

我的内心很想等一等，可是身上的责任却提醒着我时间紧迫，权衡之后，我非常决然地回道："真的得走了，大理那边还有很多事情要处理，吃饭的话，等下次吧，总有机会再见面的。"

"我心里挺过意不去的！"

"没事，真没事儿。这次来上海，我主要是找原来的公司写一份证明材料，你不用过意不去的。"

这条信息发出去之后我便下意识地握紧了电话，我的情商不低，我知道这么说意味着什么，但我心里的那阵劲儿真的已经过去了，所以更不想对叶芷说一些越界的话。

人嘛，就是这个样子，有些事情一旦错过了最好的时机就不想再勉强去做，因为已经不是最初的那个味道。更何况，相比于私人感情，这个阶段的我更应该去为事业而奋斗，否则做什么都会自感缺少了一些底气。

这点在铁男身上也有体现，要不然他不会冒险去接那个海景客栈。他和我一样，都太需要在这个阶段证明自己。

铁男就是我的一面镜子，他在有情有爱的基础上面对桃子都会有压力，何况我面对叶芷的时候呢？

机场大巴经过一个小时的行驶终于将我带到了机场，而在我那么说之后叶芷也在意料之中不再回复我的信息，但是我不后悔这么说，至少她不用内疚，我也不用想入非非地离开。我的要求不高，知道她现在恢复得不错我就放心了。

但命运这个东西真的是挺捉弄人的，明明我是回上海看叶芷的，可最后却和杨思思在一起度过了一个难忘的夜晚。

我不禁这么想，是不是自己真的对杨思思有所亏欠，所以老天才借叶芷的手给了我一个补偿杨思思的机会？

我希望不是这样，因为我不喜欢自己的命运是被操控的，在我心里，不管杨思思还是叶芷都是一条神秘的河流，她们在我的世界里自由地流淌，最后停在哪里都是一种缘分。

领了登机牌，过了安检，又等了半个多小时，我终于上了飞机。在关手机之前我给杨思思发了一条微信，告诉她，我在南京路的AJ旗舰店里给她买了一双鞋，要她抽个时间去领。

当飞机冲进云霄的时候我也闭上了眼睛，我不是困了，只是不想在此时此刻去看窗外的上海，也不想去在意自己和它之间那些剪也剪不断的牵绊，因为在我的意识里，这里已经不是我扎根生长的地方。

历经三个小时的飞行，我在快两点时到了昆明的机场，然后又打了一辆顺风车回了大理。我没有让自己多闲一分钟，顾不上吃晚饭我便找了两个保洁阿姨将曹金波的那十六套商铺全部打扫了一下。

打扫过程中我发现了不少毛病，首先是墙壁的漆面有很多开裂掉皮的地方，卫生间则因为太久没有人打理导致排水也出了问题，这些都是我要尽快处理解决的。

我托人找了两个工匠，跟他们谈好修补的价钱之后，我又马不停蹄地去了古城附近一个卖热水器的商铺，经过一番讨价还价后以每台一千二百元的价格订了十六套电热水器。

这样的投资看上去不多，但零零碎碎地集中在一起也是一笔挺吓人的数目。这个时候，我倒真庆幸曹金波选了这么一个分成合作的模式，要不然我身上的钱真不够将这十六套商铺改造成能住人的临时客栈。

时间就这么匆匆流逝，等我闲下来吃完晚饭，已经是深夜的十一点钟，九隆居也陷入了一种深邃又宁静的状态中,而我就这么半靠在睡椅上,一边抽烟一边想着过年时候的情景。

我手上现在等于有二十个可以拿出去短租的房间,单间可以卖到一千五,如果今年过年的行情还和去年一样火爆,我一天就能做三万块钱的生意,持续二十天就是六十万,除去十五万的前期投资大概可以获利四十五万,就算分给曹金波一半我还能赚到二十多万。

虽然看上去不是很多,但绝对已经算得上是我人生中的第一桶金,也会让我更加有信心将九隆居这个地方的商业潜力挖掘出来。后面,我只会赚到更多的钱,而不是一锤子买卖之后就是终结。

我就这么越来越亢奋,直到收到杨思思回的微信,才平息了下来。

要说她这反射弧也是够长的,我上午给她发的信息她到现在才回!

第十六章
这个下雨的夜晚

清冷的月光下,我单手拿着手机,很专注地看着杨思思发来的这条并不算很长的信息,她说:"你送给我的鞋我今天下午去店里拿了。"

"那款鞋有你能穿的尺码吗?"

"有,我穿39码。"

"你这脚够大的啊!"

"你胡说什么,我一米七的身高呢,39码不是很正常嘛。"

"嗯,有你能穿的尺码就好。"

"为什么要送我鞋?"

"上次你走的时候不也送了我一双吗?我这是投桃报李。"

大概过了十分钟,杨思思又回了信息:"今天我去拿鞋的时候那个导购员说了,说情侣之间不能互相赠送鞋,真搞笑,我们又不是情侣。不过我还是挺不开心的,因为听她这么一说,我也觉得鞋这东西的寓意不好,所以我不喜欢你送我的这个礼物。"

"别瞎扯了!"

"不管,我心里有疙瘩。"

"那你去退货吧,退的钱就拿去请朋友们吃一顿,看你这样子平时也没少麻烦朋友,这都快出国了,还是赶紧贿赂贿赂他们,争取留点儿好印象。"

"我从小到大就没有退货的习惯,只要是我不喜欢的一律扔掉。"

如果她真的这么干的话我肯定会不高兴,但是我没有表达出来,我只是选择了不回信息。

片刻之后,杨思思又发来了一条信息:"你是不是正在生气啊?"

"不至于为了一双鞋和你生气,送给你的东西就是你的,所以你想怎么处理是你的自由。"

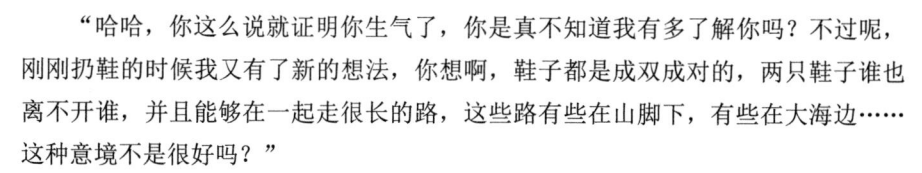

"哈哈,你这么说就证明你生气了,你是真不知道我有多了解你吗?不过呢,刚刚扔鞋的时候我又有了新的想法,你想啊,鞋子都是成双成对的,两只鞋子谁也离不开谁,并且能够在一起走很长的路,这些路有些在山脚下,有些在大海边……这种意境不是很好吗?"

"这话我怎么这么耳熟?"

"哈哈,因为这就是你说的,那个导购员也告诉我了。米高,你不如去搞传销吧,我真的觉得你特别会说话,连导购员都被你给洗脑了,她说下次谁再说情侣之间送鞋不合适,就用你的话去反驳他。"

"这可能就是天赋吧,但我是不可能做传销的。"

"得了吧。"

"反正不行。"

"不开玩笑了,你到大理了吗?"

"傍晚的时候就到了。"

"嗯……以后估计也不会太常联系了,你在那边照顾好自己。"

"你也是,记得好好学习,天天向上。"

"你就等着我戴上博士帽的那一天吧。"

我笑了笑,然后打字回道:"我会努力活到九十岁,希望有生之年能看到。"

"你现在就可以去死了,我很认真地和你说话的时候你还这么损我,有意思吗?"

"我要真活到九十岁,咱俩指不定谁先死呢。"

"如果我也活到九十岁,先死的肯定是你。"

我想了一下自己有幸活到九十岁的情景,然后便有了一种活腻了的感觉,因为我很不喜欢自己一个人活到那个年纪,爱的人却在我前面走了,我无法承受这种孤独,也不愿意在这种孤独中慢慢地等死。

因为失眠,次日起床时我的精神很不振,但因为时间紧迫,还是强迫自己做了很多事情,我先是在购物网站买了一些床品,然后又去家具城买了十张大床和十张单人床,为了节省成本,我买的全是那种需要自己拼装的床,然后整个上午和中午都在拼装这些零零碎碎的东西。

十二点半的时候桃子给我打了电话,问我有没有吃饭,她说自己在家做了红烧排骨,要给我送过来。

一点的时候我暂时放下了手中的活儿,坐在店铺外面的石桌上,一边吃着桃子带来的家常饭一边和她聊天。我颇有感触地对她说道:"幸好在大理还有你,要不然我真得天天吃外卖了。"

桃子笑了笑,回道:"我白天都有时间,以后你的中午饭我管了。"

"那我得交点儿伙食费。"

"你可别虚头巴脑的了，就咱这关系你好意思给我也不好意思要。"稍稍停了停，桃子又向我问道，"你前天是不是回上海了？"

"你怎么知道的？"

"思思告诉我的，我们一直都有联系。"

"嗯。"

"你去干吗了？"

我这才抬头看着桃子，有点儿语塞，所以停了一会儿之后才回道："叶芷住院了，过去看看她。"

桃子笑了笑："原来是这样啊，你要不告诉我我还真不敢想象，到底是什么事情、什么人，能让你回上海。"

"我是挺不想回上海的。"

"所以她一定很感动吧？"

"感动什么啊，都没见上面！"

"不能吧？"

我如实回道："最近一段时间，她精神状态特别不好，医生嘱咐她要好好休息，所以她助理就把她的手机给收了，等她第二天拿回手机的时候我已经在去机场的路上了。"

"她该不会是故意躲着你的吧？"

我先是愣了一下，又坚决摇头回道："这不可能，首先她不是一个喜欢拐弯抹角的人，再者她也不知道我订的是第二天回上海的机票，如果存心躲着我，肯定不会第二天一早就和我联系，如果我是个不识趣的人，她一联系我我就非要去找她，她也不好收场是不是？"

"呃……有点儿道理。"

去上海的事情我心里多少有点儿难受，所以不想被桃子追问，于是转移了话题向桃子问道："你那边怎么样了，凑足接手客栈的钱了吗？"

"还差点儿，那个客栈老板也体谅我们，说是过年之前给齐就行了。对了，昨天从一个开客栈的哥们儿那里听来了一个好消息，说是大理今年过年的游客量只会比去年多不会比去年少。这么大的游客量对住宿行业来说是一个特别大的挑战，为了不让游客有不好的体验，上面正在研究是不是要再开放一部分海景客栈，或者过年期间暂时性开放一批。"

"挺好的，我觉得上面也应该适时地放松一下政策了，要是旅游体系真的被暴增的游客搞崩了，真正受伤的还是这边的旅游形象。"

桃子笑道："我是真希望这个消息能被落实，要不然铁男身上的压力就太大了。"

我点头。

桃子又说道："要是过年期间咱这两边都能赚上一笔，明年真的可以考虑一起接手一个大一点儿的海景客栈。等我们这边先稳定下来，白露和马指导也就有底气回来了，反正我是觉得，自从来了大理，还是以前一起开那个客栈的日子过得最舒心。"

　　"我也这么觉得。如果过年都能赚到钱，我肯定同意接个大点的海景客栈。"

　　"嗯，眼看就要过年了，也不知道白露他们现在在哪儿。还有思思，说是一个星期左右就去国外。唉！当初那些人是不可能凑齐了。"

　　听桃子这么说我心里也不好受，可还是以平静的样子回道："这世界上哪有十全十美的事情，我一直都觉得完美主义是一个坑，越想完美最后摔得越惨。有些事情还是以终将失去的心态去看会更好。"

　　桃子撇了撇嘴，然后回道："出来工作这么久了，你说的这些我哪敢不明白呢！呵呵，就当这是一个美丽的愿望吧，希望有这么一天，我们这些人还能在苍山下洱海边，像以前那样喝喝酒聊聊天。"

　　我和桃子的聊天还在继续，说完了那些美好的憧憬之后我又向她问道："之前的事情铁男还放在心上吗？说真的，现在就剩下我们几个人留在大理，我真的不希望因为一些分歧伤了大家的感情。"

　　"没事儿，他这人就是脾气急，也不是真的不懂事，冷静下来后，他也觉得自己那天的话有点儿说过了。这样吧，改天找个时间，我好好做几个菜，你到山水间跟铁男喝几杯，你们平常都是以兄弟相称的，这点儿小事情还怕过不去嘛。"

　　"好嘞，我等你电话。"

　　桃子笑了笑，开始收拾起了我吃剩下的东西，过程中，她又对我说道："对了，在山水间租房子这事儿我感觉挺过意不去。我之前要给思思钱，她没要，现在更没有多余的钱给她房租了，所以我就想要不要把空下来的两个房间给租出去，收到的租金找个机会转给她。"

　　我想了想，回道："她这人在钱这件事情上脾气还是挺古怪的，你别擅作主张，最好先征求一下她的意见再做决定。"

　　"嗯，我问问她，看看她愿不愿意转租出去。"

　　桃子很快便收拾掉了桌子上的剩饭，在她准备离开的时候瓶哥恰好也来到了我这边，两人因此打了个照面，我简单给他们介绍了一下。

　　在桃子离开之后，瓶哥很是感慨地对我说道："这是你朋友？我很久没见过这么有女人味儿的姑娘了！"

　　我下意识地往桃子离去的方向看了看，实际上瓶哥有这样的评价很正常，因为桃子真的很漂亮。

　　片刻之后，我向瓶哥回道："她是我朋友，但是你可千万别把主意打歪了，她有男朋友，也是我朋友，两人的感情非常好。"

瓶哥大笑:"哈哈!是你想歪了,我就是忍不住赞美一下。"

忙忙碌碌地过了五天,这些被租来的商铺总算是有了新的模样,里面不仅有了床铺,热水也全部通了,只等弄些软装饰点缀一下便可以以客栈的规格对外营业。

我对软装并不是特别在行,又不想花多余的钱去请设计师,所以这个时候就特别希望自己身边有个懂品位的女人,一般来说,关于装饰,尤其是软装饰,女人会比男人有更强的审美和设计能力。

我给桃子打了个电话,想让她来给我一点儿意见,可是桃子比我还忙,她白天要帮铁男打理新接手的客栈,晚上还要去酒吧工作,所以这事儿还得靠我自己,因为除桃子之外我在大理也没有其他女性朋友了。

我自己一个人在房间里琢磨了半天也没想出什么特别好的设计方案,最后便放弃了,而因为实在没有这金刚钻,我已经做好了花钱请设计师的准备。

将今天刚到的一次性卫生用品和洗漱用品整理清点了一下之后我便准备去古城里转转,一来,是想调研一下最近的客流量,二来,觉得自己也该适当放松一下了,所以打算找家舒服的酒吧喝几杯。

在我锁门的时候,突然来了一个快递员,他让我签收了一个包裹。最近我在网上买了很多零碎的东西,所以也不知道包裹里是什么,打开时才发现不是网上买的东西,而是戴强给我寄过来的树叶。

没错,这些树叶是他在香榭丽舍大道上捡来的,之前我确实要他做过这个事情。

我将树叶从包裹里取了出来,然后又返回屋子,把它们装在一个玻璃罐里,我不知道这么保存对不对,所以我更希望有机会将这些树叶送给有缘人。

一些大学已经放了假,有了大学生们加入旅游的大军,古城明显比以往要热闹了很多,但是学生的消费能力始终有限,所以那种啤酒就要卖三十二一瓶的酒吧的人气还是和淡季时差不多。

不知不觉中我就跟随着人流逛完了半个古城,然后又去了那天晚上喝酒的酒吧,也许是因为来得够巧,前些天结识的妮可也正在对面的那个酒吧唱着。

她发现了我,我对着她笑了笑,她却给了我一个白眼,因为那天的误会,我在她心里已经是一个阴险怯懦的男人形象。

我独自喝了两瓶啤酒后给戴强发了一条信息:"你寄给我的树叶我已经收到了,这次去国外感觉怎么样?"

戴强秒回:"感觉太棒了,我要是以后有女朋友了一定要带她去香榭丽舍大道走走,简直就是谈恋爱的胜地!"

"除了这个,就没有一点儿工作上的收获?"

"有啊,如果我们集团有一天能把酒店开到巴黎,我一定要申请调动来这边工作!这里的酒店行业实在是太发达了,不是我崇洋媚外,真正能把酒店做成文化,让人感受到匠心的就属巴黎的几个宫殿级酒店。这次我们参观了乔治五世四季酒店,这家酒店可以说是行业内的格调之首!酒店里不仅有路易十五和路易十六时期的家具、十八世纪摄政时期的沙发、英式古典蜡台、萨弗纳里地毯,还有欧洲最著名的阿比松手工壁毯……近距离接触这些东西的时候真的有很穿越的感觉!"

我也算是酒店行业的一分子,可因为走的是野路子,我就更加羡慕戴强的所见所闻了,我点上烟,吸了一口之后便闭上了眼睛,我想象着那种穿越历史的感觉,确实很美好,很不可思议……因为,酒店已经不仅仅具备了住宿功能,更包含了一份被历史洗礼后的厚重,也许这样的酒店才真正有资格被贴上文化的标签。

片刻之后,我回了戴强的信息:"应该有不少重量级的人物在这家酒店下榻过吧?"

"那是肯定的,俄国沙皇、英国女王、阿拉伯王储、奥黛丽·赫本、迈克尔·杰克逊、帕瓦罗蒂、麦当娜……他们都曾经住过这家酒店。"

我没觉得戴强是在炫耀,他能记住这一连串的人名恰恰说明他是用心去学习了。我感叹道:"你这次真的是开阔眼界了!好好干,争取在这个行业做出一点儿成绩。"

"嗯,我真的特别感谢叶总!我们经理去法国之前特意问我和叶总是什么关系,看他话里的意思,这次去国外考察其实是叶总点名让我去的,也不是我真的有多受他器重。"

我有点儿意外,随即问道:"你们经理是和你明说的?"

"这事儿不用明说,我又不傻。之前我还以为是例行公事呢,到了法国才知道这是一次特别难得的机会,别的不说,这次光我一个人的出差费用就报了五万。就算我们领导器重我,但这么好的机会还是应该给之前有贡献的老员工,我真的得排很远的队。"

我皱眉思虑了一会儿,回道:"如果是真的,我得和叶芷说说。这样的事情不能给你开小灶,以后你会被其他员工排挤的,我觉得不利于你的职业发展。"

"你是怕别人的闲言碎语吧?你有这样的担心也很正常。哥,你放心吧,我不会给叶总惹麻烦的,你们私下的关系我和谁都不说,我们经理问我,我也给搪塞过去了。"

结束了和戴强的对话我的心情不免有些复杂,如果戴强的猜测是对的,那我还真不明白叶芷到底是怎么想的,因为她在我心中一直是一个聪明的女人,所以我能看到的弊端她会不会不明白。

带着这样的疑惑,我从回到大理后第一次给她发了微信:"找你求证个事儿,戴强这次去法国出差是不是你安排的?"

这次叶芷很快便回复了,她讲话一贯简洁,只说了个"嗯"字。

我点上一支烟,稍稍思虑之后说出了自己真实的看法:"我觉得这对他来说不是好事儿，因为他身边的同事肯定会有想法的，我听说这是一次非常难得的机会。"

"你的想法有些偏激了，他是个蛮有情商的人，我认为他是有能力去处理这些非议的。"

"这些先放在一边，你能告诉我你为什么把这个机会给他吗？"

"我知道你在想些什么，但我很明确地告诉你这和你没什么关系。集团的发展离不开人才，我在他身上看到了异于常人的能力，我作为这个集团的领导者，有责任去培养他，他以后也有义务为集团做出更大的贡献，这是互惠互利的。"

"我挺好奇他异于常人的能力是什么的？"

"善于处理人际关系，有很强的学习和记忆能力……最重要的是他身上有现在大多数年轻人所不具备的吃苦耐劳精神，这些都是酒店服务行业特别需要的。"

"是吗？我都不知道我这个表弟身上有这么多优点！"

"你不知道很正常，因为你和他之间不存在工作关系。米高，也许我这么说你不喜欢听，但是戴强在职场的生存能力真的要比你强很多，他很懂规则，也善于利用规则，而你很多时候虽然也能看透，但是却不愿意放开手脚。"

我因为叶芷的话而自我反思，她没有说错，我确实很厌恶职场里的一些潜规则和人情世故，所以我不会去拍领导的马屁，也不善于踩着别人表现自己，继续工作下去我的上限大概也就是用时间熬出来一个产品经理的职位。

想到这一点我有点儿伤心。

叶芷又发来了信息："可是你这样的人更有人格魅力。"

我笑了笑，回道："你这算不算打了我一棍子又塞给我一块糖？"

"不算，现在这个浮躁的社会环境中像你这么有情有义的男人已经不多了。"

"你给的糖这么甜！我不介意你再给一颗。"

"我没有和你开玩笑，所以你也不要和我开玩笑好吗？我们虽然相识的时间不长，但是很多事情我都是亲眼看着你去做的。那天，在高速公路上我的车爆胎之后路过的车有很多，但是只有你停下来帮我换了车胎，并且不求任何回报。在洱海边那次，围观的人有很多，但最早跳下去救人的只有你……跟你一起经历了这么多，我愿意去做那个欣赏你、崇拜你的人，因为你能做到的很多事情我都做不到！"

我很是震惊地看着叶芷说了这么多。

手机又是一阵振动，当然还是叶芷发来的消息："如果你也要很肤浅地用物质作为标准去给自己衡量出一个高低，那你就当我没有说过前面的这些话。"

足足过了五分钟，在这五分钟里我又喝掉了一瓶啤酒，这才给叶芷回了信息："我从来没有这样被一个人认可过……我有点儿晕，真的！"

"所以这个世界才这么俗，因为大多数人都用事业和地位来衡量你，但是总会有人能看到你身上的闪光点，我真的很庆幸可以遇见你，让我相信除了尔虞我诈真的还有人可以很正义很勇敢地在活着。"

我又喝了一瓶啤酒，缓了一会儿之后回道："我现在挺心虚的，所以除了你刚刚说的这些，我更想听听我身上的缺点。"

"看透了这个世界，却不能用超出这个世界之外的态度活着。要说，这也是一种俗吧，我觉得你在意的东西太多了，所以不够洒脱。"

"大概是的。如果我能用超出这个世界之外的态度活着，我就不会去管自己的父母，也不会去计划繁衍下一代，找个深山老林自己一个人过一辈子就好了！"

"你把我说的洒脱想得太极端了。"

我被叶芷说得特别迷茫，以至于忘了去回复信息。而想得多了，我也就错乱了，因为我深爱过的前女友陆佳说过一番完全相反的话……她说正直不能当饭吃，正义也未必有回报，我应该琢磨的是怎么在上海买一套房子，怎么让以后的生活有保障。我说这是肤浅的生活，她说这叫现实。

最终，我惨不忍睹地败在了她的脚下！

微醉的眩晕中，妮可终于结束了今天的演唱，她背着吉他走进了我所在的酒吧里，然后敲击着桌面对我说道："你这人真挺让人看不上的，我说了你不配请我喝酒，干吗还把那三百块钱留在吧台？"

我莫名来了火气："你凭什么看不上我？因为听别人说了几句话，就自以为很了解我？"

妮可呆住了。

我又用很重的语气说道："不管你信不信，你所想的那个人和我真正要去见的根本就不是一个人！我请你喝酒也没有一点儿恶意，你干吗因为一点儿误会就乱往我头上扣帽子？"

妮可更加不知所措地看着我。

我咽了一口啤酒，恨不能将心中的委屈和无奈一股脑拎出来，给妮可这个陌生人看看。

但我没有这么做，我努力让自己平静下来，用力闭了闭眼睛，又用道歉的口吻对妮可说道："对不起，我有点儿激动了，但事情真的不是你看到的这样……是，对待感情我是不够洒脱，但敬畏之心我一直都有。那天你见到的那个小青年叫曹小北，他喜欢的姑娘叫杨思思，住院的那位叫叶芷，她们除了都是上海人之外没什么共同点了，可就这样，还是被你们给误会了，而且一个个都不听我解释，你说我冤不冤！"

妮可半信半疑："真的？"

"真的。"

妮可想了想又问道："那你有她们的照片吗？看不见样子，我大脑里真的很难区分出是两个不同的女人。"

我拿出手机，先是在杨思思的朋友圈里找到一张照片给她看，然后又找了一张叶芷的。

妮可终于笑了笑，说道："如果我没有猜错，年纪看上去小一点儿的应该是杨思思，另外一个……说真的，我没见过气质这么好的女人。呃，有点儿不太真实的感觉，这照片不会是你处理过的吧？"

我解释道："没有处理过，她是混血，至于气质好……大概是因为一直在职场身居高位吧，她本人不比照片里差。"

妮可又返回去看杨思思的照片，感叹道："这姑娘也不差啊，看上去特别有活力，给人很好相处的感觉，就是一个邻家大美妞的样子。"

"嗯，她们都是我来大理途中认识的朋友。后来她们都回上海了，所以才被你们给闹出了误会。"

妮可来回品味着这两张照片，又问道："说真的，你身边认识的都是这种美女吗？"

"当然不是，肯定还是普通女孩居多。"

误会解开之后，妮可也不像之前那么敌视我，她将自己的吉他放在桌旁后，又在我的对面坐了下来，我对她笑了笑，她则给自己点上了一支烟。

她的手指很修长，很适合弹奏乐器。

我因此想起了也会吸烟的汪蕾，不禁给自己点上了一支烟。

我对妮可说道："你抽烟的样子和我一个女性朋友很像。"

"呵呵，在酒吧里，我遇见过很多说我像自己前女友的游客，你说这真是巧合还是心怀鬼胎？"

"一半是巧合，一半是心怀鬼胎。"

"那你属于前者还是后者呢？"

我回道："真的很像！"

"你认识的女人可真不少，那她又叫什么名字？"

"梦……"

妮可一边弹掉烟灰，一边笑道："梦？说真的，在大理待了这么久，你是我见过最神神道道的一个男人。"

我回应了她一个笑容，说道："是吗，可是她真的给了我一个梦，要不然就没有现在和大理死磕的我。"

"她是你的前女友？"

我摇头："我们之间没有关系，但她也许是这个世界上对我最真心的女人……"

沉默了一会儿，被我一直放在酒杯旁边的手机又是一阵振动，这是继之前的聊天暂停之后，叶芷再次发过来的一条微信："你在哪儿？"

我没明白过来，本能地回道："大理啊。"

"我是说你现在的具体位置。"

我的心情发生了变化，愣了一会儿之后我又四处看了看，妮可察觉到我的不对劲儿，问道："怎么突然一副魂不守舍的样子？"

我将手机屏幕对着妮可，回道："给我发信息的人就是叶芷，我不太明白她为什么突然这么问我。"

妮可看了一眼，笑着说道："我以一个旁观者的理解告诉你，她现在很可能就在大理。"

妮可的假设让我感到震惊："不能吧，她之前伤筋动骨，身体应该还没好！"

"问你个事儿，你后来去上海找她了没有？"

"去了，但是没能见上面。"

"我就不问你为什么没能见上面了，但是你不觉得，我的猜测其实在逻辑上是说得通的吗？你特意去上海见她，结果没见到，她如果因为这事儿遗憾，那来大理找你不是很顺理成章吗？"

我依然觉得不可思议，妮可又怂恿着说道："你要不信的话就把酒吧的位置发给她，反正一会儿就有结果。"

我接受了妮可的提议，将自己现在所处的位置用微信发给了叶芷，然后屏息喝了一杯酒，便陷入了不知为何的等待中。

天空下起了小雨，雨像线，在路灯下被拉得很长，没过一会儿，原本就没什么游客的巷子像是被洗礼了一般，只有潮湿的青石板路面是清晰的，而酒吧里面因为冷清显得更颓靡了，反正我是不知道这儿附近开的几家酒吧是靠什么维持到现在的。

妮可告诉我，其实这条巷子里的四家酒吧都是一个老板开的，老板开这几家酒吧不图赚钱，就是为了找乐子。

妮可又给我递来了一瓶已经打开的啤酒，我心不在焉地从她手上接过酒瓶，下一秒又将目光放在有一点儿风吹草动都能感知到的巷子间。

她真的会来吗？看着窗外亦真亦幻的世界，我不禁在心里这么问着自己。

妮可好似看穿了我，她又对我说道："其实重要的不是她有没有来，而是你知道她会来后是什么样的心情。"

我看着妮可，又摸出一支烟点上，然后回道："虽然有点儿不相信，但我心里真的挺高兴的，不知道为什么，每次跟她聊几句之后我都会有踏实的感觉。"

我的话刚说完，妮可便往我背后指了指，说道："你看，那个在看手机的女孩是不是她？"

我回头看去，叶芷也似乎因为寻找在同一时间往后看去，我们的目光相背离，但是她的这个回眸却好似在我心里点亮了一盏灯，让整条巷子变得更幽远，也让我看清了她在潮湿路上留下的脚印。

叶芷又低头看了看手机,等她再次抬起头的时候我们的目光终于碰在了一起,我向她招了招手,她则对我笑了笑。

在叶芷走进酒吧的同时妮可也背起了刚刚放在桌旁的吉他,然后对我说道:"你们聊,我就不打扰了。对了,待会儿结账的时候你就说是妮可的朋友,打七折。"

妮可与叶芷擦肩而过,很快叶芷站在了妮可刚刚坐过的地方,却比妮可要更来得像是一场梦。

我站了起来,笑道:"像做梦,现在真的是地球村了吗?这么远说来就来了!"

"你最好还是别有做梦的感觉,因为我和你去上海一样,我也是顺道来大理的。"

我有点儿尴尬地看着叶芷,叶芷在我对面坐了下来,她虽然没有看着我,但我却比刚刚更加尴尬了,我倒是挺希望她拆穿我的,可是她并没有这么做。

我终于开口向她问道:"你想喝点儿什么?"

"这不是有现成的啤酒嘛。"

"那我帮你开一瓶?"

"嗯。"

我递给她一瓶风花雪月,她这才向我问道:"刚刚那个女人是你的朋友吗?"

"算是吧,刚认识没几天,她是在对面酒吧唱歌的歌手。对了,你身上的伤痊愈了吗?"

"还没有好透,但医生说只要不拿重的东西都没有问题。"

我沉默了一下,下一刻便很严肃地说道:"你是不是也该吸取点儿教训了?车祸猛如虎,我听着都替你感到后怕!"

叶芷先是看了看我,又回道:"我也害怕,尤其出车祸的那一刹那,我本能地想了很多事情,我真的以为自己会死,幸亏开车之前司机一再提醒我系安全带,要不然……"

虽然叶芷只说了一半儿,但是我却听得是一阵心惊肉跳,叶芷的车不会差,但还是靠系了安全带才捡回了一条命,可想而知当时的场面有多惊险。

我责备道:"出了这么大的事儿你为什么都不和我说呢?我真觉得你没把我当朋友。"

"这又不是什么好事情,多一个人知道多一个人担心,何况,我知道你最近也挺忙的。"叶芷似乎比以前要健谈了一些,她主动转移了话题,又向我问道,"你最近怎么样,还顺利吗?"

"都挺顺利的,我之前都没有想到可以这么顺利地从曹金波手上拿下十六套商铺,现在我手上一共有二十套可以改成客栈的铺面。呃,要说困难的话,还真有一点儿。目前这些商铺已经能够简单住人,但是还没做软装,我觉得还是有必要将房间点缀一下的，可是我这人审美能力欠缺，不知道该用什么样的装饰品在房间里营造出氛围。"

稍稍停了停，我又对叶芷说道："我认为女人在审美上有天然的优势，再加上你是从事酒店行业的又见多识广，所以想请你给我一点儿建议行吗？"

窗外的雨还在淅淅沥沥地下着，大理虽然没有真正意义上的冬天，但只要下了雨，那种冷也会让人有想穿上一件厚衣服的冲动，所以我下意识地披了披衣服，然后又很真诚地看向叶芷，希望她能帮我这个忙。

叶芷没有急着给我答复，她只是向我问道："这次在九隆居做的事情你有把握吗？"

"有，但是时间很紧。现在很多学生都已经放了寒假，其中一些学生会选择在过年这段时间出来旅游，我刚刚在古城里逛了逛，人流量已经明显比前段时间大了很多。我认为这是旅游市场要爆发的前兆，所以我需要尽快做好营业的准备。"

"嗯，那你怎么去抓住客源呢？我认为这不是一件容易的事情。"

我笑了笑，回道："你别忘了，我们之前还做过一间海景客栈，虽然现在被拆掉了，但是我可没有完全放弃'我在风花雪月里等你'这个品牌在网络平台上的运营，就比如微博和公众号，我都陆陆续续维持着内容更新，所以关注度一直都没有降低。最近这几天我陆陆续续有收到那些关注了微博和公众号的粉丝的私信，询问过年期间能不能预订房间，大家都有这样的共识，只要有个舒服的地方住，是不是海景房并不重要，因为去年大理旅游市场的井喷把他们弄得也挺紧张的。所以我有信心，靠之前积累的客源就能把九隆居的房源给消化掉，"稍稍停了停，我又说道，"实在不行，不是还有订房软件嘛，只要大的旅游市场不出问题，我这里就不会有问题！"

叶芷这才点了点头，说道："看样子你这次是真的做了充足的准备，不过，我在想一个问题，当大理变得如此商业化之后它还是你当初所追求的大理吗？"

"还是不是我所追求的大理我不敢肯定，但一定是你所希望看到的大理。"

"我不太明白你这么说的意思。"

"想想你们集团在龙龛那边投资的项目，其实最不希望大理旅游市场冷下来的，还是你们这些投资人吧。"

叶芷有点儿尴尬，以至于沉默了一会儿之后才回道："我也很想将大理和其他地方区别开来，但就目前来看……"

我接过叶芷只说了一半的话，继续说道："它和其他你投资过的地方一样，也只是一个赚钱的地方对吗？"

叶芷既没有否认也没有肯定。

关于临时客栈的软装布置，叶芷答应帮我参谋参谋，所以喝掉剩余的酒之后我们便一起离开了酒吧。雨一直没有停，我们都没有带伞，我不想让她着凉，便将自己的夹克脱了下来，让她顶在自己的头上。

挥洒的雨水中我回头看了看我们在路灯下的背影，好像并没有什么明显的区别，但是我的脚步却一直在她的后面。我想，如果我牵住她的手，或者抱住她，我们的脚步应该就能统一了。

但我也只是想想，这事儿真要做起来还是挺让人脸红心跳的！

在古城绕了一大圈，我终于带着叶芷回到了九隆居，商业街里面还是一如既往地冷清，一如既往地黑，即便是打开了手机上的照明功能，我的眼睛还是在过了好一会儿后才适应了周围的黑。

直到进了房间，打开灯，我们才真正摆脱了一直如影随形的阴冷。

叶芷坐在了我的床上，我给她倒了一杯热水，然后对她说道："其他铺面和我现在住的这一套是完全一样的构造，现在这些房子里面只有一张床，没有其他装饰的东西，所以我觉得太空了。目前，我手上还有一点儿预算，所以想弄点儿东西点缀一下。"

"这种上下两层的小套间，如果没有足够的预算是很难装出效果的。"

"你说的足够预算是多少？"

叶芷看了看我，回道："我说的预算肯定超出了你的能力范围，所以我建议你最好还是从简，省得最后花了钱还弄出不伦不类的效果。"

叶芷说完后便从床边站起，然后沿着房间的四周走了一圈，她的手放在一台老式电视机上，对我说道："这台电视机是装饰品吗？"

"这是那天我逛古城的时候从一个修家电的哥们儿那里淘来的，装上天线就能收到昆明台，我最近正在用它追电视剧，所以算不上是装饰品吧。"

叶芷有点儿不可思议地看着我。

"我喜欢黑白电视，虽然色彩上单调了一点儿，但也简单，不是吗？"

叶芷摇了摇头："你只是念旧。不过用这种老式电视机当装饰品挺不错的，特别适合没有装修的房间，因为基调是老旧所以心理上就不会有太高的要求，这算是装饰中比较讨巧的一种。"

"学习了，那我再去收几台这样的电视机，弄几间怀旧主题的房间。"

"最好不要选这种软装风格。"

"为什么？"

叶芷答道："怀旧风的装修不太适合酒店和客栈，一般咖啡店用得比较多，因为咖啡店卖的是情怀，而酒店卖的是住宿品质和格调。你这些拿出去卖的房间，一晚上的单价也不便宜吧？"

"一千五。"

"这可是五星级酒店商务大床房的价格了，你肯定给不了五星级酒店的服务，那在住宿品质上就更得用心。"

"嗯，虽然这些店铺我只租了一个月，但我也没当成是一锤子买卖，因为我心里还在做着客栈梦，所以每一个来这里消费的人我都尽力以诚相待，让他们觉得物有所值。"

说到这里，我又笑了笑向叶芷问道："过年期间你们酒店的客房会根据供需关系的变化而涨价吗？"

"看城市，如果是三亚这种一线旅游城市过年期间我们会取消平时的折扣。"

"这也是一种变相的涨价吧，因为一年当中的大部分时间都是有折扣的，而且你们的定价都普遍偏高。"

"嗯，这是一种营销手段。高端酒店尤其重视自己的品牌形象，所以一般不会在节假日跟风涨价，取消折扣确实是变相涨价的一种方式，但是却没有坐地起价的恶感，客人相对要容易接受一些。"

叶芷说着这些的时候目光又停留在了我用来装树叶的那个玻璃瓶上，她向我问道："这些树叶是有什么特别的含义吗？为什么要装在玻璃瓶里？"

"这是我让戴强从香榭丽舍大道上捡回来的。"

叶芷笑了笑，又问道："做装饰品？或者你觉得这是一种浪漫？"

"现在是装饰品，以后可以用来搞浪漫。"

我明显是在开玩笑、找消遣，但是叶芷却没有放在心上，她在沉默了一会儿之后对我说道："我有一个提议，你倒是真的可以将这些树叶利用起来，将它们做成装饰品，摆在房间里。"

我稍稍想了想，便领会了叶芷的意思："你是说我可以把房间做成香榭丽舍大道的主题风格？"

"嗯，这些树叶就是最好的装饰品，会让人感到非常亲近，无形中也提升了你整个房间的格调……"

叶芷的话没有说完，我便指着白色的墙壁说道："如果我在这里挂上一幅特大号的有香榭丽舍街景的壁画，再加上这些真的从那里捡回来的树叶是不是很有穿越的感觉？"

"对，其实装修并不难，前提是你得有思路。"

我笑道："没错，没错，我现在就有豁然开朗的感觉，也知道怎么搞好软装了……"稍稍停了停，我又兴奋地对叶芷说道，"以后如果我还做客栈的话，就在全世界各地收集一些有意义又不需要花钱的东西，然后在房间里做出不一样的异域主题，这种感觉真的非常棒，好像足不出户就已经玩遍了全世界。"

"想法不错。"

我一激动，便又对叶芷说道："你不是经常去国外嘛，那你帮我这个忙！就像

195

你上次去巴厘岛,如果给我捡一些贝壳什么的,我这个想法不就很容易实现了吗!"

只是刚说出口,我便有些后悔了,这样的事情虽然看上去不难,但却要非常有心才能坚持着做下去,而我凭什么要求叶芷为了自己的事业和想法去做这些琐碎的付出呢?

在我这么想的时候,叶芷却揉了揉自己的鼻子,然后打了喷嚏,我这才发现她的身上被雨水淋湿了一片,我赶忙转移了话题,对她说道:"你先洗个热水澡,我去给你煮点姜茶,要不然会着凉的。"

"没事儿,我回酒店洗吧,这里没有换洗的衣服。"

"也行,那我现在就送你回去。"

在我这么说着的时候,我和叶芷都下意识地往屋外看去,却不想此时的雨要比刚刚大了很多,风也更大了,而车是不让开进古城里的,只能步行,就叶芷现在的样子来看,就算是打了伞,也免不了要着凉,因为外面真的是又冷又湿。

恶劣的天气让我产生了要留下叶芷的想法,我对她说道:"这雨下得也太大了!要不今晚就住在这边吧,反正房子多,待会儿等雨小了我去酒店帮你把行李箱拿过来。"

"我原本没打算来古城,所以就在下关订了酒店,十几公里路来回挺不方便的,还是我自己回去吧。"

叶芷说着,便从我放杂物的箱子里拿出了一把雨伞。

在她要走的时候,我挡在她面前问道:"这么说你真是顺道在大理停了一天?住在下关是为了方便去机场对吗?"

"对,是这边一个开发商一再邀请我来大理吃个饭,我才在大理停了一天,明天下午就要飞西双版纳。"

我不信,便拿出手机查了查,大理果然有直飞西双版纳的航班,并且就是叶芷说的下午,继而有些失落,但我的理智一直都在,所以稍稍沉默之后我便对叶芷说道:"那行,我就不耽误你的行程了,我给你找一件厚一点儿的衣服穿上,千万别着凉。"

"我没问题的。"

要说倔强,叶芷还真是一个倔强的女人,她说完之后便打开屋门,然后迎着黑暗向风雨中走去。

我就这么愣在原地,然后又有了一种莫名其妙的感觉,不仅是我,甚至是叶芷都很莫名其妙,我不知道怎么了,我们就互相生了对方的气。要说,我们都是很理智的人,这样的事情真的不应该发生在我们身上。

我从柜子里找了一件很厚实的羽绒服,然后追了出去,尽管一路小跑,但还是没能赶上叶芷的脚步。出了九隆居之后,我看到的都是在屋檐下躲雨的陌生脸孔,好像这个夜晚叶芷走进我的世界只是我的一个错觉。

回到住处，我还是云里雾里的状态，直到看见杂物箱里少了一把雨伞才确信刚刚的一切不是梦而是真实发生过的。

将窗户打开后湿冷的空气便从屋外飘了进来，我搬来一张椅子，就这么迎窗而坐，然后越来越清醒。

我又从口袋里摸出一支烟点上，不禁想起了那个独自回上海的夜晚，如果那天晚上我和叶芷见了面，现在又会是一种怎样的局面呢？

如果说她也有缺点的话，我觉得就是太聪明了，所以我撒的谎骗不过她，而我也确实是专程去上海看她的。

恍神中，手机一阵振动，我从口袋里把手机掏出来看了看，是杨思思发来的一张照片，她发语音向我问道："还记得这张照片吗？"

我当然记得，因为拍这张照片的时候是我们刚来大理那会儿，我们为了赚钱被铁男和马指导忽悠着拍了一组艺术婚纱照，照片中的我一只手死死拉住一根树枝，另一只手则拉住杨思思。

这是一个极其惊险的瞬间，杨思思因为崴了一下差点儿掉进悬崖里……这么回忆了一会儿，我终于回道："记得，照片是马指导给我们拍的，那天咱俩差点儿都没命！"

"你说，要是我们当时都掉下去了现在坟头草是不是都该两米高了？"

"死亡这么严肃的事情你能不能别说得这么搞笑？！"

"我没有搞笑，每次翻到这张照片的时候我都会胡思乱想，想死了以后的事情。你觉得我要是死了，是去天堂还是下地狱呢？"

"你除了嘴有点儿坏其他都挺好的，所以应该是去天堂吧。"

"那你呢，你去哪里？"

"我不入地狱谁入地狱。"

"所以咱俩就算是死在一起也不是一条路上的人，对吗？"

我怔住了，半晌才避重就轻地回道："都好好活着不好吗？干吗要讨论死不死的事情。"

"你难道不觉得时间走得太快了吗？我们是今年夏天认识的，这会儿回忆起来还像是昨天发生的事情，可现在都已经是半年后了！"

"半年被你当成一天，那要这么说的话咱俩真都离死不远了！"

这次，过了有十分钟杨思思才回了信息，又是一条语音信息，她的声音特别低沉："米高，我现在在机场，已经领到登机牌了，我从来没有想到自己会以这样的方式离开，我总感觉自己还有很多的话没说，很多的事情没有做……"说到这里，她已经哽咽。

我继续将手机放在耳边听着："我现在穿着你送给我的那双鞋，感觉还不错，就是有点儿硬，可能因为是新鞋，多穿穿就会软了吧？"

我也回了一条语音信息："运动鞋都是这样，越穿越舒服。"

"嗯，鞋子都是成双成对的，可我这个人为什么总是活得这么孤独啊？我真的特别不明白！"

"孤独是人的天性，你要学着去承受。"

"我承受不来，我就把这双鞋想象成你，每天把你踩在脚下踩一千遍。"

我带着强烈的不满回道："我难道就没送过你其他东西？你非得把我想象成一双鞋！"

"踩完我再带你这个土包子去看全世界最漂亮的风景，我走了，你好好保重。"

五分钟后，我又尝试给杨思思发了一条微信，但是她没有回复，大概是已经上了飞机。我半躺在椅子上，脑子里尽是这半年来和杨思思在一起时经历过的那些画面。

我很伤感，但不可否认她这么快出国跟我也有关系。

我觉得这才是她的人生，可如今，我的愿望实现了，我却一点儿也高兴不起来，我能看到的只是遥遥无期，一切都遥遥无期……又是五分钟后，我生平第一次发了一条与杨思思有关的朋友圈动态，我跟她简单说了"再见"。

未必需要再见，但她一定要过得很好！而这才是我对她最大的期望。

我坐在椅子上，对着一片漆黑的窗外发了一会儿呆便睡了过去，以至于从屋外传来敲门声时我却不知道过了多久。

打开门之后我发现门外站着的是曹小北，他的手上夹着烟，表情复杂。

我萎靡不振地问道："什么事儿？这么晚找过来！"

"咱俩打一架，就现在。"

我已经习惯了他的神经质，只是左右看了看房间，然后回道："不打，地儿太小，我一招降龙十八掌都施展不开。"

"你是不是以为我在和你开玩笑？我没开玩笑——"

曹小北的话还没说完我便一把擒住了他的右手，然后重重别在了他的背后，狠狠说道："你要不是开玩笑的话那我就先下手为强了。"

"你是真无耻……有种光明正大打一场！"

"就你这身板儿，我怕把你打出问题！说吧，大晚上的找我发什么神经？"

"我就是气不过，想打你。"

"我就不明白了，我挣的是血汗钱，吃的是粗粮，过的是奉公守法的日子，你凭什么动不动就看我不爽，难不成咱俩上辈子有仇没算完？"

"咱俩上辈子没仇，这辈子有！你松开我，我今天非要把你揍一顿。"

"我是听明白了，我怎么着都落不着好是吧？"

我一边说着一边松开了曹小北，曹小北却突然萎靡了，他坐在台阶上摸出了一支烟点上，许久之后开口说道："思思走了……真的走了……我也不知道为什么……"说到这里，他抬头看着我，然后又愤愤说道，"知道她走了，我就会想起你，是你逼她走的。"

"你哪只眼睛看见是我逼她走了？"

曹小北冲我吼道："这事儿不需要眼睛看，你自己心里比谁都明白。"

"我不明白，但如果你真想和我打一架的话别挑今天晚上，我心情不好，怕管不住手上的轻重。"

曹小北扔掉烟，将拳头捏得咯吱作响。

我转身回屋，然后从冰箱里拎出了两瓶老村长，我将其中一瓶递到了曹小北的手上，说道："发泄的方式有很多种，我觉得喝酒比打架更爷们儿，你要是真牛，现在就把我喝趴下。"

曹小北从我手中接过酒瓶。

我率先拧开瓶盖，一仰头便喝掉了半瓶，然后咂着嘴对曹小北说道："屋里酒管够，该你了，谁先趴下谁认输。"

这个下雨的夜晚很黑色幽默，我没能留住叶芷却惹来了一个曹小北。这哥们儿酒量实在是不行，只和我斗了两瓶便晕了过去。我将他安置在自己的房间，自己则去了隔壁另一间房。

可是当我真的躺在床上时我却失眠了，我同时想起了叶芷和杨思思。她们都是我在来大理的路上认识的，要说这时间过得真够快，仿佛只是一瞬间，杨思思就去了国外，而互相尊重了很久的叶芷也莫名生了我的气。

唉！失败的人，失败的夜晚。

相比于挫败感，伤感要来得更真实，我似乎因此更加搞不明白人与人之间的关系。

夜里两点多的时候我才睡了过去，可是却睡得不够踏实，以至于第二天醒来时整个人的状态都特别不好。我用冷水洗了脸，然后在九隆居的外面吃了一碗素面。

过程中，我又想起了昨天晚上发生的一些事情，我觉得自己和叶芷之间不该有这样的不愉快，于是又主动给她发了一条微信："起床了吗？"

叶芷发来了一张照片，照片里是她的早餐，我还看见了洱海，由此可见，酒店的餐厅是正对着洱海的，而我已经知道她住的是哪家酒店。

我问道："你是住在洱月湾吧？"

"你怎么知道？"

"下关的五星级酒店就那么几家，其中海景最好的是洱月湾，你刚刚发的照片已经说明一切了。"

叶芷没有否认，她只是问道："你有事情吗？"

"你昨天不是从我那儿拿走了一把伞嘛，你要没时间送过来的话我自己去拿，正好我要去下关一趟，看看装饰城那边有没有香榭丽舍大道街景的壁画。"

"又是顺道？"

我反问道："要是顺道的话你是不是就不打算还给我了？"

"欠了人的东西当然不可以不还，我已经把伞放在酒店的前台了，你随时都可以过来拿。"

"那我要是专程过去拿呢？能一起吃个中饭吗？"

叶芷没理会我，而这时我终于明白我们昨天不欢而散的症结在哪里，都是顺道惹的祸！

吃完早饭，我回到了九隆居内，我给曹小北也带了一份早餐。此时已经是九点，这哥们儿还躺在床上，我喊了几声，他一点儿反应都没有，我对着床踹了一脚，他才睁开了眼睛，然后一脸茫然地看着我。

我将早餐扔在了床头的柜子上，说道："赶紧吃，吃完走人。"

曹小北一拍脑袋，喊道："你算计我！"

"我不至于算计你，是你自己酒量太菜了。"

"之前的事情你什么都不说，我就问你，思思是不是跟那个叫小豹的男人一起走的？"

"这没什么好怀疑的，我上次不就和你说过了。"

曹小北骂骂咧咧，然后又抱住自己的脑袋，一脸懊悔的表情，可是懊悔的背后更有无法言说的伤痛，因为杨思思对他一直避而不见，所以就算他有心改变这个结果也是无能为力。

我能理解他，他不想杨思思和小豹之间发生什么，可事态的走向却非常不乐观，毕竟他们在国外朝夕相处，也不是不可能日久生情。

突然，曹小北又瞪着我说道："你去问思思她在哪个国家哪个城市的哪所学校读书，要不然我让你吃不了兜着走。"

"威胁人呢？"

"你去不去？"

"你少和我玩横的，你这就是典型的吃饱了撑的！我告诉你，像你这样的社会蛀虫，要不是有你爸在后面兜着，放在我们村儿你连媳妇都找不上。"

"这事儿你不办，是吧？"

"不办，这早饭你爱吃就吃不爱吃就滚。"

曹小北指着我，然后留下一句"你等着"便离开了我住的地方。要说，这家伙也着实够浑蛋，我是因为理解他才凡事儿不和他计较，他却变本加厉，威胁我去做不可能的事情。

我不禁想：如果这曹小北出生在跟我一样普通的家庭，是不是还敢像现在这样不管不顾？我知道他是想去国外找杨思思，但如果他出生在普通家庭，别的不说，他总不能扔下工作，为了所谓的爱情跑到异国他乡去"胡作非为"。

所以说，不是爱情现实，是人生活的环境太过于现实。人如果普通，身上的枷锁就会越多，试想，被这么多枷锁缠身的话谁还会不切实际地去幻想一段偶像剧般的爱情？

九点半的时候我骑着杨思思留下的那辆小忍者去了下关的装饰城，我运气不错，装饰城里有店铺恰好有我要的壁画，我便一口气订了二十幅，不过老板说，要到傍晚才有时间将这些画给送到九隆居，因为临近过年，送货的师傅尤其忙，要不是我订得多，明天都不一定能安排送货。

十一点的时候我"顺道"去了叶芷住的洱月湾酒店。我没有急着跟前台要雨伞，而是伪装成路人在酒店大堂里坐着，我估计叶芷还没有退房，那我就有机会制造偶遇的假象。

我一直抱着一本杂志反复看着，差不多十一点半的时候叶芷果然从电梯里走了出来，在她还没有发现我的时候我已经一个箭步冲到了前台，然后对前台的服务员说道："你好，小姐，我有个朋友说她留了一把雨伞在这边，让我过来拿。"

"先生，您稍等，我帮你查一下。"

"没事儿，不急，您慢慢查……"我一边说，一边往叶芷走过来的方向瞥着，直到她站在另一个前台对面。

我冲她笑了笑，说道："我是过来拿雨伞的，真巧啊！"

叶芷一边将房卡递给前台，一边回道："是吗？"

"能看我一眼吗？你这么和我说话我挺尴尬的！"

结果叶芷转头看着我，我却突然说不出话来了。

叶芷已经办好了退房，她又对我说道："如果你没有其他什么要说的那我就先走了。"

"有……有，你别急。"

"那你说。"

"一起吃个饭吧，你好不容易来次大理，没有好好请你吃一顿饭我心里挺过意不去的。"

"我是顺道来的，你不用太隆重。"

"你看你……这都一夜过去了，还和我纠结顺道不顺道的事情呢！"

"我以为我来大理了你会真诚一点儿，可你还是老样子，让我不知道该怎么和你沟通。"

我想解释，可是下一刻一个中年男人便站在了我和叶芷的中间，然后对叶芷说道："叶总，我是李总派来送您去机场的。真是抱歉，本来十一点钟就能到的，可是路上有点儿堵车。"

叶芷礼貌地笑了笑:"理解,这个时间点到正好,不耽误的。"

"那就好,那就好,那请您赶紧上车吧。"

叶芷点了点头然后便将我晾在了一边,继而跟随司机的步伐往酒店外面走去。

错愕中,前台终于对我说道:"先生,您是叫米高吗?这边确实有客人给您留下了一把伞。"

"是,我叫米高,这是我的身份证。"

"您看是这把伞吗?"

我点头的同时已经从服务员手中接过了伞,然后又向酒店外面冲刺而去。这时司机已经替叶芷打开了后面的车门。

我一把架住车门,然后对司机说道:"师傅等等!我和叶总是朋友,还有几句话要和她说。"

司机看着叶芷,叶芷回道:"他是我朋友没错,但是我现在没时间和他聊天。"

叶芷这么说司机更不给我说话的机会了,我终于急了,大声说道:"你跟我置气不就是为了去上海那件事情嘛,我认了行不行?我不是顺道去的,我就是专程去看你的,因为你出了车祸,这么大的事情我放心不下!"

气氛突然就变得很微妙,而我的内心也莫名紧张,我下意识地避开了叶芷的目光看向了距酒店近在咫尺的洱海,那里候鸟成群,阳光金灿。是的,大理已经告别了昨晚的坏天气,迎来了一个艳阳天。

而我呢?我不求好天气,只求在叶芷复杂的目光中身心能够舒展一点儿!

比我更不自在的是司机,我挡在车门旁让他走也不是不走也不是,叶芷终于开口对司机说道:"我和他聊一会儿,麻烦你再等十分钟左右。"

司机赶忙回道:"好的,那我把车开到旁边的停车场,等您聊好了,我再开过来。"

"嗯,谢谢。"

司机将车开走之后就只剩下我和叶芷,她先是沉默,然后又看着我说道:"我一直以为我们是可以以诚相待的两个人,你为什么要撒谎呢?"

"这不算撒谎吧,这是一种心境,很难用语言表达出来。"

"是吗,我不懂。"

我不知道该怎么开口解释,我甚至已经记不清自己当时是怎么想的了,因为那就是一种心境,只和当时有关。

叶芷又说道:"我看到你昨天晚上发的朋友圈动态了,你说再见,是不是觉得我来大理很多余?巴不得我早点儿走。"

"你误会了,真的误会了,那条动态不是针对你的。"

叶芷注视着我,问道:"那你是在针对谁?"

一阵沉默之后我回道："是思思，她昨天跟着小豹去国外了。"

叶芷依旧不动声色："你很难过吧？我印象中你并不是一个喜欢在朋友圈表达情绪的人，除非真的触动到你了。"

这是一个让我感到为难的问题，但片刻之后我还是诚实地回道："你知道的，当初我是和她一起来大理的，虽然目的不一样，但很长一段时间她就像是我的影子，我在她身上会看见很多以前看不到的东西。所以对于我来说，或是对于她自己来说，她都是一个追梦人。现在她真的走了，我看到的是一种破败，虽然我知道她会有更好的生活，但终究……我说不出来这种感觉，就像马指导和白露当初离开的时候我总觉得大理虽然梦幻，但却不是一个能留住人的地方，我会因此想到自己……这种心慌的感受你能体会吗？"说到最后，我有点儿语无伦次。

"我很想体会，但真的体会不到。"

"这就是我们之间的差别，所以有些时候我们之间完全说实话也未必是好事，就比如现在，我情愿你骗我，说能体会到我心里的感受。"

叶芷看着我，我也看着她。我很想抱住她，可内心一直有个声音，大声喊着"我们不是一路人"。

就在这时，一支结婚的车队从酒店外面驶了进来，先是新郎捧着一个硕大的盒子从车里走了出来，他一边喊着"见者有份"一边将喜糖递给了我和叶芷，他的伴郎们也没有闲着，将喜糖均匀地分给了在场的酒店工作人员。

我一边接过喜糖一边祝福着新郎，新郎是个很健谈的人，也夸我有眼光，让我快点儿和叶芷结婚。

他是真的被幸福给冲昏头脑了，觉得只要是站在一起的男女就可以像他和车里的新娘一样……但我没有否认也没有肯定，因为对于我来说他只是一个陌生人，所以是不是解释根本不重要，我只是笑着对他说道："哥们儿，这么好的日子我真的挺为你感到高兴的，能再给我一包喜烟吗？"

新郎特别慷慨，他二话不说又从烟盒里取出一包软中华扔给了我。

做完了这些新郎才将新娘从车上抱了下来，然后在众人的簇拥中向酒店里走去。

我用力捏着烟盒，然后对叶芷笑了笑，叶芷看了我一眼，目光又追随着新郎和新娘的背影向酒店内看去。等一切都安静下来后，她才开口对我说道："我该走了。"

我低声回着："嗯，有机会再见。"

叶芷低头向停车场走去，在她上车的时候酒店外面的广场上又传来了一阵很有气势的礼炮声。我知道，这个仪式结束之后，里面的新郎新娘和他们的亲朋好友就该用餐了。我有些遗憾，因为我还饿着，也没能好好请叶芷吃一顿。

我终于骑着那辆小忍者，带着雨伞，离开了酒店，直到回到古城，我才在街边吃了一碗重庆小面。

203

于我而言，这是一个忙碌的下午，我去古城买了一些做手工的用具，然后将从香榭丽舍大道上捡回来的那些树叶全部用相框给裱了起来，我将相框放在了床头的柜子上，希望每一个来这里住宿的客人都能近距离感受到香榭丽舍大道的浪漫。

傍晚的时候，我在装饰城那边订的壁画也被师傅送到了九隆居，我更忙了，我找来了瓶哥，可就算是两个人，等将这些壁画全部挂好也已经是深夜的十点钟。

欣慰的是这么一通忙活之后房间里终于有了样子。可惜叶芷已经走了，要不然她也能一起看到这样的改变，而她才是最应该跟我分享这一切的人，因为这个创意是她给我带来的。

为了有更好的效果，我决定再买一些有香榭丽舍街景的地垫。

可是，当我打开网上银行的时候我又泄气了，因为卡上的余额已经不足一千块钱。做生意就是这个样子，虽然我事前有计划，但也不可能面面俱到，所以真到做起来的时候往往会面临预算不够的窘境。

是的，我得借钱了。

深更半夜，我去敲了瓶哥的门，瓶哥披着一件军大衣替我开了门，他一边打着哈欠一边向我问道："有事儿吗？"

我把瓶哥当朋友，便没有拐弯抹角，我先是递给他一支烟，然后说道："想问你借点儿钱，我这边有点儿超预算了。"

"你小子做事情都不计划的吗？幸亏曹金波没问你要房租，要是要了房租，你这口子得缺多大！"

我笑着回道："本来是够的，最近不是去了一趟上海嘛，来回路费花了不少钱，之前又给了朋友两万，你这边要是不紧张的话就借我点儿，我转手就还给你。"

"你要借多少？"

"一万吧。"

瓶哥犹豫了一下，回道："行，不过你得给我写张借条，说好还钱日期。咱们虽然是朋友，但是钱这东西还是明白点儿的好。"

"你是信不过我吗？"

"兄弟，这是原则。不瞒您说，我已经很多年没借过钱给别人了，如果不想为了这事儿伤感情，那就白纸黑字儿写明白。"

我笑了笑，然后应了下来。我当然理解瓶哥，毕竟人心难测，他能借钱给我已经是很大的人情了，可这更让我想起了汪蕾的好，因为她将自己那十九万的存款给我时甚至连眉头都没有皱一下。

是的，即便是曾经的陆佳，也没有用这种真心待过我！我的内心因此而触动，我又想起了高不可攀的叶芷。抛开所谓的爱情，抛开光鲜与腐朽，也许汪蕾才是这个世界上最适合跟我走下去的女人，她的无怨无悔是最惊世骇俗的一种品质，可惜那时候的我不懂，也不理解她。

失神中，瓶哥对我说道："兄弟，钱在微信上给你转过去了，你收一下。"

"行嘞，我这就给你写借条。"

在我将借条递给瓶哥的时候他又挺忧心地对我说道："你这可是把全部身家都押在九隆居了，真有把握吗？"

我笑着回道："没问题，肯定没问题的。明天开始，我就可以在网上接受预订了，只要订金凑够一万，我就把钱还给你。"

"我怕的是行情没你想的那么乐观。"

"我手上有客源，别的不说，就前段时间，已经有人在网上跟我预订过年的房间了，那时候因为还没弄装修，我就给推掉了，但人一直在等我给他信儿，你说这生意我能做亏吗？"

"知道你不容易，就更不希望你在这个事情上摔跟头，好好干吧。"

我拍了拍瓶哥的肩，示意他放心之后便回了自己的住处，然后趁着还没有睡意又在网上订了二十套地毯和一些与主题相关的小摆件。

至此，我算是将这间临时客栈给支了起来。

次日，我还没睡醒瓶哥便敲了我的房门，他的声音很大，等我打开门的时候他便很急切地对我说道："你赶紧过去看看，一早上就来了两个锁匠，把你从曹金波那边租来的商铺全部换了锁。"

我顿时便涌起一阵不太好的感觉，我回道："不能吧，之前都已经说好了。"

"所以要你赶紧过去看看这里面是不是有什么误会，如果不是误会，你立马报警，这光天化日的，敢干出这样的事情，也太明目张胆了。"

我一边往隔壁的铺子跑去一边琢磨着换锁这个事情的背后存在着什么可能性。

我是真的急了，因为这跟要了我的命没什么两样。就在昨天晚上，我已经收了两个客人的订金，并承诺过年期间一定会有房间留给他们。

如果因为这个事情打乱了我的计划，我不仅会亏掉之前的钱，更会面临商业欺诈的风险，随便一样，都不是现在的我所能承受的！

我一路跑到从曹金波手上租来的那些铺子前，两个换锁匠已经换好了全部的锁，正在收拾着自己的工具准备离开。我拦住其中一个人，问道："是谁让你们过来换锁的？"

这个看上去木讷且皮肤黝黑的小青年回道："是我们老板让我们来的。"

"你们是正规的开锁公司吗？"

"我们肯定是正规的开锁公司，我们在公安局都有备案。"

另一个看上去要机灵一些的小青年附和着说道："来之前我们老板说了，雇主已经提供了这些商铺的产权证明，我们这是合法开锁。"

我心里已经明了，这事儿百分之百是曹小北在背后搞的鬼，因为昨天早上他就已经向我放过狠话了。

这时慢我一步的瓶哥也赶了过来，他向我问道："问清楚了吗？要不要报警？"

"我知道是谁干的了，报警没用。"我说完，便让开了自己的身子，示意两个开锁匠可以走了。

瓶哥有点儿不太明白地看着我，又问道："这不是你从曹金波手上租来的铺子吗？这说换锁就换锁，也太没有契约精神了！我觉得这事儿你还是让警察过来处理要更靠谱儿。"

"找警察没用，因为当时没有签合同。而且这事儿和曹金波本人没什么关系，这次是他儿子在背后使了坏。"

瓶哥责备道："你糊涂啊，怎么能不签合同呢！"

我解释道："曹金波提出不要房租，再加上只租一个月，他嫌弄合同麻烦就把这事儿给省略了。你知道的，这次是我求着他办事，如果我非要较劲儿跟他签合同，没准儿他一不高兴这事情就黄了。你说我都走到这一步了，能甘心让这只煮熟的鸭子飞掉吗？"

瓶哥一声叹息，回道："弱势群体创业确实不容易，理解万岁。"稍稍停了停，瓶哥又说道，"你之前不是说曹金波和你有过节嘛，这次是不是他给你设的圈套？"

"是有过节，但他是个明白人，不至于挑这个时候报复我，毕竟这次我们是互利互惠，我做成了他能捞着的好处要比我多得多，所以这事情一定是他那混账儿子做的！我没时间和你解释了，我现在就得过去找他那混账儿子谈谈。"

说完我便从口袋里拿出了手机，我有曹小北的号码，我现在必须弄清楚他在哪儿。

电话没人接，这就是他在背后使坏的佐证，他一定是心虚了。或者说他这样是为了避开我，让我更焦虑，更无助！从而达到自己那一点儿也不光彩的目的。

顾不上洗漱，我立刻骑着摩托车去了曹小北在海东那边的别墅区，这混账将机车俱乐部开在了那里，人多半也在那里。

因为要经过城区，所以一路的红绿灯特别多，我足足用了一个小时才从海西开到了海东。

进了别墅区后，我将摩托车停在了曹小北的机车俱乐部的门口，我重重敲了铁门，一声比一声重，就差爆粗口。

里面终于传来了曹小北的声音，他很是不耐烦地问道："谁在外面喊，还让不让人睡觉了？"

"明人不做暗事，你赶紧出来。"

曹小北打开了铁门，带着一股很浓的机油味。

我毫不含糊，一把抓住他的衣领，然后将他重重撞在墙上！曹小北这混账，虽然他平时狠话特别多，但体格是真弱，所以被我擒住后基本上一点儿还手的余地也没有。

曹小北一边反抗一边含糊不清地骂道："你是不是疯了？我怎么着你了？"

"骂，大声骂，最好赶紧把门卫给招过来，要不然我怕管不住自己的手，你也太无耻了！"

曹小北极其难受，又挣扎不开，他本能地要张嘴咬我，在他咬住我手背的时候我也本能地往他小腹上打了一拳，这一拳力度很重，承受不住的曹小北直接软在了地上，然后龇牙咧嘴地看着我。我这才平复了自己的心情，对他说道："说，九隆居那些商铺到底是怎么回事儿？你也二十好几的人了，做事情就不能男人点儿？"

"什么九隆居，我不知道你在说什么。"

"是，这事儿你肯定不敢认。你要是敢认就不会用放冷箭的方式来玩我！亏我一开始还把你当个人物，结果你连你爸都不如，最起码你爸还懂审时度势。"我怒极反笑，"呵呵，我从上海到大理也见过不少人了，就没见过你这么楞的！"

曹小北嘴一点儿也不软，他回骂了一句。

我和曹小北就这么用最下流的语言你来我往地对骂着，事情却一点儿也没能聊清楚。

一会儿之后，我感觉自己好像骂不过他，于是又对着他胸口踹了一脚，这一脚将曹小北踢得半死，他躺在地上半天起不来。

我是被他弄到丧失理智了，因为理讲不清楚，骂也骂不过他，我唯一能做的就只剩下武力镇压，不过我都避开了他的要害部位。

缓了一会儿我才接上气，然后又对他说道："昨天早上是不是你威胁我让我等着的？"

曹小北恶狠狠地盯着我，回道："这事儿，我不赖。"

"今天早上我从你爸手上租来的那些铺子被人换了锁，你还想和我装？我告诉你，我已经把保命的钱都压在这些铺子上了，别尽挑老实人欺负，老实人急了，第一个跟你拼命！"

"你是老实人？我真是长见识了！我告诉你，九隆居的事儿我不知道，我确实想报复你，但还没实施。"

"你还和我装？！这事儿你今天要是不给我个说法，我先把你这地儿给砸了。"

"砸！别说我没告诉你，里面最便宜的摩托车八万，不砸你是狗！"

我又想去踹他，这时，电话铃声忽然从我的口袋里传了出来，我这才克制住了想打他的冲动，然后将手机拿了出来，这个电话是孙继伟打过来的。

我接通之后，他便用关切的语气向我问道："兄弟，曹金波最近没找你事儿吧？"

我心中一惊，回道："怎么这么问？我是遇到事儿了，今天早上九隆居那边租的铺子全部被人给换了锁。"

孙继伟的声音很低沉:"那这事儿坏了,你还记得上次一起吃饭的罗竹明吗?"

"记得。"

"嗯……这是一个局,难怪上次吃饭他非要跟过去。那次,他其实是在有意和曹金波示好,曹金波一放松警惕,昨天晚上他就带人把曹金波名下一个有严重污染的造纸厂给一锅端了,这事儿可不是这么简单。呃……里面的事情我不好和你这个局外人多说,但曹金波肯定会以为上次是我联合罗竹明一起干的,所以就迁怒到你了。"

我目瞪口呆,我在真相的背后好似看到了变幻莫测的人性,我有些恐惧,有些不知所措!

我和孙继伟的对话还在继续,等心情稍稍平复了之后我终于开口对他说道:"我想不通,就算曹金波把九隆居的铺子全部换了锁,对他来说又有什么意义?毕竟查封他工厂的是罗竹明,我和罗竹明最多也就是一面之缘,就算他迁怒我这个小人物,也于事无补对吧?"

"这你就不懂了,说是迁怒,更是一种试探。虽然你和罗竹明只有一面之缘,但我们之间可是有兄弟情分的啊!所以他是在试探我,看我会不会为了你去找他说情,然后借机和我谈条件。"

"老哥,你能说明白点儿吗?"

孙继伟叹息,半响才又说道:"这事儿现在很复杂,我这么和你说吧,其实罗竹明巴不得我和曹金波之间有密切的联系,这样他就有理由找我的错处。"

我已然明白,然后回道:"如果这个罗竹明真的抱着这样的想法,你还是和曹金波保持距离吧,这事儿我自己想办法解决。"

孙继伟很忧心地回道:"如果我不出面,曹金波会更加坐实他的猜测,你的处境也会更糟糕。"

"老哥,你别说了,我理解你的处境,所以我更不可能在这个时候把你拖下水,你先稳住自己的阵脚。"

孙继伟的笑声听上去很无奈:"现在你算是知道了吧!简单吃一顿饭,都有这么多门门道道!"

我没有说话,但心中能感受到的压迫却越来越巨大。孙继伟又向我问道:"你的临时客栈弄得怎么样了?"

我实话实说:"该花的钱都已经花了,现在已经达到入住的标准,就差对外营业了。"

孙继伟一阵沉吟,然后低沉着声音说道:"兄弟,你给我点儿时间,我看看有没有两全其美的办法来解开这个局。"

结束了和孙继伟的通话我的心情变得极其沉重。

我皱着眉将手机放进了口袋里，继而向还坐在地上的曹小北走去，我不知道自己此时是什么表情，却吓住了曹小北，他本能地往后面挪了挪。

我低声对他说道："怎么着，你坐在地上不起来，是想碰瓷吗？"

刺眼的阳光下，我很乏力地坐在了与喷泉紧邻的路肩上，我给自己点上了一支烟，脑子里乱得像是煮沸了的开水，不仅慌张，还灼人。

曹小北终于从地上站了起来，然后转身跑回了别墅里，他将铁门关得死死的，然后打开窗户骂了我一声"神经病"。其实我已经不怎么想揍他了，不管他防不防我，骂不骂我，我都不想揍他了。

烟吸了一半电话又响了起来，我拿出来看了看，是已经有一个多星期没有联系过的老米打来的。我知道，他是操心我能不能过好这个年。

我将口中的烟重重吐出然后才接通，我笑着向他问道："爸，有事儿吗？"

"问问你什么时候回家。"

"上次不就和你说过了嘛，肯定要等到年后了。"

"你妈想你早点儿回来，等客栈旺季的生意做完就赶紧回来吧，别拖到正月过了我和你妈都还见不着你。"

"嗯，忙完了就回去，肯定不会拖到正月以后的。"

老米沉默了一会儿又说道："给你寄了二十斤熏肉跟十斤香肠，都是家里做的。三十晚上你自己也去超市买点酒菜跟朋友们好吃好喝，过年的气氛一定要有。"

"这事儿您就甭操心了，我在这儿最不缺的就是朋友，到时候不知道多热闹呢。"

"你那些朋友都不回家过年吗？"

我愣住了，然后又笑道："都是做客栈的朋友，一年到头就指着过年赚钱了，要回家肯定都得等到年后。"

"哦。"

我和老米一起沉默，最后打破沉默的人是我，我说道："爸，待会儿挂了电话我往你微信上转一千块钱，你拿去给自己和我妈买一件像样的衣服，别老穿旧的了。你那件黑色的羽绒服我都看你穿了好几年了。"

"你赚钱不容易，自己留着吧。"稍稍停了停，他又说道，"你要是过完年能把小叶一起带回来，才是我们最高兴的事儿！"

"她啊？呵呵，她整天国内国外地跑，也不知道能不能安排出时间，我尽量吧。"

"人家姑娘不错，没架子不说，还给你表弟安排了一份这么好的工作。我也不是说你一定要巴结，就是希望你多珍惜一点儿，你明白我的意思吗？"

"明白，肯定明白！"

"嗯，你忙你的吧，我就不多说了。对了，到时候收到熏肉和香肠记得和我说一声，

209

我怕快递给弄丢了。"

"知道了。"

老米挂掉电话之后，我便打开了微信，里面只剩下一千块钱，我的手在屏幕上滑了几次，终于还是将这钱给他转了过去。

我突然很想家，特别想的那种。

我想陪老米去山上放放羊，陪老妈去菜市场讨价还价，然后一家人团圆在一起过一个年。

可是这些，我都不能和他们说。

我累了，像死了一样躺在喷泉旁，我不想和任何人说话，只想睡一会儿。

我睡不着，于是又想起了陆佳，想起那些对她的承诺，我的眼睛里终于掉了泪。不是觉得自己辜负了她，只是感觉自己活得太累，太无能，守不住爱情不说，也亏欠了亲人太多。

是的，最受伤的时候我第一个想起的女人还是陆佳，因为她是我生平第一个想娶的女人，或者说她是我第一个真正爱过的女人。

也许现在的她已然过得不错，也有了新的男朋友，所以她还会想起我吗？我的心一阵阵抽痛，继而蜷缩起了身体，用力地撕扯着自己的衣服。我真的快被这些难受的事给杀死了！

我浑浑噩噩地离开了曹小北住的别墅区，等再回到九隆居的时候已经是中午时分，我没有吃饭的胃口，就这么一个人坐在遮阳伞下一会儿发呆，一会儿焦虑，一会儿又两眼无神地向街外面看着。

我就像是在坐以待毙。而这种明知道自己不甘心却又无能为力的感觉真的特别难受。

过了十二点，桃子又来了九隆居，她用手在我面前挥了挥，问道："你在想什么呢？"

我这才回过神看着她，没在意她是为了什么而来，只是向她问道："带烟了吗？"

"女士烟，你抽吗？"

"给我来一根。"

桃子从自己的手提包里拿出了一盒烟，然后递给了我。

我将烟点上，便仰起头看着烈日灼灼的天空，似乎只有太阳之外的空白才能让我短暂地忘却那些从凡尘俗世间惹来的尘埃。

我慢慢将口中的烟吐出，然后干巴巴地对着桃子笑了两声，问道："你怎么来了？"

"我刚刚在家做了抹茶蛋糕，这不是惦记着你嘛，就给你送过来了。"

我没有说话。

桃子将装蛋糕的盒子放在石桌上，然后很忧心地向我问道："我感觉你有点儿不对劲儿，你这是怎么了？"

我耷拉着回道："被太阳给晒懒了，不想说话。"

桃子根本不相信我说的话，她又追问道："你是不是遇到什么麻烦了？"

我握拳对着脑袋重重捶了两下，却不知道该怎么和桃子说，我也不想和她说，因为于事无补，还徒增了她的担忧。

瓶哥送了一壶茶过来，桃子又转而向瓶哥问道："他这一副魂不守舍的样子到底是怎么了？"

瓶哥叹气，点上一支烟后，才向桃子回道："他这次真是遇上事儿了。今天早上来了两个换锁匠，把他从曹金波手上租来的这十六套铺子全部都给换了锁，他已经把能砸的钱都砸进去了，眼看着就要营业赚钱，突然来这出他能不着急上火嘛！"

桃子先是一惊，又向瓶哥问道："那边为什么要把锁给换了啊？之前不都说好了嘛！"

"这你就要问米高了，我也是一知半解的。"

桃子又将目光投向了我。

我终于开了口："这不是你们能管的事儿，你们都别管了。"

瓶哥咂嘴对桃子说道："你看看，我刚刚问他的时候他就是这么说的。"

"我真的不知道该怎么跟你们解释，你们该干吗干吗去吧，让我一个人静一会儿，就算我求你们了，成吗？"

我说着这些的时候能感觉到自己脖子上的青筋已经凸起，这一刻我是激动的，因为我真的很不想被打扰，可越是这样桃子越担心，她更加忧心地对我说道："米高，我们在上海的时候就是朋友，现在又一起在大理落了脚。在这个地方，我不关心你还有谁会关心你？"

我看着桃子，又用力用手搓了搓自己鬓角的头发，然后低沉着声音说道："我掉在陷阱里了，成了别人博弈的棋子。我没法说得更具体了，你们要真想帮忙就给我一点儿想办法的空间，我现在非常混乱！真的！"

桃子一阵沉默，许久之后开了口："那你自己坐会儿，晚上我和铁男一起过来看你。"

我心不在焉地"嗯"了一声，桃子这才拿起手提包往九隆居的外面走去，快要到街口的时候她又回头看了我一眼。

我就这么在椅子上枯坐到黄昏来临的时候，不知道具体是几点的时候我接到了快递打来的电话，说是让我到龙龛那边拿快递。我迷糊了一会儿才想起是老米寄过来的腊肉和香肠，他不知道客栈已经被拆了，所以还会往那个地址寄东西。

我终于看了看时间，已经是下午的四点半，我勉强收拾了心情，然后骑着那辆

211

小忍者去了龙龛。

　　腊肉二十斤、香肠十斤，所以快递是一个很大的袋子，取到之后我便将其绑在了后座上，然后推着摩托车去了之前常坐的那棵树下，那时候客栈还没有开业，我和马指导在做完装修后总会坐在这棵树下喝几瓶风花雪月。

　　我不禁睹物思人，也不知道已经远走异乡的马指导和白露现在过得怎么样。

　　站了片刻，我又和附近一位相识的小卖店老板借来了一个大盆和毛巾，然后去洱海里端了一满盆水洗了洗这辆小忍者，杨思思走后我已然把它当成了自己最亲密的伙伴，也会因为它而想起那些与杨思思吵架斗嘴的时光。

　　洗好车之后我将东西还给小卖店老板，在客栈的废墟旁又站了一会儿，忽然就感到饿了，我没有去买什么泡面，反而去附近的农户家里借来了一把铁锹。

　　我在洱海边挖了一个有半人深的坑，然后坐在了里面，只露出一个头尖儿。

　　我特别有安全感，因为这盒子一样大的地方不能放眼远望，也不能瞻前顾后，就好像是我最后的归宿。我没有疯，我只是和几十年后快要死的自己来了一次亲密接触。

　　人嘛，不管平凡还是伟大都是要在死后回归土里的。

　　我点上了一支烟，半靠着土坑，一边看着树叶掉落一边听着洱海的潮水声，渐渐就放松了下来。我幻想着这里没有荒芜，而是一片繁华。这里没有一盏灯是风能吹灭的，人心就像飞蛾，因为知道这些迷幻的灯光灼不死人，便拼命地扑上去。忽然，电源一关，世界一片黑，无数飞蛾都落了下来……

　　我想，这个世界也许就是一个特大的谎言，我们能看见光却不知道光从哪里来，而光消失了之后所有的奢靡和繁华都将不复存在，就像我现在坐着的这个地方。

　　想着想着，我忽然觉得一切都无所谓，因为痛苦已经让我看透了，可是下一个瞬间，就有窒息感传来，我所在的这个坑不是我的归宿，而是一个陷阱，我看见了犬牙交错的刀锋密集地向我砍了过来，我扔掉烟，慌忙从坑里跳了出来。

　　我重重呼出一口气，发现坑外的世界原来一点儿也没有变，洱海还是那个洱海，夕阳也万年不变地从苍山后面以半遮半掩的羞姿落了下去，取而代之的是挂在海东那边的月亮，月光很模糊，却与夕阳的余晖互相交错。

　　又是一阵风沿着海面吹来，好似吹开了我内心的一些障碍，这才让我看到了心灵深处那强烈的求生欲望！

　　我终于想找个能做饭的地方，用老米寄来的熏肉炒土豆，香肠蒸着吃，再煮一锅白米粥！

　　是的，我必须活着，为了自己，为了家人，为了爱情，为了这个变幻莫测的世界！

　　在我跨上摩托车要离开之前，我绝处逢生般地收到了叶芷发来的一条微信："我已经办完了西双版纳那边的事情，准备再飞一次大理，不是所谓的顺道，是专程！"

叶芷的信息就像一只抚琴的手，拨动了我内心最深处的那根弦。孤独、惆怅、不想死的求生欲望都是我手上的乐章，可该以什么形式演绎出来不取决于我，只取决于叶芷伸来的手是轻还是重。

这么想着的时候，又是一阵风穿过树木与树木之间迎面吹来，我看到了一个迟钝的自己。

我终于回了叶芷的信息，我向她问道："我是去机场接你还是在原地等你？"

"在原地等我吧。"

我问道："等多久？"

"如果你在大理的话，两个小时；如果你不在大理，换我等你。"

我没有过度去揣摩叶芷为什么会这么说，我只是如实回道："我就在大理，我等你。"

"那发个位置过来吧。"

尽管客栈已经被拆掉了，但地图上还是保留着精准的定位，我将定位发给了叶芷，我知道如果我在这里等她的话，她甚至不需要导航便能轻松地找过来，因为这是一种传承也是一种颠覆，她的酒店即将建在客栈的废墟之上。

背靠在一块凸起的礁石上，我点上了一支烟，开始了这说短暂也漫长的等待，而没过一会儿月光便取代了夕阳成了照亮洱海的唯一光源，我就这么看着洱海中央那片最亮的地方发着呆。

我迷迷糊糊地想着：我现在是在靠视觉和听觉感受着这个世界，如果我还有除五官之外的第六或者第七种感官，那山会不会是凹陷的？海水咸中有甜，风可以解渴，水能煮开水，火里可以行船，人先有思维后有肉体……五官，也许是造物者给人类制造的一把锁，而不是真正打开这个世界的一把钥匙，所以生而为人，难过了想哭、高兴了就笑是基于本能，也是因为无药可解。

因为，我们只能靠五感去接触这世界本身就已经是一种局限，所以我们看不见空气，也不知道善良的人为什么善良，坏人为什么坏！

我用一阵风的时间想了这些，风停后我给马指导打了个电话，不为别的，只是单纯地想和他聊会儿。

等了片刻马指导接通了电话，他的声音还是那么低沉，他也依旧不善言辞，所以他只是"喂"了一声，却没有问我为什么突然给他打电话。

我向他问道："在哪儿呢？"

"去酒吧唱歌的路上。"

"我是说你在哪个城市落了脚。"

"靠近拉萨的一个不大的县城。"

"最近怎么样？"

"就为了一日三餐活着，挺空虚的！"稍稍停了停，马指导又向我问道，"你呢，还顺利吗？"

他这么问，证明桃子和铁男并没有将我遇上的麻烦事儿告诉他，肯定没有告诉，如果他知道了，一定会打电话问我的，因为他是我在大理最志趣相投的哥们儿。

我笑着回道："我这边一直都挺顺利的，那天我还和桃子聊到了你跟白露，我们说好了过年期间好好赚一笔，然后再一起开家海景客栈等你和白露回来。"

马指导笑了笑，没有说话，而沉默恰恰说明他心里有所感触，只是他不善于表达，然后我便听见了他点上烟的声音。

我也沉默着，片刻之后才对他说道："给哥们儿唱首歌吧，励志点儿的。"

"《海阔天空》？"

"就这首。"我刚说完，马指导便挂掉了电话，正疑惑着的时候，他给我发来了一个视频邀请，我接受后看到他已经到了酒吧，他大概是将手机固定在了一个支架上，然后自己便抱着吉他出现在了镜头里。

他叼着烟，看着身边一个坐在架子鼓旁的青年对我说道："跟几个新朋友组了一个乐队，这是鼓手老六，坐在那边抠脚的是贝斯手，胡吉……"

他说着便将镜头对准了另一个满臂都是文身的蓝发青年，他原本是在抠脚，见马指导将镜头对准了他，便抓起一把鼓槌扔向了马指导，他说自己有偶像包袱，所以马指导不能在他抠脚的时候埋汰他。马指导笑了笑，然后便开始调试着自己的吉他。

打闹间我又给自己点上了一支烟，虽然海边的风一直没有停，但我却好像坐在了那个有马指导的小酒馆，酒馆里三三两两的客人，可是火炉却马力全开，温暖着这些走南闯北的人，也温暖着荡气回肠的青春。

在胡吉和老六都就位后，马指导终于说道："今天开场的第一首歌送给你们也送给我远方的朋友，希望明天会更好！"

熟悉的歌、熟悉的朋友、陌生的酒馆和冒着热气的火炉……

我一边点头一边心潮澎湃，我这辈子虽然没有经历过什么峥嵘岁月，却更渴望在跌倒后能够顽强地站起来。也许我活得就像一只蟑螂，可是卑微的背后也有我对生存的强烈渴望！

我将手中的烟越捏越紧，然后站在了最靠近海边的礁石上，附和着视频里的马指导大声唱着。

很庆幸，这是只有我的海边，没有旁人的冷眼旁观，只有我肆意的挥洒和释放。

就像那个夜晚，一个陌生的男人跪在洱海边哭得撕心裂肺，同样是释放，同样是不破不立前的疯狂！

在我停止唱歌的时候，才发现那边的画面已经因为信号不好而被切断了，世界在我的自娱自乐后陡然便安静了。我内心一半激昂，一半失落，如果有可能，我真希望能去马指导正在唱歌的小酒馆里喝一杯，去跟他一起仗剑走天涯。

恍惚间身后传来了鼓掌声，我回头看去，是叶芷。她挎着白色的包，穿着淡蓝色的长衣，仿佛融进了这温柔的月色中。

我太聪明了，原本很难熬的两个小时竟然用这样的方式在浑然不觉中便消磨掉了。

我和叶芷互相靠近，然后在停摩托车的那棵树下靠近彼此，这次，我虽然不知道她是为了什么而来，但是却比上一次更想请她好好吃一顿饭。

这次叶芷在我之前开了口："你刚刚那么唱歌是因为等得太无聊了，还是……"

我反问道："心里需要动力的时候，你难道不觉得这首歌很合适吗？"

叶芷看着我："在你给我发定位的时候我就知道你心情应该很不好，你好像把这里当成了一个可以寄托自己某些情绪的地方。"

我笑了笑，回道："你只说对了一半，这次我不是因为心情来这个地方的，我爸给我寄东西，一直都用这边的地址，所以我是过来拿快递的。"稍稍停了停，我又说道，"上次没能好好请你吃顿饭，心里有遗憾，今天晚上一定给我个机会。虽然我不知道你这次是为了什么来，但是要请你吃饭的想法就是特别强烈！"

"因为你是一个特别害怕自己亏欠了别人的人。"

"大概是吧。"

我这么说着的时候，忽然意识到，此刻自己已经窘迫到连请叶芷吃好好吃顿饭的钱都已经没有了，可是话却已经说了出去，我一直是个好面子的人，所以我是做不出来临时反悔的行为的，可如果硬着头皮上又该怎么收场？

我推着摩托车，和叶芷并肩走在环海路上。虽然冷清，但夜晚的洱海依旧很美，大理没有真正意义上的冬天，所以那些花在海边盛开得很艳。

当叶芷弯下身去看着这些花时，我才知道她为什么要选择步行，因为她不愿意错过这些在夜晚会呈现出别样美的花儿。

我就这么站在她身边看着，她转身对我说道："要说，我好像更喜欢大理的夜晚，安静、自由，比白天更惬意。"

"那是，我也喜欢被夜幕笼罩的大理，会给人一种神秘感，但这种神秘感一点儿也不令人感到可怕，它很包容，也特别能给人安全感，就好像整个世界都是你的。"

"细节体现美。"叶芷说着的同时，又用手机将那一大束玛格丽特给拍了下来。

我笑着对她说道："你知道大理有这么一间客栈吗？里面所有的装饰品都是老板沿着海，开车捡回来的，在大理，偷和捡之间的界限其实很模糊。"

"你想说什么？"

"如果喜欢的话，就把这些玛格丽特挖走吧。"

"种在哪儿呢？"

"我住的地方有一个阳台，阳台上很秃，要是把这些花都种上就有情调多了。"

叶芷笑道："那你挖吧，算你偷的。"

"如果你认为这是偷的话，那我可真就拉着你协同作案了！"

我一边说一边从摩托车上将那把刚刚用来挖土的铁锹给解了下来，之所以还没有还给那个种田的白族大哥，是因为叶芷来了，我便忘了要还东西这茬事儿。

东西肯定是要还的，正好明天可以借机再来一趟。

说真的，当大脑里有了这些滑稽的想法我竟然忘记了自己正被麻烦的事情缠身。也许这就是我喜欢夜晚，喜欢和叶芷在一起的原因吧。虽然该面对的明天还是要面对，但这一刻我特别享受这种突如其来的自我。

我将铁锹递到了叶芷的手上，叶芷接过去，我便开始教她要怎么挖才不会伤害到这些玛格丽特。

我们不贪心，所以只在花丛里挖了两束，我将外套脱下来，又跟着叶芷一起往环海路的远处走去。

古城里，我选了一个挺上档次的餐厅，点菜的时候我是心虚的，因为直到现在我还没有想起来要从哪儿弄来一笔钱结账。

我看了叶芷一眼，她一边看菜单一边将菜名报给了在一旁等候的服务员。

就在这时我的电话又响了起来，我索性将点菜的任务全部交给了叶芷，然后离开餐桌，找到一个相对要安静一些的角落，接通了桃子打来的这个电话。

桃子很关切地向我问道："你在九隆居吗？我和铁男待会儿过去和你聊聊。"

"我在古城呢，正在和朋友吃饭。"

"谁啊？"

我犹豫了一下，回道："叶芷。"

桃子笑了笑，道："看来我和铁男是白担心了！"

"你们本来就不应该瞎操心，这事儿是个死局，别说是你们这些局外人，就连我自己也没有一点儿把握能解开。"

"这不有叶芷嘛，她在大理投资了这么大的项目，肯定会有很多人脉资源，我相信她的圈子里都是有能量的大人物，你请她帮忙，找个靠谱的人出面，曹金波不敢不给面子的。"

"这办法不错，我待会儿就和叶芷说去。"在我故意这么说的时候，桃子却突然沉默了。

我笑了笑，又说道："你是不是也觉得很别扭？我遇到麻烦必须靠女人去解决，自己却没有一点儿应变的能力。"

"她是个女人没错，可也是你的朋友，出门在外，靠的不就是朋友嘛！"

"那这么大的人情要怎么还？"

桃子又是一阵沉默之后，回道："如果你和她之间有这么见外，那你就当我没有提过。我了解你，这对于你来说确实是挺难的！"

"是啊，我真的很怕欠着别人，尤其是女人，这要比我做生意亏了更难受！"

桃子很是感慨，她说道："你要能学会心安理得也许就不会像现在这么困难了，有些人哪，一旦有了困难生怕找不到朋友帮忙，你倒好！"

我顺势笑道："你要这么说，现在还真得请你帮我一个忙，你赶紧用微信给我转一千块钱，我急用。"

"好，挂了电话就给你转。"

我"嗯"了一声，又问道："你们在海边接手的客栈怎么样了？"

"铁男说准备在过年期间偷偷营业，希望上面能睁一只眼闭一只眼吧，毕竟游客量这么大，靠海的客栈如果全部关停，光靠古城里的那些客栈也接待不了这么多的游客。"

"这么干不太好吧？"

桃子学着铁男的口吻："富贵险中求嘛……也不是我们一家准备这么干，周边的海景客栈都有这样的打算。毕竟，过年这一季的生意做下来抵得上平常好几个月的营业额了。"

"这事儿你们还是慎重点。"

"没办法，压力太大，如果有一点儿可能谁愿意这么铤而走险！"

桃子的言语中充满了挣扎和无奈，而这就是小人物式的悲哀，我们没有决定局势的能力，大部分时候都在靠天吃饭。

回到餐桌旁时，叶芷已经点好了菜，而桃子也在下一刻给我转来了一千块钱，终于让我有了底气，我向叶芷问道："你说这次是专程来大理的，专程是什么意思？"

叶芷的表情显得有些异样，她回道："专程来吃这顿饭可以吗？"

"那我更不敢招待不周了！"

叶芷有些失神，渐渐面色就变得严肃了起来，她又说道："其实我来大理是想和你学着去找生活里的乐趣。你看，这是你从路边偷来的花，当时我就很有心跳加速的感觉，这种感觉怎么形容呢……"

在叶芷因为表达不出来而感到为难的时候，我接替她说道："其实很好形容，就是偷偷摸摸嘛……人一心虚，当然会心跳加速。但是我得再强调一遍，这是捡不是偷，你要真让我到人家院子里去挖花，我肯定干不出来这种事。"

"那也够刺激了！"

"那你待会儿多吃点儿饭，压压惊。"

叶芷笑了。说真的，这是我们自相识以来她笑得最多的一次，而人真的是一种很奇怪的动物，就比如说叶芷，她在商场上可以伤人不见血，但是在路边挖几束野花她却会认为是偷,继而脸红心跳。

想着这些的时候,我陷入了失神中,片刻过后,我又开始烦恼了,因为餐厅里忽然播放了和过年有关的歌曲,这让我想起了那些被曹金波给换了锁的商铺,原本我是打算用这些铺子在过年期间大赚一笔的,眼看着离过年越来越近,我却遇到了这么大的麻烦。我到底该怎么去破局呢?

我想让自己冷静下来,我也该冷静了。

就在这个时候,叶芷忽然向我问道:"你在九隆居的临时客栈准备得怎么样了?"

我看着叶芷,一时不知道该怎么开口。就像桃子说的那样,如果她帮忙这个事情可能会好解决很多。但是,除了不想欠她一个大人情,我更不想她掺和进现在的复杂局势中!

第十七章
破局

餐厅里的灯光很温和，可我面对的却是一个很尖锐的问题，能不能回答好只取决于一瞬间的灵感。

在叶芷的注视中我终于回道："客栈挺好的，你之前给我的装修建议我都采用了，效果真的不错，虽然简单了一点儿，可是香榭丽舍大道的感觉却营造了出来。所以今天这顿饭我是非请你不可。"

"是吗？"

"是，当然是。"

"那待会儿吃完饭你带我去看看吧。"

我赶忙回道："别去了吧，那边黑灯瞎火的。"

叶芷放下了筷子，然后用一种要穿透的目光看着我，我特别不自在地挪了挪身子，又笑着问道："干吗用这么怪的眼神看着我？"

"我发现你真的是个特别喜欢报喜不报忧的人，你是很怕别人和你一起分担什么吗？"

"我……"

叶芷又说道："我特别想你自己说出来，至少证明你心里还愿意把我当成一个可以分担的朋友。"

话已经说到这个份儿上，叶芷肯定已经通过什么渠道得知了我遇到的麻烦，我不可能再隐瞒下去，于是说道："你是从哪儿听来的消息？我特别好奇。"

"我更好奇你为什么要瞒着我？而且是很刻意地隐瞒？"

在叶芷这么问的时候我也在心里很严肃地问了自己这个问题，这到底是大男人的心态在作祟还是一种病态心理，或是有更深层次的原因？

忽然，陆佳的身影便在我的脑海中浮现了出来，我想起了陆佳，以及我们相处时的一些细节。

那时候我会跟她说自己工作上的不顺利，起初她还能和我分担一些，但是日子久了我的难处却成了她的抱怨以及她对我失望的根源，我觉得她不够理解我，她觉得我没有前途，我们为此争吵过很多次，而感情就是这么越吵越淡的……我犹记得最狠的一次陆佳摔掉了我的手机，她特别绝望地看着我，她说自己已经没有时间挥霍在我的身上，她很痛苦，却又无法发泄。

从那次之后我就没有再在她面前提过一件不顺心的事情，能自己解决的就自己解决，解决不了的情绪就打碎牙往肚子里咽。可是和她一样，我也绝望也痛苦无比，更感到孤独，因为连相爱的人也已经不能交心了！

我终于开口对叶芷说道："这和一个人的习惯有关吧，说出来除了证明你能力不行没有其他用处，难不成谁还会因为你不行高看你一眼，这在逻辑上就是说不通的。"

"我觉得你是缺少合作意识。"

"真正有合作的才叫合作，咱们之间没有合作关系吧，所以对你说除了传播负能量之外，对你对我都没有什么好处。"

"你真的是个特别固执也很难沟通的人！"

我笑了笑，然后便转移了话题对她说道："我已经回答你了，你还没有回答我你是从哪儿听来的消息。"

"是思思告诉我的。"

我既惊讶也觉得合理，因为桃子是我身边唯一知道这件事情的人，她和杨思思一直有联系，所以她告诉杨思思一点儿也不奇怪。而我惊讶的是，杨思思在知道之后竟然把这件事告诉了叶芷！我不知道她是怎么想的，更为关键的是，她已经身在国外，与我天各一方。

我不言语，就这么一直摆弄着打火机。

叶芷又对我说道："这个事情你打算怎么办？或者，你和我聊聊你对这件事情的分析。比如曹金波想要什么？"

"他想拉拢罗竹明，不想和他成为敌人，所以，孙继伟是肯定指望不上的，他这个时候能保住自己对他来说就已经是胜利了！"

"这么看，局面的确很复杂！"

我下意识地叹息，然后回道："是啊，可是我不甘心。我没有退路了，心理上也很难承受。在上海失败，我可以说自己是时运不济，但是在大理，我是真的带着一笔钱过来的！"

叶芷很从容地看着我，她又问道："你有深入了解过曹金波这个人吗？"

我有些诧异，但还是回道："没有和他深入打过交道，所以对他的了解都停留在道听途说的层面。"

"这个世界上没有绝对的死局，这个事情如果是我来做的话，我会在曹金波身上寻找突破口。"

我否定："我们之前就有过节，现在又出了这样的事情，想在他那边找突破口很难吧。我估计他现在连沟通的机会都不会给我，他的对手是罗竹明和孙继伟。"

叶芷笑了笑："事情还没有开始做，你就已经在心理上给自己制造了这么多的障碍。我说的在曹金波这边找突破口不一定是直接面对，举个很简单的例子：两国交战，敌对双方为什么都喜欢和对方帝王身边的权臣建立联系？因为权臣是帝王身边最信任的人，他们是有话语权的，并且能够在一定程度上影响帝王的决策，这个思维套用到你这件事情上，是不是也是一个解决问题的思路呢？"

我看着叶芷，感觉漆黑的世界像是被打开了一扇门，这的确是叶芷智慧的体现，也是她久经商场积累的经验。

叶芷又对我说道："另外，孙继伟那边你也不要完全相信，最好找关系打听一下他和罗竹明之间是不是真的存在对立关系，就我个人来看，如果你真的想在生意场上有所作为一定要建立自己的关系网，并且要了解你的对手，切不可道听途说。只有深入去了解的真相才算是真相。在小心谨慎的同时，更要做到面面俱到，关系网和信息网都很重要，但就现在来看，你是个很自我封闭的人，虽然你人在大理，但是你好像还没有真正走出去的决心，而这种自我限制会制约你处理问题时的思路和方法。"

我很震惊地看着叶芷，她说得对，也看清了我这个人的本质，但在我看来她甚至是一个比我更封闭的人，所以我们才会在一种道不明的孤独中不自觉地靠近。

我终于开口对她说道："你说得很对，但是和我一样，你也是个封闭的人，你又是怎么建立自己的关系网和信息网的呢？我觉得这些需要交际、需要动用计谋的事情，你也是很排斥的。"

叶芷怅然若失地摇了摇头，她低声回道："人都是在戴着面具活的，我这样的人更不能例外。只是你看到的是一个相对真实的我，我也害怕和官场上的人打交道，但躲不掉的时候我必须笑。"

叶芷在说完这些话后便将目光放在了窗外尽是红灯和脚步的街上，我在她的脸上看到了一丝不为人知的辛酸和无奈，也仿佛看到了一个未来的杨思思。

至少杨思思的父母非常希望将其培养成叶芷这样的女人，可是当一个人需要披上一件厚厚的铠甲去抵挡人性的险恶，去应付错综复杂的江湖时，虽然也会得到很多，但真的是生命最美好的诠释吗？

我不敢苟同，也因此更加觉得叶芷是一个神秘的女人，她的外表看上去柔弱，内心却像海洋一般洗刷了我，也包容了江湖的万象，可到底是什么原因让她走上这条路的？我到现在也没有问明白。

221

恍神中我又看见了一个在街边兜售民族服装的姑娘，大约跟杨思思一样大，背着一只黑色的单肩包，她们一样的伶牙俐齿，一样的拉住一群游客玩着讨价还价的把戏……

忽然，一个小青年大喊一声"城管来了"，她便推开人群冲进了我们餐厅对面的一条巷子里，然后将自己藏在了一棵大槐树下。

知道小青年是逗她玩的，她便一边哭一边对着小青年拳打脚踢。

是的，一到寒假就会有很多大学生来大理体验这种文艺的生活。在这里，除了城管，他们天不怕地不怕，而人一旦少了敬畏之心就很容易快乐，所以当小青年给那个姑娘买了一杯会冒烟的神奇饮料之后他们又和好如初，然后牵着手，说说笑笑地寻找着下一个能兜售衣服的地方。

我想，这大概就是拥有了爱情的样子。可是生活呢？生活也会这么简单吗？

很致命的巧合，我在下一刻又看到了背着吉他去酒吧唱歌的妮可。当初她也是和深爱的男人一起来到大理的，如今的她只剩下了生活。也许她的心里还有爱情，可是我能在她身上看到的只有生活和独自留下的孤独。

很久之后，看向窗外的叶芷才回过了神，她又拿起筷子，可是看上去却没有刚来的时候那么有胃口。

我就说，我不该将这些事情对她说的，这就是一种负能量，会影响她的心情，让她想起生活和事业上一些不尽如人意的事情。

我笑着对她说道："咱们别说这些沉重的话了，待会儿干点儿轻松的事情。"

叶芷看着我，问道："做什么？"

"我们刚刚不是从路边挖了两大束玛格丽特嘛，你帮我种上。"

"我不会。"

"能采花就会栽花，网上找个教程，咱俩一起学。"

叶芷笑了笑，然后从盘子里夹了一块排骨递到我的碗里，说道："好啊，那你多吃点儿菜，我觉得这是一个力气活儿。"

绛红色的排骨给米饭上了色，也好像给我一片荒芜的心披上了一件外衣，我也笑了笑，然后给她挑了一块更大的排骨。

这一刻，我们之间似乎也变得很简单。

夜色中，我和叶芷回了九隆居。路上，我花二十块钱从一个铺子里买了几只废弃的陶罐，到了住处，我又发挥动手能力将这几个陶罐改成了花盆，并用油彩给其上了色。

我和叶芷是有分工的，我负责动手做花盆，她负责种花，所以将花盆交到她手上后，我便闲了下来。

叶芷似乎能在这样的事情里找到乐趣，她先是用手机找到栽花的教程，然后将手机放在椅子上，便开始动起了手，我则坐在她背后两米远的地方点上了一支烟。

她一边用铲子刨土，一边向我问道："花种好后你准备放在哪儿？"

"一盆吊起来，还有一盆放在阳台上。"

"会不会有点儿单调了？"

我左右看了看，回道："是有点儿单调，但可以慢慢来嘛，今天种两盆，等你下次来大理再种两盆，要不了一年，我这个阳台上可就全部都是玛格丽特了。"

因为背对着我，所以我看不清叶芷的表情，但是就我的内心来说却有一种说不出来的温馨，这是一种很美好的畅想，也许有了这么一件种花的事情我和叶芷之间也就有了延续。

"要是，我一年半载的都来不了一次呢？"

我脱口而出："多几次顺道儿嘛……"

叶芷回头看着我，她的表情看上去很有侵略性，她说道："顺道来陪你偷花？"

"这……你不觉得这听上去很有情调吗？"

"你如果给我报销来回路费的话，这个事情还能勉强去做。"

"你就别和我开玩笑了，你是在乎那点儿路费的人吗？而且这事儿一旦牵扯到路费就完全没有了情调，对不对？"

"不对，如果你这么不在乎路费和时间成本的话那你飞上海吧，我那个房子的阳台上也缺很多花。"

我一本正经地回道："我一直以为你不会开玩笑，原来你也会开玩笑哪。说真的，如果你也住在大理，我真的可以每天从路边偷一束花给你送过去种上。"

"终于承认这些花是偷来的了吗？"

我先是愣了一下，然后笑道："你不光会开玩笑还爱较劲儿，大理风花雪月，最不缺的就是花。"

"银行最不缺的就是钱，照你这个逻辑，是不是只要把工具带上就可以说是捡的？"

我目瞪口呆地看着叶芷，她要较上劲儿还真是让人难以招架！

我讪讪地笑着，然后选择了闭嘴。渐渐地，我在月光下好似看到了一个更分明的叶芷，而离开了那些让人感到沉重的话题我们也可以调侃逗乐。

她终于将玛格丽特种在了花盆里，交还到我手上时，她很有感触地说道："不深入去体会真的不知道生活中还有这么有乐趣的事情，就好像看着一种特别美好的东西在自己的手上绽放开来。"

"是啊，前提是你愿意低下头看看。"

叶芷看着我，回道："我知道你这么说是什么意思。我觉得你在生活上可以做我的老师，你的这些小玩意儿真的挺有趣的，我一直以为花盆就该是买的，没想到陶罐也能通过动手做成花盆。"

她这么说让我很有成就感，我笑道："那当然，山里出来的孩子会的东西多着呢。"

叶芷笑了笑以示回应，然后又去水池旁清洗掉了手上的泥土。她从衣架上拿起自己的手提包，又对我说道："时间不早了，我该走了。"

"你怕黑，我送你出去。"

"不用了，有些恐惧克服了之后其实也没有想象的那么可怕。你也一样，遇到困难先不要去想这些困难会给你带来什么麻烦，你先换个角度去想，当你有能力去解决这些困难的时候，是不是也是一种乐趣呢？"

这个时候的叶芷是严肃的，我也不自觉跟着严肃了起来，我点了点头，就像是一个学生。

叶芷走后整个屋子也冷清了下来，我习惯性地坐在躺椅上点了一支烟，内心已然没有之前那么焦虑，我尝试让自己以宏观的角度去找到解决这个矛盾的方法。

入神中，手机又是一阵振动，这次是杨思思发来的微信，她问道："叶芷去找你了吗？"

虽然有很多疑问，但我只是不动声色地回了一个"嗯"字，我了解杨思思的性格，我说得越少她就会说得越多。

果然，她又问道："曹小北他爸那事儿她帮你解决了吗？"

"我们就一起吃了个饭，简单聊了一下。"

"没解决？她怎么能这样啊，又不是没能力帮你！"

"先不说她，我就想知道你是怎么想的。为什么跟她联系，还把我的麻烦告诉了她？"

这次杨思思过了很久才回了信息，却只字不提自己这么做的原因，她回道："要不我把曹小北给骗出来？曹金波最宠这儿子了，你拿他做筹码肯定会手到擒来！"

我无奈苦笑，也分不清她是真的不靠谱还是在和我开玩笑。

从烟盒里抽出一支烟点上后，我半眯眼睛看着杨思思发来的这条更像是开玩笑的信息。

半支烟吸完之后我也以开玩笑的心态给她回复了一条信息："说说你的计划。"

杨思思发来的文字里透露出一本正经的味道："我先和曹小北联系，就约他去一个没人的地方，方便你下手。有了他在手里，你就可以和曹金波谈条件了，到时候别说是九隆居的几套商铺，就是倾家荡产，他也得管着曹小北的死活。"

"很漂亮的绝杀啊！"

"那是，只要他敢说一个不字你就揍人！"

当她这么说的时候我终于确定了她是在和我胡说八道，我又是一阵无奈的苦笑，然后回道:"你就别添乱了,真的,咱俩现在隔着十万八千里,你又已经是小豹的媳妇儿,我的事情你还在瞎操心、胡捣乱,就不怕小豹胡思乱想吗?"

"什么小豹的媳妇儿!会不会说话?"

"这是大家都知道的事,怎么就叫我不会说话?"

杨思思忽然就不回信息了,而我却很想知道大洋彼岸的她到底是怎么想的。如果真是拿这样的事情和我开玩笑,那我真的是承受不来,可也不像,否则原本就和叶芷很不愉快的她不会放下身段,主动去和叶芷联系。

终于,杨思思又回复了信息,却已经转移了话题,她问道:"叶芷为什么没有帮你?你们不是一直以好朋友相称的吗?"

"你觉得怎样的帮才算是帮?"

"让曹金波把换过锁的钥匙亲自交到你的手上,并且保证再也不对你下黑手。"

"你是真觉得曹金波是个软柿子?还是你把叶芷当成了武则天,说一句话别人就得当成金科玉律?你把事情想得也太简单了。"

"你在大理势单力薄的,那她不帮你谁还能帮上你?我知道,你的每一分钱都来得不容易,现在出了这样的事情不等于要了你的命嘛!"

我心里不好受,片刻之后回道:"哪有创业是一帆风顺的,这次的事情就当是一次修行吧,总会有圆满的一天,我有耐心等。"

这次杨思思是真的没有再回我信息,我也因此而安静了下来,一个人躺在床上逼着自己用更全面的眼光来分析现在的局势。

我决定找曹金波身边比较亲近的人接触接触。我想确定现在的局势到底是不是孙继伟单方面判断的那样,还是也许还有那么一丝余地。

时间特别紧迫,此时距离过年已经只剩下半个多月的时间,很多在过年期间来大理旅游的客人都会提前预订房间,所以现在是揽客的最佳时期,我多耽误一天损失就会更惨重。

次日一早我便起了床,没顾上吃早饭,就给以前在龙龛那边开客栈时合作过的车行老板小宋打了一个电话。

小宋接通电话后,很是诧异地向我问道:"老哥,好久不联系了,今天怎么想起来给我打电话了?"

"想和你聊聊,你那边最近怎么样?"

小宋言语中难掩愉悦的心情,他对我说道:"你不给我打电话,等过完年我也得好好请你吃个饭,感谢你!幸亏你建议我不要卖掉那辆奔驰E200,今年过年的行情可能比去年还要疯狂,现在稍微好一点儿的客栈房价比平常翻了三四倍,但是房间都已经被提前预订完了,我合作了一家海景客栈,他们车不够用,就把我这辆E系给租了过去,以一天三千的价格租了二十天,刚刚才和我签的合同。等于最后会有六万块钱到我手上，明年一年的车贷我都不用操心了，哈哈！"

"这不挺好的嘛！也是你有魄力，当时把这辆E系给买下来了。"

小宋颇有感触地对我说道："是啊，做生意畏首畏尾的确实不行，熬了半年，现在资金周转开了后面就感觉好做多了。对了，明年我准备再入手一辆二手的宝马7系，以后专攻高端市场。以前做低端市场的时候赚钱难不说，人也跟在后面受罪……"

小宋的话匣打开之后，便有点儿收不住，而我一直没有打断他，在很耐心地听着，我很愿意分享他的喜悦，之前我们客栈被拆掉的时候我一度担心他那儿也会跟着出问题，但现在看来完全是我多虑了。

这么过了五分钟，小宋终于向我问道："哥，你看我尽顾着自己说了，都忘了问你是不是有事情找我？"

我笑了笑，回道："没事儿，你现在混得不错，我也替你感到高兴。要说事情的话，我还真有个事儿要请你帮忙。"

"你说，只要我能办到的，绝对二话不说给你办了。"

小宋的仗义话让我的内心多少产生了一些感动，而作为一个外地人，想在本地结识到可以交心的朋友其实是很难的。虽然我还不确定小宋是不是可以交心，但总体相处下来我觉得他还是个挺不错的人。

我对他说道："我最近遇到了一点儿麻烦，具体事情我就不和你说了，就是想请你帮忙打听一下曹金波司机的联系方式，我想和他交个朋友。"

小宋没有立即答复我，而是很关切地问道："哥，你是不是又惹上曹金波了？"

"这次不是我和他的事儿，是我被牵连进去了，你那边能想到办法吗？你放心，我就是要个联系方式，这事儿绝对不把你给牵连进去。"

"你看你这话说的，如果帮这点儿小忙我还怕受牵连，那也太对不起你把我当朋友了！这事儿我去办，我们整天在外面东奔西走，这点儿消息肯定能帮你打听到。"

"那我就等你的消息了，尽量快点儿，我这边时间挺急的。"

"成嘞，你就放一百二十个心吧。"

结束了和小宋的通话后虽然有不安的等待，但我的内心也终于舒畅了一些，因为当我愿意用开阔的思维去处理这个事情，我的身边竟然还有小宋这样的朋友可以帮忙，而之前我却将他给忽略了。虽然，他不是什么特别厉害的人，但是因为所从事的职业他也属于一个消息很灵通的人，而这点正是我需要的特质。

我之所以要找曹金波的司机，是因为司机这个职业往往才是和老板接触最深的，因为他渗透的不仅是老板的工作，还有生活。如果一切顺利的话，那找小宋帮这个忙便是破局的第一步。

等待是最熬人的，为了不让自己太焦虑，我便转移了注意力给叶芷发了一条信息:"你还在大理吗?"

这次她很快便回复了:"在,我现在就在古城的人民路上。"

"逛街吗?"

"不是,发现了一个有意思的东西,你要不要过来看看?"

我本来就有心请她吃个中饭,于是就很爽快地答应了,我觉得她是一个能教给我很多处事经验的女人,我也已经因此而受益,所以当然想抓住她在大理的机会和她多聊聊。

叶芷将自己的位置发给我之后,我便马不停蹄地赶到了人民路。此时的叶芷就在一个做陶艺的店里,正在聚精会神地操作着一个还没有成型的陶罐。

我站在她身边,她笑着对我说道:"我刚刚在这家陶艺店交了学费,跟他们学着做陶器。老板说,对于很多新手来说一开始会很难,来四五次之后就很容易上手了。"

我满是好奇地问道:"你学这个做什么?"

叶芷一边操作着陶罐一边回道:"你说得对,我不该只为了事业和工作活着,生命这么短暂,世界上好玩的事情又这么多,我当然要多接触,多体验,这样才算对得起活着的自己。"

她这样的转变着实让我感到不可思议,她又对我说道:"以后我们的角色要互换一下,以后我负责做花盆,你负责栽花,我觉得做花盆相比于栽花要好玩多了,因为能融入自己的创意。"

"你来学陶艺就是为了做花盆?"

"不然呢?"

我点了点头,好似在灼灼的阳光下看到了一个开朗的叶芷,这种感觉无法形容,但却能让我感到美好,就像一股正能量浸入了我的心扉,然后给了我一股很强大的力量,让我有勇气去拥抱和挑战这个世界。

是的,连叶芷这个看上去不食人间烟火的女人都在放低身段去尝试着接受不一样的世界,何况我呢?

这一刻,我的内心充满了释放的力量,而铺满街道的阳光就像是一块块被实质化的垫脚石,让我渴望飞翔,去触摸更高更沸腾的未来。

原来,我们之间真的是平衡的,就在她改变着我的同时我竟然也在悄悄地改变着她!

我在叶芷身边站了十来分钟,只见一个陶罐终于在她手上成了型,她将其交给了陶艺店的老板,然后去洗了手。过程中,她向我问道:"九隆居那边的事情你处理得怎么样了?"

"今天早上我和一个做车行的朋友联系了,让他帮忙打听曹金波司机的电话号码,他那边暂时还没有给我回复。"

叶芷看着我，然后点头回道："这个切入口找得不错，司机这个职业很特殊。"稍稍停了停，叶芷又问道，"如果能够顺利打听到联系方式，你准备怎么做呢？"

"先了解这个司机的性格，然后投其所好。人嘛，一定要建立起利益关系才能更深入地交流。"

"你学得很快。"

我笑了笑，回道："那是你教得好。"

叶芷的表情略显严肃："教是一回事，能不能执行好又是另外一回事。不过我相信你的能力，希望后面再遇到困难的时候你能放平心态，这是做好事情的基础。"

"嗯。"

叶芷笑了笑，而我却在一个不经意间看到她脸上有残留的泥点，我提醒她，她没能找到，于是我拿出一张纸巾，轻轻替她擦掉了。于是，我如此近地看到了她干净的容颜，就像一股清流浸入了我的心扉。也许，所谓好感就是在这一个个微妙的瞬间中积累起来的。

我咳嗽了一声，然后转移了看着她的目光，而她挤出洗手液将手又洗了一遍。下一刻我们的目光再次相对，然后一起笑了笑。

我对她说道："差不多也是吃中饭的点儿了，走吧，我请你。"

"下次吧，我订了中午飞上海的机票。"

我心里涌起一阵说不出的失望，克制住后只是感叹道："没必要这么赶吧？"

"下午有个紧急会议涉及集团内部的重大人事调整，我必须参加。"

"又是临时的？"

"嗯，是计划之外的。要不然，还可以在大理多待一天。"

叶芷的言语中透露出无奈，我下意识地回头往背后的苍山看了看。苍山雪、下关风、上关花以及洱海月。如果说曾经的叶芷冰清如雪，那么深入接触后，我觉得她更像是一朵花，看上去美丽无比，可是盛开或凋谢只看季节，却完全由不得自己做主。

我强颜笑了笑，回道："那行吧，希望下次你来的时候我已经解决了这些麻烦，可以有个好心情陪你去做好玩儿的事情。"

"那你加油吧！"

"嗯。"

这个中午，我将叶芷送到了古城外面能坐到车的地方，然后眼睁睁地看着她上了一辆出租车。她走了，也交代了一件事情让我做，因为陶罐干燥需要时间，她做的那个陶罐要明天才能拿到，所以她就将这件事情托付了我去做，并要我在拿到之后拍一张照片发给她。

除了这个托付之外我更想我们之间能有一个关于下一次见面时间的约定，可惜她走得太匆忙了,我也是在她上了车后才想起来。

没有约定也好,这样,她下次来的时候对我而言又会是一个惊喜。

迎着刺眼的阳光,我又回到了古城的人民路上,然后找了一家只做卤肉饭的小店,要了一碗卤肉饭和一瓶啤酒。

记得我刚来大理的时候,铁男就告诉我,如果想看美女就一定要去人民路。可是,对于我一个单身的人来说这并不是一种享受,因为看着形形色色的情侣们依偎着从我身边走过时,我的心里是很寂寞的,好在是白天,如果是晚上,在灯光的渲染下,看着那些迷幻的面容,我只会更加难受!

所以,即便我住着的九隆居离人民路很近,我也很少来人民路上找消遣。我更喜欢在闲下来的时候找一条小巷子,在巷子里面再找一家比较冷清的酒吧去喝点儿酒,就比如认识妮可的那个地方。

一碗饭快要吃完的时候我终于等来了小宋的电话,接通后他便对我说道:"哥,曹金波司机的手机号码我已经帮你打听到了,待会儿就发到你微信上。"

"这才半天不到的时间,你这办事效率也够高的啊!"

小宋笑着回道:"你请我办的事情我哪敢不放在心上。"

"谢了,改天一定抽出时间请你吃顿饭。"

"那我就坐等了。"

我笑了笑,又问道:"对了,这司机是什么来头,你知道吗?"

小宋答道:"司机叫曹学,是曹金波的侄子,听说不是个善茬,你要和他打交道,可得小心提防着点儿。"

我带着疑惑问道:"按说,他是曹金波的侄子,家世应该也不错,怎么跑去给曹金波开车了?"

"我听的也是传闻,不知道准不准。"

"无风不起浪,多少会有点儿可信度。"

小宋说道:"我有个朋友和曹学是初中同学,所以对他家的事情了解一点儿。听说曹学他爸和曹金波是亲兄弟,曹学他爸替曹金波顶过罪,所以曹金波对曹学也是心有愧疚。因为曹学性格急躁容易犯浑,所以曹金波就把他安排在自己身边做了司机,一方面可以看着他,另一方面也算是个差事。"

在小宋说完之后,我不禁感慨道:"没想到还有这么一段往事呢!"

"是啊,你自己也权衡一下,你到底能不能跟这样的人打交道。"

我下意识地抓住自己的领口,然后舒展了一下身体,这才回道:"没问题,这样的人有时候反而更好打交道。你赶紧把他的号码发给我吧,我这就和他联系,我这边没时间了。"

结束了和小宋的通话后他便用微信将曹学的手机号码发给了我,当我拿到这个号码的时候我又稍稍思考了一下，我希望找一个好的理由，能让他对我不那么戒备。

这件事情对于我来说其实还是很冒险的，因为我不了解曹学是以什么心态看待曹金波的。如果传言是真，那多半是有恨意，尽管曹金波在尽力弥补，但让他失去了一个完整的家也是不争的事实。

再想想这对我来说也未必是坏事，从某个层面来说，曹金波对曹学的愧疚可能就是我打开这个困局的一把钥匙。但前提是我得有能打动到曹学替自己办这个事情的筹码。

不过曹学的恶名多少还是让我有所顾忌的，我骨子里不愿意和这样的人打交道，但架不住形势逼人，一番权衡之后我终于拨打了曹学的手机号码。

曹学的声音很浮也很有侵略性，他问道："你谁啊？"

我以很平稳的语气回道："你好，哥们儿，我是曹小北的朋友，也想跟你交一个朋友，待会儿有空来古城喝几杯吗？"

"曹小北？我跟他不是一路人，他的朋友我不认。"

我愣了一下，更加确定了曹学对曹金波一家是有怨恨的。我立刻转变策略，又说道："兄弟，你先别忙着拒绝，我这边给你准备了一点儿见面礼，两条好烟，没别的意思，就是想和你交个朋友。"

对方犹豫了一下，回道："白天没空，要喝就晚上。"

"成，晚上也行。"

曹学又带着警惕问道："你是哪儿弄来的我的电话号码？"

"曹小北那边。"

"你少和我玩虚的，我和曹小北就没联系，他没我号码。"

这种拆穿其实是挺致命的，因为我没有想到曹学和曹小北身为堂兄弟却已经陌生到这个程度。好在我还算冷静，便又笑着说道："其实是托一个朋友打听的，这不想着曹小北跟你关系更近，所以才用了曹小北的名字，没承想……"

"你甭和我自作聪明，你叫什么名字，我们之前见过吗？"

"见肯定没见过，但你应该听过我的名字，我叫米高。"

"米高？行了，明人不说暗话，我知道你是为了什么事儿找我的了。你在九隆居的铺子就是我叔让我找开锁公司换掉的，你也挺牛的啊，这个事情都能打听到！"

我心里有火，但还是忍耐着说道："你这么说那这个事情就好办多了，电话里谈不清，晚上聊吧。"

"成，烟记着带上，不冲着这两条烟你还真够不上和我说话。"

虽然心里憋了一肚子火，但我这次和曹学的对话还是有收获的，最起码确认了这个事情的确就是曹金波在背后下的黑手，也知道曹学这个人爱贪小便宜，不过我就怕他不贪便宜，要不然找到他也是白搭。

230

我估计，曹金波在金钱上对他可能控制得很严格，不像对曹小北那样。也许这也是他对曹小北不爽的一个原因。

为了这件事情，我又找桃子拿了五千块钱。她和我在电话里聊了一会儿，她告诉我，他们那边的情况现在还不错，过年的房间基本上都被预订出去了，所以收了不少客人的订金，手头上还算宽裕。但收益的背后也伴随着极大的风险。

也许，对于我们这群人来说这是最困难的一个阶段，而我已经在做着拆东墙补西墙的事情，可谓每一步都走得是如履薄冰。

所以，将杨思思劝离大理大概是我来大理后做得最正确的一件事情，否则我们惹来的这些脏水难免也要泼到她的身上。而她现在就不一样了，就算是留学也有留学的乐趣，最起码不用再为我们操心。

花两千块钱买了两条烟，而后我便去了事先和曹学约定的那家酒吧，此刻是七点四十五，我们约在八点见面。

我先要了一瓶风花雪月自顾自地喝着。曹学这个人不太守时，八点半的时候他还没到，但我也没有催他，因为在我的潜意识里，早已经把这个人划分到了不靠谱的类别里。

我又找服务员要了一瓶啤酒，快喝到一半的时候终于有一个夹着棕黄色皮包的男人出现在了酒吧，我凭直觉认为此人就是曹学。

我向他招了招手，他便往我这边走了过来。他先是将皮包扔在桌上，然后拉出一张椅子很松垮地坐在了上面，点上一支烟后，他又眯着眼睛向我问道："你就是米高？"

我直接将事先答应好给他的两条烟扔在了他的面前，回道："我就是，咱是先喝点儿酒还是直接聊事情？"

"我跟你没有喝酒的交情，有事儿你直说。"

曹学一边说一边将烟搂到了他自己那一边。

"成，那我就不和你绕弯子了。我找你，其实就是想打听一下九隆居那边的铺子的事，我和你叔叔之间是不是有什么误会？"

曹学看了我一眼，皮笑肉不笑地回道："你们没误会，他是把从别人那儿受的气撒到你身上了，你这叫躺着也中枪。"

我已经能够确定曹学是知道内情的，他还算是快人快语，没有和我绕弯子，但说话的语气也是真目中无人，所以传言应该不假，他仗着背后有曹金波这棵大树活得相当有底气。

我先是点上一支烟，然后又跟服务员要来了一瓶度数不低的洋酒，我给他倒上了一杯，笑道："我在大理虚伪的人见了不少，你这样快言快语的人还真是不多见，这杯酒我先干为敬。"我端起杯子，仰头喝下。

曹学大概没想到，我非但没和他搞对立还赞赏了他一下，所以也是愣了一下之后才拿起酒杯，将里面的酒全部喝完。

他咂嘴，对我说道："听说你小子挺有胆识的，看样子还真不是一个会犯怵的主儿。"

"问心无愧就成。"

我一边说一边拿起酒瓶，又往曹学的杯子里倒满了一杯。多了不敢说，这个人的性格此时我已经吃透了一半，他虽然很盛气凌人，但我也在他的身上看到了一种因为长期得不到认同而产生的空虚，所以他比一般人更喜欢听赞美的话。可是，他却没有听出来我的前半句其实是在讽刺曹金波，所以这人心眼不多，他的坏只是流于表面。

我又和他碰了一杯，然后先干为敬，他也在我之后喝掉了一整杯酒，全然记不得之前说过的"跟我之间没有喝酒的交情"这样的话。

酒的度数有点儿高，再加上喝得快，曹学很快就有了醉意。我觉得这是一个机会，便用遗憾的口吻对他说道："兄弟，见了你之后，我心里是挺奇怪的。你这样的一个人不像是成不了气候的，为什么你叔叔会把你安排在身边做司机呢？挺屈才的。"

曹学的表情有点儿奇怪，他回道："不该问的别问。"

我给他递了一支烟，依旧是用一脸遗憾的表情看着他。

曹学自己将烟点上，深深吸了一口后低沉着声音说道："在他眼里我就是一个废物！呵呵……你说曹小北能比我强到哪儿？不也是个废物。天天捣鼓那些破车能捣鼓出什么名堂？真是新鲜了！"

我点头，回道："曹小北我也接触过。你跟他不是一类人，他就是一愣头青，你明显是有社会阅历的。"

曹学端起酒杯一饮而尽，然后又捏紧了拳头，看样子是在曹金波那边受了不少委屈。但他心里的疙瘩不仅仅如此，只是他爸的事他一时还不太可能对着我这个刚认识的人说出口。

但是，对于我来说他能对曹金波表达出关乎前途上的不满就已经足够了。

没一会儿我和曹学便喝掉了半瓶洋酒，酒的度数太高，在不知道他酒量深浅的时候我怕把他喝晕了误事儿，便又将装了瓜子和花生的拼盘儿往他面前推了推，示意他先缓一下。

他却一点儿也不领会，又倒上一杯一饮而尽。看样子，他心里的怨气已经到了一个承受与不能承受的临界点。

我觉得机会来了，便以真诚的口吻对他说道："哥们儿，人活着有时候缺少的不是能力，而是机会。你叔叔就这么把你困在自己身边，只让你干司机的活儿，实际上是束缚了你的手脚。他可能有他的想法，但是你自己得有觉悟啊！我这边现在就有一个给你赚钱的机会，就看你感不感兴趣了。"

"怎么赚？"

我点上一支烟，尽量以闲聊的口吻说道："你叔叔在九隆居的那些商铺都被我改造成能用来做临时招待的客栈了，不瞒你说，我要赚的就是过年这一季的钱。这本来是个稳赚不赔的生意，可是被你叔叔这么一闹，这事儿眼看着就要黄了。我觉得你叔叔既然能让你去办换锁这个事情，证明你在他面前是有话语权的，所以这事儿我和你商量商量。你想办法帮我把这个事情摆平，我把利润的一成给你，不多，也就四五万，不过也够你带心仪的姑娘去旅游城市玩一圈了。"

曹学看着我，我给他和自己各倒了一杯酒，示意他再喝一杯。曹学有点儿机械地举起了杯子，跟我一起喝掉了里面的酒。

我又趁势说道："说真的，你叔叔拿我这个小人物出气我也能理解，但你想啊，如果我能把九隆居的生意给做起来，最后真正受益的人是谁？不还是你叔叔曹金波嘛！他现在因为赌气把九隆居这边的铺子都给换了锁，你觉得除了撒气真能有什么实质性的作用吗？"

稍稍停了停，我又说道："所以现在的局面就是双输。但如果你能从中周旋一下，这个事情的结果就又不一样了。首先，我能趁着过年这一季好好做点儿生意；其次，你也能赚到外快；最后，我要是把这边的生意做成了，这些商铺的价值也会跟着提升。如果翻一倍的话，那可就是几千万的盈利啊，以大理现在的地产行情，只要九隆居火起来，说翻一倍可能都是少的！这人一恼火，就容易做出错误的决定，这时候你要是能替你叔叔做一个正确的决定，以后九隆居这边的商铺全面升值，他会感谢你的。"

曹学一边捏着子弹杯转一边在消化着我说的话。

我趁热打铁："哥们儿，试试吧，这也是证明你能力的一次机会，除非你甘心给你叔叔开一辈子车。"

曹学终于开了口："听上去还不错，是个三方共赢的机会。"

"那是肯定的，现在就差你点头了。只要你把钥匙给我送过来，我立马给你一万的诚意金，后面的钱，等做完过年的生意我就一次性付给你……"稍稍停了停，我又道，"如果你觉得自己在你叔叔面前没什么话语权的话，那你就当我没提过这个事情，咱们还当朋友相处，我这边有什么好处都不会少了你的。"

"你要这么说，这事儿我不办都不行了。不怕跟你说句狂话，只要是我较了真儿想办的事情，我叔叔那边就没有搞不定的，知道为什么吗？因为这是他欠我的！"

曹学说完后便从包里拿出一串钥匙，然后解开其中的一把扔到我面前，说道："这是17号铺子的钥匙，算是我先给你的诚意金，两天内，我给你信儿。"

"成。"我应答着他的同时也将钥匙收入囊中，虽然只是其中一把，但也证明

233

了这是一个好的开始,我找曹学算是找对人了。

将一瓶洋酒喝完后曹学便带着我给他的那两条烟离开了酒吧,而在他走后,我却在短暂的喜悦之后心情又低沉了下去,我在酒杯里看到了自己的倒影,却感觉有那么一点儿变了样。

我在这个夜晚迈出了一大步,也是我在大理真正意义上的第一步。

我叫来了服务员,然后又要了两瓶风花雪月啤酒,相对于洋酒而言我还是更喜欢喝这个。不管我现在活成什么样子,似乎我都不会忘记我是为了一个女人的梦想来大理的。

听说,这里有一群骑着破摩托车的男人,载着心爱的女人,畅游在洱海边、苍山下、古城里……我相信这不是梦幻,却比梦幻更梦幻!

在我喝掉一瓶啤酒的时候,铁男正好从酒吧门口路过。我坐在比较靠窗户的位置,所以在我发现他的同时他也发现了我。我推开木窗,笑着对他说道:"挺巧的啊,进来喝两杯?"

"桃子在对面的酒吧上班,我去给她送饭。"

铁男说这些的时候一直站在外面。稍稍停了停,他又向我问道:"你那边的事情处理得怎么样了?"

"正在想办法,算是有点儿眉目了吧。"

铁男回道:"当初我让你跟我一起去弄海景客栈,你不听,非要在九隆居这个鸟不拉屎的地方弄这么一个临时客栈,让你信任我一次真的就这么难吗?"

铁男的话让我有点儿不知道该怎么应对,而直到现在我才发现,尽管有桃子在我们两人之间调和,但因为海景客栈的事情他的心里已经跟我有了无法消除的隔阂。但即便这样,我也不想把他的话当作是对我的现状的落井下石。

我点上一支烟后终于笑了笑,然后对他说道:"听桃子说你那边的情况还不错。"

"过年期间的房子都已经被预订掉了,这一季少说要赚十五万。"

"那挺好的,不过你们也注意一点儿,毕竟海景客栈还是高敏感的地带……"

"再敏感也比你现在拿不到钥匙强。"

我愕然地看着铁男,他又说道:"米高,你这人就是太自以为是,太不愿意相信别人了,我知道桃子为了这事儿已经借了不少钱给你,你们以前就是朋友,她借点儿钱给你我也不反对,但是我不希望有下次,因为自己犯的错误自己承担是我的原则。"

我差点儿夹不住手上的烟,继而感到呼吸困难。眼前的男人,真的还是当初那个骑着摩托车去古城接我的风人院老板吗?

他又知不知道,在我和桃子借钱之前我也曾给过桃子两万?桃子应该不会告诉他,因为怕伤了他的自尊。

我重重地吁出一口气，然后点头回道："我明白了。以后我的麻烦不会拖着你和桃子一起承担的。"

铁男冷眼看了我一眼，继而便提着饭盒向街道的另一边走去。

我的心里说不出地沉重，我似乎又少了一个朋友，也是我来到大理后交往的第一个朋友，可是，我不知道我们之间为什么会变成这个样子。真的是沉重的生活，淡漠了人与人之间的情义吗？

可是我依然很珍惜这份来之不易的兄弟感情，也想回到当初大家一起在龙龛开客栈的日子。我失神地看着人来人往的街道，掐灭掉手上的烟，又点了一支。

……

回到九隆居后酒劲儿便上来了，我将钥匙扔在桌上后便重重倒在了床上，然后失去了意识。等我再次醒来的时候已经是后半夜，我的嗓子像冒烟般灼痛。

我烧了一壶水，等待的时候又去卫生间狠狠吐了一次，再坐下来时整个人都和虚脱了一样。对于男人来说，这个时候大概是脆弱的，但是虚幻又真实的夜色中，我必须接受只有自己一个人的事实。

我一边喘粗气一边缓解着，稍稍舒服了一些之后我才给自己倒了一满杯开水，可是我更需要的是温水，或者一杯能护胃的蜂蜜水。

等水凉下来的过程中我不可避免地胡思乱想了很多，其中最让我感到头疼的是该去哪儿弄来跟曹学承诺的一万块钱诚意金？现在的我已经弹尽粮绝了，甚至不能够去找桃子借，因为今天我和铁男都将话说得没有了余地，更何况我知道桃子不容易，内心本就不愿意去麻烦她，我可以肯定，以铁男现在的表现，我要是再找桃子借钱，势必会引起他和桃子之间的矛盾。

点上一支烟，我苦苦思索着。

老米应该是能拿出一万块钱的，可是他一直觉得我在大理发展得还不错，贸然借钱只会让他对我产生怀疑，所以找他借必然是下下策。

如果马指导没有在外地投资做生意，手上应该也会有一点儿闲钱，但是经历了和铁男的不愉快我也不太敢找他借，因为人心是试探不起的，何况这不是试探。

重重地叹了一口气，我将自己从上海带来的那个大行李箱又从储物柜里搬了出来，我在里面翻了一遍，最终找到了一台尘封已久的单反相机。

有一段时间我沉迷于摄影，所以前年过生日的时候陆佳送了我这台相机，市场价一万八千多，差不多是陆佳两个月的工资。

相机买回来后我用的次数屈指可数，所以还有九成新，但是里面却有五六十张我给陆佳拍的照片。

充上电之后我心里很不是滋味地打开了相机。第一张照片就是我们去年去青岛旅游时我在沙滩上为她拍的泳装照，此刻回忆起来就像是昨天的事情，也像是一场梦。

我看不了她的笑脸，也握不住这台相机的重量，所以只能特别煎熬地感受着此刻所能感受到的一切。

猛吸了一口烟，我开始删除相机里的第一张照片，终于只剩下最后一张，也是里面唯一一张我和陆佳的合照，是在苏州的拙政园拍的，天上正下着雪，我牵着陆佳的手请路人为我们拍下照片。

此刻来看，那时候的她也许才是最美的，可我却不得不和她说再见了，甚至于脑子里关于她的念想我也该说再见了。

我手指颤抖着按下了删除键，就像删除了一段最漫长的记忆，里面有快乐也有痛苦，以及最美好的青春时光和爱恋。

我仰起头，将口中的烟吐出，然后又将那杯热茶捧在了手上，已经比刚刚凉了很多。紧接着我便在豆瓣上发了一条转让相机的消息，我最终只报了一万二的价格。

做完这一切我空虚得厉害，就像卖掉了自己的青春和在上海这几年的回忆。

大理玩摄影的人很多，识货的人也很多，所以刚到早上，就有四五个同城的人跟我约着见面看相机，最后我把相机卖给了一个开摄影工作室的哥们儿，我特意要了现金，但是很矛盾的是我不知道自己为什么要这么做。

我一直将现金抓在手上，一闭眼，内心随之而来的还有挫败感，好像我身边的人和物品我都守不住，于是我想得到的就更加多了起来。这种感觉很膨胀也很微妙，大概只有真正经历过的人才会懂！

等我再次睁开眼睛的时候阳光已经非常刺眼，我半眯着眼睛，一边摸烟一边从裤子口袋里掏出了手机。

手机又振了一会儿，我才确定是有人给我打了电话，我瞬间清醒，以为是曹学那边来了消息，结果却是一个很陌生的号码，归属地显示是拉萨。

我接通之后里面传来了马指导的声音："是我，这是我在这边的新号码，你记一下。"

"成。"

"听你声音，好像不大在状态？"

我按住太阳穴，回道："昨天晚上喝大了，这会儿还没有缓过劲儿来，你要是没事儿的话我先挂了。"

"有事儿，先别挂。"

"说嘛。"

马指导稍稍沉默了一会儿，然后开口问道："是不是最近遇到麻烦了？"

"算是遇上了，也不算事儿。"

"缺钱吗？"

我愣了一下，马指导向来不是个喜欢绕弯子的人，他这么问多半是听到什么风声了。

在我短暂的沉默中，他又说道："之前从客栈分走的钱我也没怎么动，你待会儿给我发个账号，我给你打几万块钱过去。我知道你不是喜欢麻烦别人的性格，但是你得记住，有了困难哥们儿跟你一起扛。"

我心里一阵说不出的滋味，然后又有了一阵暖意，我笑着对他说道："我这边没事儿，放心吧。"

"你是没把我当兄弟？"

"没有的事儿，你要是早两个小时给我打电话，我还真得从你那边拿点儿钱，但现在钱已经凑到手了。"稍稍停了停，我又说道，"以后要是真缺钱了，我不会不好意思和你开口的。"

"你确定你那边没问题？"

"确定。"

"那行，我就不多说了。"

结束了和马指导的通话，我的心情舒畅了很多，生活里真的很需要这样的支持，如果全是昨天晚上那样的不愉快，无疑会把人的内心弄得很阴暗。

我按灭手上的烟，然后在手机上打开了微博，里面已经有七八条给我发的私信，都是想要订房间的客人发来的。我没有接受，但也没有完全拒绝，因为现在的局面还不明朗。

我心里很急，尽管很想拖住这些询问的客人，但是大理过年时客栈房间供不应求的行情把客人们也搞得很紧张，如果在我这边没有得到肯定的答复，他们肯定会去其他地方咨询的，这对我来说就是损失。我是真的拖不起了！

中午的时候，叶芷给我发来了关心的信息，我将昨天晚上和曹学交流的过程和结果都详细地告诉了她，她没有多做评价，只是问我有多大把握。

我说有八成，她说这个事情基本能办成。

我问她依据是什么？她答对我有信心。

下午的时候，身在上海的戴强也给我发来了信息，依然是个好消息，他告诉我，他们康乐部的经理已经升职，现在是整个酒店的副总经理，所以他也跟着水涨船高，成了副总经理的助理，工资也涨到另一个级别，大概比之前多了两千块钱，类似出差补助这样的福利也适当涨了一些。

我算了算，他现在的工资已经和我在上海的时候差不多了，我为此花了四年时间，他却只用了几个月的时间。

他选对了职业也选对了就业平台。我想，有了这样一个不错的机遇，他大概会比我当时在上海要活得轻松一些，他是我的表弟，有这样一个不错的发展前景我当然会为他感到高兴！

转眼就已经是夜晚，准备好诚意金的我却没有等来曹学的信息。尽管曹学要我等他两天时间，但我觉得只要没有遇到困难，这事儿他张张嘴就能办成，而他到现在都没来只能说明是出了问题。

我很心急，也很焦虑。

大约十点的时候巷子外面忽然传来了一阵机车的声音，停下来后，以曹小北为首，另外几个人戴着头盔手持类似棒球棍这样的东西跟在他后面朝我走来。

跟我打了照面之后，曹小北冷着脸对我说道："咱俩的事儿还没完，我曹小北是个说到做到的人，今天我就是来砸你房子的。"说完，他又转身对身后的人说道："哥儿几个给我进去砸，能砸的都砸了。"

在得到曹小北的指令之后，他身后的那几个人便拎着棒球棍等器具冲进了我的屋子里，然后我便听见了镜子碎裂的声音，在我准备冲进去阻止的时候，我被曹小北和另外一个戴着头盔的男人给拦住了。

曹小北还是冷言冷语地对我说道："你要识相的话就站着别动。"

我撂着狠话："曹小北，做浑蛋也得有个限度！今天你要是敢把我这边给砸了，以后逮着你落单，我不会放过你的。"

曹小北一副死猪不怕开水烫的样子，他似笑非笑地向我回道："已经砸了，你咬我啊？！"

我咬牙切齿，要是放在以前，我肯定会抓住机会将曹小北往死里揍，但此刻，我却渐渐冷静了下来，我从口袋里拿出手机打开了录像功能，对着屋子，将他们的暴行，一个画面一个画面地记录了下来。

我将镜头又对准了曹小北，然后说道："你要是真厉害的话，就对着镜头把你刚刚说过的话，再说一遍。"

曹小北先是点上一支烟，然后便将脸贴着镜头左摇右摆，又满是戏谑地说道："房子就是我砸的，怎么着，你能拿我怎么着啊？"

我不和他废话，一把将他推开，为了能让镜头更加清楚地捕捉到他这副无法无天的样子。

五分钟过去，这帮人从一楼砸到二楼，我又听到玻璃碎裂的声音，而曹小北早就有准备，让人守住了巷口和巷尾，所以即使搞出了这么大的动静，竟然连一个围观的人都没有。

我的心一点点地沉了下去，我没有想到，自从自己进了九隆居之后，竟然会出现这么多的波折！不断响起的碎裂声中我感觉特别疲惫，甚至有那么一个瞬间，我心里都是绝望的感觉。

这个曹小北实在是太浑蛋了！而我也终于知道了雪上加霜的绝望是一种什么样的滋味。

十分钟，整整十分钟，曹小北带过来的那帮人才拎着作案工具从房间里走了出来，这些人一哄而散，唯独曹小北留了下来。

曹小北冲我摊了摊手，然后满是挑衅地说道："人都已经走了，你不是要揍我的嘛？不揍你就是狗。"

我怒极反笑："我不跟你动手，有什么事情咱们待会儿派出所聊。"我准备报警。

曹小北似笑非笑地说道："米高，我就没见过你这样的屌货。你冲到我家打我的时候我报警了吗？"

"我不跟你废话，这事儿你得赔钱。"

曹小北吸了一口烟，然后又伸手在口袋里一阵摸索，我下意识地以为他兜里暗藏凶器，他却掏出了一大串钥匙，然后扔给了我，我有点儿愣怔地看着他，不知道他在玩什么把戏。

曹小北对我说道："我曹小北是个言出必行的人，今天来砸你房子是因为我说过这样的狠话，另外，你冲到我家无缘无故地打了我一顿，这口窝囊气我也咽不下去……"稍稍停了停，他又说道，"你手上现在拿的是这边铺子的全部钥匙，我对事不对人，你跟我爸之间的事确实是他做得不厚道，所以我把钥匙给你拿来了，你想做什么放心大胆地做，只要报了我曹小北的名字，没人敢来找你事儿。"

我目瞪口呆地看着曹小北，也分不清他是天使还是恶魔。

"米高，你手上有我砸房子的录像，如果你不报警，咱俩之间的事情就算是扯平了，如果你报警我也不拦着，但是你给我等着，我这人从来不喜欢吃亏。"

我终于开了口："知道你不喜欢吃亏，毕竟有什么样的爸爸，就有什么样的儿子。"

曹小北将双手放在脑后，然后又往屋子里瞅了瞅，大笑："真解气，哈哈！"

他一边说一边从地上捡起了头盔，然后一拍屁股，便向巷子外面走去。而我一直目瞪口呆地看着他的背影，回不过神来！

曹小北走了有一阵子，我才终于进了屋子，当我面对满地的碎玻璃碴子时真是不知道该哭还是该笑，忽然想起什么，我又猛地向二楼的阳台跑去，看见和叶芷一起种的玛格丽特还完好无损心里一块石头才算是落了下来。

当我再仔细检查时，发现损失并没有想象中那么严重，那些人只是砸了一些玻璃这样的易碎品，却没有砸电器这种贵重物品，大概是曹小北事先有过吩咐，没让他们下狠手。

我又拿着曹小北给的那一串钥匙去试了那些被换掉的锁，结果都能打开！我重重地嘘出一口气，然后便虚脱似的坐在地上，回味着这个像做梦一样的夜晚——我，好像得救了！

迎着夜色点上一支烟，我就这么毫无顾忌地躺在了商铺门口的草地上，半个小时过去了，我甚至连手机都没有碰一下，我一直在琢磨着这件事情的背后有什么可能性，而曹小北又是以什么样的手段搞定了心机深沉的曹金波，之后真的能像曹小北说的那样一帆风顺吗？

手机一阵振动，我拿起看了看，是曹学打过来的电话，急于知道答案的我赶忙接通，他倒是一贯快人快语的风格，直接开口向我问道："曹小北是不是找过你了？"

"找过，把我房子给砸了。"

曹学有点儿疑惑地问道："他不是去给你送钥匙的吗？砸你房子干什么？"

"这人脑子有点儿短路！"稍稍停了停，我又问道，"哥们儿，这钥匙的事情到底是怎么回事？我到现在还是一头雾水呢！"

曹学愤愤地说道："他那宝贝儿子开口比我说话管用多了！之前我和他说这个事儿的时候他把我臭骂了一顿，过了会儿又让曹小北来找我拿钥匙，呵呵，到底是亲生的，比我顶事儿……"

"你怎么知道曹小北找他拿钥匙的时候就没挨骂？"

曹学愣了一下，回道："也是，我怎么就没想到……不过，有个事儿我得和你说，这钥匙我要是不愿意给曹小北他还真没这能耐从我手上拿走，我的意思你明白吧？"

"放心吧，这钥匙不管是你送过来的还是曹小北送来的，之前和你说的事儿我都认。"

"你这人挺懂事儿的！"

我笑了笑，道："这钥匙是送过来了，但我心里还踏实不下来，你得帮我弄明白我这边到底能不能把这过年的生意给做安稳了。"

曹学会错了我的意，他回道："这事儿包在我身上，你要是不踏实，我明儿派个人给你守着。"

"我不是这个意思，我是说你叔叔那边……这次他能换了我的锁，保不齐下次还能干点儿别的事情来，我是真吃不消了！"

"这你就放心吧，钥匙是曹小北给你的，出不了乱子。可我就不明白了，你和曹小北到底是什么关系？怎么他帮了你一把，又把你房子给砸了？你不会是说着逗我玩的吧？"

"解释不清楚……我房子是真的被他给带人砸了，要不你过来瞅瞅？"

"算了，忙着呢，没时间过去，那个钱，你赶紧给我送到位，最近手头有点儿紧。"

我应了一声，曹学便挂掉了电话。独自枯坐了一会儿，我又赶忙打开微博联系了之前想和我订房间的客人，为了方便沟通，我让他们添加了我的微信，没一会儿，便谈成了三单。

当我再次闲下来的时候，又不禁疑惑，我真的猜不透曹小北是怎么想的，难不成他真的是对事不对人？或者还有其他隐情？

我最终也没有去深究曹小北为什么要这么做，因为手头上要做的事情实在是太多。我先是找来了扫把，将屋内的残渣和垃圾都清理掉，然后又对着电脑做了一份过年期间的客房入住表。

此时，我有二十间可以拿来短租的房间，如果不提前进行系统的规划，客流量一大就容易出现纰漏。

等我做完这一切的时候已经是凌晨的三点钟，我累得够呛，沾枕即睡。

我又做梦了，梦见陆佳将之前我送给她的东西全部给我送还了回来，也向我要回她送给我的东西。梦里的我特别慌张，因为最值钱的那台单反相机已经被我给卖掉了。

我开始寻找那个买了相机的哥们儿，可是他却和蒸发了一样，电话拨不通，也没有人知道他的音信。

梦里，陆佳怨恨地看着我，我在她的眼神中惊醒。此时已经是清晨，我恍恍惚惚地在床上坐了一会儿，才庆幸是一场梦。也确实是一场梦，现实中我已经做好了这辈子都不会和陆佳再见上一面的心理准备。

之所以做这个梦，大概是因为早上的时候我卖掉了那台相机。

拉上窗帘，我又小睡了一会儿，九点半的时候起了床，简单吃了点儿东西便开始了这一天的忙碌。实在是太忙了，因为我之前订的地毯也在上午到了货，我只是在二十间客房里铺上这些地毯就已经花了半天时间。

下午的时候，我在网上接订单，又深深地感受到大理过年时的旅游市场是怎样一种火爆，只是半天的时间，我已经将一半的房间全部预定了出去，并且收到了将近十万块钱的订金。

我的眼光没有错，我确实是要挖到人生中第一桶金了。如果不再出什么纰漏，收回本金的同时我还能再赚上小二十万，那我的手头上就有将近四十万，这些钱已经够我在大理正儿八经地做个生意。

想到这些美好的事，我忽然觉得外面的天都更湛蓝了，风也吹得很温柔，而这种好心情的根本并不是我赚了多少钱，而是源于一种内心的自我认同，我是可以在自己的人生里活出价值的。

傍晚的时候，我和曹学在古城的酒吧见了面，我第一时间将之前承诺好的一万块钱诚意金给了他，他在接过的同时对我说道："我叔说你这人挺鸡贼的，他没想到你能找到我这儿来，他说你是在利用我。"

我笑了笑，问道："你都和他说了？"

"咱们俩一没交情，二没人情，我突然去替你说钥匙的事情，他能不明白？"

我又笑了笑："也对，但咱们可不是利用关系，我觉得是互惠互利，各取所需。"

曹学右手拿着钱，往左手上拍了拍，也笑道："我觉得你这人格局不错，我以为是曹小北把钥匙送过去，你就会赖掉给钱这事儿，没想你还挺厚道！"

"对朋友，我一向都是很真诚的。"

"我们算朋友吗？"

我愣了一下，然后又飞快地觉得必须说违心的话，我回道："算，我觉得我们之间挺投缘的。"

曹学一边点头，一边扔了一支烟给我。

我点上，吸了几口之后又对曹学说道："怎么说呢，其实找你之前，我也托人打听了你这个人，别人都觉得你曹学是无恶不作，但我看未必，你只是缺少了能理解你的人。"

曹学看着我，问道："这话怎么说？"

"先说好了，咱们能交心谈几句吗？"

"你想说什么就说，别和我绕弯子就成。"

我点头，然后说道："我觉得是你的一些经历把你变成了现在这个样子，而不是你骨子里就愿意过这样的生活。"

曹学目光又闪动，他点上一支烟之后才向我回道："你说话文绉绉的，我听不懂。"

我笑了笑，耸肩之后便不再说话，但我已经看穿了他的内心，而伪装似乎是人的一种本能，曹学也会。

气氛有点儿压抑，曹学终于开口说道："人都活得假了，呵呵！"

我没言语，曹学又伸手找服务员要了一瓶我们那天喝过的那种高度数洋酒，我却已经没有时间和状态再陪他喝了，因为又有客人跟我咨询订房间的事宜，我必须清醒着。

我去了趟卫生间，想顺便将账给结了，从卫生间出来时，收银员却告诉我曹学已经将单埋了，也许，他已经把我当朋友了。

回到九隆居又是一阵忙碌，直到十二点时才算是真正闲了下来。洗漱的时候我收到了一条杨思思发来的微信消息，她问道："你那边的事情解决了没？这都快过年了，不能眼睁睁地等死吧！"

我的心里想到了一些可能性，但还是保持着平静回道："昨天晚上，曹小北把换过锁的钥匙给我送过来了。"

"什么情况？"

"我也不知道是什么情况，你知道吗？"

过了片刻，杨思思回道："可能是他良心发现了吧，这事儿他爸做得多不厚道！我觉得曹小北这人虽然很浑，但心里还是有正义感的。"

我还没有回复，杨思思又发来了一条信息："我到国外也有一段时间了，你怎么不问问我在这边过得怎么样？"

"有小豹鞍前马后地陪着，坏不到哪儿去吧。"

"可我比在大理的时候更寂寞了，到处都是大鼻子大眼睛的外国人，我还是觉得扁平脸的中国人好看，有亲切感。"

"你知道什么叫寂寞吗？这词儿可不是能随便乱用的。"

"去你的吧，少和我装深沉。"

我回敬道："好好学习，天天向上，记住自己是去干吗的，别天天有那么多歪门邪道的想法。"

"你寂寞吗？"

在杨思思很跳跃地问了这么一句之后，我下意识四处看了看，九隆居还是一如往常，冷冷清清，也没什么人气。要说寂寞，估计也没有多少人会比我有更深刻的体会。

我终于回道："我如果说寂寞是我的朋友，你会觉得矫情吗？"

"单身狗不都是这么矫情的嘛，我习惯了。"

"还能好好聊天吗？"

"不能，我也不想和你聊了，待会儿要和小豹去海边玩儿，他跟朋友借了游艇！哈哈，红酒、海风以及海鲜，想想都美！"

我无奈一笑，她在惬意和寂寞之间切换得也太随便了。不像我，一旦有了寂寞的感觉，别说游艇，就算是给我一艘豪华游轮我也兴奋不起来，而这就是杨思思，一如既往地没心没肺，也容易满足！

我太忙了，也没时间去琢磨那些想不明白的琐碎，而时间就这么飞快地从我忙碌的生活中流逝掉了。五天后，我终于迎来了临时客栈营业后的第一对客人，很巧合的是，他们是来自上海的一对情侣，在我这边订了一个星期的房，我给了他们适当的优惠，但也收了九千块钱的房费。

这是一个好兆头，除了他们，下午还会有两拨客人要来，也就是说，从现在起，对我和客栈来说就已经进入了过年旺季的模式，这比我预计的要早了五天时间，等于说，我会多赚五天的钱，算下来已经是一笔不小的数目。

我五味杂陈，经历了这么多的波折之后我终于阶段性地成功了！

这个夜晚我又是忙到十二点才闲下来，而微信朋友圈里也在这个时候有了过年的气氛，有人记录了今天买年货的过程，有人陪孩子去买了新衣服，农村里的朋友，也已经在杀猪宰羊，写对联……我莫名就想到了叶芷，估计她最近也挺忙的，所以一直都没有跟我联系过。这次我主动给她发了一条信息，想问问她过年有什么打算。

实际上，我挺好奇的，叶芷似乎一直是独来独往的状态，所以我不知道，在过年这个阖家团圆的日子里她是不是也有家人陪在身边。

已经是深夜十二点，信息发出去之后我并不确定叶芷会不会回复，所以等了十分钟后我便做好了睡觉的准备。可这样的深夜终究是空虚的,尤其是经历了白天的充实,这种闲下来后的空虚就更加被凸显了出来。

打开音乐播放器,第一首就是《再见二十世纪》,我不禁又想到了跟汪蕾做朋友的这些年,她给我的温暖似乎都在不经意间,所以当时我并没有太在意,直到她走了我才知道所有不经意的背后都是她用尽全力的真心真意。

我不敢让自己太沉浸在这种懊悔的情绪中,便赶忙将歌单往下拉了拉,然后听了一首比较舒缓的英文歌。我劝自己用前进的目光去对待现在的生活,但总有那么一天我还是会将在大理的点点滴滴分享给已经死去的汪蕾,我不会忘了她也不会忘记对她的承诺,我真的有很努力地在大理活着。

这么恍神了一会儿,放在手边的手机一阵振动,我拿起来看了看,是叶芷回复的信息:"我现在在威尼斯,也许就在这边过年了。"

"去度假?"

"不是,为了工作。"

"哦,能回国还是尽量回国吧,国外哪有过年的气氛!"

"如果手上的工作能做完我也想回去,你那边呢,最近怎么样?"

"事情已经解决了,今天来了第一拨客人,算是开始营业了。说出来你可能不相信,钥匙最后是曹小北给我送过来的。"

"他是曹金波的儿子?"

"对,但我觉得这事儿并不是表面上表现的那么简单,可能是思思在背后帮了忙!"

"她一直都对你很上心。"

叶芷的这句话值得推敲,所以我没有立即回复信息。推敲的结果是我觉得我似乎不该和她说这个事情,因为我们现在的关系很微妙。于是,再给她发信息的时候我便转移了话题:"威尼斯可是有名的水城,真的像传说中那么有吸引力吗?"

"很舒服的地方,不知道这是不是你说的吸引力。"

片刻后叶芷又发来了一条图片信息,图片里是她的手,她的手上拿着很多树叶。我问道:"这是你在威尼斯捡的?"

"嗯,下次见面送给你。"

我的大脑里不禁浮现出一个情景,就在威尼斯的某条河道里,一个美丽的女人坐在白色的船上,树叶三三两两地落在了河面上,也落在了她的船上,她俯身捡起,于是就有了她刚刚发来的这张图片。这样的意境特别好,也拨动了我的心弦,让我感到温馨。

我回道:"没想到我上次说的话你都记在心上了,你这算是在支持我的事业吗?"

"对我来说这是举手之劳,能帮到你是最好了。"

"帮到,肯定能帮到。之前布置的那间香榭丽舍大道的主题房间,客人给的评价很高,尤其是知道那些树叶都是在香榭丽舍大道上捡来的,更觉得这个创意不错,都说很有身临其境的感觉,可惜这只是一个临时客栈,以后有机会,我真的想把这个创意继续发扬下去!"

"你加油,我这边有点儿事情,先不聊了。"

"好,你去忙吧。"

我就这么结束了和叶芷的聊天,但是却感觉还有话没有问她,假如她过年会回国的话是自己一个人过,还是和家人一起过?我终究还是没能问出口,我将手机放在了枕边,然后闭上了眼睛。

我没能立即进入睡眠中,我的大脑里隐约浮现出过年的画面,那个时候万家灯火、烟火璀璨!却唯独缺了一个可以一起回家的女人。

次日我一早便起了床处理着退房和接客人这两件事情,说累也不累,就是有点儿烦琐,但是看到一笔笔钱打到账户上,我又有了很强的动力。

闲下来时我便想着要拿着这笔钱去做点儿什么?或是,就将九隆居当成自己的据点,找一个能长久的生意去做。

中午吃饭的时候我又接到了老米打来的电话,不用想也知道他是为了什么事儿……

我接通,他向我问道:"吃饭了吗?"

"正在吃,家里最近怎么样?"

"年货都备齐了,我跟你妈的衣服也买了,现在就等着过年,你那边准备得怎么样了?"

"最近太忙了,年货的事情都还没顾上,今天晚上抽点儿时间去超市逛逛。"

"你抓点儿紧,这越到年根东西越贵……"稍稍停了停,老米又问道,"你跟小叶那边确定好了吗?年后是不是带她一起回家看看?"

我心虚地笑道:"上次不是和你说过了嘛,她工作上的安排都是不定的,就算现在说好了,指不定来个什么事儿就给弄黄了,还是等我回去的那天再说吧。"

老米不说话,我更加心虚,我又说道:"你是不是觉得我在忽悠你?这事儿你要不信可以去问戴强,这两天她又去国外出差了。"

"戴强就在我旁边站着呢。"

我心一紧,又问道:"他回家了?"

我听见了戴强的声音:"哥,我前天就到家了,你就在嫂子那边争取争取呗,我妈特别想当面感谢她一下,外公外婆也很想见见嫂子,你跟嫂子感情那么好,你要好好把家里人的意愿转达给她,她一定会抽出时间的。"

"滚一边儿去，少添乱！"

我这么骂之后，接话的却是老米，他声音低沉地说道："米高，知道自己过完年多大了吗？你马上也是个三十岁的人了，让我们做父母的把心安稳下来有这么难吗？"

我的声音一样很低沉，我回道："你的意思我明白，但这事儿我真没办法给你打包票。"

"你别和我说这些，你不在家不知道外面的闲言碎语，可我们听见了心里难受，你要是好好带个姑娘回来别人不也就没有闲话说了嘛，你这个年龄也该成家立业了，不怪别人说你！"

我一阵沉默，终于叹息着说道："这话我听进去了，我再问问吧。"

"有准信了给我打电话。"

"成。"

老米挂掉电话之后，我便立即拨打了戴强的电话，这事儿八成是他在背后煽风点火，我得好好和他唠唠。戴强接通之后我便立即说道："找个没人的地儿咱俩好好聊聊。"

戴强嬉笑着回道："哥，这事儿不怨我，是人民群众的力量，你就别违背人民群众的意志！我觉得这事儿不难，就看你愿不愿意和嫂子开口。"

我怒道："别人不知道什么情况你还不知道嘛？你给我瞎捣乱什么？！"

"哥，你别冲我嚷嚷，你的性格我太了解了，这事儿得逼你，要不然你总是给自己找心理负担。"

"你了解个屁！你就是在给我找事儿。"

戴强依旧嬉笑："你想骂就骂呗，反正总有一天你会感谢我的。再说了，我干的又不是什么坏事儿，你再怎么骂我我都觉得心安理得。"

"你就是一浑蛋！"我骂了他一句，然后狠狠挂掉了电话，冷静下来后，才发现这已经是一件必须完美解决的事情。

我问自己是不是真的该给叶芷发个信息，就问她想不想去小城做客？

这么问也许是最妥当的，就算被拒绝也不至于太尴尬，就算是朋友也可以结伴去某个地方散心或者度假。

夜幕降临，此时的九隆居因为有了二十间对外营业的临时客栈终于不像往常那么冷清，客人们有些在做饭，有些在打牌，还有些坐在阳台上聊天。

这是生活的气息，也是成功的开始。可是坐在门口的台阶上，我却莫名感到空虚。

摸出一支烟点上，我抬头往天空看了看，今天的月亮很圆满，光线也足够，云随风在天空飘动，这是一种很自由的感觉，可是我却打不开自己。

半天时间过去了我依然没有说服自己给叶芷发一条信息，商量年后到小城做客的事情。我总感觉不妥，但要我具体去说出不妥在哪儿我也说不出来。

于是，我又纠结了一会儿。

手机一阵振动，我拿出来看了看，是那个占用了陆佳号码的女人发来的信息："我和我朋友明天坐火车出发去大理，你确定给我们留房子了吗？"

"确定，不过你们干吗要坐火车？上海就有直飞大理的飞机，挺方便的。"

"我们想在湖南的凤凰古城玩两天。"

"如果你们没有提前在凤凰订到房间，我建议你们还是别在那儿停。"

"怎么，你是迫不及待想和我们见面？"

"你看你这个玩笑开的，要说我跟你之间我还有那么一点儿好奇的感觉，加上你朋友，就不合逻辑了。"

"男人不都喜欢美女吗？我朋友就是美女，有什么不合逻辑的？"

我很较劲儿地回道："那我见到你们之前也不知道她是美女啊。说真的，凤凰的旅游热度不比大理差，大理现在的房源就已经很紧张了，我是怕你们到那边了没有住宿的地方。"

"提前订好房间了。"

"那你就当我没有说过之前的话，路上注意安全。"

"你这文字怎么看上去有点儿严肃，是证明你生气了？你一男的就那么容易生气吗？"

"心情不好是真的，但我犯得上和你生气吗？"

"心情不好？你是又被现实给捶了吧？"

"之前是被捶了一次，但麻烦已经解决了，我是有点儿感情上的困惑不知道该怎么说。"

对方很快回了信息："你这是有女朋友了？"

"没有，是家里逼得紧。"

"这样的事情不值得小题大做吧？你看不见上海满大街都是大龄青年，谁还没有一点儿这样的压力？我觉得晚婚晚育已经是这个社会的常态了，所以真的没有必要为了一个常态化的事情伤脑筋。"

"如果我没有记错的话，这好像是你第一次正儿八经地开导我。"

"是在开导你其实也是在开导我自己，不过，你觉得婚姻这东西到底是什么呢？"

我略微想了一下，然后回道："我觉得结了婚就意味着进入了一个新的世界。"

"这个新世界到底是好还是坏其实很未知，对吗？"

"是吧，不过我觉得会经营婚姻的人都应该过得不错。"

"那不会经营的呢？或者不是因为爱情而结婚的呢？我身边就有一个早婚的朋友，那天我们聊天的时候她说，如果这个世界上有后悔药可以吃，她一定不会这么早结婚,哪怕这颗后悔药难以下咽,她也会毫不犹豫地吃了。"

"说出这样的话,她是被婚姻折磨得有多惨?!"

"没办法,结婚的对象不是自己爱的人,越久越折磨。"

"作为旁观者,我们是该吸取教训,也值得思考。"

"嗯……可是这个世界上哪有那么多的情投意合呢?如果有幸遇见了真爱,还是要好好珍惜。"

她的话让我有了很深的感触,但是我却没有再回复她的信息,我将手机放在一边之后便又陷入了新一轮的沉思中,也反省着自己的这些年。

难道在这个世界上,物质和爱情之间就真的没有一种完美的平衡吗?而我又是不是这个失衡状态中的受害者?

十点的时候我叫了一份外卖,吃完没一会儿便接到了孙继伟打来的电话,接听后,他便对我说道:"兄弟,罗竹明那边实在是盯太紧了,这次没能帮上你的忙我是真的挺惭愧的!"

我笑道:"正想抽空给你打个电话呢。我这边的事情已经解决了,现在陆续有客人住了进来,势头挺好的。"

"怎么解决的?"

"是曹金波的儿子把钥匙给送过来的,我和他儿子私下也认识,但这个事情我一时半会儿也没有搞明白,就不跟你详细解释了。"

孙继伟关切地问道:"这里面没猫腻吧?"

"应该没有,这事儿是他儿子和我打的交道,以我对他儿子的了解,他还算是个光明磊落的人。"

"嗯,但还是要保持谨慎。对了,有个事情和你说一下,最近上面可能会要求相关部门搞一次联合执法,目的就是清查过年期间酒店行业违规经营的乱象,其中海景客栈是重点打击的对象,还有就是古城内一些无证的客栈。你那边是临时性质的客栈,相对要安全一些,但是房间的数量比较多,真要查到你了也不太好交代。所以我建议你到工商部门去做个备案,以确保万无一失。"

"必须去吗?我这边的经营模式更像是短租,短租不算违法吧?"

"你和住客那边签短租合同了吗?而且你房间的数量实在是有点儿多,真要查到了,给你定性成变相经营旅馆也不是不可能。你也算是一波三折了,所以这个事情你一定不要马虎!"

我心里有了担忧,我又说道:"不是我不想去,我怕到时候去备案他们不认同我是短租,我不等于是自投罗网吗?"

孙继伟先是一阵沉吟,然后回道:"这样吧,你去找曹金波签一份租房合同,然后再和租客们签几份短租合同,这事儿我亲自到工商局那边给你办,有了备案,就算到时候查到你了，你也算是名正言顺嘛。"

"找客人们签几份短租合同肯定没有问题，可是曹金波那边估计会有麻烦，毕竟他之前就拒绝过签合同的事情。"

"先谈谈看，都走到这一步了，实在谈不下来我再看看有没有别的办法，我估计问题不大，但是有备案会更好，毕竟走的是正规程序。"

"行，我明白了。"

孙继伟又叮嘱道："这事儿你尽快去办，我估计要不了几天，就会有执法行动了。"

我应了一声，然后便结束了和孙继伟的通话，我心中又有了深深的危机感，但这次却不是因为自己，我这边尚且如此，更何况铁男的海景客栈？

我顾不上之前的不愉快，必须把这个消息告诉他。过年期间的钱他是不能赚了。

我拨打了铁男的电话，但是他却没有接听，打桃子的电话，也一样是处于无人接听的状态，我不知道他们那边是什么情况，便决定立即动身去桃子工作的酒吧找她。

路上孙继伟又给我打来了一个电话；他说，他已经打听了，九隆居本身就属于商业街，我租的铺子也是商用性质的，拿来做短租本质上是没有问题的，我只是从中扮演了一个二房东的角色。他让我放宽心，曹金波那边尽力而为，实在办不成我这边被波及的可能性也不大，因为不在这次执法的区域内，他们真正想打击的是海景客栈和古城内那些无证且长期经营的客栈，在这个敏感高压时期，某些海景客栈老板强行违规经营挑战的是政策的权威性，这是上面不能容忍的。

我一路小跑着到了人民路，然后找到了桃子工作的酒吧。此时，已经全面进入了过年期间的旅游旺季，酒吧里聚集着形形色色的人，更不乏一些来晚了在过道里加凳子的游客。

挤出人群，我终于看到了在吧台的桃子。大概是因为点单的人太多，一直忙于调酒的她甚至连抬起头看一眼的时间都没有，直到我敲了敲桌面她这才抬起头看着我，然后笑问道："你怎么来了？"

"有点儿事儿。"

"急吗？"

"特别急，手头上的事情先放一下吧。"

桃子又四处看了看，然后摇头回道："老板在那边盯着呢，你坐下面等会儿，我请你喝啤酒，等我手上的事儿忙完就过去找你。"

"你能联系上铁男吗？这事儿我跟铁男说也行。"

"他没接你电话？"

"没接。"

"他今天累了一天，可能正在睡觉，你再给他打打看，没准儿就醒了呢。"

"我直接去找他吧。"我说着便准备离开,桃子又喊住了我,问道:"是客栈的事情吗?你是不是听到了什么风声?"

我重重地点了点头,希望她能重视起来。

桃子的面色变得凝重,她稍稍沉默之后才回道:"你先不要去找铁男,这个事情他对你有敌意,待会儿你和我聊吧,我尽快忙完手上的事情。"

酒吧里人太多,我就坐在了外面的台阶上,一边吸烟一边焦虑地等待着,我甚至已经忘记自己也正身陷这次清查的旋涡中,如果孙继伟那边的消息可靠,那铁男将要面对的损失绝对不是他和桃子所能承受的,何况他现在还欠着原客栈老板的转让费没有还清。

坐了片刻,我才想到了自己这边,然后趁着等待的空隙给曹学打了个电话。上次和他聊天的时候我记得这么一个细节,他说是曹金波让他去找的开锁公司,而开锁公司换锁的前提是一定要看到商铺的产权原件,那就间接证明,这些产权原件现在肯定在曹学手上。

小等一会儿,曹学接通了电话,我直接开口对他说道:"问你个事儿,九隆居这些商铺的产权原件是不是在你那边?"

曹学很惊讶地回道:"真是神了!你怎么知道在我这儿?"

"没时间解释了,这次是真的有个忙要你帮,我想跟你叔叔签一份正式的短租合同,白纸黑字写清楚双方需要尽的义务和责任还有收益分配,你那边有产权原件,就麻烦你帮我复印几份,我待会儿就去拟合同,然后你拿去给你叔叔签个字。"

"租赁合同我熟,我这边有产权原件,我帮他代签就行了。"

我权衡了一下,回道:"还是慎重一点儿,最好是他本人能签。兄弟,我和你说句实话,我需要拿着这份合同到工商局做一个备案,用来应付有关部门在过年期间的突击检查。"

曹学笑,然后挺无所谓地说道:"古城里面那么多无证经营的客栈都没事儿,你那个临时的客栈怕什么呢?你听我的,该怎么开就怎么开,出了事情我给你兜着,这事儿不用这么麻烦。"

"要是上面动了真格呢?要是把我这边定性成变相经营旅馆呢?"

曹学有点儿不耐烦:"你这人做事也太谨慎了!整个古城好几千家客栈呢,就算他们要检查,有这么多人手嘛,而且你开在九隆居那个鸟不拉屎的地方就更没人管了。"

"没人盯都不会出事儿,就怕有人盯着,你叔叔的造纸厂不就被查了嘛,慎重点儿不是坏事情。"

曹学哑口无言,我又说道:"签合同这个事情对你叔叔只有好处没有坏处,现在局面已经反转,如果不签合同,等这一个月的生意做完了,我要是反悔,不给之前口头承诺给他的一半分成呢？"

曹学冷声回道："你敢！在大理还没人敢在这个事情上坑他的钱，除非你是活得不耐烦了！"

我笑了笑："那我要是做完这单生意就不在大理了呢？我不信你叔叔有这个精力和人力全国各地去找我，走正规渠道更没用，因为没签合同也就形不成法律上的义务和责任。"

稍稍停了停，我接着说道："兄弟，咱们也就事论事，要是我应付不了检查出了事儿，之前承诺给你的钱肯定也没法给了，因为这是不可抗力的事情。所以这事儿你想想该怎么办。"

曹学先是一阵沉吟，然后回道："成吧，我现在在外地，你明天上午把合同送给我，我去找他办。"

结束了和曹学的对话，我并没有轻松下来，之后又等了大概十分钟桃子才从酒吧里走了出来，她与我面对面地站着，表情凝重。

我摸出一支烟点上，说道："我刚刚跟孙继伟通了电话，他说过年期间上面要求相关部门联合执法，突击清查古城周边无证经营的客栈还有海景客栈，其中海景客栈是打击的重中之重，为了不被卷进去，我劝你们在过年期间还是不要冒险营业了。"

"有那么严重吗？！"

"不是开玩笑的，真的有。保护洱海的政策实施下来也快一年的时间了，你什么时候见上面放松过？"

桃子终于意识到了事态的严重性，她对我说道："你等等，我这就去和老板请个假，咱们一起回客栈。"

"嗯，你快点儿。"

深沉的夜色中，我骑着摩托车将桃子带回了他们的海景客栈，不出桃子所料，铁男是在睡觉。在叫醒铁男之前，桃子很是心疼地对我说道："从昨天夜里两点多钟开始，他就不停地去机场接客人送客人，一直忙到我去酒吧上班的时候才闲下来。这次，为了能把之前的转让费还掉，他真的是拼尽全力了，我都不知道该怎么和他开口！"

"开不了口也得说，这不是闹着玩的事情。"

桃子点了点头，然后推了推铁男，铁男睁开了眼睛，迷迷糊糊地看着我和桃子，缓了一会儿才向桃子问道："你怎么把他给带来了？"

桃子一副于心不忍的样子，我接替桃子回道："和你说点儿事情……"

此时，我已经在脑子里权衡着，要怎样说出来才能让铁男去理智地接受。其实，不管我怎么说他都不会理性接受，我索性很直白地说道："孙继伟给了我消息，说

251

是过年期间上面会组织有关部门进行一次联合执法，目的就是清查古城内长期无证经营的客栈还有海景客栈。其中重点打击海景客栈。消息应该挺可靠的，所以我建议你们还是放弃过年这段时间冒险赚钱的想法。"

铁男一下子就坐直了，他沉着脸向我问道："你跑来跟我说这些话是什么意思？你是因为自己那边的麻烦解决不掉，就见不得我赚钱吗？"

我克制着自己回道："我们之间能不能别有这样的误会，真的挺伤感情的！而且我那边的麻烦已经基本解决了。"

铁男冷笑："那你就是来看我笑话的？我告诉你，你还真看不着，因为你说的话我一个字都不信。"

"真不是和你开玩笑，信任我一次有那么难吗？"

"我让你一起来这边开海景客栈的时候你信任过我吗？米高，你给我听好了，别总以为自己认识了一个孙继伟就觉得整个大理你最牛！正在偷着营业的海景客栈多了去了，这些客栈老板在大理待了这么多年，谁还没有一点儿消息网！为什么他们都没听说，难不成就你消息灵通？"

铁男的话让我心里很不是滋味，更让我不是滋味的是我们之间真的疏远了，甚至连最基本的信任都做不到，而我却不知道我到底是哪里做错了。

这一刻，我很怀念曾经一起开客栈的日子，至少大家会因为有一个共同的目标而有共同的话可以说，可现在却连最基本的沟通能力也丧失掉了。

我忍耐着对他说道："我没有把自己看得太高，如果你还把我当兄弟，这一次就听我的，做完了今天的生意就不要再接单了。"

"你说得容易，不接单谁替我还债？"

"咱们可以一起想办法，只要多动脑筋总能赚到钱的，何必冒这么大的险？！"

"你滚！我的人生我自己决定，轮不到你在这儿指手画脚。我还是那句话，就算是天塌下来我这个客栈也要开起来。"

铁男的话已经说得极其难听，但是为了桃子，我将自己的脾气给硬忍了下去，我对他说道："这个事情你能转个弯想想吗？就冲我和桃子的关系我也不会害你，我是真心为你好——"

话只说了一半，便被打断，铁男冷笑道："你不是说这次是清查嘛，那我问你，你在九隆居的那个临时客栈有没有事儿？明眼人都看得出来你那就是在变相地经营旅馆，也比我好不到哪儿去。"

"我那边是商业街，我租的是商铺又不是民居，拿来做商用不是天经地义嘛。而且我是准备到工商部门做备案的，该缴的税我一分钱都不会少缴，但你这是海景客栈，现在这么严的政策，出了事儿真不是你能承受得了的。"

"凭什么，我就问问凭什么？以前在龙龛的时候，我们算是合法经营吧？客栈不还是被推掉了,那你告诉我,到底要怎么着才能在大理这个地方活下去?"

我一阵低沉,回道:"这不是能较劲儿的事情,你就听我一句劝。"

"我不听,你管好你自己,我也一样,出了事情我自己兜着。"

我看着铁男,半晌才很是沉重地向他问道:"留在大理的也就只剩下我们几个了,真的要这么伤了兄弟情分吗?"

"我没拿你当兄弟,"稍稍停了停,他又说道,"没工夫和你废话了,我这边还有客人要接。我最后再强调一遍,管好你自己,我的事情不用你操心。"

铁男拿起自己的皮夹克便向外面走去,然后开了一辆大概是租来的车离开了客栈,屋子里只剩下我和桃子。

桃子眼眶湿润,我能感觉到她的内心既无助也觉得对不起我。可是,我却更感觉对不起她,我迷茫了,因为不知道当初间接将她带到大理到底是对的还是大错特错。

我的心又是一阵绞痛!

桃子终于开了口:"对不起,米高。我知道你是为了我们好,可是……可是铁男他就是这个脾气,他可能比我们看到的要更固执!但这次他真的很尽力,我也真的不忍心!"

"我理解你,可是我不明白我和铁男之间为什么会变成这个样子,好像从客栈被拆掉之后,我们之间就不那么对了!"

桃子犹豫了一下,终于回道:"他就是孩子脾气,客栈是因为叶芷的项目进来才被拆掉的,你和叶芷之间又是一种说不清道不明的关系,他总觉得你背后有叶芷,甚至还从她那儿拿了好处,所以心理一直不平衡。再加上接手海景客栈这事儿你拒绝了他,他心里的想法就更多。他没有坏心,可能就跟小孩子较劲儿一样,等一等应该会想明白的。"

我尽量让自己不去和铁男计较,然后说道:"他不相信我,你信吗?"

桃子看着我,回道:"我们这么多年的朋友了,我当然信你。"

"劝劝他。"

桃子点头:"我一定会劝他的,但如果实在劝不住,有什么后果我都和他一起承担。"

"千万别有劝不住的想法,这次我真的感觉很危险!"

桃子叹息:"如果实在劝不住就让他试试吧,说不定是个假消息呢?我不是怀疑你,只是不太信任孙继伟。"

我独自回到九隆居,心里充满了无功而返的失落,我好像突然便丢掉了做事情的兴致,就这么坐在阳台上,一边抽烟一边看着那两盆和叶芷一起栽种的玛格丽特发着呆。

这么过了半个小时,我忽然很想找一个人聊聊天,可是翻了半天手机也不知道

253

该找谁。

原本叶芷是一个不错的聊天对象，可因为时差的关系，她多半还在睡觉，所以我不想太打扰她。

我又返回到屋里拿了一瓶风花雪月就这么百般无聊地喝着。此刻我担心的并不是自己，而是铁男，也为现在这种关系而感到失落。

桃子在铁男身上陷得太深了，所以她那样一个理性的女人也变得不那么理性。就刚刚的交谈来看，我在她身上看到了铁男式的"赌徒"心理，实际上她却比我更清楚，一旦被清查会面临什么样的后果。

我不禁想：爱情到底是个什么东西呢？为什么能彻头彻尾地改变一个人？要说，铁男也有改变，他变得急功近利，迫切想去追求富裕的物质生活，所以才不惜铤而走险，从马指导的口中我得知了他从前是个什么样的人，他是为了桃子才改变的，所以对这样的铁男我也恨不起来！我深深吸了一口烟，比刚才更加迷茫了！

不知道过了多久，沉寂的手机终于是一阵振动，我拿起来看了看，却是叶芷主动发来的一条微信，虽然还没有看具体内容，但我的内心已经因此而掀起了一阵不小的波澜。

这两天我一直在犹豫要不要跟她说起过完年去小城做客的事情，现在她主动发消息，我也就不显得那么冒昧了。

我打开了微信，看到一张照片，照片里是一张机票，仔细看了看，是马可·波罗机场飞浦东机场的航班信息，我赶忙上网查了查，马可·波罗机场就位于叶芷目前所在的威尼斯。

我回道："你是准备回上海过年了？"

"嗯，今天下午的航班，中间要在伊斯坦布尔转机，需要一天的时间。"

"那也来得及赶回来过年了。对了，你那边的事情都处理完了吗？感觉挺突然的！"

"我放弃了这次的收购计划，也就没什么好谈的了。"

叶芷工作上的事情我不便多过问，但这对我来说绝对不是一个坏消息，我又趁势问道："是和家人一起过吗？"

"不是，自己一个人。"

"可能我不该问，但是挺好奇的，一直看你一个人独来独往，你家人呢？"

这一次，叶芷过了片刻才回道："他们都不在我身边，我基本上是自己一个人生活。"

叶芷的保留让我隐隐有所察觉，于是又问道："过年也不能团圆吗？"

"不期待能团圆，各有各的事情做。"

我的心中有了一个想法，然后下意识地就握紧了手机，我有点儿紧张，因为不确定叶芷是接受还是拒绝，可是内心那股力量却越来越蠢蠢欲动，最终这股力量打败了一切，让我将信息发了出去："我也是一个人，要不你来大理过年吧，咱们可以做个伴儿。"

我能感觉到自己的心脏在剧烈地跳动着，甚至有了窒息的感觉，但却不后悔这么冒险，因为我心里很期儿待有她做伴的除夕和初一，甚至是每一分每一秒。

第十八章
小城故事

这条邀请的信息已经发出去片刻，叶芷却没有及时回复我，我心里的紧张和期待并存，然后就开始坐立不安，并下意识地从口袋里摸出了一支烟点上。我在猜测着叶芷是怎么想的，可能会矜持吧。

当然，这是乐观的，也有可能她会觉得这样的邀请是一个麻烦，却又不知道该怎么拒绝我，所以才迟迟没有回复信息。或者，她正在忙。

没有第四种可能性了。

一支烟就这么抽完，叶芷终于回了信息："如果上海这边没有突发的事情要处理我就去大理。"

我的心情瞬间转换，即刻又给她发了一条信息："确定来的话提前和我说，我去买点儿菜准备年夜饭。"

"你那儿能做饭吗？"

"有个电磁炉，能简单炒几个菜，如果你嫌不丰盛的话我们也可以到下关找一家饭店吃。"

"不用这么麻烦，有过年的气氛就好。"

"那简单，过年那天我去找几个老头老太，在门口给他们支一张桌子，就让他们坐那儿聊天、打牌、嗑瓜子儿……对联也买上，还有鞭炮，古城里面不让放，咱们就去外面放！"

"你也太贫嘴了！"

"哈哈，这是心情的体现，我已经做好了自己一个人过年的准备，你说你能来对我来说特别惊喜，人一高兴话自然而然就变多了嘛！"

"如果是你一个人，你准备怎么过？"

"就这么过呗，不会想这么多，应该会看个春节联欢晚会，也可能去找个投机的客人聊聊天。"

256

"烟酒都不会少对吗？"

"对啊，烟酒是标配，要不然多没劲儿！"

叶芷好像忽然严肃了起来，她回道："我只是可能会去，但不管我去不去你烟和酒都要节制一点儿，我觉得除了烟酒之外排遣无聊的方式还有很多。"

"那你无聊的时候都做什么？"

"健身、逛街都可以，但我基本上不会有太无聊的时候，一般工作上的事情处理完就已经很累了。"

虽然此刻和叶芷聊的都是一些很平常的话题，但是我却有渐入佳境的感觉。正因为抛弃了以往的生疏，我们才能如此生活化地沟通，甚至我能在一些细节里感受到她对我的关心。

不知不觉就已经是深夜，叶芷为了不耽误我休息便主动结束了这次的聊天，可即便躺在床上，闭上了眼睛，我的心里也仍有意犹未尽的感觉。

我就像走到了一个路口，然后想起了自己和叶芷相识的那一天。就像这个世界也许就起源于一颗粒子的爆炸，然后有了星系，有了地球，有了空气和一草一木。

我和叶芷之间也是这样，因为那个雨夜我帮她换了一只车胎她请我吃了饭，我们就成了朋友。后来，她的酒店替代了我的客栈，我们却越来越离不开彼此，于是她频繁地往来于上海和大理之间，我也从大理回过上海。

大概，比这个世界更奇妙的是人与人之间的缘分。总之我们遇见了，然后互相在对方的世界里种了一棵树，而这棵树正在长树叶，遮住的是一个人的孤独，抵挡的是俗世里的尘埃。

这么沉浸了一会儿，我终于因为疲乏而睡了过去。

次日，我睡到八点才醒，在我的记忆里，我已经很久没有这么舒服地睡过了，而这种舒服完全是因为内心起了变化。想起叶芷有很大可能会来大理过年，我甚至已经记不得"寂寞"这两个字是怎么写的。

丰富的内心活动之后要办的是正事儿，所以简单洗漱后，我顾不上吃饭便去商业街附近的复印店里弄了一份租赁合同。

我给曹学打了电话，他告诉我，我要签合同的事情他已经告诉了曹金波，曹金波会在中午的时候来九隆居，然后亲自跟我谈。

我感到意外，但也没有觉得这是一件坏事，我是该和曹金波本人聊聊了。

带着打印好的合同回到了客栈，我便忙于帮客人办理入住和退房手续，然后又协助打扫屋子的阿姨清洗了换下来的床上用品，而今天晚上，将是自营业以来第一次做到满房。

这样的火爆，让钱像流水一样进了我的个人账户。兴奋之余我也有些心虚，因为我从来没有用投机的方式去这么赚过钱。

不知不觉已经是十一点之后，我这才得空将手机拿出来看了看，那个占用陆佳号码的女人又给我发来了一条信息，说是自己和她的朋友已经上了火车，今天晚上就能到湖南的长沙，她们要先到长沙玩一圈而后才会去凤凰。

我叮嘱她们注意安全，她便没有再回复信息。她真是够可以的，越临近见面的日子越是拖拉，制造神秘气氛。要我说，她是没有必要向我汇报自己行程的，因为我只是将她当成了自己的客人。

差不多十二点的时候，已经有些日子没见过面的曹金波真的如曹学所说来到了九隆居，他夹着一只看上去价值不菲的棕色皮包，身后跟着曹学，他的脸色不太好，好像是在训斥着曹学。

曹学一声不吭，两人前后来到了我住的地方。

我笑着对曹金波说道："这么小的事情还麻烦曹总亲自走一趟，真是太不好意思了。"

曹金波四处看了看，然后回道："看样子你在这边弄得不错，这个地方从交了房到现在还真没这么热闹过！"

"那也是托了曹总您的福。"

曹金波笑了笑，然后又指派曹学去给他买烟，大概是有什么话要单独和我说。

曹金波坐在了我经常坐的那只躺椅上，对我说道："你小子真是够可以啊！说说看，你是怎么收买曹学帮你办事儿的？我这个侄子，一般人可用不动他。"

我依旧笑道："他缺什么，我就给他什么。曹学是个聪明人，他知道这事儿办好了谁都不吃亏。"

曹金波换了个坐姿，问道："我怎么听着你这话里有刺儿呢？合着就我不聪明，把这边的锁给你换了是吧？"

"不敢这么想，像我们这种外地人，想赚点儿钱真的得看你曹总的脸色办事儿，这道理我领悟得太晚了，要不然也不会走这么多弯路！"

曹金波先是大笑，然后回道："我看你这话说得怎么那么像受了气的小孩儿呢？你小子算是我认识的年轻人里面比较有胆识的了，这么大点儿的事情，不至于……"

"对你来说是一丁点儿大的事，可我这边的天都快塌了。曹总，下次再做这样的事情能不能提前打声招呼，幸亏我心脏不错，要不然今天您就得带着花圈过来吊唁了！"

在我半开玩笑半认真的时候曹金波的表情却突然严肃了起来，他说道："我的时间都是挤出来的，我就不跟你兜圈子了。我们也算是不打不相识，我觉得你小子是个人才，就问问你之前的恩怨能不能都一笔勾销，你来替我做事情，我曹金波不会亏待你的。"

我满是意外地看着曹金波，本来我以为他是来刁难我的，可做梦也没有想到他会跟我提出这么个要求！但是我不觉得自己和他是一类人！

曹金波说完后目光便一直在我身上停留着。此刻我真的很难办，如果我拒绝了，恐怕他会趁机刁难我，如果答应了，自己也确实对他心存忌惮，所以我不想和他成为一条船上的人。

一番权衡之后我终于回道："曹总，你今天能专程过来邀请我是给足了我面子，但我真不确定还能在大理待多久，如果你把重要的事情给我做了，我却不得不走，那不是把您的好意给辜负了嘛！"

曹金波一笑，说道："我知道你小子心里在想什么，你没那么容易走，要走你早走了，不会等到今天。"

我尴尬地看着曹金波。

曹金波又说道："外面人都说我做的不是正经生意，呵呵，但是他们不知道，我每年向国家纳的税不管是个人还是公司都是数得上号的，这是为什么？因为年轻的时候，我犯过错误，吃过亏！人哪，得长记性，所以我现在做的都是合法买卖，违法乱纪的事情沾都不敢沾！"

我否认："曹总，我不是这个意思，我——"话只说了一半，便被曹金波打断："你就不想听听，我让你做的是什么事情？"

"呃……您说，我听着。"

曹金波给自己点上了一支烟，然后又说道："我在古城里有三家正在营业的客栈，双廊有一家海景客栈，人民路上和红龙井酒吧街各有两家酒吧，我来找你就是希望你能以职业经理人的身份帮我打理名下的客栈和酒吧产业。我这人没什么文化，也没你们年轻人那么有创新思维，说实话，冲你做的这些事情我就觉得你是一个有勇有谋的年轻人，找你替我办事儿错不了。"

稍稍停了停，曹金波又说道："曹学是我侄子，也是我大哥托给我的孩子，我不可能让他替我开一辈子的车。我想，是时候找个正经人带带他了，等他上了道，我才能安心把这些酒吧和客栈交给他打理，可是，这正经人难找，能办事儿又聪明的正经人就更难找了！"

我不语，但脑子里的活动一直没有停止过，因为我领教过曹金波这个人的虚虚实实，所以我不知道他这些话哪些可信，哪些不可信。

我终于说道："曹学其实是个挺不错的人，是您对他有偏见，我觉得他是可以独当一面的。"

曹金波笑着问道："这话说出来你自己信吗？米高，你是个爽快的小伙儿，有什么条件你就跟我提，这么绕来绕去的没意思。"

"曹总，和您说句掏心窝子的话，自从离开了上海我就没有了再替别人打工的

259

想法，所以这事儿您得给我时间好好想想。"

曹金波很是爽快地说道："成，我给你时间。我这边也给你表个态，如果你愿意过来替我办事儿，我给你开一个月两万块钱的基本工资，另外，我曹金波手上可没有赔钱的生意，我愿意把一部分盈利拿出来给你当分成，具体比例就看你能做出多大的销售额，销售额越高分成比例就越高。"

就事论事，对比我在上海的工资，曹金波开出的条件已经足够有诱惑力，而且大理的生活成本是要远远低于上海的，所以仅仅是基本工资就够我在大理活得很轻松。但是我和曹金波说的也是实话，除了那些顾虑之外我是真的没有了再给别人打工的想法，而且，这是不是曹金波做的另外一个局也不太好说。

他目前所涉及的产业很多在环保上都被严格地限制着，所以他有可能是想借我去笼络住孙继伟。

大概是因为之前吃过亏，也或者是有了一定阅历，这个时候的我反而出奇地冷静，然后想了很多关于曹金波做出此举的可能性，却唯独没有把自己想象成一个人才，因而深得曹金波赏识。

或许，现在的我还不足够自信。

没过一会儿，曹学便买好烟回到了九隆居；曹金波终于转移了话题对我说道："你不是要跟我签合同嘛，我待会儿有个饭局，你赶紧拿出来，我给签了。"

我赶忙将早就准备好的合同从包里拿了出来，然后递给了曹金波。

曹金波简单扫了几眼便在上面签上了自己的名字。

临走之前曹金波又叮嘱我好好考虑，而后便带着曹学离开了，我心里的一块石头总算是落了下来。至少，从目前来看曹金波不是我的敌人，我可以安稳地在九隆居将过年的生意做完。

灼灼的阳光下，我的心情不错，可是，想起铁男和他的海景客栈我的心情便又低沉了下去，我有一种强烈的预感，如果他一定要这么固执下去，出事的可能性会非常之大，就目前来说，我还是愿意相信孙继伟那边的消息。

下午，我和孙继伟碰了面，我将与客人签的短租合同还有和曹金波签的合同一并交给了他，他一如既往地热心，亲自将我带到了工商局进行了备案。

至此，我在九隆居的临时客栈也变成了一桩没有漏洞的生意，这是我努力的结果，当然也少不了别人的帮忙，比如曹小北和孙继伟。

晚上，我带着孙继伟去了妮可经常唱歌的那个酒吧。妮可还在，证明她确实是因为之前的叛逆而回不去家了，她也是一个孤独的人，因为她没了爱人也丢掉了亲人。

闪转的灯光中妮可弹着吉他，安静地唱着《爱的代价》，她看上去没什么情绪上的波动，可是唱着唱着就湿了双眼，大概又想起了那个将她辜负得很彻底的男人。

我转移了看向她的目光，给孙继伟倒上了一杯啤酒，然后对他说道："老哥，跟你说个事儿，今天跟曹金波签合同的时候，他提出来要我去他那边帮忙，你看这里面是不是有什么猫腻？"

孙继伟意外了一下，然后问道："他给你开出什么条件了？"

"他让我帮他打理古城里面的客栈和酒吧还有双廊那边的海景客栈，给出了两万块钱的月薪，后面应该还有盈利分成。"

孙继伟感叹道："哟，除了双廊那家被封掉的海景客栈，曹金波手上可没有赔本的生意。如果给你百分之一的盈利分成，你一年也能拿到手好几十万，这个条件给得是相当不错了！"

"所以啊，我觉得这个事情没有表面上那么简单。我觉得他可能是在利用我和你的关系！"

孙继伟大笑："哈哈，你也太看得起我了！就算他要找靠山，那也得找个厉害的，靠上我没用！说难听点儿我现在都是自身难保！"说完，孙继伟端起酒杯，一口气喝掉了里面的啤酒，他看上去有点儿郁闷。

稍稍停了停，他又对我说道："你要想听我的意见，那我告诉你这不是什么坏事情，你可以试试看，这应该是你在大理积累人脉的最好时机，也是最好的一次机会。"

我没说话，内心却有很自我的考量。

孙继伟拍了拍我的肩，笑道："兄弟，做人没有必要太妄自菲薄，你是个人才，现在人才多难求啊！我倒是觉得曹金波能在这个时候跟你提出这个要求，说明他是真的有眼光和气量，并不是外界盛传的睚眦必报。呵呵，一个人能成功肯定是有原因的，他曹金波能把产业规模做这么大，肯定有他过人的地方，你呢，也自信点儿，为什么之前那么多人在九隆居投资做生意，亏的亏走的走，你却能做得这么成功呢？胆大心细有韧性，这就是你过人的地方！"

我笑了笑，未必全部认可孙继伟的话，但被他这么一夸心里也挺受用的。

趁着沉默的间隙，我拿起手机打开微信看了看，里面有一个好友添加请求，我以为是客人咨询，便顺手添加了，习惯性地看了看此人的朋友圈动态，却发现是曹小北，因为里面有一条加了杨思思照片的动态："你走后，我在古城里开了一家咖啡店，每天晚上十点的时候都会免费送给客人一杯布丁奶茶，别人问我为什么要免费，我笑笑，因为这个时候的我最开心，我们就是在五十三天前的晚上十点认识的。我想你，很想！"

我五味杂陈，在我因为叶芷而感到温暖的时候，同一座城市里也有另一个男人，为了另一个女人撕心裂肺。想来，这还真不是一个完美的世界！

有多少人幸福着就有多少人正在悲伤，而时间，大多数时候是给不了人安慰的。

我原以为曹小北主动添加我的微信一定会说点儿什么，可是他却连只言片语也没有，跟大多数普通朋友一样安静地躺在了我的好友名单里，不知道存在有什么意义。

台上的妮可还在唱歌，大概是为了找一个话题孙继伟主动打破了这阵沉默，对我说道："台上这姑娘唱歌挺有感情的，像是一个有故事的人。"

我点了点头。

"你认识她？"

"算认识吧，之前经常来这边消费，所以跟她聊过一两次。"

"她感情不太顺利？"

在孙继伟这么问的时候，我又想起了妮可的经历，不由得一声叹息，然后对孙继伟说道："非常不顺利。她是江苏人，家庭条件不错，自己原本也有一份体面的工作，可自从她相处了一个男朋友之后，这一切就都变了。"

"她的男朋友和她门不当户不对？"

我接着说道："也不算门不当户不对吧，她那男朋友的父亲是一个知名画家，可后来得了不治之症，他男朋友为了给他父亲看病花光了全部的积蓄，还借了不少，但人还是没能留住，妮可为了帮他清理债务，开始白天上班晚上去酒吧驻唱赚外快，最后钱是还掉了，可妮可的父母却突然不承认他们之前的婚约了，逼他们分手。"

"人之常情。"

"是，但妮可这人把爱情当信仰，就跟这个男人私奔到了大理。可后来，那男人还是走了，原因不明，妮可就自己留在了这边，靠唱歌为生。"

孙继伟下意识地往正在台上唱歌的妮可看了看，他笑了笑，说道："这么有情义的女人真的不多见了，可惜……"他没有说下去，却伸手叫来了服务员，然后从钱包里抽出一千块钱递了过去，又说道："你们的歌手唱得很有感情，一点儿心意，麻烦转给她。"

"好的，先生您叫什么名字？待会儿我转送给她。"

孙继伟笑了笑，回道："我就是一个普通的听众，可能比其他人更能听懂她歌里的感情，名字什么的挺无所谓的，是吧？"

服务员愣了一下，因为孙继伟表现出来的这些并不符合惯例。实际上酒吧里经常有客人会因为玩高兴了给歌手一点儿小费，但一次给这么多的大多数都是对歌手有企图，就怕歌手不知道是谁给的，孙继伟却没有一点儿这样的意思。

服务员刚走，孙继伟便抬手看了看表，然后又对我说道："兄弟，这快过年了，我可是跟你嫂子承诺过最近不在外面应酬，尽量抽时间陪她和孩子，所以这酒就陪你喝到这儿吧，你是跟我一起走还是再坐会儿？"

"我再坐会儿，一个人回去也无聊。"

孙继伟起身拍了拍我的肩，又提醒道："曹金波这次给你开的条件不错，是个机会，你慎重考虑。"

"嗯。"

孙继伟走后的不久，我便将剩余的酒全部喝完了，然后也没有在酒吧久坐，独自一个人在古城里晃荡着。我没有设定目的地，有时候跟一群人挤在繁华的人民路上，有时候找一条相对僻静的小巷子，点一支烟，再坐一会儿。

这就是大理的魅力，能放大一个人的孤独，也能将你淹没在人潮中感觉不到自我的存在，所以，每当我坐下来点上烟的时候我就变成了这座古城的旁观者，看着交替走过的脚步就像看了一场黑白电影，一阵风吹过，情节便开始转换，可是我却没能跟着体会到每一个人的喜怒哀乐，他们依旧是路人，而我依旧是观众。

又走进一条不起眼的巷子里，我在一家咖啡店的门口停下了脚步。咖啡店不大，名字却吸引了我。

我站在咖啡店的对面，抬头望着这家"羊羊咖吧"，一段尘封已久的情景便浮现在了我的脑海中。我终于想起，当初在来大理的路上，杨思思曾经在自我介绍时说她身边的朋友都习惯叫她羊羊，我当时没放在心上，所以从来没有这么叫过她，而曹小北却将这个昵称当成了纪念，在这条巷子里开了这么一间咖吧。

我拿出手机看了看时间，差不多快十点，如果真是曹小北在朋友圈动态里说的那样，那这个时间点进去他就会送一杯免费的布丁奶茶。

我犹豫着要不要喝这杯免费的布丁奶茶。而在这短暂的犹豫中我又想起了杨思思的种种好，想起那个夜晚的自己刚经历了人生中的低谷，正不知所措时她从上海赶到昆明要跟我共进退的样子，还有她离开大理的那一天，在机场里哭着对我说的那些话。

人就是这个样子，在身边时看到的尽是她惹人烦的一面，当她真正离开了才又会想起她的好。

不要误会，这种回忆其实很简单，并不掺杂太多复杂的感情，在我的生命中她就像是一只芙蓉鸟，叽叽喳喳个不停，可是也有最美丽的羽毛。

十点零二分的时候我走进了羊羊咖吧，曹小北系着围兜，正背身弄着什么东西。

"老板，还没打烊吧？"

"没，喝什么？"

"布丁奶茶……"

曹小北这才有所察觉，然后转身看着我，他一边用抹布擦着手一边对我说道："你怎么找到这儿的？"

"随便逛逛就逛到这儿了，你这边离我住的九隆居不远，就隔了一条街。"

"你坐吧。"曹小北这么说了一句，便又转身捣鼓着，也不说是给我弄喝的还是不弄。

咖吧很小，只有几张桌子和一扇不大的门，所以这也大概只是曹小北的一个"玩具"，源于心血来潮，或者，他是真的很想杨思思所以找了这么个方式来寄托，但绝对不是他的正业，他可是曹金波唯一的儿子，这么个小店怎么可能会成为他的前途所托？！

相比于酒吧，冷清的咖吧反而更让我感到舒服，所以我点上一支烟，一边消遣一边享受着冷清所带来的存在感，也不在意能不能喝到东西。

此刻，店里正放着一首很轻柔的钢琴曲，对比热闹的古城这里就像是另外一个世界，而当我穿过自己吐出的烟雾去看着曹小北的背影时，好像看透了一个情场失意的男人此刻有多么空虚和无助。

他太衣食无忧了，所以才会如此在意一份得不到的爱情。而我和他不一样，就算在感情里也曾受到过不小的创伤，但是我也没有多余的精力去痛苦，去缅怀。我更在意在大理这座陌生的城市里，我能不能好好活下去。

很多人说穷人是没有资格享受爱情的，我不敢苟同，但也有一定的道理。人嘛，只有先活下去，才能有多余的空间去想其他事情，包括爱情。

这么跟随着音乐恍惚了一会儿，我终于从口袋里拿出了手机，然后给叶芷发了一条信息，问她有没有到上海，算算时间，也该到了。

叶芷在片刻后回了信息："刚下飞机，正在等行李。"

"吃饭了吗？"

"吃了飞机餐，待会儿就近找个酒店休息。"

"住酒店！你不回家？"

"保姆回老家过年了，家里没有人打扫还是住酒店方便些。"

叶芷的话不禁又让我去设想着她现在的生活，她是衣食无忧了，可是却严重背离了正常人的生活，至少我很难想象一个人情愿住酒店也不愿意回家是基于一种什么样的心情！

我终于回道："住机场附近也好，方便你来大理嘛。"

"嗯。"

看得出来，叶芷很累，可是我的关心却因为这么远的距离而不能实际送达，倒不如给她点空间让她早点儿休息，便回道："早点儿休息倒时差。来大理了记得提前告诉我，我好找车子去机场接你。"

"你不是有一辆摩托车吗？为什么还要找车子？"

"大理的晚上还是挺冷的，还是别受这个罪了。"

"你愿意骑摩托车来我就愿意坐，我没你想的那么娇弱……"

我总感觉叶芷的话只说了一半，然后努力回想着，可也实在是记不清自己有没有对她说过这辆摩托车其实是杨思思留下来的。叶芷也许并不在意车是谁的，但我知道杨思思一定会介意我用她的车带着别的女人走过大理的风花雪月。

264

当初，我就该花点儿钱把她这辆车给买下来的，要不然还真会有点儿心理障碍，毕竟我曾经领教过，杨思思是有多小气。

大概是一种奇妙的心理感应，就在我想着摩托车这一茬子事儿的时候，杨思思竟然在下一刻也给我发来了一条信息，她说："快过年了，你有没有把我那辆小忍者给清洗干净哪？"

"还没。"

异国他乡的杨思思有点儿生气的意思："别光顾着把自己打扮得人模狗样的，新年新气象，麻烦把我的小车子也好好拾掇拾掇！"

我试探着问道："要不我跟你把车子买了吧，以后这车子就跟我姓。"

"哟……看你说话这一嘴的味儿，不缺钱了是吧？"

"是不怎么缺，买你这辆车还是挺小意思的。"

"好啊，给我一个亿，少一分不卖。"

"你这不是刁难人吗？！"

"刁难吗？网上都说了，定个小目标，先挣他一个亿！你连一个亿的小目标都没有实现还好意思买我的车？"

我不知道该怎么回复，就这么盯着手机看。

片刻之后，杨思思又发来了一条信息："米高，我告诉你，我不缺卖你这一辆摩托车的钱，你给我保管好，也记住车子的所有权是我的，所以不许用我的车子去载别的女人。另外，车在你在，车亡你亡。"

我从来没有这么为难过，我竟然同时面对叶芷和杨思思的信息不知道该怎么回答，而这辆与我朝夕相处的小忍者好像只在一瞬间就变成了烫手的山芋，扔掉舍不得，吃下去又感觉会被烫死。

而经历了这么多大风大浪之后，我又发现，原来这些小情绪也是挺折磨人的。

片刻之后，我先回了叶芷的信息："到时候看吧，如果天气不错我就骑摩托车去接你。"

又过了一会儿，我才回了杨思思的信息："知道了，车在我在，车亡我亡。你呢，第一次在国外过年感觉怎么样？"

这么等了片刻，叶芷那边没有再回复信息的迹象，杨思思倒是回了，她说："这边有很多留学生，过年那天我们也会办一场海外版的春节联欢晚会。很荣幸，我就是晚会的表演嘉宾之一，我会在新年钟声响起的时候当着全体海外侨胞和留学生们的面，饱含深情地演唱一首《我爱你，中国》！"

"我代表祖国，为你感到自豪！"

"喊，你就是一吃瓜群众，你连你自己都代表不了，还代表祖国！"

"大过年的不想和你计较，你也别得寸进尺！"

265

"我就是得寸进尺了,你来打我呀,你打得到吗?哈哈,小短手儿!"

"不是我手短,是打你的成本太高,我得漂洋过海,还不一定能找到你那儿。"

"浑蛋!明明是开玩笑的话,干吗要说得这么伤感。"

"伤感吗?我倒真希望是我手短,只要加个苍蝇拍就能给你一巴掌。"

"你才是苍蝇呢!"

我将手上的烟在烟灰缸里按灭,然后又下意识点上了一支,再给杨思思发信息的时候我已经转移了话题,我说:"我这会儿正在曹小北开的咖吧里坐着,你猜他的咖吧叫什么名字?"

"他爱叫什么名字叫什么名字,我管不着。"

"羊羊咖吧,你管得着吗?"

"他有病啊,起这么个名字。"

我没有多说,只是将曹小北那条在夜晚十点免费送给客人布丁奶茶的朋友圈动态截图发给了杨思思。

我不知道自己为什么要这么做,但我的内心却是羡慕曹小北的,因为他勇于表达自己,也不必受制于生活,可以做出来一件这么浪漫的事情,而这些我都做不到,曾经很长一段时间好像只是活着就已经花光了我全部的力气。所以,我也会反思,跟着那样一个我的陆佳真的快乐过吗?

就在我以为杨思思会针对此说些什么的时候,她却也突然沉寂了,于是失去了聊天对象的我也跟着沉寂了起来,我就这么一边把玩着打火机一边胡思乱想着。

这么过了十来分钟,一直背对着我的曹小北终于回过了身。彼时他的手上已经端了一只杯子,他走到我身边,说道:"十点赠送布丁奶茶。"

我感叹:"我以为你朋友圈发的那条动态是开玩笑的,没想到你玩得还挺真!"

"不然呢?"

"你觉得自己能坚持多久?"

"她回大理的那一天。"稍稍停了停,曹小北的表情黯然,又说道,"或者她和别人结婚的那一天。"

我点了点头,心里有话却感觉有点儿难以表达,于是先曹小北之前陷入到了沉默之中。

我端起奶茶喝了一口,口味很一般,但这也是意料之中的事情,我觉得曹小北玩摩托车在行,但是做这些比较细腻的东西他未必有这个性子。

曹小北跟我有隔阂,所以他坐在隔壁的桌子旁,然后点上了一支烟,玩手机。片刻之后才终于向我问道:"九隆居那边的生意做得怎么样了?"

"托你的福,相当不错!"

曹小北点了点头,便不再说话,我又开口向他问道:"把那边的钥匙送过去不是你的本意吧？"

曹小北反问："那是谁的本意？"

"如果我没有猜错的话是杨思思请你帮了这个忙。"

"没有，我这人向来对事不对人，我说过这事儿是我爸做得不厚道。"

"也是，你连杨思思都联系不上，所以也没法沟通这个事情。"

曹小北瞬间变脸，回道："你说这话是什么意思？我告诉你，你少在我面前装，秀优越感，你比我也好不到哪儿去，最起码我曹小北不用她同情，你呢？你除了让她担心还能干出点儿什么好事来？"

以曹小北的性格说出这样一番话，我也辨不清是不是羞辱，但我没有生气却是真的，我笑了笑对他说道："你这么说是不是间接证明杨思思和你联系过？因为她担心我。"

曹小北愣了一下，恍然说道："你诈我，是不是？"

"兵不厌诈。"

曹小北的嘴角颤了两下，然后又猛吸了一口烟对我说道："我一直想不明白，你凭什么能让她这么惦记着你，她人都出国了还管着你的这些屁事儿。我不相信她喜欢的人是你，因为你这人一眼望过去根本就没什么优点。"

我心里终于明了，于是又不免想起那些和杨思思一起经历过的时光，我不禁反思我们之间到底是一种什么样的关系呢？而相比于曹小北，我又有什么是值得让她这么惦记着的？

是，我没有一点儿优势。我只会批评她，教育她，对她不耐烦……但是，我也很真心地在对待她，而真心是换得到真心的，何况杨思思骨子里也是一个懂事的女孩，她的心里有一把尺，知道什么是伪善什么是真心。

我终于开口对曹小北说道："不管怎么说这事儿还得谢谢你，有时间的话，赏脸一起吃顿饭，我请你。"

"跟你吃饭没胃口。"

我笑道"我在你这儿喝东西倒挺有胃口的,所以你放心,只要你这羊羊咖吧开着,我都会经常来照顾你生意的。"

"没见过你这么厚脸皮的！"

我浑然不在意，又说道："作为顾客给你提点儿意见，你这奶茶甜得发腻，以后注意改进。"

曹小北骂骂咧咧,但我依旧耐着性子将这杯奶茶给喝了下去。而在离开咖吧之前,我已经想好了：如果明天没有什么事情做，我还是十点钟的时候过来，只喝免费的奶茶。

离开曹小北的咖吧,我独自走在了回九隆居的路上,心里却越来越不那么是滋味。

我停下了脚步，在一个相对冷清的商铺门口坐了下来，抽了一支烟，终于给杨思思转了一个888块钱的红包。

杨思思接收后又问道："你个一毛不拔的人干吗突然给我转这么大一个红包？"

"这不快过年了嘛。"

"你这人忒俗，红包都发888，就那么想发财嘛！不过，我不介意你给我转个8888的红包，真的，我特别喜欢你豪掷千金的样子！"

"给你发88888好不好？"

"好呀好呀！"

"你想得美。"

稍稍等了一会儿，杨思思才回了信息："不对，我觉得你有点儿反常！你那么抠一个人怎么可能给我转大红包！"

我顺势回道："反常的是你，为什么找曹小北帮忙还故意瞒着我？"

杨思思很生气地回了一条语音消息："哦，我找曹小北帮忙你就给我发个红包，你什么意思啊，觉得这事儿一定要用钱来衡量？我真是看错你了！你比我想的还要俗气一万倍！"

"不是，我不是这个意思。如果你在大理，我肯定要请你好好吃一顿，你这不是不在嘛，只能转个红包给你，你自己拿去买点儿零食吃，我知道你喜欢吃零食。你知道的，我这人有点儿拧巴，不找个方式感谢一下，总感觉哪儿不舒服。"

"真的是给我买零食的，不是拿金钱衡量？"

"天地良心，我要是给你88888你还有理由怀疑。这888的小红包，也就是你买零食的钱嘛，这完全就是不对称的衡量嘛，对不对？"

"得了吧，88888很多吗？也是我买零食的钱。"

这杨思思还真是好哄，我笑了笑道："好吧，贫穷限制了我的想象，我还是先实现挣他一个亿的小目标吧。"

"希望我有生之年能看到。"

"会的，新年快乐。"

杨思思没有再回复我，而我的心情也没有因此而轻松下来。我真的太怕欠女人的人情了，尤其是这种不知道该怎么还的人情。

次日，我依旧忙碌，而大理的旅游市场前所未有地夸张，尽管离过年还有几天，可是交通已经被蜂拥而至的游客给弄瘫痪了。听朋友圈里的人说，从早上七点开始古城便已经开始堵车，十一点时进入堵车的高峰期，直接从下关堵到了古城，足足有二十公里路！

我在想，如果叶芷今天过来，我还真得骑摩托车去接她，因为摩托车可以找不堵的小路走，而开车实在不是明智之举。

十二点半的时候,叶芷真的给我发来了一条微信,告诉我她正在等飞大理的航班,四点钟左右就能到大理。

我当然开心,如果一切顺利的话,今天晚上我就带她一起去曹小北那儿蹭免费的奶茶喝。

叶芷给我发过信息之后我的心情就变得难以平静,我希望时间可以走快一点儿,我甚至猜测着今天的叶芷会是什么打扮,携带什么颜色的行李箱。

相比于这种莫名期待的感觉,我心里也因为一件事情而矛盾着:以今天这拥堵的路况,我肯定是要骑摩托车去接叶芷的,可杨思思又有言在先,这就让我变得很困扰,虽然这是一件小得不能再小的事情。

我开始做着假设,如果叶芷带的行李箱比较大,那这辆小忍者肯定不方便装载,所以我需要的应该是一辆踏板摩托车。

这么一想我便豁然开朗了起来,于是跑去敲了瓶哥的门,瓶哥恰巧打开门,拎着一只行李箱从屋子里走了出来。

我疑惑着问道:"你今年不准备在大理过年?"

"去泰国转一圈。"

"你这是有情况啊?"

瓶哥反问:"难不成一个人就不能出去旅游?"

我笑而不语,瓶哥转移了话题又向我问道:"你这是找我有事情?"

"你那辆踏板摩托车借我用一下,我去机场接人。"

瓶哥一边掏出钥匙一边对我说道:"你小子才是真的有情况啊,骑摩托车去接人,你这是找浪漫呢?!"稍稍停了停,他又说道,"唉,不对啊,你自己不就有摩托车吗?"

"有行李,我那车没法带行李。"

瓶哥将车钥匙递给了我,然后拍着我的肩说道:"小伙子加油,也该脱单了。"

我从他手上接过了钥匙;在瓶哥准备走的时候,我又想起一件事情,赶忙喊住了他。

瓶哥抱怨:"你的事儿,就不能一口气说完吗?"

我嬉笑道:"你出去玩了,房子暂时也用不上,钥匙给我吧,我借你这地儿住几天。"

瓶哥又从兜里拿出了一串钥匙,刚想递给我却又突然收了回去,说道:"怎么着,你那屋子是准备让出去给别人睡?"

"您真是我肚子里的蛔虫。"说完我便想从瓶哥手上将钥匙抢过来。

瓶哥一边推开我一边说道:"这钥匙不能给你,你也甭嵌,两人住一屋挺好的,没事儿还能赏赏花,看看月亮什么的。"

"不合适,真不合适,没到那份上。"

269

"孩子，人不风流枉少年哪！"

"你这是下流，不是风流……钥匙给我。"

"没门儿，没时间和你聊了，顺风车在街外面等着呢。"

瓶哥话刚说完撒腿就跑，我扯着嗓子喊道："哥，玩笑可不能这么开？这过年了，哪家客栈不是爆满，你说她人来了住哪儿啊？"

瓶哥就这么拎着皮箱，越跑越远，他没有回我的话。

瓶哥走后，我便从他的杂物间将那辆踏板摩托车推了出来，然后看了看时间，将将才过下午一点，现在就去机场好像有点儿早了。我又想：去早点儿也没什么不对的，毕竟路上这么堵，肯定要预留点时间来应对突发状况。

简单吃了一碗面当午饭，将刚来的两拨客人安顿好，我便骑着摩托车从商业街出发，一路向机场驶去。

今天的天气很给面子，即便是以刮大风而出名的下关今天也被阳光照得很平静，洱海则像一面碧蓝色的镜子，摩托车的优势更是让我感到神清气爽，我穿梭在那些堵到一动不动的车子之间，灵活得让所有人心生羡慕。这一刻我像是回到了少年时期，如一阵风，在拥挤却不缺秀美的环海路上留下了自我的痕迹。

一路非常顺利，等我到机场时也不过才两点半，而叶芷的航班要在下午四点时才落地，加上取行李等一系列琐碎小事，最乐观我也得四点半才能见到叶芷，这忽然空出来的两个小时简直让我感到度日如年。

我点上一支烟，抬头望着飞来大理过冬的候鸟，直到有些失神心里才不感到那么焦虑。

这么过了半个小时，手机在我口袋里一阵振动，拿出来看了看，是桃子打来的电话。

我下意识地轻叹一声，并不是觉得桃子打扰，只是为她和铁男的前景感到担忧。可是，该说的我说了，该做的我也都做了，我之所以会叹息也是因为内心的无能为力，如果还有一点儿办法，我都不会放弃去阻止他们的。

我接通了电话，问道："有事儿吗？"

"过年来我这边吃年夜饭吧，你喜欢吃什么告诉我，我待会儿就去超市买菜。"

我稍稍想了想，回道："不去了，大过年的还是别给铁男添堵了。"

"你还和他计较呢？他就是一小孩脾气，你让着他点儿。"

我低沉着声音回道："桃子，我不是计较，也不是在和你开玩笑，我觉得我和铁男之间的矛盾不是一时半会儿能化解的。他现在很不信任我，我也一直没能搞明白为什么会变成这样。要说误会，我们俩真有误会吗？"

桃子沉默，显然是不知道该怎么应对我的话。

我转移了话题，又向桃子问道："你们那边怎么样，这两天没遇到检查的吧？"

270

"米高，这次可能真的是你多虑了，我们这边目前一点儿问题都没有，其他客栈的一些老板也托人去打听了，都没有听到要搞检查的风声。"

"真是你说的这样，那我就放心了。"

"嗯，如果过年期间真的要查封我们这些客栈，那么多游客也没地方安置，估计也就睁一只眼闭一只眼了……"稍稍停了停，桃子又说道，"我已经跟铁男商量好了，我们的生意只做到大年初七，后面依旧支持政府保护洱海的政策，再继续等通知什么时候能营业。其实我们心里也挺害怕的，可是没办法，欠了这么多债总是要还的，好在做完了过年这段时间的生意我们终于能松一口气，以后应该只会越来越好吧，你和铁男也不能总一直这么走背运！"

"嗯，运气有时候也很重要。"

"真不来我们这边吃年夜饭吗？"

"不去了，等明年都消停了再聚吧。"

"行，那就提前祝你新年快乐了。"

"新年快乐，明年一起加油！"结束了和桃子的通话，我心里的一块石头总算是放了下来，我也觉得自己被孙继伟弄得过于紧张了，这大过年的，旅游市场又这么火爆，如果真把这些客栈都给关停掉了，游客没有落脚的地方最终影响的还是整个大理的旅游形象和旅游体验，上面应该有所权衡，不会贸然有动作的。

时间就这么一点点地过去，下午四点钟的时候我的等待总算是有了结果，因为我已经听到机场的广播里在播报着叶芷所在航班落地的消息。这一刻我的心情迫切又激动，我猜，她今天穿的应该是一件白色的衣服，因为我喜欢白色，好看又简单。

我在夕阳的余晖下将手上的烟按灭，然后便向出口的地方走去，随即便看到有一拨外国人穿着红色的唐装从机场里走了出来，我心里更加有了过年的感觉，我知道这些外国人是来大理度假的，并有心参与中国的传统佳节的活动。

我看着他们，他们大多数背着旅游包，嘻嘻笑笑，然后又被这里的蓝天白云震撼着。这不是什么坏事情，因为世界在发展，而大理也会越来越有国际性旅游城市的气势。

只是，数年以后的大理真的还能承载我这个外地人来到这里的初衷吗？

我没有答案，我听到的是明年大理与昆明之间将开通高铁、高速公路又多了几条、房价相比于之前也翻了好几倍，似乎已经没有人能够原汁原味地保留住今天的大理，而这样的大势下，像我这样的外地人好像更难搞清楚自己的定位。

不过，我暂时并没有离开大理的想法，我想给自己更多的时间来目睹这座城市的变迁。

二十分钟后，我终于看见了拖着行李箱的叶芷，但是与我想象的样子却略有差别，她穿的不是纯白色的衣服，而是一件黑白格的大衣，透着一股隐秘的气息。这倒很符合她在我心中一贯的形象，很多时候我是真看不透她的内心，或者说她并没有完全对我敞开心扉，我能接受她的隐秘，因为有时候一个人太一目了然也不见得就是一件好事情。

她与我相对的时候我笑了笑，然后从她手中接过了行李箱。行李箱不大，刚好能塞进摩托车的踏板上。

我向她问道："是坐一会儿还是现在就走？"

"坐一会儿吧。"

和上次一样，我和叶芷就这么很随意地坐在靠路边的花坛上。叶芷似乎有点儿累，她下意识地拍了拍自己的腿，我没有说话也没有抽烟，但一直很耐心地陪伴着，偶尔也会转头看看她的样子，莫名感到舒服，就好像在大冷天喝了一杯热牛奶，不仅暖了身体，心里也很踏实。

这次叶芷很少见地在我之前打破了沉默，她问道："记得这是你第几次来机场接我吗？"

"第三次了吧。"

"我怎么记得是第四次？"

"你贵人多忘事。"叶芷对我笑了笑，而我则在心里努力地回想着到底是第三次还是第四次。这样的事儿，如果只是朋友关系当然不值得太计较；但如果有朝一日我们之间有了更亲密的发展，我却搞错了，那我肯定会完蛋。因为女人一般都很计较，这不仅和次数有关，同样也是重不重视的佐证。

叶芷忽然对我说道："把烟灭了吧。"

我有点儿诧异地看着她，在我的记忆中这似乎是她第一次要求我把没抽完的烟给灭掉。

叶芷一直看着我，我赶忙将烟扔进了手边的垃圾箱里，然后尴尬地笑道："公共场合吸烟好像是不太好啊！"

"你现在一天要抽多少烟？"

"不一定，正常一包左右。"

"你这是不要命了吗？"

"大过年的你就别教训我了，我以后节制点儿还不行嘛！"

"能戒掉最好。"

我笑问道："你这算是在干涉我的生活吗？"

叶芷听明白了我话里的意思，所以她转移了之前与我对视的目光，轻声回道："你身边能给你关心的人不多，所以你自己更要自爱，我挺希望你能有个健康的生活习惯。"

"其实吧，这话我更想说给你听，你整天不给自己休息的时间，头上都熬出白头发了，知道吗？"

女人都在乎自己的外貌，叶芷也不例外，她有些紧张地问道："哪有白头发？"

"骗你的，哈哈！但你要是一直这么下去，不注意休息和保养，没准明年就有白头发了，还有皱纹，这可都是女人的杀手！"

叶芷很嫌弃地看了我一眼，然后便恢复了安静，她好像在想着心事又好像在失神。

这么过了一会儿，她才从自己的大衣口袋里拿出了手机，然后将镜头对准了自己，也对准了我，但是却没有要求我与她靠近，以便镜头能够更好地捕捉，所以最终我们虽然同在一张照片里，但我却只有一个不太清晰的侧脸。

"你现在挺喜欢自拍的啊！"

"没有特别喜欢，只是觉得你说得对，人有时候是需要用镜头去记住一些画面的，如果几年后，我看到的是这张照片而不是凭空回忆，可能更容易想起这一刻的心情。"

我顺势问道："那你现在是什么心情？"

叶芷略微想了想，然后回道："像是在冷的时候喝了一杯热茶，不想在乎时间走了多少，只想记住这种温暖又解渴的感觉。"

我点了点头，深表认同。

这么待了二十分钟我和叶芷才离开了机场，跟我想的差不多，她并没有在意我骑的是一辆什么样的摩托车，所以即便是一辆踏板摩托车她也没有多问，一样很爽快地坐在了我的身后。

和大多数在大理找浪漫的男女一样，我就这么载着她，在夕阳下沿着洱海向古城的方向驶去。

一路上我们没怎么聊天，但是我的内心却前所未有地感到充实，并想将这种感觉一直延续下去，只可惜，我们终究一个在大理一个在上海，所以有时候用严肃的心情去将我们的未来联系到一起也感觉挺不实际的。

等我们快要接近古城的时候，我才向叶芷问道："你找到住的地方了吗？"

"有个开发商朋友在苍山小院给我留了一套度假别墅，你这就把我送过去吧。"

我竟有些失落，也觉得自己和瓶哥都很天真，我们也不想想叶芷是什么人，就算客栈现在已经被旅游大军给挤爆了，她也不会没有住的地方。

即便如此，我还是向她问道："那边的生活设施都齐全吗？"

"嗯，没问题，这套别墅之前是开发商拿来做样板房的，现在房子都卖掉了，朋友就把这套样板房留下来自己用了。"

我笑了笑，回道："样板房啊！那肯定是装修的典范，我算是白操心了。"

等我们到了苍山小院的时候已经有人在等着，所以叶芷很顺利地就拿到了房子的钥匙。等我们进了这套度假别墅之后，我算是又一次开阔了自己的眼界，原来大理还有这么有格调的海景度假别墅。

别的不说，就凭坐在院子里便能看到苍山和洱海这一点这套别墅的价值就得论千万计算，何况院子里还有一个很精致的小型泳池，泳池旁边是一个完全用名贵木材搭建的茶台，可以想象，坐在这样一个院子里喝茶聊天会是一件多么惬意的事情。

帮叶芷安置好了行李之后我们又在茶台旁坐了下来，我对她说道："这儿比我想象的要好一百倍，可吃饭是个问题，我刚刚看了，这里完全叫不到外卖，除非你自己会做饭！"

叶芷用一种可以洞穿的目光看着我，然后回道："你好像很介意我住在这儿，你是不是有更好的去处？"

"没……没有，再好的地儿都不敢和这儿比！我就是担心你不会做饭。"

"你会吗？"

"我肯定会一点儿，但一般都懒得做，我在这边吃了快半年的外卖了。"

"给你一个动手的机会，我买菜，你做饭。对了，这边离你住的地方远吗？"

"骑摩托车的话二十分钟，如果你对我做饭的手艺很有信心，我不介意每天都过来。"

"那就这么定了，待会儿我们一起去超市买菜，吃完饭一起去古城找家酒吧坐一会儿。"

我点头，心里却是一阵恍惚。就比如去超市买菜这样的事情，好像只有在一起生活的两口子才会去做，那么，当我和叶芷一起推着手推车，一边商量一边挑选时，又会是怎样一个情景呢？

我知道自己不该在这个时候想起陆佳，但说真的，曾经我们以恋人的身份名正言顺在一起的三年多中，好似都没有一起去超市买过菜。因为我住的地方太小，根本就没有做饭的地方，更何况沉重的工作任务经常将我们压得难以喘息，哪里还有心情去为对方忙碌一顿饭。

再仔细想想，来到大理后，我虽然经历了很多的挫折，但似乎这个地方也让我更接近生活的本真，至少我比在上海的时候活得有人味儿。

我觉得这大半年来自己的变化是挺大的，我变得愿意去处理复杂的人际关系，也比以前要活得有自信和魄力。这不是说瞎话，要是放在从前，我不会去九隆居那样的地方冒险。

往小了说，我也愿意在闲暇之余去享受细碎的生活，就比如今天……没有特别大的事情发生，但每一个细节都在温暖着我的心扉，让我有一种重回青春，去追寻初恋的感觉！

在院子里坐了一会儿，我便又骑着摩托车，与叶芷一起去了坐落在下关的沃尔玛超市，我们推着手推车一起挤在人群中挑选着用得着的商品，我并没有太多不适应的感觉，反而很享受。我将一瓶做菜要用到的生抽放进了推车里，然后向叶芷问道：

"你平常有机会逛超市吗？"

"你觉得呢？"

我想了想回道："总要买日用品的吧，但是很难想象你会有这样的闲心推着手推车逛超市。"

"日用品有保姆去买，我只是偶尔逛逛商场，超市几乎是不去的。"

叶芷说着的时候拿起了一盒进口的饼干看了看，然后也放进了手推车里，我们又继续往卖肉类的生鲜区走去，而经过简单的讨论之后，我们买了排骨和一条鲈鱼。

我们准备把鲈鱼蒸着吃，所以我们又去卖小家电的地方买了一个蒸锅，没过一会儿手推车便已经满了。

临近过年，超市里的人很多，我们不得不跟随着购物的大部队排着长队，这样一个漫长的过程又给了我们很多聊天的机会，而聊天的话题不外乎过年，我忽然想起来一件比较重要的事情，跟叶芷交代了一句之后便又跑回了卖年货的区域，随后拿了一袋红包。

我觉得过年当然不能少了红包，尤其对叶芷而言，她千里迢迢来到这里，我这个唯一能给她发红包的人更不能忘了这件事情。

叶芷向我问道："你刚刚干吗去了？"

我笑道："忘记买红包了，除夕那天给你包一个。"

"你是第一个记得要给我发红包的人。"在叶芷的语气里，我能听出一些失落的感觉，便安慰道："如果你愿意，我每年都可以给你包。"

"你说的啊，不能够反悔。"

"我这么有钱，给你发到一百岁都没有丝毫压力。"

叶芷笑了笑，道："这么看你真的好有钱！一百岁，我们都能活到一百岁吗？"

"八十岁也行……其实吧，只要能跟喜欢的人在一起经营生活，活到六十岁也都满足了，反正都得死，所以能在有限的时间里活出意义才是最重要的，单纯追求长寿我反倒觉得是一种负担。"

"你这个想法挺洒脱的。"

"不洒脱，毕竟事情都有两面性，假如没能和喜欢的人在一起生活，那生活里的痛苦就会加倍放大。有时候想想，人活着运气真的很重要，毕竟碰见一个真心喜欢的人很难，能走到一起就更难了！"

叶芷心领神会："对于女人来说就是嫁给了爱情，对吗？"

"是，不管是嫁给了爱情还是娶了爱情，都挺可遇不可求的。"

我不知道自己说这句话的时候是什么表情，但叶芷一直用一种很复杂的目光看着我，然后问道："你是想起了自己的前女友吗？或者其他人？"

"这玩笑可不能开啊！"

"我没有觉得这是玩笑，我们相处的时间也不算短了，我一直都觉得你是一个心事挺重的人。"

"之前有些经历确实是不太愉快。"

"那你释怀了吗？"

"应该是释怀了，但有些时候会把之前的经历拿出来做反思。我只是希望现在的自己能够吸取教训，尽量不去做错误的决定，否则挺伤人伤己的，除了这点，没有多余的目的。"

"希望你真是这么想的。"

再次回到叶芷住的度假别墅已经是晚上的八点，我简单炒了几个菜，然后又蒸了一条鲈鱼，可是因为手生，第一个做的西红柿炒鸡蛋就做砸了，这挺丢人的，毕竟我之前在叶芷面前表现出了一副信心十足的样子。好在从度假别墅里能看到的风景着实不错，所以喝着啤酒、看着大理夜景的叶芷也没有太计较饭菜的好坏。

幸好她没计较。这菜做得不好吃也有她的原因，因为佐料是她放的，她敢抱怨我我就敢嘲笑她。

饭吃到一半的时候我又接到了老米打来的电话，这瞬间就让我之前积攒的轻松和惬意感消失得无影无踪。我知道，他是来和我要答复的，因为直到今天我一直都在用着拖延战术，没说叶芷会不会跟我回小山城过年。

我避开叶芷，然后接通了电话，他向我问道："吃饭没？"

"正在吃。"

"怎么到现在才吃？"

"最近客栈忙嘛……"说到这里，我又笑着说道，"今年大理的旅游行情真是好到不可思议，我们这些做客栈的人该赚到的都赚了。你猜猜，就过年这一季我赚了多少钱？"

"多少？"

"少说也有二十万，比我以前在上海工作时强太多了！"

老米一阵沉吟之后，回道："能赚到这么多钱是好事儿。要不你先把车给买了吧，现在汽车这东西也不稀奇了，隔壁的这些小伙儿过年回家都开了车，你要有辆车，以后回来也方便不是？"

"买车的钱我倒是有，但明年，我还想扩展一下规模，暂时还不敢动手上的钱。"

"我也就是提个建议，你的钱你自己拿主意。"

"成，要是结余得多我就买一辆，也让你和我妈涨涨面儿。"

老米笑了笑，我的心却紧张了起来，如果没有猜错，接下来他该和我谈正事儿了。果不其然，他对我说道："过年回家的事情你和小叶商量得怎么样了？"

"正在和她确认呢，就快有信儿了。"

"你这话我怎么听着就这么敷衍呢！小叶她人现在在上海吗？"

"呃……"

"你别吞吞吐吐的。"

"在大理，她来大理过年了。"

"那这事儿不就成了嘛！你也别和我磨叽了，拿点男子汉气概出来，我这边跟你妈已经准备好一切了，过完年你直接把小叶给带回来。"

"就冲你这话，我也没法说不了。"

老米笑着："你总算是让我和你妈能过个安稳年了，加把劲儿，别把好姑娘弄丢了。"

我在心里嘀咕着：好姑娘是不假，可这也好得我忒有压力了！

老米终于如愿，所以也没有多和我絮叨，可是我看着正在不远处喝着东西的叶芷心里却莫名有压力，她是来大理过年了，可是去小城的事情我还没有和她确认。

我总觉得一旦自己说出口，非常有得寸进尺的感觉，而且，叶芷她会喜欢那样一个名不见经传的小城吗？

我家就是普通家庭，住着一套几十年前分配的家属楼，而且还是在一楼，人只要稍微一多便有施展不开的感觉，跟眼前这个度假别墅一对比，简直就是一个天上一个地下！

踌躇了一会儿，我终于回到餐桌旁，然后对叶芷说道："我爸的电话，还是和以前一样絮叨。"

"他絮叨吗？"

"特别絮叨。"

叶芷笑了笑，感叹道："时间过得真快，上次和叔叔见面还是夏天呢！"

"要不要再见一面？他们都挺想见你的。"

"他们要来大理？"

我看着叶芷，索性把心一横，回道："不是，他们希望我把你带回去，你愿意跟我回小城做客吗？"

叶芷与我对视着，我没有回避，我终于将这句闷在心里好多天的话对着她说了出来，可是我却控制不住自己的心跳，我觉得这就是一道闸，一旦打开，随之而来的便是倾泻而下的大水，能解除干旱也能淹死人！

从内心来说，我真的很想她能和我一起回去，因为会让老米他们安心，自己也会少受亲戚们言语上的骚扰，最最重要的是，我内心真的有和她一起回去的想法，就像男女朋友一样。

昏黄的灯光下，我和叶芷就这么对视着，而她的不开口被我理解为为难，我心情不免有些低落，但还是强颜笑了笑对她说道："没事儿，我也就是提议一下，如

277

果不方便的话我不会勉强的，咱们也千万不要因为这个事情破坏了快要过年的好气氛，该喝喝该笑笑。"

叶芷托着下巴，对我说道："换位思考，如果我现在要求你跟我去见我的家人你会是什么心情呢？"

我在大脑中虚设了这个场景，顿时就是一阵很局促和心慌的感觉，我觉得自己根本应付不了那种一堆家长和长辈的局面，尤其是他们的七嘴八舌，想起来就够畏惧的。

我终于对叶芷说道："这事儿得硬着头皮才能去做。首先，两代人有代沟，而且能聊的话题也就无非那么几个，还都是让人感到尴尬和不好应付的。"

"嗯，所以我不是不方便，只是不知道该怎么应付，尤其是你的家人对我们之间的关系还有点儿误会，人一多我怕自己会说漏嘴。"

"我明白，这事儿你决定吧。不要有心理负担，无论你去不去我都得感谢你！"

"我不知道你说的感谢是指哪一件事情？"

我拿起啤酒罐喝了一口，然后回道："就是咱俩假装情侣这事儿呗……说真的，要不是这件事情让我爸把心安稳下来，那我在大理肯定待不住。也就没有机会在九隆居办起临时客栈……"

说到这里，我笑了笑，又说道："这个临时客栈改变了我对做生意这件事情的认知。以前工作那会儿我总觉得生活应该是稳中求胜，所以少了一点儿冒险精神，现在看来，胆大心细可能比稳中求胜要更适合一个对生活和事业有欲望的人。这次我算是阶段性成功了，我真的特别需要这样的成功来给自己信心，因为这几年我确实是过得挺不顺利的，导致自己对人对事都有点儿放不开手脚。"

叶芷一直很耐心地听着，直到确认我的话说完之后才回道："冒险精神确实能让一个人变得有活力。记得刚认识你的时候，总是有意无意地发现你身上深沉的一面，而现在就开朗了很多。至少有时候你会愿意跟我开一些小玩笑，这挺好的，不会让两个人在一起时显得很拘谨。"

我笑问道："我有深沉的一面吗？"

"有，你的眼神，还有坐在洱海边抽烟的你。"

我的内心有所触动，然后仰起头看着满天繁星，许久才对叶芷说道："累，特别累，尤其当自己身边没有一个可以交心的人的时候这种感觉会更强烈！"

低头看了看捏成拳头的手，我又说道"都说男人的手是用来打天下的，我不否认，这个观点确实很热血。可仔细看看，也就这么大一双手，到底能承受多大的重量呢？男人也会累，有时候不说只是觉得自己还能撑，可你越是高估自己反而越容易让身边的人疏远，因为大家都觉得你能行。"

"我能理解这种感觉。"

我脱口而出："你当然理解，因为你比有些男人活得还要用力！"

叶芷不语，她和我一样，拿起啤酒罐喝了一口，然后陷入了失神的状态中，但我更觉得她是在想某件事情或者在反思自己现在的生活状态。

终于，她开口对我说道："当你身边没有一个能一起分担的人的时候也只能这么活着了。"说完，她向我举起了酒杯，又说道，"为了我们的孤独干杯。"

我愣了一下，然后随她将啤酒罐里的啤酒全部喝完，我能感觉到此刻的她已经对我敞开了心扉，最少没有保持女强人的形象，我也一样，也对她说了心里的累和苦。

或许此刻的我该拥抱她，但最终我也没有向她伸出自己的双手。因为想和实际去做中间其实隔着一条难以逾越的鸿沟，而我却少了一块够大的垫脚石。

我终于开口，带着安慰她的目的说道："其实相比于以前你也变化了很多。你让我觉得你也是一个可以开玩笑的人，甚至觉得我们可以一起去做很多无聊但又很有意思的事情。就像我们上次去路边捡的玛格丽特，现在它就开得特别鲜艳，你也会一样的，只不过需要一点儿时间走出以前思想上的禁锢。"

"共勉。"

我点了点头，下一刻我们又一起陷入了沉默中，我想了很多琐碎的事情，然后又想起直到现在，叶芷都还没有真正表态要不要和我去小城做客。可是，我却已经说好了不逼她，也就不好再追问了！

吃完饭，我们一起去了古城，和事先说好的一样，我先请她去了妮可唱歌的那家酒吧，我们喝的依旧是啤酒，却多了妮可的歌声。

喝了半瓶啤酒，叶芷主动向我问道："九隆居临时客栈的生意结束后你打算做点儿什么？"

"现在有两个选择：一是继续投资做生意；二是……"稍稍停了停，我接着说道，"曹金波主动找了我让我帮他管理古城的酒吧和客栈，还有双廊那边的海景客栈。"

"他给了你什么条件？"

"两万的月薪，还有一些利润分成，具体比例还没有详谈，不过他手上没有亏本的生意，就算这个比例很小，一年从他这里领个几十万问题也不大。"

"你心动了？"

我实话实说："肯定会有心动，毕竟对比我在上海时的收入要翻了好几倍。可是，又怕蹚进他的浑水里！"

叶芷没有立即针对这件事情表态，她似乎在权衡，然后才对我说道："假如有人开出了更好的条件呢？"

"呃……我不太明白你的意思。"

叶芷正色回道："我们集团在龙龛的项目已经启动了，所以对引进人才这一块有特别大的需求，尤其是对大理这边酒店旅游市场有足够了解的人才，我觉得你是一个很好的人选，如果你愿意的话我现在就可以安排你去国外最好的酒店进行系统的学习，等这边的项目正式营业之后你就可以作为管理层参与酒店的管理。"

我内心震惊，也有权衡。我以为自己会因此而感到纠结，却并没有。特别奇怪！我的内心很快就有了答案，然后对叶芷说道："你说送我去国外进行系统的学习，其实还是因为我是野路子，对吧？"

叶芷没有否认，她回道："你很有想法，也很灵活，但对于酒店这一块的专业知识确实很欠缺，但这不是问题，因为这边的项目最少也需要一到两年的周期才能真正投入运营，所以这中间你有足够的时间去学习。"

"说实话，我不愿意。"

叶芷有些不可思议地看着我，她回道："你应该知道我们的酒店是什么规模，它不是曹金波那些所谓的海景客栈和酒吧可以相比的。"

"别人也许我会答应，并且特别感谢能够提供这样一个机会，但唯独你不行。"

"为什么？"

"因为……你是我喜欢的人！我希望我们之间是一种平等的关系。可能你会觉得很可笑，但是对我来说很重要！真的很重要！"

我的心跳又一次加快，比前几次都要快，因为这是我第一次很明确地向叶芷吐露心迹，我没有去深思叶芷为什么会这么要求，我就是很大胆地以自己的立场去回答了这件事情。

酒吧依旧喧闹，可是我和叶芷之间形成的气氛却快凝结了，这不是对峙，但令我感到紧张，我已经将涉及情爱的话说了出去，我的紧张源于不知道叶芷会怎么回答我，我就这么看着她，心情复杂到已经有了窒息的感觉。

我敢肯定，刚刚的那一瞬间自己确实是失去了理性，我不该对叶芷这么说的，这就是一场赌博，而我却根本想象不出与叶芷成为情侣的那个自己需要变成什么样子。或许，从我开口的那一刻起就已经输了。

我的心开始低沉，然后不再去看叶芷。

就在这时，靠近吧台的地方传来了一阵争执声，这才打破了我和叶芷之间那种难以言喻的奇妙气氛，我们一起向那边看去……是妮可在和一个男人理论。妮可看上去很气愤，也很激动，她指着那个男人声音很尖锐地说道："你太过分了！三个月前你就说和我结演出费，这马上都快过年了你还和我拖着，有你这么开酒吧的吗？"

男人哀声回道："这条街的生意不景气你又不是知道，我跟你说实话，从这个酒吧开始营业我就一直在赔本儿，你要是能等就再等几天，我去想办法找朋友借点儿，你要是不能等，今天就是闹翻了天我也拿不出钱来！"

"我已经够理解你了，平常只要能熬我都熬着，可这马上就要过年，哪儿哪儿都要花钱，你还好意思拖着吗？"

"再等等吧。"酒吧老板说完这句话，已经摆出了一副拒绝再沟通的样子，他转而和身边的一个顾客说着什么。妮可在原地站了一会儿，看上去很无助，她又拉住了酒吧老板，说道："赵老板，你也算是一个出来创业的人，这么为难我一个外来的女人，你良心真过得去吗？"

"我酒吧都快开不下去了，你让我和你谈良心？"

"你别逼我报警，到时候可别说我给你惹麻烦。"

酒吧老板不屑地一笑，回道："报警？咱们之间有劳务合同吗？我跟你说，你们这帮唱歌的就是社会上最大的蛀虫，你们对社会有什么贡献？放在过去，你这样的人就叫戏子，逗大家玩玩就行了，别真把自己当一盘菜！"

我有点儿坐不住了，而这时，一直沉默着的叶芷终于开了口，她向我问道："大理这边的驻唱歌手都不跟酒吧老板签合同吗？"

"嗯，他们基本都是临时性质的歌手，主要是这个行业的流动性比较大，再加上大理这个地方文艺青年扎堆，也不缺歌手，就导致了供需关系的失衡，所以酒吧相对还是比较强势的，酒吧老板也是三天打鱼两天晒网，指不定什么时候就关门不做，所以肯定不愿意跟歌手签劳务合同，一般也就是口头谈条件，反正你不在我这儿唱还有大把的人抢着吃这碗饭。"

叶芷点了点头，而我也是一阵恍惚，好像刚刚根本就没有和她说过那些暧昧的话，可是我却不知道该不该去感谢有这么一个台阶可以让我和叶芷之间恢复平静。

恍惚之后我又将目光投向了妮可那边。此时的妮可已经气得浑身发抖，她怒视着酒吧老板，然后便端起一个客人只喝了半杯的鸡尾酒泼在了酒吧老板的脸上，然后又转身关上了酒吧的门，大声质问道："你要跟我要无赖是吧，好，你今天要是不把我的演出费给结了，你的生意也别想做！"

冲突已经从言语层面上升为实际行动，正在消费的客人避之不及，随后便三三两两打开门，离开了酒吧，酒吧老板想去劝住他们，却被妮可给拉住了。

酒吧老板怒道："你是不是疯了，我就指着过年这段时间做点儿生意，你还跟我胡搞！"

"你也知道要做生意？那你怎么就不能考虑考虑我的处境呢？难道我就不用吃喝吗？"

酒吧老板将妮可重重推到一边，妮可的性格也是强悍，转而又向酒吧的门口跑去，将刚刚被客人打开的大门关了起来，一副要誓死捍卫自己权益的样子。

酒吧老板失去了理智，他几步便跑到妮可的面前像是要动手。与此同时，我也冲了过去，一边护住妮可一边伸手挡住了酒吧老板，说道："你一个老爷们，跟一女人动手，是不是有点儿没风度？"

酒吧老板暴躁地回道："你看不见是她堵住门不让我做生意。"

我没有理会，转而向妮可问道："他欠了你多少演出费？"

"三个月，一共九千六百块。"

我这才对酒吧老板说道："我不光眼不瞎，耳朵也没聋，人家不会无缘无故和你闹的，是你先欠了人家快一万的演出费没给。你大度点儿，把这钱给人结了不就没这茬事儿了嘛。"

"她说欠就欠？我是给她打欠条了还是签合同了？"稍稍停了停，他又冷笑着对我说道，"我跟你讲，你最好不要多管闲事，要不然让你吃不了兜着走！"

"你甭威胁我，我不吃这一套。另外我也告诉你，就算你是个铁公鸡今天我也得把你身上的毛给拔下来，你太不厚道了！"

酒吧老板瞪着我，回道："我不跟你废话，你就在这儿给我等着。"

"叫人是吧？成，我不走，我倒要亲眼看看人到底能混账到什么程度！"

我说着便将妮可拉到了我和叶芷的那一桌，为了不让酒吧老板对她动手。

妮可有些紧张，她对我说道："米高，你别掺和这事儿了，我一女的他们还能收着点儿，要是真跟你动了手，我怕你会吃亏！"

我点上一支烟，说道："没事儿，这钱我帮你要。"

妮可半信半疑地看着我，而我已经从口袋里拿出了手机准备给曹学打电话。我的大脑里已经有了判断，这不是一件我能逞个人英雄主义的事情，这件事找曹学最好。

曹学在片刻之后接通了电话，而他对我的态度较之前已经有了很大变化，他称呼我为"哥们儿"然后又问道："有事儿吗？"

"你现在忙吗？"

"洗浴中心打牌呢。"

"来古城一趟吧，这两天临时客栈的生意不错，之前答应给你的分成我也该和你兑现了。"

曹学笑着回道："不急着今天，明天吧。你这人办事儿靠谱，我信得过你。"

"还真得今天来一趟，我这边遇到点儿小麻烦。"

"有人找你客栈的事儿了？"

"朋友的事情，被人给找碴儿了。我觉得这事儿请你出面比谁都管用。"

曹学略微犹豫了一下，回道："既然你把我当朋友，我也不能驳你面子，说个地址，我马上就来。"

"谢了，我待会儿就把地址给你发过去。"

"成。"

结束了和曹学的对话，我又立刻对妮可和叶芷说道："待会儿可能会有冲突，你俩先走吧。"

妮可摇头说道："有冲突我也待着，这是我的事情，让你替我扛自己却跑了，那我和姓赵的（酒吧老板）有什么区别？"

叶芷也表态："我也不走，我不放心你。"

我笑道："没事儿，我刚刚已经给朋友打过电话了，他马上就过来，不会吃亏的。"

"既然不会吃亏，那我更没必要走了，我陪你。"

我看着叶芷，她看上去很坚定，而一句"我陪你"就像一剂良药，杀死了像病毒一样的孤独，也让我看到了一种愿意共患难的真情真意，她没有因为自己的安危而丢下我！

五分钟之后，酒吧老板叫的人便先于曹学来到了酒吧。这几个人一看就不是什么善类，其中一个虎背熊腰的光头走到我面前，气势汹汹地说道："是你在闹事儿呢？"

我还没有回话，他便动手将桌上的啤酒瓶砸烂，飞溅的玻璃碴划破了叶芷的手，也让叶芷花容失色！

酒瓶碎裂的声音响起之后我的目光一直盯着叶芷的手，流出的血已经覆盖了伤口，所以也辨别不出伤口的大小，但叶芷的表情显得很疼痛，毕竟十指连心。

我心中蹿起一股怒火，就感觉像是自己最喜欢的花被人生生折下了一片花瓣，花虽然没有残，但每一片花瓣都是我钟爱的，所以我很不喜欢这种感觉，一小点儿都不行。

但我必须克制，如果真的动起了手，我一个人肯定应付不了这么多人，一旦混战起来更会波及叶芷和妮可，所以在局势不利的局面下我绝对不能意气用事。

我对这个手持钢管、看上去最横的男人说道："哥们儿，你说错了，我不是在这儿闹事，凡事得讲理，我这个朋友在赵老板这边演出已经三个月没有拿到演出费了，这眼看着就要过年，家家张灯结彩，该团圆的也都团圆了，人家一无依无靠地来大理谋生活真的挺不容易，挣的也是辛苦钱，要点儿工资过年是不是合情合理？可是赵老板仗着双方没有签劳务合同，硬是把人姑娘的工资给赖掉了！"稍稍停了停，我又说道，"赵老板一个电话能把你给请过来证明你是个讲义气的人，如果是你朋友遇见这事儿你也不能装作没看见吧？"

男人愣了一下，大概是没有想到我不但没有被他的气势给吓住，还不卑不亢地跟他讲道理。

这个间隙中，我又对妮可说道："附近有药房，你赶紧带叶芷去买点儿消毒水，把伤口处理下。"

妮可为难地看着我，问道："你一个人没问题吧？"

"没问题，你们赶紧出去。"

妮可还算是个聪明的女人，下一刻她便拉住了叶芷的手，将叶芷硬拽了出去。看着她们消失在自己的视线中，我这悬着的心终于是放了下来，仅仅一个瞬间，那股被自己强行压制的怒火却又蹿了起来,并且再也按不下去。

我不动声色地从口袋里拿出一支烟,然后递给了那个拎钢管的男人,说道:"哥们儿,我是为朋友办事儿,你也是为朋友办事儿,我觉得咱俩挺像的,都是愿意为了朋友两肋插刀的人。说真的,咱们不值得为了这几千块钱伤了和气,能谈就谈,实在谈不下来,这事儿我认了,赵老板欠我朋友的钱我自己掏腰包替赵老板给。但是,赵老板得承认欠了我朋友演出费这件事情,这是原则问题,也关系到我朋友的声誉,毕竟她还要在大理待下去,不能传出无理取闹的名声,这个要求不过分吧?"

男人一边从我手中接过烟,一边转头对酒吧老板说道:"我看这哥们儿人还不错,你也别太过分,要不就一人退一步,你给人结一半的工资,这事儿就算完了。"

就在他放松戒备的时候,酒吧的门忽然被人给踹开,而后曹学冲了进来。

曹学扫视了一眼,便对着在场的几个人吼道:"都认识我吗?认识的往后退,不认识的上来一个试试。"

几人面面相觑,然后一起往后退到了吧台的位置,很快离开。

这就是曹学,借着曹金波的名声,声名远扬。他一到,局面瞬间就被控制住了,我却虚脱到要靠倚着桌子才能站稳,从上次因为打架而面临牢狱之灾,再到在泸溪那个小县城里被一群人围殴之后,我就特别恐惧打架,这种恐惧是发自内心深处的,只有真正经历过的人才能体会。

我单手从桌上拿起了两只高脚杯,倒满酒后,将其中的一杯递给曹学,然后说道:"这事儿我得感谢你,你的人情我也记住了,这杯酒我先干为敬。"

我喝完之后,曹学也很爽快地将杯子里的酒一饮而尽,而下一刻,我便将目光投向了酒吧老板的身上,这时候是该和他谈谈了。我生平最厌恶的就是他这种不守诚信还仗势欺人的人渣。

就在我准备开口的时候,却猛然发现叶芷和妮可都在窗户口站着,刚刚她们似乎并没有走远,更没有去药店,所以,酒吧里发生的一幕幕也被她们看在了眼里。

我起身向窗户口走去,然后打开了玻璃窗,对着叶芷和妮可笑了笑,装作一副什么事情也没有发生过的样子。妮可对我说道:"刚刚出了酒吧叶芷就说你会出事,她要回来,我没能拦住,没想到啊,你真是在故意支开我们!"

"这帮人不是善茬儿,我是为你们的安全着想。"

"是吗?"

我咳嗽了一声,赶忙说道:"事情已经差不多解决了,叶芷手上的伤口得赶紧去处理一下,然后回来一起和赵老板聊聊,我有个想法——"

我的话还没说完,妮可便打断,说道:"你俩可真有意思,明明很担心对方,却什么都不说。你都不知道,要不是我刚刚拦着她还得进来,可是进来除了添乱又有什么用?你也是,刚刚那股威风劲儿呢?"

284

我和叶芷对视了一眼，然后又很默契地选择了沉默。我们其实都是挺自我的人，并不喜欢别人掺和进我们之间。

"两个闷葫芦！"

妮可感叹了一声，又说道："我去买消毒水和创可贴，希望我回来的时候你俩能说点儿实际的，别老是深情凝望。"

我和叶芷望着妮可离去的背影一起笑了出来，至于为什么笑，我也说不清，只是觉得自己和叶芷都算是活得挺老到的人，可当我们面对彼此的时候却一直很小心翼翼，不会多说，也怕多说。

也许这就是爱情最初的样子，我们在小心试探的同时也在小心呵护，生怕会错了对方的意。至少我是这个样子的，我会比叶芷想得更多：就算我们真的在一起了，甜蜜期过后肯定还会有很多现实的问题摆在我们面前，我却并没有太大的信心去面对，所以这也是我矛盾的根源所在。

我好像和爱情发生了一场战争，感性上我抵御不住爱情的诱惑，理性上我却必须去考虑自己和叶芷之间的差异。如果这种差异是我们之间难以逾越的鸿沟，倒不如像现在这样以高于朋友、低于恋人的关系相处着。

没过一会儿妮可便去而复返，她和叶芷一起回到了酒吧内，然后给叶芷处理着手上的伤口。是我太紧张了，叶芷的伤口虽然流了不少血，但是创面却不大，我的心终于安定了下来。

我将注意力再次放到了酒吧老板身上，然后点上一支烟对他说道："赵老板，这事儿现在你看怎么解决？"

他苦着脸对我说道："兄弟，我是真没钱了！"

"别跟我玩虚的，说实话。"

"呃……这几天是赚了点儿，但是过年得备货啊，要不然连过年的生意都做不成，就更拿不出钱给妮可结演出费了！"

我看他被吓得够呛，估摸着也不敢说假话，稍稍想了想之后说道："我是个讲道理的人，你要实在没钱我也不会逼你。这样吧，我拿个方案出来，看你能不能接受。"

"你说，你说，这事儿不解决我也挺闹心的，刚刚被妮可吓走的这批客人账都还没有结呢，一转眼就损失了好几百！"

"这是你活该。"

酒吧老板看了我一眼，自知理亏，没有敢再抱怨。

我吸了一口烟，然后又说道："这样吧，我们在红龙井那边还闲置了一家酒吧，正好缺酒水，妮可的演出费你就用酒水来结。我也不坑你，你进货多少钱我就给你算多少钱。"

"成啊！这个办法好，我这儿确实积了不少洋酒卖不动！"

"呵呵，别尽想着把那些陈货兜给我们，畅销的啤酒也要。"

"那是，那是！只要能让我安稳地把过年的生意做了，喜欢什么酒你们拿就是了。"

我点头，转而对妮可说道："叶芷那边确实接手了一个酒吧，她也忙，不可能亲自打理。之前没有找到合适的人就一直关着，你天天在酒吧待着，又会唱歌，我觉得没人比你更合适了，以后你就帮忙打理酒吧，这批从赵老板这儿抵的酒水算你的入股，你看怎么样？"

妮可明显有点儿心动，但又质疑道："就我工资抵的这些酒水，要开一家酒吧的话还差得远吧？"

我笑了笑，道："我可以入股啊。"说完，我又转而对闲在一边的曹学说道："哥们儿，我算了一下，九隆居的临时客栈我能给你五万块钱的分成，去掉之前一万块钱的诚意金，你还能拿四万，这酒吧的生意你要有兴趣的话参个两万块钱的股怎么样？钱就从你分成里拿。"

"能赚钱吗？"

"我给你打包票，肯定能赚钱。这钱你花也花掉了，倒不如找个投资渠道，就等于买了一只能下蛋的鸡。虽然不会赚很多，但也是个稳定收入。"

"成，反正是白捡来的，这钱我花。"

曹学说完之后我向叶芷投去了询问的目光，毕竟酒吧是她的，要等她点头这个想法才能真正被实现，而我希望曹学入股也是希望能给酒吧买个平安，毕竟有曹学在，相信也没人敢在酒吧里惹事儿。

叶芷对我说道："你这个想法挺好的，我支持你。"

"成，那我们在座的四个人就是这家酒吧的股东，回头我弄一份合作协议，咱们根据出资的多少来决定股份的比例。妮可最辛苦，要投入人力，这也要算成一定比例的股份。"

"嗯，你弄吧。"

我的想法就这么被众人认可，而我也有了一种如释重负的感觉，因为这一个决定算是弄出了一个皆大欢喜的局面，而我和叶芷也算是在做生意领域有了合作，虽然这对叶芷来说有点儿无关痛痒，但对我来说却有非凡的意义。

对妮可来说也一样，她自己做了酒吧老板之后总算不用去看别人的脸色了。

这个时候，我又不禁想到了会调酒的桃子，如果有她加入只会更加完美。可惜因为铁男，我们却正在渐行渐远。

我有点儿恍惚，相比于刚来大理的时候，我身边的人和我正在做的事情都发生了翻天覆地的变化，我不知道这是一种进步还是退步，但是我却比以前更有安全感，因为我知道自己在做什么，想要什么。

只是，我依然很想念离去的马指导和白露，还有杨思思。我更怀念当初那份同舟共济的友情！

暗淡的灯光下，我和曹学各抽了一支烟，然后我便将除投资酒吧之外剩下的两万块钱用手机转给了曹学，曹学忙着回去打牌，也没顾上去那边的酒吧看看。从这点来说他并不是一个靠谱的合作伙伴，他对于我来说就是一把双刃剑，用坏了会伤着自己，用好了也有很大价值。所以，处理人际关系确实是一门很高深的学问，而我才刚刚入门。

在我和叶芷坐着喝东西的时候妮可便拿了纸和笔，跟酒吧老板清点起了自己能拿到手的酒水，她骨子里还是个善良的女人，所以也没有尽挑酒吧里畅销的酒水拿，不好卖的洋酒也拿了一半，洋酒动辄几百块钱一瓶，最后九千多块钱的工资也没能抵到多少瓶酒。

酒吧老板找了一辆三轮车替我们将酒水运到了已经许久没有开门营业过的女人花酒吧，妮可心情好到不行，比画着跟我们说了很多，她说自己曾经在这家酒吧唱过歌，与白露也认识，前不久，她还可惜着这家以女人情怀为主题的酒吧不开了，没想到自己今天就成了这家酒吧的老板之一。

聊了一会儿叶芷便将钥匙留给了妮可，然后离开了酒吧，先行离去。我虽然有意犹未尽的感觉，但是也没有挽留她，她确实是累了，毕竟这几天她一直坐着飞机国内国外的跑，能跟我到古城来玩一会儿已经是很有兴致了。

可惜的是我还没有带她去曹小北的咖吧去喝免费的布丁奶茶，但总有机会的，因为这段时间她会一直留在大理。

叶芷走后我跟妮可便开始清理酒柜，然后将抵来的酒分门别类地放好。过程中我和妮可也聊起了这个酒吧未来的规划，我们一致觉得"女人花"这个主题很好也很有特色，所以不但要保留还要继续发扬光大。

闲下来后，我从皮夹里拿出了三千块钱现金递给了妮可，妮可有些不解："给我钱做什么？"

"拿去应急嘛，知道你最近手头紧。"

妮可笑了笑，说道："不用，我不光唱一家酒吧，其他老板多少都给我结了一部分演出费，就老赵不厚道，我要是不拿过年做理由，他这钱拖到明年过年都不会给我。"

"你跟我倒是挺诚实的啊！"

"当然，拿你当朋友嘛！不过说真的，大理这个地方也不是天堂，它也有不好的方面，所以对人对事都得留点儿心眼。"

"这是肯定的，有人的地方就有纷争。"

妮可递给我一支女士香烟，又说道："我得跟你说声抱歉，之前因为误会一直对你有偏见，但你今天的行为真的震撼到了我。怎么说呢，我觉得你是个性情中人，可是却能给人靠得住的感觉，你值得别人喜欢和欣赏！"

我开着玩笑问道："你说的别人是谁啊？"

"明知故问，就是和你两情相悦的那个嘛。不过她确实挺优秀的，别说你，就她表现出来的气场我一个女人都会觉得有压力。"

我深深吸了一口烟，然后很是感触地回道："是啊，所以我现在也是挺矛盾的。"

"你觉得自己了解女人吗？"

我有点儿诧异地看着妮可，因为我不知道她为什么会突然这么问。沉吟了一会儿之后我回道："我不知道自己够不够了解女人，但我知道每个人都是独立的，谁都有权利为了更好的生活去选择自私，所以我也能理解女人的选择并且尊重。"

"说句你不喜欢听的话，你这想法看上去很豁达，其实也挺自私狭隘的。"

"这话怎么说？"

"因为你把'自私'这个词很强势地安在了女人身上，我觉得你还是不够了解女人，当一个女人特别爱一个男人的时候，其实她的内心里就已经有了自我牺牲的想法，我们没你想的那么自私。"

我笑了笑，回道："你也说了，是特别爱一个男人，这个特别是何其难啊！"

妮可被我给说住了，以至于陷入了短暂的沉默中，之后她又向我问道："你是不是以前被女人伤害过？"

我想了想，说道："也不算伤害，是我确实给不了她想要的生活。呵呵，人各有志吧。"

我在心里想着自己凭什么能让一个女人特别喜欢，又凭什么要另一半无条件为自己牺牲？说实话，我不是很认同妮可的这个观点，而爱情的美好也一定不是靠自我牺牲去体现的。

离开酒吧之后我点上了一支烟，一个人独自走在大街小巷上，不知不觉就走到了羊羊咖吧，虽然此时已经过了十点钟，但我还是想进去混一杯免费的布丁奶茶喝。

我隔着窗户往里面看了看，曹小北正坐在吧台玩着游戏，我敲了敲窗户玻璃他才抬头看了看，发现是我后一脸不爽，然后又低头对着电脑看，一点儿也没有要招待我的样子。

我叼着烟走了进去，然后对他说道："老朋友来了也不招待一下？"

"要点脸，谁跟你是朋友！"

"大老爷们能不能有点儿气量，你看我，有时间就来光顾你的生意，你不觉得挺以德报怨的吗？"

"滚，你在这儿花过一毛钱吗？"

"我兜里还真有一毛钱，给你。"我说着便从口袋里掏出了一枚一毛钱的硬币，放在了他的烟灰缸旁。曹小北头也不抬,拿起硬币就扔向了门外,并骂道:"真厚脸皮,我这儿不欢迎你。"

我又往他面前凑了凑,问道:"玩的啥游戏?画面挺炫的,要不教教我,咱俩一起玩。"

"我在打团战,你别烦我行不行……"曹小北的话还没说完,我夹在手上的香烟便掉下一坨烟灰,落在了他的头发上和键盘上。

曹小北快疯了,将鼠标一摔,便用一种能杀死人的目光看着我。

"哟,你看我这手,来,我给你掸掸。"

"滚……"

我笑道:"这都快过年了,你就不能和气生财?"

"你到底想怎么着吧?"

"你这儿不是有免费的布丁奶茶嘛,你给我来一杯,我就坐在靠窗户那地儿玩会儿手机,保证不发出声响。"

"怎么会有你这样的玩意儿!"曹小北一边骂一边起身拿来了做奶茶的器具,看样子是准备向我妥协了。

"谢了,老板!"

坐下来后,我便给叶芷发了一条微信,问她有没有到住的地儿,叶芷告诉我她已经躺在了床上,我让她早点儿睡,她便没有再回信息,其实我很想问问她,有没有想好要不要跟我去小城做客这件事情。

没一会儿曹小北便做好了布丁奶茶,并且态度很恶劣地让我自己去拿,我当然不在意,并且心情很不错地去吧台将奶茶端到了自己坐的那张桌子,然后就这么一边喝一边翻看着原本摆在自己手旁的那本电竞杂志。

片刻后手机上又传来信息提示音,我拿起手机看了看,是杨思思发来的短信,最近她似乎总喜欢在这个点儿跟我联系。

"米高,大事不好了!你送给我的那双鞋子我给弄丢了!"

当初送给杨思思那双鞋,是希望她能在换了一个生活环境之后可以走好脚下的每一步路,所以她现在告诉我鞋子被弄丢了,我心里其实还是挺关切的。

我立刻给她发了信息,问道:"怎么回事儿?鞋子都能弄丢!"

"我在海边玩,把鞋脱掉去踩沙滩,回来后就发现鞋子没了。"

"你再好好找找,谁没事儿惦记你一双鞋子。"

"我里里外外都找过了,我觉得肯定是被人给偷了,要不然就是被潮水给卷进了海里。"

我挺无语的,但还是回道:"我送给你的东西你还真是不珍惜啊!"

"我珍惜了,每过几天就会刷得特别干净,谁知道会在海边弄丢了。"

"那你告诉我也没有用啊，我也不能飞到你那边帮你去找。"

"我就是想告诉你我现在非常糟糕的心情，我得光着脚回家了！"

"要不你也去偷别人一双……"

"烦着呢，你能不能别出这么馊的主意？"

"那我是真没辙了，不过外国人的口味儿确实是够重的，连鞋都偷！"

杨思思没有回信息，我也陷入了短暂的安静中，而关于杨思思丢鞋这件事情，我虽然关切，却没有真正往心里去，因为在我的意识里也没想着杨思思会多么在意这双鞋，毕竟也就一双鞋，不是什么翡翠黄金。

一杯奶茶喝完，已经快十一点半，这时杨思思又发来了一条信息："哈哈，鞋子找到了！"

"怎么找到的？"

"一个淘气的外国小孩把我的鞋埋沙子里了，失而复得的感觉真的很好啊！"

我笑了笑，然后回道："找到就好，可是这么小的事情你能不能别一副天要塌下来的样子，我还以为你人弄丢了呢。"

"我就是喜欢一惊一乍，你能把我怎么的？"

"你不是喜欢一惊一乍，你是喜欢找存在感。"

这次杨思思过了片刻才回了信息："我怕你把我忘了……"

我心里涌起一阵莫名的滋味，对于我来说，我有时候觉得她已经离我很远，有时候又觉得她就在身边。我不知道自己到底是怎么看待她的，但是绝对不会像她说的那样忘了她，因为我刚来大理的一半记忆都是她给的，她的青春活泼给我带来了很多困扰，也给我带来了很多快乐。

我开着玩笑回道："没准哪天就真把你忘了。"

"等你死的那天，好不好？"

"哈哈。"

"笑什么笑，不许笑！"

我没有再回复，将手机摆在一边之后便又将注意力放在了那本还没有看完的电竞杂志上，我倒不是对里面的内容很感兴趣，就是想消磨时间。今天晚上我必须熬到一点钟，因为有一对从重庆赶过来的客人，要一点才到，我得将他们安置好之后自己才能睡。

"打烊了，赶紧出去。"

曹小北将桌子敲得噼里啪啦作响，我抬头看着他，问道："这还没到十二点呢，你是不是关得有点儿早了？"

"这是我的店还是你的店？我什么时候关门你管得着吗？"

"古城这片就没十二点之前关门的店，你既然是做生意，就有点儿敬业精神成吗？"

"你是谁啊，用得着你来教育我。"

"大晚上的，生气容易动肝火，要不坐着聊一会儿？我看你也不像是喜欢早睡的人，我开导开导你。"

"滚！"

曹小北一边骂一边将我只喝了一半的奶茶给收了回去；末了，连那本电竞杂志也被他给拿走了。

我叹息，说道："成吧，我先换个地儿坐，明天晚上有空再来。"

曹小北一把将我推到了门外，我还没站稳他就已经从里面把门给关上了，然后又回到电脑前玩起了游戏。看样子，他也不是真的想关门，就是觉得我碍眼，想来，我的异性缘是不错，但这同性缘也实在是差了点儿。

就比如最近跟铁男闹得不愉快就挺让我头疼的。

我一个人从古城这边晃到那边，又从那边晃回了这边，最后在一盏下面有长椅的路灯下停了下来，习惯性地点上一支烟，看着浩浩荡荡的游客队伍我感觉自己像是一只被世界给忽略掉的爬行动物，有点儿摸不着方向。

其实我挺羡慕那些能搂抱在一起的情侣的，且不说他们是不是真的相爱，最起码此时此刻他们内心是有安慰的。

我将手机从口袋里拿了出来，然后选了虚化背景，拍了一张很朦胧的街景，左看右看，最终也没有在朋友圈里发布出去，虽然我很想表达自己此时此刻的心情，但又因为显得矫情而选择了放弃，毕竟这个世界上比我孤独的大有人在，而到了我这个年纪也早该适应孤独了，而不是把孤独当成对手，然后向别人展示敌对后的结果。

忽然手机一阵振动，我以为是有客人咨询住宿的问题，却是叶芷发来的，她问道："休息了吗？"

"还没有，今天晚上有晚到的客人，我得等到一点钟，你呢，怎么还没有睡？"

"我让助理规划了一下最近的工作安排，没有特别紧急的，大概能休息十五到二十天的时间。"

"这太好了啊！"

这次，叶芷过了很久才回了信息："你邀请我去你们小城的事情，我很认真地想了想，我应该可以去……但是实话实说，我心里挺紧张的，因为怕自己表现得不够好。"

我盯着这条信息看了两遍，确认无误之后心里的花朵成片成片地怒放着，叶芷竟然在这个夜深人静的时候给了我这么大一个惊喜，我终于不用在老米和一众家人面前太过于为难和隐瞒了。

我赶忙回道："人对陌生的环境感到抗拒是出于本能，但你放心，我家人们都挺不错的，对你也非常认可，你应该很快就能适应的，而且你也该换个新的环境放松一下了，我们那边虽然小，但风景真的很不错。特别是当你看着那些大山和瀑布的时候，你会感觉到自己的胸襟都跟着开阔了起来。"

"想去看看。"

"嗯，如果是夏天的话会更有意思，我上大学那会儿经常跟朋友们带着啤酒和西瓜去沟子里野炊，啤酒和西瓜放在溪水里冷藏的效果比冰箱冰镇出来的效果还要好。而且那种躺在草地上，满眼都是青山绿水和蓝天白云的感觉真的特别自由，特别好！"

叶芷很会抓重点，她问道："是不是只有这样的环境才能孕育出你这样的性格？"

我对着手机笑了笑，然后回道："这个问题叫我怎么回答呢？我真的很喜欢那种不受限制的感觉，但后来为了前途去了上海工作，感觉一切就变了，会莫名其妙地想很多，而且困在火柴盒一样大的房子里很容易让人变得焦虑……我觉得这对我来说是一种酷刑，我过得特别不舒服，更让我不舒服的是我知道问题的症结在哪里，可还是得为了生活而妥协，满脑子想的都是在上海买一套房子，这可不就是着魔了嘛。现在好了，一切归零，也重新开始，但总的来说，还是比以前要好一些的，虽然也不是太顺利，但最起码能看到希望！"

"这个世界上真正活得开心的人不多，你和我都不是开心的人，所以认识了思思之后我也挺羡慕她的。她很聪明也很单纯！"

叶芷在这个时候主动说起杨思思让我不解，但是她没有说错，即便是我也认为杨思思是个很快乐的女人，虽然有时候也会有伤感的一面，但是她的自愈能力特别强，也很会找乐趣，所以她比我和叶芷活得都要快乐和轻松。

我不禁笑了笑，大概也只有她会因为丢了一双鞋而咋咋呼呼跑来告诉我！

第十九章
素未谋面的朋友

因为叶芷忽然聊起杨思思的聪明和单纯让我的内心有了一些想法，但是却无从表达，严格来说，杨思思和叶芷完全就是两种类型的女人，唯一的相同点大概就是她们都有着非常不错的经济基础，但钱不是让人感到快乐的唯一条件，所以叶芷也会羡慕无忧无虑的杨思思。在我看来杨思思也是值得羡慕的，因为她是个很会表达自己情绪的人，难过了就哭，开心了就笑，想说什么也不会有太多顾虑，所以，我经常会因为她不经意间的话而深受感动，也会因为她的无理取闹而感到恼火，而这些都让她在我的脑海里变得非常立体，也有血有肉。

再说叶芷，她的一举一动、一言一语，都透着一股仙气儿，这非常能吸引人的注意力，也让人觉得这个世界是不公平的，因为上天给了她很多我们平凡人只能仰望的优越条件，至少我特别欣赏她的成熟、睿智和美丽，可是她却亲口告诉我她不是一个快乐的人。

我因此而迷茫，我们活在这个世界到底会因为拥有了什么而感到快乐呢？或者说平凡和失去才是真正的幸福……我赶紧否定了这个想法，怎么会有人因为平凡和失去而感到幸福呢？

我终于回了叶芷的信息："和思思对比，让你感到不快乐的原因是什么呢？"

"我说不清楚，可能是我的要求太高了。可是和你在一起，我会觉得快乐，会发现有些看上去很简单、很无聊的事情其实也有它的乐趣。"

"那我可以理解为你很喜欢和我在一起的感觉吗？"

在我将这个问题向叶芷抛出去之后，我的内心忐忑和期待并存，如果叶芷说喜欢，至少证明她对我有男女层面的好感，但我也怕她说喜欢，因为这会让我们的关系变得更加暧昧，可现在的我们却缺少了一些在一起的条件。

我可以选择无视我们之间的差距，但却不确定在她心中是不是真的已经忘记了那个让她等了很多年的男人。

如果她因为喜欢和我在一起的感觉就彻底忘了那一段等待，那她还算是一个重感情的女人吗？假如有一天她遇到一个比我感觉更好的男人，是不是也可以无条件把我给忘了？

这对于我来说其实挺矛盾的，所以我有时候更愿意去理解她的一些犹豫和顾虑，因为我相信她是个重感情的女人！而这也是我最欣赏她的一个地方。

足足等了二十分钟，叶芷才回了我的信息，她说："喜欢和你在一起的感觉，非常真实！"

"我挺开心的，真的！"

叶芷很少有地回复了一个表情，是一个很阳光的笑脸，而我也控制住了自己，没有把话题聊得更过于暧昧，我知道她对我有好感就够了，我们可以慢慢相处，而时间终究会在我们之间造出一个结果，我希望是一个会让我们都感到开心和圆满的结果。

这次，我主动结束了和叶芷的交谈，而明天，我很期待。

时间就这么一点点被消磨，我终于等到了那一对说好一点钟到的客人，将他们安排妥当后我这忙碌的一天才算是真正结束了。

躺在床上，我习惯性地因为闲下来而点上了一支香烟，我又想起了占用陆佳号码的那个女人，算算日子，她也就这两天到大理。于是我给她发了一条信息，问道："从凤凰出发了吗？"

她竟然还没有休息，五分钟之后便回道："这是你第几次关心我们的行程了？还说你不是急着跟我们见面？"

"我是担心你们的安全，另外跟你说个事儿，你们订的那两套房子这两天也有客人在咨询，如果你们明天到，我就不能拿出来卖，如果你们后天或者大后天到，我就再卖一两天。你知道的，两套房一天的租金也是三千块钱的收入呢！"

"哦，是为了做生意赚钱才和我联系的啊，那我真是误会你了。"

"可不是嘛，给我个准信儿，你们到底什么时候到？"

"等等啊，我问问朋友还要不要去黄果树看瀑布，如果不去的话，明天晚上肯定能到。"

"行，赶紧问。"

大概等了十分钟，她给了我回信，说是要后天才到，明天可以把她们的房间拿出去卖。得到这个答复，我立马登录了携程的后台，然后和客人确认了明天有房可以入住。

次日，我早上五点钟便又起了床，因为有一拨客人要赶七点的飞机，所以必须早起离开。将客人安排到了去机场的车子，我也没敢再上床补觉，根据以往的经验，七点到九点这段时间会迎来一波退房的高峰期。

我就这么没有缝隙地忙碌着，直到下午的五点才将今天要入住的客人全部安排住了下来。

我想去补个觉，却接到了曹学打来的电话，说是曹金波在古城有个饭局，让我也过去一起吃饭。

我挺为难的，倒不是抗拒这个饭局，实在是因为太累了，我从昨天晚上到现在也就才睡了四个小时不到。

曹学强烈建议我去，他说曹金波今天约的朋友都是做酒吧和客栈生意的大老板，还有银行负责贷款业务的高管，对我来说是一次交朋友的好机会。

为了更好地生存，我无法拒绝，最后喝了一杯浓茶醒神，便硬着头皮去了曹金波的饭局。

曹学没有唬我，尽管在整个饭局的参与者里我是最不起眼的一个，但我在他们交谈的过程中却真正了解到了大理未来发展的一些重要形势，这让我十分受益。

众人都散掉之后，曹金波将我单独留了下来，他笑着向我问道："怎么样，没喝多吧？"

"没喝多，有事儿您说，我都能听得明白。"

我一边说一边给曹金波递了一支香烟，替他点上后，他吸了一口，说道："前两天让你考虑的事情，你考虑得怎么样了？"

"说实话，您这给的考虑时间有点儿短。"

"短吗？做事业讲究当机立断，这事儿你要是还犹犹豫豫的，我可就得把你看低了！"

我看了看曹金波，他依旧是一副笑脸，却给了我很大的压力。要说，我心里其实已经有了答案，可是在临时客栈的生意做完之前，我不想得罪他。

我也笑道："曹总，您这些酒吧和客栈的规模放在古城都是数一数二的，对我来说是一份天大的责任，所以我必须确认自己到底有没有能力去胜任，如果能力不够，我却把这事儿给应了下来，那坑的可是曹总您，我也是本着负责任的态度在权衡这件事情，我觉得您应该能理解。"

曹金波又吸了一口烟，然后眯着眼睛笑道："那我给你一句准话，我相信你有这个能力。"

"您真的是太抬举我了！"

曹金波不再是笑脸，他很是严肃地对我说道："我曹金波能走到今天，外界都觉得是靠霸道和不讲理，但是我不这么认为。这么多年，我一直相信自己看人的眼光，这次我就赌你是个人才，而且我给你的条件也算是很优待了，你要是还犹豫不决，就实在是没道理！"

曹金波的强势和不商量让我陷入了两难的境地。平心而论，就这两次的接触来看，

295

曹金波确实是给了我足够的尊重，也像是推心置腹，如果我接受，得到的好处更是显而易见，可是，我对这个人依然是心存忌惮！

曹金波一直用一种询问的眼神看着我，让我更加没有空间去思考对策，我心里是挺急的，然后下意识地往窗户口看了看，企图给自己争取一点儿缓解的时间。

我终于对曹金波说道："您也别急着跟我要答复，咱们先就事论事地聊聊。我之前在上海一直是做产品这块的，可以说对经营客栈和酒吧都没有太多相关的从业经验，您现在突然让我管理这么多酒吧和客栈我真怕自己驾驭不住！这和有没有信心没有关系，主要还是个人的履历确实是有点儿难当大任！"

"你这……算是拒绝？"

"我不是拒绝，我只是希望您这边能再好好考虑考虑。合作嘛，信任是前提，但风险也要评估，有些话不说在前头，我怕后面会弄出个不愉快的结果……"说到这里，我笑了笑，又说道，"除非曹总您还有除合作之外的想法，您觉得不管我把业绩做成什么样子都可以，只要我给您做事情就成了！"

曹金波怔了一下，也笑道："你小子说说，我有什么除了合作之外的想法？"

"哈哈，我更想听您说说，要不然我心虚哪！我这人要真是您说的那么有能力，也不至于在上海混不下去，跑到大理来又是诸事不顺！"

就在我和曹金波虚虚实实地说着时，我看到了窗户外面叶芷熟悉的身影，今天下午的时候我和她联系过，她能理解我的工作，让我以工作为重，说是自己傍晚的时候来古城转转就行了，不需要我全程陪着，没想到还是在这条人民路上碰见了。

叶芷走了几步便有商贩拉住她，要她免费品尝大理本地的自制酸奶，就在叶芷转头的一瞬间，她也发现了我。我对她笑了笑，她便走了过来，然后也还了我一个很舒服的笑容。

这是曹金波第一次正面遇见叶芷，他向我问道："这是你女朋友？"

我观察了叶芷的表情，她没有表情。

我笑着回道："曹总您说笑了，给你们介绍一下，您不一定认识她，但是她在大理投资的项目您一定知道。"

曹金波显得很有兴趣，他说道："大理一直是个卧虎藏龙的地方，你说说看，我洗耳恭听！"

"龙龛那边的项目就是他们集团做的。"

曹金波又郑重地看了叶芷一眼，很是惊叹地说道："这确实是大理近几年来最大的一个文旅项目了，她是这个项目的……"

叶芷主动回道："项目是我代表集团过来谈的。如果我没有猜错的话，您就是曹金波曹总吧。"

曹金波起身，并主动向叶芷伸出了手，说道："叶芷，叶总……幸会，幸会。"

叶芷没有伸手，可能是觉得隔着窗户握手有点儿奇怪，但也和曹金波说了一声"幸会"。

曹金波有点儿尴尬，他将手收了回去，又转而对我说道："在外面别人老是叫我曹总，我是挺惭愧的，只有到叶总这个级别才算是担得起总这个称呼，她是真正的企业家，我们可没法儿比！"

叶芷礼貌地笑了笑，然后很出乎我意料地向曹金波问道："听说曹总您准备请米高去您那边做事情？"

曹金波也很意外，他回道："叶总，您是有什么指教吗？"

"人才到哪儿都有需求，既然今天碰上面了我就顺便提一提，我也希望他能来我们集团在大理新开的酒店任职。"

曹金波笑了笑，转而对我说道："你小子怪不得刚才和我绕了那么多弯子呢，原来是已经抱上了叶总这棵大树！"

我没有想到叶芷会对曹金波说这些，更无法揣摩这两个在生意场上尤其老到的人在想什么，所以感觉很难接话，倒是曹金波，又对叶芷说道："都说君子不夺人所好，您这次是不是能高抬贵手，给我曹金波一个良才？"

"我不是什么君子，我就是一个女人。"

当叶芷这么说的时候，经验老到的曹金波竟然显得有些不知道该怎么应对，而叶芷确实是有这样的能力，开玩笑的话从她嘴里说出来一点儿也不像开玩笑。

我赶忙接过话，说道："曹总，你们一口一个人才的称呼我会把我搞膨胀的。叶总确实和我提过这件事情，但是我也没有给肯定的答复，理由和给您的一样，我真的觉得是你们太高看我米高了。但如果你们非要坚信自己是对的，那我就更自信一点儿，我自己做点儿事业，不是更好？反正我是人才嘛！"

气氛终于被缓解，而曹金波也貌似把我的话当成了玩笑话，他笑着对叶芷说道："那就公平竞争嘛。不过叶总，我也跟您提点儿意见，你们这些外来企业家协助大理发展经济是天大的好事情，可是也要顾及一下我们本地老百姓的民生嘛。你看，自从你们来了，我们的机会就越来越少了，我那家洱海边的海景客栈到现在还是关停的状态呢！"

"曹总您的意思是也想到我们酒店找一份工作？这个我倒是有权安排的，可如果您要有更高的要求，那我就无能为力了。"

曹金波大笑，而我也总算是领教到了叶芷说话的能力，而她之所以能这样说话，大概也是源于一种底气，这是社会地位赋予她的。

曹金波说道："叶总，想不到您还是个挺会开玩笑的人。这样吧，人才不人才的事情先放一边，如果有时间的话赏个脸，我好好请您吃个饭，咱们交个朋友。说句心里话，大理这个地方还是小，我们这些靠山吃山靠水吃水的农民真的得向你们学习，现在经济结构发生变化，我们也要与时俱进地转型哪，希望叶总给个学习的机会。"

叶芷笑了笑，回道："您真是太谦虚了！我们这些外地人来大理发展更离不开本地政府和成功企业家的扶持，要说吃饭，也是应该我请您。"

"那就约个时间？"

"年后吧，年后我做东，约上大理的朋友，大家一起聚一聚，也互相交流一下。"

曹金波点了点头，继而对我说道："米高，叶总要是你的朋友，你可就有点儿招待不周了，怎么能让她一个人逛街呢？赶紧把杯子里的酒喝完，陪叶总四处走走。"

我应了一声，便仰头将杯子里剩余的半杯白酒喝完，酒劲很大，再加上之前已经喝了不少，弄得我是一阵眩晕。

离开吃饭的酒店，我第一件事情便是去找卫生间，然后狠狠吐了一次，我太难受了，也算是体会到了孙继伟总是有喝不完酒的苦恼，有些酒局真是躲不掉也逃不掉。

我红着眼睛走出卫生间，发现叶芷一直在等我，她不知道什么时候买了矿泉水和纸巾，很贴心地将这些递给了我，让我清理清理自己。

我重重地呼出一口气，然后有气无力地坐在了路边的长椅上，却更眩晕了，再加上睡眠不足，整个人意识模糊到不行，只感觉到叶芷也在我的身边坐了下来，便下意识地靠在了她的身上，就这么在人来人往的街上睡了过去。

等我再次醒来时已经不知道过了多久，而我也从靠着叶芷变成了躺在叶芷腿上……这个过于亲密的姿势让我的酒醒了一半，我觉得在这条喧闹的老街上叶芷给了我另外一个世界，很温暖，也充满了她的气息，于是我又闭上了眼睛，装着睡了过去。

大理的天气已经逐渐回暖，所以即便是晚上，那些从城楼外面吹来的风也带着丝丝暖意。如果我心里有一粒等待发芽的种子，此刻花草已经开得是漫山遍野，我所有的触觉都像被柔软的花瓣包裹着，如果时间可以暂停，我愿意变成一块石头，就这么永垂不朽！

我挺困的，却不愿意再睡过去，我不想因为睡眠而错过接下来的每一分一秒。

就这么过了一会儿，街头又传来了流浪歌手的歌声，这已经是见怪不怪了，我也很喜欢这种街头演唱的形式，很自由也很能表达内心的情感。这里不接受流行，却喜欢怀旧，讲究人与社会的情怀，所以歌手们要么爱唱摇滚，要么爱唱民谣，靠着一首首小众歌曲在大理编织起了一个小众的天堂，里面的人们一边狂欢一边自我迷醉。所以，我曾经听类似妮可这样的流浪歌手说过，来了大理，生活在大理，就再也走不出去了！

歌手唱的是《难忘的一天》，他有些吐字不清，所以我也没有弄清楚这首歌表达的思想，但是旋律却契合了我此时的心情，轻松惬意的同时也有那么一丝丝惆怅。因为这个夜晚，我终究还是要和叶芷说再见的，而在可以预见的未来，我们还会说更多次"再见"，谁让我们一个在大理一个在上海！

一个姿势保持得太久，我有些僵了，可是因为怕露馅我却不敢动一下，我咬牙硬挺着，一阵风吹过我又清醒了一些，可那僵硬的感觉也更加强烈，我快憋不住了。

叶芷终于开了口，她轻声问道："你累吗？"

我不言语。

叶芷又拍了拍我："起来吧，怕你着凉。"

我这才半眯着眼睛看着她，然后艰难地坐了起来，我双手从自己的脸上重重抹过，又带着歉意对她说道："不好意思啊，在你身上躺了这么久！"

"你不是睡着了吗，怎么知道是久还是不久？"

我特别尴尬，但事关形象，所以装睡这事儿一定得死咬着不承认，我回道："我生物钟特别准，真的……"

叶芷笑了笑："那你喝酒还真是不误事情。"

"呃……那是，我心里有分寸嘛！"

叶芷点头，一副心照不宣的表情，而我赶忙点上一支烟掩饰自己的心虚，继而失去了语言表达能力，甚至自己也不敢相信，就在前一分钟我还如此亲密地躺在叶芷的腿上。虽然我们不是情侣，但在那个画面中大家应该都会把我们的关系想象得不一般。

我低头吸了吸鼻子，然后又笑了笑。

片刻的沉默之后，叶芷又向我问道："还难受吗？"

"好多了。"

"要不回去休息吧？"

"没事儿，再坐一会儿吧，今天古城挺热闹的。"

叶芷没有说话，没过多久她的手机便响了，我不知道是谁给她打了这个电话，但是她接通的时候也避开了我，我一个人坐着无聊，便一阵左顾右盼。我发现，古城的街上好多姑娘都拿着一种闪闪发光的彩色气球，气球不是重点，重点是她们似乎很喜欢这种酷炫的感觉，所以都是一副笑吟吟的样子，我不禁也想买一个气球送给叶芷。

跟小贩讨价还价了一番，最终我花了二十块钱买了一只我自认为最炫的，绝对是最炫的气球，因为这只气球不仅会发光，气球的里面还藏着一只唐老鸭，只要我将发光的开关打开，闪动的灯光就像是唐老鸭奓开的毛，短小又彪悍！

五分钟后叶芷回到了我身边，我也顺势将气球递给了她，说道："送给你玩的。"

我将气球上的灯打开，叶芷下意识地往后退了一步，问道："这是什么？"

"气球嘛，你看，这气球比我们小时候玩的那种要高级多了，现在加了灯光效果，这儿是开关，往上是开，往下是关。"

"你……看不出来，你玩心还挺重的。"

"哈哈……满大街都是这种气球，像不像是在一个童话世界？"

叶芷看了看，我又将气球往叶芷面前递了递，笑道："来嘛，拿上这只气球你就是童话世界里的人，没有烦恼，没有忧虑。"

叶芷从我手上接过气球，我看着被灯光环绕的她就这么失神了这一刻，她就像是童话里最有气质的公主，而我是一个骑士，却找不到马，也找不到佩剑，我只能用这种方式让她开心，不能更高级了。

坐回到刚刚那张长椅上，叶芷在摆弄着气球，我则低头抽烟，尽管没什么可聊的了，可我就是不想走，我想熬到晚上十点钟以后，到曹小北那儿弄一杯免费的奶茶喝，然后再回九隆居睡觉。

"米高，曹金波邀请你去他那边工作的这件事情你心里是怎么想的？"

我看着叶芷，觉得没有必要跟她隐瞒，便实话回道："他做的生意太大了，有点儿风险，所以我不想和这个人有太深入的合作，而且几次接触下来，我发现他很不好看透，没准什么时候就会栽在他手上……但是，我现在不能拒绝他，因为九隆居那边的生意还没有做完！"

"所以你在拖着他？"

"对，我只能这么干。"

"假如你不去帮他做事，也不愿意来我这边，那你明年有什么打算呢？毕竟九隆居的生意只是暂时的。"

在叶芷这么问的时候我不禁又想到了铁男和桃子，我不知道铁男现在到底是怎么想的，但是我和桃子之间却有过承诺，我们说：如果今年大家都赚到钱了，明年就合伙开一家大一点儿的海景客栈，然后等着马指导和白露回来。起初，我很想这么做，因为怀念当初大家在一起做事业的感觉，可现在……我觉得我和铁男之间好像很难再在一起共事了，勉强合作未必会有好的结果。

我有点儿迷茫，随后摇头向叶芷回道："现在还没有很明确的目标……"我笑了笑，又说道，"不过船到桥头自然直，总会有事情做的。"

"嗯，先做好眼前的事情，不过我建议你也适当考虑一下，我觉得对你来说，我的提议是一个很好的选择。如果你真的对酒店这个行业感兴趣，还是应该到大型的酒店去工作，提升一下自己的眼界和工作方式。"

说到这里，叶芷的表情变得很诚恳，她接着说道："我没有要把你困住的意思，更不想决定你的前途，我只是单纯觉得这样的工作经验会对你以后的发展有帮助。"

我吁出一口气，然后又点了点头，却没有以说话的方式来应对叶芷，我只是在沉默中将手上的烟抽完，然后想了一些心事。以前我是没的选，现在选择多了，我竟然也会感到苦恼，因为在我的潜意识里，这些选择都不是我真正想要的，我想要的是一份能将自己内心表达出去的事业，而我可以占据主导地位，说白了，就是野心吧。

可静下来想想，我却不知道自己是从什么时候变成了一个有野心的人，更奇怪的是，反而是大理这样的地方唤起了我的野心，而不是充满竞争关系的上海！

这么坐了一会儿，我跟叶芷又一起去了女人花酒吧，妮可一个人在打扫着卫生，相比于我们，她似乎更热衷于这份事业。

我向她问道："今天没去酒吧唱歌吗？"

"没有，我把唱歌的工作都辞掉了，以后专心经营这家酒吧。你俩怎么来了？"

叶芷看看我，因为是我要来的。

我从口袋里拿出了一张银行卡，然后递到她面前，说道："给你送钱的，知道你急着想让酒吧营业。"

妮可从我手中接过，问道："里面有多少钱哪？咱们这儿的酒水可缺了不少呢！"

"一共十万，有曹学的两万，还有我的八万。"

妮可扒着手指头算了算，然后笑道："酒吧里的其他东西都是现成的，只缺酒水，我算了一下，第一批货六万块钱应该是够了，剩下四万算调酒师和服务员后面两个月的工资……酒吧能开起来了！"

"嗯，这钱你来支配。"

一直没开口的叶芷主动开口问道："米高，关于这间酒吧的股份分配你有大概的方案了吗？"

"有，我先口头说一下吧，你对酒吧的投资最大，所以你占百分之四十的股份，妮可最辛苦，占百分之三十的股份，我占百分之二十，曹学占百分之十。"

妮可质疑道："你是不是有点儿太照顾我了，我就投了九千多块钱的酒水钱，你可投了八万欸，最后你的股份还没有我多！"

我笑道："女人花嘛，适当地倾向于女人，我觉得没问题。而且我这八万是拿来应急用的，可不是投资，等酒吧盈利了，得从酒吧的盈利中先给我四万，也就是说，我最后拿来投的只有四万。"

妮可还想说些什么，这时叶芷又轻轻拍了拍她的肩，说道："别计较太多了，我们都有除此之外的其他收入，你却要把精力全部放在酒吧上，这个比例我觉得很合理。"

我附和着说道："是啊，不要太用做生意的思维看这间酒吧，我们经营的就是我们这几个人的人情，所以我真的很希望这是一间有人情味的酒吧！"说完，我又转而对叶芷笑道:"刚刚还不知道明年要做点儿什么呢,现在不就有目标了嘛,先在大理做一家有特色、有人情味的酒吧!"

在我因为这间女人花酒吧能够得以开业而感到开心的时候,叶芷也笑了笑,我知道她是我们这几个人中间最不缺这间酒吧的分红的人,所以我一直以为她不会有很强的参与感,但事实证明,我错了。

在我们聊完股份分配的事情之后,她便和妮可一起打扫了酒吧,并商量了诸如酒柜和桌椅怎样摆放这种很小、很琐碎的问题,而我则坐在一旁看着她们,心情很轻松也很满足,我觉得这就是我要的生活,充满了自由和想象力,还不缺温馨的感情。现在,每一个在我身边的人都让我充满了相处的欲望,这一刻,我好像明白了,有些人喜欢大理,未必是因为如画的风景,而是喜欢这种由大家一起构建的氛围,虽然也是为了生活而活,但又高于生活,就比如我,我很需要钱,也努力地去赚钱,但是却不愿意把钱看得太重,反而更珍惜身边每一个值得相处的朋友。

又过了片刻,叶芷和妮可终于都闲了下来,我看了看时间,还差十分钟就到了晚上整十点,我说要请俩人喝奶茶,实际上心里已经开始打起了曹小北的主意。没办法,我就是喜欢到他那儿蹭免费的东西喝,他反感我也没辙,毕竟想做文艺青年,想实践文艺的爱情行为,还是要付出代价的。

我跟叶芷和妮可提了一下,她们也对曹小北的羊羊咖吧表现出了兴趣,所以下一刻便都跟我走了。

曹小北的咖吧离女人花酒吧也就一条街的距离,所以我们只用了十分钟便到了咖吧,和往常一样,店里没生意,只有曹小北坐在吧台后面玩着游戏,他眉头紧皱,估计又在游戏里被虐了。

我走近吧台,然后敲了敲桌面,曹小北抬头看了我一眼,表情变得更加难看。

"老板,十点了,你这儿免费的奶茶,给我们来三杯。"

"这个活动没了。"

"我算算,你这也没坚持几天嘛,这可是你以杨思思的名义弄出来的活动,说没就没了是不是有点儿太敷衍了?!"

曹小北将鼠标往桌上一拍,然后瞪着我,怒道:"你有什么资格管我?本来十点钟对我来说是个念想,是回忆,现在因为你变成噩梦了,你好意思吗?每天晚上十点钟过来,人家上班打卡都没你准时,你就真这么欠这一杯奶茶?还是存心和我曹小北过不去,觉得我弄这么个活动碍着你事儿了?"

尽管曹小北已经歇斯底里,可我的情绪却一点儿变化也没有,我笑着对他说道:"你要是带着敌对的眼光来看我,肯定哪儿哪儿都不顺眼。如果你换个方式来看,你就会发现真相跟你想的一点儿都不一样。我其实很支持你这个想法,所以每天才会抽出时间来你这儿喝奶茶。你想啊,我第一次来喝的时候,你做奶茶的水平是不是很差？后来我给你提了意见，你的手艺不就明显进步了嘛……再说，你一开咖吧的老板，有一好手艺难不成还是坏事儿？"

"那我是不是还得感谢你啊？！"

"是得感谢，你说我一个日理万机的人，有在你这儿喝一杯奶茶的时间，难不成还赚不到一杯奶茶的钱？所以，我真是用实际行动在支持你这个活动，你得坚持下去。"

曹小北撇了撇嘴，然后又从烟盒里抽出了一支烟扔进嘴里，但还是一脸不爽的表情看着我。

我已经摸透了他的性格，他虽然看上去凶狠，其实已经又一次被我说服，于是我便将站在一旁正不知所措的叶芷和妮可也叫了过来，曹小北看着她们，又好气又好笑，他对我说道："真有你的，这才三天你就给我组了个团，要是有个三十天，你不得给我弄个部队过来！"

"我倒是真想呢，可你这么小的地儿，也得装得下这么多人。"

我安排叶芷和妮可坐下，自己还在吧台这边站着，曹小北则做着奶茶，他压低声音对我说道："你跟她们是什么关系？"

"妮可你不是认识嘛，上次你俩同仇敌忾——"我的话还没说完，便被曹小北打断，他又问道："另外一个呢？好像从来都没见过。"

"你要是见过她，就没上次的误会了，其实那次我要去上海找的人就是她。当初，我和杨思思，还有她，我们三个人差不多是一起到大理的，所以我一直说咱们之间有点儿误会。"

"你喜欢她？"

曹小北一直来直去的性格有时候真会把人搞得措手不及，我一阵沉默之后又反问道："你哪儿看出来我喜欢她了？"

曹小北向叶芷看了一眼，评说道："要说好看程度，我觉得她和思思算是不相上下，但是她比思思成熟，更有气质，你以后就好好喜欢她吧，别动那些乱七八糟的歪心思！"

我点了点头，回道："你这个评价倒是挺中肯的。"

曹小北捏着自己的下巴，忽然又忧心忡忡地说道："忘了一特重要的事儿，感情这东西讲究两情相悦，你看得上人家，人家未必看得上你。说实话，你这人挺砢碜的！"

"没想到这样的道理你也懂。"

曹小北先是一愣，然后便反应了过来，顿时又变了脸色对我说道："你在讽刺我对思思一厢情愿？"

"我可没说，这是你自己说的。"

"等思思明白谁是真心对她谁是虚情假意,她会接受我的!你就不配让她惦记着,因为在你眼里思思不成熟,又没有气质。可是在我眼中,这些都是她不可取代的优点,我才是真正懂得欣赏她的人,我觉得她很完美,知道吗?"

这次换我怔住了,因为感觉自己的某些观点被曹小北给颠覆了,所谓女人,真的要为她们去划分优点或缺点吗?其实真的没有必要,就像杨思思和叶芷,她们各有各的好,真正重要的是吸引我的,是不是与她们性格特征里的某一点相吻合。所以,我喜欢的是叶芷,但并不代表杨思思就不好!

对于总是漂泊的我来说,当然更中意成熟稳重的女人。有时候,我挺惧怕杨思思那种游戏人间的心态,总觉得跟现实生活有很多背离,她自己就是一个孩子,又怎么能担得起一个家和做母亲的责任?

一瞬间,我对曹小北很是服气,虽然我好像掉进了他语言的陷阱里,但他说的也是一个事实。

端着曹小北做好的奶茶,我回到了叶芷和妮可那边,妮可带着疑惑对我说道:"我记得你俩对对方都挺不友好的,刚刚怎么还聊了那么久?"

我笑了笑回道:"没有永远的朋友,也没有永远的敌人,有话题聊就证明我们现在的关系还不错。"

"看你这神神道道的死样子!"

我又笑了笑,然后便将目光放在了叶芷的身上,她察觉后选择了避开。以我的经验来看,这种避开并不是讨厌,而是有点儿不好意思,因为我是盯着她看的。

大概是因为喝了酒,我比平常要大胆了一些,所以才敢这么肆无忌惮地去欣赏她的一举一动。我借机想了很多,如果她和我一样是一个普普通通的人,做着普通的工作,也许我们在一起真的会很幸福。

可惜她不是,或者,当我们都普通以后,又会被缺钱的生活弄得很焦虑,继而影响到生活的质量,所以也未必就会幸福。

那么,两个人在一起幸福的真谛又是什么呢?

失神中,我的手机里传来了一阵收到短信的提示音,我从桌上拿起手机看了看,是占用陆佳号码的那个女人发来的短信,她说:"我们明天早上七点到昆明,然后从昆明坐火车去大理,大概什么时候能到大理?"

我算了时间,回道:"下午两点左右。"

"要这么久啊!"

"没通高铁,没办法,你要是想早点儿到,可以搭顺风车,如果司机开得快的话大概四个小时就能到了。或者坐飞机,一个小时就到。"

"算了,我们还是坐火车吧,慢是慢点儿,可是安全哪,还能看看沿途的风景。"

"嗯,你自己拿主意。"

"你要到火车站接我们吗？"

"我这边是提供接送服务的，你们快到的时候可以提前和我联系，我让司机过去接你们。"

"你不一起跟过来吗？"

"最近白天都挺忙的，应该不会跟过去。"

"好吧，也不差这一时半会儿。"

确实不差这一时半会儿，所以我便没有再回复信息，我将手机放回到了原来的位置，但是下一个瞬间，我的心情却起了变化，我和这个女人以文字的形式聊了这么久，明天终于要见面了，心里多少还是会好奇的！

我曾经也在大脑里设想过她到底是一个什么样的女人。但是形象很空洞，也很模糊，只感觉她非常泼辣，也很决绝。

假如明天见面，她是小巧玲珑的外貌，那对我来说真的是挺颠覆的，在我的想象中，她应该是一个很彪悍的女人。

不知不觉，我们三个人已经在曹小北的咖吧坐了有一个小时，叶芷先看了看时间，然后对我说道："你今天喝了不少酒，赶紧回去休息吧。"

"嗯，不过走之前，你们都评价一下老板做的奶茶吧。"

妮可笑了笑，回道："喝了别人免费的东西，还是嘴下留德吧。"

我点了点头，然后对曹小北说道："现在相信了吗？你这免费的奶茶，一般人可消受不起，我之所以每天来，是为了鞭策你进步，希望有一天你能把这杯奶茶做成这个咖吧的招牌。"

曹小北看上去有些失神，稍稍过了一会儿他终于开口说道："要是思思回大理的那一天，我能送上一杯自己做的招牌奶茶，她一定很感动。"

"当然，你的进步和良苦用心已经大于奶茶本身的意义，她会懂的。"

离开咖吧，妮可又回了女人花酒吧，为了能尽早让酒吧恢复营业，她在那边弄了一张临时的床铺，就是为了方便自己打理。她说，在酒吧原有的布置上，她还想再加上一点儿自己的小创意，尤其是演唱台这块，她希望能营造出一种归属感。这些年她一直在唱歌，唱的是辛酸和流浪的感觉，现在有了自己的酒吧也就像有了家。

我和叶芷当然支持她，所以回去的路上我们也聊起了妮可，叶芷很有感触地对我说道："她虽然因为一个薄情寡义的男人痛苦了很久，但是她生活的根基却没有倒塌，我挺羡慕她的，她很容易满足，也容易对生活迸发出热情。"

"嗯，她应该就是那种很纯粹的人吧。"

叶芷点了点头，然后又与我并肩向古城的出口处走去，她已经叫好了滴滴，所以我们分别的地方也在古城的出口处。

尽管我们还将在一起待上很多天，但我依然不喜欢这样的分别，更不愿意去设

305

想她回到上海后我们可能几个月都见不上一面的情景，我担心我们之间生疏了。

站在古城的门口，叶芷回头看了我一眼，然后便带着我送给她的那个气球向停在路边的出租车走去。我猛然想起一件事情，又赶忙喊住了她："等等……"

"怎么了？"

"呃……就是回我家的事情，你是想坐火车，还是咱们自己找一辆车开回去？"

"坐火车麻烦吗？"

"挺麻烦的，这边没有直达的火车，得从昆明坐，而且只能到成都，到了成都以后还得转车。"

"那就开车吧。"稍稍停了停，她似乎意识到了什么，于是又对我说道，"我跟朋友借一辆，需要什么车？"

"有不少山路和搓板路，最好是通过性好的车。"

叶芷点了点头，示意了解，然后又转身向古城外面走去。我隔着灯火看着她的背影，心里有点儿感动。她知道我在这里借一辆车不容易，所以主动替我分了忧，我真的很喜欢这样一个面面俱到又肯为自己着想的女人，我想回报她更多，可是看着自己倒在地上的影子，却是一阵寒碜的感觉……

要说，这个阶段的我能给她的真的不多。

我该感谢命运，虽然命运有时候很喜欢捉弄我，但也让我有幸遇见了叶芷这样的女人，并给了我一个可以帮到她的机会，虽然当时我没有现在这么多复杂的想法，但依然不影响这是一场美妙的相遇。

回到九隆居，临时客栈比以往任何时候都要热闹，因为今天的客人最多，尽管都是我的客人，可喝了酒的我还是不能适应这突然而来的热闹，尤其是孩子们嬉闹的声音，总会让我产生错觉，继而忘了自己到底在哪里。我恍恍惚惚地想了一会儿，才明白过来，这就是我睡觉的地方。

我躺在床上抽了一支烟，周围终于安静了一些，我也在这种安静的氛围中回想了一些最近发生的事情，然后莫名又想起了明天要来的那个女人。在我心中，她就像是一个影子，有点儿神秘，有点儿飘忽，也带着一丝陆佳的气息，尽管我知道陆佳和她并不是一个人，但她毕竟也占用了陆佳的号码这么久，所以在我的脑子里，她们之间总会有一种莫名其妙的关联。

失神中，电话又是一阵振动，这次是戴强发来的小视频，小城里好像弄了一个什么灯火晚会，看上去非常热闹。这让我有点儿想念家乡，毕竟我已经很久、很久没有回去过了。

戴强又发了一条信息，问道："哥，嫂子跟你回小城的事情你搞定了吗？"

我反问："你是希望我搞定了还是没搞定？"

"废话，家里人都盼着呢！尤其是姨父姨妈（我爸妈），你这两年也不怎么回去，外面闲言碎语多得很，他们都指望你能把嫂子带回去，让那些人好好瞧瞧。要说，我这嫂子绝对好，整个小城恐怕都找不到比她更完美的女人。"

"她是挺能满足男人的虚荣心的。可是戴强，换位思考一下，如果你有这么一个优秀的女朋友，你真的不觉得是生活里的一个陷阱吗？"

戴强没有回答，却说道："你这说的是什么话？嫂子陪你回小城怎么就成陷阱了？"

"只要是梦，不管多美，最后都要醒的。"

"你是怕你们折腾了一圈，也没能在一起？"

"不是怕……很可能就是这么一个结局。"

"你是会算命还是怎么着？"

"你没有情感经历，所以你不懂。谈恋爱和过生活其实不是一个概念，能把恋爱谈好不代表就能把生活经营好。说真的，我看不透叶芷这个人，更不知道她是怎么理解感情和生活的，所以这是让我最没有信心的地方。"

"正常，毕竟你们不是一个层次的人，所以你要加倍地对她好！"

我对着手机屏幕无奈地笑了笑，又回道："你这不是成熟的爱情观。留住一个人，不是靠一味地付出，感情也不应该分出高低，两个人之间能不能有互动，是不是有决心去一起面对各种各样的生活才是最重要的……要说付出，单方面的付出是最可悲的。"

"你是怕嫂子不愿意对你付出？"

当戴强问出了这个问题之后，我发现自己实在和他不是一个频道上的人，也难怪他喜欢在我和叶芷之间瞎掺和，因为他还不能用全面的眼光去看待感情这件事情。他热衷于撮合我和叶芷在一起，可能只是觉得叶芷是个很优秀也很有能力的女人，能够给我，甚至我的整个家庭带来很大的面子上的价值。

我没有再回复戴强，将手机扔到一边后我便闭上了眼睛，然后又转念想了一些事业上的事情，我觉得对自己来说这才是当务之急，而儿女情长只不过是我来到大理后的一个佐料，虽然能给我带来很多期待和快乐，但却不能真正让我的生活渐入佳境，我这个人最终能不能走到成功的路上，绝对不是靠爱情，而是实打实的奋斗。

这点，我必须保持清醒。

次日，我又因为要退房的客人们而早早起了床，送走了几拨早上退房的客人之后，我才又回去睡了一个回笼觉，等醒过来时，已经是中午时分，猛然又想起了占用陆佳号码的那个女人，如果一切都在按她说的计划进行，这个时候也差不多该到大理了。

我又给她发了一条信息："到哪儿了？我安排司机过去接你们。"

"已经过了楚雄了。"

"那快了，再过半个小时我让司机出发去火车站。你俩穿了什么衣服，或者有

307

什么特征？说清楚了司机好认。"

"你告诉司机，满眼看过去，最漂亮的那两个女孩就是我们。"

我捏了捏自己的下巴，仿佛在电话那头看见了一个极其自恋的女人，但是我没有表达出来。

结束了和她的聊天，我只是以一种好奇却又平静的心态在默默地等待着。不管她们是谁，有着什么样的面容，出于待客之道我都会请她们吃顿饭，我会把叶芷也叫上，因为今天晚上好不容易有了一些空闲，当然不能让叶芷一个人去度过漫长的夜晚。

起床洗漱了一下之后，我又去古城外面接了一对从江苏远道而来的客人，将他们安排妥当了之后我才在街外面要了一份盖浇饭当作是今天的午餐。而这段时间，可以说是我来到大理后最最忙碌的一段时间，虽然以前在龙龛开海景客栈的时候也很忙，但好歹身边还有能分担的人，可现在凡事只能靠自己，所以忙晕的时候，我心里也会产生一种道不明的孤独感。这个时候，我总希望自己身边能有个人，帮衬着做一点儿事情。

吃饭过程中，我给叶芷发了一条微信："我来了两个朋友，今天晚上你要是有空的话一起吃个饭吧。对了，她们都是上海人，你和她们沟通起来应该不难。"

片刻之后，叶芷回了信息："都是女性朋友吗？"

"你怎么知道？"

"因为你用的是她们。"

我笑了笑，叶芷还真是个很会看细节的女人，我问道："怎么，你对性别很介意？"

叶芷很干脆地回道："不太喜欢和陌生人相处，你自己招待吧。"

"给点儿面子呗。"

"她们是你很熟的朋友吗？"

我感到难以回答，毕竟这个问题涉及了我的前女友，可转念想想，自己能主动将过去说出来，是一种坦白，也是释然，反而是放不下的人才会遮遮掩掩。

于是，我回道："我跟她们认识的过程其实挺有戏剧性的，她们其中一个人占用了我前女友的电话号码，我往这个号码上发过短信，后来我们就有了联系，不过一直没有见过面，这次她要带朋友来大理玩，正好住在我的客栈，所以也就借这个机会请她们吃个饭了。"

"你很爱你的前女友吗？"

我点上一支烟，吸了一半才回道："爱过，但是三观不合，在一起的时候我满足不了她对生活的追求，所以我们选择了和平分手。"

"是嘛。"

"嗯，如果说我们身上还有共性，大概就是能理性对待感情吧。"

"一直都很理性？"

"年轻的时候还是挺感性的，觉得大家能够开心地在一起就行，可时间久了，总会遇到这样那样的问题，也就学会了理性思考。所以对于三观不合的人来说分手也未必是坏事，至少我非常清醒，能看见自己心里的无能为力，也就更不想耽误她去追求自己想要的生活。"

"所以你们选择分手不是不爱了，而是因为你们没有在一起生活的物质基础。"

叶芷这份超出她性格之外的关切让我变得警觉了起来。虽然我们之间还没有情侣的名分，但是她却好像介意我的过去，或者说，她是想再确认什么，比如我对陆佳是不是还有未了的余情。

怎么说呢？感情这东西很复杂，所以我也不敢说自己的内心已经可以做到完全忽略陆佳的存在。如果我知道她过得不好，心里多少还是会为她感到难过的，这是一种本能，毕竟我们曾经在一起相处过三年。

我又吸了一口烟，然后回道："当时确实是这样，但现在如果还要把'爱'这个词套用在我们身上，我觉得很勉强。如果真的那么爱，觉得非对方不可，也就不会有当初的分手了，对吧？"

叶芷没有回答我反抛给她的问题，但是却给了我另一个答复，她说："晚上我和你们一起吃饭，大概几点？"

"七点左右吧，吃完饭咱们去洱海边转一圈，听说今天晚上在海东那边有个烟火晚会，肯定很壮观！"

"我还是对长在洱海边的玛格丽特比较感兴趣。"

我笑了笑，回道："那咱就再做一次偷花贼！"

结束了和叶芷的对话，我回到自己住的地方，然后又迎来了一堆琐碎的事情，比如有客人不会用电视，或者不知道怎么放热水，都会叫我过去帮忙。等再次闲下来的时候，已经是下午的两点，算算时间，占用陆佳号码的那个女人和她的朋友也差不多该到火车站了。

于是我又搬了两盆玛格丽特去了她们之前订的房间，我希望她们看见这些花的时候能有个好心情，而这也算是我作为朋友给她们的特别优待，其他房间我可没有这么特别布置。

大约过了十分钟，我收到了一条信息，是她发来的："跟你说个事儿，我决定改道去丽江了，因为就在十分钟前，有人邀请我去丽江过年，你那边订的房子，不管后面能不能卖出去，我都一样按照我们之前谈好的价格给你把房费付了，唯一的要求是对我朋友照顾一点儿，她不想到丽江去做电灯泡，所以还是按原计划在大理过年。"

"我去……"

我在手机上打出这两个字,然后又删了。之所以这么做,是因为感到失望,但转念想想,她也是个曾经被爱情伤害得挺重的女人,现在能因为别人一句话便放弃大理去丽江过年,大概也是遇见了真爱,那我又有什么理由不祝福她,不为她感到高兴呢,毕竟我还是拿她当朋友的。

要说,丽江也是个神奇的地方,似乎每一个失意的人去那里都总能收获点儿什么,包括爱情!

我回道:"你放心地玩去吧,你朋友有什么需要帮忙的我一定尽力。至于房钱就算了,现在是旺季,客房也不愁卖,没必要昧着良心多赚你那一份儿。"

对方的心情明显很好,她回道:"哈哈,你这么仗义又有担当的男人,值得女人欣赏,她没有看错你!"

"她?什么意思?!"

"我那朋友啊,我大概和她说过你的事情,所以她对你有这样的评价,说你是个仗义有担当的男人,待会儿你们就要见面了,你们好好聊聊。也许,就柳暗花明又一村了。"

"你这是安的什么心?"

对方没有再回复,而我则有点儿摸不着头脑,听她话里的意思,大概是想让她的朋友来解救我,要不然怎么会说柳暗花明又一村?

如果真是这样,那我只能谢谢她的好意了,因为在我心里已经有了喜欢的女人,我们虽然没有在一起,但是却相处得很融洽。

又过了四十分钟,帮我接送客人的师傅给我打来了电话,说是已经将客人送到了古城南门,让我去接一下,正常师傅也是把客人送到古城南门,因为车子是开不进古城里面的。师傅还说客人带着一个白色的行李箱,非常好认。

出了九隆居,我便向南门走去,到达目的地后,便开始在人群中搜索着那个带着白色行李箱的女人。

此时,南门门口一下开过来了七八辆旅游大巴,从里面陆陆续续下来了许多游客,顿时就把这边弄得很拥挤!而在这么多人中,想发现一个携带白色行李箱的人其实并不容易。

终于,我在一个卖旅游用品的摊位前看见了一个拉着白色行李箱的女人,虽然那人是背对着我,但肯定是她无疑了。我就这么挤开人群,快步地向她走去,我怕一个耽误,她又会被淹没在人群中。

着急行进间,我又撞到了一个拉着白色行李箱的女人,来不及说一声对不起我的心便被她的面容给狠狠刺了一下,我不相信自己的眼睛,更不相信眼前站着的这个女人就是在我脑海里出现过千万次却好久不见的陆佳。

她穿着米白色的外套和蓝色的鞋子，看上去和以前没什么两样，却剪短了头发。我蒙了，不知道这一切是怎么发生的。

"米高，好久不见！"

强烈的阳光下，我像木头一样看着陆佳，我觉得这是一场梦，可一切又显得是那么真实，我甚至能看见从自己身边走过的一个女人穿了什么颜色的袜子，与她走在一起的男人抽的是什么牌子的烟。

梦里不会有这么清晰的细节，所以这不是梦，我在时隔大半年之后竟然又与陆佳见面了，可是在这大半年里，每当想起她，我都已经做好了永远不会再见面的心理准备。

我嘘出一口气，终于开口对她说道："好久不见，就像做梦一样！"

陆佳笑了笑，回道："我也希望是一场梦，可这不是梦。"

"我没有想到，她说的那个朋友会是你！"

陆佳想说些什么，可是下一刻便被拥挤的人群给推挤了一下，我这才意识到这里并不是一个说话的好地方，我有必要带陆佳去一家清静的咖啡店，然后弄清楚事情的来龙去脉。我想知道那个占用了她手机号码的女人和她到底是什么关系，而她来大理又到底是偶然还是必然？于是，我对她说道："找个安静的地方聊吧。"

"嗯，第一次来大理，地方我不熟，你带路吧。"

我点头，然后从她手上接过了行李箱，我们就这么保持着一个很微妙的距离，一前一后随着人群向古城里面走去。而我们上一次见面，是在我的出租屋里，我们分了手，比现在更像是一场梦！我已经辨不清，到底哪个是真，哪个是假。或者都是真的，又都是假的，只取决于我内心怎么想，怎么去看待自己与陆佳之间的故事。

九隆居附近一间生意冷清的咖啡店里，我和陆佳靠窗而坐，我习惯性地要了一杯白水，陆佳则要了一杯美式咖啡，白水和咖啡之间放着一个果盘，果盘里是她最爱吃的黄桃和杧果干。

她双手握着咖啡杯转圈，然后带着一些感触对我说道："没想到你还记得我喜欢吃什么水果。"

"你挺挑剔的，喜欢吃的东西不多，我当然能记得。"

陆佳笑了笑，回道："我好像在你话里听出了埋怨的意思。"

"我说的是实话，你穿衣服也很挑，喜欢的就那么几个一线品牌。"

陆佳看上去并没有什么情绪上的变化，似乎在面对我的时候，不管是过去还是现在，她都显得是那么游刃有余，她回道："所以分手以后，你就把我划分到比较现实、比较物质的那一类女人了，是吗？"

我眯着眼睛看着她，片刻之后才回道："难道分手了之后都一定要为对方做个总结吗？"

"我不信你没有总结过。"

"现在聊这些没什么意义吧？我只想知道，你和那个占用了你号码的女人是什么关系，你们又为什么会有联系？"

陆佳看了我一眼，然后不慌不忙地端起咖啡杯喝了一口，这才对我说道："她是我以前工作单位的设计部总监，我是她的助理。我走得比较急，工作没能交接完，她那边暂时也没有找到合适的接任人员，所以她亲自接手了我的工作，为了方便她沟通，我的号码也就留给她用了。"

说到这里，陆佳笑了笑，又说道："反正出国后我这个号码也用不到了，放在她那边当作工作号用，也算是留个纪念。"

"不对，我记得你这个号码被注销过。"

陆佳摇了摇头，回道："我把你放进了黑名单里，设置的提示就是号码注销……其实这个号码一直在用。"

我想了想，好像是可以这么操作，我又问道："既然你把我放进了黑名单，她又是怎么看到我发的那些信息的？"

"信息还是能收到的，只是不在正常的信息菜单里，她偶然看到了，就把你从黑名单里解禁了，所以你们才能聊这么久。"

我仰躺在座椅上，然后一阵恍惚。我总觉得自己有太多的话要问陆佳，可是又不知道问的意义是什么，毕竟半年的时间已经足够我们陌生，继而变成两条路上的人。如果我是理智的，此刻我最多只能将她当成是一个普通朋友，然后普通招待一下，而所谓的真相非但不会拉近我们之间的距离，反而更让人感到尴尬和痛苦。

陆佳又向我开了口："你就不问问我这大半年过得怎么样？"

我抬头看着她，然后有点儿机械地问道："你过得怎样呢？"

"都在按我的计划进行，我已经顺利在法国那边入学了，趁着有假期回来走走。"

"我就知道你行的……"

"你也不错，在大理做得风生水起……"稍稍停了停，她又笑着向我问道，"你有没有发现，分手以后我们都比以前进步了很多？放在一年前，我真不敢想象你会选择这样一个地方，做着这样一份事业，感觉很酷呢！"

我来大理做客栈事业完全是因为汪蕾，所以在陆佳这么和我说的时候我的心就像被锋利的针给刺了一下，我带着敌意回道："能不能不提这个？这和酷就沾不上边儿！"

"你的脾气倒是没变。"

我看着她，心里五味杂陈。要说这世事实在是太捉弄人了！也许，没有她当初提出的分手，也就没有汪蕾的死亡，虽然我知道将汪蕾的死亡迁怒到她身上是没有道理的，但这确实是一个间接原因。

我终于低声对她说道:"对不起,你千里迢迢来大理做我客栈的客人,我没有资格也不该对你发这样的脾气。"

陆佳的表情终于有了变化,她先是看向窗外,然后又对我说道:"我知道你在怨恨什么,我也没有想到汪蕾会以这样的方式走了。原本我以为我走了,你们会在一起的,我知道她很喜欢你!"

我沉默,却没有刻意去想陆佳口中说的那些可能性,我只是想到了自己和汪蕾相处时的一些画面,继而非常心痛。

这阵沉默持续到了陆佳将杯子里的咖啡全部喝完,和以前不同,这次她在我之前叫来了服务员,然后将单埋掉了。也许,此刻的她比我更接受我们已经不是情侣的事实。要是放在从前,这样的消费肯定应该是我请她的。

于是我劝自己不要想太多,这次她来大理的目的应该和千万的游客一样,除了游山玩水,并没有特别的目的。

在我的胡思乱想中,她又忽然问道:"米高,你在这边找女朋友了吗?"

"找了。"

"哪里人?"

"也是上海人。"

"她跟着你来大理了?"

"没有,她还在上海生活,但是经常来这边。"

"那她现在在大理吗?"

我这才将目光放在了陆佳的身上,她与我对视着,我感受到了压迫,而这种压迫源于我和叶芷高于朋友又恋人不满的关系。但是,为了能让自己和陆佳之间变得简单一点儿,这确实是一个不错的说法。

可这一刻我却忽略了叶芷是怎么想的,我甚至已经忘记了,自己要约叶芷和她一起吃饭的事情。

是的,当我和陆佳见面的那一瞬间我就变得不够冷静,我没能站在全局的位置去思考一些问题。而陆佳依然是陆佳,总是在相处的时候让我处在一个被动的位置,我越想摆脱,便越发挥不了自己正常的水平。

为了掩饰自己的一些情绪,我从烟盒里抽出了一支烟点上,深深吸了一口之后,我向陆佳回道:"在,她也来大理过年了。"

"等于说你们现在已经是同居的关系了?"

"还没到那份上。"

陆佳一副"我明白了"的表情,然后又伸手叫来了服务员,准备点第二杯咖啡。

我制止了她,并对她说道:"别喝了,我带你去住的地方,你先休息一下。"

"嗯,我是该好好休息一下了。"

"那走吧。"

"等等……我也住到你那边，不会不方便吧？"

我一时没明白过来，问道："什么意思？"

"你现在的女朋友应该也住在那边吧，你就不怕我们碰见了你会尴尬？"

"她没有住在那边。"

陆佳满是质疑地看着我，我解释道："她在这边的朋友给她留了一套海景度假别墅，环境什么的比我那边要好得多，要是我，我肯定也会去住能看海景的房子，毕竟是来度假的。"

"也是，有这么好的房子何必还去你那边占一间客房，影响你做生意呢？感觉她挺为你着想的！"

我看着陆佳，不知道该说些什么。

片刻之后，我和陆佳到了九隆居，然后又将她带到了事先预留的客房里。原本我是有私心的，所以便将最好的两套房留给了她们。就陆佳住的这间房来说，不仅门口有一个很精致的小花园，还有一条人工小溪环房而过，特别是黄昏的时候，泡上一壶茶，在阳台的躺椅上坐一会儿，真的会有一种整个世界都是自己的奇妙感觉。

陆佳一边放置行李，一边对我感叹道："这里闹中取静，环境什么的比我想象的要好多了，真不相信大理还有比这里更舒服的地方。"

"大部分一线海景房都比这里要舒服。"

"我不这么认为，海景房也许能开阔人的心胸和眼界，但这里却给了人一个世界的隐秘感，我觉得两者之间没有高低，只是看你怎么选择。"

我笑了笑，回道："你能给这么高的评价，我作为老板还是挺高兴的。"

"是你会选地方。"

一阵短暂的沉默，陆佳又想起什么似的对我说道："对了，房费我给你付了，先住一个星期。"

我看着她，然后大脑里又出现了一种惯性思维，让我觉得和她要钱是一件很不可思议的事情，毕竟我们在一起的时候我只想将自己所有能给她的都统统奉献出来。

短暂的恍惚之后，我又很现实地对她说道："嗯，就按照之前谈的价格给吧，一千二百元一个晚上，一共八千四百元，给八千元就行了。"

"给我一个付款的二维码。"

我点头，然后将手机递到了她的面前，让我感到意外的是她并没有占这四百块钱的便宜，依然很执着地给我付了八千四百块钱。对此，我也没有客气，说了一声"谢谢"之后便将已经收到款的手机放回到了自己的口袋里。

此时此刻，我必须摆正自己的位置，不管陆佳是带着什么目的来大理的，她对于我来说都已经是一个必须放下的人，所以今天的她只单纯是我的客人，所以我一定要收下她的房费来确认我是这么想的。

离开了陆佳的房间，我独自在九隆居里面晃荡着，就算是现在，我依然还有一种没能缓过来的感觉，也变得患得患失。我开始计较离开上海的这大半年，自己到底失去了什么，又得到了什么。

我很混乱！而这种状态就这么持续到了傍晚时分，然后我猛然想起，晚上还约了叶芷出来和我这两个所谓的朋友一起吃饭。我陷入了忧愁中，因为我已经失去了对这个事情的控制力，似乎我怎么和叶芷解释，都像是在胡扯。可我确实就是不知情，甚至直到现在我都有做梦的感觉，我不敢相信，刚刚和我见面的女人就是当初毅然决然要选择分手的陆佳。

一连吸了两支烟，我终于给叶芷发了信息："你在做什么？"

"等你和我联系。"

"那我现在过去找你？"

"我自己打车过去吧，你不用多跑一次了。"

"也行。"

"晚上吃什么？"

叶芷主动问起这么细节的事情实在是有点儿出乎我的意料，所以在片刻之后，我才回道："云南菜吧，我知道古城里面有一家饭店做得不错。"

"我没问题，但是你朋友也喜欢吗？"

我含糊着回道："来云南当然要吃云南菜。"

"嗯，那你发个位置过来吧，我现在就过去。"

我将自己的位置发给了叶芷，然后便坐在原地等待，与此同时，我也在心里权衡着要不要和她实话实说。五分钟后，我做了决定，我不想隐瞒她，因为很多误会就是从隐瞒开始的，我已经在这方面吃过大亏，如果对叶芷还不能做到以诚相待，恐怕她怀疑的就不仅仅是这些是非，而是我这个人的人品了。

大概过了半个小时，叶芷来到了九隆居，好像是一场宿命的相遇，我和叶芷所在的位置与陆佳的房间仅隔了一座用来做景观的假山。

我看着叶芷，平常只喜欢简单打扮的她今天却化了很精致的妆，她站在我的对面问道："你朋友呢？"

"还在房间休息……"

叶芷下意识地往身边的屋子看去，然后点了点头，我心里却有点儿紧张，因为不知道该怎么和她开口说出这件事情的实情。

叶芷在我身边的椅子上坐了下来，她的坐姿很端正，我则有点儿萎靡地半躺着，手上的烟还没有灭。等烟快要燃完的时候，我终于开口对她说道："跟你说个事儿，听上去有点儿让人难以置信，但它就是发生了。"

315

"嗯，我听着。"

"呃……我一直以为占用我前女友手机号码的这个人和她本人没有联系，可事实不是这个样子。她的号码留给了她之前公司的上司用，所以她对我这边的情况一直了解，而且这次来大理的人就是她，我不知道她是怎么想的——"

叶芷打断了我，说道："她怎么想的并不重要，重要的是你怎么想。"

"我？"

"对，我觉得她来大理这件事情，一定会对你的心理产生很大冲击。"

"是挺吃惊的……但是关于我和她的关系我自己想得很明白，我们已经不是一条路上的人，因为我们分手的时候都很冷静，所以能预料到分手后会面临什么样的后果，这个结果就是我们现在已经看到的……呃，我的表达可能有点儿乱，但就是这个意思，我们不可能再以爱人的身份活在对方的世界里了。"

叶芷笑了笑，然后说道："其实作为女人，我可能比你更懂她为什么要来大理。"

我赶忙问道："她为什么要来？"

"答案在她身上，我只是猜测，所以你更应该去问她。"

"她什么也没有和我说，我也不想将她来大理的目的想得太复杂。"

叶芷没有说话，我们又一起陷入了沉默中。

我不知道她现在是什么心情，但是我却不那么好受。至于为什么不好受，我也说不清楚，只是觉得不该是现在这种局面，在我的想象中，这个新年我和叶芷应该会过得很愉快，但现在却陡增了一个这么大的烦恼。

足足过了五分钟，我终于开口对叶芷说道："今天晚上的饭还要一起吃吗？"

"你希望一起吗？"

"我尊重你的意见……"

叶芷几乎没怎么思考，便回道："我不介意。"

我掐灭掉手中的烟，然后抬头与叶芷对视着，我想在她的眼睛里看到她此刻的心情，可惜我看不到，她依然是一脸平静，甚至连坐姿都没有换过。

我终于点了点头，对她说道："你要是不介意的话，那我就去叫上她。"

"去吧，我在这边等你。"

我看了她一眼，这才向陆佳的房间走去，我敲了敲房门，陆佳应答的声音很迷糊，她问道："谁啊？"

"是我，米高，你还在睡吗？"

"嗯……你是不是有事情？"

"待会儿一起吃个饭吧，她也来了。"

我这句话说完之后空气都仿佛凝固了，我听不见一点儿声响，而陆佳也没有在第一时间选择回复。这种沉默足足持续了有一分钟，陆佳才将门打开，她穿着睡衣，头发有点儿乱，气色看上去也不太好，却笑着对我说道："她也来了！在哪儿呢？"

"就在对面坐着。"

陆佳点头，依然保持着笑容对我说道："我很好奇她是一个什么样的女人，不过见她之前我得把自己的形象打理一下，毕竟是第一次见面，得做到互相尊重。"

我很是疑惑："形象和尊重有关系吗？"

"女人的世界你不懂……你告诉她，我刚起床，请她等一会儿。"

我无言以对，但还是选择了尊重她的想法。

就在我准备离开的那一瞬间，陆佳已经将门重新关上，而因为这扇门的阻断，屋里的一切都变得神秘了起来，我看不见此时的陆佳到底是什么状态。

大概，她真的在很认真地化妆，以示对叶芷的尊重。或者，根本不是这样，而我就像是一个邮差，在她们之间传递着也许并不那么精准的信息。

回到叶芷身边，我对她说道："已经和她说过了，她刚起床，要我们等一会儿。"

"嗯，不急的。"稍稍停了停，叶芷又对我说道，"别一直站着，坐下来吧。"

我在叶芷的身边坐下，我们一起沉默着，也等待着。我不知道叶芷是什么心情，就我来说，心里还是挺忐忑的，我知道叶芷是什么性格，而我因为敏感的身份也不好在两人之间多嘴，所以待会儿吃饭的时候，多半会没有话说，这样尴尬的可是我们三个人。

这事儿也怪我多嘴，要是之前没有和叶芷提吃饭的事情，应该也就不会是现在的这个局面，毕竟陆佳只在这里待一个星期，只要我不刻意制造机会，她和叶芷之间其实是没有机会相处的。

"米高，你现在是不是后悔跟我说了晚上一起吃饭的事情？"

"能不后悔嘛！"

"那假如我和你之间只是朋友的关系呢？"

我愣了一下才弄明白叶芷这话是什么意思。是啊，如果我和她只是简单的异性朋友关系，那带着她去见前女友又有何妨呢？这么看来，倒真是我自己一厢情愿，将我们之间的关系想得过于暧昧了。

我笑了笑，然后向她回道："是我想复杂了，谢谢你的提醒。"

"我不是这个意思……我只是感觉你有点儿患得患失，如果你的内心很坚定，你不会是这样的表现。"

这一刻我当然可以选择否定，但是我没有这么做，我尝试着冷静下来，然后去审视自己到底是不是叶芷说的这样。其实就我自己来说，我当然不愿意承认对陆佳还有什么未了的余情，但人这种动物真的很奇怪，有时候会选择性地去遗忘一些东西，可又有一些事情却是无论如何都忘不掉的。而我需要搞清楚的是，这种忘不掉只是单纯的忘不掉，还是真的包含了所谓的余情未了。

很遗憾，我没有明确的答案，而我和陆佳之间似乎也很刻意地在回避这个答案，所以我们才看上去很坦荡地约了这一顿饭。

我终于开口对叶芷说道："我不知道该怎么回答你，但我现在很明白，什么想法是我该有的，什么想法是我碰都不能去碰的。"

"好吧，希望待会儿吃完的时候大家都能很愉快。"

天色渐渐暗了下去，古城里的灯火又以闪烁的姿态映射着一个个不甘寂寞的人，而叶芷也终于在这段漫长的等待中换了坐姿。她倚靠在长椅上，有点儿失神地看着眼前那一簇开得很艳丽的玛格丽特。在这个过程中，我们也没有再交流过，这让气氛显得有那么一点点的沉闷。

就在我想去催催陆佳的时候，她终于从屋子里走了出来。我看着她，她和叶芷一样化了很精致的妆，但是表现出来的气质却不一样，她更像是一个充满城市气息的都市精英，看上去干净利落，而叶芷的妆容却像她的内心一样带着一种神秘感和距离感，无法言说谁更胜一筹，但就气质而言，叶芷更高高在上。这也正常，毕竟她们不是一类人。毫不夸张地说，无论将叶芷和谁做对比，她都不会在气质上逊色半分。

陆佳只是看了我一眼便将目光放在了叶芷身上，我在她的眼神中看到了震惊，这在我的意料之内，因为叶芷确实是一个可以超越想象而存在的女人。

陆佳又将目光转移到我身上，然后说道："米高，初次见面，你不帮我们介绍一下吗？"

叶芷起了身，我却犯了难，因为这太考验我说话的能力了。我下意识地捏了捏自己的肩膀，而就在我准备开口的时候，叶芷却主动说道："还是我自己来吧。"说完，她又转而对陆佳说道："你好，我叫叶芷，也是上海人，能有机会在大理请一个上海人吃饭，挺有缘分的。"

陆佳笑了笑，回道："我也很荣幸，但是我想弄清楚，今天这顿饭到底是米高请，还是你请？"

"我们请。"

陆佳的神色有些低沉，但转瞬她又笑了笑，说道："两个人请，那这顿饭一定很丰盛了！对了，太想吃你们的饭，都忘记自我介绍了。我叫陆佳，是米高的前女友，希望你不要介意前女友这个称呼。"

"不会介意，在我眼中，米高是个光明磊落又有正义感的男人，我相信他的眼光，所以他的前女友一定也是一个容易相处、值得交往的女人。"

我再次被叶芷的说话水平给折服了，她不仅在陆佳面前赞赏了我，也提醒着陆佳不要做一个不好相处的人，更是肯定了自己的眼光。可是，这到底是在配合我，还是真的这么想，我却有点儿弄不清楚。

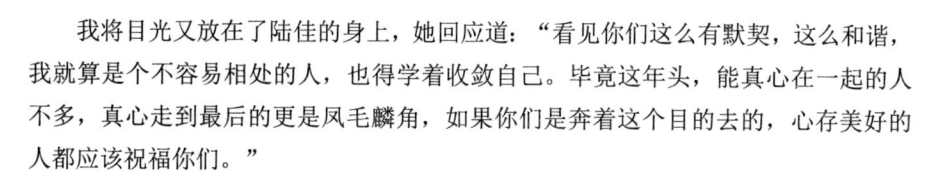

我将目光又放在了陆佳的身上,她回应道:"看见你们这么有默契,这么和谐,我就算是个不容易相处的人,也得学着收敛自己。毕竟这年头,能真心在一起的人不多,真心走到最后的更是凤毛麟角,如果你们是奔着这个目的去的,心存美好的人都应该祝福你们。"

我有点儿紧张地看着叶芷,因为陆佳的这句话已经是非常露骨,如果叶芷接过话茬,就等于在陆佳面前正式确认了我们是情侣关系。虽然我知道叶芷愿意维护我,但还是有那么一丝丝担心。

我怕她和陆佳来一句"你误会了,我们只是朋友关系",因为就在刚刚,她还对我说过"那假如你和我只是朋友关系"这样的话,我不知道这是不是她给我的一种警示。

一个恍惚间,我好像置身于一个看不见硝烟的战场,而我就是靶子,所有的枪炮都不约而同对准了我,让我疲于逃命!

在我担心着叶芷不会配合的时候,她却往我身边了站,我们的肩膀已经差不多靠在一起,这时她才对陆佳说道:"两个人在一起,一定会遇到这样那样的麻烦,我不知道其他女人是怎么处理这些麻烦的,但是我更愿意把这些麻烦当成是两个人之间的试金石,如果都是真金的话,最后一定会在一起……"

陆佳的脸色有点儿不太好,她先是看着叶芷,然后又看了看我,最后强颜笑了笑,说道:"那我就且看着,希望你们能抱着这样的心态一路走到最后。"

叶芷点了点头,而这一刻的我很想拉一拉她的手,因为她在我最需要信心的时候很坚定地选择了给予。我感觉自己很幸运,感觉就像是在沙漠,奄奄一息的时候获得了一杯清水,不仅解了渴,也洗涤了我。

我吁出一口气,然后轻轻勾住了叶芷的手指,她看着我,我瞬间心跳加速,下意识地想缩回,她却也扣住了我的手。她看上去很自若,可是与她亲密接触的我已经感觉到了她有手汗。想必,这一刻的她心情也很复杂。

陆佳看了看我们,然后在我们之前向九隆居的外面走去,我注视她熟悉的背影,心中感慨万千。我还记得她对我说过的话,分手的那个晚上,她说:我和她之间不是那种分手了还能做朋友的情侣,可如今,她又到底是带着什么目的来到大理的?

古城这家主打云南菜的餐厅已经被蜂拥而至的游客们给挤爆了,我们三个人等了好一会儿也没能等到位置,陆佳是个不太喜欢等的人,便提议换个地方吃。

我和叶芷也没觉得非云南菜不可,便同意了她的提议,我们又找到一条要相对僻静一些的巷子,然后在里面选了一家打着重庆招牌的火锅店。

叶芷和陆佳是上海人,不太能吃辣,所以便点了一个鸳鸯锅,于是画面变得很奇怪:我独自吃着辣锅,而她们两个刚刚还针锋相对的女人却一起吃着清汤锅,并且都没有表现出不适的感觉。

319

要说，女人还真是一种奇怪的生物，我单独面对一个就已经是费尽心思，何况是两个聪明的女人撞在了一起。所以，我说自己疲于应付也不是在夸张，但就我的内心来说，我真的非常感谢叶芷，是她将我从一个暗无天日的深渊里解救了出来，并让我重新感受到了爱情的美好。

大约用了一个小时，我们三人吃完了这顿晚饭，我去结账的时候，却被服务员告知叶芷已经提前把账给结了，这让我有点儿惭愧。虽然她说：这顿饭我们一起请，但是作为男人请吃饭的觉悟还是应该有的。

站在餐厅的门口，叶芷抬手看了看表，然后对我说道："酒店的承建商约我过去谈点儿事情，你陪陆佳再聊会儿吧。"

"这……"

叶芷笑了笑："如果心里好奇的话，就给自己一个沟通的机会，我觉得这不管是对你还是对她都不是坏事情。"

"我明白你的意思。"

"那我就先走了，回头再联系。"

我点了点头，叶芷又转而跟站在另一边的陆佳说明了自己有事情要先行离去，然后便离开了这条相对冷清的巷子。昏黄的灯光下，只剩下了我和陆佳，还有一个在门口揽客的餐厅服务员。

"呃……要找个地方喝点儿东西吗？"

陆佳的表情有点儿凝重，她回道："嗯，你带路。"

"咖啡店，还是酒吧？"

"酒吧。"

人民路上的一个清吧里，我和陆佳面对面坐着，在我将酒水单递给她的时候，她说只想喝大理的风花雪月啤酒，我跟服务员要了一打，她却表示要两打，可她并不是一个很能喝酒的女人。

"米高，我知道你现在一定很好奇我为什么会来大理。"

"是，自从我离开上海，我就觉得我们这辈子应该都没有什么见面的机会了！"

"我也是这么想的，可是……算了，再说这些也没有意义，我应该为你感到高兴，你现在这个女朋友看上去很不错，她应该是个很成功的女人吧？"

我不太愿意回答这样的问题，在我看来，所谓成功并不能作为衡量爱情质量的标准，从我的骨子里来说，我渴望的是一份纯粹的爱情。虽然现实一再逼着我做出妥协，但真的有这么一份感情摆在我面前的时候，我还是会觉得自己是一个特别幸运的男人。

一阵沉默之后，我终于对陆佳说道："是不是成功真的很重要吗？"

"你不该问我，这点你自己应该最有体会。你不能因为来了大理，就忘了上海这座城市需要它的居民以什么样的责任感去活着。"

"居民？我在上海工作了将近四年，最后连户口都落不进去，还谈什么居民？像我这样的人最多只是那座城市的边缘人，我能看到的永远是它最现实、最不公平的一面，这种状态下你要我怎么负担得起'责任感'这三个字？"

"那我可以理解为你是从上海逃到大理的吗？"

"不是逃，是必须离开。因为在上海，我已经一无所有了……"

说到这里，我的心中又涌起一阵屈辱感——在上海这座城市里，我活得太卑微，太没有尊严了。我又低声对陆佳说道："你有资格嘲笑我，因为在离开上海的前一个月，我还梦想着能买一套一室一厅的房子。"

陆佳用一种复杂的表情看着我，我拿起啤酒瓶，一口气喝掉了一半。

"那在大理呢，大理这座城市又给了你什么样的感觉？"

我嘘出一口气，然后给自己点上了一支烟，我对陆佳说道："看见我手上这支烟了吗？如果前半截是上海，那后半截就是大理，它们看上去没什么区别，可是后半截却更靠近过滤嘴，也更靠近我的心脏，虽然它们身上的焦油对我都是一种伤害，但是看到后半截烟的时候，我心里却更有底，因为我能看见这种伤害会在什么时候结束，而前半截，我只能忍受。"

"你好像很痛恨上海！"

"你说得不对，我痛恨的不是上海，而是那种无能为力和失去控制的感觉。而大理不一样，虽然我在大理也遭遇了很多挫折，但是内心就是有那么一股劲儿，支撑着我不放弃，所以，当面临困难的时候，我就愿意积极地去思考对策，然后打开自己的眼界，而人的眼界一旦打开了，就不会再闭上，这在无形中给了我很多信心，也相信自己会越来越好。"

"呵呵，大理真的有你说的这么神奇吗？"

"你又错了，神奇的不是大理，是我自己的状态。在这里，我已经没有什么可失去的了，所以才敢放手一搏。在上海，我的顾虑太多，那时候我不是没想过离开公司自己出来拼一把，可一想到失败后要承担的后果，我就退缩了。我更怕自己买不起房，比买不起房子更恐怖的是你的绝望，我怎么能让你绝望？！"

陆佳陷入了沉默中，许久之后她只是端起杯子喝了一口，也没有再说话，而我心里却弥漫着一种爽快的感觉，因为分手时我没有机会说出来的话现在我终于说了出来。

我不是想把责任推卸到陆佳身上，我只是单纯为了说出自己的感受，我从来没有在这一点上怨恨过陆佳，我更想用自己的经验去告诫其他还没有经历过的男人，在没有取得足够的成绩之前最好不要去碰触爱情，因为这种时候爱情并不是创业路上的兴奋剂，它会让你在某一个瞬间迅速清醒，然后意识到在没有任何优势可言的前提下身上竟然还背负着两个人的未来。你越爱一个女人，这样的压力就会越大，直到将你彻底压垮。或者，也真的有那么一两个幸运儿，能够事业和爱情双丰收，但这毕竟是极少部分的一类人。

我拿起啤酒瓶，一口气喝掉了里面剩余的酒，然后虚脱般地靠在沙发上，紧接着陆佳的身影便在我的视线中模糊了，我开始回味着这个跌宕起伏的夜晚，又莫名想起了叶芷。

我问自己：是不是陆佳的到来，真的让我们进入了恋爱的状态中？

我确信，我们刚刚是牵过手了，而比牵手更真实的是她说过的那些话。我的心很温暖，就像刚来大理的某个晚上，坐在洱海边，迎面吹来的是凉爽的风，可空气里还残留着白天的温热。

我快舒服死了！

这种状态持续了很久，直到手机在口袋里传来一阵振动感，我特别设置过，只有微信的提示是振动，我将手机拿出来看了看，果然是一条微信，而且是杨思思发来的。

"米高，你看这泥人像谁？"信息下面还有一张照片。

我回道："你当我眼瞎呢，这明明就是一只乌龟，好吗？"

"哈哈，跟你是不是很像？！"

"能不这么无聊吗？"

"我就是很无聊啊，所以才花一节课的时间捏了这只乌龟，喔，不是，是你。"

我倍感无语，可心里忽然又有了另外一种感受，相比于陆佳和叶芷的成熟干练，杨思思就像是个大龄儿童，她时不时在我的世界里蹦跶一下，带来的是恶作剧，也是一个童心未泯的彩色世界。

下一刻，她又发来了一条信息，说道："今天下午我们这儿有个宗教活动，是劝人向善的。如果你送给我的鞋子能代表你的话，我决定把你穿在脚上去接受洗礼和熏陶，因为你是我见过最恶趣味、最低俗的人，我必须得借助宗教的力量才能拯救你！"

杨思思的信息让我感到好笑，我回道："到底是我恶趣味还是你在故意埋汰我？我不需要宗教来拯救，我的内心有自救的力量，随时都能活成这个世界上最善良的人。"

"你的善良体现在哪儿啊？"

"与人为善嘛。"

"真这么善良啊？那你赶紧拯救我吧，我太无聊了！"

"你是天使，凡人不配拯救你。"

"唉……天使现在掉阴沟里，翻不了身了！"

"在那边待得不舒服？"

"舒服倒挺舒服的，可是我不喜欢学习，不光要学习书本上的知识，还要学他们说话。可是凭什么哪？我们国家这头沉睡的雄狮现在都已经醒过来了，为什么不是他们学我们说话？"

"你就别抱怨了，入乡随俗的道理还不懂吗？"

"不懂，我决定了，我要教他们学中国话。"

"你这野心有点儿太膨胀了！"

这杨思思还真是叫人欢乐，我不禁又想起了有她在大理的那段日子，有时候听她咋咋呼呼地说一些幽默的话其实也挺轻松惬意的。而刚来大理的我是一块没了电的锂电池，她就是标配的充电器，总是会用一些小伎俩让我重新沸腾，重新以一己之力去对抗这个世界。

她很快又发来了一条，"喂，米高，大理最近有没有发生什么好玩儿的事情哪？"

"一个导演和一个文艺女青年的风流往事，你要不要听？对了，那导演住的地方和你走之前租的那个房子在同一个小区。"

"网上都爆料了，你能不能说点儿新鲜的，而且这种跟风流搭边的事情只有你这样的人才感兴趣吧。"

"新鲜？人民路上有新鲜的事儿啊，上个星期来了一个搞行为艺术的团队，在人民路上拍了一些行为艺术照，这事儿没在网上传播，只有大理人知道。"

"你看你这人，我说你恶趣味你还不承认，看看自己关注的都是些什么破事儿啊！"

"最近就这两件事情最火爆，我只是本着真实可信的原则将事件的过程还原出来给你听。"

"还狡辩，你就不能说点高大上的嘛，比如洱海治理得怎么样了，那些海景客栈现在又是什么样的生存状态。"

我下意识地点上了一支烟，情绪上也起了变化。对于我们这些曾经看政策做生意的人来说，这样的话题其实还是蛮沉重的。这个阶段，洱海到底取得了什么样的治理成果我不清楚，我只是为铁男和桃子感到担忧。我总觉得他们顶着这么大的风险在过年期间强行经营客栈，是一个很不理性的做法，可是身为朋友，我却劝不住他们。

我终于向杨思思回道："洱海还在治理，政策一直没有放松过，可能比我们刚来大理的时候还要抓得更严。"

"这就是你厉害的地方了，竟然想到在没有人气的商业街上弄了一个临时客栈，这件事情我崇拜你，你比那些还在苦苦挣扎的海景客栈老板要高明多了！"

"我更崇拜你，什么时候对这些事情感兴趣了？"

"我正在学商业营销呢,对这样的营销事件当然要多多关注咯。先不跟你说了,马上该下课了。"

"好好学习,天天向上。"

将电话放回到桌子上,我深吸了一口烟,一直在旁边沉默着的陆佳终于开口向我问道:"怎么了?一副凝重的表情。"

我一声轻叹,将烟在烟灰缸里按灭后,回道:"你还记得桃子吗?"

"记得,她不是汪蕾的朋友嘛。"

"嗯,她现在也在大理,跟她男朋友接手了一个海景客栈……"

"这不挺好的嘛,比她以前的工作强太多了。"

"大理的海景客栈不能碰,我担心他们会出事儿。"

"怎么了?"

我将这大半年里发生的事情大致和陆佳说了说,一开始她还是旁听者的姿态,但到后面表情也跟着凝重了起来,她对我说道:"之前我对你在大理的状况也是一知半解,以为你还算顺利,没想到中间发生了这么多事情。"

"所以我也没有把大理当成是自己的天堂,不管到哪儿,奋斗都是第一位的,不过有些人可能没那么幸运。"

"做生意嘛,总有成功和失败。"

"是……可我真想为他们做点儿什么。"

"路是自己选的,该承担后果的人是他们……"稍稍停了停,陆佳又说道,"假如他们顺风顺水,赚到了钱,难不成还会分你一半?那你为什么要替他们承担不好的后果呢?"

"人和人之间没必要这么现实吧……"

"你可以觉得这是错的,但就怕别人一直都以算计的心态来针对你。"

我看着陆佳,一时找不到话反驳她,因为我也是个在社会上摸爬滚打了很久的人,我已经看够了人性里自私和现实的一面,所以我知道她说的是对的,可是,真的要这么现实吗?

至少,在我的生命中曾经有汪蕾这个女人在很真诚地与我相处,那我为什么就不能对她生前最好的朋友也真诚一点儿呢?

是的,因为汪蕾,我一直很在意自己和桃子的朋友关系。我觉得我们之间不该有分裂,只有团结起来才能将我们在大理的路越走越宽。可惜铁男不懂这个道理,而这就是我感到力不从心的地方。

我又从烟盒里抽出一支烟,准备点上的时候陆佳却制止了我,她又开口说道:"米高,你是一个优点和缺点都很明显的男人,我知道今天的我已经没有立场对你指手画脚,但我真心希望你能越来越好。这算是我的一份牵挂吧,所以我来大理没有什么别的目的，只是想看看你。虽然你现在还不算是一个成功的男人，但状态真的已经比在上海的时候要好太多，我很高兴能看见这样一个你，也让我觉得，当初我选择和你分手是一个正确的决定。"

我看着陆佳，心中滋味莫名。

我终于开口说道："说了这么多关于我的事情，你呢，以后有什么打算？我记得你说过，想在那边找一个男朋友。"

"我？"陆佳笑了笑，又说道，"我是有这样的想法，但这不是你和我之间的比赛，不能因为你在我之前有了交往的女人，我就急着去找一个男人。到了我这个年纪，在感情上真的已经没有随便的资本了！"

我低声问道："你是不是觉得我耽误了你的青春？"

"如果我是这么想的，你能负责吗？"

"我……"

"吓住了吧？哈哈，你想对我负责我还不愿意呢，我觉得作为女人，把所有的希望都寄托在男人身上才是最可笑的，所以我才会选择出国留学，不愿意这么被动地等下去，我们之间没有对错，只有选择，所以你现在可以安心了吗？"

"是……没有对错，只有选择。"

陆佳看了看我，又看了看那些还没有喝完的啤酒，然后说道："这酒喝不下去了，你存在这儿，以后招待其他朋友吧。"

"听你的。"

"去把账结了，我自己再坐一会儿。"

"要不要再给你留几瓶？"

"不用，我就坐一会儿。"

结了账，我离开了这间酒吧，当我跟随着拥挤的人潮走在古城的人民路上时，我心里又不可避免地产生了很多复杂的想法，我好像陷在一个复杂的关系网里难以自拔。

我不知道现在的自己和叶芷到底是什么关系，也不知道陆佳表现出来的理解和洒脱又有几分可信。

第二十章
永远不开始的爱情

我就这么从人民路的上段走到了下段，然后在桃子工作的那间酒吧门口停下了脚步。我算了算，此时差不多就是桃子和另一个调酒师换班的时间，我决定等她一会儿，然后和她聊聊。

一支烟的工夫，桃子换掉了身上的职业装，从酒吧里走了出来，看见我的时候，她有些诧异，我笑着对她说道："刚好路过你这边，看你差不多该下班了，想和你聊聊。"

"那找个地方？"

"就附近吧。"

古城里最不缺消磨时间的地方，我和桃子从人民路的下段转到了洋人街，里面便是各式各样的咖啡馆和酒吧，但我和桃子却选了一个奶茶店，两个喜欢喝酒的人，一个要了一杯奶茶，一个要了一杯龙井茶。

"最近客栈怎么样？"

桃子回道："最近一直都是满房的状态，铁男又将初一到初六的房费调到了三千元到五千元一间，也差不多都被订完了。"稍稍停了停，她又感慨道，"现在的有钱人可真是有钱，五千块钱一个晚上的房间也有人住，咱们这些从农村里面走出来的人真是不敢想象。我记得小时候，我爸妈起早贪黑地捯饬着家里的几亩地，一年到头也就挣个千把块钱！"

"海景房稀缺嘛，有钱人又这么多，好不容易有机会趁着过年带家人出来旅游，也不会计较这点儿钱的。"

"是啊，不光大理，丽江今年的旅游市场也爆了，听说古城里最好的几家客栈已经卖到了一万二一晚上的天价，今年在大理和丽江做客栈的人亏损得不多。"

我点了点头，又问道："你们客栈准备营业到什么时候？"

"大年初六，到了初七的时候相关单位的人都陆续上班了，我们也不敢逆着政策开太久，你那边呢？"

"我这边营业到正月十五应该没有问题，但我估计初十左右这波旅游高峰期也就过去了，所以也差不多这个时间结束营业吧。"

"还是你那边好，光明正大地做生意，心里也有底。这两天我和铁男都不怎么敢睡觉，生怕有人过来检查。"

我看了看桃子，气色不太好，还熬出了黑眼圈，我权衡了一下之后，还是开口对她说道："这段时间你们也赚了不少，要不见好就收，别挣这一份受罪钱了。"

"我和铁男说过，但是他不太愿意，他说真正能赚钱的就是初一到初六这段时间，如果不出事儿，最少多赚十万，这样我们就能跟之前的老板结清转让费，以后也就没什么压力了。"

"他这一劳永逸的想法是没有错，但假如出事儿了呢？"

桃子不语，显然在这件事情上并没有什么主张。

片刻，她才开口对我说道："我说没有用，这个事情最后还是铁男决定。"

我叹息，不知道还能说什么，而这件事情我也只能劝桃子，如果同样的话说给铁男听，他一定又会误解我，觉得我在制造恐怖气氛，不让他把握这个赚钱的机会，尤其在我也赚到钱的时候，他这个想法只会更强烈。

一阵沉吟之后，我终于对桃子说道："你们不是还欠十万块钱的转让费嘛，你看这样行不行，客栈你们先关停，这钱我给你们垫上。"

"你也不容易，我们不能再要你的钱了！"

"留得青山在不怕没柴烧，你们要是在这个事情上栽了跟头，再想翻身就真的难了！"

桃子的态度很坚决："米高，为了赚这笔钱你吃了什么苦我都是看在眼里的，别说客栈现在好好的，就算真的出了事情，你的钱我们也不能要。"

"我们之间没有必要这么计较。"

"这个事情必须计较。你别再提了，而且就算我把钱拿回去，铁男那边也不好交代，他这人自尊心特别强，他不愿意接受这样的帮助。你也知道，如果他愿意向他爸低个头，也不至于在大理过这样的生活，所以在他眼里，有些东西可能比钱更重要。"

我叹气："我该怎么劝你们呢？"

"你也不用太替我们感到紧张，现在马久邑那边的海景客栈有一大半都在违规经营，也就只有你这边听到消息，说是会检查。我倒是觉得，孙继伟这个人不是很可靠，他放出来的消息你听一半就行了。"

"成吧，话都说到这个份上了，我也就不劝了，你们自己警觉一点儿。"

"嗯，也就剩十来天的时间，应该不会出事儿。"

我点了点头，然后端起杯子喝了一口，短暂的沉默之后，桃子又转移了话题对我说道:"对了,我昨天在酒吧上班的时候好像看见叶芷了,她是不是也在大理?"

"嗯,来了几天了。"

"你们?"

我看着桃子,她看上去很想知道我和叶芷之间现在到底是什么关系,可是我却不知道从哪儿说起。

"怎么了?"

"先不说叶芷,你知道陆佳也来了嘛,就今天的事情,刚刚我们一起吃了饭。"

桃子张着嘴,不可思议地看着我,半晌才感慨道:"她?她怎么会来?"

"我也没弄清楚……桃子,你觉得陆佳到底是个什么样的女人?"

"她这人挺不好琢磨的,但是我觉得,跟你在一起的这几年,她动的是真感情,来大理不像是她的行事风格,我一直认为她不是一个喜欢拖泥带水的女人。"

"是啊,在这之前,我从来没想过我们还能见面。"

"她该不会是想和你复合吧?"

我摇头:"这个可能性不大,她已经在国外留学了,如果我们复合,总不能一个在大理,一个在法国吧。"

"那你自己是怎么想的,不排斥跟她复合吗?"

"我们不可能复合。"

桃子一针见血地问道:"是因为叶芷?"

"这有错吗?"

"正常人都不会觉得有错,毕竟当初是陆佳自己提出要分手的,可就怕陆佳不这么想。对了,你们分手后她有再跟其他男人交往过吗?"

"她说没有。"

"那这个事情,你自己还是要多琢磨琢磨。"

我一边用手指敲着自己的脑袋,一边在脑子里想着某些可能性。这时,桃子又想起什么似的对我说道:"米高,跟你说个事情。"

"嗯?"

桃子的表情有些凝重,她在一阵沉吟之后说道:"我记得在你和陆佳分手之前,蕾蕾好像和陆佳见过一次,要以正常逻辑来说,她们是不太可能单独约见的。"

我怔住了,手指也不自觉跟着自己的情绪而轻颤了一下。片刻后我才带着责备的语气对桃子说道:"这么重要的事情你为什么不跟我说?"

桃子解释道:"那时候我不知道你和陆佳分手了啊,等我知道的时候蕾蕾已经不在了,陆佳也已经去了国外,我再跟你说,你觉得还有意义吗?"

我又追问道:"是谁约了谁?"

"我不知道,我只听蕾蕾说要跟陆佳一起吃饭。那一天,她特地托我和老板请了假,我当时忙着去上班，也就没有多问。"

"她们到底聊了什么？她回来有和你说吗？"

桃子回忆了一下，答道："没有，那段时间场子里特别忙，我每次回来都是喝得晕乎乎的，也就没把注意力放在这件事情上。"

我重重地仰躺在沙发上，脑子里尽是陆佳和汪蕾摇曳的身影，我很想去窥视，可却完全听不见她们在说些什么，我很着急，也很焦虑！

清醒后，我知道这只是自己的幻想，而这个世界上真正知道真相的只有汪蕾和陆佳。汪蕾已经不在了，那就只剩下陆佳。

我绞尽脑汁地在想着：那天她和汪蕾的见面，和她今天来大理是不是有必然的联系？

继而，我有一种强烈的感觉：在我看不见的背后，一定发生了一件可以改变一切的事情。

在桃子将那段有关汪蕾和陆佳的往事告诉我之后，我一直处于失神的状态，我想了很多可能性，但都不及亲自找陆佳问个清楚来得有效率，我渐渐有点儿坐不住了。

可是，下一个瞬间我又问自己，即便有所谓的真相，可时过境迁的今天，我真的还有去追寻的意义吗？

对于我来说，不仅是陆佳，甚至上海这座城市，我都该彻彻底底从自己的记忆里抹除，而我真正要去正视的是我在大理所遇到的一切，我有了新的事业，也有了新的感情。现在的我相比于在上海的那几年，已经要快乐得多，至少我缓解了经济上的压力，有能力去好好做一份属于自己的事业，而这大概就是很多人所追求的稳定。

我知道，如果我不顾一切地去追求那天的真相，第一个打破的可能就是现在所拥有的稳定。

桃子唤醒了失神中的我，她向我问道："米高，这件事情你想怎么处理？"

我嘘出一口气，回问道："你是不是觉得陆佳当初选择和我分手，是和汪蕾有关？"

"不排除有这种可能性，其实吧……我觉得你和陆佳在一起也挺好的，我不是说叶芷不好，只是担心时间久了，你会承受不了那种高攀的压力……"

我看着桃子，半晌才回道："这些我都想到过，所以才一直没有挑明。"

"陆佳呢，你对陆佳真的一点儿感情都没有了？"

"桃子，咱们认识这么多年了，你觉得我是一个什么样的人？"

"至少不是一个薄情的男人，我看得出来你对陆佳是真感情，这些年你为她付出了很多。"

桃子的话成功让我想起了和陆佳在一起时的一些画面：有一年的冬天，她经常要加班，无论多晚、多冷，我都会买上一杯她最喜欢喝的热咖啡，站在她们公司楼下等她，其实过程真的很受罪，但只要想到待会儿就能见到她，我就浑然不顾天寒地冻，充满了等她的决心。

每次见面后，她做的第一件事情就是摘下自己的围巾替我系上，然后很肉麻地叫我"宝贝儿"，问我冷不冷，如果不是真的相爱，哪里会有这些甜到快要融化的小细节？

我的鼻子有些发酸，继而心口发热。我迷茫了，也认不清自己，我好像困在新欢和旧爱的旋涡里举步维艰。

桃子又对我说道："米高，叶芷是所有男人都会喜欢和憧憬的女人，但她真的就像是一个梦。你扪心自问，如果有一天这个梦醒了，你能做到全身而退吗？"

我摇了摇头，不是自我否定，只是觉得桃子这话过于针对我，在我看来，感情上的事情从来就没有所谓的全身而退，除非大家真的是凑合在一起，彼此没有真感情，没有留恋才能潇洒地开始，潇洒地离开。

片刻的沉默之后，我终于开口对桃子说道："感情上的事情一旦开始权衡，就会变得更加矛盾，我还是先冷静冷静吧。"

"嗯。"

我看着桃子，又说道："我没有想到你会劝我和陆佳复合，我一直以为你挺不喜欢陆佳的。"

"我从来都没有喜欢过陆佳这个人，但是我把你当挚友，就一定会站在你的立场去考虑。你和陆佳真的挺合适的，她需要的只是你的成功，现在的你不正在往她希望的路上走着嘛，而你和叶芷在一起，那可就是方方面面的不匹配，你应付不来的。"

"这点我信，陆佳的爱比较现实。"

"管她是现实还是梦幻，只要是真心爱你的就够了，你还能不让人对你有点儿要求哪？何况她还是一个上海的女人。"

我笑了笑问道："上海的女人怎么了？"

"精明嘛！"

"那可未必……"

桃子想了想，然后指着我笑道："思思！她可真是个例外，大大咧咧的，什么都不计较！"

因为聊到杨思思，紧张压抑的气氛莫名就被缓解了，而我在又吸了一根烟之后，也结束了和桃子的聊天。我觉得先让自己冷静冷静是个正确的选择，而真相可以等等再去问。或者就让所谓的真相随风飘去，心安理得去接受现在的生活和身边的人。

我独自晃荡在洋人街上，又从洋人街走到了叶榆路，快要晚上十一点的时候才开始往九隆居走，而这个时候的我终于拿定了主意，我想找陆佳再聊聊。别的不多问，只问问那天她和汪蕾见面时到底聊了什么，而她们聊天的内容是不是真的如桃子猜测的那样，导致了后来我们的分手。

　　站在陆佳住的那间屋子下面抽了一支烟，我渐渐平复了自己的心情，然后敲了敲她的房门。很意外，我没有得到回应，我又喊道："陆佳……你回来了吗？"依旧没有人回应。

　　我不禁疑惑，她说坐一会儿就回来，而我和桃子就已经聊了好久，又在古城里面逛了一个小时，按道理她该在我之前回来的。

　　我又想敲门，这时替我打扫卫生的保洁阿姨叫住了我，她对我说道："老板，今天晚上你要求打扫的房间我都已经打扫过了，待会儿我就先回去了。"

　　"辛苦了，阿姨。"

　　阿姨笑了笑，然后又从口袋里掏出了一把钥匙，对我说道："这个客房的客人退房了，她叫我把钥匙交给你。"

　　我不太相信，又指着陆佳的房门问道："这间？"

　　"对，就是这间。"

　　"她……她下午才住进来的啊，怎么会退房呢？她有没有和你说什么？"

　　"什么都没有说。哦，对了，她脸色看上去不太好，好像哭过！"

　　我怔在原地，不知道该说些什么。

　　"老板，没什么事情的话，我先走了。"

　　我猛然反应过来，赶忙点头说道："行，行，你先忙吧。"

　　阿姨走后，我进了陆佳的房间，除了被子不太整齐能证明之前有人住过，其他的东西都是原封不动，我心里莫名难受。

　　至此，我已经可以百分之百地确定，她是带着复合的目的来大理的，可是我却用一种最残忍的方式让她打消了这个念头。

　　我艰难地咽了咽口水，然后从口袋里将手机拿了出来，我翻到了陆佳之前给我的那条八千四百块钱的转账记录，心里就像是打翻了五味瓶。她不是叶芷，这些钱对于她来说已经是一笔很大的开支，她就这么走了，让我觉得除了青春之外又欠了她一大笔。

　　此时此刻的我很混乱，我知道，只要她还没有走远，只要我愿意去追她，我们就还能像以前那样在一起，可是……

　　繁重的心思让我的呼吸也跟着越来越重，而就在这个时候，我又收到了叶芷发来的一条微信，她很认真地问我："米高，如果我们在一起，会是一辈子吗？"

　　面对着叶芷发来的这条信息，我的精神陷入了一种前所未有的迷离状态中，我努力想让自己冷静下来，可是却愈加地躁动。这种躁动的成分很复杂，掺杂着一种奇异的喜悦，又因为陆佳的离去而觉得伤感。

　　晚风沿着热闹的街吹进了徘徊在古城边缘的九隆居，也吹开了我的头发，我没有因此冷静，反而因为一个姿势站了太久而有了一丝麻木的感觉。

渐渐地，时间帮我解开了纠缠在大脑里的千头万绪，最后只剩下两个念头，两个选择。

要么，我就不顾一切地去追上陆佳；要么，我就赶紧回复叶芷的信息，不要让她误以为我是在迟疑。

我终于低头，看向了已经暗下去很久的手机屏幕。我想告诉叶芷自己内心深处最真实的想法，可是当我有所动作时，我的大脑里又出现了陆佳拉着行李箱，一路落寞的背影。

我放下手机，点上了一支烟，然后在路灯下看见了一个沉重又苦闷的影子。我特别想将自己的肉体和灵魂剥离开来，然后以旁观者的身份让灵魂给肉体出个主意。

一阵漫长的沉寂之后，我又抬手看了看唯一能将我与这个世界串联起来的手机，手机一片空白，没有人再和我联系过，我却越握越紧，然后打开了叶芷的朋友圈。

我不知道自己为什么要在这个时候看她的朋友圈动态，我只是想起，她为数不多的动态都是与我有关，或者是和我在一起时发布的。

也许，她真的对我动了感情。

我渴望这份感情，却又不知道该怎么面对这份感情。我深知：对于叶芷这样的女人，一丝一毫的辜负都是不可饶恕的，所以，我已然是一个浑蛋。

我惊讶地发现，就在五分钟前，叶芷又罕见地发布了一条朋友圈动态。

她似乎在洱海边，虽然她发的图片里看不清海水，但是却能看到从海东映射过来的灯光，还有一只栖息在树枝上的红嘴鸥。

"远方除了遥远一无所有，更远的地方更加孤独，远方的幸福，会有多孤独？"

这段落在图片下面的文字让我看到了她的心境，虽然她是一个成熟睿智的女人，但是在面对感情时她一样很敏感，很脆弱。所以，在我没有第一时间回复之后，她开始变得悲观，变得怀疑。

此刻她一定是孤独的，因为她将自己的未来交给了我，我却没有及时伸出手，而陪伴她的只有冰冷的海水和萧萧的风，还有藏在清冷灯光下一颗得不到慰藉的心。

我不想再迟疑了，立刻给她发了信息："你在哪里？我现在就过去找你。"

叶芷似乎一直在等我，很快她便回复了："马久邑。"

"等着我，我很快就到，我保证。"

我不知道自己为什么要在一句完整的话后面加上"我保证"这三个字，我只看见了自己迫切的心情，而被这种心情支配之后我便忽略了一切。

我从屋里取出了摩托车钥匙，我就骑着那辆动力很好的小忍者由九隆居向马久邑驶去。

我选了不好走，但却要近一截的路，然后便付出了代价，我在过坑的时候没有扶稳把手，所以在和电线杆蹭了一下之后，我连人带车摔在了凹凸不平的砂石路上。我的手蹭破了，腿上也被蹭掉了一块皮，可疼痛却并不能让我冷静。

此刻，我也很悲观，我已经没有了最初的那种纯粹，我所有的行为，都是基于在叶芷身上幻想出的美好。

我忍着疼痛将摔倒的摩托车从地上扶了起来，随即又传来一阵掉落声，是车身上一块护板碎了，我一阵心悸，我似乎又辜负了杨思思对自己的托付。

二十分钟后，我终于来到了叶芷所在的马久邑，我沿着环海路寻找着，然后在离海途客栈不远的地方发现停着一辆大理牌照的奥迪Q7，起初我不确定，直到我在离车不远的海岸边发现了叶芷。

这辆车似乎是她借来的，之所以是Q7，为的是应付回小城那段必经的坑洼山路，我心中是说不出的愧疚，在我感到迷失的时候叶芷已经做好了所有的准备，而她是一个极其聪明的女人，一定知道选择和我回家意味着什么，否则也不会给我发那条信息。

我在她的身后站了片刻，然后才走到她的身边坐了下来，我不敢去看她此时此刻的样子，只是抬头望着从海东映射过来的那片迷离灯光，低声向她问道："怎么一个人来洱海边了？"

叶芷看着我："你不觉得这里很能给人安全感吗？"

我下意识地看了看，夜幕已经笼罩了一切，而那些从苍山背面吹来的风好似可以收割一切情绪，然后扔进洱海里，无声无息。叶芷说得没有错，也许肉体会因为寒冷受些罪，可是灵魂却被很好地保护了起来。

我懂，却不知道怎么开口回答她。片刻的沉默之后她的长发被风吹起，又落在了我的脸上，是一阵清香，也是一种毫无距离的亲密。我忽然很想亲近她，就在这个地方。

"米高，能说说你对我的感觉吗？"稍稍停了停，她又说道，"你是一个很矛盾的人，所以我很害怕误解了你传递过来的信号。"

"我喜欢你。"

风吹起了海浪，海浪带来了潮水声，潮水打湿了礁石，礁石支撑着叶芷，叶芷身边是心跳加快的我。

许久之后，她才回道："我该相信你的。从你为了我去上海我就感觉到了，我知道上海这座城市对你来说意味着什么，可正因为明白，我才更矛盾。因为你同样也是为了一个女人不愿意去正视这座城市……"叶芷低落地笑了笑，"就像是四季轮回，潮起潮落，我这朵在你心里重新盛开的花真的能让你忘了黎明来临之前的痛苦吗？还有那个叫陆佳的女人！"

我看着她，她却转移了目光看向了与黑暗融为一体的远方，我不知道她的心是

333

随风飞走了,还是依然为我停留着,也或者她根本就没有想过要走,她在意的仅仅是我会给她一个什么样的答案。

我终于对她说道:"女人真的很敏感,你也不例外。"

"这样会很累,对吗?"

"我没有办法去体会你现在的感受,如果我可以,也许一切就没有那么难选择了,可是,我真的很喜欢你!"

叶芷沉默,许久之后她轻声对我说道:"米高,我冷……"

我轻轻将她拥入怀里,她的身子在轻颤,下一刻我却比她颤得还要厉害。我多希望时间能够停在这里,我们就像洱海的水、苍山的石头,坚守在这里,永垂不朽!

风中,叶芷又往我的身上靠了靠,她轻声对我说道:"在遇到你之前我从来没有这么惦念一座城市,大理在我眼中与其他城市并没有什么本质的区别,后来我懂了,喜欢上一座城市是因为恋上了这座城市里的人。爱情真的很奇妙,它会给你动力,让你去做很多曾经不喜欢的事情,也会潜移默化地改变着你。你知道的,出生在我这样的家庭,其实有关命运的很多选择在很早的时候就已经被注定了。结婚无非就是从一群跟自己家族有利益往来,或者说门当户对的男人中选一个相对不反感的男人组建家庭,以前我不排斥这么做,因为这就是设定好的程序,是命运。直到遇见了你,虽然以后一定会有各种各样的麻烦,可是你在我心中一点儿也不平凡!"

叶芷说完后便看着我被摔伤的手,她没有嫌弃,轻轻地放在了自己的脸上。

感受着她的温度,我眼角湿了,没让她看见。

白天的大理和夜晚的大理就像是两座完全不一样的城市,特别是洱海边,这样的区别更加明显,而我更喜欢夜晚的大理,深邃迷离,又充满了思考的空间。

我终于冷静了下来,于是又将靠在怀里的叶芷抱紧了些,然后想了一些关于未来的事情。

我嘘出一口气,轻声对她说道:"在这之前我也很矛盾,特别是在陆佳出现的时候,我身上背负着很沉重的压力——"

叶芷好像很介意,所以很少有地打断了我,说道:"我知道你不能完全忘记她,她也一样,我能感觉到她来大理的目的不是那么简单。"

我不想隐瞒,低沉着声音回道:"是,她想复合,虽然她没有亲口说出来,但是有这样的迹象。"

叶芷不语,她离开了我的身体,恢复了之前的坐姿,而我这才发现潮水已经打湿了她的鞋,原来她一直在忍受着潮湿和冰冷。

我点上一支烟,也默不作声地吸着,虽然我知道在这样的情境里不该说这些,但这些事放在心里始终是个隐患,况且我觉得叶芷也有选择的权利,我如果选择瞒着她,不仅是不尊重她,也没有将我们两个人放在一个平等的位置。

而平等，已经成为我对待感情时最想守住的一个原则。

她终于开口向我问道："米高，你想和她复合吗？"

"在回答这个问题之前，我想和你说另外一件事情，这件事情很重要。"

"你说。"

我失神地听着潮水的声音，许久之后才低沉着声音对她说道："我在上海的这几年，除了有陆佳这个女朋友，还有一个叫汪蕾的异性朋友。我们是同乡，我先她一个月去上海发展的，我做了一份挺普通的工作，而她选择了一份很困难的工作，可能很多人不理解，可是我却理解她……"

我吸了吸鼻子，然后又想起了那场改变了无数人命运的大地震，虽然汪蕾侥幸活了下来，但她还是在几年后不幸地死去了，甚至是以一种更残忍的方式。

叶芷向我问道："她是有什么苦衷吗？"

"我不知道这算不算是苦衷，但她真的是个很不幸的女人。她原本也有一个非常幸福的家庭，可是那场大地震夺走了属于她的一切，包括她的父母。说真的，这个世界上的穷人太多，仅仅是活着就已经让我们竭尽全力。后来我知道了，她一直在尽自己最大的能力去帮助那些和她一样命运的孩子，她用赚来的钱在他们那里捐了一所希望小学，学生都是那些在地震中失去了父母的孩子。"

叶芷看着我，我的喉结滚动着，然后就掉了眼泪，虽然很多时候我想起汪蕾已经不会像刚开始那般痛彻心扉，可是人的情绪很奇怪也很莫名，当我对着自己喜欢的女人说起这段往事时，我又开始痛彻心扉。也许，我渴望她了解我，也渴望她理解我的深沉和痛苦。

叶芷轻声向我问道："她还在上海做着那份工作吗？"

我咬着没有吸完的烟，摇了摇头："她死了，死于意外。在她出事之前，我们曾经在酒吧见了一面，也就是那一次她和我说起了去大理的事情，她觉得我在上海过得太压抑，而大理是一座包容的城市，所以她建议我在大理开一间客栈，并且给了我十九万。她说，如果我在大理开客栈能稳定下来，她就放弃那份工作，也来大理。说真的，虽然那时候我刚和陆佳分手，有点儿心灰意冷，但是我没有想过要离开上海，因为我不是一个喜欢改变的人，直到她死后。"

一阵冷风从我和叶芷之间吹过，但是我们没有再靠近，并且一起沉默了很久，直到我手上的烟渐渐烧完。

"所以，你是带着她未完成的愿望和梦想来大理的？"

"一大半是。"

"另外的一小半呢？"

"某一个瞬间，我忽然就真的对上海这座城市心灰意冷了，觉得没有什么还值得自己去眷念，大概就是一种特别绝望的感觉吧！"

稍稍停了停，我又说道："可是离开上海对我来说并不是终结，在来找你之前，我和桃子见了一面。她告诉我，在我和陆佳分手之前汪蕾曾经和陆佳见了一面，这绝对不是巧合，因为她们算是两个比较对立的人，也谈不上有友情，所以那次见面她们一定是有目的的，或者说达成了什么共识，现在汪蕾已经不在了，所以知道真相的也就只剩下陆佳！"

说完了这些，我不再说话，也不再解释，我相信叶芷这个极其聪明的女人能够弄清楚这里面的关联以及起因和后果。

潮水声中，她终于开口对我说道："听了你说的这些，我觉得你好像活在一个更加立体的世界里，而我才是那个活在千篇一律中的人……"

她有些伤感地笑了笑，然后又对我说道："所以，你觉得陆佳选择分手是有苦衷的，而你很在意她的苦衷。"

我的心收紧，因为这个回答至关重要，也决定了我对叶芷的态度。

叶芷的目光一直没有离开我，我从礁石上站了起来，轻声对叶芷说道："我想牵你的手在环海路上走一会儿，可以吗？"

叶芷迟疑了一下，但还是对我点了点头，可能她也想给我一点儿思考的时间。她是一个体面的女人，不会容许自己的男人三心二意，而我此时的想法则简单了很多，我真的想牵住她的手，就像情侣一样，哪怕只有一会儿。

海途客栈的门口，我牵住了叶芷的手，然后沿着环海路从马久邑向才村走去，路上我们都没有过多的交流，而我就像是一个贪婪的孩子，将她的手越握越紧，我怕失去这种感觉，更怕这就是我们此生的最后一次见面。我知道爱情有时候真的会因为一言不合而死去，尤其是这种刚开始的时候，这种需要被呵护的爱情。

走着走着，叶芷在我之前停下了脚步，她先是注视着我，然后又从随身携带的包里拿出了一把车钥匙，递到我手上，说道："在我心中，你是一个成熟的男人，所以我信任你的每一个选择。这把车钥匙你拿过去，如果你想通了，觉得必须要我陪你回小城，你就去找我。如果你不想失去陆佳，那你就去找她。车子用完了就还给我的朋友，会有人来找你取车的。"

我的心在滴血，问道："你呢？"

"就当这是一场梦……"稍稍停了停，她又说道，"我们都必须尊重爱情，我不否定你喜欢我，但是爱情的世界里没有三心二意。"

叶芷松开了我的手，同时另一只手将车钥匙放进了我的口袋里。

看着她离去的背影，我失魂落魄。但这次，我们都没有错，我们只是选择了一种更理性的方式去对待爱情。

庆幸的是，我还有选择的机会，而选择也让我感到痛苦不堪！

叶芷已经乘车离开，只剩下我独自回到了我们刚刚见面的马久邑，我还是坐在了那块礁石上,然后看着叶芷留下的车钥匙发呆;这似乎是一个充满选择的夜晚,除了叶芷借来的这辆奥迪Q7,我还有一辆小忍者摩托需要弄回去,但是我却没想好,两辆车之间谁先谁后。

一个人的孤独中,我再次将手机从口袋里拿了出来,一看时间,已经过了深夜的十二点,而明天就将是今年的最后一天。

我有点儿乏力地躺在了礁石上,然后又对着闪烁着星光的天空发呆,此刻我倒是真的冷静了下来,可是时间却在我的感知里变得极其漫长,我每呼吸一次就几乎忘了上一秒在想什么,下一秒又该去想些什么。

忽然,又是一阵揪心的痛感,我觉得自己好像失去了叶芷,虽然我还可以选择。

我终于给马指导发了一条微信:"要是你在大理就好了,哥们儿想和你一醉方休。"

"你这是又被水给煮了?"

"被雷劈了,外焦里嫩!"

"说说,是什么事儿?"

"我觉得女人都太敏感了,什么样的女人都不例外。"

"哦,那就是感情上的事儿了,你接着说。"

"我前女友来大理了,感觉她想复合。"

"你觉得这是好事儿还是坏事儿?"

"不能以好坏来评判,但很麻烦。我从桃子那里听说了一些事儿,她当时选择分手好像有苦衷。"

"什么苦衷?"

"我说的是好像有,所以我肯定还没弄清楚啊!"

"要我说,真没必要弄清楚,你只要明白自己对她是不是还有感情就行了。"

"我第一次遇到这事儿,心里有点儿乱!"

"你这辈子要是能遇到第二次,算你牛!"

"给哥们儿出点主意。"

"新欢和旧爱的选择?"

我含糊着回道:"差不多吧。"

"你也是够惨的,碰上了这样的事情。"

"这话怎么说?"

"你要是选择新欢,肯定有人说你是喜新厌旧,你要是选择旧爱,又会有人说你不识抬举,所以你怎么选都会有人骂你。"

"我不在乎别人怎么看我,我只是不想她们任何一个人伤心。我也不是把自己当情圣,只是觉得她们都是好女人。"

"是不能伤害好女人。"

"唉，你这么说，我不是更解不开这个心结了嘛！能不能说点儿有用的？"

"选旧爱。"

"为什么？"

"破镜重圆，多好的词儿！"

"这事儿我就不该问你。"

"你要是不满意哥们儿给你的答案，那你心里不是已经有选择了嘛。"

我怔了一下，然后心里又想了一些关于和叶芷一起回小山城的画面，这次和从前不一样，以前我和叶芷是在装情侣，这次我们真的成了情侣，还有什么能够比这种名正言顺的关系要更加美好的呢？

我又费了很大的力气，想了另外一种可能性，假如我带回去的是陆佳呢？

瞬间我就失去了想象的能力，在我的记忆中，我爸妈还是挺喜欢陆佳的，但时过境迁的今天，他们还能将这种喜欢延续下去吗？我有点儿不知所措。

许久之后，我才回了马指导的信息："感觉好像被你开了一枪！"

"自己再好好琢磨琢磨，谁更适合跟你结婚？"

这条信息让我又很努力地想象出了两个画面，忽略情感上的选择，当然是陆佳更适合跟我结婚，而叶芷即便是我的女朋友或者妻子，也始终是一种高不可攀的感觉。

瞬间，我觉得马指导又对我开了一枪，把我打成了筛子，却一无所获。

我将手机扔在了一边，终于醒悟，这根本就是一件别人参与不了的事情，而一旦用权衡的眼光来对待爱情，实际上就已经落了下乘。

快要一点的时候，我打电话叫来了租车行的小宋，让他帮我将叶芷留下的那辆奥迪Q7开回了九隆居附近的一个停车场，自己依然骑着小忍者回了九隆居。

我将小忍者停在了一盏相对要亮一些的路灯下面，然后从屋里拿来了一卷透明胶带，将之前摔碎的护板又粘在了一起，我是不想让这辆摩托车有缺失的，可是这种罕见的车配件相当不好买，在我没有找到货源的时候也只能先这样了。

夜深人静的时候我无心睡眠，便又坐在二楼的阳台上点燃了一支烟，一阵思虑之后我终于拿出手机给那个占用了陆佳号码、此时已经在丽江的那个女人发了一条信息。

"睡了吗？"

"没睡，知道你会发信息，可你这反射弧是不是也有点儿太长了！"

"心乱。"

"就怕你不乱，我都不知道你是怎么想的。最早的时候，看你发的信息对陆佳多情真意切，这转眼才半年就有了新欢，你到底是个什么样的男人哪？"

"你要觉得我是渣男你就骂，骂完了，跟你打听个事儿。"

"渣男。"

我吸了吸鼻子,心里莫名不好受,但还是发信息问道:"看你说的这些话,应该知道陆佳去哪儿了吧?"

"你早干吗去了?现在才打听。"

"你别埋怨我了,有些事情你不知道内情,我觉得我和陆佳之间可能还有话没有说清楚。"

"我就是一个旁观者,没有必要知道你的内情,在我接收到的信息里你就是一个喜新厌旧的渣男。"

我有了火气,快速地回道:"你搞清楚,这些都是在我和陆佳分手后发生的事情,当初也是她选择的分手。如果你是我,你又能怎样?还是说你能比我处理得更高明?如果不能,就麻烦你心平气和地把你知道的告诉我。"

这次她过了片刻才回道:"我承认我是有点儿过激了,这事儿不能单纯怪你,陆佳她自己也有责任。"

"她有什么责任?"

"这个我不好多说,你自己和她谈。"

"她人已经走了,我联系不上她,你能给我一个她的联系方式吗?"

对方明显有些犹豫,又是片刻之后,她回道:"你要真觉得她对你来说很重要,那你就去昆明找她吧,她买了明天下午从昆明飞巴黎的机票。你决定去的话,我帮你问清楚她住在哪个酒店,但联系方式我不能给你,如果你们没选择在一起,不能让她再换个电话号码吧。"

"好,我不问,最后向你确认一件事情,我们分开的大半年她是真的去法国留学了吗?"

"千真万确。"

放下手机后我的心情极度矛盾,我知道我不该去昆明,可潜意识里,又有那么一个声音在支配着我,让我必须和陆佳见一面,这个声音存在的方式特别强大,很快就让我坐立不安。

下一刻,我便看见了叶芷留下来的那把车钥匙,好像它不仅仅是一把车钥匙,也能解开一把锁,让我在现在和过去之间做出一个选择。

是的,除夕夜我不该只有自己一个人过,我应该解开心结,然后明明白白地和叶芷相处。

或者,是另外一个结局。

而这些也是叶芷希望看到的,所以她给了我这个选择的机会。

我做了一个深呼吸,从桌上拿起了车钥匙,然后又透过木质的窗户看向了被夜色笼罩的九隆居,就如同我此刻的心情,迷茫、挣扎、无心睡眠,也难以冲破,很快我就在理性和感性的旋涡中沉浮了好几次。

我点上一支烟缓解着，然后不禁又想起了陆佳和叶芷，那与我处于同一个时间点的她们此刻又是什么样的心情呢？

我大概能想到，可是具体到她们的身体形态和一举一动上，我又模糊了。

片刻之后，占用陆佳号码的那个女人又给我发来了一条信息："我问到了，陆佳住在机场附近的机场宾馆，602房间，去不去你自己选择，但我提醒你，时间不多了，一旦陆佳上了飞机，你们之间也就真的结束了。"

"谢谢。"

"那你是去还是不去？陆佳肯定是想你去的，要不然她不会把房间号告诉我。我这么问你吧，如果没有那个女人的出现，你会这么犹豫吗？恐怕直到现在，你心里想的还是陆佳吧！"

"她的出现没有什么不对，我犹豫也没什么不对。相反，我觉得你总是站在道德层面给我压力的做法让人没有办法接受。"

"是吗，也许有一天你会感谢我呢？我问陆佳了，她说那个和你相处的女人厉害得很，全身都是奢侈品牌不说，光一块手表就价值好几十万，你真的能驾驭住吗？还是说，你心里就是图她点儿什么？"

"以前我总觉得你是个爱憎分明、很有性格的女人，但你现在和我说的这些让我感到特别失望！"

"失望什么？是因为我的话说到你的痛点上了？"

"我没心情和你一个什么都不知道的人解释。"

"我知道的未必就没有你多。"

"你知道什么你倒是说啊，这么玩我很有意思？"

"我的时间很宝贵的，不会无聊到去耍你一个素未谋面的人，我只是希望你能善待陆佳，她值得你这么做。"

我们的聊天在这里终止，我没有再回复，而片刻之后，我又翻出了那条转账记录，一共八千四百块钱，可陆佳却连一个晚上也没有住，其他的放在一边不说，这笔钱我也应该还给她，因为对于她来说这并不是一个小数目。

重重地嘘出一口气，我终于拿起了车钥匙，然后向屋外走去，而目的地就是昆明的机场。

叶芷借来的这辆车子大概是一个女人开的车，因为后视镜上挂的是一只手工花环，在我启动的一刹那，车载播放器便开始播放起了歌曲，我不知道这个女人是什么样的品位，但是这漫长的一路我却真的需要音乐陪着。

人一旦陷入情感的旋涡就容易变得矫情，所以听那些有关回忆和情感纠缠的伤感情歌都会觉得是在唱自己的经历，我越听越难过，便打算换成广播台，听一些轻松一点儿的谈话节目。

而就在这个时候，顺序播放的歌曲切换到了《淘汰》，记得跟陆佳分手的那段时间我曾反复听过这首歌，因为里面的歌词完美映射了我当时的心情，我仍记得那种痛彻心扉是什么感觉，我不停失眠，好不容易睡过去也总是做一些和陆佳有关的梦，梦见我们并没有分手，甚至比以前更开心地过着日子。

醒来后，我由失望转绝望，然后点上一支烟，就这么从清晨坐到上午，不知道自己在想什么，也不知道自己该做一些什么。

耳边这熟悉的旋律和歌词让我又回到了那段看不到希望的日子，最大的期望，就是有一天陆佳能突然回到我身边，然后告诉我这一切只是梦，她依然爱着我，不顾一切地爱着……

我就靠这样的信念将日子坚持了下来，直到看清了现实，直到所有的痛苦淡去。

可是现在陆佳真的回来了，我却踩在时过境迁的碎石上摸不着方向。

将近四百公里的路，我从深夜开到了早晨，当我将车停好，从车里走出来的那一刹那我的脚就像踩在了棉花上，这是因为过度疲劳而造成的幻觉，而相比于疲劳带来的虚空感，内心的忐忑却更加真实，我并没有因为这漫长的一路而找到面对陆佳时该有的正确情绪。

进了宾馆，我没有直接去陆佳所住的那个房间，我就守在休息大厅，然后让前台给她的房间打了一个电话，告诉她有人在下面等她，而之所以不直接进房间，是因为我想尊重自己和陆佳现在的关系，也尊重叶芷对我的信任。至少叶芷一定不会希望昨天夜里说着喜欢她的我，今天早晨就和陆佳以孤男寡女的身份共处一室，并且还是她住的地方。

五分钟后，陆佳穿着睡衣从电梯里走了出来，她的眼睛有些红肿，不仅是哭过，大概也是一夜没有睡好。

她在我的对面坐了下来，然后向我问道"为什么不进房间里说，你是很介意吗？"

"我只有一个问题，你给了答案我就走。"

陆佳先是沉默，然后又笑了笑说道："你这么大老远地从大理追到昆明，我以为你是回心转意了呢！"稍稍停了停，她接着说道，"说真的，米高，我一直很自信，虽然你现在的女朋友看上去完美得不行，但是和你相处三年一起尝遍酸甜苦辣的是我，你不可能这么快就放下我，所以你一定是回心转意了。"

"你先回答我的问题，我们在分手之前你和汪蕾见了一次，那一次你们到底聊了什么？"

陆佳脸上的表情变得很复杂，又是一阵极长时间的沉默之后，她对我说道："汪蕾人都已经不在了，你就算弄清楚这些又有什么意义？"

"那我换个角度问你，你当时为什么要选择分手？真的是因为在我身上得不到安全感和希望吗？"

陆佳反问道："你觉得那个时候的自己能给我安全感吗？"

我有些艰难地回道："不能……但这也不应该是你给我的答案，陆佳，咱们之间就不能开诚布公地聊聊吗？"

陆佳注视着我，然后点头回道："是，没错，我这次从国外回来就是希望我们之间能回到过去，但这是有前提的，如果你还爱我，我们之间怎样都可以，如果不爱了，那我又何必需要你来施舍？再说，靠施舍得来的爱情真的能够长久吗？"

陆佳的这番话也让我陷入了思考中。

"所以米高，时隔半年后，你还像当初那样爱我吗？"

我抬头看着陆佳，她又轻声对我说道："如果你还爱我，那我们之间就做个约定，你再等我两年时间，等我在法国学完所有的课程，拿到学位，我就回国和你结婚。到那个时候，我们的经济基础只会比现在更好，那之前存在的一些矛盾自然而然也就不存在了。反之，如果你真的爱上了别人，我不会再打扰你，其实事情就是这么简单！"

在陆佳给了我这个选择题之后，我的心情有了很真实的变化，在我们相处的这几年中，我曾经幻想过我们举行婚礼的那个画面，也许是因为相爱，我一直都觉得穿上婚纱的她一定是这个世界上最美的女人！

此刻她终于和我说起结婚这个话题，瞬间的恍惚中，我竟然觉得我们之间并没有经历过分手，只是一次历经半年的分别，以后我们还会像从前那样，虽然各自工作，但也会一起吃饭、逛街、看电影，而到了周末，她会留宿在我的出租屋里，睡觉之前我们会躺在沙发上看部电影。

不，如果我们真的选择复合，那我也该在上海买套房子了，而所有关于出租屋的记忆都该彻底忘记。

直到一阵飞机飞入云层的轰鸣声传来我才回过了神，然后看着坐在对面既熟悉也陌生的陆佳，点上了一支烟。烟雾的弥漫中，这半年在大理生活的点点滴滴又变得清晰了起来，我已经脱胎换骨，不愿意再做一个被囚禁在大城市里，终日为了一份工作而绞尽脑汁的小市民。

我有了抱负和更重要的责任，我的身体，甚至是身体里的血液都应该是自由的，而不是被大城市里由钢筋水泥和灰尘吞噬成一个麻木的机器。

我终于低声对陆佳说道："我不喜欢等，也已经找不到当初喜欢你的那种感觉，所以我不会回头了。"

陆佳不知所措地看着我，她的手拉紧了自己的袖口，松开，又拉紧，她似乎在强忍着，许久之后，她眼中含泪却笑着对我说道："米高，你还记得吗？两年前，我曾做过一次阑尾炎手术，那时，你放下工作，日夜不停地在医院陪着我。为了能让我喝到好喝的豆浆你每天早上五点钟就起床去那个离医院有五六站路的老字号早餐店排队，我一直以为你是打车过去的，直到有一天上海下了雪，你满头冰碴地拎着早餐出现在我面前，我才知道你连打车的钱都舍不得花，但是给我买的却是好几十块钱一份的早餐。那一个瞬间，看着你双手通红却解开围巾对着我笑的样子，我决定这辈子非你不嫁……"

陆佳的情绪有点儿失控，她的声音已经哽咽，又说道："可是在有了这个念头之后，我还是选择了和你分手。原来人真的是会变的，那我又凭什么要求你一成不变呢？你走吧，我不会再纠缠你，我只会好好去思考，为什么这样一份感情会变成现在这个样子，这到底是因为我们中间的谁做错了，还是人性使然。"

我不语，但心中很伤感，陆佳说得没错，不仅是她，曾经某一个瞬间我也有过非她不娶的信念，但我们终究还是被时间改变了。

"米高，希望我们之间的改变不会出现在你和她身上，真心祝你们能一直好下去，你走吧，这次我看着你走！"

我先是沉吟，又低声说道："好，走之前我把你之前付的房费还给你，给个付款的二维码吧。"

"我想要现金。"

"那你等会儿，我去取给你。"

宾馆的外面就有一个取款机，我从里面取出了一万块钱的现金，然后数了八千四百块钱给了陆佳。

我以为自己会因此轻松下来，可是在转身离去的那一瞬间我的心却像是被刺了一下，明天就是除夕夜，不知道在飞机上度过的陆佳会是一种什么样的心情。

但我知道，她来的时候一定心怀期待，以为我们还能像从前那样为了爱情亲吻拥抱，为了破镜重圆喜极而泣。

我又忍不住回头看了她一眼，她的眼神就和那个雨夜我站在十九楼看着她离开时一样。

开了一夜的车，我不敢再冒险开回大理，所以在上了高速后没多久，我便在昆明附近的一个县城里停了下来，然后订了一间房。因为县城比较小，也没有实行不让燃放烟花爆竹的禁令，所以当我躺在床上的时候，四面传来的都是爆破的声音，我脑袋嗡嗡作响，继而感觉自己的状态很不好，我太想睡觉了，可是无论如何都睡不着。特别是闭上眼睛的时候，总是有陆佳的样子，还有那些没有完全忘记的过往。

是，我是爱陆佳的，但出于一些原因，我丢掉了要和她在一起的想法。

而我对叶芷更多的是喜欢，要说浓烈的爱，还没有到那个程度。

虽然此刻的我很混乱，但这是我唯一还能清醒做出的判断，因为在我的爱情观中，爱情必须是在一起有所经历，才叫爱情，比如柴米油盐，比如一次面红耳赤的争吵。

343

显然，这些在我和叶芷之间都没有。所以，这只是喜欢，是好感，是想在一起的冲动……

但是，这种冲动靠得住吗？我第一次这么问自己。或者，我不想和陆佳复合，真的是因为这种想和叶芷在一起的冲动战胜了一切？

不是，这是我对生活的选择。而冲动的背后，我也依然恐惧自己和叶芷之间那巨大的差距。我特别希望我们之间能有一点儿余地，让我去掩埋掉这种恐惧。

这种情绪渐渐在我的心里演变，然后成了对事业的渴望。

我好像更加清醒了，我意识到自己现在最需要的并不是一份存在差距的爱情，而是一份能真正让自己有底气去面对这个世界的事业。

我心里有了一个很明确的选择，我不能因为选择了放弃与陆佳的这段感情，就迅速选择和叶芷开始，这不是我最好的状态。因为我和叶芷之间不仅存在着极大的差距，而我也不能做到立地成佛般忘了陆佳，忘了这次冲击到灵魂深处的选择。

我并不是一个纯粹的我，而所有的不纯粹都是对叶芷的不尊重和亵渎，我更担心叶芷此时的选择也是源于一种不成熟的冲动，有一天她厌倦了之后，会后悔自己今天的选择，继而与我分开，与其有那一天，那为什么不趁着还没有开始给对方一点儿空间和余地呢？

我终于从手边拿起了手机，然后遵从自己的内心想法，给叶芷发了一条信息："我想好了，也有了选择，我们给对方一点儿空间和余地吧。如果一年后我们还是像现在这样，觉得必须和对方在一起，那一定是一份成熟可靠的爱情。"

我以为叶芷会领会我的意思，很快回信息，可这次我却等了很久也没有等到，而随着时间的推移，我的内心开始忐忑，于是更加没有了睡意。

我点上烟，在床上坐了很久，我终于等来了叶芷的回信。

"你对陆佳是不是也是这么说的？这一年里，你可以拖住我们，然后一边享受被爱的感觉，一边慢慢在我们之间进行权衡。如果是这样，那抱歉，我等不起，也配合不起。我要的更不是一份充满权衡的爱情，与其开始了后痛苦，不如永远都不要开始。"

叶芷的信息轰炸了我的脑袋，我似乎触犯到了她的逆鳞，而我之前的判断也没有错，像她这么优秀的女人眼睛里是真的容不下一粒沙子的，而我却是一个沙堆。

我忽然觉得很累，心态也发生了变化。我似乎这一辈子都达不到叶芷的要求，或者说我需要小心翼翼地去维护这段不够对称的爱情，然后被爱情奴役。

可是我却忘了自我检讨，在对叶芷说出这个决定时是不是伤害了她对我的情真意切，虽然我说的是对的，但选择了一个错误的时间，用了错误的表达方式。

人嘛，面对爱情的时候总是容易胡思乱想，且敏感又脆弱，而我和叶芷这两个看上去成熟稳重的人也未能幸免。

所以，我竟然没有选择解释，而是很是感性地回道："我也不喜欢一份充满了怀疑的爱情。如果你觉得我是错的，那就永远都不开始吧，反正我们也不是一个世界的人，不能因为那一点儿好感，就觉得可以吃一样的米，过一样的生活。"

跟我预想的一样，在我发出那条代表决裂的微信之后，叶芷没有选择回复，而不回复对我来说就是一种默认的态度，我因此感到痛苦。

我将手机放在了床边的柜子上，然后双手重重从自己脸上抹过，我特别想好好地睡一觉，虽然醒来后陆佳已经远走法国，叶芷也不再是那个愿意与我亲密的人，但那又怎样？一穷二白的我，难道还会惧怕那么一点儿孤独吗？

我是不惧怕孤独，可是却害怕在孤独的时候想起她们中的任何一个。

片刻之后，我真的因为极度困乏而睡了过去，可是没能睡多久，便又被客人打来的电话给吵醒了。客人临时有事，要急着退房，可是我却不在大理。于是我只能请保洁阿姨帮他办了一下退房手续。

没过多久，又有另外一个客人给我打来了电话，说是卫生间里的暖风机出了故障，他没有办法洗澡，让我尽快给他解决。

做客栈就是这样，所以此刻的我也意识到事业已经将自己和大理彻底捆绑在了一起，我离不开大理，也丢掉了绝对的自由。话说回来，这个世界上哪有绝对的自由呢？爱情也是如此，爱情里面有规则，有权衡，有脾气，也有各种各样的性格的人。

所以，我和叶芷大概也就只能这样了。

中午的时候，我在旅店附近的小卖店里买了两罐红牛，然后便强打着精神开车回了大理。路上，我看见了一架刚起飞没多久的飞机，直插云霄。

未必就是陆佳的那个航班，却勾起了我心中关于她的一些记忆。虽然我知道再想起这些已经没有什么意义，但人真的是控制不住自己，我想，如果这些年我们哪怕有一件事情做对了，恐怕也不会是今天这个局面。

可是为什么，两个有性格、有思想、有文化的人，却没有能力在相处过程中做对一件事情呢？

反思了很久，我终于有了答案，也许坏就坏在有性格和有思想上，这让我们变得很挑剔，容易感到不甘心，所以选择就在所难免！而我和叶芷也是这样，这倒是和身份地位没什么关系，完全就是性格使然。

恍惚中，我差点儿追尾一辆因为前方堵车而急刹的轿车，堪堪跟着刹停后，心里一阵慌乱。

我打开窗户，点上一支烟，等待着前方疏通，然后莫名就不开心了，我好像突然走了霉运，但这能怪谁呢？反正这个年，大概是过不舒服了。

快要傍晚的时候，我终于回到大理，怕影响客人的入住体验，我来不及去排查暖风机的故障，直接买了一台新的，然后又请搞水电的师傅进行了安装。

345

我连吃饭的时间都没有，一边要迎接新的客人一边又要安排保洁阿姨，为有打扫需求的客人打扫房间，时不时还会来点儿突发状况，需要和客人沟通解决。

这也正常，毕竟这间客栈是在超负荷运营，设施却没有完全跟上，所以相对于专业的酒店和客栈，当然会更容易出现问题。但难受的是我身边没有一个帮手，解决问题的只有我自己，我会因此感觉心力交瘁，何况情感上还遇见了这么伤神的事情，我早就已经熬不住，全靠拼命撑着。

夜里十一点时，我又接到了一对从成都来大理过年的情侣，路上我和他们聊了一会儿，他们说今年成都那边的雾霾特别多，所以很多成都人选择了去外面过年，而空气质量非常好的云南就成了他们度假的首选地，所以这也是大理旅游市场如此火爆的一个重要原因。

我让保洁阿姨将陆佳住的那个房间打扫了一下，并更换了床上用品，然后安排这对情侣住了进去。

当看着他们关上房门的时候，我不知道自己心里是什么滋味，只觉得今天早上还见了面的陆佳至此就算是彻底与我无关了，而她的未来到底是什么样子，最后选择与什么样的男人在一起也与我无关。

走出九隆居，我一个人在面店里要了一碗素面，机械地吃着，然后又逼着自己想了一些事业上的事情，毕竟这间客栈只是临时的事业，而我又不想去曹金波那边发展，那过完年我肯定得再找一个项目去做。

想起过完年这茬，我很头疼，按照之前的计划，我是要回家一趟的，并且叶芷也会和我一起，可现在这个局面……我也没脸再和叶芷提起这个事情。

这么犹豫了片刻，我从口袋里拿出了手机，终于鼓起勇气给她发了一条微信："跟你说个事儿，你从朋友那儿借来的这辆车我今天不小心蹭了一下，漆面有点儿受损。你看，是不是先和你朋友打个招呼，我再开到修理厂去补一下。"

片刻之后，叶芷回了信息："怎么会蹭了？你人没事吧？"

"之前没开过这么大的车子，有点儿不顺手，过小巷子的时候和路边的花坛蹭了一下。"

"我让人过去取车，你把车子还了吧。"

"这样不太好吧？"

"小事情。"

"那行吧，你是现在就让人过来吗？"

"嗯。"

虽然我们一直在谈车子的事情，但是叶芷也已经间接给了我答复，她不会再跟我回小城了，所以她才会让人现在就把车取走。对此，我也不能怪她失信，毕竟她给过我机会。

片刻之后，就有一个男人找了过来，然后从我这里取走了车子，而这个车子的车主确实是一个女人，这个来取钥匙的男人是她的司机。我提出支付一千块钱的赔偿，他说不用，因为车主就是在大理开奥迪4S店的，所以这点儿小修小补也谈不上什么成本。

男人走后，我又给叶芷发了一条信息，告诉她车子已经被顺利取走了，她没有回复。

我却更想弄清楚此刻的她是不是还在大理，如果在，明天要怎么过除夕。

不，是今天，因为不知不觉中已经过了十二点。

一瓶啤酒喝完，叶芷终于回了信息："米高，谢谢生命中曾经遇见过你，让我看到一个不一样的世界，这个世界很新奇，很有人情味，可是这也更加证明了我们确实不是一个世界的人，你说得对，不能因为那一点儿的好感就觉得我们可以吃一样的米，过一样的生活。感性之后我们还是摆脱不了现实的枷锁，所以我走了，祝你一切都好！"

我的脑袋一阵嗡嗡作响，一次争执之后，叶芷竟然选择了用我最不愿意看到的方式离开了大理，离开了我，想来这就是她不啰唆的性格，可是我真的很难受！

我赶忙回信息："能不能过完年再走？我觉得我们之间不应该用这种方式告别，我会觉得这是永别！"

信息发出去之后，信息条上先是一个圈在转，然后便是对方和你已经不是好友关系的官方信息提示，还有一个刺痛着我的对方不再接收信息的红色感叹号。

我嘴角抽搐，将手重重地放在自己的头发上拉扯，又自嘲地笑着。此刻，我想有一面镜子，然后看看镜子里的自己到底有多心碎，有多失落，又是何其地孤独和无助！

无比深邃的夜色中，我骑着小忍者一路狂奔，然后倒在了环海路上，倒在了被无数灯光映射着的洱海旁，我重重地呼吸着，以为这样会有足够的氧气，可精神却越来越支离破碎！

我该怎么在这美丽的风花雪月中去面对即将老一岁的自己？而此刻的叶芷又在何方？要做些什么？

我看不到她，却看到一个身处高位的女人是多么刚烈，多么不留余地。我不得不相信，在她心中威严是可以大于一切的，这一刻的她，绝对不会想起那些我们从洱海边一起捡回去的玛格丽特，也不会想起这个世界上还有我……

我的身后便是坐落在马久邑的海途客栈，也是叶芷来大理后住的第一个地方，我不知道自己为什么要来这里，但在这里，我更真实地感觉到叶芷对自己的重要性，我此刻的痛苦确实是因为失去了她，失去了这段还没来得及开花的感情。

我叼着烟，闭上眼睛笑了笑，然后就想起了高速路上的观景台和那片镶在山旁

347

边静静流淌的湖泊，而这就是我和叶芷第一次相遇的地方。

那天，戴着墨镜的她站在黄昏的景色中，好像超出了尘世，而我是一个普通的看客，欣赏着美景也欣赏着她，却不曾幻想我们会有这么一段经历，然后又在此刻变成了过往。

我挺疼的，是一种伤筋动骨的疼。

我又安慰自己，这还算是一个不错的结果，如果真的爱到非对方不可却不能在一起，那才叫真的疼！而现在我至少还有止疼的能力。

我睁开眼，将叼在嘴上的烟点燃，重重吸了一口，整个人瞬间空乏，什么也不愿意想，什么也不愿意做，只想在这个和叶芷有过很多次相遇和交谈的地方好好睡一觉。

我真的睡着了，然后做了一个梦，梦中我是一个长了翅膀的家伙，叶芷开着她的那辆奔驰大G驰骋在看不到尽头的国道上，我一路陪伴，最后我们一起停在了一片盐湖旁，白色的云浮在天上也掉在水里，水与天像是连成了一体。

而我存在的意义就是陪伴，所以呼啸而过的风中我们什么话都没有说，只有两个影子倒映在水里，与天地相融。

我被冻醒了，醒来后的第一件事情就是摸手机，幻想着叶芷将我放进联系人黑名单也是一场梦，可是那些聊天记录还在，原来美好的都是梦，破碎的是现实。

苍茫的夜色中我何其失落和伤感！

回九隆居的路上，妮可给我打了电话，她说酒吧已经布置得差不多了，要我带着叶芷去看看，她希望我们也能给一点儿意见，好让她完美地结束掉收尾工作。

推开玻璃门，妮可正将一盆玛格丽特往角落的书柜上放，看见我独自一人，问道："叶芷呢？她应该没有早睡的习惯吧？"

我回道："我不知道从什么地方开始说，你先坐下，我想想。"

妮可擦了擦手，在我对面坐了下来，然后用很关切的眼神看着我。

我点上烟，眯着眼睛吸了一口，这才说道："她已经不在大理了，微信也把我拉黑了。"

"开玩笑的吧，前两天还好好的呢。"

"就这两天发生的事儿，其实我们之间已经把话都说开了。我喜欢她，她对我也有好感，可是我没能把握住她给的机会……"我叹息，又说道，"这事儿我办得挺窝囊的！"

"你别自顾自地感叹了，赶紧说说是怎么回事儿。"

我看了妮可一眼，然后一五一十地将这两天发生的事情都告诉了她。

我挺庆幸的，这个时候还有一个人能陪我说说话，可是妮可却不这么认为，她瞪圆了眼睛，骂道："你是傻子吧，煮熟的鸭子你都能给弄飞了！"

我低声回道:"我知道自己怎么做能让她开心,可是我心里压根儿就没把这当成是随便玩玩的感情,所以就特别想对她负责——"

妮可打断了我:"打住,你这可不是负责,是在过家家。你说那些话的时候站在她的角度考虑了吗?说真的,作为女人,我第一直觉也是你在她和你前女友之间找平衡,更可气的是,她误会了,你竟然没有解释,你这情商也太感人了吧!"

"如果你是我,你会怎么做?"

"最起码我不会发信息说这件事情,我会把她约出来当面聊,让她看到自己的表情听到自己的语气,她是一个很敏锐的女人,能从你的一言一行中感觉到你是不是真心的,又是不是在撒谎。你发一条冷冰冰的信息,只会让她感觉你是在逃避,差别就在这儿,你明白吗?"

我愕然地看着正在帮我做分析的妮可,我觉得她说的有一些道理。

"你倒是说话啊,老瞪着俩大眼睛看我干吗?"

"我当时没想那么多!"

"那你知道自己错哪儿了吗?"

"用错了沟通的方式……"

"能认识到错误就好。不过,也不全是你的错,叶芷这人的心气儿也是太高了,她这可真是一言不合就动刀子哪,你这会儿够疼的吧?"

"哪儿都疼!"

"那你打算怎么办?"

我沉默了很久,才回道:"让她走吧。冷静下来想想,我们真的不是一个世界的人,就算没有这次的坎儿以后也未必能长远。"

"那你还是不够爱她。爱一个人,是想方设法地要和他(她)在一起。"

"我还听过另外一种说法,爱一个人是成全。"

"你成全她什么了?你这是在给她痛苦,别以为她就不难过。"

我看了看妮可,然后又低头吸了一口烟。

妮可从旁边的手袋里拿出了手机,似乎发了一条信息。之后,她对我说道:"万幸,我还在她的好友名单里,我刚刚给她发了信息。"

"你发什么了?"

"问她要不要一起过除夕。"

"你这不是明知故问吗?"

"你懂什么,我要直接问你和她的事情,以她现在的心情能理我才怪呢!"

"你这么问她也不一定会理你。"

"你怎么知道?"

"她八成在飞机上呢。"

妮可很是无语地看了我一眼，然后将手机放在了一旁。而我也因此对人有了更深刻的认识，妮可一定会劝我去想办法找叶芷沟通，因为她本身就是一个可以为爱而不顾一切的女人，但其他人又会劝我和陆佳在一起。

想来，这还是跟一个人对爱情的理解有关，所以爱情这东西绝对没有一个统一的标准，也没有绝对的错与对。

一阵沉寂之后，我终于开口对妮可说道："顺其自然吧，我也趁着能静下来好好想一想自己的事业要怎么做。对于一个男人来说这才是根本，对吧？"

"叶芷身边可不缺男人追求，你就不怕有其他人乘虚而入？"

"如果有，那只能说明我们没缘分……"稍稍停了停，我又低沉着声音说道，"我也真该好好静一静了。想当初我来大理，也不是冲着爱情来的，我的目的很明确，到了这个年纪我也真的需要一份成熟的事业，就算不为了自己，也得为了家人，他们操劳了一辈子，不能在退休后还为了我能不能买得起一套房劳心伤神吧。"

"你这么想倒是对的……"妮可有些伤感，她又说道，"我之所以和他分开，说到底，还是因为我们之间缺少足够的物质保障。虽然我不那么在意，但他会为我着想，这大概就是你所说的成全吧。"

"你终于看开了。"

"由不得我不看开哪！"

我恍神了一会儿，又满是感触地回道："爱情就是一盘棋，迷的都是当局人。其实我们谁都不高明，谁都会陷入自以为是的怪圈中，可是话说回来，这样的爱情才真实吧？"

妮可点了点头，继而陷入了沉默中，而我们都是这样，劝别人时会罗列出一大堆分析和道理，但真的落实到自己身上却未必能看透。

接下来的时间，我逼着自己清醒，逼着自己去琢磨已经有了起色的事业，于是我的心里又有了进一步的想法。我想找曹金波谈谈，我觉得帮他做事未必一定是打工的方式，也可以是合作的方式，但他愿不愿意接受却是未知，所以我需要在近期找个合适的时机与他沟通一次。

至于感情上的事情，暂且放在一边顺其自然，如果这过程中，叶芷或是陆佳有了新的爱人，我都会默默祝福她们的。

是的，这几年我是经历得够多了，有些事情虽然心里会很难过，但嘴上也不太愿意跟谁多说，因为言多必失，这点在我和叶芷身上已经被验证，她是因为一条信息误解了我。

时间已经是深夜的两点，我一直和妮可在女人花酒吧里待着，可是妮可发给叶芷的那条信息却一直没有得到回复。我已经很疲乏了，但还是在等着，哪怕和叶芷对话的人是妮可，并不是我自己。

妮可打了个哈欠，然后对我说道："米高，你先回去睡觉吧，有信儿了我就给你打电话。"

"我再抽支烟，完了就走。"

"那你赶紧抽吧，我是真困了……"

酒吧昏黄的灯光下，我从烟盒里摸出一支烟点上，而妮可则回了自己住的那个小隔间，开始卸妆，做着睡前的准备。

就这一个瞬间我特别孤独，特别想飞出去，在城市的灯光里滑翔，在隐秘的黑夜里洞察一切。可是，这一刻的我却糟糕到不行，我所有的想象都是迷离夜色中衍生出的奢望，这点我一直明白。

我眯着眼睛，深深吸了一口烟，然后用力放空了自己，就这么失神地听着从隔间里传来的水流声，直到一支烟吸完。

我想再吸一根，可是将烟从烟盒里抽出来时我的嗓子疼得厉害，于是就放弃了，我将桌上的白开水喝完，然后对房间里面的妮可说道："那我就先走了，有信儿你给我打电话。"

"知道了，赶紧回去睡觉吧，你也够累的。"

"记得给我电话啊。"

"心里记着呢，赶紧走吧！"

在妮可的催促声中我离开了酒吧，然后又独自走在酒吧街上，酒吧街是另外一个世界，即便已经是深夜的两点钟，依然是歌舞升平，看着那些在扭动着腰肢、在闪转灯光下疯狂的人们，我也是一阵迷幻，我不知道此刻的他们在想些什么，但我知道，他们肯定已经忘了今天就是除夕夜，而当黎明的阳光刺穿了这个世界时，就是最团圆的时刻。

可是，我的年夜饭该吃什么？又该和谁一起吃？我好像已经不那么痛苦了，却很在意这个问题。

不知不觉中，又路过了曹小北开的那间羊羊咖吧，店门已经从里面反锁了，但曹小北人还在里面，他手上点着烟，目不转睛地盯着电脑屏幕看，他倒是没变，依旧是个不分白天和黑夜的游戏狂魔。

我有点儿无聊，对着玻璃门敲了一下，又喊了一声"鬼来了"，然后就飞快地跑了。

我不知道有没有吓到曹小北，但我真的跑得很快，转眼就已经到了古城的主路上，我从口袋里找了一些零钱，然后从自动售卖饮料的货柜上买了一瓶矿泉水，找了一个舒服的地方坐了下来。我就这么一边喝着水一边对着空空荡荡的街道失神，而此刻，除了酒吧街，整座古城都显得极其冷清。

忽然，我的手机振动了一下，我以为是妮可打来的电话，触电般地从口袋里将其掏了出来，但手机却只振动了那么一下，原来是一条"澳门路易十三娱乐城"的

351

垃圾博彩信息。

鬼才知道这个"路易十三娱乐城"是个什么东西。我嘀咕着骂了一句，然后又拿起矿泉水瓶往嘴里灌着水。

昏暗的路灯下，一个矮小的人影在垃圾箱里翻找着什么，没过多久，便从里面掏了一个矿泉水瓶，然后又向我对面的那个垃圾箱走去，走到位置后那道人影继续在里面翻找着。

我没看错，就是一个穿着破烂、正在捡空瓶子的阿婆。

她打着电筒翻了一气，什么也没有翻到，然后便将目光放在了我身上，她在我的对面坐了下来，我以为她是累了，她却一直看着我手上只喝了一半水的瓶子。

明白过来后我加快了喝水的速度，然后拿着空瓶子向这个阿婆走去，递给她的同时我问道："阿婆，怎么这么晚还出来捡瓶子哪？"

阿婆耳朵不太好，我又问了一遍，她用本地方言回道："小玲上夜班，我就出来捡瓶子……"

"小玲？"

阿婆打开了话匣，对我说道："小玲是我孙女，就在附近的派出所上班，她这是份正经工作，白天出来捡瓶子丢她面子，晚上没人看到，我就出来捡点儿瓶子卖，也好帮她分担点儿嘛。"

我笑了笑，回道："阿婆，你这么想可不对哟，她不让你捡瓶子是怕你累着，可不是怕丢面子。"

阿婆笑，估计心里明白，但这么大年纪还出来捡瓶子确实会让子孙承受别人的非议，这点阿婆也明白，所以才挑了这么个时间点来做这件事情。

我挺为她感到心酸的，如果能够安享晚年谁愿意出来做这个事情呢，估计条件也是真的不好。

"阿婆，你在这儿等会儿，我去给你拿点儿好东西。"

阿婆看着我，我对她笑了笑，然后便向不远处的九隆居跑去，我那里有很多被客人扔掉的空瓶子，瓶哥那边也废弃了不少瓶子，拿来给她是再好不过了。

十分钟后，我呼哧呼哧地背着两麻袋空瓶子回到了原先的地方，阿婆没等我，但也没走远，就在附近的另外一个垃圾桶里翻找着。

我追到她身边，将麻袋放在地上后说道："阿婆，这些空瓶子你拿去吧，都是客人留在我客栈的，我也用不上。"

"小伙子，这能卖好些钱的咯。"

"没事儿，摆在我那儿占地方，我也找不到收瓶子的人，你拿去卖掉吧。"

我一边说一边又将麻袋扛在肩上，对阿婆催促道："这瓶子分量可不轻，你家住哪儿？我给你送过去。"

阿婆犹豫，大概这些空瓶子的价值在她眼里真不是一笔小数目。

我又说道："阿婆，你看这样行不行，瓶子你拿去卖，完事儿了，卖多少钱咱俩一人一半，谁都不吃亏。"

阿婆这才点了点头，然后领着我向她自己住的地方走去。

阿婆的房子就是那种在大理常见的土木结构的老房子，房子的墙壁很厚，但是窗户却很小，上面挂着几块熏肉，第一眼看上去会有压抑的感觉，不过小院子倒是挺清爽，里面种着一棵三角梅，花开得正艳，带来了一丝活泼的气氛。

我找了个角落将瓶子放下，然后又对阿婆说道："这里面瓶子也不少了，今天晚上你就别捡了。"

"成嘛，成嘛。"

"那我就先走了。"

阿婆喊住了我，问道："瓶子卖了，我咋找你？"

"我经常在那一片儿乱晃，碰上了你给我就成。"

"那不成，你这话说得都没个准儿。"

阿婆说着，又转身回了屋子，出来时手上已经拿着一个网兜儿，里面装的是鸡蛋，她对我说道："这鸡蛋都是自家鸡下的，你拿回家吃。阿婆不瞎，知道你怎么想的，可你们年轻人也不容易哪，阿婆不能占你这个便宜。"

我笑了笑，道："老久没吃过土鸡蛋了，阿婆，你这办法好，我就不跟你客气了。"

就在我从阿婆手上接过网兜的时候老房子的门忽然被人推开了，然后我看到的便是一个穿着民警制服的女人，我们都因为对方的出现感到意外，然后对视着。

怎么形容呢？大概是因为长期在户外工作，大理的紫外线又强，所以她的皮肤有点儿黑，但整个人的气质却很干净，看上去也很干练。

女人很警惕，她赶忙站到阿婆身旁，一边护住阿婆一边问道："奶，这人是谁啊，怎么跑咱家来了？"

"小伙子人品好，给了我老多瓶子，怕我拿不动，就给我送回家来了。"

女人埋怨道："我就是不放心你，才特地回来看看的，没承想你还是跑出去捡瓶子了。你这么大年纪，一个人在外面多不安全哪！"

老太太一声不吭，就像做错了事情的孩子，估计两人没少为这事儿争执过，而我则挺尴尬地站在一旁。这个叫小玲的女人，终于转而向我问道："你是本地人？"

"不是，我是在这儿开客栈的，正好客栈里有不少客人留下的空瓶子，我就给阿婆拿过来了。"

"哦，那谢谢你了，但以后碰见了你不能给她这些东西，要不然她心里更惦记。"

"我明白你的意思，但你也得理解老太太，她其实也就是想帮你分担一点儿。"

她看了看阿婆，不忍再责备。她又将我拉到一旁，压低声音对我说道："我知道你们这些做客栈的人没有早睡的,麻烦你帮忙看着点儿,我最近都是夜班,也顾不上她,你要是在那儿附近看见她捡瓶子,就给我打电话。我叫王小玲,是古城派出所的片警,你记下我的电话号码。"

"成,这事儿我愿意帮忙。"

我一边说一边在手机上记下了王小玲的电话号码。

回到客栈,已经是凌晨的三点,即便是洗了一个热水澡,可我还是云里雾里的状态,却又死活睡不着,我总觉得今天所经历的一切就像是做梦。

如果叶芷没有去很远的地方,这个时候的她该下飞机了,也不知道她有没有回复妮可的信息,就怕回复了,妮可却睡着了。

想着心高气傲的叶芷,我莫名又想到了刚刚遇见的那个叫王小玲的片警,对比叶芷,她可真是个普通到不能再普通的女人,我知道做民警这份职业不会有太高的工资,何况她家里还有个老太太,想来生活也是艰辛。

可是我不明白,同样的血肉、同样的种族,为什么人与人之间的差距会那么巨大?在我的认知里,我虽然知道一些老人活得不容易,但真正遇见了这样的老人,我内心还是真的震撼。

至此,我也算是在大理这个染缸里见识到了各种各样的人,我不知道以后会不会有更深的交集,但却看清了自己。相比于一些人来说其实我已经很幸运了!

至少我还有空间去努力,有赚钱的途径,但还有很多人都不具备这些能力,能做的也就是最原始的翻垃圾和捡瓶子这样的事。每当看着这些人,我都很疑惑,比如上海这样的城市,那些奢侈的繁华到底是怎么来的,而这些人的卑微,又是怎么回事?

番外
高山杜鹃

我失手打碎了一个杯子，引来一声惊呼，我晃晃悠悠地向身后看去。在我身后的是一个三十岁左右的女人；准确说，她有了三十岁女人该有的气质，可是容貌之间却依然保留着一种少女感，她就扎着丸子头，穿着宽松的衣服，肤白貌美。

我记得她，她是这间客栈的老板，入住的时候是她给我办理的入住手续，我已经在这间名为"我在风花雪月里等你"的客栈里连住了一个星期，在这一个星期里，我见过她数次，她总是一个人坐在那个靠着窗户的位置，望着窗外的洱海失神，忽而又失了神。

有时候，她甚至会坐到天黑，比如今天。

我又在酒吧喝醉了，从下午喝到傍晚，我路过她那张桌子的时候，做了一个伸手掏烟的动作，因为光线昏暗，再加上失去了对身体的控制力，所以蹭到了她放在桌角上的那只红色玻璃杯，杯子应声碎裂……

她惊呼，我则因为醉意而恍惚。仿佛是一种意识与意识的碰撞，碰撞的结果是破碎。破碎的杯子，破碎的光影，破碎的洱海，破碎的感官……继而，我便看到了无处不在的裂痕。

我仿佛也碎了，因为郁郁不得志而碎裂。我是一个不得志的网络作家，年近三十，依然没能写出一本出彩的作品。这使我感到苦闷不堪……

我的思想波澜壮阔，可是我的肉体和生活却已经快要被这个世界边缘化了。

……

惊呼之后，她并没有因为这只被摔碎的杯子而责怪我，她只是弯下身，一边清理，一边对我说道："你已经连着喝醉三天了……什么酒呀，这么容易让人醉？"

"你们大理的风花雪月啤酒。"

她笑："这酒也能喝醉吗？从来没有喝过比这更淡的酒了。"

"如果我一个下午，喝了三十瓶呢。"

"那倒是会醉，毕竟也是酒……可是这么喝酒，是不是有点傻？"

我尴尬一笑："对不起啊，打碎了你的杯子……"只是一句"对不起"似乎显得不够诚意，我又说道，"多少钱，我赔给你。"

"不用赔，以后少喝点就行了。"

说完，她将那些碎玻璃倒进了一个透明的箱子里，箱子里全是破碎的东西，以玻璃材质为主。这时，她又对我说道："这里面都是客人们这几年打碎的东西，我全都扔在这个箱子里了……其实，破碎的东西也是有价值的。你看，光线照在这些碎玻璃上，多好看呐！"

我看过去，透明的箱子就放在客栈门口的霓虹灯下面，光线散落，又因为这些碎玻璃的折射，而四处扩散，好似构建了一个迷幻到极致的世界。这个世界里的一切都是光线组成的，光线如此跳脱，所以这个世界一直变幻不定，以至于没有了所谓的物理现象，只有肆意到极致的变幻……

这一刻，我竟然也认同了，认同了破碎的价值，基于这种认同，我开口对她说道："是的，破碎也是这个世界的一部分，破碎的玻璃，破碎的光线，破碎的人……"

她看着我，片刻之后，低声补充道："还有破碎的关系，破碎的感情……"

……

我在她对面的位置坐了下来，她又送了我几瓶"风花雪月"。她说，反正已经喝了三十瓶，不差眼前的这几瓶。

她也喝了"风花雪月"，然后问我从哪里来。

我告诉她，自己从扬州来，是一个网络作家，之所以到大理，是因为苦于没有灵感。她问得很少，我却说了很多。我有一种预感，她是一个有故事的女人；因为她已经接纳了破碎，并试图在破碎中找到新的美好。

"你是一个作家啊？"

"一个不知名的作家，三十岁了，写了十年，依然还是一个不知名的作家。"

"你很渴望名气吗？"

我沉默了很久，才回道："渴望，可是相比于名气，我更渴望得到认同……其实，每个人的内心都很丰富，时而欢呼雀跃，时而破碎不堪……这些完全取决于你遭遇了什么，正在和什么人相处……"

"那希望有朝一日，你能名满天下，收获很多认同你的读者。"

我喝了一口啤酒，苦笑着摇头："没希望了，我写了十年，也等了十年……依然没有代表作，没有认同我的读者……十年，十年是一个轮回，足够自己清醒过来，所以，大理之后，我想就此封笔了。"顿了一下，我又自嘲着说道，"一个连代表作都没有的人，好像没资格说封笔，我说的是放弃写作这件事情。"

她却没有在意我的情绪，她又失了神，风从窗户吹进来，吹动了她的发丝和披肩，

356

让她看上去像是一朵正在凋零的花……

苍山上有未化开的雪，洱海里倒映着月亮的残影，此时此景，倒真是应了大理的风花雪月四景，只不过，把人比作花，人是真实的，却在凋零。

她终于开口对我说道："再等等吧……也许再等等就会有结果呢！"

"十年啊，十年如果是一个刑期的话，那也是重判了，真的还敢再等吗？"

她哭了，哭到不能自已……

可我没有说错话，我只是在说我自己的心情，也许在不经意间触动了她心里的那块伤疤。

"我……我不是有心的……如果你心里有不开心的事情，我们可以聊聊。说白了，人的心就是一个容器，不算大，但里面装的却是滚烫炽热的岩浆……一直不释放的话，早晚会溢出来，烫伤自己的。"

"很多时候，还是挺开心的……我们一起来大理，一起创业，一起看风花雪月……"

……

我不知道，我们在这扇窗户旁聊了多久，等她说完这一段经历的时候，已经是破晓之际。是的，这段经历，足够漫长，也足够精彩曲折，只作为听众的我，忽而竟也觉得人生好似过半，心里无限沧桑。

我点了一支烟，来释放自己的情绪，直到快要吸完的时候，我才开口对她说道："也许我们都应该再等等……"

"可以给我一支烟吗？"

"你会吸烟吗？"

"不会，但想试试。"

我从烟盒里抽出一支烟递给她，她点上之后，却不放进嘴里，她就这么看着，过了很久之后，才开口对我说道："我们都在假装悲伤，安慰着另一个悲伤的人，直到某天，我再也不想回上海，才终于明白，哪有假装出来的悲伤，上海也好，大理也罢，城市灯火通明，孤寂的却只有人心……你要是想把我们的故事写成一本书，你就写吧……"

"谢谢，感谢……我一定不会辜负这个故事，这一段经历的……"

稍稍停了停，我又对她说道："我还不知道你叫什么名字。"

"杨灵。"

"书里不宜用真名，你给自己在书里起一个名字吧。"

她想了很久，终于回道："杨思思……就叫杨思思吧。"

"这……有什么用意吗？"

"这些年，我好像大部分时间都用来做思念这件事情了。"

……

又是一个傍晚时分,我终于背上行囊,准备离开大理这座城市。我要继续我的写作梦,写一个关于大理,关于风花雪月的故事,杨思思是我书里的女主角。

恰巧,在上出租车之前,我遇到了杨灵。

"我走了。"

"嗯,路上注意安全。"

"呃……你还会一直等下去吗?"

"也许会等,也许不会等……你说得对,十年如果是一个刑期的话,那也算是重判了。"

"嗯……"

杨灵笑了笑,最后说道:"祝你成功,未来的大作家。"

出租车沿着218国道,飞速往机场的方向驶去,后视镜里的一切都在倒退,我又以倒退的视角,看到了苍山和洱海,它们一起构成了大理的壮美,而那个叫杨灵的女人好似已经化成风花雪月,一路贯穿在其中。

这也许是我们这辈子的唯一一次相见,但我相信,她一定会在我的故事里永恒,就如同在高山上盛开的杜鹃,不败不衰。

【未完待续】

下期预告:

米高来到大理后,和一群在旅途中遇见的朋友们一起盘下了一家位于洱海边的海景客栈。客栈开始营业后却波折不断,最终因客观原因无法继续经营。几位因为缘分聚在一起的伙伴也有了各自新的选择:有的人远赴国外,有的人带着心爱的人流浪远方,也有的人继续守在大理奋斗……当理想与现实碰撞,他们又该何去何从?

敬请期待《我在风花雪月里等你.中》。